W0266560

Andreas Melzert

Komissar Neumaier
und die Hüter des Prozesses

edition winterwork

Bibliografische Informationen der Deutschen Nationalbibliothek:
Die Deutsche Nationalbibliothek verzeichnet diese Publikation in der Deutschen Nationalbibliografie. Detaillierte bibliografische Daten im Internet über http://www.d-nb.de abrufbar.

Nachdruck oder Vervielfältigung nur mit Genehmigung des Verlages gestattet. Verwendung oder Verbreitung durch unautorisierte Dritte in allen gedruckten, audiovisuellen und akustischen Medien ist untersagt. Die Textrechte verbleiben beim Autor, dessen Einverständnis zur Veröffentlichung hier vorliegt. Für Satz- und Druckfehler keine Haftung.

Impressum

Andreas Melzert, »Kommissar Neumaier
und die Hüter des Prozesses«
www.edition-winterwork.de
© 2024 edition winterwork
Alle Rechte vorbehalten.
Satz: Andreas Melzert
Umschlag: Andreas Melzert
Druck und Bindung: winterwork Borsdorf

ISBN 978-3-98913-129-3

Von Andreas Melzert

Kommissar Neumaier und die Hüter des Prozesses

Kriminalroman

Bisher erschienene Bücher des Autors:
Buvas Medaillon, verlag winterwork-edition, 2009
Tatort: Schwindkirchen, verlag winterwork-edition, 2010
Die Isental-Verschwörung, verlag winterwork-edition, 2011
Wo ist Dorothee? verlag winterwork-edition, 2013
Aarons Geheimnis, verlag winterwork-edition, 2015
Der Fall Grüntegernbach, verlag winterwork-edition, 2020
Einsatz in St.Wolfgang, verlag winterwork-edition, 2022

edition winterwork

Für die Mutigen unserer Zeit

Vorwort

Ich fürchte mich nicht vor den Reaktionen auf dieses Buch.
Nein, ich bin sogar gespannt darauf. Ihr werdet alle schnell merken, dass es sich nicht um einen reinen Kriminalroman handelt. Er beinhaltet nicht zu einhundert Prozent eine kriminalistische Handlung, er streift in erheblichem Maße Themen, von denen ich mich in meinen beiden letzten Büchern ***Der Fall Grüntegernbach*** und ***Einsatz in St.Wolfgang*** bewusst distanziert habe. Wer die Bücher kennt, weiß, wovon ich rede.
Ich habe lange darüber nachgedacht, ob ich mein Werk in dieser Form schreiben sollte, wie es nun vorliegt. Ob ich mich auf den eigentlichen erfundenen Fall eines ausgedachten Verbrechens fokussiere, oder anderen, meines Erachtens wichtigeren Prämissen folgen sollte, als in den Büchern zuvor. Wertigkeiten zu verschieben, Inhalte neu zu verknüpfen, Gegenüberstellung von Realitätsblindheit und Wahrheitsanspruch.
Von Anfang an war mir klar, dass dieses Buch, beziehungsweise dessen Inhalt, kontrovers betrachtet werden wird. Das war und ist mir bewusst. Viele werden nach der Lektüre zustimmend nicken und sagen: Da steht viel Wahres drin. Ein tolles Buch. Es hat mir gefallen. Vielleicht trägt es sogar dazu bei, dass der eine oder andere Aspekt differenzierter betrachtet wird als zuvor. Ich weiß aber auch, dass es Menschen geben wird, die die Geschichte in diesem Roman verurteilen werden. Zumindest Fragmente davon.
Ich hoffe natürlich auf viele Leser, die es vorurteilsfrei genießen werden und - im Idealfall – sogar etwas Positives daraus ziehen können, wie auch immer das Positive aussehen mag.
Was soll ich groß dazu sagen? Es ist gut so, dass es verschiedene Ansichten gibt. Ich für meinen Teil akzeptiere und toleriere die Meinungsfreiheit. Sie ist es, mit der ich wachsen kann, die mir Entwicklung erlaubt.

Lassen wir uns zu Beginn ein Zitat des Schweizer Psychiaters und Vorreiters der analytischen Psychologie, Carl Gustav Jung, auf der Zunge zergehen:
„Da Nachprüfen und Nachdenken so umständlich und schwierig sind, so urteilt man lieber unbeschwert und realisiert nicht, dass man bloß projiziert und somit sich selber zum Opfer eines närrischen Illusionstricks macht."

Ein Satz, in dem so viel Bemerkenswertes steckt. Ich habe ihn mir als Leitthese für mein neues Buch auserkoren, angelehnt an die Erlebnisse der letzten vier Jahre. Er erschien und erscheint mir so trefflich für diese Zeit.
Wie leicht es geworden ist, zu beurteilen.
Wie schwer es geworden ist, zu hinterfragen.
Wie leicht es geworden ist, unter Ausschluss der Vernunft zu Taten zu schreiten.
Wie schwer es geworden ist, den Taten der Masse entgegenzutreten.
Wie leicht es geworden ist, einen Verdacht sofort als Gewissheit und Abneigung zu Hass mutieren zu lassen.
Wie schwer es geworden ist, diese Scheinrealität als Illusion zu erkennen und zu entlarven.

Nun komme ich aber angesichts der kleinen Gegenüberstellung nicht umhin, eine latente überstürzte Hoffnung im Keim zu ersticken. Wer in meinem Roman so eine Art Abrechnung erwartet, den muss ich enttäuschen. Die vorliegenden Handlungsstränge dienen nicht der Beweisführung für oder gegen einen Denkansatz und sind weder dazu gedacht, bereits vorhandene konträre Ansichten zu zementieren, noch zu spalten.
Über die Themen, die ich streifen werde, gibt es jede Menge herausragende und empfehlenswerte Literatur von Autorinnen und Autoren, die weitaus mehr über jene Themen wissen als ich. Ich kann sie gar nicht alle nennen, aber ich kann voller Überzeugung sagen, ich habe sensationell gute Bücher gelesen, die ich für eminent wichtig halte. Literatur, die nicht nur durch ihren aufklärenden Informationsgehalt bezüglich der jüngeren Vergangenheit von unschätzbarem Wert sind, sondern gerade hinsichtlich noch zu erwartender Ereignisse unbedingt gelesen und - das ist sehr wichtig - verstanden werden sollten.

Ich wünsche nun viel Vergnügen mit meinem neuen Kriminalroman
Kommissar Neumaier und die Hüter des Prozesses.

1

Mittwoch,
später Nachmittag

Der großgewachsene Mann versucht, sich zu entspannen. Einfach nur dasitzen und aus dem trapezförmigen Panoramafenster im Dachgeschoss seines Hauses blicken, die Gedanken schweifen lassen und die Eindrücke der sich bietenden Landschaft aufsaugen. Durch eine Lücke des dichten Bewuchses rund um den Garten, der das Grundstück südlich und westlich des Gebäudes umschließt, präsentiert sich der mehrere hundert Meter weite Ausblick über ein Weizenfeld. Der schwache Wind bewegt die Früchte des Feldes, was ihn unweigerlich an seichte Wellen des Meeres erinnert, die sich millionenfach ziellos aufbäumen und absenken.
Doch die gewünschte und erhoffte Entspannung weigert sich beharrlich, sich einzustellen. Eine innere Unruhe, pedantisch und konsequent, hat etwas dagegen. Er wirft einen kurzen Blick auf die große Wanduhr neben der Zimmertür.
17.38 Uhr.
Noch knapp zweieinhalb Stunden, dann beginnt es. Jene Aneinanderreihung von Ereignissen, von denen er sich so vieles verspricht.
Seine Aufmerksamkeit wendet sich wieder dem Panorama jenseits des Fensters zu. Hinter dem Weizenfeld verläuft, mit bloßem Auge kaum erkennbar, eine Landstraße, auf der sich durch die Lücke im Bewuchs gelegentlich die vorbeifahrenden Fahrzeuge zeigen.
Neben dem drehbaren Ohrensessel, auf dem der Mann sitzt, befindet sich ein großer Schreibtisch. Ein langweiliges Möbelstück, bestehend aus einer hellbraunen Arbeitsplatte und einem einfachen Metallgestell. Auf der rechten hinteren Ecke des Tisches fristet eine Tischlampe mit zwei Strahlern ihr Dasein. Weiter links liegen drei Mobiltelefone akkurat nebeneinander. Ein blaues, ein rotes und eines in einer schwarzen Schutzhülle.
Im Moment befindet sich mitten auf dem Schreibtisch ein anthrazitfarbener Laptop. Ausgeschaltet, mit geschlossener Abdeckung.
Der großgewachsene und schlanke Mann von hagerer Gestalt schenkt dem Mobiliar keine Aufmerksamkeit. Zu sehr ist er im Gedanken versunken, immer

noch auf der Suche nach einem Hauch Entspannung. Seine wachen Augen fixieren zwei Vögel, die sich über dem Feld mit gleichmäßigen Flügelschlägen in seine Richtung bewegen.
Zwei Raben, wie es aussieht.
Sie entschwinden seinem Blick, als sie das Gebäude überqueren. Ein seltsames Gefühl der Erleichterung überkommt ihn. Einfach nur ein angenehmes, welches diesen unterschwelligen Zwang etwas an Schärfe nimmt. Das ist es. Diese Freiheit, die ihm diese beiden Vögel gerade präsentiert haben, sind ein winzig kleiner Teil davon, was er intuitiv als „Ansporn“ betiteln würde. Nur ein Puzzleteilchen, aber immerhin.
Nach weiteren zwanzig Minuten des ziellosen Betrachtens durch das Fenster erhebt sich der Mann schwerfällig. Es gibt Dinge, die lassen sich nicht aufschieben. Sein Weg führt ihn in den Flur und ein kleines WC, in dem er das Notwendige erledigt. Anschließend begibt er sich in sein Badezimmer, stellt sich vor den Spiegel und betrachtet sein Antlitz.
Siehst irgendwie nicht gut aus, wirft er dem Spiegelbild gedanklich vor. Die rotbraune Cordhose passt so gar nicht zu dem viel zu großen mintgrünen Serafino-Shirt, das seinen hageren Oberkörper wie ein Ballon umhüllt. Die Filzschlappen an seinen Füßen kann er im Spiegel nicht sehen. Dafür alles oberhalb des Shirts. Dort blickt ihm ein Mann Anfang Fünfzig entgegen, ein Gesicht mit kantigen Zügen, gepaart mit den altersbedingten Falten. Die blauen Augen liegen verborgen in tiefen Augenhöhlen, unten mit Ansätzen von Tränensäcken umrahmt. Der breite Mund mit schmalen Lippen wirkt wie ein Schlitz, der irgendwie nicht zum Rest der Gesichtspartie passt. Er dreht den Kopf mit den welligen schwarzen Haaren, die an etlichen Stellen zu ergrauen beginnen, ein wenig zur Seite und betrachtet sich kritisch. Wann hast du dich eigentlich das letzte Mal rasiert? Muss schon eine ganze Weile her sein, so, wie du aussiehst. Er greift spontan, fast wie von einem Reflex geleitet, in den Schrank neben dem Spiegel, holt Rasierschaum und Nassrasierer heraus und befreit seine Kinn-, Wangen- und Mundpartie unter der knubbeligen Nase vom Haargestrüpp, welches sich in den letzten Tagen in seinem Gesicht angesiedelt hat. Mit einer gewissen Zufriedenheit wirft er einen letzten Blick auf sein Spiegelbild, gönnt seiner Frisur das systematische Durchgleiten des Kammes und beschließt, nach einem letzten kritischen Blick, seine Selbstprüfung zu beenden.

Nach der Rückkehr in das Panoramazimmer wendet er sich einem raumhohen Schrank aus Eichenholz zu, der links neben der Zimmertür steht. Er öffnet zwei Schiebetüren mit schmalen länglichen Glaseinsätzen und sucht nach einem Aktenordner. In der untersten Reihe findet er das Gesuchte.
Auf dem Weg zum Arbeitstisch registriert er beiläufig die Uhrzeit.
18.13 Uhr.
Vergiss Nele nicht, ermahnt er sich selbst, als er den roten Ordner ablegt und sich setzt. Er öffnet die Akte und blättert einige Seiten um. Die Inhalte sind sorgfältig mit rötlichen Reitern sortiert und voneinander getrennt. Zwischen jedem Reiter befinden sich zwischen fünf und zehn Seiten Papier. Jedes dieser Pakete wird mit einem Deckblatt eröffnet. Es enthält ein Foto einer bestimmten Person, einem darunter notierten Namen und wird schließlich mit einer kurzen Beschreibung der Funktion der abgelichteten Person vervollständigt. Auf den weiteren Seiten folgen vielfältige Informationen über die betreffende Person, einem Dossier nicht unähnlich.
Das Gesicht einer blonden Frau blickt ihm entgegen, als der hagere Mann beim Blättern kurz innehält. Dass die Frau auf dem Foto ein dezentes Lächeln andeutet, stimmt ihn schlagartig zornig. Diese unbekümmerte Fröhlichkeit auf der Ablichtung ist das Letzte, was er dieser Frau zubilligen würde. Es kommt ihm geradezu höhnisch vor. Nach all dem, was sie angerichtet hat.
Anita Nüsch.
Der Name, den er unter dem Bild liest, ruft Erinnerungen wach, die er am liebsten verdrängen möchte. Aber das kann er nicht, und das will er auch nicht.
Er blättert weiter.
Prof. Dr. Steffen Harald Arth.
Das Portrait des Mannes hinterlässt beim Betrachter einen stets bleibenden Eindruck. Ein Mann mit ungeheuer viel Verantwortung. Ein Mann mit viel Einfluss und guten Beziehungen. Ein Mann, der seine Seele an den Teufel verkauft hat. Und dafür gibt es keine Entschuldigung.
Die Seiten nach dem nächsten Reiter offenbaren ihm eine weitere Person, die er zweifelsfrei niemals zu seinen Freunden zählen wird.
Ulf-Friedrich Monteverdi.
Wie schon Professor Arth ein Mann mit ähnlich viel Macht. Seine Verflechtungen mit einflussreichen Persönlichkeiten und Gruppierungen sind öffentlich bekannt. Sie sind kein Geheimnis. Dass dieser Mann, Ulf-Friedrich

Monteverdi auf infame Weise seine Position missbraucht hat, scheint den meisten Menschen im Land gleichgültig zu sein. Es interessiert kaum jemanden. ...Bedauerlich. ...Erschreckend. ... Ernüchternd. ...Ihm ist es nicht egal. Er kann nicht vergessen.
Die vierte Person lässt nicht wirklich eine freudigere Stimmung aufkommen. Er erinnert sich nur zu gut an die Aussagen dieser Frau.
Lara Cusetto.
Bundesweit bekannt als, ...ja, als was eigentlich, fragt sich der Mann über den Akten? Als Satirikerin? Als Autorin? Als Komödiantin? Das mag alles stimmen. Zweifellos ist sie mit all diesen Bezeichnungen korrekt beschrieben. ...Für ihn ist sie aber noch etwas: Eine Frau, die sich in den vergangenen vier Jahren durch menschenverachtende Äußerungen ausgezeichnet hat: Diffamierung, Denunziation und Rechtfertigung der Denunziation. In seiner Wahrnehmung ist sie eine der schlimmsten Propagandistinnen der letzten Jahre.
Er lässt die restlichen Seiten des Ordners flüssig durch die Finger gleiten, ohne ihren Inhalt zu lesen. Er weiß, was dort geschrieben steht. Jedes einzelne Wort.
Bedächtig schließt er den Deckel und legt die flache Hand darauf, als schütze er den Akt.
Nele kommt ihm in den Sinn.
Stimmt, ich muss jetzt nach ihr sehen.
Er atmet einmal kräftig durch und verlässt das Panoramazimmer, steigt die enge Stiege ins Erdgeschoss hinab und erreicht durch einen verwinkelten Gang ein großzügiges Zimmer mit zwei Fenstern und einer seitlich angrenzenden Terrassentür. Die Vorhänge aus dünnem Seidenstoff sind zugezogen und hüllen den Raum in ein mattes gelbliches Licht. An der den Fenstern gegenüberliegenden Wand steht ein großes Krankenbett, darüber ein länglicher Beleuchtungskörper, der allerdings nicht eingeschaltet ist. Eine Kommode, zwei Kleiderschränke, ein ovaler Tisch und zwei Stühle mit erstaunlich hohen Lehnen vervollständigen das Interieur.
Beim Anblick der Person auf dem Bett keimen zweierlei Emotionen bei dem Mann auf. Zum einen das Glücksgefühl, wenn ein Vater seine Tochter sieht, zum anderen die Besorgnis, ob und wann sich am Gesundheitszustand der Tochter etwas ändert. Hier im Zimmer überwiegt ersteres.

Der hagere Mann bereitet sich auf die Tätigkeiten vor, die er sich vorgenommen hat und die er nun zu erledigen hat.

Zwanzig Minuten später betritt er wieder das Panoramazimmer und nimmt vor seinem Laptop Platz. Wesentlich ruhiger als noch vor einer halben Stunde, da er nun Gewissheit hat, dass Nele gut versorgt ist. Ein kurzer Blick auf die Uhr.
18.41 Uhr.
Er startet sein Laptop und loggt sich auf einer Homepage in ein Forum ein. Nach wenigen Sekunden rattern dutzende Kommentare über den Bildschirm. Gekonnt lässt er sie, Nachricht für Nachricht, nach unten scrollen und prüft die Autoren der jeweiligen Beiträge. Bei einem Beitrag, der vereinzelt über Rechtschreibfehler verfügt, hält er inne. Er ist von einem ihm bekannten Schreiber erstellt. Von *44#Schokobär*.
Die Nachricht, die der Mann nun liest, stimmt ihn zufrieden. Er kopiert den Text in die Zwischenablage, öffnet das Word-Programm und fügt dort den abgelegten Text ein.
Hochkonzentriert analysiert er den Text und filtert die Informationen heraus, die er benötigt. Auf der Stirn des dünnen Mannes zeigen sich ein paar Schweißperlen. Er wischt sie notdürftig mit einem Papiertaschentuch ab und lässt anschließend seine Finger über die Tastatur tanzen. Er loggt sich als *Charlotte78* ein, klickt zunächst auf den Button „Nachricht schreiben" und beginnt, in dem nun angebotenen Fenster, seinen Text aufzusetzen.
Kurz und knapp:
Knapp vier Kilo? Hej, ohne Block nimmt Caroline das Tablett extra für berühmt alte Wurst. Harald, wozu Kram? Ursulas Holz-Show. Etwa ein Pilz dabei, analog Peters Frau. Mach nur.
Als er seine Sätze fertiggeschrieben hat, liest er sie noch einmal durch, ob sich irgendein Fehler eingeschlichen hat. Nichts! Alles in Ordnung. Genau so soll die Nachricht aussehen. Er sendet den Beitrag und verlässt umgehend das Forum und die Homepage. Alle, die es lesen sollen, wissen Bescheid.
Der Mann mit dem schwarzen welligen Haaren lehnt sich zurück und dreht mit dem Ohrensessel einmal um die eigene Achse, bis er das Fenster im Visier hat. Wieviel Freude ihm diese Perspektive stets geschenkt hat. Der Garten, die Buschreihe, die ihn umgibt, die Lücke, die den Anblick des Feldes und des Waldrandes am Horizont erlauben. Und darüber der endlose

Himmel, heute in strahlendem Blau, durchsetzt von einzelnen kleinen unförmigen Wolkengruppen. Anders als vor eineinhalb Stunden ist nun, nachdem alles erledigt und vorbereitet ist, die innere Ruhe zurückgekehrt. Die Phase, in der nichts mehr geändert werden kann, in der die Dinge ihren Lauf nehmen, hat begonnen.
Die große Wanduhr verrät ihm, dass es mittlerweile kurz vor sieben ist. Genug Zeit, noch ein wenig zu verweilen und die entspannende Wirkung aufzusaugen, bevor in Kürze der Fokus auf die weiteren Aufgaben gelenkt werden muss.
Plötzlich läutet eines der Mobiltelefone. Der Mann nimmt das blaue in die Hand, erhebt sich und schlendert zum großen Fenster. Erst jetzt, als er mit starrem Blick Richtung Weizenfeld vor der Scheibe steht, nimmt er das Gespräch an und hält das Telefon ans Ohr. Wortlos lauscht er dem Anrufer. Eine helle Männerstimme, kein Dialekt, leise sprechend, fast ein bisschen flüsternd.
„Alles sieht gut aus. Er fährt gerade um die Ecke."
„Ist er allein?" will der Mann vor dem Panoramafenster wissen.
„Sieht so aus. Ich kann nur seine Silhouette erkennen."
„Gut. Wenn alles nach Plan läuft, sehen wir uns in Kürze."
„Bist du sicher, dass wir das machen müssen?", fragt der Anrufer mit der hellen Stimme. „Immerhin ist er ein Bulle."
Der Mann lässt ein paar Sekunden verstreichen.
„...Ich brauche ihn," antwortet er schließlich knapp. Es ist nicht notwendig, dem Anrufer zu erklären, wozu. Er müsste es eigentlich wissen.
„Ich meine ja nur. Es ist verflucht riskant."
„Vieles, was wir machen, ist riskant," entgegnet der Mann am Fenster. „Jetzt konzentriere dich auf deine Aufgabe. Melde dich, wenn alles gelaufen ist."
Er beendet das Telefonat und legt das Handy wieder exakt auf dieselbe Position, wo es vor dem Anruf lag.
Er richtet sich auf und starrt wieder aus dem Fenster. Es gibt keinen Grund für Zweifel. Was in Kürze passiert, ist unausweichlich und unabdingbar.
Es muss getan werden!

2

Mittwoch,
kurz vor sieben Uhr abends

Aus dem Garten einer Doppelhaushälfte in Hörlkofen steigt Rauch auf. Die Glut im Grill auf der Terrasse der Familie Schulze sieht vielversprechend aus. Zeno Schulze, Miriams Ehemann, kümmert sich mit der Routine eines professionellen Grillspezialisten um das Fleisch, das auf dem Rost über den Kohlen der immensen Hitze ausgesetzt ist.
Unter der großen Markise, die sich über nahezu die komplette Terrasse erstreckt, sitzen Ulrike Neumaier, sowie Anna und Julius Hoppe auf den bequemen Gartenstühlen und genießen den schmackhaften und erfrischenden Aperitif, den Miriam ihnen soeben gebracht hat.
„Schmeckt klasse, Miriam," lobt Anna, die Frau des grauhaarigen Rechtsmediziners. Die Gastgeberin mit dem kecken Pagenschnitt nickt ihr freudestrahlend zu.
„Freut mich, dass er euch schmeckt. Ist mal eine neue Kreation."
„Was ist da drin? ...Ananassaft?"
„Richtig. Ein bisschen Gin, ein bisschen Kirschlikör und Limettensaft."
„Ist echt eine gute Idee," meint Ulrike.
„Wenn ich mich nicht täusche, erinnert mich der Drink an einen Singapore Sling."
„Du alter Besserwisser," frotzelt Miriam. „Immer musst du recht haben."
Julius lehnt sich grinsend zurück und vermittelt den Eindruck eines vollkommen zufriedenen Menschen. „Ach, wie herrlich doch so ein Grillabend ist. Man kann einen Feiertag unter der Woche doch fast nicht besser genießen, oder?"
„Besonders, wenn es so schön mild ist wie heute."
„Stimmt."
„Aber zum Fleisch will ich ein Bier. So lecker der Drink auch ist."
„Nimm dir einfach, was du möchtest, Julius. Du weißt, wo der Kasten steht."
„Danke, Miriam."
„Ich freue mich, dass ihr heute hier seid," sagt Miriam, die Herrin des Hauses. Obwohl sie und Julius Hoppe schon lange beruflich miteinander zu tun haben,

pflegen sie und ihr Mann seit Jahren auch den privaten Kontakt zur Familie Hoppe. Anna Hoppe und Zeno Schulze kennen sich bereits über dreißig Jahren. Normalerweise vervollständigen auch Lotte Hausweiler, die engste Kollegin Miriams, sowie die Jungfamilie Matthes mit Giselle, Mario und dem kleinen Florian die Runde, aber letztere nehmen heute einen anderweitigen Termin wahr, und Lotte befindet sich im wohlverdienten Urlaub, wodurch der Kreis an diesem Abend etwas kleiner ist als sonst. Hans Neumaier lässt sich ebenfalls kurzfristig entschuldigen.
„Was denkst du, wann Hans zu uns stößt?" fragt Julius Hoppe.
Ulrike setzt ihr Glas ab und schmunzelt. „Keine Ahnung. Ein Bekannter hat ihn vorhin angerufen und ihn um ein Treffen gebeten."
„Fleisch ist gleich fertig," kündigt Zeno lautstark an. „Dreimal Schwein und dreimal Pute."
„Ich hätte gerne Pute," ruft ihm Anna zu.
„Ich auch," meldet sich Ulrike.
„Ich bevorzuge das Schwein, wenn es recht ist."
„Bekommst du, Julius."
„Dein Kartoffelsalat ist eine Wucht," lobt Miriam Annas kulinarischen Beitrag zum Grillabend. „Immer wieder köstlich."
Plötzlich taucht eine großgewachsene rothaarige Frau neben der Terrasse auf. Sie begrüßt alle mit ihrem unnachahmlichen ostdeutschen Akzent.
Miriam nimmt sie freudestrahlend in den Arm.
„Linda, wie schön, dass du es doch noch geschafft hast."
„Sorry für die Verspätung, aber ich bin nicht rechtzeitig mit meinem Salat fertig geworden."
Linda Fuchs reicht ihr die große weiße Schüssel. Miriam stellt sie zu den anderen Salaten und beglückt Linda danach mit einem frischen Getränk. Julius bietet ihr den Stuhl zu seiner Linken an, den Linda dankend annimmt.
„Was ist mit Hans?" fragt sie Ulrike.
„Ist noch wegen einer dienstlichen Angelegenheit unterwegs."
„Heute? Am Feiertag?" fragt Linda nach. „Ich wundere mich. Er hat mir diesbezüglich gar nichts gesagt."
„Der Anruf kam kurz bevor wir aufbrechen wollten."
Linda nickt. Sie empfiehlt sich kurz und geht ins Haus. Sie nimmt ihr Mobiltelefon zur Hand und ruft ihren Kollegen Hans Neumaier an.
„Hallo. ...Linda hier."

Hans Neumaier biegt an einer Kreuzung rechts ab. Danach konzentriert er sich auf das Telefonat mit Linda. Die Freisprechfunktion ist aktiviert.
„Linda, grüß dich. Du, bei mir dauert es noch, bis ich in Hörlkofen bin. Ich muss noch einer Kleinigkeit nachgehen, bevor ich zu euch komme."
„Am Feiertag?"
„Gibt es für uns nicht, wenn es wichtig ist. Das weißt du doch."
„Sollen wir noch auf dich warten?" fragt Linda.
„Nein, fangt schon an. Aber lasst mir noch ein oder zwei Steaks übrig," antwortet Hans. „Ich denke, es dauert ungefähr eine halbe Stunde."
„Um was für eine Kleinigkeit handelt es sich bei dir, wenn ich fragen darf?"
„Die Diebstahlsache im Schwimmbad. Ein gewisser Adrian Haubner hat mich vorhin angerufen. Lustigerweise kennt er Edmund Lindner, meinen alten Schachfreund."
„Hast du das überprüft?" will Linda wissen.
„Nein," antwortet Hans, „kann ich immer noch machen. Edmund kenne ich schon mein halbes Leben lang. Der genießt absolutes Vertrauen. Ich berichte dir dann nachher. Bin eh gleich vor Ort."
„Gut, dann pass auf dich auf."
„Linda, das mache ich doch immer. ...Bis später."
„Gutes Gelingen, Hans. ...Ciao."
Fünf Minuten später sitzen Anna und Julius Hoppe, Linda Fuchs, Ulrike Neumaier sowie Miriam und Zeno Schulze am Tisch und genießen das leckere Grillfleisch.
Nachdem Julius sich eine neue Flasche Bier geholt hat, erinnert er sich an einen Punkt, den er in dieser kleinen Runde ansprechen wollte.
„Sagt mal, können wir kurz über Hans reden?"
„Um was geht es?" will Miriam wissen.
„Du hast mich doch letzte Woche angesprochen, ob ich mir ein passendes Geschenk für sein zwanzigjähriges Dienstjubiläum vorstellen kann."
„Ja, stimmt. Ist dir was eingefallen?"
„Mir nicht, aber ich habe gestern Abend mit Anna darüber gesprochen, und sie hat eine Idee, die ich recht gut finde."
Miriam runzelt die Stirn. Hoffentlich nicht einer der Standardvorschläge wie Riesengeschenkekorb, Krimidinner oder Ballonflug. Anna Hoppe klärt die Runde auf.

„Passt auf! Wir wissen doch alle, dass Hans kein allzu großes Interesse an Bewegung hat. Man kann aber auch ohne große Aktionen zum Wohlbefinden beitragen. Besonders bei einem Menschen, den man sehr schätzt. Ich habe euch mal einen Ausdruck mitgebracht. Es ist ein Prospekt von dieser exklusiven Wellness-Oase. Ich finde das Angebot recht interessant."
Miriam studiert den Ausdruck. „... Zell am See?"
„Ja," antwortet Julius Hoppe, „das ist die erste Adresse für die oberen Zehntausend in Österreich. Die Leistungen dort scheinen überragend zu sein. Und das Ambiente ist wirklich phantastisch, wie du sehen kannst."
„Wie wohl auch der Preis," kontert Miriam, als sie auf den Unterlagen keine Hinweise auf die finanzielle Aufwendung erkennen kann. Wurde vermutlich bewusst weggelassen. „Wisst ihr eigentlich, was das kostet?"
„Ansatzweise," sagt Anna Hoppe und windet sich ein wenig. „Ich weiß, dass es etwas teurer ist als ein gewöhnliches Wellnesshotel, aber dafür wird dem Kunden allerhand geboten. ...Überdurchschnittliche Leistungen, wenn du verstehst, was ich meine."
Natürlich weiß Miriam Schulze nicht, was Anna meint. Aber sie geht davon aus, dass sie sich bereits über die Kosten informiert hat. Mittlerweile ist der Prospekt bei Linda angekommen. Sie studiert die Informationen.
„Wow," entfleucht es ihr, als sie die werbewirksamen Fotos des Hotels und die Pakete diverser unterschiedlicher Anwendungen durchliest.
„Für das, was die hier anbieten, muss man sicher eine ganze Stange Geld hinlegen. Alles vom Feinsten. Ob da nicht ein zweiwöchiger Spanienurlaub mit Meer und Sonne billiger ist?"
„Kann man so sehen, Linda. Aber dafür ist das hier etwas ganz Besonderes," hält Julius dagegen. „Ich finde, Hans sollte uns etwas mehr als der Durchschnitt wert sein."
„Auch wieder wahr," pflichtet Linda ihrem Kollegen bei. „Trotzdem müssen wir ein vernünftiges Gleichgewicht zwischen Kosten und Nutzen halten."
„Sagt mal," fragt Miriam in die Runde, „was machen wir mit Ulrike? Soll sie dabei sein?"
Ulrike Neumaier schüttelt entschlossen den Kopf. „Kommt überhaupt nicht in Frage! Eure Idee ist wirklich nett, aber ihr solltet euch auf Hans konzentrieren. Ich möchte nicht, dass ihr für mich Geld ausgebt. Es ist schließlich sein Jubiläum, nicht meines."
„Ich dachte nur ..."

„Keine Widerrede, Miriam. Da gibt es keine Debatte!"
Ulrikes Beharrlichkeit ist entwaffnend. Julius ergreift das Wort.
„Dann wäre das geklärt. Ulrikes Wunsch gilt! ...Lass uns mal durchzählen," fordert er auf. „Wer kommt als Beteiligter in Frage? Ihr beide, Miriam, Linda, dann noch Lotte, der Ferdl, ich selbstverständlich. ...Wer sonst noch?"
Ulrike überlegt: „Was ist mit dem Riedinger?"
„Genau. Der macht garantiert mit."
„Julius, erst fragen, dann zuordnen."
„Miriam, ich bin mir ziemlich sicher, dass unser Chef sich beteiligen wird. Wie hoch er Hans als Polizeibeamten und Menschen schätzt, hat er schon oft genug bewiesen."
„Ihr habt ja recht."
„Was meint ihr?" fragt Linda. „Mario darf nicht fehlen, oder?!"
„Auf jeden Fall," antwortet Miriam. „Mario macht garantiert mit. Er wäre sogar beleidigt, wenn wir ihn wegen seines Elternurlaubs außer Acht lassen."
„Sehe ich auch so. Dann wären wir also sieben."
Linda und Miriam sehen sich fragend an. Die vermeintliche, noch unbekannte Summe geteilt durch sieben wird vermutlich immer noch eine sein, die ein leises Luftschnappen erzeugen wird. Auch Anna und Zeno sind der gleichen Ansicht. Die Idee nimmt trotzdem Formen an.

Der junge Mann, der sich Kriminalhauptkommissar Hans Neumaier vor über einer Stunde telefonisch als Adrian Haubner vorstellte, rennt um den schlanken Nebentrakt der großen Industriehalle herum und verbirgt sich hinter einem Stapel Paletten, auf dem akkurat aufgeschichtet grüne Rohrelemente für Entwässerungsleitungen liegen. Vorsichtig wirft er einen Blick auf die Zufahrtsgasse zwischen der großen Lagerhalle und einem umzäunten Bereich. Jeden Moment müsste der anthrazitfarbene BMW, den er vor einer Minute auf Höhe des nahegelegenen Kreisverkehres beobachtet hat, um die Ecke fahren.
In diesem Teil des Gewerbegebietes herrscht so gut wie kein Betrieb. Die Hallen sind nagelneu oder teilweise noch in Bau und noch nicht bezogen, da die Fertigstellung der meisten Parzellen erst für übernächsten Monat vorgesehen ist. Die Straßenbaumaßnahmen liegen ebenfalls brach, da die meisten Firmen den Feiertag als Brückentag nutzen und ihre Kolonnen abgezogen haben. Nur im Bereich der abseits gelegenen Baucontainer im

Zufahrtsbereich des Gebietes halten sich noch zwei oder drei Mitarbeiter auf, die irgendwelche Abrechnungstätigkeiten durchführen. Adrian Haubner ist sicher, dass keiner dieser Personen ein Interesse an dem abgelegenen Part des Industriegebietes hat, an dem er sich momentan aufhält.
Der BMW biegt mit Schrittgeschwindigkeit um die Ecke der großen Halle. Sofort richtet Haubner seine ungeteilte Aufmerksamkeit auf den Wagen. Er nähert sich langsam und kommt vor dem Portal neben dem Anbau zum Stehen.
Adrian Haubner schickt ein Dankgebet gen Himmel, als er seine Beobachtung bestätigt sieht. Der Fahrer ist alleine.
Aus dem Wagen klettert mühselig ein dicker älterer Mann mit angegrautem, mittellangem Haar. Der wiegt mindestens Hundertzwanzig, wägt Haubner ab. Und wie schwerfällig der ist. Unglaublich!
Haubner befindet sich noch im Schutz hinter den vollgepackten Paletten. Geschickt balanciert er jetzt zwischen den Stapeln der vielen Paletten und erreicht eine Türaussparung, durch die er schlüpfen kann. Die Tür selbst liegt verpackt drei Meter neben der Halle und wird vermutlich kommende Woche in die entsprechende Aussparung einmontiert. In der Halle angekommen, erreicht Adrian Haubner den Bereich neben dem offenstehenden Portal. Er kann den Mann neben dem BMW sehen, keine zehn Meter von ihm entfernt. Der Innenbereich der Halle dürfte so dunkel sein, vermutet Haubner, dass sein Besucher ihn wohl nicht erkennen kann, wenn er nur ruhig auf ihn wartet. Es ist Zeit, den Kommissar dort hinzulocken, wo er ihn haben will. Er nimmt eine alte Maurerkelle, die vor ihm auf dem Boden liegt und wirft sie ein paar Meter entfernt auf den kargen Betonboden. Das scheppernde Geräusch erfüllt seine erhoffte Wirkung.
Der Dicke reckt seinen Kopf in Richtung Halle und steuert das Portal an. Langsam und mit Bedacht betritt er das Dunkel, dass ihn zu verschlingen droht. Langsam gewöhnen sich seine Augen an das diffuse Licht und er erkennt neben einer Baumaschine einen Schatten.
„Hallo?"
Der Schatten bewegt sich aus dem Dunkel hervor und nimmt zusehends Gestalt an. Beide stehen nun drei Meter voneinander entfernt. Im Schutz der Halle.
„Sind Sie Herr Neumaier? ...Hans Neumaier?"
„Ja, der bin ich. ...Sie sind Herr Haubner, nehme ich an?"

„Richtig," bestätigt der jüngere der beiden. „Ich danke ihnen, dass Sie gekommen sind."
Hans durchforscht den Innenraum der Halle. Ihm fällt nichts auf, was ihm Sorgen bereiten könnte. Sie scheinen alleine zu sein.
„Ein ungewöhnlicher Treffpunkt, den Sie ausgesucht haben."
„Finden Sie?"
„Wollen wir nicht ein bisschen nach draußen gehen?"
„Belassen wir es bitte so wie es ist. Ich fühle mich hier sicherer."
„Wovor haben Sie denn solche Angst?"
Haubner zögert einen Augenblick.
„…Es geht nicht um Angst. Ich möchte nicht, dass man uns zusammen sieht."
Hans nickt, obwohl er ihm die Antwort nicht glaubt.
„Gut, ich muss allerdings sichergehen, dass Sie der sind, für den Sie sich ausgeben."
„Glauben Sie ernsthaft, ich komme mit Ausweis zu einem solchen Treffen?"
Hans zuckt mit den Schultern und wendet sich zum Gehen.
„Dann hat das Ganze hier keinen Sinn, junger Mann. Wenn Sie was zu sagen haben, kommen Sie in die Inspektion."
Dass einige Steaks auf ihn warten, erzählt er ihm besser nicht. Noch bevor sich der Kriminalbeamte umgedreht hat, wird er von einer ihm bekannten Stimme angesprochen.
„Du solltest nicht gehen, Hans."
Hans Neumaier verharrt kurz, um zu überlegen, woher er die Stimme kennt. Er dreht sich um und nimmt aus den Tiefen der Halle einen weiteren Schatten wahr. Eine schemenhafte Gestalt, leicht vornübergebeugt, das linke Bein kaum merklich nachziehend, kommt auf ihn zu. Sie waren also doch nicht alleine. Wer weiß, wägt Hans ab, ohne es wirklich herauszufinden, wie viele Personen sich hier noch rumtreiben.
Bei der Stimme hatte Hans schon das richtige Näschen, die Gesichtszüge des alten Mannes, den er nun, da er den Lichtkegel des Portals erreicht hat, deutlich erkennen kann, bestätigen seine Vermutung. …Edmund Lindner, sein alter Schachfreund.
„Edmund?! Was machst du denn hier?"
„Das tut erstmal nichts zur Sache, Hans."
Mit einer solchen Wendung hat Neumaier nicht gerechnet. Er räuspert sich und ertappt sich dabei, wie ihn Überraschung übermannt.

„Ich verstehe nicht," fährt Hans Neumaier fort. „Was soll das ganze Theater?"
„Alles zu seiner Zeit, Hans," erwidert Edmund Lindner ruhig. „Ich denke, du wirst in Kürze erfahren, worum es geht."
„Kommen wir lieber gleich zur Sache! Ich bestehe darauf! Warum hat man mich hier in diese Halle gelockt? Es hieß, es ginge um wichtige Informationen zur Diebstahlsserie im Schwimmbad?!"
Hans hält einen Moment inne und spricht dann weiter. Etwas energischer.
„Oder war das nur ein Vorwand? Ein Trick, um meine Aufmerksamkeit zu gewinnen?!"
„Ich bin sicher, das brauchen wir nicht erläutern, Hans," antwortet Lindner und deutet mit ausgestrecktem Arm ins Dunkel der Halle. „Folge mir bitte, Hans!"
„Kommt nicht in Frage, Edmund. Erst will ich wissen, was hier gespielt wird."
„Wie schon gesagt, Hans. Alles zu seiner Zeit. ...Bitte! Lass uns zur anderen Seite der Halle gehen!"
Lindner hebt erneut den Arm, begleitet von einem Lächeln. Hans folgt widerwillig. Sie durchqueren die karge staubige Halle, passieren im rückwärtigen Bereich ein stählernes Baugerüst, das für Montagearbeiten im Deckenbereich dient und müssen schließlich eine direkt neben dem Gerüst befindliche Treppe in das Untergeschoss überwinden, was sich als gar nicht so einfach erweist, da sich auf den Stufen jede Menge Gerümpel, Kabelrollen, loses Baumaterial und dergleichen befindet.
„Achten Sie darauf, wo Sie hintreten, Herr Kommissar," weist der junge Mann, der hinter Neumaier geht, auf die Gefahren hin. Wie erwartet, fällt Hans die Überwindung der Treppenstufen schwer. Zweimal kann er nur mit Mühe das Gleichgewicht halten. Zum Glück kann er sich am Stahlgerüst neben der Treppe abstützen.
Sie erreichen nach zwei Korridoren und einem großen Raum, dessen zukünftiger Zweck Hans unbekannt bleibt, eine Schleuse mit zwei Stahltüren. Dahinter befindet sich die zukünftige Tiefgarage. Sie steuern auf das einzige Fahrzeug in der noch nicht fertiggestellten Garage zu. Ein dunkelbrauner Ford Transit. Auf den ersten Blick erkennt Hans, dass der Wagen über keine Fenster im Heckbereich verfügt. Eine Tatsache, die ihm gar nicht gefällt. Geistesgegenwärtig prägt er sich ein paar Details ein. Neben der Farbe des Wagens fällt ihm die bullige Frontpartie auf, die seines Erachtens nicht Standard dieses Modells ist. Auch die Reifen scheinen breiter zu sein als üblich. Natürlich wirft Hans einen Blick auf das Nummernschild und merkt sich

die Buchstaben- und Zahlenkombination. Wer weiß, ob diese Information irgendwann nützlich sein wird. Hans Neumaier nimmt den jungen Mann, auf dessen Anruf er offensichtlich hereingefallen ist, hinter sich wahr. Er spürt, dass er nun ein oder zwei Meter hinter ihm steht. Vorsichtig dreht er seinen Kopf und spricht ihn an. Vielleicht verplappert sich der Junge, wenn ich ihn in ein Gespräch verwickle, plant Hans.
„Ich gehe davon aus, dass Adrian Haubner nicht ihr richtiger Name ist?!"
Der junge Mann in seinem Rücken antwortet nicht.
„In welcher Beziehung stehen Sie zu Edmund?" fragt Hans, bewusst einen Hauch freundschaftliche Intimität nutzend. Edmund klingt persönlicher als Herr Lindner.
Diesmal erhält der Kommissar eine Antwort. Überraschenderweise eine freundliche und zumindest weitgehend ehrliche.
„Bitte, Herr Kommissar, haben Sie Verständnis, dass ich ihren Wissensdurst zum jetzigen Zeitpunkt nicht befriedigen kann. Ich wünschte, ich könnte es, aber es ist einfach noch nicht der richtige Moment. Wir bitten um etwas Geduld und ein wenig Vertrauen."
...Geduld! ...Vertrauen! ...Leichter gesagt als getan, angesichts der Situation. Edmund Lindner, der neben dem Ford angekommen ist, öffnet die Schiebetür auf der Beifahrerseite. Er tritt einen Schritt zurück und wendet sich an seinen ehemaligen Schachkollegen.
„Du brauchst dir keine Sorgen zu machen, Hans. Ich versichere dir, dass dir nichts geschieht. Jetzt bitte ich dich, mir einen Gefallen zu tun. Es ist sehr wichtig. Ich möchte dir jemanden vorstellen, der viel von dir hält. Dazu müssen wir eine kleine Reise machen."
„Zunächst müssen wir noch zwei Kleinigkeiten erledigen," unterbricht ihn Adrian Haubner. „Herr Kommissar, dürfen wir um ihr Mobiltelefon und ihre Dienstwaffe bitten?!"
„Kommt gar nicht in Frage," erwidert Hans energisch. „Was denken Sie sich?"
„Ihre Waffe bitte, und ihr Handy!" Diesmal klingt es wie ein Befehl.
Lindner fügt mit beruhigender Stimme hinzu: „Du bekommst das Telefon und die Pistole wieder, Hans, aber für die kommende Fahrt ist es unerlässlich, dass du beides nicht bei dir hast."
„Ihr spinnt wohl beide," entfährt es Hans, ohne dass er es wollte. Aber die Konstellation des Gesprächs ist derart skurril, dass er den verbalen Ausbruch nicht verhindern kann. „Ich habe jetzt die Faxen dick, Edmund! Wie kannst

du dich an einer solchen Aktion beteiligen? Das ist Kidnapping, Mann. Weißt du eigentlich, in was für ein Schlamassel du dich da reinreitest?"
„Ich bin mir dessen bewusst, Hans. Und genau deshalb bitte ich dich, der Anweisung nachzukommen. Weder ich noch mein junger Partner möchten dich dazu zwingen, aber ich bitte dich inständig, Hans. Vertraue mir bitte! Es ist zu wichtig!"
Hans Neumaier dreht sich um und glotzt entsetzt auf die Hand von Adrian Haubner. Er hält einen länglichen Gegenstand fest. Ruhig und bestimmt, ohne bewusst bedrohlich zu wirken. Die Mimik des Mannes kann der erfahrene Kommissar nicht einschätzen. Ist er wirklich gewillt, im Zweifelsfall einen Polizeibeamten anzugreifen? Oder spielt er nur den starken Mann? Er weiß es nicht. Ein Gefühl der Ohnmacht breitet sich aus, und es lähmt die klar strukturierten Gedanken, die ihm als Polizisten eigentlich dienlich sein müssten. Es ist aber anders diesmal. Er kann sich nicht erinnern, wann er sich letztmalig in einer Situation befand, in der er sich zu keiner sinnvollen und durchdachten Entscheidung durchringen konnte.
Lindner steht immer noch neben der geöffneten Schiebetür des Fords. Er wartet auf Neumaiers Reaktion. Die Blicke der beiden treffen sich.
„Du bringst dich in Teufels Küche, Edmund."
„Ich bin überzeugt, es wird sich alles aufklären, Hans."
„Ihre Waffe und das Telefon bitte," fordert Haubner immer noch ruhig und sachlich, aber bestimmt auf.
In Ermangelung einer zielführenderen Idee entschließt sich Hans widerwillig, zu der vollkommen grotesken Szenerie seinen Beitrag zu leisten. Vielleicht hätte er sich anders entschieden, wenn ihn zwei völlig Fremde zu dieser Aktion aufgefordert hätten, aber die Anwesenheit von Edmund Lindner verleiht der Situation etwas Paradoxes, fast schon etwas Vertrautes. Als würde eine innere Stimme ihm sagen, dass er der Lösung des Rätsels nur dann näherkäme, wenn er sich darauf einließe. Seine Hand gleitet unter den Jackensaum, natürlich unter strengster Beobachtung des jungen Mannes. Vorsichtig zieht er seine Dienstwaffe aus dem Halfter und legt sie auf den Betonboden vor sich.
„Ich habe kein Handy bei mir," gibt Hans bestimmt vor.
Lindner nickt Haubner kurz zu, der sich umgehend zum BMW von Hans Neumaier begibt. Danach hebt Edmund Lindner die Schusswaffe des Beamten auf.

„Ich verwahre sie für dich, Hans."
Kurze Zeit später kehrt Adrian Haubner zurück.
„Alles in Ordnung," murmelt er seinem älteren Partner zu. „Es liegt in seinem Wagen auf dem Beifahrersitz."
„Dort kann es bleiben," ordnet Lindner an und wendet sich erneut an Hans Neumaier. „Wir benötigen deine Autoschlüssel."
Der Kommissar zögert, übergibt dann aber widerwillig den gewünschten Gegenstand, verbunden mit einem strengen Blick. Er verlässt sich auf sein Geschick, dass seine wahren Gedanken verborgen bleiben. In den vergangenen Sekunden hat sich Hans Neumaier endgültig zu dem Entschluss durchgerungen, gute Miene zum bösen Spiel zu machen. Irgendetwas stimmt hier ganz und gar nicht, und er ist gewillt, herauszufinden, was es ist.
Adrian Haubner nimmt die Schlüssel an sich. Edmund Lindner bittet Hans erneut, sich in den Van zu begeben. Hans leistet der Aufforderung nun folge und nimmt im Heck des Wagens Platz. Mit Erstaunen stellt er fest, dass dort zwei sehr bequeme Sitzbankreihen eingebaut wurden. Er setzt sich mittig auf die vordere und schnallt sich an.
Edmund Lindner wirft ihm ein freundschaftliches Lächeln zu.
„Ich danke dir für dein Vertrauen, Hans."
Danach schaltet er die Innenbeleuchtung ein, schließt die Schiebetür und begibt sich zur Fahrerseite.
Hans Neumaier verschafft sich geschwind einen Überblick über die Fakten. Leider muss er feststellen, dass er quasi von der Außenwelt abgeschottet ist. Vom vorderen Part, dem Fahrer- und Beifahrerbereich, trennt ihn eine Metallwand. Das Heck des Vans verfügt über keine Fenster, was eine Orientierung anhand der Umgebung unmöglich macht. Zum Glück hat sein alter Schachfreund die Innenraumbeleuchtung eingeschaltet. Hans prüft, ob er irgendein herumliegendes Utensil nutzen könnte. Enttäuscht muss er erkennen, dass der Wagen völlig leer ist.

Adrian Haubner steht neben dem geöffneten Fahrerfenster.
„Na dann, viel Glück."
„Dir auch. ...Du weißt, was zu tun ist."
Edmund Lindner reicht ihm die Waffe des Kriminalbeamten. Adrian Haubner nickt. Mit einem Lächeln schließt Edmund Lindner das Fenster und fährt los.

Der junge Mann verfolgt die Abfahrt des Ford Transit über die an der abgewandten Seite der Halle befindlichen Rampe. Wie er sich dem Kreisverkehr nähert und unbehelligt vom fließenden Verkehr aufgesogen wird, bleibt ihm verborgen.
Die Gesichtszüge von Adrian Haubner verändern sich, nachdem er den Wagen aus den Augen verloren hat. Er erinnert sich an seine Aufgabe, die er jetzt zu erledigen hat.

Die notdürftige Beleuchtung im Heck des Ford Transit genügt Hans, um sein direktes Umfeld untersuchen zu können. Er forscht immer noch nach einem Hinweis, einer Möglichkeit, wie er sich ein Bild von der Route machen kann, die er nun offensichtlich vor sich hat. Alleine das Gehör und die Bewegungen des Fahrzeuges genügen nicht. Spätestens nach der vierten Richtungsänderung kann er nicht mehr mit Bestimmtheit sagen, wo er sich befindet.
Während er langsam und sukzessive das Interesse an den Fahrzeugbewegungen reduziert, erfährt er eine Art Renaissance seiner Sinne. Betrübt nimmt er zur Kenntnis, dass sein alter Freund offensichtlich auf die schiefe Bahn geraten ist. Aus welchen Gründen auch immer. Noch betrüblicher empfindet Hans seine eigene Unzulänglichkeit. Er hat Edmund Lindner nicht mit Ereignissen der Vergangenheit konfrontiert, ihn nicht auf die guten alten Zeiten angesprochen, auch nicht das Schachspiel erwähnt, deren gemeinsames Hobby. Er hat noch nicht einmal nach dem Befinden seiner Frau Inge gefragt. Wie es ihr geht? Dem zweifellos bizarren Theater in der Halle und in der Tiefgarage eine Spur persönlichen Touch zu verleihen, in der Hoffnung, das Gespräch würde sich emotionaler entwickeln.
Er hat es nicht getan. ...Die Chance verstreichen lassen. Den Dingen ihren Lauf gehen lassen. ... Nein, das stimmt nicht. Er ist unfreiwilliger Teilnehmer einer bestens durchdachten und organisierten Aktion geworden. Das tröstet ihn zwar nicht, aber es ermutigt ihn, sich fortan besser vorzubereiten.
Wo geht es hin?
Womit muss er dort rechnen?
Wer steckt hinter der Geschichte?

3

Mittwoch,
später Abend

Was zunächst nur den Anschein aufweist, eines von vielen Gerüchten im Netz zu sein, entpuppt sich binnen Minuten zu einer Lawine an Informationen und Neuigkeiten. Eine gesellschaftlich mediale Bombe scheint gezündet worden zu sein, als die erste Nachricht von vielen Akteuren der alternativen Medienlandschaft geteilt und bestätigt wurde.
Inhaltlich gleichen sich die meisten Berichterstattungen.
„...Leute, uns erreichte vor wenigen Minuten folgendes Schreiben:
Sehr geehrte Damen und Herren, liebe Mitbürgerinnen und Mitbürger,
wir haben dieses erste Manifest im Namen aller Bürger verfasst und halten es für unabdingbar, auf alle erdenklichen Möglichkeiten der Verbreitung zurückzugreifen. Daher haben wir dieses Schreiben zahlreichen Medien- und Printunternehmen zugesandt. Sie alle haben die Pflicht, Sie, liebe Bürgerinnen und Bürger, über den Inhalt des Manifests zu informieren. Die am Ende angeführte Liste belegt alle Empfänger dieses Manifests, sowie fünfzig weitere namentlich erwähnte Einzelpersonen, die es ebenfalls erhalten haben.
Hier nun der genaue Wortlaut, liebe Freunde!

1.Manifest
An die Mitbürger der Bundesrepublik Deutschland;
Die Wiederherstellung der demokratischen Grundordnung.
Die Verleumdungen und Lügen jener Schichten und Einzelpersonen unserer Gesellschaft, die im Sog der sogenannten Coronakrise unter Mithilfe propagandistischer und unwahrer Aussagen vielen Mitmenschen großes Leid, sowohl emotionaler, wie auch körperlicher Natur, bis hin zum Tod, zugefügt haben, ist unentschuldbar. Gegen jene Lügner und Verleumder erheben wir das Wort, um sie zu einer freiwilligen Verantwortung und Haftung zu bewegen. Um Gerechtigkeit gegenüber dem eigentlichen Souverän dieses Staates zu erzielen, müssen Fragen beantwortet werden:

Muss nicht am Ende deren Schuldeingeständnis stehen? Jenes, welches einhergehend mit deren vollumfänglicher Entmachtung unser aller Ziel sein sollte, wie in der Folge die Beendigung der Spaltung unseres gesellschaftlichen Miteinanders, die Wiederherstellung unabhängiger Judikative und die Instandsetzung unserer verfassungsmäßig garantierten Rechte und Freiheiten?
Auf Basis des Grundgesetzes. Einigkeit und Recht und Freiheit.
Sie sind unser aller Ansporn. Sie sind unser aller Wille.
Ist es nicht unumgänglich, die Mär von sicheren und nebenwirkungsfreien mRNA-Impfstoffen zu entlarven und zu widerlegen?
Ist es nicht an der Zeit, die Mär von falsch interpretierter Solidarität in Luft aufzulösen?
Müssen nicht endlich die Lügen der selbsternannten Experten enthüllt und ihre Argumente ad absurdum geführt werden?
Niemand wird wegen der Verbrechen gegen die Menschlichkeit, die er oder sie begangen hat, ungeschoren davonkommen. Sie werden sich nicht verstecken können.
Die unten angeführten Empfänger der Medien und die fünfzig ausgesuchten Personen, die alle zum engsten Kreis der Schuldigen dieser Krise zu zählen sind, erhalten dieses Manifest, verbunden mit der Aufforderung, sich ihrer Verantwortung zu stellen und ihre Schuld einzugestehen.
Ihr Verhalten ist maßgeblich für das Ausmaß der Folgen, die zu erwarten sind. Für ihre Erklärung bekommen sie einen Tag Zeit zur Verfügung. Vierundzwanzig Stunden. Morgen um 18 Uhr läuft die Frist ab.
Falls sie sich weigern, wird die Strafe nicht sie treffen, aber es ist nicht auszuschließen, dass willkürlich Menschen aus der Mitte der Gesellschaft betroffen sein werden, die an deren Stelle den gesellschaftlichen Urteilsspruch ertragen müssen. Liegt es nicht somit im Ermessen der Beschuldigten, das andere für sie bestraft werden? ...So wie die Leidgeprüften und Standhaften in deren schlimmer Krise?
Dieser Konflikt ist nur dann zu beenden, wenn sich die Schuldigen einem Prozess der Aufklärung stellen.
Wir sind ...Die Hüter des Prozesses."

Die Resonanz auf das erste Manifest ist erwartungsgemäß vielfältig. Einige sehen darin den Akt einer terroristischen Gruppierung, die die demokratische

Ordnung der BRD auszuhebeln versucht, andere den plumpen Versuch einer Spinnertruppe, die einfach nur Aufmerksamkeit erheischen möchte, und wieder andere glauben, in dem verfassten Schreiben so etwas Ähnliches wie ein Aufbäumen, ein Aufbegehren jener zu erkennen, die sich in den vergangenen drei Jahren Diffamierung und Diskriminierung ausgesetzt sahen. Sozusagen eine Art Racheakt der Unterdrückten. Zumindest der Versuch davon.

In einem Kommentar ist bereits von einer erwartbaren Coronarückstoßwelle, was auch immer der Schreiber damit gemeint haben will, die Rede, einer logischen Konsequenz der unzureichenden Bewältigung der Pandemie. Viele Berichte in den alternativen Medien widmen sich der Liste der Beschuldigten, die dem Manifest beiliegt. Besonders die politisch Verantwortlichen werden herausgepickt und mittels aktueller und älterer Medienberichte auf ihre Schuldhaftigkeit überprüft. Die entsprechenden Kommentarspalten quillen in Minutenschnelle mit allerlei Beiträgen über.

„…Wahrscheinlich wird das Ganze gleich wieder der rechten Szene zugeschrieben."

„…Oder der linken. Hauptsache radikal. Scheint ja derzeit gute Sitte zu sein."

„…Klingt wie Erpressung. Warum wird sowas überhaupt veröffentlicht? Wo ist denn unser Staatsschutz?"

„…Wo ist denn unser Staatsschutz? …Einfache Antwort: Entweder der schläft noch, oder hat es schon wieder vergessen."

„…Sorry, aber das war ein anderer!"

„…Stimmt auch wieder!"

„…Dieser Kommentar wurde entfernt…"

„…Ich hoffe, die gesamte Regierung wird endlich zur Rechenschaft gezogen."

„…Einer auf jeden Fall!"

„…Wer?"

„…Na wer wohl?! …Der, der sich vermutlich mehr als 25 Gramm Cannabis täglich reinzieht, wenn man sich dem sein wirres Gequatsche anhört."

„…Bin mal gespannt, ob der wirklich E… in der Hose hat. Ich traue es ihm einfach nicht zu. Sonst ne große Klappe, aber wenn es drauf ankommt…"

„…Je lauter der Bach, umso leiser die Wahrheit."

„…Was für ein Bach?"

„…Was für ein Scheiß."

„...Gibt es dafür nicht Gerichte? Überlasst das denen und hört sofort mit eurem anarchistischen Gehabe auf!“
„...Dieser Kommentar wurde entfernt...“
„...Dieser Kommentar wurde entfernt...“
„...Dieser Kommentar wurde entfernt...“
„...Spinner! Total bekloppte Spinner!“
„...Dieser Kommentar wurde entfernt...“
„...Ihr seid Helden!!! Weiter so. Gebt nicht auf.“
„...Analytisch betrachtet ein sehr geschickter Schachzug, dieses Manifest. Zwar nicht besonders intelligent umgesetzt, aber die Idee ist interessant.“
„...Was soll der Quatsch mit analytisch betrachtet. Ist doch alles Bockmist.“
„...Im besten Deutschland aller Zeiten rührt sich was!! Ich liebe euch alle!!“
„...Was soll das eigentlich bedeuten mit den willkürlich ausgewählten Menschen? Kann mir das bitte mal einer erklären?“
„...Alles nur Fake!“
„...Wunderbar.“
„...Haben sich die Faktenchecker schon gemeldet?“
„...Offensichtlich wollen die (wer auch immer die sind) wildfremde Menschen umbringen, wenn die feigen Politiker sich nicht stellen.“
„...Niemand von denen wird darauf eingehen. Niemand! Die verhandeln nicht mit Verbrechern.“
Neben den hinlänglich bekannten sozialen Netzwerken berichten einige unabhängige kleinere Radiostationen von den Ereignissen des Tages. Einem lokalen Radiosender in Hannover gelingt sogar binnen einer Stunde ein Liveinterview mit einem der renommiertesten Verhaltensforscher Deutschlands, der sich überschwänglich und voller Inbrunst über die für ihn unumstößliche psychische und seelische Verfassung der potentiellen Verfasser auslässt. Selbst der Einwand der Moderatorin, die zurecht darauf hinweist, dass das Manifest einen eher oberflächlichen Charakter offenbart, besteht der Verhaltensforscher beharrlich auf seiner These, die er damit zu zementieren versucht, dass Züge aus dem Manifest bereits in vielen anderen Erpresserschreiben zu finden seien.
In den Mainstreammedien erringt die Meldung über das vermeintliche Manifest nicht den Hauch einer Erwähnung. Es wird totgeschwiegen, als würde es die Nachricht nicht geben. Anfragen von Journalisten und Reportern werden nicht beantwortet.

In den Zentralen der Volksparteien herrscht hingegen Aufruhr. Alle im Bundestag präsenten Parteien liegt das Manifest vor. Bis auf eine einzige Partei dementieren sie alle nahezu geleichlautend den Erhalt des Schreibens. Ein solches Papier sei der Partei nicht zugegangen. Ob sich hinter dieser Presseaktion ein mutmaßlich rechtsextremistischer Hintergrund verbirgt, wird sich zeigen. Der Verfassungsschutz arbeite bereits in diese Richtung.
Der Pressesprecher einer der Regierungsparteien betont, es könne noch einige Tage dauern, bis etwas Konkretes zu diesem Schreiben zu sagen wäre, welches offensichtlich nicht an alle gesendet wurde, die auf der Empfängerliste stünden.
Ob sich die Partei dem sogenannten Aufklärungsprozess stellen würde?
Der Prozess der Aufarbeitung würde doch schon längst umgesetzt und wäre schon seit Ende der Pandemie in vollem Gange. Seine Partei wäre die erste gewesen, die dazu angestoßen hätte. Das möge doch bitte beachtet und natürlich entsprechend positiv bewertet werden.
Natürlich befände man sich mit den Koalitionspartnern und der Opposition im Dialog. Eine fruchtbare Kommunikation dient am Ende der Demokratie und der freiheitlichen Gesellschaftsordnung.
Man rede mit allen demokratischen Parteien der Mitte.
Die Kollegin einer anderen Partei stellt in deren Pressekonferenz klar, dass bestimmte politische Kräfte mit Vorsicht zu genießen seien, da erst kürzlich einige Mitglieder dieser sicherlich zweifelhaften Partei massiv auf eine Aufarbeitung der Pandemie gedrängt hätten. Sie betont, dass ausschließlich Parlamentarier jener besagten Partei diesen Antrag formell stellte, dieser aber mehrheitlich im Bundestag abgelehnt wurde. Aus gutem Grund, wie sie voller Überzeugung mitteilt, denn man wolle den Blick nach vorne richten. Alte Kamellen aufzuwärmen ist nicht hilfreich und blockiert nur wichtige und notwendige Ressourcen für die zukünftige Gestaltung der deutschen Politik.

So füllen bis zum Abend tausende Kommentare, Berichte, Analysen, Folgerungen und Prophezeiungen die Medienlandschaft. Von klugen und kritischen bis hin zu völlig irrwitzigen und sinnfreien Statements.

4

Mittwoch,
nachts

Kriminalhauptkommissar Hans Neumaier öffnet die Augen, nachdem der Wagen, in dem er sitzt, über eine Bodenwelle rumpelt. Er hat keine Ahnung, wieviel Zeit seit der Abfahrt aus der Industriehalle vergangen ist. Wie lange die Fahrt gedauert hat. Missmutig stellt er fest, dass er wohl eingenickt ist.
Hans denkt über die Situation nach. Durch sein Nickerchen ist es ihm nicht mehr möglich, einen über den Daumen gepeilten Aktionsradius zu definieren. Sie könnten zehn, oder fünfzig, oder dreihundert Kilometer gefahren sein.
Er spürt die Trockenheit in seinem Mund. Wie gerne würde er jetzt einen Schluck trinken, aber im Heck des Wagens befindet sich nichts dergleichen, was seinen Durst stillen könnte.
Hans Neumaier muss eingestehen, dass Edmund Lindner momentan am deutlich längeren Hebel sitzt. Ein unvorbereiteter Mensch würde jetzt sicher in Panik verfallen, aber Hans versucht, sich zu entspannen und zu beruhigen. Er weiß, wie man sich in solch einer Situation verhalten muss. Auf keinen Fall wie das Kaninchen vor der Schlange in Ehrfurcht erstarren, sondern sich konzentrieren, sich vorbereiten, darauf bedacht sein, aufmerksam alles aufzunehmen, was ihn in Kürze erwarten wird.
Der Ford Transit wird langsamer, das Schaukeln nimmt zu. Offensichtlich befinden wir uns auf einem Feldweg, ahnt Neumaier. Nach weiteren quälend langen fünf Minuten auf dem holprigen Untergrund, wird die Fahrt deutlich ruhiger. Schließlich hält der Wagen an. Der Motor wird abgestellt. Hans vernimmt Schritte, die um das Fahrzeug herumgehen und im nächsten Moment öffnet sich die Schiebetür. Edmund Lindner tritt zur Seite und bittet Hans auszusteigen.
Etwas steif von der Reise klettert er aus dem Ford und beginnt sofort damit, die Umgebung zu studieren. Doch anstatt eine Menge Eindrücke zu sammeln, die ihm irgendwann vielleicht nützlich sein könnten, wird er von Trostlosigkeit und Indizienarmut umringt. Eine große Enttäuschung. Rund um ihn herum sieht er Beton. Er befindet sich in einem Raum, vermutlich einer Tiefgarage, die etwa fünfzehn auf zehn Meter groß ist. An der Kellerdecke

spenden acht relativ intensive Leuchtstoffröhren genug Helligkeit. Hinter ihm befindet sich ein Tor, das wohl unmittelbar nach ihrer Ankunft geschlossen wurde. Es besteht aus waagerechten stabilen Lamellen, das von der Decke mittels Rollmechanik herabgelassen wurde. Dem Tor gegenüber erkennt Hans eine Brandschutztür. Vom Tor abgesehen der einzige Ausgang aus der Tiefgarage.
„Wo sind wir hier?“ fragt Hans Neumaier, wohl wissend, dass er keine befriedigende Antwort erhalten wird. Edmund Lindner schließt die Schiebetür des Wagens und gesellt sich neben seinen Begleiter.
„Gedulde dich, Hans. Es wird sich alles aufklären. ...Bitte. ...Hier entlang.“ Lindner deutet zur Tür.
Als wüsste jemand, dass sie auf den Ausgang zusteuern, wird die Brandschutztür von innen entriegelt und geöffnet.
Eine bekannte Person tritt in die Tiefgarage. Der junge Mann, den er schon in der Logistikhalle in Erding kennengelernt hat: Adrian Haubner.
Oder wie auch immer er wirklich heißen mag.
Er hat sich umgezogen, stellt Hans fest. Jetzt trägt er eine beige Jeans, ein dunkelblaues Sweatshirt, sowie weiße Sportschuhe an den Füßen. Leger, aber durchaus elegant.
Adrian Haubner geht zu Edmund Lindner und flüstert ihm leise etwas ins Ohr. Hans Neumaier kann kein Wort verstehen. Edmunds Miene verdunkelt sich, als er die stille Nachricht erhält. Langsam wendet er sich wieder dem wartenden Kommissar zu.
„Ich fürchte, wir haben etwas mehr Zeit als eingeplant. Mein Bekannter, der sich mit dir unterhalten möchte, ist noch beschäftigt. Das heißt, wir müssen bis morgenfrüh warten.“
„Kannst du mir jetzt nicht endlich sagen, Edmund, worum es bei der ganzen Sache überhaupt geht?!“
„Nein, Hans. ...Aber ich kann dir schonmal dein Quartier zeigen.“
„Mein Quartier?“ Hans stutzt. Hört sich an, als rechnen die Herrschaften mit einem längeren Aufenthalt ihres nicht ganz freiwilligen Gastes.
Sie verlassen unter der Führung von Adrian Haubner die Garage, passieren einen schmalen Gang und bleiben schließlich vor einer schlichten weißen Tür stehen. Keine zehn Sekunden später befinden sie sich in einem hübsch eingerichteten Raum. Hans gewöhnt sich schnell an das angenehme warme Licht.

Lindner bewegt seinen Arm zu einer einladenden Geste.
„Willkommen, Hans. Das ist dein Quartier. Ich hoffe, es entspricht in etwa deinen Ansprüchen.“
Als ob es auf meine Ansprüche ankommt, ärgert sich Hans im Stillen. Um eine Studie des Raumes kommt er ohnehin nicht herum. Also legt er gleich los.
Sie befinden sich definitiv in einem Kellerraum. Zum einen in Ermangelung eines Fensters, zum anderen passierten sie auf dem Weg von der Tiefgarage hierher keine Treppen. Es gibt zwei Türen. Durch eine, die breitere auf der linken Seite, sind sie eingetreten. Rechts von Hans befindet sich eine schmälere.
„Darf ich?“
„Bitte,“ antwortet Edmund höflich, „sieh dich um.“
Hans steuert die schmale Tür an und öffnet sie. Dahinter verbirgt sich ein Badezimmer. Und was für eines, muss Hans staunen. Allerdings fehlt auch hier das Fenster. Sauber gefliest vom Boden bis zur Decke. Das Waschbecken in klassischem Weiß. Darüber ein großer rechteckiger Spiegel. Neben der Tür befindet sich das Klosett und links in der Ecke eine geräumige bodengleiche Dusche, eingefasst mit Glasscheiben und einer Tür.
„Hier kann man es aushalten,“ merkt Neumaier lakonisch an.
„Schön, dass es dir gefällt.“
„Vermutlich werde ich es nicht brauchen. Ich gedenke nicht lange hier zu bleiben.“
„Wir werden sehen, Hans. Wir werden sehen.“
Edmund Lindner wendet sich ab, gefolgt von Adrian Haubner. Im Hauptzimmer mustert Hans die Innenausstattung. Neben der Tür zum Bad befindet sich ein Smart-TV auf einem kleinen halbhohen Schrank.
„Im Schrank finden Sie ein paar DVDs, falls es zu langweilig wird,“ sagt der jüngere der beiden. Die Stimme klingt ein wenig höhnisch, als wolle er sich über seinen Gast lustig machen.
Neumaier reagiert nicht auf die Anmerkung. Vielmehr untersucht er weiter das Zimmer. Auf der gegenüberliegenden Seite befindet sich ein Bett, mit Laken, bezogenem Kissen und Bettdecke. Die erwarten tatsächlich, dass ich hier übernachte! Als sei es von vornherein geplant gewesen. Direkt neben dem Bett steht ein Kleiderschrank. Mitten im Raum kann man an einem

quadratischen Tisch auf einem der beiden Stühle verweilen. Schlichte, aber nette Einrichtung, resümiert der Kriminalkommissar.
„Was darf ich ihnen zum Trinken anbieten, Herr Neumaier?“ fragt Adrian Haubner. „Einen Tee? Einen Kaffee? Oder lieber etwas Kaltes? Ein Erfrischungsgetränk vielleicht?“
„Besten Dank,“ antwortet Hans, eine Spur Süffisanz nicht verheimlichend, „gegen ein Glas Wasser hätte ich nichts einzuwenden. Und im Anschluss eine Tasse Kaffee wäre nett.“
„Einen doppelten Schwarzen, wenn ich richtig informiert bin?!“
Adrian Haubner ist ein bemerkenswerter Mann mit detaillierten fundierten Kenntnissen über ihn, stellt Hans fest. Vermutlich hat er die Information von Edmund.
„Sie sind bestens im Bilde.“
Keine Reaktion bei dem jungen Mann. Bei Lindner ist zumindest der Ansatz eines Lächelns erkennbar, aber Haubner bleibt völlig ungerührt. Er nickt nur kurz und verlässt das Zimmer. Als er verschwunden ist, geht Hans auf Edmund zu.
„Was wird das hier, Edmund? Jetzt mal ehrlich. Zwingt man dich zu all dem Mist?“
„Keineswegs, Hans.“
„Du weißt, dass dich das Kopf und Kragen kosten wird. Ich kann dich in diesem Fall nicht mehr decken. Herrgott, Edmund. …Entführung eines Polizeibeamten! Was ist nur in dich gefahren? Und was soll diese alberne Geheimnistuerei?“
„Hans, das wird sich aufklären, glaube mir. …Das hat alles seine Gründe.“
„Tut mir leid, Edmund,“ sagt Hans erbost, „aber ich habe kein Verständnis für diese Aktion. Dabei spielen eure Motive keinerlei Rolle. Es ist eine Straftat, ohne Wenn und Aber.“
„Warte mit deiner Einschätzung bitte noch, bis du das Gespräch mit meinem Bekannten geführt hast. Ich gehe davon aus, dass du sie dann ändern wirst.“
„Da bin ich aber mal gespannt.“
Adrian Haubner kehrt zurück. Er trägt ein Tablett, auf dem sich ein leeres Glas, eine Karaffe mit Wasser und eine Tasse mit duftendem Kaffee befindet. Er stellt es auf den Tisch und tritt einen Schritt zurück.
„Sie haben sicher auch Hunger?“

Hans nickt. Ihm fällt die unfreiwillig entfallene Grillparty bei Miriam und Zeno Schulze ein. „Klar. Wie wäre es mit einem wunderbaren Rindersteak und einem Paar herzhaften Bratwürsten, dazu ein schmackhafter Kartoffelsalat und, wenn es keine allzu großen Umstände macht, ein paar Scheiben leckeres Bauernbrot?!"
Als Haubner ankündigt, ihm das Mahl in spätestens zwanzig Minuten zu servieren, hätte Hans sich fast am Wasser verschluckt. Der junge Mann verlässt den Raum wieder. Diesmal schließt sich Edmund Lindner an.
„Wir werden später noch das Vergnügen haben, Hans. Ruhe dich einfach ein wenig aus. Bis dann."
Hans testet die Matratze. Rücklings wirft er sich darauf und muss erstaunt feststellen, dass sie deutlich bequemer ist als seine eigene daheim. Unglaublich, was für ein Liegekomfort möglich wäre, wenn man sich etwas mit der Thematik befasst und sich über die Angebote informiert. Er beschließt, gleich nach seiner Rückkehr, wann immer diese sein wird, mit Ulrike über neue Matratzen zu sprechen. In diesem Augenblick wird ihm schmerzlich bewusst, dass Ulrike noch gar nichts von seinem Schicksal weiß. Liebend gerne würde er sie unterrichten, dass es ihm gut gehe, dass er einen alten Freund getroffen habe und einfach nur später zum Grillabend käme. Sie bräuchte sich keine Sorgen machen. Bedrückt zieht er die Augenbrauen nach oben. Es ist ein Dilemma.
Der Kaffee war ausgezeichnet. Das Steak und die Würstchen samt Kartoffelsalat, das Adrian Haubner tatsächlich knapp zwanzig Minuten nach seiner Bestellung kredenzt hat, war fast das Beste, an das er sich in den letzten Jahren erinnern kann. Selbst das Brot war außergewöhnlich frisch und schmeckte vorzüglich.
Hans schätzt, dass er bisher etwa zwei Stunden hier in diesem Zimmer weilt. Ihm kommt schon der Gedanke, sich einen der Filme anzusehen. Nur, um sich die Zeit zu vertreiben.
Aber er bleibt standhaft. Keine Ablenkung. Er versucht weiterhin, die Geschehnisse zu deuten und in einen gewissen logischen Kontext zu bringen.
Erfolglos!

5

Donnerstag,
früh morgens

Da Miriam noch nicht anwesend ist, braut Linda den Kaffee. Zwei mitgebrachte Schokocroissants runden das Frühstück ab. Sie legt die Stirn in Falten, als sie Hans Neumaiers Schreibtisch in Augenschein nimmt. Sie könnte schwören, dass es darauf wie vorgestern aussieht. Unverändert. Als wäre nicht daran gearbeitet worden, als wäre er gestern Abend nicht mehr hier gewesen. Wie übrigens auch zur Grillparty, zu der er nicht mehr erschien. Ulrike machte sich gestern früher auf den Heimweg, um zu sehen, ob Hans nach seinem kurzfristigen Termin nach Hause gefahren war und einfach nur vergessen hat, Bescheid zu geben. Sehr merkwürdig. Das sieht dem alten Haudegen gar nicht ähnlich.

Bis die Kollegen eintreffen, widmet sich Linda den einschlägigen Nachrichten auf einem der Internetportale. Genüsslich den Kaffee schlürfend überfliegt sie die Titelzeilen der Meldungen.

Nichts von Bedeutung. Der übliche Wahnsinn. Auf einer der Seiten findet sie einen Bericht über einen Brief, der offensichtlich bei einer renommierten Zeitung eingegangen sein soll. Nichts Konkretes. Es wird vermutet, dass es sich um einen Trittbrettfahrer handelt, der sich um Aufmerksamkeit bemüht. Alles in Allem nicht ernst zu nehmen.

Eigentlich hat Linda gehofft, ein paar Minuten in Ruhe ihre Croissants zu verspeisen und die Nachrichten zu studieren, doch ihr eigenes Mobiltelefon macht ihr einen Strich durch die Rechnung. Ihr wird bewusst, wie abhängig sie bereits von diesem technischen Hokuspokus ist, als sie ohne Zögern die Lektüre unterbricht und sich dem Grund des akustischen Signals widmet.

Ihre Accounts auf diversen sozialen Netzwerken wie WhatsApp, Twitter und Telegram haben ihr nicht nur auf beruflicher Ebene gute Dienste erwiesen, sondern waren und sind auch im privaten Bereich sehr nützlich. Das eben wahrgenommene Signal kam von Telegram. Linda hat sich vor einigen Monaten in einer Gruppe angemeldet, in der vorrangig über Frauenpower in Politik und Gesellschaft diskutiert wird. Natürlich werden auch gelegentlich themenfremde Beiträge gepostet, aber das scheint niemanden zu stören.

Dieses Mal ist es einer über Politik. Über eine Frau. Einer jener Berichte, der sie innehalten lässt.
Sie liest den Textbeitrag, der mit einem Bild abgerundet ist. Auf dem Bild ist die besagte Politikerin zu sehen, darunter die Wiederholung der Schlagzeile, die auch zu Beginn schon die Nachricht eröffnete:
Ministerin öffentlich der Lüge bezichtigt.
An sich nichts Ungewöhnliches, sinniert Linda, aber etwas merkwürdig Anmutendes fällt ihr sofort auf. Im Bericht wird auf ein ominöses Schriftstück, so eine Art Manifest, hingewiesen, welches besagte Dame erhalten haben soll. In dem Schreiben wird sie und diverse andere Personen bezichtigt, die Bevölkerung in mehrfacher Hinsicht bewusst belogen zu haben und man ließe ihr einen Tag Zeit, die Verantwortung für ihr Handeln zu übernehmen.
Linda stellt die Kaffeetasse ab und prüft die Nachricht, über die sie zuvor im Internet gestolpert war. Da, die Geschichte mit dem Brief, der einer Zeitung zugegangen ist. Leider war dieser undurchsichtige Brief im Internetartikel nicht zu finden. Auf Telegram findet sie ihn auch nicht. Nach kurzer Suche wird sie auf Twitter fündig. Einer der User hat das Manifest nun öffentlich abgespeichert. Sie lädt es herunter und beginnt, das Dokument zu lesen, wird aber jäh unterbrochen, als Miriam das Büro betritt.
„Guten Morgen, Linda. Was machst du denn so früh schon hier?"
„Guten Morgen. ...Hat sich so ergeben. Ich will heute früher Schluss machen." Sie leistet Miriam in ihrem Büro Gesellschaft. „Sag mal, Miriam, hast du gestern noch irgendetwas von Hans gehört?"
„Nein. Du auch nicht?"
„Nein. Ich habe es heute früh einmal am Handy probiert. Leider kein Erfolg."
„Was ist nur los mit Hans?"
„Vielleicht sollten wir eine Vermisstenmeldung aufgeben."
Miriam teilt Lindas Humor nicht. „Mal den Teufel nicht an die Wand, Linda! Nicht, dass ihm wirklich irgendwas passiert ist."
Sie hängt ihre Jacke auf einen Kleiderbügel und verstaut sie im Schrank neben der Tür. Mit Wohlwollen erkennt sie, dass Linda Fuchs in Sachen Kaffeezubereitung fleißig war. Ein schönes Gefühl, sich einen zu nehmen, den man nichts selbst gebraut hat.
„Miriam?" fragt Linda mit dem Mobiltelefon in der Hand. „Hast du schon von dieser Sache mit dem komischen Brief gehört, der seit gestern herumgeistert?"

„Ja, klar. Ist momentan der Renner. Wieso fragst du?“
„Ach, nur so. Ich bin vorhin darauf gestoßen und frage mich, was es damit auf sich hat. Ich muss allerdings gestehen, dass ich diesen Brief noch nicht gelesen habe.“
„Geht mir auch so,“ bekennt Miriam. „Ich kenne den Inhalt auch noch nicht. Es gibt aber schon eine ganze Menge Leute, die es kommentiert haben. Wenn ich das richtig verstanden habe, ist das so eine Art Erpressung. Ziemlich merkwürdig, das Ganze.“
„Erpressung?“
„Ja, irgendwer fordert von einer Menge Menschen, sich bezüglich Covid und Impfung zu offenbaren. Sie nennen sich die Hüter des Prozesses!“
„Das muss ich mir nachher unbedingt mal ansehen,“ beschließt Linda. „Hans ist wichtiger. Ich versuche ihn nochmal zu erreichen.“
Durch die geöffnete Schiebetür hört sie die nun ebenfalls beunruhigte Miriam Schulze.
„Ich habe vorhin bei Ulrike angerufen.“
„Und?“
„Ulrike sagt, er ist nicht daheim. Er war die ganze Nacht nicht da.“
„Was für ein Mist,“ resümiert Linda. Niemand weiß, wo sich Hans momentan aufhält. Nicht einmal seine Frau.

In diesem Moment kommt Riedinger in Miriams Zimmer. Sofort erkennt die Schreibkraft, dass etwas nicht stimmt. Der Gesichtsausdruck des Abteilungsleiters Bernd Riedinger verheißt nichts Gutes. Linda hält inne und wohnt dem Gespräch bei.
Riedinger schnauft einmal tief durch und wirft einen Blick in das leere Zimmer der Kommissare.
„Wo ist der Kollege Neumaier?“ fragt er harsch.
Linda ist hin- und hergerissen. Die Frage bedeutet, dass Riedinger keine schlechten Nachrichten über den Verbleib von Hans mitteilen kann. Zum Beispiel ein Unfall oder noch Schlimmeres. Andererseits könnte ihm trotzdem etwas widerfahren sein, wovon er einfach nichts weiß. Linda vermutet, dass es sich beim Besuch des Chefs um etwas anderes handeln muss.
„Ehrlich gesagt, wir wissen es nicht. Er wollte sich gestern Abend mit einem Zeugen treffen. Die Sache mit den Diebstählen im Schwimmbad.“

„Bleiben Sie dran, Frau Fuchs, und sehen Sie zu, dass Sie Neumaier finden. Wir haben eine Menge zu tun."
Er hält kurz inne, bevor er fortfährt.
„Meine Damen, soeben fand ein internes Meeting der Abteilungsleiter statt, auf Antrag der Abteilung Vermisstenstelle. Das Ergebnis des Treffens veranlasst alle Abteilungen zu einer intensiven Zusammenarbeit. Ich habe ihnen hier die wichtigsten Daten ausgedruckt. Sie finden entsprechende Dokumente ausführlich und in Gänze auch in digitaler Form. Das Wesentliche in Kürze. Wir haben in den letzten Stunden eine signifikante Häufung von Vermisstenfällen. Normalerweise fällt ein derartiger Anstieg erst Tage später auf, aber wir haben bayernweit eine Steigerung um achtzehn Prozent, deutschlandweit sogar zwanzig Prozent gegenüber den üblichen Quoten. Bemerkenswert sind die Zeitpunkte der Vermisstenmeldungen. Nahezu alle fanden zwischen gestern zweiundzwanzig Uhr und heute sieben Uhr statt."
„Das ist in der Tat erstaunlich," merkt Linda an, als sie den Ausdruck überfliegt. „Aber was haben wir jetzt konkret damit zu tun?"
„Zunächst nur einen überwachenden Status," erklärt Riedinger. „Unsere Aufgabe ist die Prüfung der eingehenden Kriminaldelikte bezüglich eventueller Verbindungen zu den Vermisstenfällen. Einfach ausgedrückt, wir sollen Gemeinsamkeiten melden, sofern welche auftreten."
„Gut, dann lassen wir die Namen der vermissten Personen doch gleich mal durch die Datenbank laufen."
Linda schmunzelt und steuert auf ihr Büro zu. Bernd Riedinger verabschiedet sich bei Miriam mit einem kurzen Nicken und lässt sie dann alleine zurück.
Die dunkelhaarige Schreibkraft legt die Stirn in Falten. Nicht die Häufung der Vermisstenfälle macht ihr Kummer, sondern vielmehr die Abwesenheit des erfahrenen Kollegen. Haben die vielen Vermisstenfälle etwas mit dem Fernbleiben von Hans Neumaier zu tun? Ist er womöglich selbst einer der Gesuchten? Nur, dass er noch nicht als solcher gemeldet wurde? Sie nimmt ihr Mobiltelefon zur Hand und wählt die Nummer von Hans Neumaier.
Nach einigen Sekunden vernimmt sie die klassische Ansage, der Angerufene sei nicht erreichbar und man möge es später noch einmal versuchen. Die Mailbox ist nicht aktiviert.

Keine dreißig Minuten später wird die Sekretärin durch ein Klopfen an der Tür abgelenkt. Eine dunkelhaarige Frau tritt mit ängstlichem Blick ein. Obwohl

ihre Worte buchstäblich in einem permanenten Schluchzen ersticken, wird Miriam Schulze der Grund der Besorgnis schnell klar.
„Es tut mir leid, aber da sind Sie bei mir falsch," sagt Miriam Schulze zu der Dunkelhaarigen, die soeben mit tränengeplagten Augen und betrüblicher Stimme vom Fernbleiben ihrer beiden Töchter berichtet. Die Ärmste, schätzungsweise Anfang bis Mitte Vierzig, steht wie bestellt und nicht abgeholt im Türrahmen und wartet darauf, dass irgendetwas passiert. Miriam widmet ihr einen mitleidigen Blick, legt die Stirn in Falten und gesellt sich dann zu ihr, um ihr den rechten Arm um die Schulter zu legen. Die Frau macht sich wirklich große Sorgen.
„Sie sagten, ihre Töchter wären verschwunden?"
Die Frau hat größte Mühe, ihre Tränen im Zaum zu halten. Sie nickt nur.
„Kommen Sie," fordert Miriam Schulze höflich auf. „Ich bringe Sie zur Vermisstenstelle. Sie haben sich nur im Stockwerk geirrt. Wir müssen eines höher. Ich begleite Sie."
„Danke," erwidert die Frau und schluchzt weiter.
Während der kleinen Exkursion fragt Miriam weiter. Nicht der Information wegen, sondern um die Gute zu beruhigen.
„Wie heißen Sie?"
„Isabella. ...Isabella Barrios."
„Gut, Frau Barrios. Seit wann vermissen Sie die beiden denn?"
„Seit zwei Tagen."
„Seit zwei Tagen erst? Und Sie haben nicht die leiseste Ahnung, wo sie sich aufhalten könnten?"
„Nein. ...Sie kommen jeden Tag nach der Uni nach Hause. ...Immer."
Studium und Heimschläfer, mutmaßt Miriam.
„Keine Besprechungen mit anderen Kommilitonen oder so etwas Ähnliches? Vielleicht ein Treffen mit Freundinnen?"
„Nein. Davon hätten sie mir erzählt."
„Machen Sie sich keine Sorgen, Frau Barrios. Es wird sich sicher bald aufklären, warum ihre Töchter nicht nach Hause gekommen sind."
Nach der Rückkehr aus der Abteilung für Vermisstenfälle kümmert sich Miriam umgehend wieder um ihre Datei, die sie vor der Unterbrechung bearbeitet hatte.
Es dauert keine Minute, als Linda Fuchs ihr Büro betritt.

„Immer noch kein Lebenszeichen von Hans," berichtet sie entnervt. Miriam schüttelt den Kopf.
„Bei mir auch nicht."
„Ich kann mir keinen Reim darauf machen. Irgendetwas stimmt da nicht."
„Wer weiß, wie lange er gestern noch unterwegs war," meint Miriam nachdenklich.
„Kein Grund, nicht auf meine Anrufe zu reagieren," mahnt Linda an. „Erinnere dich. Das ist nicht die Art von Hans. Für uns ist er immer da."
Sie überlegt, was Hans während des letzten Telefonats noch gesagt hatte. Irgendetwas mit der Diebstahlserie im Schwimmbad, die sich in den vergangenen zwei Wochen ereignet hat. Was war noch? ...Klar. ...Hans erwähnte einen gewissen Edmund Lindner, den er wohl kenne. Und da war noch ein Name. ...Adrian Haubner oder so ähnlich.
„Sagen dir die Namen Adrian Haubner oder Edmund Lindner irgendetwas?" fragt Linda.
Miriam verharrt in ihrer Arbeit und hebt langsam den Kopf.
„Der Name Adrian Haubner sagt mir nichts, aber bei Edmund Lindner klingelt was."
Sie widmet sich wieder ihrer Tastatur und gibt den Namen ein. Einen Wimpernschlag später hat sie die Information, auf die sie gehofft hatte.
„Da haben wir es! ...Edmund Lindner."
Linda gesellt sich neben ihre Kollegin. Beide betrachten die Angaben auf dem Bildschirm.
„Inge und Edmund Lindner, Eltern von Dorothee Lindner," murmelt Linda, als sie die ersten Zeilen liest. Miriam klärt sie auf, nachdem ihr die Geschichte wieder einfällt.
„Der Fall Lindner. Eine vermisste Frau. Dorothee. Ich erinnere mich. Hans lag dieser Fall sehr am Herzen. Er kennt Edmund Lindner persönlich. Schon viele Jahre."
„Gibt es außer diesem Fall noch einen anderen Bezug zwischen Hans und diesem Lindner?" will Linda Fuchs wissen.
„Moment, hier steht es." Miriam scrollt das Dokument hinunter. „Beide waren im hiesigen Schachklub aktiv. Ich glaube, Lindner ist es noch, Hans ist meines Wissens vor einigen Jahren ausgetreten."
„Das ist alles?"
„Ja. Wieso?"

„Ach, nur so. Vermutlich hat es keine große Bedeutung." Ihr fällt der zweite Name ein.
„Gibt es Infos zu Adrian Haubner?"
Miriam durchforscht die Datenbank. „Nein, Linda. Ein Mann namens Adrian Haubner ist nicht aktenkundig."
„Besorge mir bitte trotzdem Infos zu diesem Mann. Wohnort, Beruf, alle relevanten persönlichen Daten, und so weiter."
„Gut. Kann ich machen," erwidert Miriam und macht sich umgehend ans Werk.
Linda Fuchs wechselt wieder in ihr eigenes Büro zurück, lässt aber die Trenntür geöffnet. Sie nimmt auf dem Bürostuhl Platz und wirft einen prüfenden Blick zum gegenüberliegenden verwaisten Schreibtisch von Hans Neumaier. Sie entspannt sich ein wenig und muss sich tatsächlich eingestehen, dass sie vermutlich zu viel Sorge hat walten lassen. Hans ist womöglich schon unterwegs ins Büro und hat sein Handy irgendwo im Wagen liegen, wo er es nicht erreichen kann. ...Oder erreichen will. ... Wer weiß? Wahrscheinlich kommt er in ein paar Minuten mit leckeren Nussschnecken in der Hand ins Büro und amüsiert sich köstlich über die manische Besorgnis seiner jungen Kollegin.
Der uniformierte Kollege, der gerade ohne Anklopfen Miriams Büro betritt, wirkt angespannt.
„Servus. Ich habe was für euch. Anruf von einer Baustelle im Gewerbegebiet."
„Was denn?!"
„Bauarbeiter haben vermutlich einen Tatort entdeckt."
„Was heißt vermutlich?"
„Naja, viel Blut, aber kein Opfer," erklärt der Polizeiobermeister mit einem Achselzucken. „Die Spusi habe ich gerade informiert. Die sind schon auf dem Weg. Die meinen, ihr solltet auch hinkommen."
„Linda!" ruft Miriam durch die offene Trenntür.
„Habe schon mitgehört," antwortet die Kommissarin, als sie den Büroraum betritt. „Ich mache mich auf den Weg."
„Soll ich Sie fahren?" schlägt der Polizeiobermeister vor. „Ich muss sowieso raus."
„Gute Idee. Da ich alleine bin, kommt mir das sehr gelegen." Linda Fuchs schnappt sich ihre Jacke und folgt dem Beamten. „Auf in den Kampf!"

Zehn Minuten später erreichen die beiden den Ort, von dem die Benachrichtigung über den seltsamen Fund gesendet wurde. Wie erwartet steht vor dem Portal der Industriehalle ein halbes Dutzend Fahrzeuge. Zwei Kleinlaster einer Baufirma, ein Einsatzfahrzeug der Polizei und zwei Dienstwagen der Spurensicherung, sowie ein dunkelblauer Audi. Sie passieren einen ihrer Kollegen, der neben der Absicherung die Zufahrt zur Baustelle bewacht und parken neben einem der Kleinlaster. Das Areal um den Eingang in die Logistikhalle ist weiträumig abgesperrt. Linda betritt das Innere der Halle.

„Ist Hoppe schon da?“ fragt sie einen der Mitarbeiter im weißen Overall.

„Der ist schon wieder weg. War ja keine Leiche da. Aber der Auer Ferdl ist gerade gekommen.“

„Wo finde ich ihn?“

„Ich glaube im Untergeschoss.“ Er deutet zum Rohbau des Treppenhauses. „Dort entlang!“

Linda Fuchs weist ihren Fahrer an, vor der Halle zu warten. Anschließend streift sie sich die blauen Plastiküberschuhe und die Einweghandschuhe über und begibt sich in das Untergeschoss. Sie hat keine Mühe, Ferdinand Auer, den Leiter der KTU, zu finden. Sowohl akustisch, wie auch visuell signalisiert der Mann mit der tiefen Stimme eindeutig seinen Aufenthaltsort.

Ferdinand Auer begrüßt die rothaarige Polizistin, als sie sich ihm nähert. Verblüfft stellt sie fest, wie unheimlich weitläufig der Rohbau wirkt. Viele kleine Räume, die allesamt in Ermangelung von eingebauten Türen ungehindert zugänglich sind, aber trotzdem unübersichtlich erscheinen.

Ferdl begutachtet den Betonboden, um die Vielzahl von gesicherten Fußspuren im Staub zuzuordnen und zu dokumentieren. Linda widmet sich dem großen Blutfleck, der mittig in einem gut ausgeleuchteten Raum zu sehen ist. Vorsichtig umkreist sie ihn.

„Ziemlich viel Blut,“ findet Linda.

„Zweifelsfrei!“

„Was kannst du mir schon sagen?“

Ferdinand Auer kratzt sich am Kopf. „Also, wie die Bauarbeiter schon gesagt haben: Wir haben eine Blutlache, aber kein Opfer. Das heißt, dass dies vermutlich ein Tatort ist, aber kein Fundort. Wir haben bereits alle Räume im Keller durchsucht. Negativ. Keine Leiche.“

„Dann ist das vermeintliche Opfer also weggeschafft worden," stellt Linda fest. Nachdenklich wirft sie einen suchenden Blick auf den Boden. „Ich sehe hier nirgendwo Schleifspuren."
„Geht uns genauso. Wir haben auch nichts dergleichen entdecken können. Es ist davon auszugehen, dass das Opfer getragen wurde, eventuell sogar in irgendeinem Behältnis."
„Was kannst du mir über das Blut sagen? Konnten deine Kollegen schon etwas herausfinden?"
„Noch nicht viel," antwortet der Leiter der Kriminaltechnik. „Grob geschätzt handelt es sich um etwa drei bis vier Liter, die das Opfer hier auf dem Boden verloren hat. Bezüglich der Blutgruppenbestimmung und weiteren Details muss ich dich vertrösten. Die Proben sind gerade erst ins Labor geliefert worden. Julius und seine Leute arbeiten daran."
Linda nickt. Sie hat nichts anderes erwartet.
„Gibt es irgendwelche Anhaltspunkte, wie es zu diesem umfangreichen Blutverlust gekommen ist?"
„Keine, Linda," entgegnet Auer. „Da tappen wir noch völlig im Dunkeln. Tod mittels Schusswaffengebrauchs ist wohl auszuschließen. Wir haben bis dato keine Patronenhülsen gefunden. Ein Angriff mit einem Messer oder ein Schlag mit einem Gegenstand ist auch eher unwahrscheinlich, da rund um die Blutlache keine Spritzer zu finden sind. Gestützt wird unsere These dadurch, dass alle auffindbaren losen Objekte, die in Betracht kämen, keine Blutspuren aufweisen."
Linda dreht sich um. Sie wundert sich. Warum hat der potentielle Täter diesen Ort des Geschehens gewählt, dann aber die Leiche abtransportiert? So schlecht wäre der Keller gar nicht gewesen?!
Es muss einen Grund dafür gegeben haben. Vielleicht steht das Opfer im Zusammenhang mit der Baumaßnahme, und daher wollte man es nicht hier zurücklassen. Aber dann ergibt es im Umkehrschluss auch keinen Sinn, denjenigen hier zu ermorden. Es sei denn, es wäre eine Affekttat gewesen.
Linda rätselt, während ein Mitarbeiter der KTU in der Tür steht.
„Ich habe was, Chef. Sieh dir das mal an."
Ferdinand Auer folgt dem weißen Overall. Linda schließt sich an. Sie erreichen eine weitläufige Parkgarage mit vielen Stützpfeilern. Sie steuern auf einen etwa acht auf acht Meter großen Bereich zu, der mit rotem Trassierband gesichert ist. Auf dem staubigen Boden befinden sich gelbe

Täfelchen mit schwarzen Ziffern. Daneben eine junge Frau, ebenfalls mit dem obligatorischen weißen Overall bekleidet, die sich um diverse Fußspuren kümmert.
„Wir haben hier ein paar sehr deutliche Reifenspuren gefunden," erläutert der Mann im Overall. „Sind vermutlich nur wenige Stunden alt. Ich habe den Capo gefragt, ob die heute schon mit Fahrzeugen hier unten waren. Dem ist nicht so. Das heißt, diese Spuren sind mit sehr großer Wahrscheinlichkeit die letzten, die hier hinterlassen wurden."
„Sehr gut," lobt Ferdl. „Damit könnte mutmaßlich das Opfer abtransportiert worden sein. Zurück zu den Reifen: Konntet ihr schon ermitteln, um welches Fabrikat es sich handelt?"
Linda weiß, dass man in den meisten Fällen anhand der Reifenspuren das gesuchte Fahrzeug bezüglich der Marke deutlich einschränken kann.
Der Mann schüttelt mit dem Kopf.
„Leider nicht. Wir wissen, dass es 205er sind. Das Profil ist gut zu erkennen. Die Reifen dürften relativ neu sein. Die Kollegin kümmert sich gerade um die Abdrücke. Ich denke, in zwei, drei Stunden wissen wir mehr."
Auer nickt. Das ist die anstehende Arbeit der Mitarbeiter in der KTU. Die junge Frau, die neben den gelben Täfelchen kniet, erinnert an einen weiteren Fund.
„Udo, vergiss die Schuhabdrücke nicht."
„Ach ja. Danke. ...Also, hier neben den Reifenspuren befinden sich deutliche Abdrücke von Schuhen. Drei verschiedene, die nicht älter als die der Reifen sein dürften. Auch hier wieder die Bestätigung der Baufirma, dass heute noch niemand im Tiefgaragenbereich war. Es handelt sich um zwei Schuhe, unterschiedliche Schuhe, die beide etwa die Größe Fünfundvierzig haben. Die dritte Spur deutet auf eine Person hin, die Größe Zweiundvierzig trägt."
„Habt ihr noch weitere Indizien gefunden?" fragt der Leiter der KTU.
„Darauf wollte ich gerade kommen. Dieselben Schuhabdrücke haben wir auch im Erdgeschoss entdeckt. Dort sind einige Bereiche sehr staubig. Die Spuren sind gut erhalten. Leider sind ansonsten im Erdgeschoss eine Reihe von Informationen vernichtet worden, da dort die Mitarbeiter der Baufirma bereits am Morgen tätig waren. Schade, aber man kann es ihnen nicht vorwerfen."
„Gut," sagt Auer und wägt die Aussagen ab. „Ich möchte so schnell wie möglich einen Abgleich der Abdrücke, damit wir nachvollziehen können, wer welche Wege gegangen ist. Außerdem brauchen wir Infos zum Fahrzeug,

das die Tiefgarage als letztes verlassen hat. Es handelt sich vermutlich um das gesuchte Transportfahrzeug. Je schneller wir danach fahnden können, desto besser."
„Du bekommst die Berichte so schnell wie möglich."
Ferdinand Auer nickt zufrieden und verabschiedet sich von seinen Kollegen.
Vor der Halle treffen Linda Fuchs und Ferdinand Auer auf den Capo der Baustelle und die beiden Mitarbeiter, die den Blutfleck gefunden haben. Bei ihnen stehen zwei Polizeibeamte, die bereits die Feststellung der Personalien und die erste oberflächliche Befragung vorgenommen haben. Der größere der beiden Polizisten berichtet Linda über den Stand der Dinge.
Danach wendet sie sich an den Capo. Ein kleingewachsener Mann mit südländischem Aussehen. Kurzgeschorene schwarze, borstige Haare, ein unübersehbarer Bauchansatz und, wie Linda unschwer erkennen kann, ausgeprägte O-Beine.
„Sie sind der Capo hier?" erkundigt sich Linda Fuchs.
„Ja. Wann wir können wieder an unsere Arbeit?"
„Das wird noch ein bisschen dauern, fürchte ich. Solange die Kollegen den Bereich abgesperrt haben, kommt hier niemand rein."
„Porca miseria. Kostet uns viel Geld. Prego, Signora. Können Sie nicht machen Dampf?"
„Es tut mir leid. Ich kann nichts unternehmen. Das entscheiden andere Leute."
Der Capo winkt verärgert ab, entschuldigt sich aber gleich für die abfällige Geste.
„Mi scusi, Signora. War nicht so gemeint."
„Keine Ursache. Ich sage dem Leiter der Untersuchung, dass er ihnen Bescheid geben soll, sobald zumindest Teile der Halle wieder freigegeben werden."
„Grazie, Signora. Das wäre schön."
Der Mann lächelt, was er angesichts der Färbung seiner Zähne besser nicht getan hätte. Linda wendet sich ab. Beim Wagen trifft sie auf den Beamten, der sie zur Baustelle begleitet hat.
„Ich bin hier fertig. Wir können zurück zur Inspektion."
„Gerne."
Gerade als Linda auf der Beifahrerseite einsteigen möchte, läutet ihr Mobiltelefon. Es ist die Büronummer von Miriam.

„Miriam, was gibt es?"
„Linda, wir haben Neuigkeiten von Hans."
„Ist er im Büro?"
„Nein. Ulrike hat mich gerade angerufen. Sie hat eine Nachricht erhalten."
„Was ist mit Hans? Wo ist er?"
„Das weiß sie auch nicht. Sie erhielt vor ein paar Minuten eine SMS unbekannter Herkunft. Kurzer Text. …*Alles in Ordnung. Grüße, Hans.*"
„Merkwürdig!"
„Ich habe ein bisschen recherchiert und bin tatsächlich fündig geworden. Ich konnte die Quellnummer zuordnen."
Linda klopft ungeduldig auf das Dach des Wagens. „Wer?"
Miriam antwortet prompt. „Die Nachricht kam von Edmund Lindners Handy."
„Von Lindner?"
„Ja."
„Warum hat sich Hans nicht direkt bei ihr gemeldet?"
„Keine Ahnung."
„So ein Mist. Irgendetwas stimmt da nicht."
„Sehe ich auch so. Aber immerhin gibt es ein Lebenszeichen von Hans."
„Die Nachricht eines Dritten, Miriam. … Kein Lebenszeichen."
„Was sollen wir machen?"
„Ich bin gleich im Büro. Dann können wir alles überdenken."
„Gut. Bis gleich."
Wütend klopft Linda nochmals auf das Dach des Dienstwagens. Diesmal etwas kräftiger. Das sieht Hans Neumaier nicht im Geringsten ähnlich. Warum meldet er sich nicht selbst? Ihm ist etwas zugestoßen, da ist sich Linda mittlerweile sicher.

6

*Donnerstag,
früher Vormittag*

Überraschenderweise war die Nacht sehr angenehm. Hans hat hervorragend geschlafen. Muss an dem tollen Bett gelegen haben, vermutet er. Die Matratze war klasse und das Bettzeug kuschelig warm. Als er sich gerade im Badezimmer mit dem bereitgelegten Nassrasierer pflegt, vernimmt er Geräusche aus dem Hauptraum. Die Zimmertür wird aufgeschlossen. Hans legt den Rasierer beiseite, trocknet sich ab und prüft, wer sich zu ihm gesellt. Adrian Haubner betritt den Raum, wieder in Begleitung von Edmund Lindner. Beide begrüßen ihren Gast mit ausgesuchter Höflichkeit. Haubner stellt das mitgebrachte Tablett auf dem Tisch ab. Es enthält einen Korb mit drei Semmeln und drei Vollkornbroten, ein Teller mit einem Quader Butter, drei Schalen, gefüllt mit Marmelade verschiedener Fruchtrichtungen, einer kleinen Platte mit einer Auswahl Wurstsorten, sowie ein gekochtes Ei, das sich unter einem dieser putzigen, gehäkelten Warmhaltehütchen verbirgt.
Edmund Lindner trägt eine Kanne sowie eine weiße Porzellantasse. Beides stellt er neben das Tablett auf den Tisch in der Mitte des Raumes.
„Lass es dir schmecken, Hans."
„Wenn Sie das Frühstück beendet haben, werden wir Sie abholen," erklärt Adrian Haubner. Edmund fügt hinzu: „Mein Bekannter wird sich dann für dich Zeit nehmen."
„Wie schön," erwidert Neumaier kurz, mit der Absicht, die beiden darüber im Unklaren zu lassen, ob er es ernst oder ironisch meint.

Wie angekündigt, wird Hans vom Abholkommando in Person von Adrian Haubner durch den kurzen Korridor geführt. Haubner öffnet eine weitere Tür und lädt Hans zum Eintreten ein. Erstaunt nimmt Kommissar Neumaier jedes Detail des Raumes auf. Das erste, das ihm auffällt, ist das Fehlen von Fenstern. Wie schon in dem Raum, den er in den vergangenen Stunden kennengelernt hat. An der Wand zu seiner Linken prangt in Kopfhöhe ein großformatiger Monitor. Er ist fast zwei Meter breit, schätzt Hans die Dimension ab. Jenseits des Monitors stehen zwei Sofas und ein halbes

Dutzend Stühle, die alle so postiert sind, dass man besten Blick auf den Bildschirm hat. Ein kleines Heimkino sozusagen. Die Wände sind mit schalldämmenden Materialien verkleidet. Neben der einen Couch befindet sich ein rechteckiger Tisch, auf dem eine Fernbedienung, ein Mobiltelefon und ein Laptop liegen. Rechts neben dem übergroßen Monitor erkennt Hans etwas, was er zunächst nicht einordnen kann. Es ist zu dunkel, da die Ecke des Raumes nicht ausgeleuchtet ist. Könnte eine Statue sein, irgendeine Silhouette, stellt Hans fest. Plötzlich erschrickt Hans, als die schemenhafte Silhouette zu sprechen beginnt.

„Guten Tag, Herr Neumaier. Ich freue mich, dass wir uns kennenlernen."

Hans beäugt den verdunkelten Bereich von oben bis unten. Schlagartig verändern sich die Lichtverhältnisse. Ihm scheint, als hätte irgendjemand mittels Dimmer die Beleuchtung in diesem Bereich aktiviert. Plötzlich ist die Raumecke, die einen beigen Sessel beherbergt, nicht mehr dunkelgrau, sondern hell erleuchtet. Auf dem Sessel hat ein hagerer Mann Platz genommen. Hans nimmt auf einem der Sofas gegenüber Platz und studiert ihn. Nicht nur der Klang der Stimme, sondern auch die Körperhaltung und sein wacher Blick lassen keine Zweifel aufkommen, dass es sich um einen Mann mit Charisma handeln muss.

Hans versucht, sich zu konzentrieren. Es scheint an der Zeit zu sein, die Dinge aufzuklären.

„Ganz meinerseits," bemüht Hans die geläufige Floskel. „Darf ich erfahren, mit wem ich das Vergnügen habe? Da Sie meinen Namen kennen, wäre es nur fair, wenn ich auch den ihren erfahren dürfte, finden Sie nicht?"

„Ich stimme ihnen grundsätzlich zu," antwortet der Mann. „Sie dürfen sich einen Namen aussuchen."

„Ich würde gerne ihren echten verwenden, wenn Sie nichts dagegen haben."

„Augenblicklich geht das noch nicht, Herr Neumaier."

„Dachte ich mir fast."

Hans überlegt. Es ist nur zu verständlich, dass er vorerst anonym bleiben möchte. Wie konnte er annehmen, dass er ihm seinen richtigen Namen verrät. Trotzdem gilt es, so schnell wie möglich zum eigentlichen Thema zu kommen. Der profilierte Schatten des Mannes rechts neben dem Sessel fällt Hans auf.

„Ich werde Sie Schattenmann nennen."

„Gerne. Wie Sie wollen."

Edmund Lindner und Adrian Haubner setzen sich auf die zweite Couch.
„Da wir unsere gegenseitige Vorstellung nun vollzogen haben, können wir zum Thema kommen," beginnt der Schattenmann.
Hans fragt: „Sagen Sie, würden Sie mir freundlicherweise einen kleinen Wunsch erfüllen? Ich möchte bitte meine Frau informieren, dass es mir gut geht. Ein kurzer Anruf würde genügen."
Schattenmann wendet sich an Lindner. „Können wir das übernehmen?"
Edmund Lindner beugt sich etwas vor und legt Hans Neumaier die Hand auf die Schulter. „Du kannst unbesorgt sein. Ich habe deiner Frau schon Bescheid gegeben. Sie weiß, dass wir zusammen sind."
Hans verzieht keine Miene, obgleich er Edmunds Vorsicht still anerkennt. In ein direktes Telefonat hätte er versteckte Hinweise platzieren können. Dieses latente Vorhaben wurde durch das geschickte prophylaktische Handeln seines alten Schachfreundes bereits im Keim erstickt.
Hans nickt nur. „Ich meinte nur, ob ich kurz mit ihr reden dürfte. ...Alleine."
„Das ist nicht machbar, Herr Neumaier," merkt Adrian Haubner hinter dem Polizeibeamten an, „obwohl ich mir sicher bin, dass Sie nicht zu den Menschen gehören, die Gastfreundschaft durch spontanes Flüchten entwerten, nicht wahr, Herr Kommissar?"
„Sie schätzen mich richtig ein," erwidert der Beamte, ohne eine Miene dabei zu verziehen.
Hans Neumaier erwägt kurz - nur für einen Augenblick - sich seinem kleinen Versprechen zu widersetzen und doch die Möglichkeit der Flucht zu ergreifen, aber das würde bedeuten, dass er nichts über die Hintergründe dieses merkwürdigen Ausfluges erfahren wird. Sofern die Flucht überhaupt gelänge.
„Sie haben nichts zu befürchten," setzt Schattenmann das Gespräch nun fort. „Ich möchte mich zunächst dafür bedanken, dass Sie die Einladung in mein bescheidenes Domizil angenommen haben. Ich hoffe, Herr Lindner konnte sie ohne großen Druck davon überzeugen."
Dem Kommissar liegen Worte auf der Zunge, die vermutlich das Gespräch sofort beendet hätten, aber er überlegt und entscheidet sich, am Katz- und Mausspiel teilzunehmen.
„Es war wohl mehr die Neugierde als der Druck, der mich dazu veranlasst hat. Und ja, Herr Lindner war wie immer äußerst zuvorkommend und höflich. Ich wäre ihnen trotzdem dankbar, mir mitzuteilen, welcher Anlass dieser netten Einladung zugrunde liegt?!"

Der Schatten nickt.
„Stimmt, das bin ich ihnen schuldig. Herr Neumaier, ich möchte zunächst betonen, dass ich Sie vollends als Gast betrachte, auch wenn der Transport hierher einen anderen Eindruck erwecken könnte. Ich habe nicht die Absicht, Sie hier einzusperren. Ich möchte nur, dass Sie eine bestimmte Zeit bei uns bleiben, um zu verstehen, warum Dinge geschehen, die geschehen werden."
„Es wäre hilfreich, wenn Sie mir sagen, um was für Ereignisse es sich handeln wird," sagt Hans. „Wie soll ich beurteilen können, ob ich etwas verstehe, wovon ich keine Kenntnis besitze?"
„Wenn Sie mir erlauben, meine Ausführungen fortzusetzen, kann ich es ihnen sicher erklären."
Hans hebt theatralisch die Hände „Verzeihen Sie bitte, ich wollte Sie nicht unterbrechen."
Der geheimnisvolle Mann neigt sich ein wenig zur Seite. „Herr Neumaier, wie Sie wissen, waren für viele Menschen die drei vergangenen Jahre die fürchterlichsten, die sie je erlebt haben. In vielerlei Hinsicht. Es waren Jahre, in denen auf fast allen Ebenen unserer Gesellschaft mit unglaublicher Dynamik Dinge verändert wurden, die uns fast unser ganzes Leben lang begleitet und gestützt haben. Dabei ist nicht nur unglaublich viel schiefgelaufen, sondern es wurde auf vielfältige Weise eine strategische Umwandlung unserer Gesellschaft vorgenommen. Etwas, was ich und viele andere für schlicht unmöglich hielten, ereignete sich vor unseren Augen. Wir dachten zuerst, es wäre ein kollektives Totalversagen von Politik, Finanzwesen, Wirtschaft, Kultur, Gesundheitswesen, Judikative, Exekutive, und vielen mehr. Doch wir haben uns getäuscht. Fast alle haben sich getäuscht. Nur die nicht, die genau jene Absicht hatten, die Gesellschaft ihren Vorstellungen entsprechend neu zu gestalten. Wir wissen nun, dass es kein Versagen war. Alles geschah nach Plan. ...Vorsatz. ...Absicht. Jenes Bestreben, die Gesellschaft zu verändern, verstehen Sie, Herr Neumaier?!"
„Nicht ganz," entgegnet Hans, während er sich nachdenklich das Kinn reibt. „Sie spielen doch nicht etwa auf die Corona-Pandemie an, oder?"
„Natürlich ist sie nur der Ansatz der Geschichte. Das eigentliche Problem ist dasselbe, das immer wieder auftritt, wenn Leute Mist bauen und sich dafür nicht in der Verantwortung sehen. ...Obwohl sie es zweifelsfrei sind!"
Hans schüttelt Unverständnis zeigend den Kopf.
„Was genau wollen Sie?"

„Ich komme gleich dazu, Herr Neumaier. Lassen Sie mich kurz erklären, wozu ich und einige andere es für notwendig halten, Maßnahmen zu ergreifen, um diesen Missstand der Verantwortlichkeit zu beenden."
„Missstand der Verantwortlichkeit?" fragt Hans Neumaier nach.
Schattenmann nickt. „Es geht darum, jene Personen, die sich bis dato weigern, die Verantwortung zu übernehmen, die sie zu vertreten haben, zur Einsicht zu bewegen."
„Ich verstehe immer noch nicht ganz, was ich damit zu tun habe?!"
„Sie sind Polizist, Herr Neumaier."
„Na und?"
„Sie, beziehungsweise eine ganze Menge ihrer Kollegen haben eifrig bei all den verfassungswidrigen Repressalien mitgemacht."
„Ich habe bei nichts dergleichen mitgemacht."
„Sie verstehen mich falsch. Sie sind als Repräsentant jener eben genannten Gruppe hier. Sie sind mein Ansprechpartner. Sie sind mein Kontaktmann. Oder um es genau auszudrücken, Sie sind mein Vermittler. Einer von mehreren, die sich für diesen Zweck eignen."
„Vermittler? Zwischen wem?"
„Zwischen der Gruppe, der ich angehöre und der Gesellschaft da draußen. Insbesondere der Polizeibehörde."
Hans muss lächeln. Eine solch unsinnige Geschichte hat er schon lange nicht mehr gehört. Was glaubt denn dieser merkwürdige Alte, wer er ist? Hans Neumaier kann sich noch immer keinen Reim darauf machen, worauf sein Gegenüber hinauswill.
„Ich möchte ihnen etwas zeigen," sagt Schattenmann.
Hans verfolgt, wie der hagere Mann einen Laptop zur Hand nimmt, ihn öffnet, ein paar Tasten bedient und sich dann etwas zurücklehnt.
Seine Aufmerksamkeit wird auf den riesigen Monitor gelenkt, als dort bewegte Bilder zu sehen sind. Eine Filmsequenz beginnt.
Auf einer breiten Straße marschieren hunderte, wenn nicht sogar tausende Polizisten neben- und hintereinander langsamen Schrittes, still, andächtig und von einer gewissen Traurigkeit begleitet entlang. Hans Neumaier kennt den Anlass. Es ist noch keine drei Monate her. Ein Beamter wurde in Ausübung seines Dienstes von einem Mann angegriffen und schwer verletzt. Einige Tage nach dem Anschlag verstarb jener Beamte. Überall in Deutschland zeigten die Kollegen ihr Mitgefühl und organisierten

Trauermärsche. Solche wie diesen, den sich Hans in dem Videoclip gerade ansehen darf. Der Zug der Beamten nimmt kein Ende.
„Eine beeindruckende Geste des Mitgefühls," meint Schattenmann ruhig. „Ich teile das Mitgefühl. Es berührt mich."
„Was wollen Sie mir mit diesem Video sagen?" fragt Hans.
„Ich möchte es mit einer Frage verknüpfen," führt Schattenmann weiter aus. „Was meinen Sie? Was wäre, wenn das eigentliche Ziel das Anschlags dem Messerangriff zum Opfer gefallen wäre, und nicht jener Beamte? Wäre das der Polizei einen ähnlich überwältigenden Trauermarsch wert gewesen? Und wäre das öffentliche Interesse ähnlich groß, wenn der Redner jener Veranstaltung, der angegriffen wurde, gestorben wäre?"
„Ich weiß es nicht," gesteht Hans, obwohl ihm bewusst ist, dass kein einziger Polizist der potentiellen Beerdigung des Veranstaltungsredners beigewohnt hätte, wäre es denn so geschehen. „Niemand kann das wissen. Sie wollen doch nicht etwa den Kollegen ihre Trauer in Abrede stellen, oder?"
„Keineswegs, Herr Neumaier. Im Gegenteil. Ich halte es trotzdem für wichtig, diesen Clip als Vorbereitung auf die folgenden gezeigt zu haben. Sie verdeutlichen etwas sehr Erstaunliches."
Hans blickt wieder zu seinem Gastgeber und reibt sich beiläufig über sein Kinn. Was hat der Kerl nur vor? Er bedient nun wieder sein Laptop.
„Welche Bedeutung hat der Begriff *Wertschätzung* für Sie?"
„Keine Ahnung," murmelt Hans und überlegt. Eine sonderbare Frage. „...Ich denke, Wertschätzung hat viel mit Respekt, mit Toleranz und Akzeptanz zu tun. Wieso fragen Sie?"
„Darauf kommen wir gleich. Glauben Sie, dass es bezüglich Wertschätzung Unterschiede gibt oder geben sollte? So eine Art Skalierung? Verschiedene Facetten von Wertschätzung? Eine Abstufung sozusagen?"
„Sie spielen auf die Trauerkundgebung an?"
„Nicht nur," erwidert Schattenmann. „Ich bin sicher, die folgenden Minuten werden diesbezüglich ein anderes Bild auf eine bestimmte Gruppe von Menschen werfen, die in Sachen Wertschätzung – sagen wir - differenzierte Ansichten haben und hatten."
„Ich kann ihnen nicht ganz folgen," gesteht Neumaier.
„Gedulden Sie sich noch einen Augenblick, Herr Neumaier. Ich bitte Sie nun, sich folgende Filme sorgfältig anzusehen."

Hans richtet seinen Fokus und seine Konzentration auf den Bildschirm. Dort erkennt er ziemlich verwackelte Bilder einer Handyaufnahme. Der Filmer stand offensichtlich in einer Menge und hielt sein Mobiltelefon in die Höhe. Trotzdem erfasst Hans sofort, um was es sich handelt. Eine lückenlose Kette schwarzgekleideter Polizeibeamte marschieren langsam aber unaufhaltsam auf den Filmer und die Menschen um ihn herum zu. Links und rechts von Gebäudefassaden eingeschränkt, drängen sie die Leute nach hinten, immer weiter zusammengepfercht, mit beständigem Druck. Einige der Passanten sind mutig, wollen sich nicht wie Vieh behandeln lassen, wehren sich, schimpfen, aber die Masse weicht zurück. Eine Frau stolpert, der Mann neben ihr hilft ihr spontan auf. Hans kann es am unteren Bildschirmrand verfolgen. Dann zerrt er die Frau weg, entfernt sich durch die Menge nach links. Es wirkt wie eine überstürzte Flucht vor einer gewaltigen Gefahr.
„Das fand in Düsseldorf statt," merkt Schattenmann an. „Vor knapp zwei Jahren in der dortigen Fußgängerzone. Szenen, wie sie seinerzeit in Deutschland an der Tagesordnung waren."
„Die Beamten kamen ihrer Pflicht nach."
„Pflicht nennen Sie das?"
„Es war ihr Auftrag. Sie handelten im Rahmen geltenden Rechts."
„Klar," lacht der anonyme Mann kurz auf. „Ein maßgeschneidertes Recht jener Zeit, Herr Neumaier. Das wissen Sie so gut wie ich."
Eine kurze Pause entsteht. „Konzentrieren Sie sich auf den rechten Bildrand," ermutigt er Hans. „Sehen Sie genau hin und sagen Sie mir, nach welchem geltenden Recht dies geschehen durfte."
Ein breitschultriger bulliger Mann baut sich mit verschränkten Armen vor der Front der Beamten auf. Neben ihm zwei etwas kleinere aber nicht minder stattliche Burschen, die sich ebenfalls wie Hindernisse aufbauen. Drei weitere stehen dahinter, stemmen sich in deren Rücken. Die schwarze Walze kommt etwa einen Meter vor den Männern kurz zum Stehen. Einer der Beamten fordert sie auf, sich zurückzuziehen. Der Bullige schüttelt mit dem Kopf, macht aber keine Anstalten, in irgendeiner Weise aktiv zu werden. Dann gibt der vermeintlich federführende Beamte den Befehl zum Vormarsch. Körperkontakt ist nun unvermeidlich. Die drei Burschen lassen sich dank der Unterstützung nicht zurückdrängen und halten der schwarzen Wand stand.
„Beobachten Sie, was nun geschieht!"

Plötzlich kommt Bewegung in die Reihen. Einer der Beamten schubst mit einem schildähnlichen Gegenstand einen der blockierenden Männer zur Seite. Dessen Nachbar kommt sofort zur Hilfe und hakt sich bei ihm unter, stößt den Beamten zurück, um seinen Kumpanen zu schützen, dann eskaliert die Situation. Drei Polizisten heben ihre Schlagstöcke, drängen nach vorne und schlagen heftig auf die Männer ein. Die sechs Widerspenstigen werden im Handumdrehen von der erdrückenden Überzahl eingekreist und vom Rest der Passanten isoliert. Das halbe Dutzend hat eigentlich schon keine Chance mehr, aber der Einsatz der Schlagstöcke geht unvermindert weiter.
Hans hat damals und in den vergangenen Monaten von solchen Exzessen polizeilicher Gewalt gehört, aber nie eines der privat erstellten Videos angesehen. Er kennt die Aufnahmen der Kollegen, die mit den Helmkameras erstellt wurden. Alles Filmsequenzen, die den rechtskonformen Einsatz der Polizeikräfte dokumentieren und belegen. Ein Ausschnitt, wie der eben gesehene, war nie dabei.
Hans schluckt. Er will herausfinden, worin der Grund für diese kleine Filmvorführung liegt.
„Stimmt. Dafür gibt es kein Recht. Das ist nicht in Ordnung."
„Ich bedanke mich für ihre Ehrlichkeit, Herr Neumaier. Machen wir weiter."
Schattenmann drückt einige Tasten auf dem Laptop und eine neue Filmsequenz beginnt.
„Detmold, zwei Wochen später," erklärt er.
Auf dem Monitor wird eine Gruppe von ungefähr zweihundert Menschen gezeigt, die Teil eines Demonstrationszuges war. Der Ersteller des Films stand offenkundig still am Straßenrand, war vermutlich kein Teilnehmer der Demo. Ein Nadelöhr, eine Engstelle auf dem Weg des Zuges, nutzen etwa zwanzig plötzlich aus dem Nichts auftauchende Polizeibeamte, um die Demonstration zu stoppen und die Personalien der festgesetzten Teilnehmer zu ermitteln. Unruhe kommt auf, als von hinten immer mehr Demonstranten in den Staubereich drängen. Die Polizisten trennen sich, ein Teil setzt die Identitätsermittlung fort, der Rest kümmert sich darum, dass der erste Teil in Ruhe seine Aufgabe erfüllen kann. Mit Schutzschilden, Kampfstiefeln und Helmen ausgerüstet, halten sie die Massen hinter der Engstelle in Schach.
Aus der Gruppe der Eingekesselten werden vereinzelt Bürger abgeführt, zumeist von zwei bewaffneten Beamten in voller Montur. Ein bizarres Bild angesichts des Kräfteverhältnisses. Hans erkennt mindestens drei Männer

und eine Frau, die zu einem Mannschaftswagen geführt werden, der hinter der Engstelle wartet. Einer der Männer sogar in Handschellen.
Unmittelbar danach startet ein weiteres Video.
„München, Englischer Garten."
Mitten im Park laufen vereinzelt Pärchen über die Wege. Plötzlich nähert sich vom linken Bildrand ein Streifenwagen. Das Blaulicht wird aktiviert, der Wagen nimmt Fahrt auf.
Diesen Film kennt Hans. Er war damals ein wahrer Renner im Internet, der auch von den Behörden nicht unentdeckt blieb.
Eines der jungen Pärchen rennt los, verlässt den asphaltierten Weg und flüchtet über eine Wiese Richtung Wald. Der Streifenwagen folgt ihnen. Ein zweiter erscheint als Verstärkung. Mittlerweile sind alle Parkbesucher auf der Flucht. Keiner will sich schnappen lassen.
Die Polizeiwagen umfahren den kleinen bewaldeten Bereich, müssen aber nach einiger Zeit anhalten und ihre Jagd ebenfalls zu Fuß fortsetzen. Das Pärchen kann über einen Seitenweg entkommen.
Der nächste Clip ist aus erhöhter Position aufgenommen und zeigt einen Hinterhof, parkende Autos, ein paar Mülltonnen, einen Fahrradständer mit drei Rädern, zwei Grünflächen mit jeweils einem kleinen Baum darin, sowie jede Menge gepflasterte Fahrgassen und Gehwege. Der Filmer steht, wägt Hans Neumaier ab, etwa im dritten oder vierten Stock eines benachbarten Hauses.
Ein Mann mittleren Alters kommt um die Ecke gesprintet, sieht sich mehrfach hektisch um, stolpert über einen Bordstein, kann sich aber auf den Beinen halten. Ein uniformierter Beamter folgt ihm im Laufschritt in den Hinterhof. Er holt mächtig auf, der Filmer schwenkt mit den beiden Protagonisten mit. Neben den Mülltonnen bringt der Beamte den Flüchtenden zu Fall. Er wirft sich auf ihn drückt ihm das Knie in den Nacken und schlägt mehrfach mit der Faust in die Rückenpartie. Hans vernimmt die Schreie des Mannes, die Aufnahme dokumentiert alles, Bild und Ton. Die Worte sind deutlich zu hören.
„Ich krieg keine Luft mehr. ...Hey, Mann, ich krieg keine ..." „Verdammtes Schwein..." „Hilfe..."
Danach erreichen zwei weitere Uniformierte den Schauplatz. Der erste Beamte steht mittlerweile wieder. Der Mann auf dem Boden rührt sich nicht mehr. Einer der Beamten funkt sofort nach einem Rettungswagen, der andere

nimmt den Kollegen, der das angerichtet hat am Arm und führt ihn rasch aus dem Hinterhof.
Das Bild fokussiert sich auf den reglosen Mann. Sein Gesicht ist zur Kamera gedreht. Man kann die geöffneten Augen erkennen, der leblose Blick, das kleine Rinnsal aus dem Mundwinkel und die kleine dunkelrote Lache, die sich auf dem Pflasterbelag bildet.
Als der Filmer erkennt, dass der verbliebene Beamte die Umgebung nach möglichen Zeugen absucht, endet der Clip abrupt.
Der Monitor wird schwarz.
„Wuppertal, vor zwei Jahren."
Mehr sagt Schattenmann nicht. Es genügt vollkommen. Hans besitzt Kenntnis von diesem Vorfall. Die Angelegenheit wurde in Polizeikreisen landesweit heftig diskutiert, und die Meinungen gingen damals tatsächlich weit auseinander. Er weiß, dass gegen diesen Beamten ein Disziplinarverfahren eingeleitet wurde. Soweit seine Informationen stimmen, wurde das Verfahren eingestellt. Ob die Begründung „Mangel an Beweisen" lautete, weiß Hans nicht. Der Mann, der einem anderen Menschen durch körperliche Gewalt das Leben genommen hat - der sich lediglich der Maskenpflicht widersetzte, der sich polizeilicher Ermittlungen entzog, der niemanden angriff, sondern nur auf der Flucht war - verübt immer noch seinen Dienst als Polizeibeamter.
„Das waren nur vier Beispiele, Herr Neumaier. Vier Beispiele aus einer Serie von etwa neunhundert. So viele Aufzeichnungen von Polizeigewalt sind bis dato verfügbar. Und es tauchen täglich weitere Videos auf."
Hans richtet sich etwas auf und sieht nach rechts zum Sessel. Dann senkt er leicht den Kopf, bevor er sich äußert. „Ich stimme ihnen zu. Da war viel Inakzeptables zu sehen. Und ich glaube ihnen, dass diesbezüglich noch viel mehr passiert ist, was unter normalen Umständen nicht hätte passieren dürfen."
„Womit wir bei einer sehr entscheidenden Frage sind," unterbricht ihn der hagere Mann. „Wie definiert man normale Umstände?"
„Was spielt das für eine Rolle?" erwidert Hans. „Die allermeisten Aktionen waren gesetzlich legitim. Das war und ist der normale Zustand, nach dem wir uns zu richten haben. Es sind Gesetze, die unser Handeln lenken."
„Ich möchte Sie etwas fragen: Wären diese Vorkommnisse auch schon 2019 oder früher als rechtlich unbedenklich eingestuft worden?"

Hans versucht, etwas Zeit zu gewinnen. Ihm ist immer noch nicht klar, wozu er in dieser Posse benötigt wird.
„Das kann ich nicht beantworten. Ich bin kein Jurist."
„Dann sage ich es ihnen! Es wäre eine Welle der Empörung durchs Land gerollt, gefolgt von strafrechtlicher Verfolgung jener Beamten, die sich so verhalten hätten. Die Urteile hätten vermutlich stets die Suspendierung der Betroffenen nach sich gezogen, von den finanziellen Strafen und etwaigen Schadenersatzansprüchen ganz zu schweigen."
Hans Neumaier lässt ein unscheinbares Schmunzeln auf die Lippen erkennen. „Und was soll nun geschehen? Was wollen Sie damit erreichen? Und wozu bin ich hier? Ich kann weder die Taten rückgängig machen, noch dürfte ich in der Position sein, an der juristischen Situation etwas zu ändern."
„Sie unterschätzen sich, mein lieber Herr Kriminalkommissar. Ich kann und will ihnen jetzt noch nicht mehr erklären, aber ich versichere ihnen, sie werden eine nicht unerhebliche Rolle spielen."
Hans überlegt, ob er weiterhin den bescheidenen Gast mimen soll, oder ob es besser wäre, die Farce sofort zu beenden. Irgendwie hat er nicht den Eindruck, in absehbarer Zeit nennenswerte und verwertbare Informationen zu erhalten. Die Videos sind ein erster Fingerzeig, worum es sich handelt. Aber eben nur ein Fingerzeig.
Hans lehnt sich zurück und versucht, entspannt und entschlossen zugleich zu wirken.
„Wissen Sie was, werter Schattenmann? Ich denke, es ist Zeit, dass ich mich empfehle. Sie sagten, dass ich ihr Gast bin, also frei in meiner Bewegung. Ich war so höflich und habe ihre Gastfreundschaft nicht abgelehnt, aber nun möchte ich bitte gehen. Seien Sie so nett und veranlassen Sie meine Rückkehr zu der Halle, wo der ganze Spuk begann."
Der Mann im Sessel rührt sich nicht. Keine Reaktion. Nur eine leichte Kopfbewegung ist zu erkennen, die man als nachdenkliches Abwägen deuten könnte. Und damit liegt Hans Neumaier gar nicht so falsch.
Allzu oft hatte Schattenmann mit seinen Partnern besprochen, wie in diesem Fall zu agieren wäre. Jene in Betracht kommende Möglichkeit, ein „Gast" wolle nicht mehr „mitspielen". So wie der Beamte auf dem Sofa, der nicht im Ansatz begriffen hat, in welcher Situation er sich befindet.
Es muss weitergehen!
Fortsetzung nach Plan!

Überzeugung durch Aufklärung!
Nach Vorbild jener, die es in den letzten drei Jahren auf perfideste Weise vorgelebt haben.
Das dezente Lächeln bleibt Hans nicht verborgen.
„Herr Neumaier, ich bin einverstanden. Sie haben natürlich recht, Sie sind mein Gast. Nicht mehr und nicht weniger. Selbstverständlich können Sie gehen. Es ist nur etwas weit, wenn Sie verstehen, was ich meine. Ich verspreche ihnen, dass Sie wieder zur Baustelle, wo Sie von Edmund Lindner abgeholt wurden, zurückgebracht werden. Erlauben Sie mir bitte nur eine kleine Bemerkung dazu."
„Natürlich. ...Ich bitte darum!"
„Mein junger Partner wird ihnen, sobald Sie wieder in ihrem Gemach sind, eine kleine Lektüre übergeben, welche Sie sich bitte aufmerksam ansehen sollten."
„Was für eine Lektüre?"
„Eine Liste mit Namen, Herr Neumaier. ...Namen von Kollegen, von denen Sie den einen oder anderen vielleicht sogar kennen."
„Polizeibeamte?"
„Ja. Lassen Sie uns im Anschluss an die Lektüre darüber sprechen. Ich denke, ich werde dann all ihre Fragen beantworten können. Danach steht ihrer Rückkehr nichts im Wege."
Während sich Schattenmann einen Moment mit dem Laptop beschäftigt, kommt Hans Neumaier auf die Idee, Edmund Lindner in ein persönliches Gespräch zu verwickeln. Wer weiß, wie viel Zeit er noch hat, Informationen zu erlangen. Er wendet sich an seinen alten Schachkumpan.
„Was hat Ulrike vorhin gesagt? Du hast doch mit ihr gesprochen, oder?!"
Lindner dreht Hans den Kopf zu, schweigt aber.
Hans Neumaier fährt fort. Frontalangriff. Volle Attacke.
„Edmund, was soll das Ganze? Warum lässt du dich auf so etwas ein?"
Erneut keine Reaktion.
„Ich meine, was bringt es dir persönlich? ...Gerade dir, Edmund? Ich dachte, ich kenne dich gut genug, und jetzt stelle ich fest, dass du ein völlig anderer Mensch geworden bist."
„Unterlassen Sie bitte..." beginnt Adrian Haubner, um den Redefluss des Kommissars zu unterbinden, wird aber von Edmund Lindner unterbrochen.

„Es ist in Ordnung. …Lass nur…," sagt er und wendet sich seinem alten Weggefährten zu.
„Du brauchst dir meinetwegen keine Gedanken zu machen, Hans."
„Tue ich aber. Sag mal, wie lange kennen wir uns schon? …Zehn Jahre? …Fünfzehn? ...Zwanzig?"
„Auf jeden Fall lange genug."
„Aber das jetzt, Edmund? Warum?"
Schattenmann meldet sich zu Wort und die beiden Schachfreunde halten inne.
„Darf ich Sie nun bitten, ihr Zimmer aufzusuchen, Herr Neumaier?!"
Hans empfindet die Frage eher wie eine Aufforderung. Sein Blick wandert nach vorne.
Der hagere Mann erhebt sich geschmeidig aus dem Sessel. Ein unmissverständliches Indiz, dass das Gespräch beendet ist. Adrian Haubner und Edmund Lindner erheben sich ebenfalls. Während der ältere der beiden bereits den Raum verlässt, begleitet Adrian Haubner den Kriminalkommissar in sein Zimmer.
Nur wenige Minuten später bringt Haubner ihm die ominöse Liste mit den Namen der Polizeibeamten. Nachdem die Tür von außen verriegelt wurde, wirft sich Hans Neumaier auf das einladend weiche Bett und blättert die Liste Seite für Seite durch. Mit großer Verblüffung stellt er fest, dass die Auflistung zweihundertachtundzwanzig Namen enthält.
Aber irgendwie ergibt das alles gar keinen Sinn!
Wozu diese Tabelle?

7

Donnerstag,
zehn Uhr vormittags

Ein ganz bestimmtes Rezept auf einer ganz bestimmten Internetpräsenz erfreut sich reger Kommentare. Neben der Kochanleitung eines Hühnerfrikassees mit Champignons und weißen Bohnen entdeckt man die entsprechende Liste der benötigten Zutaten samt Mengenangabe, die für die Zubereitung notwendig wären. Darunter haben Leserinnen und Leser die Möglichkeit, ihre Meinungen niederzuschreiben. Das Forum ist relativ gut frequentiert. Zu Dutzenden sind überwiegend positive Nachrichten aufgeführt. Wie lecker das Rezept sei, wie leicht es umzusetzen war, viele bedankten sich nur, andere schlugen kleine Veränderungen vor. Unter den Kommentaren befindet sich jener von *Charlotte78*. Sie schreibt ihren Beitrag in einer Form, den nur wenige Leser wirklich richtig verstehen.

Süffiges Cognac koch vor Salami. Macht Appetit, Jule. Ganz Calw brachte Kanzlei Otto noch Ernte getreu meist empfohlene Ulla. Die befahl: Hilf Markus zu reichlich Ärger.

Eine der Leserinnen, die das Kauderwelsch interpretieren können, ist eine junge zwanzigjährige Frau in München, die sich nun daran macht, ebenfalls eine Nachricht zu hinterlassen.
Sie quittiert das Rezept mit drei Smilies. Dreimal dasselbe. Das mit den großen Augen und dem skeptischen Mund.
Dann schaltet sie ihren Computer ab, schnappt sich die Reisetasche, die sie vorbereitet hat und verlässt ihre Wohnung.

Der Fahrer eines Opels lenkt sein Fahrzeug rechts an den Fahrbahnrand und stellt den Motor ab, als er die Benachrichtigung auf seinem Handy erhält. Eine Nachricht zum Rezept eines Hühnerfrikassees ist eingegangen. Er öffnet die Internetseite und liest die Nachricht einer gewissen Charlotte78. Dann fügt er ein kurzes Statement hinzu, in Form dreier Smilies. Er atmet kräftig durch, startet den Wagen und ordnet sich in den fließenden Verkehr ein. Dreißig

Minuten später stellt er den Wagen mit geöffneter Fahrertür in einem Waldstück außerhalb von Kaiserslautern ab. Er durchquert den Wald und erreicht eine Viertelstunde später die Landstraße. Er weiß, dass er sich unweit einer Bushaltestelle befindet.

Nachdem die Mutter eines zehnjährigen Buben bei dessen Hausaufgaben in Mathematik und Englisch behilflich war, gönnt sie sich einen kurzen Blick in ihre Computerdateien. Wie jeden Tag studiert sie Rezepte, die von tausenden von Interessenten online gestellt werden. Bei einem bleibt sie einige Sekunden hängen.
Süffiges Cognac koch vor Salami. Macht Appetit, Jule. Ganz Calw brachte Kanzlei Otto noch Ernte getreu meist empfohlene Ulla. Die befahl: Hilf Markus zu reichlich Ärger.
Sie schließt die Seite, als ihr Sohn ins Zimmer kommt. Dann schlägt sie die flache Hand an die Stirn.
„Ich habe gerade gemerkt, dass ich nochmal zum Supermarkt muss. Ich habe die Milch vergessen."
„Darf ich mitkommen?" fragt der Kleine.
Die Mutter schüttelt mit dem Kopf. „Nein, lass mal. Du bist doch noch nicht ganz mit Mathe fertig, oder? Das wird erst erledigt. So, ich fahre schnell rüber zum Geschäft. Papa kommt eh nachher von der Werkstatt zurück. Dann wolltet ihr doch noch zum Tennis, oder?"
Der Kleine nickt.
„Na, siehst du! Also bis später dann."
Die Mutter gibt ihrem Sohn einen Kuss auf die Stirn und verlässt die Wohnung. Als sie vor dem Wohnblock im Wagen sitzt und sich zur Abfahrt bereit macht, überkommen sie Zweifel. Soll ich das wirklich tun? Soll ich wirklich den Plan umsetzen? ...Ja. Ihres Vater wegen. Das ist sie ihm schuldig. Sie startet den Wagen und verlässt den Vorort von Duisburg. Am Supermarkt, wo sie die vermeintliche Milch kaufen wollte, kommt sie nie an.

Während sich der Ingenieur in einem Büro am Stadtrand von Dresden von zwei Mitarbeitern eines hiesigen Grünanlagenplaners vom Fortschritt einer in seiner Verantwortung liegenden Baumaßnahme informieren lässt, tauchen auf einer bestimmten Homepage im Kommentarbereich mehrere Beiträge mit drei Smilies auf. Immer dieselben. Da die Besprechung des Ingenieurs fast

zwei Stunden dauert, wird er als einer der letzten, die die Nachricht von Charlotte78 interpretieren können, auf sie aufmerksam. Nachdem er sie gelesen hat, bestätigt er die Mitteilung mit drei Smilies und macht sich umgehend an die notwendigen Vorbereitungen. Seinen Mitarbeitern gibt er Anweisungen für die wichtigsten, in Kürze zu erledigenden Aufgaben. Ein Vorgang, bei dem niemand Verdacht schöpft, da es zum täglichen Prozedere gehört, dass der leitende Ingenieur die Arbeitsabläufe koordiniert und gegebenenfalls abstimmt. Danach widmet er sich seiner Familie. Er nimmt das Telefon zur Hand und unterrichtet seine Frau, dass er kurzfristig zu einem Termin nach Aue fahren müsse. Es wäre wichtig, da sich vermutlich ein neuer interessanter Auftrag abzeichnet. Er wäre dem potentiellen Kunden von einem seiner langjährigen Auftraggeber empfohlen worden. Es wird möglicherweise abends etwas später werden.
Nachdem er seine Frau beruhigt hat, verlässt er ohne großes Aufsehen die Büropassage. Die Kollegen ahnen nichts. Anders als sonst üblich, als eingeschworener Autonutzer und -liebhaber, lässt er selbiges in der Tiefgarage stehen und nutzt die Straßenbahn zum Hauptbahnhof. Dort offenbart sich die Absicht, nicht nach Aue zu reisen. Er besteigt den Zug Richtung Berlin.

Germering bei München: Die gertenschlanke, knapp fünfzig Jahre alte Rechtsanwältin mit den rötlich gefärbten Haaren und dem himmelblauen Hosenanzug sitzt am Schreibtisch, ihr gegenüber ihr aktueller Klient. Ein leises Klopfen kündigt Besuch an. Ihre Sekretärin steckt den Kopf zur Tür herein. Ein blasses Gesicht, eingerahmt von einer blonden Kurzhaarfrisur.
„Entschuldigen Sie die Störung."
„Ist es wichtig?" fragt die Rechtsanwältin in strengem Ton.
„Die Nachricht, auf die Sie gewartet haben. ...Sie baten mich, ihnen umgehend Bescheid zu geben."
„Danke. Ich kümmere mich gleich darum."
Die Sekretärin nickt und verschwindet so rasch, wie sie aufgetaucht war.
Dem Klienten bleibt nach einigen Minuten nichts anderes übrig, als eine Terminverschiebung zu akzeptieren, da die Anwältin in einer anderen, äußerst wichtigen Angelegenheit keine Zeit verlieren dürfe. Ein Aufschub wäre unmöglich.

Nachdem die Rechtsanwältin und ihre blonde Mitarbeiterin alleine sind, begutachten sie den Monitor auf dem Arbeitstisch der Angestellten.
„Es ist also soweit!" murmelt die elegante Juristin.
„Ja," antwortet die Sekretärin. „Ich hätte es nie gedacht. Soll ich die Termine für morgen und die kommenden Tage absagen?"
„Natürlich nicht," wendet die Anwältin ein. „Es wäre ein fataler Fehler, den wir uns nicht leisten können."
Die Sekretärin versteht. „Stimmt. …Wann soll es losgehen?"
„In ungefähr einer Stunde. Ich erledige noch zwei wichtige Telefonate. Du kümmerst dich bitte um die Protokolle, die ich dir auf den Tisch gelegt habe. Die sollten fertig werden. Danach machen wir uns auf den Weg."
Die blonde Frau lächelt. „Ich bin so froh, dass es endlich losgeht. Und ich bin froh, dass wir es gemeinsam machen können."
„Das bin ich auch. Wir leisten einen wichtigen Beitrag."
Eine Stunde später verwaist die Kanzlei der Anwältin mit den rötlichen Haaren. Gemeinsam mit ihrer Mitarbeiterin verlassen Sie im weißen Mercedes die Tiefgarage und steuern in südliche Richtung auf der A95 den Alpen entgegen.

Martina Sussek gibt es auf, den ehemaligen Kollegen im Hochhaus, der Redaktion einer der großen Zeitungen in München, Fragen bezüglich ihrer Arbeitsphilosophie zu stellen. Spätestens seit dem Frühjahr 2020 hieß es, man solle es unterlassen, gewisse Praktiken und offenkundig verworrene Thesen zu hinterfragen. Man solle sich der Ideologie des Hauses anschließen und diese als alternativlos und unbestritten korrekt betrachten. In den ersten Monaten fiel es ihr schwer, sich als junge Journalistin einer „Strömung" anzuschließen, deren Ziel sie nicht einmal kannte. Wie kann man für etwas sein, ohne zu wissen, wohin es führt?
Die Probleme ließen nicht lange auf sich warten. Im Sommer 2020 kamen die ersten Beschwerden über sie, weil sie die Maßnahmen der Bundesregierung, seinerzeit die große Koalition, kritisiert hatte und die Frage in den Raum stellte, ob es sich wirklich noch um eine Regierung handelte, die für das gesamte Volk einstand? Aus den Beschwerden wurden interne Befragungen, verbunden mit dezenten Hinweisen, dass es in einer Redaktion so etwas wie eine Richtschnur gebe, woran sich die Mitarbeiter zu halten hätten.

Für die Jung-Journalistin Martina Sussek war freie Berichterstattung aber wichtiger als konformer Journalismus. Davon gab es ihrer Meinung nach schon viel zu viel. Im Herbst 2020, als alle durchzudrehen drohten, veröffentlichte sie unter falschem Namen, unter Verwendung eines Pseudonyms, eine informative Reportage über die Ungereimtheiten bezüglich der Maskengeschäfte in einem regional tätigen Blatt mit einer eher unbedeutenden Auflage. Die Verwicklungen der Wirtschaft und der Politik, über die bereits spekuliert wurde, über die Beteiligung diverser Familienmitglieder hochrangiger bayerischer Politiker, sowie die notwendige Verknüpfung zwischen Gesetzgebung und Kapital, um die ganzen Geschäfte so reibungslos wie möglich abzuwickeln.
Natürlich dauerte es nicht lange, bis die Deckung aufflog. Natürlich wurden Bemühungen angestrengt, die Vorwürfe des herausgebenden Blattes als populistischen Versuch politischer Gegner darzustellen, um der schuldlosen Regierungspartei einen Imageschaden zuzufügen. Dass letztlich Martina Sussek als Initiatorin aufgeflogen ist, war die zwangsläufige Folge von Druck und Erpressung gegenüber dem Regionalblatt, endlich die Namen der Urheber zu nennen. Die Dynamik der einseitigen Berichterstattung hatte mittlerweile eine unglaubliche Dimension erreicht, wodurch die arme Martina Sussek quasi von der Welle der vorherrschenden Meinung regelrecht überrollt und plattgewalzt wurde. Die Konsequenz war für damalige Verhältnisse Usus: Sofortige Kündigung, Verlust aller Ansprüche, vermutlich lebenslang keine Chance mehr, eine Anstellung bei einem vermeintlich renommierten Unternehmen zu ergattern.
Jetzt, über zwei Jahre später, sitzt sie an ihrem kleinen Arbeitstisch. Eine unter zwei Dutzend einer jungen Firma namens *FBJ-Media*, die sich auf Onlinenachrichten spezialisiert hat. Ein eigenes kleines Portal. Hier kann sie sich ungestraft um die Themen kümmern, die in den Mainstreammedien bis heute tabu sind.
„Martina, hast du schon gehört? Die Verschwörer haben ein neues Manifest rausgegeben."
„Nenne sie bitte nicht Verschwörer," ermahnt Martina ihre Kollegin Aicha, eine junge Marokkanerin, die vor knapp einem Jahr aus ihrem Land geflohen ist und jetzt in München lebt. Vor drei Monaten hat sie dank ihrer mittlerweile guten Deutschkenntnisse eine Chance bei FBJ-Media bekommen.
„OK, wie soll ich sie denn sonst nennen?"

„Sag einfach: ...Die Aufklärer!“
Aicha kichert. „Die Aufklärer?!“
Martina schmunzelt nun ebenfalls, da ihr der Artikel einfällt, den die beiden gemeinsam vor ungefähr drei Wochen über diesen Genderschwachsinn veröffentlicht haben. Auch ein Reizthema, wenn auch mit ein bisschen weniger Brisanz als die Geschichte, die sich aktuell abzeichnet.
„Oder nenne sie bei dem Namen, den sie sich selbst gegeben haben.“
„Du meinst, die Hüter des Prozesses?“
„Klar!“
Martina Sussek hat einen Riecher für sich anbahnende Ereignisse, aus denen sich vermutlich eine richtige und interessante Story schnitzen lässt.
„Zeig mal her, was die Hüter zu bieten haben,“ fordert Martina Aicha auf.
„Ich schicke es dir auf deinen Account.“
Wenige Sekunden später liest Martina Sussek das zweite Manifest aufmerksam durch.

2.Manifest
An die Mitbürger der Bundesrepublik Deutschland;
Unser Beitrag zur Aufarbeitung der Pandemie.
Als Ergänzung zu unserem ersten Manifest bedarf es der Aufklärung über einige namhafte Beteiligte beim Verbrechen gegen die Menschlichkeit im Zuge der sogenannten Coronapandemie. Details folgen im dritten Manifest, abhängig von deren Kooperationsbereitschaft.
Einige wichtige Ansätze bedürfen der Klärung, da sie grundlegend und elementar für die Aufarbeitung und daher unbedingt zu beachten sind:
Sollte die Kontrolle über weite Teile der Bevölkerung gezielt gesteuert werden? Geschah dies auf Weisung der Regierung oder diverser Nichtregierungsorganisationen, die ein Interesse an eben jener Kontrolle hatten und haben? Die Ausrufung einer „epidemischen Lage nationaler Tragweite“ am 28.März 2020? Welche Rolle spielte diesbezüglich die WHO? Wurde seitens der Pharmaunternehmen vorsätzlich und systematisch gelogen? Wurden all die Jahre die Kenntnisse über Nebenwirkungen diverser Präparate bewusst verschwiegen? Sogar geleugnet? Dies belegen jüngste Aussagen verschiedener Unternehmensmitglieder, sowie entschwärzte Passagen diverser Dokumente, die freigeklagt werden konnten. Die Zahl der Geschädigten und Verstorbenen wächst von Tag zu Tag rapide.

Hätte es ohne Aufweichung der Gesetze die Gleichsetzung von Menschen zu Feinden der Gesellschaft gegeben, die den direkten und indirekten Impfzwang abgelehnt haben?
Sind jene Menschen nicht eher die Helden unserer Zeit, die trotz erdrückender Repressalien, Ausgrenzung, Berufsverbot, Verleumdung, Diskriminierung, Ächtung und Abwertung zu Menschen zweiter Klasse, bis hin zu Vergleichen mit Getier, standhaft und prinzipientreu blieben? Die stets das Grundgesetz höher achteten als ein niederwertiges Gesetz, welches permanent bedarfsgerecht von der Politoligarchie gebrochen und zurechtgebogen wurde, um deren schäbige Ziele zu erreichen?
Ist nicht mittlerweile erwiesen, dass die unübersehbare Hörigkeit der öffentlich-rechtlichen Medien unter Vernachlässigung journalistischer Objektivität maßgeblich zur Desinformation der Bevölkerung beigetragen hat und noch immer beiträgt?
Hätte ein unbefangenes Bundesverfassungsgericht jemals zugelassen, auch nur einen Artikel des Grundgesetztes der Aushöhlung durch den Gesetzgeber preiszugeben? Hätte es nicht mit Vehemenz Einhalt bieten und die Unantastbarkeit jener Paragraphen verteidigen müssen? Nachweislich wurde von den Damen und Herren dieses zuständigen Gerichts jene Pflicht mit fadenscheinigen Ausreden unterlaufen und mit handlangerwürdigen Entscheidungen der Weg zur Entrechtung vieler Bürger geebnet.
Wäre es nicht die ureigenste Aufgabe des Polizeiapparates gewesen, sich für die Rechte der Bürger einzusetzen, anstatt sich wie eine Horde williger Söldner der verfassungswidrigen Gesetzgebung zu unterwerfen und ihr zu folgen? Sie war hörig und blind. Ohne die belegbare Polizeigewalt wäre das Coronaregime sofort implodiert.
Geht die Aufrechterhaltung einer Lüge nicht immer mit der Leugnung und Negierung von evidenzbasierter Wahrheit einher? Als großer Versager der Krise sind die Medien zu bezeichnen. Ihr Beitrag zur Spaltung der Gesellschaft war und ist so immens, dass ohne großangelegte Reform der gesamten Medienwelt eine Aufarbeitung der Verbrechen und Vergehen nicht möglich sein wird. Durch die unfassbare Propaganda, die seit Beginn der Krise tagtäglich über mehrere Stunden auf zig Dutzend Kanälen, in zig Dutzend Zeitungen, Magazinen und Illustrierten, auf hunderten von Internetplattformen den Menschen geradezu aufgezwungen wurde, lässt keinen Zweifel daran, welche Absicht verfolgt wurde.

Können wir den gezielten Schwindel, der sich in den Köpfen der meisten Menschen eingenistet und dort hartnäckig verwurzelt hat, mit Worten heilen? Oder sind es Taten, die zwingend folgen müssen? Taten, die unumgänglich sind, um den verschwiegenen Tatsachen den Weg zur kollektiven Wahrnehmung zu ebnen?
Wir rufen laut, für alle hörbar, dass das Unrecht wieder getilgt werden kann. Unser Aufruf an jene, die sich dazu hinreißen ließen, Mitbürger zu diffamieren und zu entwürdigen, sie Unmenschen genannt haben, sie sozial ausgegrenzt haben, sie in vielen Dingen entmündigt haben, heißt daher wie folgt:
Stellt euch!
Gebt eure Unzulänglichkeit zu, egal ob fahrlässig oder vorsätzlich. Nur so können wir einen Konsens erreichen.
Reicht eine verbale Entschuldigung, oder müsst ihr die Verantwortung tragen? Ist es nicht an der Zeit, für das zu haften, was ihr angerichtet habt? Ihr müsst ehrliche Reue zeigen, die auf Freiwilligkeit beruht.
Alle, die sich aus freien Stücken dafür entscheiden, sich der Verantwortung zu stellen, können mit einer fairen Aufarbeitung rechnen.
Von folgenden vier Personen erwarten wir bis 15 Uhr ihre Entscheidung:
Karl-Heinz Ruhsal, Politiker im Gesundheitswesen,
Ulf-Friedrich Monteverdi, ehemaliges Gremiumsmitglied des Ärzteverbandes,
Anita Nüsch, Sprecherin des Rates für Ethik und Moral,
Wieland Rogge, Leiter des Deutschen Immunologischen Institutes.
Wir sind die Hüter des Prozesses

„Wow," entfleucht Martina ein entgeistertes, wie auch staunendes Raunen angesichts des neuesten Beitrages der Hüter. Sie zieht die obere Schublade ihres Schreibtisches auf, um sich einen Kaugummi zu holen, der dort aufbewahrt wird. Aicha lehnt sich über ihre Schulter. Wortlos reicht Martina auch ihr einen.
„Das hat was, stimmt`s?!" meint die Marokkanerin, als sie das Papier um den Kaugummi löst.
„Und ob! …Sie nennen erstmalig Namen."
„Und was für Kaliber."
„Bin mal gespannt, was das auf den Plan ruft."
„Verfassungsschutz?"
„Mindestens. Bei dem, was die geschrieben haben?"

„Das mit den Mainstreammedien und den totalen Versagern fand ich aber echt toll. Das muss man denen lassen."
Martina stimmt lächelnd zu. Der Passus war wirklich gut. Sie fragt sich, wie die etablierte Presse auf das Manifest reagiert. Doch bevor sie reagiert, will sie sich einen ersten Eindruck bei ihren Ex-Kollegen holen. Sie greift zum Telefonhörer. Zwei, drei alte Freunde und Freundinnen bei ihrem alten Arbeitgeber waren ihr hoffentlich noch wohlgesonnen und hatten nach ihrer Kündigung zumindest phasenweise privat Kontakt gehalten.
„Servus, Nils. Martina hier."
„Martina? …Sussek Martina?"
„Ja. Wie geht es dir denn?"
„Du bist gut. Was um alles in der Welt reitet dich denn, hier anzurufen?"
„Ist ja gut, Nils. Ich will dir keinen Ärger machen. Ich wollte bloß mal kurz unter Freunden anfragen, wie ihr euch bezüglich dieser Hüter des Prozesses verhaltet?!"
Eine lange Pause entsteht.
„…Nils? …Bist du noch dran?"
„…Ja."
„Und?"
„Nichts und. …Verpiss dich!"
Danach ist die Leitung tot. Der Ex-Kollege entpuppt sich als Sackgasse. Mit einer so radikalen Ablehnung hat Martina nicht gerechnet. Das Telefonat war wohl keine gute Idee. Sie wirft einen Blick zu ihrer jungen afrikanischen Kollegin, die hinter ihr steht. Sie zuckt mit den Schultern.
Nachdem Martina mit etwas Verzögerung den Hörer aufgelegt hat, kümmert sie sich umgehend um die Nachricht auf ihrem Bildschirm. Es gilt eine Story zu basteln, die möglichst viele Leserinnen und Leser für FBJ-Media gewinnt. Ihr Riecher signalisiert ihr eindeutig, dass sie an dieser Sache dranbleiben sollte.
Und noch etwas fällt ihr ein. Beinahe hätte sie es übersehen. Eine Quelle, die vermutlich mehr weiß als all ihre ehemaligen wohlgesonnenen Kollegen.
Charles! …Charles Monrieux!
Vor knapp zwei Jahren hatte sie das erste Mal von ihm gehört. Ein junger Mann, den zwei äußerst positive Attribute auszeichneten: Diskretion und Besonnenheit. Von beiden konnte sie sich damals abseits eines Kurzinterviews bezüglich Unternehmen in Krisenzeiten überzeugen. Sie

erinnert sich noch sehr gut. Er war damals als Sicherheitsleiter tätig und somit zuständig für den reibungslosen und störungsfreien Ablauf verschiedenster unternehmenseigener Veranstaltungen. Eine seiner Aussagen, die sie im Zuge des Interviews aufnahm, bleibt unvergessen: *Du musst nicht Fachmann sein, um über fachliche Dinge Bescheid zu wissen, du musst dich nur zum richtigen Zeitpunkt an der richtigen Stelle befinden und die richtige Aussage treffen können, ohne dass man den Mangel an Fachkenntnis bemerkt.*
Charles Monrieux könnte vielleicht noch von Nutzen sein. Nicht seiner Bekundung wegen. Sie erinnert sich an eine kleine Nebensächlichkeit, die er damals erwähnte. Eine Nebensächlichkeit, die seinerzeit bedeutungslos erschien, aber nun für sie von großem Wert sein könnte. Wenn das eintrat, was er andeutete, dann ist er zumindest einen Anruf wert. Sie lächelt Aicha an, die immer noch Kaugummi kauend die Augenbrauen hochzieht.
„Was hast du? Warum grinst du so?“
„Ich glaube, ich habe noch eine Quelle.“
„Aha. Und wen meinst du?“
„Ein sehr netter Kerl namens Charles Monrieux.“
Martina studiert ihre Daten zu Charles und findet seine Mobilfunknummer. Sie tippt, während Aicha weiter nachfragt.
„Wer ist das? Auch ein Journalist?“
„Nein. …Security.
„Security? Wo?“
„Das wird sich gleich herausstellen, Aicha. …Wenn ich mich nicht täusche, in der bayerischen Staatskanzlei.“
„Wie bitte?“

8

Donnerstag,
kurz nach Mittag

In der Polizeiinspektion in Erding dominiert am heutigen Nachmittag überdurchschnittlich rege Betriebsamkeit. Schnell macht das Gerücht die Runde, dass es mit den beiden Schreiben der Hüter des Prozesses zu tun hat. Kein Wunder, dass sich die Staatsbediensteten in erhöhter Achtsamkeit befinden. Situationen wie diese sind nicht die Regel.
Auch in den Büroräumen der Kriminalpolizei herrscht eine unübersehbare Anspannung. Nicht nur der Manifeste wegen, sondern wegen Hans Neumaier und dessen unergründlichem Fernbleiben. Linda Fuchs hat mittlerweile aufgehört, die Anrufversuche zu ihrem Kollegen zu zählen. Es sind viel zu viele. Und doch probiert sie es erneut.
Wieder erfolglos.
Sie wechselt das Zimmer und sieht Miriam Schulze beim Ordnen diverser Unterlagen auf ihrem Schreibtisch.
„Miriam, wann kann ich mit der Funkzellenortung von Hans´ Handy rechnen?"
„Ich frage mal nach. Müsste eigentlich schon längst fertig sein."
Miriam telefoniert kurz und prüft dann ihren Maileingang, während sie Linda die Nachricht weitergibt.
„Die Kollegen sind fertig. Sie haben es uns auch schon zugemailt. Moment!"
Tatsächlich liegt die Mail im Eingangsordner. Vor über einer Stunde eingegangen.
„Entschuldigung. Mein Fehler," flüstert Miriam Schulze verlegen.
„Verdammt," sagt Linda Fuchs erbost. „Sowas darf nicht passieren."
Sie stellt sich hinter Miriam, um einen Blick auf ihren Bildschirm zu ergattern.
„Zeig mal, was die rausgefunden haben."
Miriam öffnet die Mail und den anhängenden Bericht. Auf einer Übersichtskarte sind rote Rechtecke dargestellt, versehen mit kurzen Texten. Es handelt sich um Zeitangaben.
Beide analysieren die Karte und stellen fest, dass der Ausgangspunkt der Zeitachse der Wohnort von Hans Neumaier ist.

„Er hat es gestern gegen Mittag eingeschaltet. Er war die ganze Zeit bei sich daheim. Das passt. Ungefähr um drei bewegte er sich im näheren Umfeld seiner Wohnung, die er knapp vierzig Minuten später wieder erreichte. Vermutlich ein Spaziergang. Ab etwa achtzehn Uhr war er alleine unterwegs. Zunächst im Süden Erdings, später wieder daheim."
„Altenerding?" grübelt Linda. „Dort befindet sich die Tankstelle, wo er gerne tankt, oder?"
„Korrekt. Könnte der Grund für die Fahrt gewesen sein," bestätigt Miriam.
„Wo war er danach?"
„Hier, sieh mal. Um ca. 18.50 Uhr hat er seinen Wohnort verlassen."
„Ulrike war zu diesem Zeitpunkt schon bei euch in Hörlkofen."
„Stimmt. Jetzt sieh dir das an. Kurz vor Sieben war er hier oben eingeloggt. Die Funkzelle liegt im Nordwesten."
„Im Nordwesten?" fragt Linda erstaunt nach.
„Ja. Ich kann dir das mal zoomen, wenn du willst."
„Bitte."
Miriam vergrößert den Ausschnitt der besagten Funkzelle. Jetzt sind übergeordnete Straßen und Ortsränder sichtbar. Vereinzelt sogar Nebenstraßen, wenn sie einen verknüpfenden Charakter zu den übergeordneten Verkehrswegen haben. Linda läuft es kalt den Rücken herunter, als sie im Zentrum der Funkzelle ein freies Gebiet erkennt.
„Das große Feld hier in der Mitte! Was ist das?"
„Das Gewerbegebiet Nordwest," antwortet Miriam. Jetzt merkt auch sie, warum Linda mit einem so eigenartigen Unterton fragte.
„Ach du meine Güte. Sag bitte nicht, dass…"
Weiter kommt sie nicht. Linda beendet den Satz.
„… Doch. …Dort liegt der vermeintliche Tatort eines Verbrechens."
„Und Hans war dort!"
Miriam wird ganz bleich. Ihr Gedanke unterscheidet sich allerdings von dem von Linda, ohne dass es ihr bewusst wird.
„Wir müssen etwas prüfen!"
Die rothaarige Kommissarin kontaktiert Julius Hoppe. Zum Glück ist er sofort erreichbar.
„Julius, eine Frage. Hast du schon die Blutproben aus der Logistikhalle im Gewerbegebiet untersucht?"
„Bin gerade dabei, Linda. Gib mir noch ein halbes Stündchen!"

„Kannst du mir anhand der Blutuntersuchung mitteilen, wann das Verbrechen stattfand? Ich meine eine ungefähre Uhrzeit?!“
„Ja, das kann ich, aber wie schon gesagt: Ein halbes Stündchen werde ich noch benötigen. Wozu denn jetzt diese Eile?“
„Erkläre ich dir beizeiten. Noch eine Frage: Wenn du fertig bist, kannst du es mit den Blutwerten von Hans vergleichen?“
„Wie bitte?“
„Verstehe mich bitte nicht falsch, Julius. Ich möchte nur eine definitive Aussage, ob es von ihm ist oder nicht. Ist das machbar?“
Hoppe zögert kurz. „... Ja, ich denke schon. Die Blutdaten aller Beamten sind in unserer Datenbank erfasst. Natürlich kann ich sie mit der heutigen vergleichen. Aber jetzt sage mal, worum es bitte geht?!“
„Wir haben gerade festgestellt, dass Hans gestern Abend in der Nähe des Tatortes war, den wir heute besucht haben.“
„Ist nicht wahr?!“
„Doch, leider. Wir brauchen Gewissheit, verstehst du?“
Der erfahrene Rechtsmediziner begreift sofort die Intention von Linda Fuchs. ...Ausschlussverfahren!
„In Ordnung, Linda. Ich melde mich so schnell ich kann. Ich kümmere mich um alles.“
„Danke Julius, Du bist ein Schatz.“
„Ich weiß.“
Linda sieht ihn vor ihrem geistigen Auge breit schmunzeln.
„Dann bis nachher.“
Sie widmet sich wieder der Funkzellenauswertung auf Miriams Monitor.
„Was ist dort geschehen?“ murmelt Linda vor sich hin.
Miriam sieht sie mit großen Augen an. „Hat er bei seinem Anruf nichts von dem Ort erwähnt?“
„Nein. Aber du liegst wahrscheinlich richtig. Vermutlich war dort das Treffen mit diesem ominösen Adrian Haubner.“
„Das glaube ich auch fast.“ Miriam scrollt die PDF nach oben. „Hier, sieh mal. Hans ist nach knapp zwanzig Minuten weitergefahren. Nach Nordwesten, Richtung Freising.“
„Was wollte er denn da?“
„Keine Ahnung. Kurz vor Freising endet die Ortung. Vermutlich ausgeschaltet.“

Schicke das bitte an die Inspektion in Freising. Sie sollen schnellstens das Zielgebiet absuchen, ob der Wagen von Hans dort irgendwo rumsteht."
Miriam Schulze erledigt die Aufgabe sofort.
„Haben die Kollegen auch die Anrufliste ermittelt?" fragt Linda nebenbei.
Miriam öffnet geschwind den zweiten Anhang der Mail.
„Ja, hier ist sie. ...Hier, das ist der Anruf von dir."
Ihre Mobilfunknummer steht als eingehender Anruf auf der Liste. Linda sieht sich die anderen Telefonate an. Es sind ohnehin nur vier im Zeitfenster zwischen siebzehn und einundzwanzig Uhr.
„Das ist Ulrike, nicht wahr?"
„Richtig," bestätigt Miriam. „Und die beiden identischen Nummern dürften dann die Telefonate mit Adrian Haubner sein."
„Eine unterdrückte Nummer," merkt Linda nachdenklich an.
„Die Kollegen konnten nicht ermitteln, wem sie zuzuordnen ist. Hier, der Vermerk am Ende der Zeile."
„Mist. Was war das für ein ominöses Treffen? Was ging da vor?"
Linda dreht sich um und blickt aus dem Fenster. Was hat Hans während des Telefonates noch gesagt? Was könnte ihr bei der Suche helfen? Ihr kommt eine Idee.
„Miriam, frage bitte bei den Kollegen der KTU an, ob sie von meinem Handy eine Audiodatei eines bestimmten Gespräches erstellen können."
„Du meinst, von deinem privaten?"
„Genau."
Miriam nickt und hat nur Sekunden später den zuständigen Mitarbeiter in der Leitung.

Bernd Riedinger, Leiter der Kriminalpolizei, nimmt den Hörer ab, als sein Telefon läutet.
„Ja?"
„Herr Teichmann von der Vermisstenstelle auf Leitung Eins."
„Danke." Riedinger drückt die entsprechende Taste. „...Herr Teichmann?"
„Herr Riedinger, gut, dass ich Sie erreiche. Ich denke, wir sollten uns kurzfristig zu einem Abstimmungsgespräch treffen. Bezüglich der Vermisstenmeldungen haben wir es mit einer unerwarteten Entwicklung zu tun. Da nicht auszuschließen ist, dass es sich dabei auch um Angelegenheiten ihres Ressorts handeln könnte, bitte ich um ihre

Anwesenheit bei dem Gespräch. Der Inspektionsleiter wird ebenfalls zugegen sein."
„Wo?"
„In meinem Büro."
„Wann?"
„Am besten sofort!"
Riedinger überlegt einen Moment. Er hätte in solchen Situationen immer gerne ein zweites Paar Ohren dabei.
„... Geben Sie mir zehn Minuten."
„Einverstanden. Dann bis gleich."
Bernd Riedinger macht sich unverzüglich auf den Weg zu seinen Mitarbeitern. Im Büro von Hans Neumaier und Linda Fuchs angekommen, erblickt er nur die junge großgewachsene Frau mit den rötlichen Haaren.
„Grüß Gott, Frau Fuchs."
„Hallo, Herr Riedinger."
„Sagen Sie mir bitte nicht, dass Herr Neumaier immer noch verschwunden ist."
„Leider doch, wir arbeiten fieberhaft daran, irgendeine Spur von ihm zu entdecken. Wir werden ihn bestimmt finden."
Linda ist fast dabei, ihrem Vorgesetzten die Sache mit der Funkzellenortung zu erzählen, entschließt sich dann aber, die Information noch eine Weile zurückzuhalten. Nicht, dass sie Riedinger misstraut, aber sie will erst die Angaben über die Blutproben abwarten. Falls sie nicht übereinstimmen, ist es ein ganz normaler Fall, dem sich die Kripo annehmen muss und wird. Falls es sich aber um das Blut von Hans handelt, haben sie es mit einem möglichen Verbrechen an einem Polizeibeamten zu tun. Das sind zwei völlig unterschiedliche Dinge, denn die Verantwortlichkeit der Aufklärung würde sich maßgeblich ändern. Miriam gesellt sich hinzu.
„Herr Riedinger. ...Linda, die Audiodatei kann erstellt werden. Sie wird demnächst zur Verfügung stehen. Der Kollege hat sich an den Betreiber gewandt."
„Welche Audiodatei?" will Riedinger wissen.
„Mein letztes Telefonat mit dem Kollegen Neumaier. ...Von gestern."
Riedinger nickt, winkt dann aber Linda Fuchs zu.
„Das muss leider warten. Ich brauche Sie bei einem internen Gespräch in der Vermisstenabteilung. Folgen Sie mir bitte!"

„Jetzt?"
„Ja, jetzt. Sofort!"
Linda wirft Miriam Schulze einen fragenden Blick zu, erntet aber nur ein Achselzucken. Dann nimmt die Kommissarin ihr Mobiltelefon zur Hand und schließt sich ihrem Chef an. Sie wüsste nur zu gerne, warum sie ihn begleiten muss?

Gerade, als die dunkelhaarige Miriam Schulze sich mit der Audiodatei von Linda Fuchs beschäftigt, erhält sie einen überraschenden Anruf.
„Schulze, Kripo Erding. Was kann ich für Sie tun?"
„Matthes, temporärer Mitarbeiter mit Ablaufdatum der Abwesenheit."
„Mario, wie schön von dir zu hören."
„Danke, Miriam. Wie läuft es bei euch? Alles im grünen Bereich?"
„Frag nicht, Mario. Momentan geht hier alles drunter und drüber."
„Oje, das höre ich nicht gerne. Naja, in fünf Wochen bin ich ja wieder da. Dann kann ich wieder kräftig mit anpacken."
„In fünf Wochen?!"
„Du klingst so bedrückt, Miriam. Ist noch irgendwas?"
Miriam Schulze zögert einen Moment. …Einen zu lange.
„… Miriam, kannst du mir jetzt bitte sagen, was bei euch los ist?"
„Mache dir mal keine Sorgen, Mario. Du bist noch im Vaterschaftsurlaub und da will ich dich nicht mit unseren Aufgaben belasten."
„Gibt es Stress mit Riedinger? Oder mit Linda?"
„Nein, alles gut, Mario. Es gibt nur viel zu tun."
„Das hört sich gar nicht gut an. Was macht denn Hans?"
„Hans?"
„Ja, Hans. …Unser Hans."
Wieder ein längeres Zögern.
„Miriam?!? Es gibt doch wohl nicht etwa Probleme mit Hans, oder? Ist er krank? Oder verletzt?"
„Das ist es nicht, Mario. …Hans ist …verschwunden!"
„Verschwunden??"
„Ja. Niemand weiß, wo er steckt."
„Was?"
„Linda macht sich schon große Sorgen."
„Verdammt, warum sagst du mir das nicht gleich?!"

„Wollte ich ja, aber..."
„Ich bin in zwanzig Minuten bei dir."
Bevor Miriam Schulze ein Wort des Widerspruchs anbringen kann, hat Mario Matthes das Gespräch beendet.
Miriam legt langsam den Hörer auf. „...Auch das noch!"

Die Augen von Linda Fuchs verraten Vieles. Als sie in Begleitung des Chefs vom Treffen in der Vermisstenstelle zurückkehrt, sieht Miriam den beiden an, dass sie keine guten Nachrichten mitbringen. Angesichts des kurzen Telefonats mit Mario Matthes befürchtet sie, dass es sich um Neuigkeiten zu Hans Neumaier handelt.
Die drei korrespondieren im Büro der Kommissare. Linda sitzt auf ihrem Bürostuhl, Miriam auf dem von Hans und Bernd Riedinger zieht es vor zu stehen.
„Wir haben gerade besorgniserregende Nachrichten von den Kollegen der Vermisstenstelle erhalten. In den vergangenen zehn Stunden gab es eine Steigerung der Meldungen um zweihundertfünfzig Prozent."
„Hans?" fragt Miriam mit ängstlichem Blick.
Riedinger schüttelt den Kopf. „Nein, er ist nicht dabei."
Linda nimmt den Faden auf. „Trotzdem ist die Häufung alles andere als normal. Zumal nach Abstimmung der anderen Inspektionen und Präsidien die Häufung kein punktuelles Problem zu sein scheint, sondern ein flächendeckendes."
„Was bedeutet das?" möchte Miriam wissen.
„Bundesweit," antwortet Riedinger ernst. „Wir haben bundesweit eine Zunahme an Vermisstenmeldungen um etwa hundertachtzig Prozent. In Ballungsgebieten etwas darunter, im ländlichen Bereich teilweise deutlich darüber. Wir sind mit unseren zweihundertfünfzig im Mittelfeld. Im Bayerischen Wald liegt die Quote teils bei fast achthundert Prozent."
„Was haben wir damit zu tun?" fragt Miriam weiter.
„Dieselbe Frage habe ich auch gestellt," erwidert Linda und fährt fort. „Man vermutet einen Zusammenhang der Vermisstenfälle mit den Schreiben der Hüter des Prozesses. Diesen beiden Manifesten."
„Und somit," erklärt Riedinger weiter, „befinden wir uns möglicherweise im Bereich von Entführungen und Erpressungen, sofern Forderungen welcher Art auch immer gestellt wurden."

„Ist das nicht schon der Fall, Herr Riedinger?“ wirft Linda Fuchs ein. „Erinnern Sie sich an die Passage mit den Verdächtigen, die sich weigern?“
„Ich habe mir das Manifest erst einmal durchgelesen, Frau Fuchs. Bitte klären Sie mich über das Detail auf.“
„Ich hole euch den Ausdruck,“ schlägt Miriam vor und huscht in das Nebenzimmer. „Hier haben wir es. Sie blättert zur richtigen Stelle und reicht das Dokument an Linda weiter.
„Ja, hier steht es:
Falls sie sich weigern, wird die Strafe nicht sie treffen, aber es ist nicht auszuschließen, dass willkürlich Menschen aus der Mitte der Gesellschaft betroffen sein werden, die an deren Stelle den gesellschaftlichen Urteilsspruch ertragen müssen. Liegt es nicht somit im Ermessen der Beschuldigten, das andere für sie bestraft werden?“
Bernd Riedinger schnauft tief durch.
„Das ist in der Tat eine Form der Erpressung. Die Ankündigung von Repressalien gegenüber Unbeteiligten.“
„Sehe ich auch so,“ bestätigt Linda. „Die Sache dürfte bereits jetzt eine Angelegenheit der Kripo sein.“
„Dann machen wir uns unverzüglich an die Arbeit,“ fordert Riedinger händeklatschend mit gespieltem Enthusiasmus. „Welche Aufgaben genießen höchste Priorität?“
„Wir haben den Tatort ohne Leiche im Gewerbegebiet,“ sagt Linda.
Von der Tür her hallt eine weitere Stimme durch den Raum.
„Genießt nicht der Kollege Neumaier höchste Priorität?“
„Mario!“ ruft Miriam.
„Herr Matthes?!“ ergänzt Riedinger weitaus verblüffter. „Was machen Sie denn hier? Sie sind doch noch gar nicht wieder im Dienst?“
„Nachdem ich das von Hans gehört habe, bin ich sofort ins Auto gesprungen und hergefahren. Was zum Teufel ist denn hier los?“
Als wäre Mario Matthes nie weggewesen, bildet sich Miriam bei dessen Anblick ein. Dunkle Jeans, ausgelatschte Turnschuhe und ein Bayerntrikot mit der Nummer Achtundzwanzig und dem Namen Mario auf dem Rücken.
„Das wissen wir noch nicht,“ erklärt Linda Fuchs. „Wir haben den Kontakt gestern verloren und suchen momentan nach irgendwelchen Hinweisen, wo er sich aufhalten könnte.“

„Darum bin ich hier," stellt Mario entschlossen klar. „Lasst mich mithelfen, Hans zu finden."
„Das geht nicht, Herr Matthes," wendet Riedinger ein. „Da sprechen haftungsrechtliche Aspekte dagegen."
Sowohl Miriam, wie auch Linda und Mario sehen Bernd Riedinger streng an. Ständig schwerer werdenden Mühlsteinen nicht unähnlich lasten die Blicke auf seinem Gemüt. Es gibt Vorschriften. Und natürlich ist es notwendig, diese einzuhalten. Riedinger erinnert sich an die eine oder andere Aktion, die der Kollege Neumaier in den vergangenen Jahren vollzogen hat. Nicht immer streng nach den dienstlichen Vorgaben, aber stets in einem gewissen Ermessensspielraum. Und jetzt befindet er sich möglicherweise in Gefahr. Vielleicht sogar in tödlicher Gefahr. Langsam wird ihm klar, dass die drei Kollegen recht haben. Es ist an der Zeit, Ermessensspielräume auszureizen. Natürlich wäre er für jede helfende Hand dankbar. Natürlich wird er Matthes erlauben, aktiv zu werden. Natürlich genießt das Auffinden von Hans Neumaier allerhöchste Priorität.
„Um die haftungsrechtlichen Aspekte kümmern wir uns irgendwann mal. Willkommen an Bord, Herr Matthes. Ich hoffe nur, Sie bekommen keinen Ärger mit ihrer Frau."
„Darum kümmere ich mich, wenn es soweit ist." Matthes schmunzelt.
Dann wendet sich Riedinger an alle drei Kollegen. „Machen Sie sich an die Arbeit! Finden Sie Neumaier!"

Während Linda und Mario die Audiodatei des letzten Telefonats zwischen ihr und Hans anhören, erhält Miriam Schulze einen Anruf von der Pforte.
„Wer ist da bei euch?" ruft Miriam Schulze in den Hörer.
„...Gut, dann führe die beiden bitte hoch. Wir kümmern uns darum."
Zwei Minuten später betritt ein junger Bursche in Begleitung seines Vaters die Büroräume der Kriminalpolizei.
„Guten Tag," wird die Sekretärin mit dem lustigen Pagenschnitt von einem mittelgroßen Mann, Mitte Vierzig, dunkelhaarig mit Vollbart, begrüßt.
„Mein Name ist Preiner. Josef Preiner. Das ist mein Sohn Martin."
„Grüß Gott. Kommen Sie bitte gleich mit. Ich bringe sie zu den Kommissaren."
Linda und Mario werden aus ihrer Datenanalyse gerissen, als Miriam die beiden Gäste vorstellt.
„Wo drückt denn der Schuh?" fragt Matthes.

„Wir dachten, es wäre besser, wenn wir uns bei ihnen melden. Wir, beziehungsweise mein Sohn hat gestern etwas beobachtet, was vielleicht von Belang für ihre Ermittlungen im Gewerbegebiet sein könnte."
Linda und Mario sehen sich verblüfft an.
„Woher wissen Sie davon?" will Linda wissen.
„Das kann ihnen mein Sohn vielleicht besser erklären."
Der junge Mann ist fast so groß wie sein Vater, hat ebenfalls schwarzes Haar, aber noch keinen Bart. Er dürfte knapp vierzehn oder fünfzehn Jahre alt sein, schätzt Linda. Die Mimik seines jungenhaften Gesichts und sein Verhalten allgemein deuten auf große Nervosität hin.
„Ich war heute in der Nähe der Halle, wo die Polizei war."
„Heute?"
„Ja. Ich wollte mit meinem Freund, dem Luis, wieder ein bisschen mit meiner neuen Drohne fliegen. Aber das ging dann nicht, weil so viel Polizei da war."
„Die Drohne ist ein Geburtstagsgeschenk von meiner Frau und mir," erklärt Josef Preiner. „Mein Sohn ist letzte Woche fünfzehn geworden."
„Na dann alles Gute nachträglich, Martin," wirft Mario Mathes ein, um sofort den Faden zum eigentlichen Thema wieder aufzunehmen. „So, du wolltest also die Drohne im Gewerbegebiet fliegen lassen?"
Martin nickt.
„Hast es dann aber bleiben lassen, weil dich die Polizei davon abgehalten hat?!"
Wieder nickt der junge Mann. Mario fährt fort. „...Verstehe mich bitte nicht falsch, aber warum bist du denn jetzt hier? Was willst du uns sagen?"
„Naja, der Luis und ich waren auch schon gestern dort."
„Und ihr habt gestern die Drohne fliegen lassen?!"
Martin Preiner bestätigt durch erneutes Nicken.
„Aha, ich verstehe langsam. Ihr habt gestern etwas bemerkt, was uns interessieren könnte?!"
Martin grinst von einem Ohr zum anderen. Mario Matthes hebt die Brauen. Warum sagt der Bursche das nicht gleich?
„Dann erzähle mal, was ihr beobachtet habt!"
Linda und Mario hören gespannt zu.
„Wir sind gestern am Nachmittag ins Gewerbegebiet geradelt. Zu dem Bereich, wo die Baustellen sind. Da war niemand. Wegen dem Feiertag. Das war cool, denn da konnten wir ungestört fliegen."

„Und weiter?"
„Wir haben die Drohne hoch über die Baustelle fliegen lassen. Irgendwann tauchte dann ein Auto auf. Blöd war nur, dass wir es zu spät bemerkt haben. Deshalb konnten wir die Drohne nicht mehr landen, ohne dass der was bemerkt hätte. Also haben wir die Drohne in der Luft gehalten. War ja noch genug Saft da."
„Was ist dann passiert?" erkundigt sich Linda.
„Naja, der Wagen hielt vor der Halle, wo heute auch die Polizei war."
„Kannst du mir sagen," unterbricht Matthes, „um was für einen Wagen es sich gehandelt hat?"
„Ein dunkler BMW," antwortet der Junge. „Einer von den größeren."
„Was hast du noch gesehen?"
„Martin, vielleicht solltest du das mit dem Video erzählen," empfiehlt Josef Preiner seinem Sohn. „Das würde die ganze Sache vermutlich verkürzen."
„Was für ein Video?" fragt Linda überrascht.
„Wir haben während des Fluges die Kamera aktiviert," gesteht Martin Preiner. „Ich weiß, dass ich das eigentlich nicht darf, aber wir haben uns nichts Böses dabei gedacht, weil doch niemand auf dem Gelände war."
„Darüber unterhalten wir uns ein anderes Mal," entscheidet Mario angesichts der aufkeimenden Unruhe bei dem Jungen. „Zurück zu dem Video. Ich gehe davon aus, dass du uns die Aufnahmen zur Verfügung stellen willst?!"
„Ja, das will ich."
Martin Preiner kramt einen USB-Stick aus seiner Jackentasche und reicht ihn dem Kommissar mit dem Bayertrikot.
Unverzüglich steckt Mario den Stick in den entsprechenden Port am Computer von Hans, lässt den Virenschutz arbeiten und aktiviert nach erfolgreichem Scan die einzige Datei, die sich auf dem Stick befindet.
Der Film beginnt mit dem Aufstieg der Drohne. Schnell werden erst die Kiesfläche und dann die Gebäude und die Rohbauten sukzessive kleiner. Die Drohne beschreibt auf ihrem Weg mehrere Schleifen über dem gesamten Gelände. Eigentlich beeindruckende Bilder, muss sich Linda eingestehen, aber so ganz legal ist das Ganze natürlich nicht. Nach etwas mehr als sieben Minuten erscheint im rechten unteren Eck der Aufnahme der dunkle BMW. Die Qualität des Videos ist so hervorragend, dass eindeutig zu erkennen ist, um was für ein Fahrzeug es sich handelt. Es ist definitiv ein BMW. Die Farbe ist Anthrazit. Obwohl der Flug etwas unruhig ist, kann man erkennen, wie der

Wagen vor dem Portal der großen, in Bau befindlichen Logistikhalle zum Stehen kommt. Ein paar Sekunden vergehen, bevor ein Mann aussteigt. Ein schwerfälliger Mann. Ein dicker Mann. Die Aufnahme entlarvt den dürftigen Haarwuchs auf dem Schopf des Mannes. Dann geht er, nachdem er sich einmal nach allen Seiten umgesehen hat, auf das Portal zu und verschwindet im Inneren der Halle. Zehn Sekunden später ändert sich der Blickwinkel der Kamera. Die Drohne dreht ab und nähert sich rapide dem Boden.
„Du hast den Flug abgebrochen?“ fragt Mario.
„Ja,“ erwidert Martin. „Wir wollten unerkannt bleiben und da der Typ in der Halle war, habe ich mir gedacht, die Gelegenheit zum Abhauen zu nutzen. Hat ja auch geklappt.“
„Hast du gesehen, wann der Mann wieder rauskam?“
„Nein. Wir haben die Drohne eingepackt und sind so schnell wie möglich verduftet.“
„Wieviel Zeit ist zwischen dem Eintreten des Mannes in die Halle und eurem Rückzug vergangen?“ möchte Linda wissen.
„Keine Ahnung,“ antwortet Martin Preiner. „Ich schätze so ungefähr fünf Minuten.
„Sind euch außer dem BMW noch andere Fahrzeuge aufgefallen? Oder andere Personen in der Nähe der Halle?“
Mario erntet nur Kopfschütteln. Zu seinem Bedauern muss er feststellen, dass ihm sinnvolle Fragen ausgehen. Selbiges trifft auf Linda Fuchs zu.
„Na, dann bedanken wir uns für deine Mithilfe, Martin. Den Film müssen wir allerdings bei uns behalten. Er ist jetzt ein Beweisstück.“
„Kein Problem.“ Martin zögert kurz. „Was ich noch fragen wollte: Gibt es eigentlich eine Belohnung, wenn man bei der Aufklärung eines Falles geholfen hat?“
„Junge!!“ rüffelt ihn der Vater, der sichtlich verblüfft und zugleich erbost ob der Unverfrorenheit seines Sohnes ist. Matthes klärt die Situation auf seine Weise.
„Pass mal auf, junger Mann. Angesichts des Verstoßes gegen Datenschutzbestimmungen durch die Aktivierung deiner Kamera solltest du dir keine allzu großen Illusionen machen und die Sache mit der Belohnung am besten ganz schnell vergessen. Zu viel Übermut kann ganz schnell nach hinten losgehen.“

Martin und Josef Preiner verabschieden sich, nachdem sie Miriam ihre Personalien genannt haben. Natürlich nur für etwaige Rückfragen.
Als Linda Fuchs und Mario Matthes wieder alleine im Zimmer sind, rekapitulieren sie die gewonnenen Erkenntnisse.
„Das ist doch alles nicht besonders aussagekräftig, oder?“ meint Mario, der nun angespannt um die Schreibtische tigert. Er schüttelt den Kopf. „Ich verstehe das nicht? Wir wissen jetzt, dass Hans dort war! In dieser Halle! Aber ich kann mir beim besten Willen nicht erklären, was Hans, noch dazu alleine, zu dieser Aktion getrieben hat. Ich kenne ihn schon so lange. Zumindest dachte ich das bis heute.“
„Wie dem auch sei,“ meint Linda voller Sorge, „es bleibt die ungeklärte Frage im Raum, wen er dort wirklich getroffen hat?“
„Wir müssen Riedinger Bescheid geben,“ meint Mario immer noch um Fassung ringend. „Wenn es einen Zusammenhang zwischen dem Blutfleck und dem Verschwinden von Hans gibt, sollte er Kenntnis davon besitzen.“
„Sehe ich auch so,“ stimmt Linda Fuchs zu und greift zum Hörer. Ihre ursprüngliche Verzögerungsabsicht, um den Blutvergleich abzuwarten, den Julius vornehmen sollte, verwirft sie.

Eine Stunde lang unterhalten sich Bernd Riedinger, Linda Fuchs und Mario Matthes über das Video und die Audiodatei des Telefonats. Allen ist klar, dass Hans Neumaier sich in dem Gewerbegebiet aufhielt, nachdem er mit Linda telefonierte. Das Video und die Anrufliste, sowie die Funkzellenauswertung sind eindeutige Belege dafür. Über die Zusammenhänge mit einem Tötungsdelikt sind sich die drei nicht einig. Zwar glaubt niemand, dass Hans Neumaier der Täter war, aber über eine wie auch immer geartete, noch nicht ergründete Beteiligung scheiden sich die Geister. Während Linda Hans für viel zu integer hält, in eine kriminelle Aktion verwickelt zu sein, meint Mario, man dürfe nichts ausschließen. Er glaube es zwar nicht, würde es aber niemals für unmöglich halten. Bernd Riedinger überlegt, wie weiter verfahren werden muss. Eigentlich ist bereits der Zeitpunkt erreicht, dass die vorliegenden Indizien für eine Abgabe der Angelegenheit an die interne Abteilung in München ausreichen. Doch Riedinger sträubt sich. Er will so lange wie möglich die Fäden in der Hand halten.
„Finden Sie alles über diesen Adrian Haubner heraus,“ befiehlt Riedinger. „Jede Information ist wichtig. Und vergessen Sie den Fall in der Logistikhalle

nicht. Was spielte sich dort ab? Von wem stammt das Blut? Gibt es eine Verbindung zu Neumaier? Wenn es eine gab, möchte ich, dass wir das als erste herausfinden, verstanden?"
„Geht klar," sagt Mario und ergänzt, „ich werde Edmund Lindner einen Besuch abstatten. Hans hat ihn beim Telefonat erwähnt. Außerdem hat er sich bei Ulrike gemeldet und mitgeteilt, es ginge Hans gut."
„Das besagt nichts," meint Riedinger streng.
„Ich kenne Edmund Lindner und er wird sicher mit mir reden. Vielleicht weiß er noch ein bisschen mehr."
„Soll ich mitkommen?"
„Nein, Linda. Ich erledige das alleine. Vielleicht kannst du mal zu Julius runtergehen und nachfragen, wie weit die Untersuchungen gediehen sind."
Linda nickt.
Bernd Riedinger und Mario Matthes verlassen gemeinsam das Büro just in dem Moment, als der Rechtsmediziner Julius Hoppe eintritt.
Er wirkt energisch, fast ein bisschen angespannt.
„Tut mir leid, dass es etwas länger gedauert hat. Ich habe Neuigkeiten."
Julius Hoppe berichtet, was er und sein Team in den letzten Stunden in Erfahrung gebracht haben. Er setzt sich auf Hans Neumaiers Sessel, während Linda auf Bitte des geschätzten Kollegen eine Datei öffnet, den PC mit dem großen Bildschirm an der Wand verknüpft, um dort Hoppes abgespeicherte Dateien anzusehen.
„Zeige bitte zunächst die Bilder aus Ordner 1, Linda!"
Sekunden später erkennen die beiden eine Fotoserie des Raumes, in dem das Blut entdeckt wurde.
„Vielleicht das Wichtigste zuerst. Wir konnten das Blut analysieren. Das Resultat ist zugegebenermaßen merkwürdig."
„Inwiefern?" flüstert Linda voller Angst, es könnte eine sehr erschütternde Nachricht folgen.
„Wir konnten zwei verschiedene DNA-Sequenzen nachweisen."
„Was?"
„Das ist ja das Merkwürdige, Linda. Das im Untergeschoss der Baumaßnahme gesicherte Blut ist hundertprozentig von zwei verschiedenen Menschen. ...Wir haben es mit zwei Opfern zu tun. Frage mich jetzt bitte nicht, warum jemand in einer im Bau befindlichen Lagerhalle zwei Menschen

umbringt und sie dann nahezu ohne jede Spur abtransportiert. Ich kann es dir nicht beantworten. Das müsst ihr herausfinden."
„Konntest du das erledigen, worum ich dich gebeten habe?" erkundigt sich Linda. Die Antwort ist ihr fast wichtiger als die Auflösung all der anderen Fragen.
„Ja." Linda spürt, wie Hoppes Stimme tiefer und ernster wird. „Ich konnte anhand unserer Bestände in der Datenbank das Blut von Hans mit dem des am Tatort gefundenen abgleichen. Die Analyse war eindeutig. Keine der nachgewiesenen DNA-Stränge ergaben eine Übereinstimmung mit der des Kollegen Neumaier."
Linda atmet erleichtert auf.
„Das heißt, Hans kann unmöglich eines der Opfer sein."
„Das stimmt," sagt Julius, „aber wir können nicht ausschließen, dass er nicht der Täter war."
„Julius, so etwas darfst du nicht einmal denken. Dazu wäre Hans niemals fähig."
„Das weiß ich, Linda. Aber gewöhne dich an den Gedanken, dass wir nichts für unmöglich halten dürfen, solange es nicht eindeutig belegt ist."
Die Erkenntnis, dass ihr erfahrener Kollege in eine Straftat verwickelt sein könnte, trifft Linda hart. Ihr wäre nicht im Traum eingefallen, Hans Neumaier auch nur in die Nähe eines Verbrechens zu rücken.
Und doch sind die Worte von Julius Hoppe nicht ganz falsch. Es darf nicht außer Acht gelassen werden. Jene Option, es könnte möglich sein.
Linda nickt. Der Rechtsmediziner sagt das, was sie eigentlich wissen muss. Und was Hans Neumaier immer predigt: ...Fakten! Fakten! Fakten!
Hoppe deutet auf den Monitor. „...Gehe jetzt bitte in Ordner 2, dort bitte weiter zu Bild 6."
Auf dem Monitor erscheint die Ablichtung eines Schuhabdruckes.
„Beweisstück 204/17-6. Die Analyse des Profils ist bereits abgeschlossen. Alle technischen Daten findest du im Protokoll. Wir konnten außerdem feststellen, dass die Person gestern den Abdruck hinterlassen hat. Die Überlagerungen mit den älteren Spuren lassen nur diesen Schluss zu."
„Was ist das Besondere an diesem Schuhprofil?" fragt Linda.
„Dazu komme ich gleich. Sehen wir uns Bild 14 an."
Linda öffnet die Datei. Auf dem großen Monitor erscheint ein überdimensional großer Fingerabdruck. Hoppe erklärt, was es damit auf sich hat.

„Diesen Abdruck fanden wir im Treppenhaus der Logistikhalle. Genauer gesagt im Bereich zwischen Erd- und Untergeschoss. Dieselben Abdrücke wurden von uns an drei Stellen im Bereich des Treppenhauses gesichert, jeweils an Metallstreben eines dort befindlichen Gerüstes. Öffne bitte Bild 15."
Bild 15 zeigt einen Ausschnitt des Lageplans der Halle.
„Beachte bitte die drei roten Kreise auf dem Plan. Das sind die Fundorte der Fingerabdrücke. Die Person, die die Abdrücke hinterlassen hat, ist definitiv vom Erdgeschoss in das Untergeschoss gegangen."
„Das ist ein guter Hinweis," sagt Linda hoffnungsvoll. Es scheint eine erste Spur zu geben. Doch Julius zerstört dies Hoffnung jäh.
„Linda, wir haben die Fingerabdrücke zuordnen können. Es wird dir nicht gefallen, aber es sind die von Hans."
„Was??"
„Es steht zweifelsfrei fest, dass er sich in das Untergeschoss der Halle begeben hat." Hoppe bleibt einen Moment stumm. Dann fährt er fort. „Ich möchte allerdings betonen, dass außer diesen drei Abdrücken keine weiteren von Hans gefunden wurden. Im gesamten Untergeschoss nicht."
„Das heißt?"
„Dass er entweder sehr vorsichtig war," erklärt Julius gestenreich. „Ich sage nur Handschuhe, die er sich beim Erreichen des Untergeschosses übergestreift haben könnte, oder er war tatsächlich in keinem der vielen Räume. Deshalb auch keine Spuren von ihm. Ich tendiere zu letzterem. Womit wir wieder bei dem Schuh wären. Bitte nochmal Bild 6."
Der Schuhabdruck ziert den Bildschirm.
„Linda, ich habe mir mal die Mühe gemacht, die Schuhgröße von Hans zu ermitteln. Ulrike war mir behilflich. Er trägt Größe Fünfundvierzig. Das würde passen."
„Die Schuhgröße haben viele Männer," wendet Linda ein. „Das sagt also gar nichts."
„Das mag sein. Aber beachte bitte, dass genau diese Spuren auch in der Tiefgarage gefunden wurden. Das könnte bedeuten, dass es gar keine Verbindung zwischen Hans und dem Blutfleck gibt. Wie gesagt, es gibt weder besagte Finger- noch Schuhabdrücke in der Nähe des vermeintlichen Tatortes."
„Meine Güte," sagt Linda mit ängstlicher Stimme. „Ich hoffe, du hast recht mit deiner Vermutung." Sie fährt sich mit den Fingern durch ihr rotes Haar.

Es sind noch so viele offene Fragen, die es zu klären gilt.
Wo ist Hans Neumaier?
Wo ist sein Wagen? Er stand nicht mehr vor der Halle, als sie den Tatort besuchten.
Ist er damit weggefahren, oder war es jemand anderes?
Wo sind die Opfer des Verbrechens?
Wer ist dafür verantwortlich?
Linda blickt Julius Hoppe in die Augen. Sie erkennt, dass sich der Rechtsmediziner dieselben Sorgen macht.
Linda fällt ein weiteres Detail ein.
„Habt ihr schon neue Informationen zu dem Fahrzeug, das in der Tiefgarage stand?“
„Nein, da sind wir noch dran. Ist nicht so einfach, aus den dürftigen Indizien eine gesicherte Aussage treffen zu können.“
„Verstehe. Berichte mir bitte so schnell wie möglich.“
„Wie immer, Linda. Wie immer.“
Ein Schmunzeln huscht über Hoppes Gesicht. Linda denkt an Mario, der wohl gerade auf dem Weg zu Edmund Lindners Haus ist.
Hoffentlich hat er mehr Erfolg. Hoffentlich kann Lindner ihm verwertbare Informationen geben, was es mit diesem Adrian Haubner auf sich hat.
Vielleicht ist genau dieser Adrian Haubner das Bindeglied zu den verworrenen Umständen in der Logistikhalle. Vielleicht kannten sich Haubner und Neumaier besser als bisher angenommen.
Es müssen unbedingt mehr Erkundigungen eingeholt werden.
Miriam bringt keine guten Nachrichten. Die Kollegen aus Freising haben keinerlei Hinweise auf Hans oder dessen Wagen gefunden. Die Suche geht natürlich weiter.

9

Donnerstag,
zwei Uhr nachmittags

Charles Monrieux setzt seine stattlichen zwei Meter Körpergröße und seine einhundertzehn Kilogramm Gewicht überraschend elegant in Bewegung, als ihn der Parlamentarier, der ihm auffordernd zugenickt hat, passiert. Seine Aufgabe ist Personenschutz. Selbst hier im Ministerium. Seitlich versetzt begleitet er den Politiker im dunkelbraunen Jackett, jede noch so kleine Begebenheit um ihn herum registrierend und bewertend. Wie eben jene junge Frau mit einem Köfferchen und einem Mikrofon in der Hand, die sich in den Weg stellte und den Abgeordneten zu seiner Rede befragen wollte, die er vor wenigen Minuten hielt. Mit Nachdruck, aber ohne unhöflich zu wirken, drängt Monrieux die Frau zurück und verweist darauf, dass die Pressekonferenz vorüber ist und keine weiteren Fragen beantwortet werden.
Charles Monrieux hat jene Rede vor wenigen Minuten live verfolgt. Der Redner, den er aktuell begleitet, war sehr darauf bedacht, so wenig wie möglich zum eigentlichen Thema von sich zu geben. Stattdessen griff er zu einem unter Politikern allseits beliebten Taschenspielertrick, nämlich die politische Opposition anzugreifen, sie für das Dilemma verantwortlich zu machen, ihnen den schwarzen Peter in die Schuhe zu schieben. Er habe es schon immer gewusst und mit Vehemenz darauf hingewiesen, dass gerade die Rechten alle nur erdenklichen Versuche unternehmen werden, die demokratische Mitte in Verruf zu bringen. Doch der mündige Bürger werde sich nicht blenden lassen, der mündige Bürger werde in der Lage sein, das perfide Spiel der Opposition zu erkennen und er werde sich nicht täuschen lassen.
Die Büroräume des Ministerpräsidenten, die der Parlamentarier und er soeben betreten, beeindrucken immer wieder. Und wie jedes Mal, wenn die letzte Schwelle zum Chef gequert wird, erhält Charles den Dank für den Schutz und die Erlaubnis zum Wegtreten, stets quittiert durch seine demütige Antwort, dass es ihm ein Vergnügen war. Was nun besprochen wird, entzieht sich seiner Kenntnis. Es geht ihn einfach nichts an.

Charles Monrieux entschließt sich zu einer kurzen Pause. Er begibt sich ins Dachgeschoss. Von dort erreicht er über eine speziell gesicherte Tür Zugang zum Flachdach. Er gehört zu dem halben Dutzend Menschen, die einen Schlüssel für diese Tür besitzen.
Oben angekommen, zündet er sich eine Zigarette an und genießt in den folgenden Minuten den beeindruckenden Ausblick. Beiläufig erinnert er sich an den Anruf heute Vormittag. Dabei ist ihm nicht wohl zumute, steht er doch quasi in der Schuld jener Person, die ihn kontaktiert hat. Zweifel überkommen ihn, ob er überhaupt zurückrufen soll, aber es nicht zu tun, wäre alles andere als fair.
Er nimmt sein Smartphone aus der Jackentasche. Nicht das dienstliche. Das private. Er wählt die Nummer aus und aktiviert den Rückruf.
„Hallo?"
„Hallo. ...Charles hier."
„Charles. Ich freue mich, dass du anrufst. Wie geht es dir?"
„Soweit gut. Lassen wir das Geplänkel und kommen gleich zur Sache. Ich kann mir nicht vorstellen, was du von mir willst!"
„Wirklich nicht?"
„Nein. Jetzt sag schon, was los ist!"
„Das mag ich so an dir," antwortet Martina Sussek. „Kein langes Gequatsche. Gut. ...Kommen wir zum Punkt. ...Ich gehe davon aus, du hast deine damalige Aussage bezüglich des beruflichen Wandels umgesetzt?"
„Und wenn es so wäre?"
„Dann könntest du mich in einer wichtigen Angelegenheit unterstützen."
„Unterstützen?! ...Völlig ausgeschlossen."
„Höre doch erstmal zu, Charles. Lass mich erklären, worum es geht."
Charles Monrieux schweigt und wartet darauf, was Martina Sussek zu sagen hat.
„Ich bräuchte dringend Infos zu der Geschichte mit den Hütern. Insbesondere die politischen Entwicklungen. Aus erster Hand, verstehst du? Ich will die erste sein, die außer den Politikern weiß, was los ist. ...Also, ganz einfache Frage: Ganz konkret: Kannst du mir helfen?"
„Wie stellst du dir das vor? Wenn das rauskommt, bin ich am Arsch."
„Einfach nur Infos, Charles. Dinge, die du aufschnappst. Dinge, die du intern herausbekommst. Du hörst doch sicher mehr als wir hier draußen?!"
„Das geht nicht. ...Ausgeschlossen!"

„Du stehst in meiner Schuld, Charles! Das weißt du doch, oder?"
„Versuche es erst gar nicht," warnt der stämmige Mann mit ernster Stimme. „Auf so etwas lasse ich mich nicht ein, verstanden? Das damals war eine völlig andere Situation. Es ist nicht vergleichbar."
Martina schnauft tief durch und signalisiert deutlich vernehmbares Verständnis. „…Charles. Du hast ja recht. …Es liegt mir fern, dich in Gefahr zu bringen. Auf keinen Fall möchte ich etwas fordern. …Ich bitte dich lediglich darum. Nur ein kleiner Gefallen."
„Das ist nicht so einfach," antwortet Charles genervt. „Ich höre fast nichts, worüber die reden. An der Tür zum Konferenzsaal ist für den Personenschutz Endstation."
Martina ignoriert die Erklärungen und kommt direkt zur Sache. „Wie reagiert die hohe Politik auf die Geschichte mit den Manifesten?"
Charles Monrieux schnauft tief durch.
„Hast du das Statement nicht gesehen?" wundert er sich.
„Doch, aber das Gesülze war ziemlich erbärmlich," merkt Martina Sussek an. „Hinter den Kulissen muss es doch viel turbulenter zugehen, oder?"
„Es gab wohl ein paar Telefonate mit Berlin," beginnt der Security-Mann zu erzählen, nachdem er sich wiederholt vergewissert hat, alleine auf dem Dach zu stehen. „Viel weiß ich nicht darüber. Die ganze Sache scheint sich zu einer bundesweiten Angelegenheit zu entwickeln. Diese Hüter des Prozesses werden von den Diensten bereits ins Visier genommen, wenn ich das richtig interpretiert habe. Auf jeden Fall wird die Sache sehr ernst genommen."
Martina Sussek bohrt weiter. „Es kursieren Gerüchte, dass ein erneuter Versuch eines Staatsstreiches in Vorbereitung ist."
Charles Monrieux zuckt zusammen, als er hinter sich ein Geräusch hört. Er schrickt leicht zusammen, dreht sich um und inspiziert die Umgebung.
Nichts zu sehen. Trotzdem will er kein Risiko eingehen.
„Wir müssen unser Gespräch ein anderes Mal fortsetzen."
„Ich verstehe," antwortet Martina kurz, nachdem ihr Charles Monrieuxs Reaktion nicht verborgen blieb.
„Rufe nicht mehr an, Martina," verlangt der Personenschützer unruhig. „Das wird mir zu heiß."
„In Ordnung. Ich werde mich zurückhalten. Trotzdem danke, Charles."

Der Hüne beendet das Telefonat, nähert sich der Tür zum Treppenhaus und begibt sich wieder in die politische Höhle des Löwen. Alles nicht ohne ein Maximum an Aufmerksamkeit.

Das winzige Fenster neben ihrem Schreibtisch lässt kaum Licht in den Raum fallen. Kaum nennenswerte Sonnenstrahlen offenbaren trotzdem die losen Kabel, die sich auf dem Fußboden schlängeln, anstatt hinter Putz oder zumindest in handelsüblichen Kabelkanälen verlegt zu sein. Martina Sussek wartet noch einen Moment, bis ihre beiden Kollegen neben der Kaffeemaschine verschwinden, um sich dann selbst eine Tasse zu holen.
Wieder an ihrem Arbeitstisch angekommen, widmet sie sich der Aufzeichnung der kürzlich gesendeten Pressekonferenz aus dem Bayerischen Landtag.
Man kann es sich so oft ansehen, wie man will. Es ändert sich nichts. Sie findet den Kerl, der die Rede zum Besten gegeben hat, einfach widerlich. Ein aalglatter Typ, zwar rhetorisch perfekt geschult, aber im Auftreten ein an Arroganz kaum zu überbietender Prolet. Obwohl sie von der im Mainstream stets so titulierten Parteien mit dem Charakter von „rechter Gefahr für die Demokratie" nicht viel hält, ärgert sie sich trotzdem über die völlig haltlose und unbegründete Ächtung, die der Redner der Öffentlichkeit schamlos präsentiert. Bei jedem anderen wäre es üble Nachrede oder Verleumdung. Bei ihm heißt es Aufklärung.
Leider hat er nicht viel zum eigentlichen Thema gesagt. Die Schreiben der Hüter des Prozesses. Aber irgendwie war es zu erwarten. Es gibt eine ganz bestimmte Sorte von Menschen, denen es immer gelingt, sich keine Blöße zu geben. Zu diesen Menschen gehört jener Redner.
Aicha kommt von ihrer Recherche zurück und setzt sich auf ihren Stuhl.
„Hallo," begrüßt sie Martina.
„Und? Was hast du in Erfahrung gebracht?" fragt sie.
„Ich war ziemlich dicht dran an einem Interview, aber irgendwie ist er mir durch die Finger geschlüpft. Ich hinterher, aber so ein Hüne von der Security hat mich aufgehalten."
Martina grinst. „Ehrlich? Dann warst du das?!"
„Wie bitte?"
„Nicht so wichtig, Aicha. Der Versuch war es trotzdem wert."

„Was meinst du? Sie kommen mir irgendwie nervös vor, die Damen und Herren aus der Politik."
„Sehe ich auch so. Denen geht der Arsch auf Grundeis."
„Das glaube ich auch. An der Geschichte mit den Hütern ist wirklich was dran. Weißt du was? Ich glaube, die könnten was bewegen in unserer Tiefschlaf-Gesellschaft."
Martina Sussek schüttelt skeptisch den Kopf. „Glaube ich nicht. Du hast ja gesehen, was in den letzten drei Jahren bei uns passiert ist. Ich hätte nie gedacht, dass in Deutschland so etwas möglich ist. Das ein derart großer Teil der Bevölkerung sich für dumm verkaufen lässt."
„Das wird sicher nicht nochmal passieren."
„Oh doch, das wird es. Wenn die nächsten einschränkenden Maßnahmen kommen, werden die meisten wieder mitmachen. Nur, um sich ihre Freiheiten, die man ihnen vorher wegnimmt, wieder zu erkaufen."
„Sie verkaufen sich selbst?!"
„Genau das werden sie tun. Die meisten sind zu bequem und zu dekadent, sich dagegen zu wehren."
„Das sind ja tolle Aussichten," meint Aicha, als sie sich einen Drop aus ihrer kleinen Schale nimmt. Sie überlegt kurz und beginnt zu lächeln.
„Aber das wäre doch trotzdem toll, so viele wie möglich aus ihrer Matrix zu locken. Sie quasi zu befreien. Ihnen beim Aufwachen zu helfen."
„Was meinst du denn, warum ich so scharf auf die Story bin," betont Martina energisch. „Natürlich müssen wir hier mithelfen. Die Aufklärung ist längst überfällig."
„Wäre toll," sinniert Aicha, „wenn es uns gelänge, einen von den Hütern für ein Gespräch zu gewinnen."
„Daran habe ich auch schon gedacht," erwidert Martina, „aber ich fürchte, das wird uns nicht gelingen. Niemand weiß bis jetzt, wer hinter der Aktion steckt. Eigentlich weiß man überhaupt noch recht wenig über die Dimension dieser Aufklärungskampagne. Ich denke, da kommen wir nicht weiter. Wir sollten uns auf das konzentrieren, was wir können. ... Und was machbar ist."
„Wie stellst du dir das vor?"
„Pass auf," sagt Martina und beugt sich ein wenig zu ihrer Partnerin hinüber. „So, wie es aussieht, weigert sich der Mainstream, über das Thema zu berichten. Ich bin mir sogar sicher, dass es gezielt untersagt wurde."
„Von wem?"

„Keine Ahnung. …Von oben. …Du hast ja mitbekommen, wie distanziert sich Nils verhalten hat, als ich das Thema angeschnitten habe."
„Stimmt."
„Also, wir fokussieren uns auf klassische Berichterstattung. Wir analysieren die Manifeste und kommentieren sie. Am besten einen Hauch wohlwollend und verständnisvoll. Ich denke, das spiegelt auch in etwa die Stimmung in weiten Teilen der Bevölkerung wider. Die wollen einfach mal wissen, was in den letzten drei Jahren wirklich gelaufen ist."
„Hoffentlich hast du recht," murmelt Aicha vor sich hin. Martina Sussek schenkt ihr ein Lächeln.
„Sieh dir die sozialen Netzwerke doch an. Es werden immer mehr, die sich für eine ehrliche Aufklärung interessieren. Wir werden sicher nicht alle erreichen, aber wenn wir Teil der Gruppe sind, die sich als Zugpferde der Aufklärung etablieren, werden wir sicher Erfolg haben."
„OK, wo fangen wir an?"
Aicha ist jetzt voller Tatendrang.
„Im zweiten Manifest wurden Namen genannt," stellt Martina fest. „Hier sollten wir beginnen. Lass uns eine Stoffsammlung über die Personen aufstellen, damit wir soetwas wie eine Basis haben."
„Sowas ähnliches wie Dossiers?!"
„Genau. Je mehr wir wissen, umso interessanter und exklusiver werden unsere Berichte. Und denke daran: Nicht nur die Dinge, die ohnehin schon alle wissen. Wir brauchen die Geheimnisse, die Dinge, von denen keiner was weiß, die kleinen und großen Sünden aus der Vergangenheit der vier Personen. Das ist es, was ich will."
„Und wer weiß?" merkt Aicha schelmisch an. „Vielleicht ergibt sich aufgrund unserer Recherchen doch noch ein Interview mit einem der Hüter."
„Vielleicht?!"

<u>*10*</u>

Donnerstag,
drei Uhr nachmittags

Mario reibt sich über den Bauch. Nichts macht mehr Appetit als unzählige, nicht enden wollende Arbeitsstunden im Büro. Er ist am Verhungern. Als er die Reihe von Schränken in Miriams Zimmer durchsucht, in denen sie gelegentlich kleine Snacks und ein paar Süßigkeiten aufbewahrt, findet er nur eine Packung alte Kekse und einen Teebeutel, der einen abscheulichen Geruch absondert. Den sollte man schleunigst entsorgen.
Gesagt, getan.
Begleitet von einem intensiven Magengrummeln stellt er sich vor, wie seine Frau Giselle ihm heute ein leckeres Omelett oder einen schmackhaften Eintopf zubereitet hätte. Das wäre wundervoll. Aber was überwältigt ihn anstelle von Vorfreude? Er hat jetzt noch mehr Hunger.
„Die Damen? Wie sieht es aus? Wollen wir uns ein paar Croissants oder anderes Gebäck gönnen?"
„Prima Idee, Mario." Die Antwort der beiden kam fast zeitgleich. „Du holst sie, oder?"
Die Bestellung geht schnell von der Hand und in weniger als fünfzehn Minuten ist Mario mit einem halben Dutzend leckerer Backwaren aus der nahen Konditorei zurück.
Das nachmittägliche kulinarische Intermezzo ist noch nicht ganz beendet, als Julius Hoppe ins Zimmer kommt. Er nimmt das Aroma frischen Kaffees und jenen unverwechselbaren Duft wahr, der ihn unbeirrbar an Croissants erinnert, reagiert aber augenscheinlich nicht darauf.
„Servus, meine Lieben. Volle Besetzung, wie ich sehe."
„Was hast du für uns, Julius?" möchte Mario wissen.
Julius nimmt auf dem Stuhl neben Lindas Schreibtisch Platz.
„Zunächst hätte ich ein paar Informationen zum Flucht-, beziehungsweise Transportfahrzeug. Leider ist eine eindeutige Identifikation des Wagens immer noch nicht möglich. Dazu reichen die Hinweise einfach nicht aus. Wir sind aber sicher, dass es sich um Reifen der Marke Bridgestone handelt. Es sind 205er Sommerreifen. Alle mit wenig abgenutztem Profil, daher können

wir davon ausgehen, dass sie sehr neu sind. Aber das ist euch ja schon bekannt. Neu hingegen ist, dass aufgrund der Spurbreite und des Achsabstandes, den wir durch den spurentechnisch ermittelten Lenkeinschlag beim Losfahren des Wagens berechnen konnten, nur drei Fahrzeugmarken in Betracht kommen können. Ich habe sie euch in der Datei gelistet."

Hoppe deutet auf den Akt, den er mitgebracht hat. Dass die Daten auch in der Cloud abgreifbar sind, versteht sich von selbst. Hoppe fährt routiniert fort.

„Jetzt zur Blutuntersuchung. Die abschließende Laboranalyse hat bestätigt, dass es sich in der Tat um das Blut von zwei Personen handelt. Anhand der Gerinnungsmerkmale konnten wir den Tatzeitpunkt auf ein Zeitfenster zwischen fünfzehn und neunzehn Uhr einschränken."

„Wann war Hans in der Halle?" wundert sich Linda. „War das nicht erst gegen neunzehn Uhr?"

„Stimmt," bestätigt Miriam. Ein Moment wirkt die Atmosphäre im Büro unterkühlt. Jeder weiß, dass das Zeitfenster zum möglichen Ableben der unbekannten Opfer passt. Und jeder hält es eigentlich für undenkbar, dass Hans Neumaier irgendetwas mit der Ermordung der beiden Personen zu tun haben könnte. Das Problem ist nur: Glauben heißt nicht wissen!

Julius Hoppe hebt den Zeigefinger und widmet sich wieder seinen Ausführungen.

„Ich war noch nicht fertig, Freunde. Die Blutuntersuchungen haben zudem eine weitere Besonderheit hervorgebracht. Die DNA-Analyse lässt keine Zweifel darüber aufkommen, dass die beiden potentiellen Opfer miteinander verwandt waren. Das konnten wir mit verschiedenen Prüfmethoden feststellen. Somit ist die Aussage mehrfach verifiziert. Das Ergebnis ist hundertprozentig sicher."

„Ist es möglich, den Familienstand zueinander festzustellen?" fragt Linda. „Also zum Beispiel der Vater und die Tochter? Oder Mutter und Tochter?"

„Nur bedingt. Wir konnten ermitteln, dass es sich um zwei Frauen gehandelt haben muss."

„Dann könnte Linda mit ihrer Vermutung Mutter und Tochter richtig liegen," meint Miriam Schulze.

„Oder zwei Schwestern. Auch möglich."

„Ich fürchte, dass wird sich erst durch eure hoffentlich erfolgreichen Ermittlungen herausstellen," stellt Julius Hoppe fest. „Diesbezüglich bin ich

mit meinen bescheidenen Mitteln an meine Grenzen gestoßen und kann euch nicht mehr helfen."
Mario runzelt die Stirn. Leise murmelt er vor sich hin. Mehr zu sich selbst als zu seinen Kollegen. „Ein Familienzwist mit tödlichem Ausgang."
Linda hält dagegen. „Aber wo sind dann die Leichen? Ich glaube, dass an der Sache mehrere Personen beteiligt sein müssen."
„Darauf deuten auch die Schuhabdrücke hin," merkt der Gerichtsmediziner an. „Es waren etwa ein Dutzend verschiedene, wovon allerdings mindestens acht den Bauarbeitern zugeordnet werden konnten. Die Übrigen dürften wohl mit der vermeintlichen Ermordung der zwei Frauen zu tun haben."
„Hast du diese Abdrücke auch in der Tiefgarage entdecken können?"
„Nein, Linda. Nur in den Räumen rund um den Tatort, im Treppenhaus und in Teilen des Erdgeschosses. Leider haben die Arbeiter jede Menge Spuren ruiniert, sonst hätten wir vielleicht tatsächlich so etwas wie eine Route des Geschehens nachvollziehen können. Damit kann ich aber definitiv nicht dienen."
„Mist. Wäre zu schön gewesen."
„Vielleicht ist Marios Ansatz mit dem Familienzwist gar nicht so falsch," beteiligt sich Miriam wieder am Gespräch. „Ist nur so eine Idee, aber wäre es möglich, dass in dieser Halle so etwas wie eine Fehde zwischen verfeindeten Clans geregelt wurde? Das würde auch erklären, warum die beiden Opfer nicht dort liegen gelassen wurden. Hätte man sie dort gelassen, hätten sie vermutlich den Täterkreis verraten."
„Keine schlechte Idee, Miriam," lobt Matthes. „Ich habe mir schon Ähnliches gedacht, weil mir partout kein besserer Grund einfällt, warum die Leichen weggeschafft wurden. Wir sollten in diesem Milieu auf Spurensuche gehen."
„Also, ich kann euch ja verstehen, in der Sache ein bisschen zu spekulieren," sagt Linda, „aber wir wissen eigentlich gar nichts. ...Null! ...Wir können nicht einmal ausschließen, dass Hans in die Sache verwickelt ist. So abwegig es uns auch erscheint. Es ist nun einmal möglich."
„Und darum," wendet Mario ein," müssen wir alles nur Erdenkliche unternehmen, um ihn als Täter definitiv auszuschließen. Ich fürchte, wir haben irgendetwas übersehen. Ich weiß nicht was, aber so wenig Anhaltspunkte hatten wir schon lange nicht mehr in einem Mordfall."
„Noch nicht einmal Tatopfer," ergänzt Miriam.

„Nochmal zurück zum Untergeschoss, Julius." Linda fährt mit der Hand durch ihre roten Locken, während sie weiterspricht. „Das Transportfahrzeug macht mir noch ein wenig Sorgen. Ich möchte gerne wissen, ob es neben den bereits ermittelten Reifenspuren noch weitere gab?! Vielleicht ältere, die nur noch zum Teil sichtbar waren, oder vielleicht überdeckt sind durch frischere Spuren. Habt ihr diesbezüglich etwas Brauchbares gefunden?"
Der Rechtsmediziner schüttelt mit dem Kopf. „Linda, die Tiefgarage wurde selbstverständlich von mehreren Fahrzeugen genutzt. Überwiegend von Baufahrzeugen. Aber alle, ich meine wirklich alle Spuren sind älteren Datums als die des gesuchten Transportwagens."
„Wie sieht es mit dem Erdgeschoss aus?" fragt Mario. „Wenn ich das richtig verstanden habe, ist die Halle jederzeit durch das Portal begehbar, da die Rolltore noch nicht montiert sind. Also wäre es theoretisch auch befahrbar, oder?"
„Das stimmt, aber hier haben wir leider ein Problem. Das Portal ist der Hauptzugang der Arbeiter zu ihrer Baustelle. Wir haben hier hunderte von Fußspuren und dutzende von Reifenspuren. Hinzu kommt, dass der Platz vor dem Portal aus Kies und Dreck besteht. Für Spurensucher ein denkbar ungünstiger Untergrund, wenn so viele Personen darauf rumtrampeln. Keine Chance, Mario, hier etwas zu finden, was als eindeutiger Beweis gewertet werden könnte. Sorry."
Linda wechselt den Denkansatz. „Leute, wir müssen uns mehr auf Hans konzentrieren. Ich finde, dass sollte Vorrang haben. Sogar vor dem Mordfall."
Miriam und Mario nicken. Linda fährt fort.
„Also, was wissen wir? Hans war dort. Ungefähr um Neunzehn Uhr. Wir haben visuelle Bestätigung durch das Drohnenvideo des jungen Preiner. Außerdem die Beweise von dir, Julius, dass Hans zugegen war. Die Fingerabdrücke sind der Beleg dafür. Was wissen wir noch? Ulrike wurde von Edmund Lindner kontaktiert. Er versicherte ihr, dass es Hans gut ginge."
„Hörensagen!"
„Mag sein, Mario, aber immerhin ein kleiner Hinweis, der Hoffnung verheißt. Ich werde morgenfrüh nochmals mit Ulrike reden. Vielleicht gibt es bis dahin schon neue Nachrichten, oder sie kann sich noch an irgendeine Kleinigkeit erinnern, die uns weiterhilft."
„Jetzt die Gegenfrage," sagt Hoppe. „Was wissen wir nicht?"

„Fangen wir mit dem Wichtigsten an," merkt Mario an. „Welchen Grund könnte Hans gehabt haben, einen Doppelmord zu begehen?"
„Warum ist er verschwunden?" wirft Miriam ein. „Wäre es nicht unauffälliger, wenn er der Mörder wäre, wenn er sich *nicht* verstecken würde?"
„Stimmt, Miriam. Sicher ein guter Aspekt. Ich stelle mir gerade noch eine weitere Frage. Wie will er in zwanzig Minuten – das ist das Zeitfenster seines Aufenthaltes in der Halle – zwei Frauen töten, sie quasi ohne Spuren zu hinterlassen entsorgen, dies möglicherweise mit seinem eigenen Auto, und dann, aus welchen Gründen auch immer, Richtung Freising fahren?"
„Das klingt wirklich sehr abenteuerlich, Linda, aber deine Frage ist berechtigt. Es sind jene Umstände, die wir aufklären und somit die Unschuld von Hans beweisen müssen."
„Was haben wir noch?"
„Wir kennen die Opfer nicht, deren Blut in der Logistikhalle gefunden wurde. Außerdem wissen wir rein gar nichts über deren Verbleib."
„Richtig, Linda. Und wenn wir nicht bald was finden, wird uns dieser Fall noch ziemlich Kopfzerbrechen bereiten."
„Du sagst es, Mario. Wir müssen also schleunigst in die Puschen kommen. Julius, könnt ihr anhand der Blutgruppenbestimmung noch irgendwelche Hinweise ermitteln? Was weiß ich: Zum Beispiel Alter der Opfer. Oder die Herkunft. Irgendwie so etwas."
„Wir sind zwar nicht schlecht in unserem Job," erwidert Hoppe, „aber zaubern können wir leider noch nicht."
„Auch wenn ich mich wiederhole, aber ich halte das für wichtig. Was ist mit dem Fahrzeug aus der Tiefgarage?" fragt Mario.
„Ich kümmere mich morgen persönlich um dieses Thema," verspricht Julius Hoppe. „Wäre doch gelacht, wenn wir nicht die Marke herausfinden."
„So machen wir es." Linda steht auf und reckt sich. Ein Blick auf die große Wanduhr lässt sie ein wenig erschrecken. „Verdammt, ist es wirklich schon vier Uhr?"
„Lasst uns mit Volldampf weitermachen," bekräftigt Mario und beugt sich über die Tastatur.
Lotte, Miriam und Julius nicken und signalisieren stumme Zustimmung.

11

Donnerstag,
vier Uhr nachmittags

Der schlaksige Mann öffnet träge die Lider. Der Geruch, der ihm nun in die Nase dringt, ist ein anderer als gewohnt. Die Teetasse auf dem Tisch neben ihm ist nur noch lauwarm. Offensichtlich ist er tatsächlich eingenickt. Ein Blick auf die Uhr schenkt ihm Gewissheit. Nur eine knappe halbe Stunde, nachdem er aus der Küche kam. Er schnappt sich die Tasse und macht sich daran, den Tee frisch aufzugießen.
Edmund Lindner gesellt sich zu ihm in die Küche.
„Möchtest du auch eine?" bietet der größere der beiden Männer, den Hans Neumaier so liebevoll „Schattenmann" taufte, an.
„Danke, nein," sagt Edmund müde. Er nimmt auf einem der Holzstühle Platz.
„Was hältst du von Neumaier? ...Er will gehen, das weißt du?! Seine Ungeduld nimmt zu. Allzu lange werden wir ihn nicht aufhalten können."
„Ich weiß. Das will ich auch gar nicht. Ich bin mir nur noch nicht sicher, wie er reagieren wird."
„Bis jetzt eigentlich wie erwartet," meint Edmund. „Er spielt das Spiel mit, weil er neugierig ist. Weil er wissen will, was ihn erwartet."
„Der Schein trügt, Edmund. Er ist ein Fuchs. Er hält sich alle Optionen offen."
„Du hast mir und meiner Familie sehr geholfen, Edmund. In vielerlei Hinsicht. Und vielleicht hast du durch deinen Kontakt zu Neumaier auch für unsere Sache einen großen Beitrag geleistet. Ich bin mir einfach nicht sicher, ob Kommissar Neumaier wirklich über seinen Schatten springen kann."
„Wie schon gesagt: Ich kenne ihn lange. Er ist ein sehr kluger Mensch."
Plötzlich durchdringt ein unangenehmer Pfeifton das Zimmer. Schattenmann nickt und zieht das Mobiltelefon aus der Hosentasche.
„Nele," ahnt Edmund Lindner.
Wieder nickt der Schlaksige. „Ich muss nach ihr sehen."
„Wie wäre es, wenn Hans Nele kennenlernt?" fragt Lindner. Schattenmann wirkt zunächst überrascht. Lindner zieht die linke Augenbraue hoch und faltet die Hände. „Ich könnte mir vorstellen, dass Hans Neumaier eine emotionale Reaktion zeigen wird. Ein kleiner Anschieber sozusagen."

Der große Mann zögert, willigt dann aber ein. Im schlimmsten Fall sieht und identifiziert er jemanden, den er aber definitiv nicht in das Puzzle einfügen kann. Sie wird für ihn immer nur ein Mädchen ohne Namen bleiben.
„Ist gut, Edmund. Hole ihn! Und sage Adrian Bescheid. Er soll auch dabei sein. ...Ich gehe schon vor."
Während sich Edmund Lindner auf den Weg in das Untergeschoss macht, betritt Schattenmann den Raum, in dem sich Nele befindet.

Nele hatte das Pech, dass eine ihrer persönlichen Entscheidungen nicht die richtige war. Zumindest für sie nicht.
Sie liegt in ihrem Bett, den Kopf auf einem großen weißen Kissen gebettet, der Körper warm zugedeckt. Die Sonne schenkt dem Raum mit den zwei Fenstern viel Helligkeit. Die Vorhänge sind aufgezogen. Nele wendet ihren Blick nicht von dem Mobile an der Decke ab, als ihre Gäste ins Zimmer treten. Sie nimmt sie nur unbewusst wahr. Heute ist kein guter Tag, denkt sich der große schlaksige Mann, der nun einen Vorhang, der seitlich neben dem Fenster einen Teil des Raumes trennt, zuzieht.
Augenblicke später wird die Zimmertür geöffnet und Edmund Lindner kommt herein, gefolgt von Hans Neumaier und Adrian Haubner. Beide nicken nur, was Schattenmann dahingehend deutet, dass Lindner Neumaier darauf aufmerksam gemacht hat, im Raum, in dem sie sich nun aufhalten, so leise wie möglich zu sein. Schattenmann beginnt im Flüsterton.
„Sie haben sicher Verständnis, dass wir uns in angemessenem Tonfall unterhalten."
„Ich habe nichts dagegen," entgegnet Hans Neumaier ebenso im Flüsterton.
Adrian Haubner bittet Hans Neumaier und Edmund Lindner mit einer einladenden Handbewegung näher an das Krankenbett heranzutreten.
Hans sieht eine junge Frau, die er zwar nicht unbedingt als reizlos bezeichnen würde, aber ihre unförmigen Gesichtszüge und ihr strähniges, fettig wirkendes Haar wären nur schwerlich als positiv hervorzuhebende Attribute zu nennen. Sie liegt ruhig und entspannt unter der Bettdecke. Die Augen sind geöffnet, sehen aber nicht in Richtung der Anwesenden, sondern scheinbar ziellos nach oben. Erst jetzt entdeckt er das Mobile über dem Bett.
Adrian Haubner beugt sich über die Frau und streichelt ihr liebevoll über die Wange. Die Augen reagieren zuerst, allerdings mit einer gewissen zeitlichen Verzögerung. Träge wenden sie sich dem Mann zu, ohne irgendeine wie

auch immer geartete weitere Regung. Keine Freude, keine Überraschung, keine Furcht. Entweder hat sie ihn schon mehrmals gesehen, oder sie nimmt nicht bewusst wahr, was um sie herum geschieht.
„Geht es dir gut?“ fragt der junge Mann leise.
Die junge Frau verharrt einen Moment und formt dann ihre Lippen zu einem Lächeln. Kurz darauf murmelt sie ein gedämpftes „Ja“.
Edmund Lindner, der direkt neben Hans Neumaier steht, klärt ihn flüsternd auf.
„Das ist Nele. Nele ist seine Schwester.“
Hans blickt kurz auf und zählt Eins und Eins zusammen.
„Sie sind Geschwister? …Dann vermute ich mal, dass unser sehr geschätzter Schattenmann deren Vater ist?“
Sein alter Schachkamerad nickt zustimmend.
Schattenmann wendet sich mit leiser Stimme Neumaier zu. „Herr Neumaier, ich denke, Sie haben bereits schlussgefolgert, wer die junge Frau ist. Es ist mir sowohl ein großes Anliegen, wie auch ein großes Vergnügen, ihnen meine Tochter vorzustellen.“
„Darf ich fragen, was ihr fehlt?“
„Sie dürfen natürlich,“ antwortet Schattenmann. „Ich fürchte allerdings, dass ihnen die medizinischen Fachausdrücke kaum geläufig sind. Ich will es ihnen trotzdem in groben Zügen erläutern: Sie hat große Schwierigkeiten mit ihrem Immunsystem. Die Ärzte sind sich unsicher, beziehungsweise geteilter Meinung.“
„Immunsystem?“ fragt Hans leise nach. „Ich bin zwar kein Mediziner, aber sollte sie dann nicht in einem Krankenhaus untergebracht sein?“
„Das war sie, Herr Neumaier. Und leider viel zu lange, wie sich herausgestellt hat.“
„Wie meinen Sie das?“
Adrian Haubner zupft Hans vorsichtig am Ärmel und hält seinen Zeigefinger vor den Mund. Hans versteht.
„Was heißt zu lange?“ fährt er flüsternd fort.
Hans vernimmt ein tiefes Schnaufen von Neles Vater. „Zu lange heißt, dass wir vermutlich durch unser Vertrauen in die klassische Medizin und einem Zögern, was gewisse Entscheidungen betrifft, Nele in diese Situation gebracht haben. Wir wissen heute, dass es sich um ein fatales Zögern gehandelt hat. Ich will es ihnen erklären. Nele hat nach der dritten Covid-

Spritze plötzlich Probleme bekommen. Kreislaufschwankungen, Herzrasen, heftige Kopfschmerzen, Hitzewallungen, Schüttelfrost. Das ganze Programm. Sie hatte bei den ersten beiden Spritzen keine derartigen Symptome gezeigt, aber nach der dritten kam es dann knüppeldick. Wir haben natürlich erst den Hausarzt, und später diverse andere Ärzte zu Rate gezogen. Was bei allen auffiel, war die kategorische Negierung der Möglichkeit, dass ihre Probleme mit der mRNA-Substanz zu tun haben könnten. Wir haben mehrfach darauf hingewiesen, dass ein zeitlicher Zusammenhang bestünde. Alle waren unisono der Meinung, das wäre ausgeschlossen. Das wäre Zufall. Es müsste andere Gründe dafür geben."
Schattenmann hält kurz inne. Es fällt ihm offensichtlich nicht leicht, über dieses Thema zu sprechen, stellt Hans fest. Adrian Haubner nutzt die Gelegenheit und setzt die Erklärung seines Vaters fort.
„Nele blieb auf Anraten der Ärzte im Krankenhaus. Nele wollte das auch so. Sie wollte wieder gesund werden. ...Unbedingt! ...Leider stellte sich keine Besserung ein. Eher im Gegenteil. Die Schwierigkeiten wurden immer größer. Das war dann nach knapp zwei Wochen, als mein Vater die behandelnden Ärzte zur Rede stellte. Wir erfuhren so, dass Nele medikamentös behandelt wurde. Sie war teilweise nicht mehr bei Bewusstsein, als wir sie besuchten. Doch irgendwann, ...ich weiß den Tag noch ganz genau, ...da war sie wach. Sie hat geweint, war verzweifelt, konnte aufgrund der Beruhigungsmittel kaum sprechen. Aber dann hat sie uns etwas mitgeteilt. Nur zwei Sätze:
Holt mich hier raus!
Ich sterbe hier!
Daraufhin wurde mein Vater aktiv. Er musste es tun!"
Der Alte beteiligt sich wieder am allgemeinen Bettgeflüster.
„Über meinen alten Freund Edmund habe ich einen Mediziner kennengelernt, der sich seit mehr als dreißig Jahren mit Infektionskrankheiten beschäftigt. Ein sehr integrer Mann. Er hatte eine gutgehende Praxis in Köln, war in Fachkreisen ein renommierter Mann, gehörte bundesweit zu den Koryphäen im Bereich der Immunologie und der Immunbiologie."
„Gehörte?"
„Er hat sich zu Beginn der Pandemie kritisch zu den Maßnahmen geäußert, die von Seiten der damaligen großen Koalition verabschiedet und beschlossen wurden. Wie einige andere auch, wie Sie sicherlich wissen. Ich will Sie nicht mit Dingen langweilen, die ihnen schon bekannt sein dürften.

Nun, eines kam zum anderen und schließlich eskalierte die ganze Sache. Er war einer derjenigen, die sowohl beruflich, gesellschaftlich, wie auch privat in Misskredit gebracht, denunziert, diskriminiert und letztlich mundtot gemacht wurde. Seinen Beruf durfte er nicht mehr ausüben. …Eine Entscheidung der sogenannten Ärztekammer."
„Diesen Arzt," erzählt sein Sohn leise weiter, „haben wir aufgesucht. Privat. Einfach nur auf Vermittlung Edmunds hin. Wir gewährten ihm Einblick in alle Daten und Protokolle, die wir von Nele und ihrem Krankenhausaufenthalt zur Verfügung hatten. Wir baten ihn einfach nur um Unterstützung. Nachdem er uns erklärte, dass er nicht mehr praktizieren dürfe und eine saftige Strafe drohe, falls er sich nicht an die Auflagen halte, schwanden unsere Hoffnungen. Doch zwei Tage später drehte sich das Blatt. Dieser Arzt kam mit einem Kollegen, …"
„…der während der Pandemie zweckmäßigerweise die Klappe hielt, aber in der Sache den Kritikern nahestand," wirft Schattenmann ein.
„Dieser Arzt und sein Kollege," nimmt Adrian Haubner den Faden wieder auf, „meldeten sich bei meinem Vater. Sie sagten, sie wissen nicht, ob es noch möglich ist, aber sie würden alles tun, um Nele zu helfen. Dazu müsse sie unbedingt aus dem Krankenhaus raus. So schnell wie möglich."
„Wir bereiteten also alles vor. Die Entlassung war relativ unproblematisch. Ein Wisch bezüglich Eigenverantwortung, beziehungsweise Übernahme der Verantwortung nach vorzeitiger Entlassung. Der Transport wurde von unseren Ärzten organisiert und übernommen." Adrian Haubner widmet seiner Schwester Nele seine Aufmerksamkeit, als sie ein leises „Ja" wiederholt. Dann fährt er mit dem Bericht fort.
„Die folgenden zwei Wochen waren nicht einfach. Weder für Nele, noch für uns. Ihr Gesundheitszustand wurde intensiv untersucht, sowohl schulmedizinische, wie auch alternative Methoden kamen zum Einsatz. Schließlich suchten die beiden Ärzte uns auf und erklärten uns, was sie über Neles Krankheit herausgefunden haben."
Er streut eine kurze Pause ein.
„Wir hatten so viele Fragen. …So viele Hoffnungen. …Die Hauptsache für uns war, dass Nele wieder gesund wird. Das war das Allerwichtigste! Leider konnten die Ärzte uns das nicht garantieren."
Schattenmann muss wieder unterbrechen. Eine längere Pause entsteht, die Hans zum Dialog nutzt.

„Hat sich die Diagnose der neuen Ärzte von der der ursprünglichen unterschieden?“

„Das ist eine gute Frage, Herr Neumaier. ...Ja, das hat sie. Unsere Ärzte haben bestätigt, was die Ärzte im Krankenhaus samt unserem alten Hausarzt kategorisch ausgeschlossen hatten. Neles Zustand ist mit nahezu hundertprozentiger Sicherheit Resultat des mRNA-Vakzins. Sie haben in dutzenden von Tests nachgewiesen, dass ihr Immunsystem völlig aus den Fugen geraten ist, nachdem sie die Spritzen bekommen hat. Es gibt keinen Zweifel.“

„Gibt es Medikamente, die zur Genesung beitragen?“ fragt Hans.

„Soweit ich weiß, nicht. Das tragische an der ganzen Sache ist, dass Neles Aufenthalt in der Klinik die Sache verschlimmert hat. Diesbezüglich sind sich unsere Ärzte sicher. Es sind Behandlungen, sofern man dieses Wort überhaupt dafür verwenden kann, vorgenommen worden, die niemals hätten durchgeführt werden dürfen.“

„Der Fairness halber,“ unterbricht Adrian seinen Vater, „muss man sagen, dass Neles Zustand seit einigen Wochen stabil ist.“

„Ja, das stimmt,“ bekräftigt Schattenmann zuversichtlich. „Es ist zumindest ein Hoffnungsschimmer, dass es nicht weiter bergab geht.“

Hans überlegt. Die Verknüpfung zwischen dieser kleinen leidgeplagten Familie und Edmund Lindner ist zumindest gelüftet. Sie kannten sich vermutlich schon vorher. Edmund hat ihnen mit dem Kontakt zu diesem verbannten Mediziner einen großen Gefallen getan. Bleibt natürlich die Frage, aus welchem Grund Edmund jetzt immer noch anwesend ist. Er hat mit Nele eigentlich gar nichts zu tun. Er besitzt keine medizinischen Kenntnisse. Als Baumarktleiter kann er auch keine wesentlichen Beiträge zur Genesung beitragen. Warum, um alles in der Welt, ist er hier? Es muss einen anderen Grund geben. Einen, der sich ihm nicht erschließt. ...Noch nicht.

Hans sieht Edmund in die Augen. Er kennt ihn schon so lange Zeit. Und trotz dieser Zeitspanne vermag er in Edmund Lindners Blick keinerlei Anzeichen zu erkennen, was ihn bewegt. Stumm stellt er sich selbst die eine Frage: Was hast du vor, Edmund?

„Ich weiß, ich wiederhole mich,“ wendet sich Hans nun wieder im Flüsterton an seinen Gastgeber, „aber wieso bin ich hier? Wie kann ich ihnen von Nutzen sein? Was versprechen Sie sich von meiner Anwesenheit?“

Schattenmann hält einen Moment inne. Adrian Haubner nickt, ebenfalls Edmund Lindner, den er danach visuell kontaktiert. Schattenmanns Stimme klingt fest und entschlossen. Trotz Flüstern.
„Es kann sein," beginnt er seine Erklärung, „dass ich Sie irgendwann zu meiner Entlastung brauche. Edmund erzählte mir von ihnen. Er warb quasi für Sie. Sie seien ein Mann, der verlässlich und unbestechlich wäre. Jemand, der noch selbständig denken kann."
„Welche Ehre," erwidert Hans, verbunden mit einem dankenden Nicken Richtung Edmund. „Aber vielleicht täuschen Sie sich alle in mir. Vielleicht werde ich Sie ganz im Sinne der Gesetze und der Interpretation meiner Aufgaben festnehmen. ...Festnehmen müssen, da die Gesetze es eben erfordern."
„Tun sie das? Erfordern die Gesetze es wirklich?"
„...Entführung," zählt Hans auf. „... Diebstahl. ...Nötigung. ...Vortäuschung einer Straftat. ...Das ist schonmal eine ganze Menge, dessen man Sie bezichtigen könnte. Weshalb sind Sie sich so sicher, dass ich irgendwann mal zu ihren Gunsten aussagen oder handeln werde?"
Schattenmann lässt eine ganze Weile verstreichen.
„... Weil Sie gar nicht anders können, Herr Neumaier. Edmund berichtete mir, wie Sie arbeiten, wie Sie denken, welche Prinzipien Sie ehren und hochhalten. Was ihnen wichtig ist, und was Sie für belanglos halten. Wovon Sie überzeugt sind, und was Sie kategorisch ablehnen. Kurzum: ...Er berichtete mir von ihrem Bauchgefühl."
Hans stutzt. Er überlegt, was er tun soll. Was er sagen soll. Langsam wird ihm klar, dass alles auf eine Gewissensentscheidung hindeutet. Seine Gewissensentscheidung, die er vermutlich in nicht allzu ferner Zukunft treffen muss. Das muss auch der Grund sein, warum Edmund ihn in diese bis dato missliche Lage gebracht hat. Er ist einer der wenigen, die relativ genau wissen, auf welcher Basis er seine Entscheidungen trifft. Eine Mischung aus Routine, Intuition und eben jenes unverwechselbare Bauchgefühl, das ihm schon so oft geholfen hat. Er weiß, wie ich mich verhalten werde, schlussfolgert Hans daraus. Das Einzige, was Hans Neumaier nicht abwägen kann, ist die Zuverlässigkeit seines Bauchgefühls. Denn bisher sagt es ihm etwas ganz anderes, als es die anderen im Raum vermuten oder gar erhoffen.

12

Donnerstag,
sechs Uhr abends

Linda Fuchs kann sich des Eindruckes nicht erwehren, dass sich die Zeit nacheinander zwei unterschiedliche Erscheinungsformen gegönnt hat. Nach der Besprechung vor etwas über zwei Stunden verging sie unfassbar schnell, als ob diese selbst von größter Eile getrieben wird. Alle saßen an ihren Computern und suchten nach irgendwelchen Ansatzpunkten, die ihnen bei der Lösung des Falles weiterhelfen könnten. Die Minuten und Stunden verflogen regelrecht.
Und nun, die Uhr zeigt acht Minuten nach Sechs, hat Linda das Gefühl, sie könnte mehrfach auf die Uhr sehen und sie würde immer acht nach Sechs anzeigen. ...Jedes Mal. ...Der Grund dafür ist ebenso einfach wie logisch: Sie kamen einfach nicht weiter. Egel, wonach sie suchten, es ergab sich nicht der Hauch eines Hinweises, den man als vielversprechend titulieren könnte. Mario Matthes und Miriam Schulze machten die gleiche Erfahrung.
„Ich kann so nicht weitermachen," sagt Linda resignierend und lehnt sich zurück. „Ich brauche mal etwas Abstand."
„Inwiefern?"
„Ich muss raus hier. Die Wände erdrücken mich schon."
„Dann mach doch heute mal eher Feierabend," schlägt Mario vor.
Linda grinst und schüttelt zeitgleich den Kopf.
„Wenn es nur so einfach wäre. Ich hatte es tatsächlich vor, aber die Gedanken an Hans und diesen Mordfall verfolgen mich auch außerhalb der Inspektion."
Sie steht auf und geht zum Fenster. Es ist wie verhext. Irgendwie gelingt es ihr nicht, Hans und dessen mögliche Beteiligung an dem aktuellen Fall objektiv zu differenzieren und beides für sich zu beurteilen.
Plötzlich dreht sie sich um und greift zu ihrer Jacke.
„Ich fahre nochmal zur Logistikhalle raus. Ich werde mich dort nochmal umsehen."
„Soll ich dich begleiten?" fragt Mario.

„Lass mich mal machen. Ich muss auch ein paar Minuten für mich alleine sein. Einverstanden?"
Mario Matthes nickt und winkt ihr freundlich zu, als sie das Zimmer verlässt. Linda schwingt sich hinter das Lenkrad ihres Wagens und erreicht knapp fünf Minuten später das Gewerbegebiet, in dem sich die Logistikhalle befindet. Doch bevor sie in das Neubaugebiet abbiegt, macht sich ihr Magen akustisch bemerkbar. Sie schmunzelt. ...Hunger! ...Erst jetzt fällt ihr auf, dass sie außer den beiden Croissants am Nachmittag auf Nahrungsaufnahme verzichtet hat. Kein Wunder also, dass sich der Magen meldet.
Sie biegt nach rechts ab und entschließt sich zu einem schnellen Burger. Sie fährt an den Drive-In-Schalter und bestellt sich eines der angebotenen Menüs zum Mitnehmen. Am Bezahlschalter bemerkt sie etwas Merkwürdiges. Zunächst nur beiläufig, aber bei näherem Hinsehen wird die Erkenntnis zunehmend interessant. Sie steigt aus und beugt sich mit dem Oberkörper durch die schmale Fensteröffnung des Bezahlschalters.
„Hey, Moment mal! So geht das aber nicht!" schimpft die junge Frau an der Kasse und will sie zurückdrängen.
„Lassen sie mich das mal ansehen!" fordert Linda.
„Raus mit ihnen! Das dürfen Sie nicht!" Die junge Angestellte des Fastfood-Unternehmens wird handgreiflich. Blitzschnell und gekonnt löst sich Linda, zieht ihren Dienstausweis heraus und hält ihn der jungen Frau unter die Nase.
„Ich darf das! Also, das sind die Livebilder der Kameras, die den Drive-In-Schalter überwachen, oder?"
Linda deutet auf die vier kleinen Monitore, die über dem Kassencomputer montiert sind. Darauf sind die bewegten Bilder der Zufahrt zum Drive-In, auf dem zweiten der Bereich mit dem Mikrofon, in das die Kunden ihre Bestellung hineinsprechen, auf dem dritten sieht man die Zone, in der bezahlt wird und auf dem vierten die Ausfahrt, die mit einer engen Kurve zurück zum öffentlichen Straßennetz führt.
Die Angestellte, mittlerweile nicht mehr so aggressiv wie zuvor, nickt zustimmend. Linda Fuchs beugt sich wieder in das Fenster, um die Aufnahmen des hinteren Monitors, des vierten, besser erkennen zu können.
„Was ist das hinter der Buschgruppe?"
Sie zeigt auf die entsprechende Stelle auf dem Bildschirm. Die Frau am Schalter antwortet prompt.
„Das ist der Kreisverkehr hinter unserem Gebäude."

„Sehr gut," sagt Linda, obwohl der Kreisverkehr nur etwa zu einem Drittel von der Kamera eingefangen wird. „Und was ist das dahinter? Ich meine hier rechts oben im Bildschirmeck."
„Keine Ahnung," sagt die Mitarbeiterin. Plötzlich werden sie von einer männlichen Stimme unterbrochen.
„Was soll das hier werden, wenn ich fragen darf?"
„Entschuldigung, Chef, wir wollten nur …"
„Sie sollen ihren Job machen!" fegt der blasse Typ mit den schmalen Schultern und dem Headset auf dem Schädel herüber.
Linda interveniert.
„Sorry, aber das war meine Schuld. Sie kann nichts dafür."
Sie zeigt dem Mann ihren Ausweis. „Kommissarin Fuchs. Kripo Erding. Sie sind der Chef hier?"
„CEO!"
„Sehr witzig! …Gut, dann können Sie mir sicher weiterhelfen."
Ein Hupen lenkt Linda ab. Hinter ihr stehen bereits zwei weitere Kunden die ihre Ware bezahlen und abholen wollen. Der erste lehnt sich aus dem Fenster seines Wagens.
„Wo samma denn?! Ratschn könnts a woanders, zefix."
Linda hebt entschuldigend die Hände. „Sorry, ich fahre gleich weiter."
„Vorwärts! Mir pressierts," ruft der Nörgler wütend.
Linda wendet sich kurz an den Filialleiter. „Ich brauche unbedingt ihre Unterstützung. Die Aufzeichnungen dort, werden die gespeichert?"
„Soweit ich weiß, ja."
„Die muss ich sehen! Sofort! Ich parke da drüben und komme dann zu ihnen rein."
„Hammas jetzt bald, zefix?!"
„Bin ja schon weg!"
„Weiber!!"
Linda parkt geschwind und trifft dann im Gebäude auf den blassen Typ mit dem Headset.
„Worum geht es eigentlich?" will er wissen. „Was haben wir mit der Polizei zu tun?"
„Nichts," erwidert Linda. „aber sie könnten uns bei der Aufklärung eines Verbrechens behilflich sein."
„Wie soll das gehen?"

„Selbstverständlich ist es mir nicht gestattet, Auskunft über laufende Ermittlungen zu geben. Trotzdem sage ich ihnen, warum ich mich an Sie wende. Mein Interesse bezieht sich auf den Bereich außerhalb ihres Geländes. Besonders der von Kamera vier erfasste Bereich. Meine Frage nun: Kann ich mir die Aufnahmen mal ansehen? Sie bestätigten ja bereits, dass die Aufzeichnungen gespeichert werden."
„Achtundvierzig Stunden," konkretisiert der Filialleiter.
„Das genügt," antwortet Linda erleichtert. „Mich interessiert der Zeitraum gestern von mittags bis ungefähr acht Uhr abends."
„Um Himmels Willen. Das sind acht Stunden! Die wollen Sie sich sicher nicht gleich ansehen, oder?"
„Doch. Ich will zumindest partielle Zeiträume sofort überprüfen. Die kompletten acht Stunden brauche ich dann aber trotzdem. Können Sie mir die irgendwie zur Verfügung stellen?"
Der Blasse überlegt und nickt dann hektisch. „Ja, das geht. Ich kann Sie auf einen Datenträger abspeichern."
„Gut. Das wäre prima. Jetzt aber zu den bereits erwähnten Zeitfenstern. Zeigen Sie mir bitte umgehend die Aufzeichnungen?!"
„Folgen Sie mir."
Die beiden gehen durch eine Tür mit der Aufschrift *Zutritt nur für Personal* und erreichen ein schlicht eingerichtetes Zentralbüro. Die Computeranlage ist dafür umso eindrucksvoller. Ein Dutzend Monitore überwachen die gesamten Geschäftsräume samt Außenanlagen. Neben den vier bekannten aus dem Bezahlschalter zeigen die anderen acht Bildschirme den Verkaufstresen und die Essbereiche. Der Filialleiter aktiviert die Software, wählt die gewünschte Funktion aus und gibt schließlich die von der Kommissarin angeforderten Zeiten ein. Dreißig Sekunden später ist die Datei fertiggestellt.
„Wünschen Sie die Datei auf einem USB-Stick?"
„Gerne."
Linda nimmt den Stick dankend an sich. Danach widmet sie sich dem Bildschirm in der Mitte der Armada, auf dem die Aufzeichnung vom gestrigen Mittwoch dargeboten wird.
„Sie können mit der Maus hier die Geschwindigkeit der Aufzeichnung steuern, und hier mit der anderen Taste können sie in ein Menü springen, in dem sie eine Uhrzeit eingeben können."

„Das können wir gleich mal probieren," antwortet Linda. „Geben Sie bitte 18.55 Uhr ein."
Der junge Mann leistet der Aufforderung Folge und Sekunden später wird auf dem Bildschirm die Uhrzeit im linken unteren Eck angezeigt. Der Ausschnitt entspricht natürlich unverändert der statischen Position der Kameraführung.
„Jetzt lassen Sie es bitte laufen! Kann man die Geschwindigkeit einstellen?"
„Ja. Moment. …Ist es so recht?"
In Zeitraffer, etwa dreifache Geschwindigkeit zur Realität, erkennt Linda Fuchs, wie sich gelegentlich ein Wagen durch den Kreisverkehr schlängelt. Zumindest durch den Teil, der von der Kamera erfasst wurde. Am Feiertag war wenig Verkehr.
„Ausgezeichnet," lobt Linda. Ihr Hauptaugenmerk richtet sich auf den oberen Bildrand. Rechts in der Ecke. Dort, wo die Büsche teilweise, aber eben nicht vollständig, eine Straße zeigen. Linda weiß, um welche es sich handelt. Die Zufahrt zum hinteren Bereich des Neubaugebietes.
Minutenlang tut sich nichts. Dann erscheint oben rechts ein Minibus. Linda sieht genauer hin.
„Zurück bitte. Etwa zehn Sekunden."
Die Aufnahme läuft erneut ab. Dann kann sie sich selbst korrigieren. Nein, es ist kein Kleinbus. Es ist ein Transporter. Die Marke ist nicht erkennbar, aber sie nimmt sich vor, Ferdinand Auer mit der Identifizierung zu betrauen.
Sie wartet einige Sekunden. Die Anzeige links unten belegt die genaue Uhrzeit: 19.11 Uhr. Der Transporter müsste zwangsläufig durch den Kreisverkehr fahren. Vielleicht hat sie Glück und kann sich das Fahrzeug aus der Nähe ansehen. Die Sekunden verstreichen. Zehn, zwanzig, dreißig. Der Transporter taucht nicht auf. Linda schnauft tief durch. Wäre auch zu schön gewesen, wenn sie Erfolg gehabt hätte. Der Wagen ist zweifellos in einen der beiden anderen Äste des Kreisverkehrs abgebogen und hat sich somit dem Sichtfeld der Kamera entzogen.
Pech gehabt.
Sie wollte dem Filialleiter schon andeuten, dass er die Aufzeichnung beenden könne, aber dann taucht auf der Zufahrtsstraße noch ein Fahrzeug auf.
„Warten Sie!"
„Was ist?"
„Nochmal zurück. Zehn, fünfzehn Sekunden."

Die beiden starren wie gebannt auf die Wiederholung. Dann erscheint er. Ein PKW. Eine dunkle Limousine. Linda Fuchs wirft einen prüfenden Blick auf die Zeitangabe. Seit dem Transporter sind ungefähr vier Minuten vergangen. Jetzt wird es spannend, redet sie sich selber ein. Zwanzig Sekunden später wird der Wagen erneut sichtbar. ...Im Kreisverkehr.
„Stopp!"
Gedankenschnell hält der Filialleiter die Aufzeichnung an. Das Standbild ist gestochen scharf. Am linken Bildrand ist die Front der Limousine zu erkennen. Ein BMW. Anthrazit. Linda sieht das Kennzeichen. Dann schnappt sie kurz nach Luft. Es ist tatsächlich der Wagen von Hans Neumaier. Allerdings ist es nicht möglich, den Fahrer zu erkennen. Die Sonne spiegelt sich in der Windschutzscheibe.
„Lassen Sie die Aufnahme bitte langsam weiterlaufen. Idealerweise bis zu der Stelle, an der man den Fahrer aus einem anderen Winkel erkennen kann."
„Ist das der Mann den Sie suchen?"
„Machen Sie einfach, was ich ihnen sage!"
In Zeitlupe schleicht der BMW um die Kurve und biegt in die Straße ein, die von der Kamera aufgenommen wurde. Durch eine Lücke in der Buschreihe kann man die vorbeifahrenden Fahrzeuge gut von der Seite erkennen. Just in dem Moment, als Hans Neumaiers BMW die Stelle erreicht hat, hält der selbsternannte CEO die Aufzeichnung an. Linda Fuchs beugt sich nahe an den Bildschirm heran. Ist das Hans oder nicht? Schwer zu erkennen.
„Zoomen Sie bitte etwas näher zum Fahrer!"
„Tut mir leid, das geht mit unserem Programm leider nicht."
„Nicht?"
„Nun," erwidert der Blasse verlegen, „das ist ein einfaches Programm zur Überwachung unseres Geländes. Nichts weiter."
„Verstehe schon," antwortet Linda lapidar. Sie wird auch die Ermittlung dieses Details Ferdinand Auer übergeben. All diese Sequenzen sind auf dem Stick enthalten. Somit kann zumindest ein kleiner Baustein der Ermittlung zugefügt werden. Ein dunkelbrauner Transporter verlässt den Ort eines möglichen Verbrechens, gefolgt vom Wagen Hans Neumaiers.

13

Donnerstag,
sieben Uhr abends

Martina Sussek hat den Entwurf ihrer Reportage über die Entwicklung im Fall der Manifeste fertiggestellt und lädt sie nun zur Sicherheit zusätzlich auf einen externen Datenträger. Aicha, die junge Marokkanerin nähert sich ihrem Schreibtisch.
„Und? Alles fertig?"
„Fast," erwidert Martina, die noch ein paar Programme beendet und danach den Deckel vom Laptop schließt. Sie dreht sich zu ihrer Mitarbeiterin um und lächelt.
„Was hältst du von einem kleinen Feierabend-Drink?"
„Gute Idee," stimmt Aicha zu. „Was schwebt dir vor?"
„Wie wäre es mit *Esperanzas Hütt'n*?"
„Bin dabei."
Beide Frauen lieben die kleine Kneipe mit dem sonderbaren Namen, den sie von Ricardo, dem Inhaber und Betreiber der Lokalität, in Anspielung auf seine erste große Liebe erhalten hat. Die intensive Recherche von Aicha und Martina haben ergeben, dass jenes siebzehnjährige Mädchen, das Ricardo einst an den Stränden von Acapulco während seines Mexikourlaubes kennenlernte, ihn so verzauberte, dass er sie nie wieder vergessen konnte. Eine wunderschöne Zeit, unvergesslich, aber eben auch ohne Happy End. Der Urlaub verstrich, Ricardo flog zurück nach Deutschland und die junge Esperanza blieb in Acapulco zurück.
Esperanzas Hütt'n liegt fußläufig keine zehn Minuten von den Wohnungen der beiden entfernt, was den nicht zu verachtenden Vorteil birgt, alkoholische Getränke zu sich zu nehmen. Zumindest trifft das auf Martina Sussek zu. Aicha verzichtet auf Alkohol und begründet dies stets mit ihrem Glauben.
Eine schlanke Schleuse bildet den Eingang, dahinter öffnet sich das überschaubare Areal, das mit kleinen runden Tischen, hohen Barhockern und jede Menge Krimskrams aus allen Ecken der Welt geschmückt und dekoriert ist. Über der Theke, die sehr stark einem Tresen aus einem Saloon im Wilden Westen ähnelt, befinden sich Erinnerungen an Esperanza. Postkarten aus

Acapulco und anderen Gegenden Mexikos, mehrere Schals, drei Strohhüte, ein Paar wunderschön bemalte Maracas aus Naturholz, sowie eine sehr gut erhaltene Requinto-Gitarre. Dazwischen jede Menge Flaschen, Gläser und anderer Schnickschnack aus dem Land der Mariachos. Für Live-Musik ist der Laden zu klein, aber über die Lautsprecher kommt trotzdem dank der mexikanischen Musik das entsprechende Flair auf.
Martina und Aicha nehmen an einem Tisch direkt links neben der Bar Platz. Man kann mittlerweile sagen, dass dies ihr Stammtisch geworden ist. Ricardo begrüßt sie wie alte Freunde es tun. Küsschen auf die Wangen, eine herzliche Umarmung und nette Komplimente eines südländischen Charmeurs.
Die kleinen Speisekarten, die auf der Theke liegen, beanspruchen Aicha und Martina nicht. Erstmal genügen Getränke. Für Martina eine Margarita, den Klassiker unter den alkoholischen Getränken. Aicha bestellt Horchata, ein in Mexiko sehr beliebtes Getränk, bei dem Reis, Zucker, Zimt und Vanille mit Milch vermengt werden.
Gelegentlich treffen sich ihre Blicke mit denen anderer Gäste, wie zum Beispiel gerade eben, als eine Gruppe junger Männer Esmeraldas Hütt'n betreten und sich nach einem freien Tisch umsehen.
Aicha sieht verlegen zur Seite. „Au, au, au, was für ein Typ."
Martinas Interesse ist geweckt. „Welcher?"
„Der Dunkelhaarige. Ganz rechts. …Der mit dem Dreitagebart." Aicha blickt immer noch zu Boden.
„Wow."
Martina stupst ihre Freundin an. „Was machst du denn da? …Sieh wieder hin! Der Traum hat dich entdeckt."
Aicha wagt es, den Blick zu erwidern, verzieht aber keine Miene. Kein Lächeln, kein Wimpernschlag, nichts. Der junge Mann schenkt ihr den Ansatz eines Schmunzelns, ein leichtes Heben der Mundwinkel, bevor er dann mit seinen Kammeraden an das andere Ende des Raumes zu einem etwas größeren Tisch geht, an dem vier Personen Platz finden.
„Schade," murmelt Martina mitfühlend. „Der hat was."
„Was soll's," sagt Aicha und nippt von der Horchata, wohlwissend, was Martina Sussek meint, wenn Sie *„Der hat was"* sagt. Letztlich eine vergebene Chance für eine Nacht in Zweisamkeit. …Bis jetzt zumindest.

Kaum hörbar macht sich Martinas Mobiltelefon bemerkbar. Eigentlich wird sie durch die Vibration in ihrer Gesäßtasche darauf aufmerksam. Sie prüft das Display und registriert Eingänge in ihrem Telegram-Account. Erstaunt nimmt sie zur Kenntnis, dass sie sich schnell häufen. Innerhalb einer Minute sieben Nachrichten. Schnell klickt sie auf das entsprechende Symbol und beginnt, die Neuigkeiten zu lesen.
Aicha, abgelenkt durch den Dunkelhaarigen, der am anderen Ende der Kneipe sitzt und dessen unfassbar aufregendes Profil sie visuell genießt, bemerkt zunächst gar nicht, wie sich Martina Susseks Gemütslage zunehmend verändert. Erst nach dem dahingehauchten *Verdammt, das kann doch nicht wahr sein* realisiert sie ihre Kollegin.
„Was ist denn?“
„Die haben sie geschnappt.“
„Wen?“
„Die Hüter!“
„Die Hüter des Prozesses?“
„Alle schreiben es. Warte, ich sehe mir mal die News in den Medien an.“
Einen Augenblick später erhält Martina Sussek die Bestätigung. „Verdammt, die bringen schon Videos.“
„Wovon?“
„Von der Verhaftung. Hier, sieh dir das mal an!“
Sie hält das Handy schräg, damit Aicha ebenfalls das Display erkennen kann. Die Filmsequenz zeigt einen Bericht der Nachrichtensendung im Ersten, in dem uniformierte Polizeibeamte, eingehüllt in schwarze Schutzwesten, Helme, Schilde, schwer bewaffnet, eine kleine Gruppe, etwa sechs Personen in ziviler Kleidung, abführen und in einem gepanzerten Fahrzeug in Gewahrsam nehmen.
Martina springt von ihrem Hocker und wirft Ricardo einen Zwanzig-Euro-Schein zu, bevor sie zum Ausgang rennt.
„Sorry, Ricardo.“
Aicha spurtet hinterher und holt Martina auf halbem Weg zum Büro ein.
„Was hast du vor?“
„Was ich vorhabe? Ich muss was tun! Die Schweine zerlegen mir gerade meine ganze Story.“
„Die über die Hüter.“

„Ja. Wenn das wahr ist, können wir unsere Geschichte vergessen. Ist Schnee von gestern."
Keine zehn Minuten später sitzen Martina und Aicha vor dem Computer in ihrem miefigen Büro in der zweiten Etage. In Windeseile haben sie alle relevanten Nachrichtenportale durchforstet. Aicha die Printmedien, Martina die Fernsehsender. Fast auf allen werden Sondersendungen ausgestrahlt. Ein Brennpunkt im Ersten, ein ZDF-Spezial im Zweiten, RTL aktuell mit noch exklusiveren Informationen, ganz zu schweigen von Welt oder n-tv, die dem Zuseher vermitteln wollen, was alles zum Ergreifen der Verbrecher geführt hat. Und alles innerhalb der vergangenen fünfzehn Minuten.
Aicha findet bereits erste Berichte über die Festnahmen. Kaum zwei Minuten später gibt es erste Kommentare, Reporter vor Ort, die aus erster Hand direkt von den Verhaftungen berichten, gepaart mit haarsträubenden Theorien und haltlosen Vermutungen.
Martina Sussek schüttelt den Kopf. Die Jungs und Mädels mit den Mikrofonen werden immer plumper. Einheitsgeschwafel für die treuen Matschbirnen vor der Glotze.
Sie schaltet auf einen anderen Kanal und findet eine Aufzeichnung der Festnahme. Merkwürdig, denkt sich Martina. Es ist die Rede von einer verdeckten geheimen Operation. Wie können bei einer solchen Aktion die Medien schon vor Ort sein? ...Als hätten sie gewusst, ...
Sie hört der weiblichen Stimme zu, welche voller Inbrunst die aktuellen Bilder systemkonform und linientreu im Hintergrund kommentiert.
Martina lehnt sich langsam zurück. Wie erschütternd. Das war es mit dem von ihr recherchierten und zusammengezimmerten Bericht über die Hüter des Prozesses. Aus der Traum! Diesmal waren die anderen schneller.
„Ich habe hier was," meldet sich die junge Marokkanerin. Martina Sussek rappelt sich schwerfällig auf und umkreist die beiden Schreibtische. Sie beugt sich zu Aicha herunter.
„Ich hoffe, du hast etwas Aufmunterndes."
„Vielleicht," sagt Aicha. „Ich habe mich mal ein bisschen um die sozialen Medien gekümmert. Da rührt sich deutlich mehr. Das meiste geht konform mit den Mainstreammedien. Die kupfern quasi nur ab und wiederholen den ganzen Quatsch aus den Kommentaren. Aber hier habe ich eine Sache gefunden, die könnte dir gefallen."
„Was denn?"

Sie öffnet die Telegram-App und ruft eine der zahlreichen Nutzergruppen auf, die sie installiert hat. Gleich oben steht ein Satz, der ihr ein Lächeln in das Gesicht zaubert.
Martina Sussek liest ihn und schließt sich umgehend dem Lächeln ihrer jungen Partnerin an.
„Gut gemacht, Aicha."

In allen Polizeiinspektionen der Republik treffen dieselben Nachrichten ein. Keine Verschlüsselung, kein anonymisiertes Übertragungsverfahren. Einfach nur eine Mail, deren Quelle, wie sich nach etwa sechsminütiger Recherche der Cyberabteilung des BKA herausstellt, ein Internet-Cafe in Berlin Schöneberg ist. Die lokalen Einsatzkräfte waren innerhalb von weiteren sechs Minuten vor Ort, konnten den Verfasser aber nicht mehr dingfest machen. Er war natürlich längst über alle Berge. Die Überwachungskameras im Internet-Cafe waren Attrappen. Sparmaßnahme, so das schlichte Argument des Inhabers. Das Einzige, was ermittelt werden konnte, war der PC, von dem die Mail gesendet wurde. Der Betreiber erinnert sich an einen jungen Mann mit Lederjacke. Darunter trug er einen schwarzen Kapuzenpulli. An das Gesicht kann er sich nicht erinnern. Die Spezialisten des BKA untersuchen noch den PC, finden aber vor Ort nicht den Hauch eines Hinweises, um dem Absender auf die Schliche zu kommen. Die Spurensicherung nimmt die Fingerabdrücke auf, die sich auf und neben dem PC befinden, müssen aber stillschweigend zugeben, dass es zu viele sind, um eine bestimmte Person zu finden.

Auch Miriam Schulze öffnet die Mail jener unbekannten Quelle, die bei allen Inspektionen eingegangen ist. Der Wortlaut ist knapp und eindeutig:
Eure Reichsbürger waren es nicht. Euer jämmerliches Schauspiel könnt ihr beenden!
„Linda! Mario! …Seht mal her!"
Beide kommen in das Zimmer der Schreibkräfte und sehen Miriam über die Schulter. Nach der Lektüre herrscht kurzes Schweigen, bevor Mario das Wort ergreift.
„Von wem ist das?"
„Unbekannt."
„Keine Spur?"

„Keine."
„Könnte es ein Täuschungsmanöver sein?"
„Wozu sollte das gut sein?"
„Um die sechs Leute zu schützen."
„Kann ich mir nicht vorstellen. Irgendwie ist die Sachlage ziemlich nebulös," meint Linda nachdenklich. „Wir haben einfach zu wenig Anhaltspunkte, um uns ein Bild zu machen. Gibt es nicht irgendwelche allgemeinen Infos, die uns die Behörden zur Verfügung stellen können?"
„Soweit ich weiß," sagt Miriam, „gibt es noch nichts. Das Ganze wird wie eine Geheimoperation ausgeführt. Die halten bis jetzt alle Informationen zurück."
Alle Anwesenden wissen, wer mit „*Die*" gemeint ist.
„Gut, dann sollten wir es einfach nur zur Kenntnis nehmen und die Sache beobachten. Die Mail wurde ohnehin sechshundert Kilometer von hier entfernt abgesendet. Sollen sich die Kollegen in Berlin darum kümmern."
Linda nickt. Marios Vorschlag entspricht auch ihrer Auffassung der Lage. Außerdem gibt es deutlich Wichtigeres zu erledigen.
„Wie sieht es mit Hans aus? Habt ihr schon irgendetwas in Erfahrung gebracht?"
Mario teilt seine Erkenntnisse als Erster mit. „Ich habe Edmund Lindner telefonisch nicht erreicht. Habe es ein paar Mal versucht. Ich bin dann zu ihm nach Hause gefahren. Die Adresse ist mir noch bekannt, als wir vor ein paar Jahren dort ermittelt hatten. Aber er war nicht da. Niemand hat geöffnet."
„Vielleicht ist er wirklich im Urlaub?!" meint Miriam. „Und Hans ist bei ihm."
„Kann natürlich sein, wenn auch unwahrscheinlich," bestätigt Mario. „Ich habe ihm auf jeden Fall eine Nachricht auf sein Handy gesprochen und zusätzlich einen Zettel im Briefkasten hinterlassen."
„Das muss reichen," sagt Linda. „Ferdl kümmert sich schon um die Aufzeichnungen von dem Fast-Food-Schuppen, die ich vorhin mitgebracht habe. Sobald er was herausfindet, wird er sich melden. Ungeachtet dessen müssen wir uns langsam Gedanken machen, was sonst mit Hans passiert sein könnte."
Niemand spricht es aus, aber allen ist anzusehen, dass ihr Kollege in irgendwelchen Schwierigkeiten steckt. Die Sorge ist jedem ins Gesicht geschrieben.

Charles Monrieux sitzt gemeinsam mit drei weiteren Kollegen im Gemeinschaftsraum der Security und starrt auf das Fernsehgerät. Bei nahezu allen Fernsehsendern ist der vereitelte Staatsstreich einer kleinen Gruppe das Thema Nummer Eins. Dazu passt die These, die ebenfalls in fast allen Berichten thematisiert wird, dass der vereitelte Putsch in direktem Zusammenhang mit den kürzlich erschienen Manifesten steht. Auf Nachfrage einiger kritischer Journalisten, worauf diese Annahme gestützt ist, kommt allerdings keine sinnvolle und nachvollziehbare Erklärung. Niemand kann einen Beleg liefern, der den Bezug erhärtet.
Haben die deutschen Behörden wirklich die große Verschwörung vereitelt? Oder handelt es sich doch nur um ein leises Pfeifen im Walde, das künstlich aufgebauscht wird? So der Tenor in den alternativen Medien, die der Meinung der Systemmedien zwar nicht diametral entgegenstehen, die Angelegenheit aber wesentlich kritischer sieht und die sogenannten Fakten hinterfragen, bevor sie Einzug in ihre eigenen Kommentare gewährt bekommen.
„Wir kommen nicht umhin, liebe Community, zu hinterfragen, warum dieser polizeiliche Großeinsatz mit solch vehementer Medienflankierung begleitet wurde? Der seitens der Behörden als Geheimoperation bezeichnete Coup gleicht angesichts der Berichterstattung, der man fast einen Live-Charakter attestieren kann, einer ausgeklügelten PR-Aktion, um die Handlungsfähigkeit des Staates und der Behörden zu suggerieren. Welche Gefahr besteht oder bestand denn konkret: Ein Umsturz? Eine Revolution? Vielleicht sogar ein Bürgerkrieg? Liebe Community, das kann man glauben. Oder auch nicht!“
Im Netz der Alternativen kursiert nun auch die Mail, die den Inspektionen zugegangen ist. Und viele der Schreiber fühlen sich sofort bestätigt. Sie hätten doch gleich gewusst, dass an der Sache irgendetwas nicht stimmt. Was genau, wisse man nicht, aber dass etwas faul sei, war sofort spürbar.
Erstaunlich schnell werden in den Medien Namen genannt. Die Festgenommenen erhalten eine Identität, Namen, Gesichter, Charakterzüge, eine Vergangenheit. Kurzum: Dem gemeinen Volk wird ein Feindbild präsentiert. Die Kürze, in der all die Informationen bereitstehen, ist sensationell. Als stünde jemand mit einem Dossier voller persönlicher Daten hinter der Tür und würde unmittelbar nach der Festnahme der sechs Verdächtigen hereingelassen, um ihre Geheimnisse der ahnungslosen Allgemeinheit zu offenbaren.
Charles schüttelt unmerklich mit dem Kopf.

Eure Reichsbürger waren es nicht. Euer jämmerliches Schauspiel könnt ihr beenden!
Das Lächeln auf Martina Susseks Gesicht ist noch nicht verschwunden, als sie sich wieder vor ihren Computer setzt. Sie surft im Internet und recherchiert weitere Details über die konträren Aussagen. Leider sind sie aufgrund der Aktualität noch sehr dünn und bedürfen einer Überprüfung. Die kostet aber Zeit. Doch darauf kann sie nun keine Rücksicht nehmen. Wenn die Mainstreammedien die Wahrheit sagen, ist ihre Story ohnehin wertlos. Wenn der Verfasser der kurzen Mail recht behält, ist sie wieder im Rennen. Und genau deshalb kann sie nicht auf verlässliche Daten warten.
Risiko!
Sie will die Erste sein, die über die Zusammenhänge der beiden Manifeste, der vermutlich noch weitere folgen werden, und den bis dato geschickt und mit allen Mitteln verdrängten Machenschaften diverser Frauen und Männer berichten. Nicht über die oberflächlichen. Nein, ihr geht es um die versteckten Hinweise, die sie durch ihre mittlerweile zweijährige Ermittlungsarbeit in Sachen Schuld und Verantwortung gesammelt hat. Nachdem Aicha sich entschieden hat, erst morgen wieder voll einzusteigen, verabschiedet sie sich von Martina und verlässt das Büro.

Charles Monrieux befindet sich wieder auf dem Dach der Staatskanzlei. Alleine. Er will eine rauchen und sich Gedanken machen. Insbesondere darüber, ob er Martina Sussek den gewünschten Gefallen erfüllt und sie informiert. Über all die Dinge Auskunft gibt, die er aufgeschnappt hat, die er weiß, und von dem er ausgeht, dass sie die Fakten nicht kennt.
Er nimmt einen langen Zug der Zigarette, blickt kurz ziellos über die Häuser und lässt danach langsam den Rauch entweichen.
Er nimmt das Mobiltelefon zur Hand und wählt Martinas Nummer aus der Kontaktliste aus. Aber er aktiviert den Anruf nicht. Nach einigen Sekunden des Zögerns schiebt er sein Smartphone wieder in die Hosentasche.
Es geht nicht! Er kann es sich nicht leisten. Das Risiko ist zu groß, um den Job aufs Spiel zu setzen.
Muss er sie wirklich darüber informieren, dass die sechs Namen der mutmaßlichen Täter schon seit geraumer Zeit bekannt sind? Nicht nur bei den Behörden. Sogar die Security kennt sie. Er könnte Martina bestenfalls

darüber aufklären, dass die Festnahme eine Show ist. Eine mediale Inszenierung. Eine ziemlich plumpe obendrein. Aber sie wird selbst darauf kommen, da ist er sich sicher. Soll er ihr mitteilen, dass die Bevölkerung an der Nase herumgeführt wird? Oder kommt sie auch diesbezüglich von alleine darauf? Sie ist Journalistin. Sie müsste eigentlich wissen, dass die Bevölkerung genau die Nachrichten bekommen, die sie bekommen sollen. Nicht mehr und nicht weniger.
Er drückt den Zigarettenstummel aus und geht zielstrebig zurück zur Tür. Die wenigen Minuten an der frischen Luft über den Dächern Münchens haben ihm gutgetan. Er weiß, dass er sich richtig entschieden hat. Martina Sussek ist taff genug, um die Zusammenhänge zu erkennen. Es ist nicht notwendig, sie auf etwas aufmerksam zu machen, worauf sie selbst kommen wird.
Und doch denkt er an sie, als er die Stiegen ins Erdgeschoss hinuntersteigt.

Martina Sussek nimmt einen weiteren Schluck Wasser, bevor sie sich darum kümmert, die von der Pressesprecherin der Regierung genannten Namen der sechs Reichsbürger zu überprüfen. Sie ruft ihre Datenbank auf, sieht sich die Kürzel an und muss dann enttäuscht feststellen, dass sie nicht einen der sechs in ihren Aufzeichnungen gespeichert hat. Entweder hat sie schlampig gearbeitet, oder sie sind bis dato noch nicht öffentlich in Erscheinung getreten. Vermutlich letzteres.
Ihr fällt der Inhalt der Mail wieder ein.
…Eure Reichsbürger waren es nicht.
Wer hat diesen Satz geschrieben? Woher weiß diese Person, dass nicht die Reichsbürger verantwortlich für die Manifeste sind? Die Antwort scheint auf der Hand zu liegen. Der Verfasser kennt die wahren Urheber der Mainfeste. Möglicherweise ist er sogar Teil der Gruppierung.
Vorausgesetzt, die Reichsbürger hätten tatsächlich nichts damit zu tun.
…Euer jämmerliches Schauspiel könnt ihr beenden!
Eine Verhöhnung! Der Verfasser spielt mit den Behörden. Er scheint sich so sicher zu sein, dass ihm nichts passieren kann, dass er sie verspottet. Er fordert sie öffentlich auf, die Inszenierung, als die er sie indirekt bezeichnet, aufzugeben, um sich angesichts der Plumpheit der Aktion nicht des Gespötts der Leute auszusetzen.

Mario Matthes sitzt auf Neumaiers Sessel und macht sich Gedanken über die Mail. Wer hat sie verfasst? Vor allem, warum? Wenn nicht die Festgenommenen die Täter waren, kann der eigentliche Verfasser der Manifeste gar kein Interesse daran haben, diese Opfer zu entlasten. Eine bessere Ablenkung ihrer selbst gäbe es gar nicht. Oder ist es ein Sympathisant, der mit der Mail Unruhe stiften und Zweifel sähen will, um seine Kameraden zu schützen?

Linda kehrt zurück. Sie war gemeinsam mit Bernd Riedinger in der Vermisstenabteilung, nachdem sich eine gravierende Steigerung der Zahlen der vermisst gemeldeten Personen entwickelt hat.

„Grüß dich. ...Und? Wie schlimm ist es?" fragt Mario.

Linda lässt sich in ihren Sessel fallen. „Schlimm ist gar kein Ausdruck. Die haben oben wirklich Stress. Alleine in den letzten zehn Stunden haben sich die Vermisstenfälle verzehnfacht."

„Was?"

„Bei uns in Oberbayern ist es noch relativ harmlos. Die Meldungen aus Schleswig-Holstein, Mecklenburg-Vorpommern und Brandenburg sind weitaus besorgniserregender. Das ist nicht mehr mit dem bloßen Verschwinden von einzelnen Personen zu erklären."

Mario Matthes lehnt sich vor. Er hat in den letzten Minuten vor Lindas Rückkehr intensiv über die Manifeste nachgedacht.

„Es gibt meines Erachtens keinen Zweifel, dass die Vermissten bewusst verschwunden sind."

„Wie meinst du das?" möchte Linda wissen.

„Ganz einfach! In den Schreiben wird klar zum Ausdruck gebracht, dass willkürlich irgendwelchen Menschen jene Strafen auferlegt werden, die die namentlich genannten Verantwortlichen der Pandemiemaßnahmen nicht auf sich nehmen wollen."

„Du meinst, das hängt alles zusammen?"

„Hast du eine andere Erklärung?"

Linda stutzt. Ihr fällt keine logische ein. Irgendwie klingt Marios Theorie schlüssig.

„Und was bedeutet das nun für uns?" fragt Linda.

„Verflucht viel Arbeit," entgegnet Mario. „Wir sollten uns auf eine lange Nacht einstellen. Ich glaube, das ist erst der Anfang!"

14

Donnerstag,
acht Uhr abends

„Sie baten um ein Gespräch?“ stellt Schattenmann fragend fest. Kriminalhauptkommissar Hans Neumaier sitzt auf demselben Platz auf derselben Couch in dem von ihm so getauften Heimkino wie vor einigen Stunden. Adrian Haubner wohnt dem Treffen eine Reihe hinter Neumaier als stiller Beobachter bei.
„Ja. Ich möchte gerne mit ihnen über die Liste sprechen.“
„Das freut mich zu hören. Sie haben sich die Namen angesehen?“
„Ja. Eine beeindruckende Sammlung. Ich verstehe nur nicht, warum diese Herrschaften auf der Liste vermerkt sind und was sie verbindet.“
„Edmund hat mir gesagt, dass dies ihre erste Bemerkung sein wird. Er kennt Sie wirklich besser als ich gedacht habe.“
Schattenmann lässt ein paar Sekunden still verstreichen.
„Nun,“ fährt er fort, „ich kläre Sie gerne auf, Herr Neumaier. All diese Kollegen von ihnen haben sich im Lauf der letzten Jahre dazu entschieden, sich auf ihre ursprüngliche Aufgabe als Polizeibeamte zu besinnen und entsprechend zu handeln. Im Kern geht es darum, dass sie erkannt haben, wie der Polizeidienst von üblen Ideologen gekapert wurde, um deren Interessen zu schützen. Sie wissen, wovon ich rede. Wir haben uns gemeinsam einige der Videofilme angesehen.“
„Das waren Aussetzer. Ja. Das sehe ich so wie Sie. Aber es war nicht die Regel.“
„Oh, doch, es wurde zur Regel gemacht,“ kontert Schattenmann energisch. „Es wurden Gesetze geändert, damit die Vorgänge Legitimation erlangten. Es wurden dienstliche Vorschriften geändert, damit kein Beamter auch nur im Ansatz die neuen Gesetze infrage stellen konnte, ohne dafür belangt zu werden. Etliche ihrer Kollegen haben es trotzdem gewagt, und sie haben ihren Job verloren, mitsamt den persönlichen, finanziellen und emotionalen Folgen. Das, mein lieber Herr Neumaier, ist jetzt die Regel. Und sie ist es immer noch. Es darf nach wie vor niemand im Polizeidienst die damals befohlenen und durchgeführten Maßnahmen gegen die eigene Bevölkerung

weder intern noch öffentlich kritisieren, oder gar deren Durchführung als möglicherweise unzulässig bewerten. Es ist nach wie vor ein Tabu. Sie wissen genau wie ich, dass der Versuch mit Konsequenzen bestraft wird. Ich könnte ihnen dazu Dutzende von Beispielen bringen."
Hans beschließt, die These von Schattenmann unkommentiert zu lassen. Er ist sicher, dass er bestens vorbereitet ist und tatsächlich solche Belege anführen kann. Stattdessen fokussiert er sich auf den eigentlichen Grund seines Gesprächswunsches.
„Ich möchte gerne auf die zweihundertachtundzwanzig Kollegen der Liste zurückkommen: Wie haben Sie all die Kollegen gefunden? Wie ist diese Liste zustande gekommen?"
„Niemand musste sie finden. Ende 2020 erwachte so etwas wie ein dynamischer Prozess. Sie haben sich einer nach dem anderen untereinander vernetzt. Zunächst privat in kleinen Gruppen, dann immer mehr, schließlich kommunizierte man auf verschiedensten Wegen bundesweit miteinander. Daraus entstanden Verflechtungen zu Juristen, deren Schicksal ähnlich verlief. Dazu kamen ganz viele Personen aus den Pflegeberufen, aus der Medizin, aus der Bildung, aus der kulturellen Szene. Betrachten Sie diese Liste nur als einen Auszug aus einer noch viel größeren. Es war wie ein Lauffeuer, das sich über das ganze Land ausbreitete. Wichtig war, sich nicht zu früh zu offenbaren, denn die Gefahr, dem Narrativ zum Opfer zu fallen, war und ist noch zu groß. Um auf ihre zweite Frage zu antworten: Diese Liste steht nur wenigen Menschen zur Verfügung. Sie wird auch nur sehr ausgesuchten Personen zur Verfügung gestellt."
„Und ich bin so einer?!" merkt Hans fragend an.
„Das hoffen wir. Edmund Lindner hat uns davon überzeugt, dass Sie einer der Menschen sein könnten, die sich der Aufklärung und der Wiederherstellung der gesellschaftlichen Normalität anschließen werden."
„Ihre Hoffnung steht auf dünnem Eis," provoziert Hans. Schattenmann lässt sich nicht darauf ein.
„Sehen Sie es als Privileg, Teil dieses Prozesses und Teil dieser Liste zu werden. Der Prozess ist bereits in vollem Gange. Er ist nicht aufzuhalten und nicht umkehrbar. Sie wissen davon noch nichts, da Sie in den letzten vierundzwanzig Stunden mein Gast waren und ich Sie bewusst von der Öffentlichkeit ferngehalten habe. Es ist außerordentlich wichtig, da Sie sich ein eigenes ungetrübtes Urteil bilden sollen."

„Worüber? Über Sie?"
„Über den Prozess, der uns die Chance ermöglicht, auf breiter Basis gegen das verübte Unrecht vorzugehen."
„Unrecht?"
„Ja. Unrecht. Davon gab es in den vergangenen vier Jahren zu viel. Und das meiste davon war beabsichtigt. Es ist an der Zeit, dies zu korrigieren."
„Wie wollen Sie das anstellen?" fragt Neumaier.
„Wie schon gesagt, es gibt eine nicht unerhebliche Anzahl von Menschen, die großen Anteil daran haben. Viele ihrer Kollegen haben das verinnerlicht und sie handeln aus voller Überzeugung."
„Die Kollegen auf der Liste?!"
Schattenmann zögert einen Augenblick. „Wie viele der Namen auf der Liste sind ihnen bekannt oder haben schon von ihnen gehört, Herr Neumaier?"
Hans nimmt die mitgebrachte Liste zur Hand und überfliegt sie schnell. „Keine Ahnung. Ich schätze so knapp zehn Leute."
„Irgendwelche, die Sie persönlich kennen?"
„Ja. ...Drei oder vier. ...Wieso?"
„Möchten Sie gerne mit dem einen oder anderen ein Gespräch führen?"
„Sie bieten mir an, mit Personen dieser Liste zu sprechen? Gehen Sie damit nicht ein sehr großes Risiko ein?"
„Mitnichten, Herr Neumaier. Es besteht keine Gefahr."
Hans wirft einen Blick auf die Liste. Die Namen stehen alle hinter chronologisch sortierten Nummern. Hinter den Namen ist der aktuelle Dienstgrad, beziehungsweise Beamtenstatus protokolliert. Sehr viele der Aufgelisteten ziert der wenig schmeichelhafte Vermerk „aD". Hans weiß, wofür das Kürzel steht. ...Außer Dienst.
Der Name bei Nummer Dreiundvierzig fällt ihm auf: ...Joachim Lukoschik. Polizeioberkommissar aus Aschaffenburg. Er ist einer der Personen mit dem Vermerk „aD". Joachim Lukoschik war einer der Zimmerkameraden während der Ausbildung zum gehobenen Polizeidienst in der Hansestadt Lübeck. Lange her, aber der Name ist ihm im Gedächtnis geblieben. Nicht zuletzt aufgrund der abendlichen und nächtlichen Erlebnisse abseits der damaligen Ausbildung.
Weiter unten findet er einen weiteren Bekannten. Nummer Achtundvierzig ist ein gewisser Stefan Mortensen. Mutter Deutsche, Vater Norweger, ein akkurater Zeitgenosse mit geradliniger Lebensphilosophie. Hans kennt ihn

aus seiner Zeit bei der Kriminalpolizei in München. Ein älterer Kollege, der mittlerweile im Ruhestand sein dürfte. Bei ihm fehlt das „aD", wobei Hans dem keine große Bedeutung beimisst. Kann sein, dass es nur bei aktiven Kollegen notiert wurde.
Er blättert weiter. Fast hätte er einen dritten Namen übersehen. Einen, den er auf keinen Fall auf dieser Liste vermutet hätte.
Nummer einhundertsiebenundsiebzig.
Hannelore Hoffer, Kriminalhauptkommissarin in Rosenheim.
Erstaunt registriert er das „aD" hinter dem Dienstgrad. Er wundert sich. Hoffer ist etwa in seinem Alter. Sie müsste eigentlich noch aktiv tätig sein. Er erinnert sich an den alten Fall mit der Autobahn im Isental. Es muss schon Jahre her sein. Im Zuge dieser Ermittlung hat er Hannelore Hoffer kennen und schätzen gelernt. Eine sehr kompetente Kommissarin, erinnert er sich an die übergewichtige kleingewachsene Frau.
Hans wendet sich an Schattenmann. „Wenn ich auf ihr großzügiges Angebot zurückkommen dürfte. Es befinden sich tatsächlich Kollegen auf der Liste, mit denen ich ein Wörtchen wechseln möchte, wenn Sie gestatten."
„Nennen Sie mir die Namen!"
„Ich kenne Herrn Lukoschik, dann wäre noch Herr Mortensen interessant, und vielleicht Frau Hoffer, wenn es sich einrichten ließe."
Schattenmann willigt sofort ein. „Herr Neumaier, ich arrangiere das. Mein Sohn wird Sie in ihr Zimmer begleiten. Sie erhalten in wenigen Minuten die Möglichkeit, mit den gewünschten Herrschaften zu sprechen."
Adrian Haubner erhebt sich und bittet Hans mit einer eindeutigen Armbewegung, es ihm gleichzutun. Sie verlassen das Heimkino.
Drei Minuten später erscheint Edmund Lindner. Er hat ein Mobiltelefon in einer roten Schutzhülle bei sich. Während Edmund auf einem der Stühle Platz nimmt, empfiehlt sich Adrian Haubner. Die beiden Schachfreunde sind unter sich.
Lindner reicht Hans das Telefon, sowie einen kleinen Zettel mit drei Namen samt Telefonnummern. Es sind die Namen der Personen, die Hans kontaktieren möchte.
„Ich nehme an, du bist mein Wachhund?!"
Edmund schmunzelt kurz und nickt mit dem Kopf. „Du bist und bleibst ein Skeptiker, Hans. Ich leiste dir nur Gesellschaft. Nichts weiter."
„Klar!"

Hans tippt die erste Nummer ein. Es ist jene von Joachim Lukoschik. Während er das Mobiltelefon ans Ohr hält und dem Freizeichen lauscht, beobachtet er Edmund Lindner. Er sieht entspannt aus, freundlich gesonnen, aber distanziert und dennoch eine Spur ernst, vielleicht einen Hauch bekümmert. Das Freizeichen dauert an. Hans beendet den Versuch.
„Es nimmt niemand ab. Ich versuche es mal beim zweiten Namen."
Edmund nickt stumm.
Diesmal wird Neumaiers Anruf mit Erfolg gekrönt. Stefan Mortensen ist in der Leitung.
„Mortensen!"
„Stefan Mortensen?"
„Wer will das wissen?"
„Entschuldigung. Hier ist Hans Neumaier. Kriminalhauptkommissar Neumaier."
„Neumaier?! …Ist nicht wahr! Hans Neumaier? Der Kollege aus München?"
„Sie erinnern sich an mich?"
„Aber natürlich. Wie könnte ich einen so ambitionierten Polizeibeamten vergessen?! …Ach, das ist ja eine Freude, nach so langer Zeit von ihnen zu hören."
„Es freut mich auch. Wie geht es ihnen?"
„Sehr gut, besten Dank. Und bei ihnen? Alles in Ordnung?"
„So weit, so gut. Der Grund meines Anrufes dürfte Sie allerdings überraschen, Herr Mortensen."
„So? Weswegen?"
„Nun, ich rufe Sie an, weil gewisse Umstände eingetreten sind, die mich - sagen wir mal – etwas irritieren."
„Irritieren? Sie sprechen in Rätseln."
„Es geht darum, dass ich in einem etwas undurchsichtigen Zusammenhang auf ihren Namen gestoßen bin. Vielleicht können Sie mir dabei helfen, ein bisschen Licht ins Dunkel zu bringen."
Es entsteht eine kurze Pause, bevor Stefan Mortensen antwortet.
„Ich kann mir vorstellen, worum es sich handelt. Sie rufen von einer unterdrückten Nummer an. Sie sind werter Gast bei einem Menschen, der sich vermutlich ihnen gegenüber noch nicht offiziell mit seinem echten Namen vorgesellt hat. Sie halten wahrscheinlich ein Handy mit rotem Schutzetui in der Hand."

„Jetzt bin ich aber beeindruckt."
„Brauchen Sie nicht, Herr Neumaier. Ich weiß, dass das alles sehr irritierend und vielleicht sogar alarmierend für Sie ist. Aber ich kann Sie beruhigen. Alles ist in Ordnung."
„Das sagen Sie so leicht."
„Ich weiß, warum Sie bei mir angerufen haben. Sie wollen wissen, warum ich auf dieser ominösen Liste stehe, nicht wahr?"
„Ich bin schon wieder beeindruckt."
Mortensen fährt fort. „Ich bin Teil dieser Liste, weil ich mich dazu bekenne. Ich bekenne mich dazu, Teil eines absolut notwenigen Prozesses zu sein, um großes Unheil abzuwenden."
„Was meinen Sie mit Unheil?"
„Mit Unheil meine ich die systematische Umstrukturierung menschlichen Handelns und Denkens. Eine über Jahre schleichende Entwicklung, die mit Beginn der Coronakrise ihren Höhepunkt erreicht hat."
„Sie reden von Umstrukturierung? Wie soll ich das verstehen?"
„Glauben Sie mir, Herr Neumaier, ich weiß sehr wohl, wovon ich rede. Ich bin sicher, ihnen ist nicht entgangen, wie sich unsere Welt verändert hat. Wie feindselig und aggressiv sie geworden ist. Physische und hybride Kriege wo man hinsieht. Und obwohl die Opfer immer diejenigen sind, die all das nicht wollen, gelingt es ein paar Wenigen, diese Szenarien zu initiieren. Es gelingt, weil es so schleichend und so verborgen aufgebaut wird. Die Menschen bekommen leider erst viel zu spät mit, was mit ihnen geschieht."
„Daher ihr Bezug zu den Corona-Maßnahmen?"
„Unter anderem. Corona ist nur ein Teil davon," antwortet Mortensen. „Die inszenierte Pandemie ist ein Puzzlestück. Eine Etappe. Ein Teilstück."
„Aber wer hätte Interesse an einer solchen Konfrontation?" fragt Hans.
„Was spielt das für eine Rolle, Namen zu nennen? Digitale Finanzelite, machthungrige Globalisten, Befürworter der Technokratie. Hinter allem, was in den letzten Jahren passierte, und was in der kommenden Zeit angestrebt wird, steckt dieser kleine aber furchtbar mächtige Block."
„Ich habe von solchen Theorien gehört. Und Sie versuchen nun, sich gegen diesen mächtigen Block, wie Sie ihn nannten, zu stellen?!"
„Natürlich nicht ich als Einzelperson," betont Mortensen. „Es geht nicht darum, sich gegen diese Gefahr zu stellen. Es geht darum, Aufmerksamkeit darauf zu richten, was wirklich passiert ist und welche Zukunft auf uns wartet.

Es ist eminent wichtig, dass so viele Menschen wie möglich begreifen, was auf uns zukommt. Und was fast noch wichtiger ist, dass begriffen wird, dass eine Umkehr ab einem bestimmten Zeitpunkt ausgeschlossen sein dürfte."
„Das heißt, ihnen geht es um Aufklärung?!"
„Es geht um mehr."
Hans wähnt sich mitten in einer Verschwörungsorgie. Und doch spürt er tief in seinem Herzen etwas, was ihn zur Achtsamkeit gemahnt.
„Wieso haben Sie sich dieser Bewegung angeschlossen, Herr Mortensen? Ich meine ihre persönlichen Motive."
„Das ist relativ einfach zu erklären, mein Freund. Ich war über vierzig Jahre im Polizeidienst tätig. Und ich habe keinen Augenblick davon bereut. Ich habe eine Erfüllung darin gefunden, diesen Job auszuüben. Ich gehöre noch zu der Generation: „Die Polizei, dein Freund und Helfer". Sie kennen diese Floskel sicher. Wir waren für die Bürger da. Für unsere Frauen und Männer, die unserer Hilfe bedurften. Für die Kinder, für die wir Vorbild und Respektperson sein durften. Ich bin 2015 in Ruhestand gegangen. Ich pflegte aber immer noch meine Kontakte zu den Kollegen. Was sich ab Anfang 2020 abspielte, war für mich unerträglich. Ich konnte es kaum glauben, wie viele meiner Kollegen sich vom Pfad der Tugend abwandten, um sich den verrückten Vorgaben, die seit jener Zeit indoktrinationsgleich propagiert wurden, widerstandslos hinzugeben. Jene Vorgaben, die sich mit dem Codex eines ehrlichen Polizeibeamten niemals in Einklang bringen ließen. Mitmenschen zu drangsalieren. Verfassungswidrige Gesetze mitzutragen. Schlimmer noch, sie umzusetzen. Andersdenkende Bevölkerungsteile zu bekämpfen. Wir haben nicht mehr die berechtigten Belange der Bevölkerung im Sinn gehabt, sondern den Gesetzgeber vor der Bevölkerung beschützt, also jene, deren Interessen und Werte eigentlich unsere Prämissen hätten sein sollen. Das war und ist nicht akzeptabel für mich. Wissen Sie, Herr Neumaier, ich habe viele Freunde verloren. Leute, die ich über zwei oder drei Jahrzehnte gut kannte. Sie alle waren diesem unerklärlichen Wahn verfallen, sich einer Meinung anzuschließen und alle anderen zu unterdrücken."
„Ich glaube, ich verstehe Sie," sagt Hans Neumaier. „Das Problem war, dass viele, gerade die jüngeren Beamten, eigentlich gar keine andere Wahl hatten, als sich der veränderten Rechtsform anzupassen. Die Angst vor dem akuten Druck, den teilweise angekündigten internen Schwierigkeiten, möglichem

Einkommens- oder gar Jobverlust war für die Jungs und Mädels nur schwer zu stemmen."
„Ich weiß, worauf Sie hinauswollen, Herr Neumaier, aber ich kann das nicht gelten lassen. Die Polizei darf sich niemals als Handlanger der Politik prostituieren. Und wenn eine Handvoll Vorgesetzter das macht, dürfen die unteren Dienstgrade es erst recht nicht zulassen. Wir, die Polizeibehörden der Bundesrepublik, hätten mit Entschlossenheit gegenüber der Politik diesen Konflikt sofort beenden können. Wir sind dem Staat gegenüber verpflichtet. Der Bürger ist der Staat, nicht die Regierung. Ich bitte Sie, sich daran zu erinnern. Und wenn eine Regierung Gesetze entwirft und beschließt, die in aller Deutlichkeit Verfassungsnähe vermissen lassen, wäre es unsere Pflicht als Polizeibeamte und als Bürger der Republik gewesen, aufzustehen und Nein zu sagen. Ich darf Gustav Heinemann zitieren, der sagte: „Nicht der Bürger steht im Gehorsamsverhältnis zur Regierung, sondern die Regierung ist dem Bürger im Rahmen der Gesetze verantwortlich für ihr Handeln. Der Bürger hat das Recht und die Pflicht, die Regierung zur Ordnung zu rufen, wenn er glaubt, dass sie demokratische Rechte missachtet.", Zitat Ende. ...Herr Neumaier, wir dürfen nie vergessen, dass wir trotz unserer Uniform Bürger der Bundesrepublik Deutschland sind. Ich wiederhole mich gerne. Es wäre unsere Pflicht gewesen. Die Polizeibehörden haben ab 2020 auf ganzer Linie versagt. Ich würde sogar behaupten, Verrat am Bürger verübt."
„Soweit würde ich nicht gehen," gesteht Neumaier. „Wie schon gesagt, es gibt wirklich viele Kollegen, die ihre Meinung teilen."
„Aber sie halten die Schnauze und erlauben das Unrecht. Und somit sind sie mitschuldig. Ich will den Betroffenen das nicht dauerhaft vorwerfen. Im Gegenteil. Ich wünsche mir nichts sehnlicher als die Rückkehr zum respektvollen Miteinander. Aber das ist nur möglich, wenn sich die Belegschaft ehrlich, glaubhaft und vor allem öffentlich dazu bekennt. Das passiert leider nicht."
„Da bin ich bei ihnen, Herr Mortensen. Die Aufarbeitung hinkt meilenweit hinter der Realität hinterher."
„Darum der Prozess. Darum die Aufklärung auf diesem Wege. Keine Debatte hilft mehr. Jetzt sind Taten gefragt."
Hans fragt sich, was Stefan Mortensen mit „Taten" meint. Ob es sich um vergleichbare „Besuche" handelt, wie er sie soeben bei Schattenmann

erfährt? Oder kommen noch andere Druckmittel zum Einsatz? Ist möglicherweise Gewalt im Spiel? Er hofft es nicht, bekräftigt durch die überaus großzügige Gastfreundschaft, die ihm in diesen Stunden widerfährt. Und doch besteht die latente Möglichkeit, dass irgendjemand die Kontrolle verliert und die Lage eskaliert.
Neumaier wendet sich wieder seinem Gesprächspartner zu.
„Ich habe noch eine Frage, die mir unter den Nägeln brennt: Ihre Überraschung hielt sich in Grenzen, als ich Sie kontaktiert habe. Sie wussten also, dass ich Sie anrufen werde. Wer hat Sie darauf vorbereitet?"
„Niemand, Herr Neumaier. Ich wusste nicht, dass Sie mich anrufen werden. Aber als Sie ihren Namen nannten und ich ihre Stimme hörte, war mir der Grund ihres Anrufes bewusst. Es konnte nur diesen geben."
„Warum?"
„Weil Sie zu den Menschen gehören, die hinterfragen. Ich kenne Sie gut. Sie passen nicht in irgendwelche Schablonen. Sie handeln instinktiv. Und Sie hätten mich nie der alten Zeiten wegen angerufen. Das liegt einfach daran, dass Sie nie ohne triftigen Grund daran gedacht hätten. Es musste zwangsläufig ein aktueller Ansatz sein. Und das war die Liste."
„Dann verspreche ich, dass ich mich in Zukunft öfter melden werde."
„Ich nehme Sie beim Wort, Herr Neumaier. War schön, von ihnen zu hören."
„Ich danke für die Aussprache. Bis bald."
Das Gespräch endet mit der gebotenen höflichen Verabschiedung. Hans wirft Edmund einen müden Blick zu. Er sitzt immer noch auf dem Stuhl und studiert Hans. Ohne es auszusprechen, erlaubt er dem Kommissar einen weiteren Anruf. So kommt Hans dessen stilles Beobachten zumindest vor.
Nachdem er die dritte Nummer eingetippt hat, meldet sich eine bekannte Frauenstimme.
„Ja? Wer spricht?"
„Grüß Gott. Hier ist Neumaier. ...Spreche ich mit Frau Hoffer? ...Hannelore Hoffer?"
„Korrekt. Neumaier, Neumaier, ...der Name sagt mir was. Helfen Sie mir bitte weiter."
„Wir trafen uns vor vielen Jahren. Mordfall Wenzel. Ich habe Sie in Rosenheim besucht."
Plötzlich fällt ihr der Fall wieder ein. „Ja natürlich. Der Mann mit dem schmucken hellblauen Anzug."

„Genau der," antwortet Hans, obwohl er das Ereignis lieber in den Tiefen der Vergessenheit belassen hätte. Er kommt gleich zum Thema.
„Frau Hoffer, ich habe mit Bedauern vernommen, dass Sie nicht mehr im Polizeidienst tätig sind. Stimmt das?"
„Ist das der Grund ihres Anrufes?"
„Teils. Ich kann ihnen versichern, dass mir ihr berufliches Schicksal nicht gleichgültig ist. Primär geht es mir allerdings um die Auskunft, warum ihr Name auf einer ganz bestimmten Liste steht."
„Jetzt kommen wir der Sache schon näher," merkt die ehemalige Kommissarin an. Ihre Stimme entspannt sich. „Ich habe mich schon gewundert, warum sie mich mit unterdrückter Nummer auf genau dieser Privatleitung kontaktieren. Das kann nur bedeuten, dass Sie sich mit einem sehr wichtigen Thema unserer Zeit beschäftigen."
„So kann man es ausdrücken."
„Herr Neumaier, ich stehe auf dieser Liste, weil ich es ausdrücklich wünschte, als man mich darum bat. Es ist eine Frage der Überzeugung."
„Sie spielen auf den sogenannten Prozess an?"
„Ich sehe, Sie sind im Bilde. Ja, es geht um den Prozess. Den wichtigsten Prozess seit vielen, vielen Jahrzehnten."
„Mein Gastgeber hat mir einen groben Hinweis darauf gegeben. Die Aufarbeitung der Pandemie steht im Mittelpunkt."
„Oh, dann hat er Sie nur oberflächlich informiert. Gut, ich will mich nicht einmischen. Er wird seine Gründe haben. Nur das mal am Rande. Der Prozess ist weitaus größer als die Aufklärung der Menschen bezüglich Corona und allem, was damit in Zusammenhang steht."
Hans erinnert sich an die Aussagen von Stefan Mortensen, der in ein ähnlich klingendes Horn stieß. Irgendetwas mit „systematische Umstrukturierung menschlichen Handelns und Denkens", ausgehend von einer „global agierenden Elite", mit welchem Ziel auch immer. Hans Neumaier hat natürlich von jenen Entwicklungen gehört, die zumeist in Kreisen der sogenannten Coronaleugner bevorzugt propagiert wurden, Verschwörungstheoretiker, die hinter all den Maßnahmen einen subtil ausgeklügelten Plan sehen, welche aber von Politikern und Wissenschaftlern alle ins Reich der Spekulation und Phantasie verortet werden. Die Verwirrung jener Mitmenschen sei Folge gezielter Falschinformationen und bewusster Meinungsmanipulation.

„Sehe ich das richtig, dass Sie diesen Theorien Glauben schenken?“ fragt Hans.
„Ich erzähle ihnen eine kleine Geschichte,“ beginnt Hannelore Hoffer. „Wir bekamen im Frühjahr 2020 die Order von ganz oben – und damit meine ich ganz oben –, die neuen Richtlinien bezüglich der Kompetenzen der Einsatzkräfte strengstens umzusetzen. Noch nie in der Geschichte der BRD sei die gesellschaftliche Ordnung so sehr in Gefahr gewesen wie zu jener Zeit. Salopp ausgedrückt: Ich habe die Richtlinien in ihrer Schärfe kritisiert und habe dies auch meinen Vorgesetzten, mit denen ich viele Jahre vertrauensvoll zusammengearbeitet habe, mitgeteilt. Die Reaktion war niederschmetternd. Es dauerte keine zwei Tage, da musste ich nach München zum Präsidenten, wenig später ins Innenministerium. Es waren regelrecht Verhöre, deren Ausgang, so meine Einschätzung der damaligen Vorkommnisse, bereits feststand. Als ich zurück in Rosenheim war, hat mir mein Chef mitgeteilt, dass ich meinen Schreibtisch räumen kann. Vorläufige Suspendierung. Daraufhin schrieb ich dem Präsidenten und ans Innenministerium ein Beschwerdeschreiben. Die Antwort kam einen Tag später. Ich wurde festgenommen, aus meiner Privatwohnung in Handschellen abgeführt, meine Wohnung wurde durchsucht, Computer, Laptop, Handy, alles wurde konfisziert. Die ganze Bude wurde auf den Kopf gestellt, um Beweise zu finden, ob ich eventuell zu jenen gehörte, die gegen die staatlichen Maßnahmen agierten. Aus ein paar Telefonaten konstruierte man einen Kontakt zu Leuten aus der rechten Szene und schon war es aus mit meiner Karriere. Sofortige Enthebung aus dem gehobenen Polizeidienst, die Dienstaufsicht wurde unverzüglich eingeschaltet, die Bezüge wurden gestoppt, die zu erwartende Pension eingefroren. Das volle Programm. So demoralisiert man Menschen, die einem nicht passen. Gegen diese geballte Intrige kannst du als kleine Maus nichts machen. Das ging viel zu schnell.“
„Das klingt wie aus einem Film.“
„Leider war und ist es Realität. Ich passte nicht ins Narrativ. Ich wurde über Nacht zum Staatsfeind. Herr Neumaier, wenn wir mal die Gelegenheit dazu haben, kann ich ihnen alles erzählen. Von Anfang bis jetzt. Aber dafür brauchen wir mehrere Abende.“
„Die wir jetzt nicht haben. Trotzdem komme ich gerne darauf zurück, Frau Hoffer.“

Hans streut eine kleine Pause ein und fährt dann fort. „Da Sie auf dieser Liste stehen, sind Sie wohl weiterhin als Aktivistin unterwegs, oder?"
„Aktivistin hört sich gut an, trifft es aber nicht ganz. Wir, und damit meine ich wesentlich mehr Leute als die, die auf der Liste stehen, sehen uns als diejenigen, die den Prozess begleiten und am Laufen halten wollen. Anders als die Hüter, die eher eine überwachende und steuernde Funktion haben."
„Welche Hüter?"
Hannelore Hoffer beißt die Lippen zusammen. Einmal kurz nicht aufgepasst, und schon ist das kleine Malheur geschehen. Auch wenn es nur die Erwähnung eines an sich unbedeutenden Wortes ist.
„Das erkläre ich ihnen ein anderes Mal, Herr Neumaier." Sie wechselt schnell die Richtung der Diskussion. „Wichtiger ist die Verbreitung der Botschaft. Und die lautet: Wacht endlich auf und seht, was vor euren Augen geschehen ist, und was hinter eurem Rücken vorbereitet wird. Je mehr Menschen informiert sind, desto besser. Denn nur informierte und aufgeklärte Menschen sind in der Lage zu begreifen. Dazu müssen wir die einseitige Meinungsmanipulation beenden und zur Vielfalt zurückkehren. Die Debattenkultur im öffentlichen Raum wurde systematisch zerstört. Die Folge ist logisch: Es bilden sich alternative Szenarien. Diese bieten mir persönlich neue Spielräume zur Entfaltung. Deshalb stelle ich ihnen jetzt eine Frage. Sie ist für mich essentiell: Welche Ziele haben Sie als Mensch, als Bürger dieses Landes und als Polizeibeamter? Sind Sie sich dessen bewusst, welche Verantwortung ihnen zukommt?"
Hans überlegt. Natürlich kennt er die Pflichten und Rechte von Staatsdienern. Natürlich weiß er, dass Gesetze und Richtlinien Grundlage für seine Tätigkeit sind. Natürlich ist ihm nicht entgangen, was während der Pandemie an Gesetzesänderungen vollzogen wurde. Und natürlich ist ihm auch bewusst, dass einige Gesetzesreformen nur unzureichend auf dem Boden des Grundgesetzes standen. Aber es waren politische Entscheidungen. Von Verfassungsrechtlern gebilligt, vom Bundesverfassungsgericht in höchster Instanz bestätigt. Aber er erkennt auch, worauf Hannelore Hoffer hinauswill. Der erste Teil ihrer Frage verdeutlicht ihr Ansinnen.
Welche Ziele haben Sie als Mensch, als Bürger dieses Landes…
Was denkt der Mensch Hans Neumaier. Erst an zweiter Stelle steht die Ansicht des Polizeibeamten Hans Neumaier.

Und genau in dieser Sekunde, als er sich genau über diesen Aspekt Gedanken macht, entlarvt sich der Erdinger Kriminalhauptkommissar selbst. Er hat keine Antwort parat. Er hat so viele Dinge in den letzten Jahren zu oberflächlich betrachtet. Hat nicht das gemacht, was ihn eigentlich ausgezeichnet hat. Mortensen hatte recht. Er war ein ambitionierter Polizist, hatte Potential, mehr zu erreichen. Was dieses „Mehr" ist, haben ihm in den letzten zehn Minuten Stefan Mortensen und Hannelore Hoffer auf einem Silbertablett serviert. ...Schaue über den Tellerrand und erkenne, was dort geschieht. Und wenn du es erkannt hast, begreife die Dimension und die Ausmaße der Folgen. Und wenn du das geschafft hast, zu begreifen und schlusszufolgern, dann handle und bringe die Dinge, die im Argen liegen, in Ordnung.
Stefan Mortensen hat es angedeutet. Die Zeit des Redens ist vorbei. Es folgt die Zeit des Handelns. Es ist nur logisch und konsequent: Wenn die einen es tun, werden es die anderen auch machen. Aktion und Reaktion.
„Frau Hoffer, ich freue mich auf die langen Abende mit ihnen. Denn heute kann ich ihnen die Antworten auf ihre Fragen nicht geben. Aber soviel vorweg. Ich glaube, ich muss mir über Etliches Gedanken machen."
„Das ist eine Antwort, mit der ich leben kann. Ich hoffe sehr, dass wir uns bald mal austauschen können."
„Dito, Frau Hoffer. Und besten Dank für das Gespräch."
„Auf Wiedersehen, Herr Kommissar."
Hannelore Hoffer beendet das Telefonat. Starr betrachtet Hans einige Sekunden das Display, bevor er das Mobiltelefon auf den Tisch legt. Edmund sitzt ihm nach wie vor gegenüber. Seine Miene ist unverändert entspannt.
„Eine Frage, Edmund. Wer sind die Hüter?"
Um Lindners Mund zeichnet sich ein Grinsen ab.
„Das ist die richtige Frage, Hans. Aber ich bin nicht der, der sie dir beantworten wird."
„Ich schätze, Schattenmann kann mir die Antwort geben, nicht wahr?!"
Das Grinsen um Edmund Lindners Mund verschwindet nicht.

15

Donnerstag,
neun Uhr abends

Charles Monrieux erhält die Nachricht genau drei Minuten später als die üblichen Empfänger. Dank seiner Kontakte zu diversen Dienststellen innerhalb der politischen Schaltzentrale ist er bestens vernetzt. Er öffnet die Datei. Eine PDF, verfasst von den Hütern des Prozesses. Er scrollt das digitale Schreiben bis zum Ende durch, bevor er sich um den eigentlichen Inhalt kümmert. Dort findet er neben einer Verknüpfung zu einer weiteren PDF, deren Inhalt er ebenfalls erst später prüfen will, eine ausführliche Auflistung der Empfänger.
Die Adressaten sind dieselben wie bei den beiden bereits erhaltenen Schreiben zuvor. Bundes- und Länderparlamente, Polizeidienststellen, konservative und soziale Medien, sowie eine Reihe von privaten Empfängern.

3.Manifest
An die Mitbürger der Bundesrepublik Deutschland;
Unser Beitrag zur Aufarbeitung der Pandemie.
Die angekündigten Maßnahmen haben begonnen! Mit Bedauern teilen wir den Bürgern der Bundesrepublik Deutschland mit, dass die vier genannten Personen, Karl-Heinz Ruhsal, Ulf-Friedrich Monteverdi, Anita Nüsch und Wieland Rogge das Ultimatum haben verstreichen lassen. Sie ziehen es vor, zu schweigen. Es stellt sich die Frage, warum sie dies tun?! Ebenso legitim ist die Frage, warum diskriminierende und menschenverachtende Aussagen der vergangenen vier Jahre weiterhin toleriert werden und ohne Konsequenzen bleiben?!

Karl-Heinz Ruhsal:
„Es geht darum, dass eine kleine Minderheit der Gesellschaft eine nebenwirkungsfreie Impfung nicht akzeptiert, obwohl sie gratis ist und ihr Leben und das vieler anderer retten kann.“
„Ihre Leistung hat keinen Beitrag geleistet!“ (an ungeimpfte Mitarbeiter in den Pflegeberufen gerichtet)

„Wir nähern uns nun einer Phase, wo der Ausnahmezustand die Normalität sein wird.“
„Niemand wird gegen seinen Willen geimpft. Selbst die angestrebte Impfpflicht führt ja dazu, dass man sich zum Schluss freiwillig impfen lässt.“

Ulf-Friedrich Monteverdi:
Folgende Äußerung wird wohl als die menschenverachtendste in die Geschichte der Bundesrepublik eingehen. „Derzeit erleben wir eine Tyrannei der Ungeimpften, die über die überwältigende Mehrheit der Geimpften bestimmen und uns diese ganzen Maßnahmen aufoktroyieren.“
Wer Menschen, die sich aus welchen Gründen auch immer gegen die mRNA-Spritze entscheiden, als Tyrannen bezeichnet, hat wahrlich ein sehr gestörtes Verhältnis zu unserer Verfassung und unserem Grundgesetz.
Eine weitere verbale Entgleisung sei erwähnt: „Ich stoße mich daran, dass diverse Juristen sich hinstellen und wie gerade in Niedersachsen 2G im Einzelhandel kippen, weil sie es nicht für verhältnismäßig halten. Da erlaubt sich ein Gericht, etwas, das sich wissenschaftliche und politische Gremien mühsam abgerungen haben, mit Hinweis auf die Verhältnismäßigkeit zu verwerfen.“
Nicht wenige sehen hier einen direkten Angriff auf den Rechtsstaat. In nur zwei Sätzen belegt Monteverdi seine Haltung zum Grundsatz der Gewaltenteilung. Er leugnet ihn einfach. Die oben aufgeführten Aussagen und Handlungen bedürfen keiner weiteren Ausführungen. Sie sind schlimm genug.

Anita Nüsch:
„Wir haben auf verschiedene Dinge hingewiesen, etwa dass unser Rechtsstaat und die parlamentarisch-demokratische Kontrolle weitgehend gut und belastbar funktioniert haben.“
„Denn die einzige Alternative wäre gewesen, alles für alle dichtzumachen, auch für diejenigen mit deutlich weniger Risiken. 2G war im Vergleich die deutlich mildere Maßnahme.“
„Wir sollten viel mehr aufklären, dass sich die Gefährdung zwischen geimpften und ungeimpften Menschen so stark unterscheidet. Dass es nicht um ein Bestrafen geht, sondern um Schutz und um eine faire Verteilung von

Risiken und Belastungen. Wir sollten wesentlich positiver über das Geimpft sein reden."
„Die junge Generation hat sich in der Covid-Krise wahnsinnig solidarisch verhalten und das zum großen Teil auch sehr gerne getan. Doch wir haben sie alleingelassen. Die jungen Menschen haben keine angemessene solidarische Gegenreaktion erhalten."
Es geht nicht um ethische Grundsätze, sondern das Hervorheben des Positiven der einen Seite unter Vernachlässigung aller anderen. Eine Wertung! Und wieder wird scheinbare „Sicherheit" über die Fähigkeit des Individuums gestellt, eigenständig zu denken und zu entscheiden. Eine Form von Entmündigung auf Geheiß der Vorsitzenden.
„Wir sind deutlich in die Selbstkritik gegangen und haben unsere Irrtümer klar benannt. In so einer Selbstkritik liegt ja eine Form von um Vergebung bittender Offenheit".
Das Zeugnis selbstherrlicher und realitätsferner Einschätzung belegt das komplette Versagen des Gremiums, allen voran der Vorsitzenden. Es wird endlos schöngeredet. Es wird ohne Unterlass verharmlost. Man ist nach wie vor Teil einer perfiden Inszenierung. Aufarbeitung sieht anders aus.

Wieland Rogge.
Das Deutsche Immunologische Institut ist dem Ministerium für Gesundheit unterstellt und somit weisungsgebunden. Herr Rogge leitet das Institut bislang knapp acht Jahre lang.
„Wir dürfen denjenigen Menschen, die sich nicht impfen lassen, nicht die Chance geben, die Impfung zu umgehen, indem sie sich zum Beispiel freitesten lassen."
„Jeder Mann und jede Maus, die impfen kann, soll jetzt es jetzt gefälligst tun!"
„Unsere Regeln dürfen niemals hinterfragt werden."
„Wir alle haben viel dazugelernt, egal, ob es das Virus gibt oder nicht."
Wie kann man Totalitarismus besser definieren?

Unsere Gesellschaft kann gesunden, wenn die Verantwortlichen die Konsequenzen tragen. Alle! Es ist unumgänglich geworden.
Die Behörden verschweigen deutlich ansteigende Vermisstenmeldungen in den vergangenen zwei Tagen, und zwar bundesweit. Wir, die Hüter des Prozesses, teilen daher aus verlässlichen Quellen mit, dass bis dato in

Deutschland über zweitausend Personen als vermisst gemeldet wurden. Das entspricht einer Steigerung zum Durchschnitt von über neunzig Prozent.
Unser Appell an alle Menschen: Fordern Sie die Aufklärung der Pandemieverbrechen. Eine gesellschaftliche Debatte über die Medien, die Politik und die Justiz hat eine Energie, der sich die Aufklärungsverweigerer nicht mehr entziehen können.
Die Vermissten müssen wiedergefunden werden. Teil Zwei des dritten Manifestes folgt in Kürze.
Wir sind die Hüter des Prozesses

Welch ein Abend, schmunzelt Martina Sussek, als sie auf der Couch in ihrer kleinen Wohnung liegt und sich die Nachrichten auf Telegram und diversen anderen Kanälen durchliest. Das dritte Manifest sorgt bereits nach wenigen Minuten für turbulente Kommentare und allerlei Vermutungen, was nun geschehen wird und was der angekündigte zweite Teil des dritten Manifestes beinhaltet. Sie liest sich das Schreiben, das einer der User verlinkt hat, aufmerksam durch. Jetzt geht es ans Eingemachte.
Sie setzt sich auf und nimmt sich ein paar Chips aus der Schale, welche vor ihr auf dem Tisch steht. Während der Recherche bezüglich aktueller Reaktionen der Politik stellt sie erstaunt fest, dass nahezu alle fast schon unverschämt zurückhaltend sind. Keine Dementis, keine Stellungnahmen, keine verbalen Angriffe auf die Verfasser. ...Nichts. ...Nur Teile der Opposition sehen sich veranlasst, darauf hinzuweisen, dass nun die Büchse der Pandora geöffnet wurde, die die Altparteien dem deutschen Volk aufgebürdet hat. Von Metaphern hält Martina Sussek nicht viel, daher überfliegt sie den Artikel nur und kümmert sich in der Folge lieber um einzelne der niedergeschriebenen Vorwürfe.
Ihre kleine Wohnung ist erfüllt von leisen Klängen eines spanischen Gitarristen, dessen Musik sie sehr schätzt. Sie erlaubt entspanntes Zuhören und konzentriertes Arbeiten gleichermaßen.
Gegenstand ihrer aktuellen Recherche ist ein Referat eines Studenten über Minister Karl-Heinz Ruhsal, allerdings aus einer Zeit, als Ruhsal noch ein Bankdrücker aus der hinteren Reihe des Bundestages war. Ein kleiner Fisch sozusagen. Die Arbeit ist erstaunlich gut, muss Martina feststellen. Sauber formuliert, exakt in der Behauptung und in der Beweisführung. Sporadisch angemerkte Belege samt Quellennachweis sowie die persönlichen

Folgerungen und das abschließende Fazit weisen ein recht präzises Bild des jungen Karl-Heinz Ruhsal auf. Wie aus diesem kleinen Fisch ein so großer werden konnte, erschließt sich Martina nun, da das Referat eines deutlich macht. Der Mann hatte schon früh die richtigen Beziehungen aufgenommen und gepflegt, um in der Welt der Politik weit zu kommen.
Plötzlich hält sie inne. Auf Telegram gibt es neue Nachrichten. Sie startet einen der geteilten Videoclips. Es ist von einem Kollegen, den sie vage kennt, aber nicht besonders schätzt. Die Meinungen zu ihm und seinem Portal sind gespalten. Die einen finden ihn populistisch und rechts angehaucht, die anderen aufklärerisch und werteorientiert. Dem Moderator ist es egal. Ihm wird ein Blatt Papier gereicht. Schnell überfliegt er die Notiz auf dem Zettel und wendet sich dann sichtlich erregt ans Publikum. Er schmettert eloquent seine Meldung in die Kamera.
„Meine Damen und Herren, soeben haben wir eine brandneue Information erhalten. Eine Eilmeldung, die den Namen verdient. Wie uns gerade mitgeteilt wurde, haben die „Hüter des Prozesses" ein weiteres Schreiben veröffentlicht. Es handelt sich um den angekündigten zweiten Teil des dritten Manifestes, dem eine Liste anhängt. Es ist uns gelungen, den Originaltext des Schreibens zu ergattern und ihnen, verehrte Damen und Herren, im Wortlaut kundzutun."
Der Moderator setzt sich aufrechter hin und blickt zunächst ernst in die Kamera, dann auf den Zettel.

3.Manifest, Teil 2
An die Mitbürger der Bundesrepublik Deutschland;
Unser Beitrag zur Aufarbeitung der Pandemie.
Entgegen anderslautender Berichte in den regierungsfreundlichen Medien sind in den vergangenen dreißig Stunden zahlreiche Menschen vermisst gemeldet worden. Über unsere Kontakte erhalten wir aktuelle Zahlen, die ihnen als Mitbürger zur Verfügung gestellt werden sollten. Anbei finden Sie eine Liste jener Personen. Es handelt sich mit Stand von heute, 21.10 Uhr um über zweitausend Menschen. Zum Vergleich: Im Durchschnitt wurden in der Vergangenheit in Deutschland pro Tag etwa dreihundert Menschen als vermisst gemeldet.

Wir fordern die vier namentlich genannten Personen nochmals eindringlich auf, sich der Aufklärung zu stellen. Die Aufarbeitung lässt sich nicht verhindern. Leisten Sie ihren Beitrag dazu.
Wir sind die Hüter des Prozesses

Der Moderator hält einen Stapel Blätter hoch, damit der Kameramann sie erfassen kann.
„Das soll die Liste mit den vermissten Personen sein. Wir prüfen die Authentizität und informieren Sie darüber. Sofern sie an dieselben Empfänger geschickt wurde, wie die ersten drei Schreiben, sehen wir keine Notwendigkeit, die Veröffentlichung der Liste zu unterlassen. Es ist unsere Pflicht, etwaige Betroffene zu unterrichten. Meine Damen und Herren, die Ereignisse scheinen sich zu überschlagen."
Der Videoclip endet. Martina Sussek schlägt die Hände über dem Kopf zusammen.
„Das ist ja ein Ding."
Die Hüter haben tatsächlich den zweiten Teil veröffentlicht. Mit einer derart raschen Umsetzung hätte sie nicht gerechnet. Sie nuschelt leise vor sich hin, als sie sich den letzten Teil des Beitrages noch einmal gönnt.
„Was zum Teufel geht da vor?"

16

*Donnerstag,
zehn Uhr abends*

Fast eine geschlagene Stunde lang sitzen Miriam Schulze, Linda Fuchs und Mario Matthes im Büro der Kommissare und diskutieren über die Neuigkeiten bezüglich der Liste mit den vermissten Personen. Beim Abgleich mit den kriminaltechnisch relevanten Delikten konnten keine Übereinstimmungen ermittelt werden. Im Gegenteil. Nicht ein einziger der über zweitausend Namen steht oder stand in irgendeiner Verbindung zu Straftaten.
Matthes kümmert sich um die Meldungen der übergeordneten Behörden: Landeskriminalamt.
Bundeskriminalamt.
Aber auch hier kann man nichts über die Vermissten erfahren.
Linda hält engen Kontakt zur Kollegin der Vermisstenstelle. Von dort bekommt sie immer mehr Informationen über immer mehr Meldungen, dass ein Vater, eine Mutter, eine Schwester oder ein Bruder nicht nach Hause gekommen sei. Die Masse an Anzeigen ist schier erdrückend.
Mittlerweile sind die drei Beamten über jede Form der Abwechslung froh. Daher hebt sich das Level der allgemeinen Gemütsverfassung erheblich, als Ferdinand Auer zu ihnen stößt.
„Sorry, dass es so lange gedauert hat, aber wir haben uns dazu entschieden, gleich alle Aufgaben zusammen zu erledigen, um euch kompakte Ergebnisse zu liefern."
„Na, dann sind wir aber gespannt," erwidert Mario. „Was hast du denn Schönes für uns?"
„Fangen wir mit dem Wagen an," erklärt der Chef der kriminaltechnischen Abteilung. Anders als Julius Hoppe bevorzugt er bei persönlichen Gesprächen lieber die klassischen Aktenordner mit Blättern und Zetteln darin, nicht jener digitale Krimskrams und kalt wirkende Datenbanken. Er öffnet den braunen Aktenordner und zeigt den Anwesenden die mitgebrachten Aufzeichnungen. Zunächst ein Foto, das einer seiner Kollegen aus dem Video herausgefiltert hat.

„Es ist uns gelungen, die Marke des Transporters zu definieren. Es handelt sich um einen Ford Transit der sechsten Generation. Baujahr 2012. Die Reifenmarke, die wir anhand der Spuren aus der Tiefgarage ermitteln konnten, geht mit den gängigen Marken dieser Reihe konform. Offensichtlich wurde der Transporter modifiziert. Die Frontpartie entspricht keiner werkseitigen Produktionslinie. Außerdem wurden die Kotflügel verändert. Seht euch das mal genau an! Man erkennt es kaum, aber sie wölben sich ein wenig nach außen. Ist wohl den etwas breiteren Felgen geschuldet, über die dieser Wagen verfügt."
„Soweit ich mich erinnere," merkt Linda Fuchs an, „war der Winkel zu der Straße im Hintergrund relativ flach. Der Transporter wurde quasi fast seitlich gefilmt. Konntet ihr trotzdem die Kennzeichen ermitteln?"
„Nein, tut mir leid, Linda. Wie du schon sagtest: Der Winkel zu den Nummernschildern war viel zu schlecht. Eine Identifikation wäre nur dann möglich gewesen, wenn der Wagen den Kreisverkehr vollständig durchfahren hätte."
„Hat er aber nicht," sagt Linda. „Gut, also, was fangen wir damit an? Können wir den Wagen anderweitig zuordnen?"
„Darauf wollte ich gerade kommen," ergreift Ferdinand Auer wieder das Wort. „Eine durchaus übliche Vorgehensweise ist, über das Melderegister der Zulassungsstellen alle Halter von Ford Transits des betroffenen Baujahres 2012 und der Farbe Dunkelbraun abzufragen. Ich habe dem vorgegriffen und mir erlaubt, einen meiner Mitarbeiter damit zu beauftragen. Hier ist das Ergebnis."
Matthes nimmt den Ausdruck entgegen.
„Zwölf Halter."
„In der Tat. Ich war selbst überrascht, dass es so viele gibt, die den Ford in einer derart scheußlichen Farbe ihr Eigen nennen. Dieses Braun ist wirklich ein außerordentlich unglücklicher Farbton."
Auer schüttelt fassungslos den Kopf.
„Ferdl, mal abgesehen von der Farbe: Sind das alle, die in Frage kommen?"
„Alle südlich vom Weißwurstäquator."
„Weißwurst was??" fragt Linda.
Miriam und Mario müssen schmunzeln. Miriam versucht den Begriff zu erklären. „Also, der Weißwurstäquator ist wie eine Grenze zwischen uns

Bayern, also den Ur- oder Altbayern, und dem Rest von Deutschland. Diese Grenze verläuft ungefähr auf Höhe der Donau."
„Jetzt muss ich aber ein Veto einlegen, liebe Miriam," entgegnet Ferdinand Auer energisch. „Damit tust du Teilen Nieder- und Oberbayerns, sowie der Oberpfalz Unrecht. Die gehören auch dazu. Der Weißwurstäquator verläuft nämlich etwa entlang des Mains, wenn ich mich nicht irre."
„Jetzt muss ich *dich* korrigieren, Ferdl." Mario lehnt sich zurück und grinst. Selbstgefällig und gespielt arrogant hebt er den Kopf. „Der Weißwurstäquator ist eigentlich keine geografische Linie, sondern eine Kulturgrenze. Offensichtlich warst du noch nie in Zwiesel im Bayerischen Wald. Dort steht nämlich das berühmte Weißwurstäquator-Denkmal. Direkt neben der Hauptstraße. Kann man gar nicht verfehlen. Also, wenn ihr mal dort vorbeikommt, macht einfach mal Halt und genießt..."
„Ist ja schon gut, Mario," geht Linda dazwischen. „Kommen wir wieder zurück zu den Fahrzeughaltern. Ferdl, wenn du schon vorab die Liste in Auftrag gegeben hast, habt ihr auch schon herausgefunden, welcher der Eigentümer am Mittwoch um neunzehn Uhr in Erding über eine Baustelle gefahren ist?"
„Nein, liebste Linda, haben wir nicht. Das bleibt euch überlassen."
Ferdinand Auer grinst.
Mario reicht den Ausdruck an Miriam weiter. „Darum kümmern wir uns morgen. Miriam, kannst du das erledigen?"
„Gerne."
„Was haben wir noch?" fragt Mario, wieder an Ferdl Auer gewandt. Der öffnet den zweiten Aktenordner, diesmal einen blauen.
„Ich habe mir noch Neumaiers BMW genauer angesehen, der durch den Kreisverkehr gefahren ist."
Wieder präsentiert er ein wunderbares großes Foto, auf dem das Profil des Fahrers bestens zu erkennen ist. „Ich denke, wir sind uns einig, dass das nicht Hans ist. Der Fahrer ist etwa Mitte bis Ende Zwanzig, hat dunkles Haar und einen leichten Hang zum Buckel, wenn ich das Foto richtig interpretiere."
„Ist er uns bekannt?"
„Nein, Linda. Wir haben bereits die Informationen in den Computer geladen und durch die Datenbanken laufen lassen. Anhand des Profils konnte der Mann nicht identifiziert werden. Er ist definitiv nicht aktenkundig."
Linda bittet um das Foto. Sie sieht es sich genauer an. Das Profil ist in der Tat das einer fremden Person. Sie kennt den Mann nicht. Und doch

beunruhigt sie die scheinbar so harmlose Szenerie. Warum fährt ein wildfremder Mann mit Hans Neumaiers Wagen durch die Gegend? Warum fährt er in den Nachbarlandkreis Freising? Und warum ist der Wagen dort nicht auffindbar?
Linda grübelt. Könnte es sein, dass sich Hans in Begleitung von Edmund Lindner irgendwo in Freising aufhält? Die Funkzellenortung endete dort. Gut, das will nichts bedeuten. Das Handy könnte einfach ausgeschaltet worden sein und die Fahrt ging unbeirrt weiter. Linda hält es für wahrscheinlicher, dass Freising nicht in Frage kommt. Es wäre angesichts des Aufwandes zu naheliegend. Was sollte sonst der ganze Zirkus mit der Lagerhalle, der geheimnisvollen Zusammenkunft mit diesem rätselhaften Anrufer vor dem Treffen und dem Theater um die Nachricht von Edmund Lindner, die eigentlich überflüssig war? Hinzu kommt die unergründliche Form der Abfahrt aus dem Gewerbegebiet.
Sie sieht auf und blickt Miriam, Mario und Ferdl der Reihe nach an.
„Ich denke, der Mann auf dem Bild ist Adrian Haubner."
„Und Hans?"
„Im Transporter. Er muss im Transporter gewesen sein. Es ist die einzig logische Erklärung."
„Ich würde sagen, wir sollten trotz aller Bemühungen um Hans unseren Fall nicht aus den Augen verlieren," merkt Mario nachdenklich ein. „Wir sollten mal rekonstruieren, ob unser vermutlicher Mordfall mit der Abfahrt des Transporters konform gehen kann, oder nicht. Wenn wir Glück haben, können wir so Hans entlasten. Also, Julius hat bestätigt, dass der Blutverlust, ursprünglich von zwei miteinander verwandten Frauen stammend, zwischen fünfzehn und neunzehn Uhr geschah. Ferner wissen wir, dass Hans um etwa neunzehn Uhr die Lagerhalle erreicht hat. Außerdem wissen wir, dass er nur kurz in der Halle war und mit großer Wahrscheinlichkeit um 19.11 Uhr in dem Ford Transit das Gelände verließ. Die Frage, die wir uns stellen sollten: Kann es sein, dass die Leichen der beiden Frauen ebenfalls mit diesem Fahrzeug transportiert wurden? Wenn ja, wie hängt Hans in der Sache mit drin? Außerdem wäre zu klären, wo der Wagen, und somit eventuell die Leichen abgeblieben sind."
„Ich habe es gerade mal überschlägig durchgerechnet," sagt Ferdl. „Wenn Hans in die vermeintliche Ermordung involviert ist, kann er beim eigentlichen Tötungsakt nicht dabei gewesen sein. Ich halte es für schlicht unmöglich,

dass um etwa neunzehn Uhr zwei Morde geschehen, die innerhalb von wenigen Minuten mit einem derart heftigen Blutverlust einhergehen. Das ist mir einfach zu kurz. Aber wir können morgen gerne mal Julius befragen, was er dazu meint."
„Genau das mit der Zeitspanne habe ich mir auch schon gedacht," stimmt Linda zu. „Das einzige, was ich für theoretisch möglich halte, wäre die Tötung der Frauen vor der Ankunft von Hans, die Leichen wurden bereits vor neunzehn Uhr in den Transporter geladen und Hans wurde in irgendeine Falle gelockt, mitgenommen, damit es wie eine Flucht aussieht, und somit als Verdächtiger aufgrund von Indizien von den eigentlichen Tätern abzulenken."
„Lindner?"
„Na, den kann ich mir nun als Mörder gar nicht vorstellen."
„Stille Wasser sind tief."
„Jetzt lasst mal den Unsinn mit euren Spekulationen," grätscht Linda Fuchs dazwischen. „Lindner, Haubner, oder sonst wer! Ist doch egal! Hauptsache, wir können beweisen, dass Hans auf keinen Fall als Täter in Frage kommt. Das wäre erstmal das Wichtigste!"
Auer und Matthes nicken betreten. Sie wissen, dass ihre Kollegin recht hat.
Miriam sieht auf die Uhr. „Leute, ich denke, wir machen Schluss für heute. Seht mal. Gleich elf Uhr."
„Ich stimme Miriam zu. Von meiner Seite ist auch alles besprochen. Mehr kann ich euch noch nicht bieten."
„Passt schon, Ferdl," sagt Mario und erhebt sich von seinem Stuhl. „Ich würde sagen: Feierabend!"
Alle verlassen innerhalb weniger Minuten die Räumlichkeiten der Inspektion und lassen die Frage der Fragen zurück:
Wo ist Hans?

17

Donnerstag,
elf Uhr abends

Hans Neumaier schreckt aus dem gerade erst begonnenen Schlaf hoch. Sein erster Gedanke gilt der fremden Umgebung. Wo bin ich hier? Nur langsam kehrt die Realität in sein Bewusstsein zurück. Ach ja, dieses Zimmer bei diesem Unbekannten, diesem Freund von Edmund, diesem ominösen Schattenmann. Er sieht auf seine Uhr. Kurz nach elf. Dann hat er noch nicht lange geschlafen, stellt er nüchtern fest. Noch betrübter wird er, als er das leere Wasserglas bemerkt. Er hat Durst. Mühselig rafft er sich auf und schleicht zur Zimmertür. Wider Erwarten ist sie nicht abgesperrt. Was ist denn jetzt los?
Vorsichtig öffnet er sie einen Spalt. Wie durch Zauberhand ist er schlagartig hellwach. Vor der Tür erhellen zwei Deckenleuchten mit ihrem warmen Licht den langen schmalen Gang. Leise tritt Hans hinaus und wendet sich nach rechts zur Tiefgaragentür. Niemand scheint sich darum zu kümmern, dass er unbehelligt durch den Flur laufen kann. An der Schleusentür zur Tiefgarage angekommen, sieht er sich noch einmal vergewissernd um. Alles ruhig! Dann drückt er die Klinke herunter und muss mit Bedauern feststellen, dass dieser Weg versperrt ist. Die Tür lässt sich nicht öffnen. Was nun? Er beschließt, den entgegengesetzten Weg zu versuchen, obwohl er vermutet, dort mit der Anwesenheit der anderen rechnen zu müssen. Wie befürchtet, vernimmt er bereits Stimmen. Deutlich vor dem Knick, den der Gang beschreibt. Er kennt sie. Es sind die von Adrian Haubner und Edmund Lindner. Kurz hält er inne, überlegt, ob er einfach zurück in das Zimmer gehen und dort den artigen Gast mimen soll, oder mit Dreistigkeit die Gastgeber vor vollendete Tatsachen stellen und bei ihnen auftauchen. Es geht ja schließlich nur um ein Glas Wasser. Er entscheidet sich für letzteren Gedanken. Zielstrebig steuert er den Raum an, aus dem die Stimmen zu hören sind. Er klopft leise an den Türrahmen, als er den Raum erreicht, der sich als Küche entpuppt.
„Guten Abend, die Herren," beginnt er frech. „Ich bitte um Verzeihung, aber ich habe fürchterlichen Durst. Darf ich um ein Glas Wasser bitten?"

Überraschenderweise reagiert keiner der beiden erbost. Im Gegenteil. Adrian Haubner steht auf, begibt sich zur Küchenzeile und entnimmt dem Hängeschrank über der Spüle ein Glas.
„Selbstverständlich, Herr Neumaier. Mit Kohlensäure? Wie vorhin?“
„Ja, bitte!“
„Oder dürfen wir dich zu einem Gläschen Wein einladen?“ schlägt Edmund vor. „Wir gönnen uns gerade jeder ein Viertel dieses vorzüglichen französischen Rotweines.“ Edmund deutet auf die Flasche und die beiden bauchigen Gläser auf dem rechteckigen Holztisch. „Du bist herzlich eingeladen.“
„Welche Ehre,“ erwidert Hans in Ermangelung einer geistreicheren Antwort und ergänzt mit leichtem Zweifel in der Stimme: „Dann nehme ich das Angebot gerne an.“
„Sehr gute Entscheidung, Hans.“
„Dann nehmen Sie Platz, Herr Neumaier,“ sagt Haubner freundlich. Er holt ein drittes Rotweinglas aus dem Schrank und schenkt Hans ein. Edmund hat nicht übertrieben, stellt Hans fest. Der Rotwein schmeckt ausgezeichnet.
Doch eines will ihm nicht aus dem Kopf. Ein Umstand, den er sich nicht erklären kann.
„Ich hätte eine Frage. Wieso war die Tür zu meinem Zimmer nicht abgesperrt? Sie legten doch so großen Wert darauf, dass ich möglichst lange ihre Gastfreundschaft genieße?!“
„Oh, dass missverstehen Sie aber, lieber Herr Neumaier. Wir haben Sie nicht eingesperrt, um sie vom Weglaufen abzuhalten. Das hat andere Gründe.“
„Und welche?“
„Mein Vater brauchte genügend Zeit, um sich mit ihnen zu unterhalten. Das war leider nur in Etappen möglich.“
„Sie verzeihen, wenn ich das anders interpretiere.“
„Wie dem auch sei,“ sagt Adrian Haubner mit einer Spur Jovialität garniert, „wir sehen kein Risiko darin, dass Sie sich im Haus bewegen und umsehen können. Davon ausgenommen ist natürlich der Bereich, in dem sich meine Schwester Nele und mein Vater aufhalten. Aber ich bin sicher, dass Sie das verstehen werden.“
„Sie vermuten richtig, Herr Haubner.“

Hans Neumaier nimmt einen Schluck vom Wein und wendet sich an Edmund Lindner, der ein bisschen geistesabwesend wirkt. Als befände er sich im Gedanken ganz woanders.
„Edmund, darf ich dich was fragen?"
„Natürlich," erwidert Lindner, der sich nun wieder in der Gegenwart befindet.
„Mir ist aufgefallen, dass du dich permanent hier in diesem Haus aufgehalten hast. Die ganze Zeit, während ich auch hier war. Richtig?"
„Das ist korrekt."
„Wir sind hier aber nicht bei dir zu Hause. Dein Keller sieht anders aus."
„Auch das stimmt. Wir sind beide Gäste hier. Willkommene Gäste möchte ich hinzufügen. Wieso fragst du?"
„Nun, es kommt mir ein bisschen sonderbar vor." Hans lenkt das Gespräch geschickt in die von ihm gewollte Richtung. „Was mich aber interessiert, ist die Frage, was deine Frau dazu sagt, dass du dich nächtelang irgendwo anders rumtreibst."
Edmund Lindners Miene verfinstert sich schlagartig. Hans überlegt, was er Falsches gesagt haben könnte. War er zu direkt? Geht ihn das überhaupt etwas an? Was ist passiert?
Adrian Haubner ergreift als erster wieder das Wort.
„Herr Neumaier, ich denke, das Thema ist kein geeignetes für heute Nacht. Und außerdem sollten wir uns auf das konzentrieren, weswegen wir hier sind."
„Sie meinen den Rotwein?!"
„Sie sind ein humorvoller Mann, Herr Neumaier, aber ich bitte Sie, in dieser Sache ein bisschen…"
Edmund unterbricht Adrian Haubner. Leise, aber unmissverständlich.
„Lass nur, Adrian. …Ich möchte das gerne klären."
In Edmund Lindners Augen spiegelt sich ein merkwürdiges Funkeln wider. Seine ganze Körpersprache wirkt plötzlich wie ausgewechselt. Er bekräftigt sein Anliegen mit einem klaren „Bitte!", wobei dieses Wort eher wie eine Aufforderung ausgesprochen wurde. Adrian nickt, trinkt die Neige in seinem Weinglas aus und steht auf.
„Dann lasse ich euch mal einen Augenblick alleine. Ich empfehle mich."
Er schenkt den beiden eine grüßende Handbewegung, dann verlässt der junge Mann die Küche und schließt die Tür hinter sich.

Edmund Lindner schenkt sich und Hans noch einmal nach. Dann beginnt er zu erzählen.
„Ich habe nicht mehr viele Gründe, nach Hause zu gehen, Hans. Es sind in den vergangenen Jahren viele Dinge geschehen. Dinge, die einen Menschen prägen, die ihn in gewissem Sinne auch verändern. Manchmal zum Guten, manchmal zum Schlechten. Du weißt selbst, wie ich das meine."
„Dorothee."
Edmund nickt und senkt den Kopf.
„Das ist die Geschichte, die du kennst, Hans. Eine dieser prägenden Geschichten. Es gibt aber mehrere. Ich möchte dir von einer anderen erzählen, die dir vermutlich nicht bekannt ist. Es gab etliche Gründe, warum ich dich nicht eher kontaktiert habe. Aber jetzt, Hans, jetzt ist der absolut richtige Zeitpunkt, dir die Ereignisse der letzten Jahre zu schildern."
Hans runzelt die Stirn. Warum ist Edmund plötzlich so melodramatisch?
Edmund genießt einen weiteren Schluck des französischen Weines. Nachdem er das Glas abgestellt hat, spricht er über die Begebenheiten, die ihn zu dem gemacht haben, der er ist.
„Du weißt, dass sich die Welt seit Anfang 2020 verändert hat. Leider nicht zum Guten, Hans, leider nicht zum Guten. Inge und ich haben wie die meisten auch große Angst gehabt, wir könnten uns mit diesem gefährlichen Virus anstecken. Wir sind beide nicht mehr die Jüngsten, und so haben wir uns darüber unterhalten, wie wir mit diesem Coronavirus umgehen sollen. ...Maske tragen? ...Schien sinnvoll. ...Testen? ...Ja. ...Abstand halten? ...Wenn es sein muss. ...Einschränkungen gutheißen? ...Da wurde es schon schwieriger. ...Das Impfangebot annehmen? ...Hier erreichten wir einen Punkt, wo wir nicht einer Meinung waren. ...Inge tendierte zur Impfung, ich war skeptisch. Es gab endlose Diskussionen. Zum Teil ziemlich unschöne. Irgendwie hat die ganze Angelegenheit einen Keil in unsere Zweisamkeit getrieben. Ohne unser zutun. Es waren keine schönen Tage, aber wir konnten einen Kompromiss finden. Wir haben uns letztlich darauf geeinigt, dass jeder seinem Willen entsprechend handeln sollte. Sie versicherte mir, dass sie es mir nicht übelnimmt, wenn ich darauf verzichte, und ich habe ihr versprochen, sie nicht für ihre Entscheidung pro Vakzin zu rüffeln. Wir haben beschlossen, Toleranz zu üben. Du weißt, dass das in dieser Zeit alles andere als leicht war."
Edmund legt eine kleine Pause ein.

„Gut, es lief einige Zeit ganz normal. Keiner von uns wurde krank, niemand war positiv. Nichts. Doch Ende 2020, in der sogenannten zweiten Welle, hat sich Inge dann doch eine Erkältung eingefangen. Sie lag einige Tage im Bett und beklagte besonders im Brustbereich Schmerzen. Natürlich waren wir besorgt, es könnte dieses gefährliche Virus sein. Inge war noch zu Scherzen aufgelegt, als sie sich immer wieder ob ihrer Schutzimpfung brüstete. Es könne ihr ja nichts passieren. Bald wäre alles wieder gut. Es kam aber anders. Sie ging eines Tages zum Hausarzt. Das übliche Programm. Sie kam in die Praxis, maskiert, mit Abstand zu allem, was atmen könnte, schließlich erneut positiv getestet. Sie wollte wissen, warum sie so Probleme hatte. Das Serum sei doch laut Politik und wissenschaftlichen Experten absolut sicher. Man dürfte keine schweren Verläufe bekommen. Warum sei die Erkrankung bei ihr so langanhaltend? Der Arzt beruhigte meine Frau und schickte sie mit einem anderen Medikament, das sie gemäß Beipackzettel einnehmen sollte, nach Hause. Einen Tag später kam ich aus dem Baumarkt zurück und fand Inge auf dem Boden im Wohnzimmer. Es war entsetzlich. Ich rief den Notarzt, der kam dann auch relativ schnell, und Inge wurde auf dem schnellsten Weg in die Klinik in Erding gebracht. Ich bin mitgefahren, durfte aber nicht in die Notaufnahme. Vor den Türen war Endstation für mich. Ich durfte nicht einmal ins Krankenhaus. Begründung: Ich sei nicht geimpft worden. Ich könnte anderen Schaden zufügen. Ich wäre eine Gefahr! Gut, ich war so durch den Wind, dass ich es widerspruchslos akzeptierte. Ich bin zurück nach Hause. Am nächsten Tag wollte ich zu Inge, aber wieder dieselbe Abweisung wie am Vortag. Keine Impfung, kein Einlass! Ich habe mich daraufhin entschlossen, mich ebenfalls spritzen zu lassen. Nur, um bei meiner Frau zu sein. Das ging zum Glück relativ schnell und eine Woche später konnte ich mit dem entsprechenden Beleg ins Krankenhaus. ...Eine Stunde Besuchszeit. Mehr gab man mir nicht."

„Aber du hattest nun die Gelegenheit, sie zu besuchen?!"

„Ja und nein. Ja, man ließ mich in die entsprechende Abteilung, aber nicht in ihr Zimmer. Man sagte, das sei nicht möglich, da sie beatmet werde."

„Beatmet?" fragt Hans ungläubig nach.

„Ja. Ich fragte, ob sie getestet wurde? Ob es wirklich Corona war, woran sie erkrankt sei? Keiner gab mir Auskunft. Eine weitere Woche später durfte ich sie dann doch besuchen. Mit Abstand, hinter einer Plastikfolie. Direkter Kontakt wurde strikt untersagt. Aber ich war froh, dass ich in ihrer Nähe war.

Sie lag im Bett, ohne Bewusstsein, angeschlossen an komische Geräte, mit etlichen Schläuchen und Kabeln verbunden. Dieses permanente Saug- und Pumpgeräusch dieser furchtbaren Maschine war schrecklich, Hans. Das kannst du dir nicht vorstellen. Aber ich wollte mich nicht beklagen. Es schien ja so, als würde man sich um sie kümmern."
Wieder tritt eine kurze Unterbrechung ein. Edmund Lindner muss sich erneut sammeln. Offensichtlich fällt ihm die Erzählung zunehmend schwerer.
„Etwa zwei Wochen später wurden mir die Besuchsrechte wieder entzogen. Man begründete das mit der rasanten Ausbreitung der zweiten Welle. Und dann kam der Tag, ich weiß noch, es war ein Donnerstag, als eine Dame aus dem Krankenhaus angerufen hat, ich möge doch bitte so schnell wie möglich kommen. Dann hat man mir mitgeteilt, dass Inge gestorben sei."
„Was?" ruft Hans entsetzt. „Sie ist im Krankenhaus gestorben?"
„Ja. Man teilte mir mit, dass die Lungenfunktionen nicht mehr kontrolliert werden konnten. Die künstliche Beatmung hätte keinen Erfolg mehr gehabt. Das wäre bedauerlich, aber leider nicht auszuschließen gewesen. Außerdem hätte sie sich während ihres Aufenthaltes ein zweites Mal mit Corona angesteckt, was die Situation deutlich verschärft hätte."
„Ich wusste nicht, dass Inge verstorben ist, Edmund. Es tut mir wahnsinnig leid."
Hans rätselt, warum sein alter Freund ihn vom Ableben seiner Frau nicht beizeiten unterrichtet hat. Erst jetzt, nach über drei Jahren?! Hans mutmaßt, dass es zunächst mit den Einschränkungen der Pandemie zu tun gehabt haben könnte. Die Beisetzung durfte wohl nur in sehr, sehr kleinem Kreis stattfinden. Er hörte damals von solchen Fällen. Und er weiß auch, dass etliche Trauerfeiern aufgrund zu großer Teilnehmerzahlen von der Polizei unterbunden wurden. Eine kaum zu überbietende Pietätlosigkeit. Warum er sich nicht gemeldet hat, nachdem die Pandemie sich dem Ende näherte, kann er sich nicht erklären.
Edmund Lindner fährt fort. Seine Stimme klingt monoton und schwermütig.
„Die Geschichte ist noch nicht zu Ende, Hans. Ich informierte unseren Hausarzt. Wir trafen uns noch am selben Tag, diesem Donnerstag. Ich schilderte ihm alles von Inges und meiner Entscheidung bis zu diesem folgeschweren Tag. Er wunderte sich etwas, dass Inge an die Beatmungsmaschine angeschlossen wurde und wollte von mir wissen, warum? Und ob ich etwas davon gewusst habe. Dem war natürlich nicht so.

Die Ärzte in der Klinik haben das wohl entschieden. Ich war nicht involviert. Daraufhin wurde mein Hausarzt sehr stutzig, kontaktierte die Kollegen im Klinikum, und versuchte herauszufinden, was genau mit Inge geschehen war. Ich will dich nicht mit jeder Einzelheit quälen, aber letztlich wurde klar, dass Inge Opfer dieses furchtbaren Coronasystems wurde. Jenes System, dass uns von Anfang an über alles belogen hat."
„Das ist kaum zu glauben, Edmund."
„Ich kann dir versichern, dass ich zu Beginn ebenfalls skeptisch war. Aber die Belege wurden zusehends deutlicher. Inge wurde in Kenntnis der Folgen beatmet und folglich auch wissentlich getötet."
Hans will etwas einwenden, beschließt dann aber, Edmund reden zu lassen und sich die Geschichte bis zum Ende anzuhören.
„Mein Hausarzt hat zunächst erwirkt, dass man ihm den Leichnam von Inge überlassen muss. Ich weiß nicht, wie er das gemacht hat, aber es ist schließlich gelungen. Er konsultierte einen bekannten Spezialisten, ein guter Mann, der den Pandemiemaßnahmen sehr kritisch gegenüberstand und daher sehr vorsichtig sein musste mit seiner Tätigkeit. Dieser Fachmann brachte dann Dinge ans Tageslicht, die unvorstellbar waren."
„Ich gehe davon aus, dass dies derselbe Arzt ist, den du dem Vater von Nele empfohlen hast?!"
Edmund nickt kurz. Dann fährt er fort.
„Er organisierte die Obduktion von Inge. Ich stimmte zu, da ich unbedingt wissen wollte, was mit ihr geschehen ist. Wie und wo das Ganze abgelaufen ist, kann ich dir nicht sagen. Er musste außerordentlich diskret agieren. Selbst mein Hausarzt wurde nicht eingebunden. Gut. Langer Rede, kurzer Sinn: Die Obduktion von Inge hat eindeutig, also mit nahezu hundertprozentiger Wahrscheinlichkeit, ergeben, dass sie ohne die Intubation eine deutlich höhere Überlebenschance gehabt hätte als mit ihr. Ihr Leben hätte gerettet werden können. Der Spezialist hat mich über einige vielversprechende alternative Behandlungsmethoden informiert, die aber leider von allen Seiten, die medienwirksam Einfluss hatten und haben, unterdrückt wurden."
„Aber wer macht so etwas? Ich kann mir beim besten Willen nicht vorstellen, warum eine Krankenhausverwaltung derartige Entscheidungen trifft?"
„Hans, denk doch mal nach. Rationale Entscheidungen waren unerwünscht. Woran kann ein Krankenhaus Interesse haben? Rufe dir die Verflechtungen der medizinisch-technischen Geräteindustrie mit den Kliniken ins Gedächtnis.

Mit den Gewinnen, die mit solchen Geräten gemacht werden. Oder die Intensivbetten! Eine Geschichte für sich. Oder die Beatmungsmaschinen, mit denen die Kliniken plötzlich ausgerüstet waren! Wusstest du, dass eine Klinik für jedes dieser Betten staatliche Zuschüsse unglaublichen Ausmaßes beziehen konnte? Und jetzt frage dich mal, wer die Entscheidungsträger wären, die diesen Anreiz hätten verhindern können. Es ist nicht schwer zu erraten, dass es genau dieselben waren und sind, die die Massenpanik aufrechterhalten wollten. Bewusst! Vorsätzlich!"

„Ist das der Grund, warum du dich in dieser Angelegenheit so enorm engagierst? So eine Art Rachefeldzug?"

„Das hat mit Rache nichts zu tun, Hans. Wenn du das glaubst, hast du nicht das Geringste begriffen. Es geht um Aufklärung. Es geht um Aufarbeitung. Es geht um Verantwortlichkeit. Es geht um Schuld. Und am Ende geht es um uns alle. Die gesamte Gesellschaft, die durch diese beschissenen Maßnahmen so nachhaltig gespalten wurde, dass ich mir fast nicht vorstellen kann, wie das wieder zu richten wäre. Ich beteilige mich an der Aufarbeitung, weil ich der festen Überzeugung bin, dass es der einzige Weg ist, die Spaltung zu überwinden. Nele ist ein wichtiger Grund. Sie ereilte ein ähnliches, wenn auch nicht so hartes Schicksal, wie Inge. Bei ihr sind definitiv die Impfschäden und deren Folgen verantwortlich für ihren Zustand. Bei Inge war es die fehlerhafte Behandlung, die sie das Leben kostete."

Hans erhebt sich von seinem Stuhl und geht ein paar Schritte. Er hat sich in den letzten Stunden eine Menge Motive für Edmunds Handlungsweise überlegt, aber auf dieses wäre er im Traum nicht gekommen.

Er sieht seinem alten Schachfreund tief in die Augen. Er hat sich verändert, so wie er es vor wenigen Minuten selbst gesagt hat. Ob zum Guten oder Schlechten vermag er nicht zu ermessen. Auf jeden Fall versteht Hans nunmehr den Anlass.

Er denkt an Inge Lindner, die treue Ehefrau, die fürsorgliche Mutter, die gute Freundin. Ein tiefer Gedanke, und ein sehr trauriger. Sie ist nicht mehr da. Für immer gegangen. Was in Edmund vorgeht, kann er nicht einmal im Ansatz vermuten. Es wäre schlicht gelogen, Gegenteiliges zu behaupten.

„Wo ist Inge begraben?" fragt er leise.

„Friedhof St. Paul."

Hans kennt den Friedhof. Er weiß, was er erledigen wird. …Was er erledigen muss. Dazu ist es notwendig, den Besuch an diesem unbekannten Ort zu beenden.
„Edmund, du sagtest, jetzt ist der Zeitpunkt, an dem du mir alles erzählen wirst. Das hast du gemacht und ich danke dir dafür. Und ich habe verstanden. In jeder Hinsicht. Ich habe verstanden, warum du mich hierhergebracht hast. Warum ich Nele und ihre Familie kennenlernen sollte. Es ergibt alles einen Sinn."
Edmund schenkt Hans den Ansatz eines Lächelns. Dann nickt er stumm und trinkt den Rest seines Weines aus. Hans steht noch immer im Raum und trifft eine Entscheidung. Eine, die ihm jetzt sicher zugestanden wird. Der richtige Zeitpunkt ist gekommen.
„Edmund. Ich muss zurück! Kannst du das arrangieren? Ich möchte so schnell wie möglich aufbrechen."
Edmund steht auf und nähert sich der Küchentür.
„Warte hier einen Moment. Ich sehe nach, ob unser Freund noch wach ist."
Unser Freund.
Wie rasch sich die Verhältnisse doch ändern können, meint Hans stumm zu sich selbst.
Zwei Minuten später öffnet sich die Küchentür. Edmund Lindner tritt ein, gefolgt vom großen hageren Mann, der bis dato nur als Schattenmann bekannt war. Edmund hat ihm wohl die passenden Worte mitgeteilt.
„Ich freue mich, dass Sie Zeit für mich haben," sagt Hans.
Der große Mann schmunzelt, blickt kurz zu Edmund, der zustimmend nickt. Das bedeutet nicht mehr und nicht weniger als die Bestätigung, dass du diesem Polizeibeamten vertrauen kannst.
„Gerne, Herr Neumaier. Und damit wir auch bei den Namen so etwas wie einen Gleichstand erzielen können, nenne ich ihnen nun den meinen. Ich heiße Viktor."
„Ist Viktor genauso fiktiv wie Haubner?"
„Herr Neumaier. Viktor stimmt wirklich. Über den Rest legen wir den Mantel des Schweigens."
„Na dann," sagt Hans, „sehr erfreut."
Als wären sie schon gute alte Freunde, reichen sie sich die Hände. Eine reichlich bizarre Szenerie.

„Hans," beteiligt sich Edmund nun auch verbal am Dialog, „ich habe Viktor dein Anliegen unterbreitet. Ihr solltet das direkt miteinander besprechen."
Hans nickt. Viktor ergreift das Wort.
„Sie wollen uns nun wirklich verlassen?!"
„Ich denke, ich muss. Es gibt eine Menge, über das ich nachdenken und das ich erledigen muss. Das kann ich von hier nicht machen."
„Ich verstehe. Ich muss Sie allerdings warnen. Es wird eventuell da draußen etwas turbulent werden."
„Wie soll ich das verstehen?"
„Herr Neumaier, Sie haben von den letzten dreißig Stunden so gut wie nichts mitbekommen. Es sind Dinge im Gange, die Sie vielleicht überraschen werden. Vieles davon hat einen Zusammenhang zu ihrem Besuch bei mir. Sie werden mit Nachrichten konfrontiert, die Sie vielleicht nicht auf Anhieb verstehen werden. Daher mein Rat: Vertrauen Sie auf ihr Wissen und auf ihr Urteilsvermögen."
„Und auf dein Bauchgefühl," ergänzt Edmund. Hans quittiert es mit einem Schmunzeln.
„…Wann gedenken Sie aufzubrechen?" will Viktor wissen.
„Am liebsten sofort," fordert Hans. „Aber angesichts der tollen Matratze lasse ich mich davon überzeugen, noch bis morgenfrüh zu warten."
„Das ist eine kluge Entscheidung, Herr Neumaier. Ich schlage vor, wir frühstücken morgen zusammen. Ist ihnen sechs Uhr zu früh?"
„Keineswegs," erwidert Hans, „es wäre sogar perfekt."
„Dann machen wir das so. Wir treffen uns hier in der Küche."
Viktor strebt der Tür zu, als Hans ihn nochmals anspricht.
„Eine Frage noch: Sind Sie einer der sogenannten Hüter?"
Viktor, der Hagere, lächelt nur und verlässt dann wortlos die Küche.

18

Freitag,
sechs Uhr morgens

Mit gleichmäßigen Schritten laufen Elisabeth und Theo Lanzbauer über den kiesigen Feldweg. Wie jeden Morgen joggen die beiden Mittfünfziger ihre übliche Runde, um sich fit zu halten. Beide schätzen ihr knapp sieben Kilometer langes gemeinsames Training.
In Kürze wird die Sonne über dem Horizont erscheinen. Ein liebgewonnenes Bild, über das sich Elisabeth und Theo stets freuen, wenn sie den Waldrand erreichen und dem Wirtschaftsweg folgend zwischen den Feldern über das freie Gelände laufen. Den beiden Joggern bietet sich ein phantastisches Panorama. Bisweilen ist die Luft so klar, dass sich sogar die Alpenkette hinter den Feldern und Wiesen am Horizont abzeichnet. Heute ist so ein Tag. Sie verlassen den Wald und genießen das atemberaubende Naturschauspiel. Die Schrittfrequenz bleibt gleichmäßig, obwohl der Weg kaum merklich abfällt. Eine leicht geschwungene Linkskurve führt die beiden zu einem kleinen Hain, der als letzte Bastion natürlicher Umgebung vor dem Erreichen der Wohnbebauung passiert werden muss. Zu ihrer Rechten bahnt sich das Orange der aufgehenden Sonne in Form eines flachen Kreissegmentes seinen unaufhaltsamen Weg. Die Wiesen und Felder scheinen zu dampfen, als sich Elisabeth und Theo dem Hain nähern.
Gerade, als die beiden Jogger die Baumgruppe erreichen, flüchtet ein aufgescheuchter Fasan quer über den Weg. Elisabeth erschrickt, unterbricht kurz den Lauf und schnauft einmal tief durch. Dann blickt sie dem Vogel nach und verfolgt dessen unelegante Flucht. Theo gesellt sich zu ihr.
„Alles klar, Schatz?"
„Ja, alles gut. Ich habe mich nur erschrocken. ...Wegen dem Fasan. ...Sieh nur, dort läuft er."
Sie deutet dem Sonnenaufgang entgegen, auf den der Fasan zufällig zuhält. Danach holt sie zweimal gleichmäßig Luft und setzt sich in Bewegung. „Komm, die letzten Meter schaffen wir auch noch."
Ihr Mann Theo folgt ihr. Eine Kleinigkeit - etwas, was dort am Rande seines Blickfeldes nicht hingehört - veranlasst ihn zu verharren. Etwas, was in der

Wahrnehmung eines Waldrandes nicht zu passen scheint. Er verlässt den Wirtschaftsweg und streift vorsichtig durch die taufrischen Gräser zwischen Weg und Hain. Was ist das für ein helles Ding?
„Theo? Was ist da?“
„Weiß ich noch nicht,“ erwidert der Mann. „Ich sehe mal nach.“
„Wahrscheinlich hat wieder irgendwer seinen Müll dort entsorgt,“ unterstellt Elisabeth. Sie liebt es, Gott und die Welt unter Generalverdacht zu stellen. Eine charakterliche Unart, die sich seit einigen Jahren immer größerer Beliebtheit erfreut.
Theo Lanzbauer tritt an den Waldrand heran, ohne wirklich wahrzunehmen, dass seine Sportschuhe mittlerweile triefnass sind. Er schiebt einen herunterhängenden Ast beiseite und erkennt nun, was seine Aufmerksamkeit erregt hat. Unweigerlich springt er einen Schritt zurück, instinktiv, um sich zu schützen, doch eine Sekunde später steuert er auf das helle Ding zu, das er vom Weg aus entdeckt hatte. Die Rufe seiner Frau, was er nun gefunden hätte, hört er nicht mehr. Sein ungeteilter Fokus beschränkt sich auf das, was er vor sich sieht.
Im nassen Gras liegt eine junge Frau. Kaum älter als zwanzig, spärlich bekleidet, vollkommen durchnässt und verfroren. Theo handelt blitzschnell. Er dreht das junge Mädchen herum, schiebt mit den Fingern die nassen schwarzen Haare zur Seite und kann nun ihr Gesicht sehen. Ein beachtlich hübsches, geprägt durch südländische Anmut, welches er aber in diesem Moment kaum zu würdigen scheint. Sie rührt sich nicht. Schnell prüft er den Puls. Er spürt ihn. Welch ein Glück. Sie ist nicht tot, aber ohne Bewusstsein. Er sieht die Striemen an ihren Handgelenken, dann die oberhalb der nackten Füße. Für ihn besteht kein Zweifel. Diese junge Frau war gefesselt. Ist das Blut an ihren Armen und an ihrem Oberkörper? Wahrscheinlich ein Opfer irgendeiner Straftat. Er tätschelt ihr mit der flachen Hand auf die Wange, um sie aus ihrer Ohnmacht zu holen.
„Hallo? Hören Sie mich?! Wachen Sie auf!“
Er tätschelt weiter. War das ein Augenzwinkern im Gesicht der Frau? Theo spürt förmlich, wie sich Hoffnung bei ihm regt. Ja, jetzt noch eine Bewegung der Lider. Das Mädchen kommt allmählich zu sich. Mittlerweile hat Elisabeth ihren Mann erreicht. Bevor sie ein Wort sagen kann, erhält sie die Order ihres Mannes.

„Lauf nach Hause und rufe den Notarzt! ...Schnell! ...Das Mädchen braucht dringend Hilfe."
Elisabeth Lanzbauer nickt und rennt so schnell sie kann auf die unweit gelegene Wohnbebauung zu. Welch ein Glück, dass sich deren Domizil am Ortsrand befindet, gleich neben dem Feldweg. So vergehen von der Aufforderung bis zum Notruf nur knapp zwei Minuten.
Theo deckt die junge Frau mit seiner Trainingsjacke ab. Plötzlich öffnet sie ihre Lider. Nur einen Spalt breit. Ihre Lippen beben. Nur unter Anstrengung scheint sie ein paar Worte über die Lippen zu bringen.
„Wo bin ich?"
„Sie sind in Sicherheit, junges Fräulein. Hilfe ist unterwegs."
„Was ist ..."
„Bleiben Sie einfach ruhig liegen. ...Es ist alles gut. Ich bleibe bei ihnen."
Dann schließt die junge Frau ihre Augen wieder.

Fast auf die Sekunde genau zum selben Zeitpunkt föhnt Martina Sussek ihr Haar, nachdem sie sich eine erfrischende Dusche gegönnt hat. Nur mit einem Handtuch bekleidet setzt sie sich danach auf die Couch und prüft ihr Mobiltelefon auf die neuesten Nachrichten.
Die Medien stürzen sich am frühen Morgen wie erwartet auf die Ergänzung des dritten Manifestes, stellt Martina fest. Primär stellen sie in Frage, ob die genannte Zahl an Vermissten realistisch sein könnte? Ob man diese schon verifiziert habe? Gerüchte kommen auf, dass die Zahl willkürlich an den Haaren herbeigezogen sei. Doch schon bald verändert sich die Ansicht und die Struktur der Berichterstattung, als von verschiedenen Stellen, unter anderem von zahlreichen Polizeidienststellen, die Echtheit der Namen, die auf der Liste vermerkt sind, bestätigt wird. Spätestens jetzt verstummen die Journalisten, die ihre Reportagen nur auf banale Vermutungen aufbauen, um auf diese Weise Quote zu machen. Ihr fällt besonders die Zurückhaltung der etablierten Presse gegenüber der politischen Elite auf. Kein böses Wort, keine kritische Meinung über die Entwicklung der Ereignisse, kein Aufbauschen der Problematik, die aus den Schreiben der Hüter hervorgeht. Insbesondere die vier namentlich genannten Hauptprotagonisten genießen so etwas wie Schonfrist. Sie werden mit keiner Silbe erwähnt.
Anders in den alternativen Medien. Hier stehen gerade die vier Personen, allen voran Karl-Heinz Ruhsal, im Zentrum der Berichterstattung. Zunehmend

kritisch wird hinterfragt, ob und wieviel an den Vorwürfen dran sei. Über seine Äußerungen während der Pandemie herrscht Einigkeit. Es waren zweifellos seine Worte, die ihm mittlerweile immer häufiger vor die imaginären Füße fallen. Einige online-Portale trauen sich öffentlich, den Rücktritt Ruhsals zu fordern. Er sei untragbar. Die Belege seien auf dem Tisch. Sein vorsätzliches Schweigen in der Angelegenheit sei alles andere als hilfreich und würde ihm auf jeden Fall den Nimbus des Vertuschers anhaften. Wenn er sich nicht umgehend der Aufklärung stellt, wäre ein Festhalten an seiner Person nicht tolerierbar.
Auch die Liste der Vermissten wird mit zunehmendem Interesse verfolgt. Wie sei es den Hütern des Prozesses gelungen, eine derart detaillierte und korrekte Liste in die Hände zu bekommen? Haben die Hüter womöglich Kontakte zu polizeilichen Dienststellen? Haben sie es möglicherweise geschafft, entsprechende Institutionen mit Informanten zu infiltrieren? Wie sonst hätten sie an diese Personendaten kommen können?
Über den Inhalt der Liste wird hingegen sehr wenig diskutiert. Just in diesem Moment ist der Downloadvorgang beendet. Nun könnte sich Martina selbst vom Inhalt überzeugen. Doch bevor sie beginnen kann, läutet es an der Tür. Sie öffnet und sieht sich einem jungen Mann, etwa einen Kopf kleiner als sie, gegenüber. Er trägt die typische billige Uniform eines Kuriers.
„Nanu? So früh schon auf den Beinen?"
Der Kurier nickt humorlos, ohne zu bemerken, dass seine Blicke sich nicht auf das Gesicht der Frau, sondern mehr auf ihren mit einem Handtuch bedeckten Oberkörper und ihre nackten Beine richtet.
„Ich habe eine Lieferung für Sie. ...Frau Sussek?" fragt er stotternd.
„Ja."
Der Bote lässt sich die Zustellung mittels Fingerunterschrift auf einem kleinen Pad quittieren und ist verschwunden, bevor Martina sich bei ihm bedanken und sich verabschieden kann. Der nächste Auftrag hat ihn bereits im Griff.
Zurück im Wohnraum öffnet Martina das kleine braune Kuvert. Zu ihrer Überraschung findet sie darin zwei handgeschriebene Zettel. Die Schrift ist ihr nicht bekannt, aber der Name am Ende des Textes klärt sie auf.
Charles!
Sie lässt sich auf der Couch nieder und liest die Zeilen:

Guten Morgen, Martina.
Kurz und knapp. Ich kann dich nicht telefonisch kontaktieren, daher die Zusendung meiner wenigen Informationen auf anonymem Weg.
Hier herrscht kollektives Durchdrehen. Man hat uns vierundzwanzig Stunden Dienst verordnet. Jedem von uns! Das Ganze wurde von höchster Stelle angeordnet. Jedes Ressort muss rund um die Uhr eine Kernbesetzung von mindestens fünfzig Prozent der Belegschaft bereitstellen. Man hat uns zwar wegen der Begründung im Unklaren gelassen, aber für uns steht zweifelsfrei fest, dass es wegen der Schreiben der Hüter des Prozesses befohlen wurde.
Eine Info noch, die so frisch ist, dass sie unterhalb der Befehlsebenen noch niemand kennt. Bei den Entscheidungsträgern herrscht große Einigkeit, dass die Liste mit den vermissten Personen gezielt weitergegeben sein musste. Alle hier sind davon überzeugt. Irgendjemand konspiriert mit den Hütern des Prozesses. Man vermutet einen Informanten in den Reihen der Polizei. Alles andere erscheint unlogisch. Ich weiß, es klingt merkwürdig, aber die fahren jetzt starke Geschütze gegen ihre eigenen Kollegen auf. Die ganze Bandbreite. Mit Sonderkommission und Einsatzzentrale, die dem Ministerium direkt unterstellt ist. Es wird quasi jeder im Polizei- und Verwaltungsdienst unter Generalverdacht gestellt.
Martina, ich bin nicht in der Position, dir dauerhaft aktuelle Informationen zukommen zu lassen. Betrachte dies heute als einmaligen Vorgang. Heute war eher ein Zufall. Dass ich bei diesem Krisengespräch anwesend sein konnte, lag ausschließlich daran, dass mein Chef außer Haus war und die Abstimmung der Abläufe mit uns ein zu wichtiges Thema war. Sonst wäre ich nie bei einer solchen Sitzung dabei gewesen.
Ich kenne dich zu wenig. Daher ein Rat: Besorge dir, wenn du noch keine hast, direkt Kontakte zu den Behörden. Versuche herauszufinden, wer am zuverlässigsten ist.
Soweit von mir.
Charles.

Sie faltet die Zettel zusammen und legt sie sorgfältig neben ihren Computer. Sofort danach wird ihr Augenmerk wieder auf die Liste gelenkt, die vergangene Nacht von den Hütern veröffentlicht wurde. Jene, die gestern Abend bereits in dem Videoclip erwähnt wurde. Nun gibt es die Liste also schon im Netz. Bevor sie die Liste öffnet, kleidet sie sich an. Weißes T-Shirt, blaue Jeans, beigefarbene Sportschuhe. Ihr getrocknetes Haar bindet sie mit einem elastischen Haargummi zu einem Pferdeschwanz zusammen. Danach begibt sie sich in den Wohnraum und schaltet das Radio ein. Summend begleitet sie eine Ikone der aktuellen Popszene, die gerade einen ihrer Hits im Radio zum Besten gibt. Dabei holt sie die fast vollständig gefüllte Abfalltüte aus der Küche, um sie später zu entsorgen. Sie platziert sie neben der Wohnungstür.

Mittlerweile musste die Musik einem Werbeblock Platz machen. Die Datei mit den Vermissten ist erstaunlich umfangreich, stellt sie fest. Im Eiltempo überfliegt sie die über zweitausend Namen. Ein zähes Vorhaben, doch sie nimmt sich die Zeit. Irgendwo zwischen Person achthundert und neunhundert hält sie inne. Sie scrollt zurück und liest einen Namen.

„Ich glaube ich spinne! Wie verrückt ist das denn?" murmelt sie verblüfft.

„Was macht der denn auf der Liste?"

Wie eine Gazelle springt sie auf, schnappt sich Jacke und Handtasche und verlässt fluchtartig ihre Wohnung. Auf halbem Weg ins Büro bemerkt sie verärgert, dass sie noch gar nicht gefrühstückt hat. ...Und dass sie die Abfalltüte neben der Tür vergessen hat.

19

Freitag,
acht Uhr morgens

„Habt ihr schon das Memo vom LKA gelesen?“ fragt Miriam Schulze die Kommissare Linda Fuchs und Mario Matthes, die beide ihr Büro betreten, um sich einen Tasse Kaffee einzuschenken.
„Nein,“ antwortet Linda. „Zeig mal her!“
Mario gießt ein wenig Milch in seinen Kaffee. „Was steht denn drin?“
„Irgendwas wegen Zeiterfassung. Soll wohl so eine Art temporäre Prüfung der Anwesenheit aller Beamten sein. Als Zeitfenster werden die letzten drei Monate angegeben. Wir sollen alle unsere Dateien sammeln und der übergeordneten Behörde weiterleiten.“
„Wie soll das denn gehen?“
„Wird ein riesiger Aufwand,“ meint Miriam. „Ich bin gespannt, wer bei dem Käse den Überblick behält.“
„Das kannst du laut sagen. So einen Quatsch haben wir ja noch nie gehabt.“
Einem moderaten Anklopfen folgt das Eintreten des Chefs. Bernd Riedingers Miene verheißt nichts Gutes. Genauso wie seine steife Haltung, die er immer an den Tag legt, wenn er unter Druck steht.
„Guten Morgen, Herrschaften. Ich weiß nicht, ob sie das LKA-Memo schon gelesen haben?!“
„Gerade eben, Herr Riedinger,“ berichtet Miriam lächelnd. „Allerdings sind wir nicht ganz schlau daraus geworden.“
„Das dachte ich mir schon,“ sagt Riedinger. „Wir haben ein Problem. Ist Neumaier schon aufgetaucht?“
Er wirft einen besorgten Blick ins Nachbarbüro. Linda schüttelt den Kopf. „Nein, leider nicht. Wir haben immer noch keine Nachricht von ihm.“
„Verdammter Mist.“ Bernd Riedinger kratzt sich am Hinterkopf. Ihm ist deutlich anzusehen, dass sich seine Stimmung zusehends verschlechtert. Er macht sich wirklich ernsthafte Gedanken.
„Ich komme nicht umhin, ihnen die wahren Hintergründe dieses Memos zu erläutern. Ich hatte gerade ein längeres Gespräch mit dem stellvertretenden Polizeipräsidenten. Er konnte mir das bestätigen, wovon ich bereits

ausgegangen bin. Dieses Memo hat nicht den Zweck, irgendwelche Zeiterfassungen zu überprüfen. Es dient mittels Auswertung von Fehlzeiten, den Vergleich von Urlaubsdaten, Überprüfung von Krankheitstagen, sowohl kurzzeitige, wie auch längerfristige, ausschließlich der Ermittlung und letztendlich der Aufdeckung eines oder mehrerer Maulwürfe innerhalb des Polizeiapparates."

„Wie bitte?" prustet Mario, der sich fast am Kaffee verschluckt hätte.

„Sie haben richtig gehört. Sie besitzen sicher alle Kenntnis von den ominösen Hütern, die sich mit mittlerweile vier Schriftstücken an diverse Einrichtungen und ausgewählte Personen gewandt haben. Das letzte der vier Schreiben war die Liste der aktuell vermissten Personen in Deutschland. Eine Liste mit Namen, die eigentlich nur denjenigen bekannt sein dürfte, die sich mit all den Vermisstenfällen befassen. Folglich also unsere bundesweit tätigen Kollegen in entsprechenden Dezernaten. Es wird von politischer Seite nicht ausgeschlossen, dass ein Staatsbediensteter in die Sache verwickelt sein könnte und eben jene vertraulichen Angaben an Dritte - eben jene besagten Hüter - weitergegeben hat, die nun in dieser Liste veröffentlicht wurden. Es geht allerdings nur vordergründig um die Entdeckung der Person oder des Personenkreises. Die Politik verfolgt ein ganz anderes Ziel. Man sucht fieberhaft einen Schuldigen. Einen Sündenbock! Man will Handlungsfähigkeit demonstrieren. In jeder Hinsicht."

„Was genau ist denn so schlimm an der Veröffentlichung der Liste?" will Linda wissen. „Ich meine unabhängig von den Sorgen der Politiker?"

„Das kann ich ihnen auch nicht sagen," erwidert Riedinger. „Ich finde es einfach nur bedenklich, dass es einer Gruppe von Menschen gelungen ist, in den Besitz dieser sensiblen Unterlagen zu gelangen und sie nach ihrem Gutdünken zu verwerten."

„Sie zeigen der Öffentlichkeit, dass sie über Einfluss verfügen," fasst Matthes zusammen.

„Nennen wir es einen Beweis, sie ab sofort nicht mehr zu unterschätzen."

„Wer sind denn eigentlich diese Hüter des Prozesses?" fragt Miriam. „Gibt es denn dazu schon irgendwelche Informationen?"

Riedinger schüttelt mit dem Kopf. „Soweit ich weiß, nicht. Diese Hüter sind erstaunlich gut informiert und sie sind augenscheinlich bestens vernetzt. Meines Wissens gibt es noch keine Hinweise, ob die Gruppe in sozialen

Netzwerken Kontakt hält, oder auf Basis von Mailnachrichten. Dafür gibt es noch keine Anhaltspunkte."

„Darknet vielleicht?"

„Frau Schulze, den Verdacht hatten unsere Spezialisten in der IT-Abteilung auch schon. Soweit ich weiß, haben sie nicht das Geringste gefunden."

Linda stellt ihre leere Tasse ab und geht um den Schreibtisch herum. Neben Bernd Riedinger bleibt sie stehen. Ihre Stimme klingt nachdenklich. „Man weiß also so gut wie nichts über die Hüter?! Wie viele es sind, wer die Köpfe der Gruppe sind, wie sie miteinander kommunizieren, wo sie sich befinden, was sie eigentlich wollen."

„Das stimmt nicht so ganz, Linda," wirft Mario ein. „Eine Reihe von Forderungen haben sie schon gestellt."

„Wie dem auch sei," grätscht Riedinger energisch dazwischen. „Das Problem, das uns hier betrifft, ist nicht das der Hüter, sondern die Ermittlungen bezüglich des Memos. Sie alle wissen, was zu tun ist. Warten Sie so lange wie möglich, aber schicken Sie ihre Zeiterfassungen rechtzeitig an das zuständige Referat nach München. So wie es im Memo steht. Ich befürchte nur, dass einer unserer Kollegen in den Kreis der Verdächtigen geraten wird. Und darum muss ich jetzt nochmals eindringlich darauf wertlegen, dass Hans Neumaier unbedingt gefunden werden muss. Und wenn ich *unbedingt* sage, dann meine ich auch *unbedingt*! Egal, was mit ihm geschehen ist, wir müssen es so schnell wie möglich herausfinden."

„Ich habe vor einer knappen halben Stunde mit Ulrike telefoniert," erzählt Miriam Schulze. „Sie ist ziemlich durch den Wind, weil sie außer dieser merkwürdigen Nachricht von Edmund Lindner immer noch nichts von ihrem Mann gehört hat. Sie macht sich große Sorgen, dass ihm etwas Schlimmes passiert ist."

„Sie haben doch Kontakt zu diesem Lindner hergestellt?! Gibt es von ihm schon was Neues?"

„Nein," beantwortet Mario Riedingers Frage. „Negativ. Ich habe noch nichts von ihm gehört."

„Bleiben Sie dran, Matthes."

„Ich treffe mich gleich mit Auer und seinen Kollegen," meint Linda. „Wir wollen nochmals zur Baustelle im Gewerbegebiet fahren und die Umgebung weiträumiger abklopfen. Vielleicht haben wir Glück und finden noch irgendeinen Hinweis, der uns weiterbringt."

Bernd Riedinger nickt zustimmend. „Gut, dann verfahren wir so wie eben besprochen. Primäres Ziel: Auffinden des Kollegen Neumaier. Nicht vergessen: Die Sache vom Memo. Und natürlich weiterhin am Fall dranbleiben."
Danach bedankt er sich für den Dialog und verabschiedet sich. Der nächste Termin steht bereits an. Linda und Mario stimmen kurz ihr weiteres Vorgehen ab und machen sich dann getrennt auf den Weg. Mario beabsichtigt einen weiteren Besuch bei Edmund Lindner, während Linda sich mit dem erfahrenen Trupp der Spurensicherer um Ferdinand Auer trifft.

Linda erreicht mit mäßiger Geschwindigkeit die Baustelle im Gewerbegebiet Erding Nordwest. Mit starrem Blick steuert sie konzentriert zwischen den ganzen Baufahrzeugen hindurch, bis sie eine günstige Stelle zum Halten gefunden hat. Nur knapp zwanzig Meter entfernt entdeckt sie den dunkelblauen Audi von Ferdinand Auer. Er ist also schon vor Ort. Sein Team vermutlich auch.
Heute, am letzten Werktag der Woche, herrscht gerade in den Vormittagsstunden rege Betriebsamkeit unter den Anwesenden, da fast alle einen frühzeitigen Feierabend um oder kurz nach Mittag anstreben. Linda Fuchs wuselt sich zwischen den Arbeitern hindurch und erreicht Ferdinand Auer, der vor dem großen Tor der Logistikhalle ein intensives Gespräch mit einem der Schichtleiter führt. Als er Linda bemerkt, beendet er den Dialog und wendet sich ihr zu.
„Servus, Linda."
„Hallo Ferdl. ...Und? Wollen wir gleich loslegen?"
„Je eher, desto besser. Zwei von uns kümmern sich nochmals um das Untergeschoss, zwei weitere sind hinten bei der Ausfahrt der Tiefgarage. Vielleicht können wir dort noch irgendwas erreichen."
„Gut. Und was machen wir?"
„Ich denke, wir sollten uns nochmals mit den Leuten hier unterhalten. Was Spuren betrifft, überlasse ich die Suche lieber meinen Kollegen. Was aber möglicherweise weiterhelfen könnte, sind die Dinge, die wir alleine nicht eruieren können. Damit meine ich zum Beispiel, ob eine der hier tätigen Firmen irgendetwas seit Mittwoch vermisst. Oder ob etwas woanders liegt, als zuvor. Vielleicht haben sie auch etwas gefunden, was sich erst seit Mittwoch hier befindet, aber nicht zu ihren Habseligkeiten gehört. Was weiß

ich?! Ein Kleidungstück. Ein Gegenstand, der nichts mit der Baustelle zu tun hat. Irgendetwas! Die Aufgabe lautet also, so viele Mitarbeiter der Firmen diesbezüglich zu befragen, am besten die, die hier was zu sagen haben."
„Alles klar," antwortet Linda und steuert auf das Portal zu. „Ich kümmere mich um die oberen Etagen."
Auer nickt und begibt sich zu einem Baucontainer, vor dem zwei Männer diskutieren. Dort will er beginnen.
Linda Fuchs erreicht das Obergeschoss, das sich wie erwartet im Rohbau befindet. Hier ist noch lange nicht alles fertiggestellt. Es ist stickig und extrem schmutzig. Vorsichtig steuert sie durch ein paar verlassene Räume. Plötzlich erschrickt sie, als sie von einer dunklen Männerstimme angebrüllt wird.
„Hey. Betreten verboten!"
Der bullige Mann kommt auf sie zu. Sie zeigt ihm den Dienstausweis und erbt daraufhin ein entschuldigendes Lächeln. Danach tippt sich der Bullige an seine Schläfe.
„So können Sie hier nicht rumlaufen. Sonst kriegen wir gleich Ärger mit der Gewerkschaft."
Linda runzelt die Stirn, als der Mann verschwindet. Kurz darauf kehrt er mit einem Schutzhelm zurück. „Setzen Sie den bitte auf!"
„Alles klar. Danke."
Linda ist froh, dass sie sich nicht im Spiegel ansehen muss. Die rote Lockenpracht, die seitlich unter dem Helm hervorlugt, sieht sicher alles andere als vorteilhaft aus.
Bevor sich der Arbeiter entfernen kann, befragt sie ihn nach unregelmäßigen Vorkommnissen in den letzten zwei Tagen.
Der Bullige zuckt nur mit den Schultern.
Ob etwas gestohlen wurde?
Wieder nur ein unsicheres Kopfschütteln.
Sonst irgendetwas Auffälliges? Vielleicht ein Werkzeug, das nicht dort liegt, wo es liegen sollte?
Der Mann breitet die Arme aus. Er habe nichts bemerkt.
Linda bedankt sich und wandert weiter durch die kargen zukünftigen Büroräume, ab jetzt mit sicherheitskonformem Kopfschutz.
Die Befragung der drei Männer, die sie im Laufe ihrer Tour trifft, verläuft ähnlich ergebnislos. Zuletzt wagt sie sich auf das Dach. Vielleicht findet sie wenigstens hier ein positives Resultat. Es zieht, und trotz des Sonnenscheins

sorgt der Wind für eine erfrischende Abkühlung. Niemand da, stellt sie fest. Sie nimmt den Helm ab und lässt die Finger durch ihr Haar streifen. Die steife Brise tut ihr Übriges, damit ihre Locken im Wind tanzen.
Was für ein Ausblick! Von hier oben sieht die Welt doch ganz anders aus. Sie nimmt sich eine Minute Zeit und spaziert von einer Seite des Gebäudes zur anderen. Viele der Bauten, die sie erblickt, kann sie zuordnen. Im Norden das bestehende Industriegebiet, rechts eine begrünte freie Fläche, dahinter eine Wohnsiedlung, im Süden das Gymnasium, an dessen Westseite sich ein größerer Bereich mit Sträuchern und Bäumen erstreckt.
Ferdinand Auer fällt ihr wieder ein. Die Aufgabe, die es zu erledigen gilt. Sie macht sich auf den Weg zurück zum Treppenaufgang, als ihr ein kleines Detail auffällt. Zuerst nur unterschwellig, aber nachdem sie ihren Blick darauf fokussiert, wird ihr klar, um was es sich handelt.
Eine Drohne.
Sie schwebt etwa zweihundert Meter entfernt über dem Feld, das sich westlich des Baugebietes erstreckt.
„Klar," murmelt sie zu sich selbst. „Das könnte weiterhelfen."
Flink steigt sie die Bautreppe hinunter, verlässt die Logistikhalle und steuert zu Fuß auf das Feld zu. Am südlichen Rand verläuft ein Kiesweg. Dort erblickt sie zwei junge Männer, die etwas in der Hand halten und ihre Köpfe in den Himmel richten. Sie entdecken Linda erst kurz bevor sie die beiden erreicht. Es sind Martin Preiner und sein Freund. Vermutlich derselbe, mit dem er schon neulich seine Drohne hat fliegen lassen.
„Hallo Jungs," ruft Linda ihnen zu. Sie hat keine Angst, dass sich die beiden aus dem Staub machen würden. Dann müssten Sie ihre Drohne zurücklassen. Das scheinbar allerheiligste Spielzeug momentan.
„Frau Kommissarin?"
„Schön, dass du dich erinnern kannst." Sie erreicht die beiden jungen Männer. „Ihr habt euch wieder zum Drohnenfliegen verabredet?"
„Ja, warum?"
„Naja, ...Freitagvormittag, ...Schule."
„Ach so," sagt Martin erleichtert und grinst. „Nein, wir haben beide die Mittlere Reife gemacht. Vorletzte Woche waren die schriftlichen, und gestern und heute sind die mündlichen Prüfungen. Unsere waren gestern, daher haben wir heute frei."
„Aha."

Linda Fuchs lässt es darauf beruhen. Ist schließlich nicht ihre Aufgabe, Schülern etwaiges Schwänzen vorzuhalten.
„Sagt mal, könnt ihr euch noch an eure Ankunftszeit am Mittwoch auf der Baustelle erinnern?“
Die beiden sehen sich kurz fragend an. Dann antwortet Martin Preiner.
„Wird wohl so gegen drei gewesen sein.“
„Kommt hin,“ bestätigt Luis, sein Freund. „Ich war mittags noch daheim. Essen mit den Alten. Danach ein paar Nachrichten checken und dann sind wir schon hierher geradelt.“
„Sehr gut,“ sagt Linda. „Also drei Uhr. Und ihr habt euch bis abends, als die Geschichte passierte, die wir schon kennen, ununterbrochen auf der Baustelle aufgehalten?“
„Ja. Die Akkus waren voll. Wir sind mehrere Stunden geflogen.“
„War während der gesamten Zeit die Kamera der Drohne aktiviert?“
„Keine Ahnung,“ erwidert Martin. „Muss ich nachsehen.“
„Ich meine, du hast sie angehabt und erst nach dem ersten Akkuwechsel deaktiviert,“ meint Luis.
Martin nickt, die Drohne mittels geschickter Steuerung in der Balance haltend. Jetzt fällt es ihm auch wieder ein.
„Stimmt. Nach dem ersten Akkuwechsel habe ich die Kamera ausgeschaltet, weil sie mehr Saft verbraucht. Nachdem ich die dritten Akkus eingesetzt habe, habe ich die Kamera wieder aktiviert.“
„Zwecks den Lichteffekten,“ fügt Luis hinzu.
Linda lächelt. „Das trifft sich gut. Ich würde gerne die Filmaufnahmen des ersten Abschnittes sehen. Ist das möglich? Vielleicht helft ihr uns damit weiter.“
„Das lässt sich machen. Aber nicht hier. Ich habe die Chipkarte mit den Aufnahmen daheim.“
„Dann wäre ich euch dankbar, wenn ihr euren heutigen Flug beendet und sofort nach Hause geht, um mir die Aufnahmen zu kopieren. Wenn ihr was aufgenommen habt, dass uns nützlich wäre, brauche ich es so schnell wie möglich.“
„Können wir nicht noch …“
„Das war keine Bitte, junger Mann. Bei mir heißt *sofort* unverzüglich, und nicht irgendwann später!“
„Alles klar. Habe verstanden.“

Martin widmet sich wieder intensiv seiner Drohne und steuert sie erstaunlich gekonnt aus schwindelnden Höhen hinunter. Sie landet weich wie eine Feder, die zu Boden schwebt.
Lindas Mobiltelefon meldet sich.
„Fuchs?"
„Hier Miriam. Komm so schnell wie möglich ins Büro!"
„Was gibt es denn? Du klingst so aufgewühlt."
„Riedinger hat gerade Bescheid gegeben. Aus München sind zwei Kollegen da, die mit Neumaier reden wollen."
„Ach du grüne Neune. ...Was habt ihr gesagt?"
„Natürlich noch nichts. Riedinger hält sie hin. Aber was sollen wir jetzt machen, Linda? Die wissen durch unser digitales Zeiterfassungssystem, dass Hans seit Tagen nicht eingeloggt war. Gerüchte machen die Runde, dass sie wegen dieser Vermisstenliste jeden, der nicht nachweislich seinem regulären Dienst nachkommt, unter Generalverdacht stellen."
„Weiß ich auch. Ich muss noch kurz was klären und komme dann rüber. Ist Mario da?"
„Ja. Er rotiert auch schon."
„Gut. Ein paar Minuten noch."
„Beeile dich!"
Linda schnauft tief durch. Was für ein Schlamassel. Hoffentlich lässt sich diese blöde Situation in den Griff kriegen. Ihr fallen die beiden Jungs ein, die hinter ihr die Drohne verstauen.
„Könnt ihr mir die Datei zumailen?"
„Könnte schwierig werden," mahnt Martin an. „Wird eine ziemlich große Datei. Aber ich kann sie ihnen wieder auf einen Stick kopieren und bringe ihn dann nachher vorbei."
„Das wäre perfekt," lobt Linda den Vorschlag, der sie angesichts der plötzlichen Eile durchaus entlasten würde. „Bitte so rasch wie möglich. Ich verlasse mich auf euch!"
„Wird erledigt." Luis und Martin winken Linda noch zu, als sie sich verabschiedet und im Laufschritt zurück zur Halle rennt.

20

Freitag,
neun Uhr morgens

Hans Neumaier sitzt schweigend im Transporter. Hinten im isolierten Bereich, wodurch ihm erneut die Orientierung während der Fahrt versagt wird. Es ist derselbe Wagen wie auf dem Hinweg, als er sich zu diesem perfiden Spiel überreden ließ - vor zwei Tagen in der Lagerhalle in Erding.
Edmund Lindner steuert das Fahrzeug. Hans hat Gelegenheit, über alles nachzudenken. Die zwei Tage bei Viktor Haubner und seiner Familie, die Nachricht über Inges Ableben, die angedeuteten Ereignisse, die sich anbahnen. Und obgleich sich Tendenzen zeigen, wird er sich über die Zusammenhänge noch immer nicht ganz klar.
Edmund entschließt sich zu einer Rast. Er lenkt den Wagen auf einen Parkplatz, der links von der Bundesstraße und rechts von hohen Bäumen gesäumt wird. Die Schiebetür zum Heck öffnet sich und Hans steigt aus.
„Lass uns einen Schluck trinken und eine Kleinigkeit essen," schlägt Edmund Lindner vor. Er holt vom Beifahrersitz eine offene Kiste, gefüllt mit allerlei Nahrungsmitteln und Getränken. Beide entscheiden sich für das Getränk Mineralwasser. Edmund isst ein Käsesandwich, Hans eines mit Schinken und Gurke.
„Ich gehe davon aus," beginnt Hans die Unterhaltung, „ich werde nicht erfahren, wer Viktor Haubner wirklich ist?!"
Lindner nickt nur und kaut weiter, ohne Hans weiter Beachtung zu schenken.
„Du vertraust mir nicht mehr so wie früher, Edmund. Habe ich dir in den letzten zwei Tagen nicht bewiesen, dass es unbegründet ist?"
„Doch, das hast du, Hans, aber was soll ich dir auf diese Frage antworten? Es spielt keine Rolle, wer er wirklich ist."
„Ist das so?"
„Ja. Wenn du die Dimension erkennst, wirst du mir zustimmen."
„Du redest von der Aktion, die Viktor angedeutet hat?!"
„In der Tat."
„Was soll das sein, Edmund? So eine Art Aufstand? ...Oder Revolution?"

„Das sind nicht die passenden Ausdrücke, Hans. Betrachten wir es eher als einen gesellschaftlichen Prozess, der nun ins Rollen gekommen ist. Ein Prozess, der längst überfällig war."
„Ein Prozess also." Hans kaut weiter und spült mit einem Schluck Mineralwasser nach. „Und dieser Prozess soll *was* genau bewirken?"
„Der Idealzustand, der erreicht werden könnte, wäre die Wiederherstellung der gesellschaftlichen Ordnung, wie wir sie vor der Pandemie kannten. Leider ist dieser Weg unglaublich schwer, da Interessen sehr, sehr Vieler mit den Interessen Weniger kollidieren. Bedauerlicherweise haben diese Wenigen unfassbar große Macht, gegen die nur schwer anzukommen ist. Deshalb bedurfte es einer ausreichend klaren, gestrafften und tiefen Vorbereitung in Teilen der Bevölkerung. Denn nur aus ihr kann das wachsen, was wir Aufarbeitung, Aufklärung und die Renaissance der Vernunft nennen."
„Renaissance der Vernunft?"
„Ja, die Wiederherstellung dessen, was seit fast vier Jahren systematisch untergraben wird und in weiten Teilen vernichtet wurde. Dazu ist der Prozess der Renaissance der Vernunft notwendig."
„Und dieser Prozess wird vermutlich gesteuert. Daher wohl auch die Hüter, die in dieser oder ähnlicher Funktion agieren?!"
„Vermutlich!"
„Dann hatte ich recht mit meiner Vermutung. Viktor Haubner ist einer der Hüter."
„Kann sein."
Hans schmunzelt. Lindner beendet den Verzehr des Käsesandwichs und beobachtet noch eine Weile die vorbeifahrenden Autos. Dann rafft er sich auf.
„Zeit, weiterzufahren!"
„Gut Idee. Wie lange brauchen wir deiner Meinung nach noch?"
„Vielleicht etwas mehr als eine Stunde."
Edmund betrachtet seinen Fahrgast.
„Was hältst du davon, vorne bei mir mitzufahren?"
Neumeiers Überraschung lässt sich nicht verbergen.
„Ein Ende der Geheimniskrämerei?"
„Ja. Es besteht kein Risiko mehr, dass du Viktors Aufenthaltsort herausfinden kannst. Du darfst auf dem Beifahrersitz Platz nehmen."
„Na, liebend gerne. Hinten war es doch ein bisschen langweilig."

Die Kiste mit den restlichen Getränken und Speisen wird im Heck des Transporters untergebracht.
Die Reise geht weiter. Nach nur wenigen Minuten kann sich Hans anhand der Ortstafeln orientieren und weiß nun, wo er sich im Moment befindet. Etwas südlich von Neumarkt in der Oberpflalz, auf der Straße Richtung Beilngries. Bezüglich des Ausgangspunktes der Fahrt verschwendet Hans keinen einzigen Gedanken. Edmunds Aussage, es bestünde kein Risiko, jenen Ursprung der Reise zu ermitteln, stimmt er vorbehaltlos zu.
Nördlich von Siegenburg biegt Edmund ab. Hans liest das Hinweisschild nach Elsendorf.
„Hier geht es aber nicht nach Erding."
„Erding ist nicht das Ziel," erklärt Edmund ruhig. „Ich fahre dich zu deinem Wagen. Du kannst dich dann frei bewegen. Wo auch immer du hinfahren willst."
„Und der steht also nicht mehr da, wo ich ihn abgestellt habe?!"
„Korrekt."
„Ihr habt an wirklich alles gedacht. Mein Kompliment."
Edmund fährt kommentarlos weiter.
Nach weiteren zwanzig Minuten erreichen sie Flitzing, ein kleines Dorf nördlich von Zolling im Landkreis Freising. Am Ortsrand endet ihre Reise auf einem sanierungsbedürftigen Bauernhof. Edmund stoppt im Innenhof. Er steigt aus und deutet Hans an, mitzukommen. Der Hof scheint unbewohnt zu sein. Niemand kümmert sich um die beiden Besucher, stellt Hans fest. Alles wirkt sehr verwaist und heruntergekommen.
Er folgt Edmund zu einer großen Scheune. Mit einem Ruck löst er das rostige Schloss aus der Verriegelung und schiebt unter sporadischem Quietschen die große Fronttür auf. Hans bietet sich ein Anblick, auf den er sich schon lange gefreut hat. Sein BMW.
Edmund reicht Hans Neumaier die Autoschlüssel, seine Dienstwaffe und sein Mobiltelefon.
„Wir haben uns erlaubt, es aufzuladen."
„Danke, Edmund."
Er sieht seinen alten Schachfreund mit traurigen Augen an. Ob sich nach all den Jahren und den kürzlich verlebten fünfunddreißig Stunden etwas an deren Freundschaft verändert hat? Hans weiß es nicht. Er kann es sich nur schwer vorstellen, aber er muss sich eingestehen, dass in den letzten vier

Jahren viele Dinge passiert sind, die man bis dahin für völlig ausgeschlossen hielt.
„Wann sehen wir uns wieder, Edmund?"
„Keine Ahnung, Hans. Es hängt viel von dir und deinem Verhalten ab."
„Kommst du zurück nach Erding?"
„Nur noch gelegentlich," gibt Edmund Lindner zu. „Ich habe andere Aufgaben. Neue Aufgaben."
Mehr benötigt Hans nicht. Er weiß, worauf Edmund anspielt. Ohne ein Wort darüber zu verlieren, weiß Hans ebenfalls, dass eine Verfolgung Lindners zwecklos sein würde, da er mit Sicherheit nicht auf direktem Wege zurück zu Viktor fahren wird. Das kann er sich sparen. Ihm ist ohnehin wichtig, Kontakt zu seiner Liebsten und seinen Kollegen aufzunehmen. Er ist überzeugt, dass sie sich große Sorgen gemacht haben müssen.
Edmund reicht Hans die Hand. Hans hingegen nimmt den alten Mann in den Arm und drückt ihn an sich.
„Du kannst mir nach wie vor vertrauen, Edmund."
Edmund schließt die Augen. Etwas Besseres hätte Hans nicht sagen können.
„Ich wünsche dir alles Gute, Hans. Ich hoffe, wir können auf dich zählen."
„Mal sehen. Ich denke, mein Bauchgefühl wird mir in der einen oder anderen Situation wieder behilflich sein."
Beide ziehen die Mundwinkel nach oben.
Edmund hebt den Zeigefinger als Mahnung. „Erinnere dich an die Worte von Viktor. Sei vorsichtig. Ein Rat noch: Verschaffe dir erstmal einen Überblick über das, was in den letzten zwei Tagen in deiner Abwesenheit passiert ist. Es ist sehr wichtig, dass du es verstehst."
„Ich werde daran denken."
Edmund begibt sich zum Transporter, während Hans sein Auto aufsucht. Mit freudigem Erstaunen nimmt er zur Kenntnis, dass er sogar voll aufgetankt ist.
Nachdem Edmund Lindner den Hof verlassen hat, wählt Hans die Nummer von Ulrike an.
„Hans! Wo bist du denn?" Wie erwartet hat Ulrike die Nummer im Display erkannt.
„Hallo, Schatz."
„Um Gottes Willen, was ist denn nur geschehen? Du hast dich überhaupt nicht mehr gemeldet. Geht es dir gut?"
„Mir geht es gut, Ulrike. Ich erzähle dir alles, wenn ich wieder daheim bin."

„Wo bist du denn jetzt?"
„Irgendwo bei Freising. Ich bin in einer halben Stunde bei dir."
Er hört Ulrike schluchzen. Leise zwar, aber er bemerkt das Schniefen. „Sei unbesorgt. Ich kann alles erklären."
„Ich bin ja so froh, dass dir nichts Schlimmes passiert ist. Wir waren alle sehr besorgt. Miriam, Mario, Linda, sogar der Riedinger."
„Jetzt wird alles wieder gut, Ulrike. Ich war mit Edmund zusammen."
„Edmund? Er hat sich gestern bei mir gemeldet und mir mitgeteilt, es ginge dir gut. Aber was hat das alles zu bedeuten, Hans?"
„Später, Schatz. Ich erzähle dir alles später. In aller Ausführlichkeit. Ich rufe noch schnell die Kollegen an und dann mache ich mich schnurstracks auf den Weg zu dir, einverstanden?"
„Beeile dich, Hans. …Oh mein Gott, bin ich froh, deine Stimme zu hören."
„Ich liebe dich. Bis später dann, ja?"
„Ja, bis dann."
Dass Ulrike sich in den folgenden Sekunden hemmungslos ausheulen wird, ist ihm bewusst, und es treibt ihm selbst etwas Feuchtigkeit in die Augen, da er weiß, welch unfassbare Last von ihr abfällt. Schließlich besinnt er sich auf sein Vorhaben. In der Adressliste tippt er auf *Linda Fuchs, Mobil*.
Sekunden später meldet sich seine Kollegin. Ähnlich erleichtert wie Ulrike, aber nicht so emotional aufgeladen.
„Hans! Endlich. …Warte einen Moment, ich stelle dich auf *laut*!"
„Ist noch jemand bei dir?"
„Ja. Miriam und Mario."
„Mario?"
„Grüß dich, Hans," ruft Mario dazwischen. „Ich habe mir gedacht, das Team braucht mich, wenn du dich vom Acker machst."
„Du bist wieder im Dienst?"
„Seit gestern," bejaht Mario Matthes. „Was treibst du denn für verrückte Sachen? Wo hast du dich rumgetrieben?"
„Wenn ich das wüsste," merkt Hans Neumaier lakonisch an. „Ich kann euch nachher alles erzählen, wovon ich weiß. Ist irgendetwas besonderes in den letzten zwei Tagen passiert?"
„Was ist denn das für eine Frage, Hans?" wundert sich Linda Fuchs. „Man könnte fast meinen, du wärst vom Erdball verschwunden und hättest nichts mitbekommen."

„Tja, so könnte man es fast nennen!"
„Wie bitte?"
„Ich sagte, ich habe tatsächlich so gut wie nichts seit Mittwochabend mitbekommen."
„Wo warst du denn überhaupt?" will Mario unbedingt wissen.
„Ich habe keine Ahnung, Mario. Ich weiß es wirklich nicht."
„Warst du mit Edmund Lindner zusammen?"
„Ja, woher weißt du das?"
„Ulrike hat es uns erzählt!"
„Verstehe."
„Was habt ihr zusammen gemacht? Gibt es irgendeinen Zusammenhang mit der Lagerhalle, wo du am Mittwochabend warst?"
Marios Frage ist sehr direkt, aber er erhofft sich einen Hinweis bezüglich der vermutlichen Straftat.
„Mario, können wir das nicht im Büro besprechen? Ich will nur kurz zu Ulrike und würde im Anschluss in die Inspektion kommen."
„Von mir aus. Je schneller du da bist, desto besser."
Linda runzelt die Stirn. Die Suche der Kollegen aus München kommt ihr in den Sinn. „Vielleicht ist die Idee mit dem Büro derzeit nicht ganz so toll."
„Wie meinst du das?" fragt Mario erstaunt.
„Naja," antwortet Linda mit einem skeptischen Gesicht, „erinnere dich an die Vorwürfe, die die Kollegen von der Dienstaufsicht oben bei Riedinger geäußert haben. Sie haben Hans auf dem Kieker."
„Stimmt. Da ist was dran."
„Wovon redet ihr?" erkundigt sich Hans.
„Ein paar Kollegen von der Inneren aus München sind hier. Momentan läuft so eine Art Maulwurfsjagd, und alle, die unregelmäßige Dienstzeiten aufweisen, die einen oder mehrere Tage gefehlt haben, oder die einfach nur verdächtige Aktivitäten im Dienstalltag getätigt haben, geraten derzeit in deren Fokus."
„Unter anderem auch du, Hans!"
„Das ist verrückt!" ruft Hans. Er ertappt sich dabei, dass ihn die Sache beunruhigt. Mal wieder das Bauchgefühl, das sich meldet. „Was wirft man denn diesem Maulwurf vor?"

Linda antwortet als erste. „Anscheinend gibt es eine undichte Quelle in einer unserer Dienststellen, die diskrete Informationen nach draußen gegeben hat. Eine Namensliste ging an die sogenannten Hüter."
„Hüter?"
„Ja. Hüter! Sie nennen sich selbst *Hüter des Prozesses*. Hast du denn davon gar nichts mitbekommen?"
Linda wartet auf die Antwort, doch die Verbindung bleibt stumm. Einige Sekunden vergehen, bevor sie sich entschließt, nachzufragen.
„Hans? ...Die Hüter! ...Sagen die dir nichts?"
„Doch," antwortet Hans bedächtig. Fast schon eine Spur pathetisch. „Und ob die mir was sagen. Ich glaube, ich hatte das Vergnügen, ihre Gastfreundschaft genießen zu dürfen."
„Du hast was?"
Linda und Mario sehen sich entgeistert an. Mario erringt zuerst seine Fassung wieder. „Du hast Kontakt zu den Hütern?"
„Was wird hier eigentlich gespielt, Leute?" fragt Hans, jetzt wieder klarer in der Stimme. „Was genau haben diese Hüter damit zu tun?"
„Du bist gut," erwidert Linda. „Die halten seit fast zwei Tagen Gott und die Welt auf Trab."
Linda ahnt Schlimmes.
„Hans. Ich bitte dich, ehrlich zu sein. Hattest du Kontakte zu dieser Gruppe, die sich die Hüter nennen? Hast du etwas mit der Liste der Vermissten zu tun? Es ist sehr, sehr wichtig, dass du uns die Wahrheit sagst. Nur so können wir versuchen, Licht ins Dunkel zu bringen."
Hans wartet einen Augenblick. Viktors Worte fallen ihm wieder ein.
Es sind Dinge im Gange, die Sie vielleicht überraschen werden. Vieles davon hat einen Zusammenhang zu ihrem Besuch bei mir. Sie werden mit Nachrichten konfrontiert, die Sie vielleicht nicht auf Anhieb verstehen werden. Daher mein Rat: Vertrauen Sie auf ihr Wissen und auf ihr Urteilsvermögen.
Von einer Liste mit Vermissten weiß er nichts. Was für Vermisste sollten das sein? Er entscheidet sich für sein weiteres Vorgehen zur Vorsicht.
„Ich kann euch im Moment keine konkrete Auskunft geben. Tut mir leid."
„Hans, bitte! Rede mit uns!"
„Später. Ich komme dann zu euch!"
„Nein!"

Lindas Antwort kommt wie aus der Pistole geschossen. „Das wirst du nicht! Wenn du herkommst, wirst du unter Arrest gestellt."
„Hans, Linda hat recht. Wir können uns gerne woanders treffen, aber derzeit ist die Inspektion für dich kein sicherer Ort."
Hans überlegt. Linda und Mario wirken tatsächlich äußerst angespannt. Er spürt zwar dessen Hilfsbereitschaft, aber auch die Angst, in eine Sache reingezogen zu werden, die heikel werden könnte. Aber sie warnen ihn. Vor einer Gefahr, einer Bedrohung aus den eigenen Reihen. Die Gründe dafür sind zweifellos die Hüter. Besser gesagt, seine Kontakte zu eben jener sonderbaren Gruppierung. Dass es nur einer war, den er kennenlernte, scheint außer ihm niemand zu wissen. Es gibt eine Möglichkeit, den Dingen auf den Grund zu gehen, aber dazu muss er mobil bleiben. Und er darf nun seinerseits seine Kollegen nicht in Gefahr bringen. Je weniger sie von dem wissen, was er beabsichtigt, desto weniger können sie im Zweifelsfall verraten. Das betrifft aber auch ihn selbst. Nach dem Gespräch gerade eben wurde ihm klar, dass er sich über alle Ereignisse der letzten vierzig Stunden ein ausführliches Bild geben lassen muss. Er muss die Zusammenhänge erfahren und er muss wissen, worum es bei der von Linda angesprochenen Maulwurfsjagd geht. Dabei können die anderen ihm nicht helfen. Auch Ulrike scheint hierbei nicht die richtige Partnerin zu sein. Er denkt angestrengt nach, wie er am besten an sein Ziel kommt. Das Ziel lautet: Möglichst schnell an möglichst viele Anhaltspunkte zu kommen. Dann muss er leicht schmunzeln. Ihm fällt jemand ein.
„Ich melde mich wieder, Leute. Besten Dank für eure Infos."
Hans beendet das Telefonat und schaltet sein Mobiltelefon ab, bevor auch nur einer aus dem Büro etwas einwenden kann. So entgeht ihm auch der einige Augenblicke später stattfindende Auftritt Miriams, die aufgeregt in das Büro der Kommissare stürmt und die neueste Nachricht weitergibt.
„Leute, aufgepasst. Nachricht aus Ottenhofen! Eine Frau wurde gefunden. Sie ist vermutlich Opfer einer Straftat geworden."

Die Straße vor seiner Haustür wirkt für Hans Neumaier anders als sonst. Nicht leerer, aber irgendwie mit den falschen Menschen besetzt. Leute, die er noch nie gesehen hat, spazieren den Gehweg entlang. Ein Wagen, in dem zwei Personen sitzen und warten. Schließlich steigt einer der beiden aus und besucht das nahegelegene Reisebüro.

Es sind kaum dreißig Minuten vergangen, seit Hans mit Ulrike telefoniert hat. Es wird Zeit, zu ihr zu gehen.
So unauffällig wie möglich steuert er das Wohnhaus an, sperrt die Pforte auf und erreicht schließlich die Wohnungstür, die mit einem Spion und einem goldenen Namenschild mit der verschnörkelten Aufschrift *Neumaier* geschmückt ist. Hinter der Tür wartet seine Frau Ulrike.
Hans spürt förmlich, wie ihr eine große Last von den Schultern fällt, als sie auf ihn zustürmt und ihm um den Hals fällt. Er nimmt sie liebevoll in den Arm. Worte sind überflüssig. Es bleibt einige Minuten still, bevor sich Ulrike und Hans Neumaier in den Wohnraum begeben. Hans bricht das Schweigen.
„Es tut mir furchtbar leid, Ulrike."
„Was war nur los, Hans? Ich habe mir solche Sorgen gemacht."
„Jetzt ist alles wieder gut," merkt er floskelartig an und ertappt sich dabei, wie sich ihm der Magen umdreht. Kaum fünf Worte gewechselt und schon greift er zu einer Lüge. Er schließt kurz die Augen und sieht seine Frau danach wieder direkt an.
„Ulrike, ich kann dir leider noch nicht alles sagen, was ich in den letzten zwei Tagen erlebt habe. Nur so viel: Ich war zu keiner Zeit wirklich in Gefahr!"
„Edmund hat sich gemeldet. Was hat er mit deiner Abwesenheit zu tun?"
„Geduld, Ulrike. Es gibt Zusammenhänge, die ich erst noch verifizieren muss. Dann kann ich mich dazu äußern."
„Selbst mir gegenüber?"
Hans nickt und gibt ihr einen Kuss auf die Stirn.
„Ja, selbst dir gegenüber. ...Aber du könntest mir helfen. Was genau ist in den letzten zwei Tagen passiert?"
„Ich weiß es nicht genau. Miriam hat etwas von einer Vermisstenwelle erzählt. Angeblich steigen die gemeldeten Zahlen derzeit ziemlich stark an."
„Hast du etwas von den Hütern des Prozesses gehört?"
„Von wem?" antwortet Ulrike unwissend.
Hans wedelt mit der Hand. „Vergiss es! Ich denke, diesbezüglich frage ich später im Büro nach. War irgendetwas in den Medien, Fernsehen oder Zeitung, was dir aufgefallen ist?"
„Nein," antwortet Ulrike achselzuckend. „Ich hatte die Glotze gar nicht an."
Hans runzelt die Stirn. Ulrike erweist sicher als wenig nützliche Quelle.

Linda Fuchs und Mario Matthes erreichen Ottenhofen, einen kleinen Ort am südwestlichen Rand des Landkreises Erding. Die präzisen Angaben führen sie zum Wohnhaus der Familie Lanzbauer. Der Notarztwagen steht in der Zufahrt. Ein Polizeibeamter in Uniform weist den beiden Kommissaren den Weg, ein weiterer erwartet sie an der Haustür und führt sie in den Wohnraum. Dort befinden sich Elisabeth und Theo Lanzbauer, die Notärztin, zwei weitere Sanitäter und eine junge schwarzhaarige Frau, die auf der Couch, in warme flauschige Decken gehüllt, betreut wird.
„Servus," begrüßt Mario die Anwesenden. Die Notärztin erhebt sich und reicht den Kommissaren die Hand.
„Servus. ...Gut, dass Sie da sind. Der Patientin scheint ziemlich übel mitgespielt worden zu sein."
„Gesundheitlich?" fragt Linda irritiert.
„Nein," erwidert die schlanke Ärztin. „Gesundheitlich ist sie stabil. Ich fürchte, sie hat trotzdem eine schlimme Zeit hinter sich. Das gehört aber wohl eher in eure Verantwortlichkeit."
„Wer ist sie?"
„Sie heißt Renata. ...Zumindest sagt sie das. Ausweis oder dergleichen hatte sie nicht bei sich."
„Was ist bis jetzt passiert?" will Mario wissen.
„Das sind Frau und Herr Lanzbauer," klärt die Medizinerin auf. „Herr Lanzbauer hat die Frau gefunden und die Erstversorgung durchgeführt."
Mario nickt dem Ehepaar Lanzbauer zu. Die Ärztin fährt fort. „Nach unserem Eintreffen haben wir die Frau übernommen und stabilisiert. Die medizinische Betreuung ist soweit in Ordnung. Keine Gefahr für Leib und Leben. Allerdings verfügt sie über Wunden, die auf Gewaltanwendung hindeuten."
„Können wir mit ihr sprechen?"
„Ja," erhält Linda Antwort. „Ich habe ihr zwar ein Beruhigungsmittel gegeben, aber sie ist ansprechbar."
Linda und Mario nähern sich der jungen Frau auf der Couch. Sie ist bei Bewusstsein und verfolgt die Geschehnisse mit glasigen Augen. Linda Fuchs kniet sich herunter und lächelt sie an.
„Hallo. Ich bin Linda Fuchs. Ich bin von der Polizei."
Die junge Frau versteckt sich ein bisschen weiter unter den Wolldecken. Linda fährt mit sanfter Stimme fort: „Sie heißen Renata?"
Neben einem Nicken erntet Linda einen sehr skeptischen Blick.

„Gut, Renata. Wollen Sie uns erzählen, was ihnen passiert ist?"
Renata schließt die Augen. Das Beruhigungsmittel scheint besser zu wirken als erwartet. Mario Matthes beugt sich nun ebenfalls herunter zur Couch und streift über die Decke. Die Frau öffnet abrupt die Augen. Wieder dieser glasige Blick. Mario kennt diesen Blick. ...Angst. ...Ziemlich heftige Angst.
„Ich bin auch Polizist," sagt Mario leise. „Ich heiße Mario. ...Kannst du mir deinen Nachnamen nennen?"
Renata schüttelt unmerklich den Kopf. Mario hakt nach. Er bleibt bei der persönlichen Anrede, um Vertrauen aufzubauen. „Es würde uns sehr helfen, wenn wir ihn wüssten. Wir könnten deine Mutter und deinen Vater benachrichtigen. Ich bin sicher, sie möchten auch, dass wir uns melden."
Renata blickt immer noch stumm die beiden Beamten an. Allerdings scheint die Angst ein wenig zu weichen und dezentem Interesse Platz zu machen. Ein Ansatz von Zutrauen.
„Möchtest du, dass wir sie benachrichtigen?"
Nach kurzem Zögern nickt die Dunkelhaarige unter den Decken. Linda lächelt. Ein gutes Zeichen. Es geht voran. Mario hat den richtigen Nerv getroffen.
„Wenn du willst, kannst du dir so viel Zeit nehmen, wie du willst," fährt Mario Mathes fort. „Wir legen dir einen Zettel und einen Stift auf den Tisch. Dann kannst du in Ruhe Namen, Adresse und Telefonnummer aufschreiben. Wäre das in Ordnung?"
Wieder nickt Renata.
„Hast du auch Geschwister, Renata?" fragt Linda, um durch einfache Konversation weiteres Vertrauen aufzubauen.
Plötzlich, ohne Vorankündigung, ändert sich das Verhalten von Renata schlagartig. Der angsterfüllte Blick kehrt zurück, gewinnt sofort Gewalt über die junge Frau und lässt sie in Panik verfallen.
„Sie ...sie wollen. ...Sie wollen mich. ...mich ermorden! ...Ermorden!!!"
Wie wild schlägt Renata um sich und verfehlt nur um Haaresbreite Marios Kopf. Er und Linda weichen zurück, während sich die Notfallärztin und ihre beiden Helfer sofort um die verängstigte Frau kümmern.

21

Freitag,
zehn Uhr vormittags

Der Wohnweg am Ortsrand von Oberhaching, einem Vorort südlich von München, ist so eng, dass Martina Sussek mit ihrem kleinen Renault Schwierigkeiten hat, durch die längs entlang den Zäunen und Gartenmauern wild parkenden Autos zu manövrieren. Schließlich erreicht sie den markanten Knick in der Straßenführung, hinter dem das Haus mit der Nummer Fünfzehn liegen müsste. Jenes Haus, das sie schon aus Kinderzeiten kennt. Jenes Haus, in dem einst Lukas Schreiber wohnte, der Mann, dessen Name auf der Liste steht!
Aicha, ihre junge Mitarbeiterin bei FBJ-Media, sitzt neben ihr auf dem Beifahrersitz und lauscht beiläufig den Meldungen des Tages im Radio. Selbstverständlich jener Berichterstattung, der sie nur noch begrenzt Glauben schenkt.
Martina Sussek passiert den Knick des Wohnweges und lenkt den Renault in eine kleine Parklücke vor dem gesuchten Haus.
„Wir sind da," sagt sie. „Ich gehe erstmal alleine hin. Wer weiß, ob die mich noch kennen."
„Von mir aus. Ich warte."
Martina steigt aus und geht durch das offenstehende Tor. Sie läutet, aber es öffnet niemand. Zwei weitere Klingelversuche bleiben erfolglos. Langsam geht sie wieder zum Wagen zurück. Im Nachbargrundstück entdeckt sie eine ältere Frau, die sich um die Pflanzen in einem Steintrog kümmert.
„Entschuldigen Sie," ruft sie der Frau zu, die unvermittelt ihre Arbeit unterbricht und sich dem Zaun nähert.
„Ja?"
„Ich suche Frau und Herr Schreiber. Wissen Sie, ob sie länger weg sind?"
„Sie sind vorhin weggefahren. Freitags kaufen sie immer ein."
„Und wissen Sie, wann sie wiederkommen?"
„Meistens gegen Mittag. Kommen Sie doch am besten später nochmal vorbei. Oder soll ich was ausrichten, wenn die Schreibers wieder hier sind?"
„Nein, danke. Ich denke, ich versuche es ein anderes Mal."

Die ältere Frau am Gartenzaun mustert Martina genauer.
„Sagen Sie, Sie kommen mir irgendwie bekannt vor. Kennen wir uns vielleicht?“
„Möglich,“ antwortet Martina nach kurzer Überlegung. Es spricht nichts dagegen, sich zu offenbaren. „Ich habe mal hier mit meinen Eltern und mit meinem Bruder gewohnt. Dort drüben, Haus Zwölf.“
Martina deutet auf ein Doppelhaus schräg gegenüber. Wie von selbst fällt der Nachbarin die beschriebene Familie wieder ein.
„Meine Güte! Natürlich! ...Sussek, nicht wahr?“
Martina nickt lächelnd.
„Dann sind sie die Lütte von Susseks. Die Martina.“
„Genau.“
„Na, das ist ja eine Überraschung. …Gut sehen Sie aus! Wie geht es ihnen denn so? Verheiratet? Kinder?“
„So viele Fragen auf einmal?!“ Martina spielt die Verlegene, antwortet dann aber, um sich wieder auf das Wesentliche zu konzentrieren.
„Es geht mir gut. Danke sehr. …Mann, nein. …Kinder, nein. …Aber trotzdem glücklich und zufrieden.“
„Ich weiß noch, wie Sie mit den anderen aus der Straße hier gespielt haben. Waren Sie und ihr Bruder nicht recht viel mit dem Lukas zusammen?“
„Ja, wir gingen in dieselbe Klasse. Das verbindet ein bisschen. …Sagen Sie, mit Lukas würde ich auch gerne mal wieder sprechen. Wissen Sie, ob er in den letzten Tagen mal hier bei seinen Eltern war?“
„Nein, der war schon lange nicht mehr hier.“ Die Stimmung der Frau trübt sich etwas ein. „Sein Vater und er haben sich vor vielen Jahren heftig gestritten. Seitdem besucht er seine Eltern fast gar nicht mehr.“
Martina spürt die aufkeimende Enttäuschung. Offensichtlich ist das Elternhaus eine Sackgasse. Von der Vermisstenanzeige will sie der alten Frau gegenüber nichts erwähnen. Wenn zwischen Lukas und seinen Eltern quasi Funkstille herrscht, werden sie wohl nicht die Anzeigenden gewesen sein.
„Dann vielen Dank für die Information. Und natürlich für das nette Gespräch.“ Martina reicht ihr eine Visitenkarte. „Können Sie den Schreibers die Karte geben? Wenn ich sie nur in den Briefkasten werfe, befürchte ich, dass sie sie als Werbung ansehen und gleich entsorgen. Wenn Sie von unserem netten Gespräch berichten, erinnern sie sich vielleicht an mich.“

„Das mache ich gerne," willigt die Nachbarin freudestrahlend ein und nimmt das Kärtchen an sich.
„Dann noch eine schöne Zeit."
„Ihnen auch. Wiedersehen."
Martina schwingt sich hinter das Lenkrad und steuert den Wagen vorsichtig aus dem Wohnweg. Aicha sieht ihr an, dass der Besuch die Erwartungen nicht erfüllt hat.
„Er war nicht da, stimmt's?"
„Ja. Leider Fehlanzeige."
„Sag mal, dieser Lukas Schreiber war doch nicht nur ein Nachbarjunge, oder?" fragt die junge Marokkanerin. Marina Sussek schenkt ihr einen kurzen vielsagenden Blick. „Ich möchte nicht darüber reden."
Aicha hebt nur entschuldigend die Hände und wechselt das Thema wieder zurück zur Aktualität.
„Wo fahren wir jetzt hin?"
„Ich habe da noch eine Idee," antwortet Martina. „Falls – und das meine ich wirklich so, wie ich sage – falls er nicht vermisst wird, sondern nur untergetaucht ist, dann könnte ich mir vorstellen, wo er sich aufhält."
„So eine Art Versteck?"
„Ja. So in etwa."
„Ein Liebesnest?!"
„Aicha!!"
„Ist ja schon gut."

Fassungslos liest Aicha während der Fahrt zum geheimnisvollen Versteck die neuesten Nachrichten auf ihrem Smartphone, die nahezu im Minutentakt über den Ticker laufen. Allesamt keine, die einen fröhlich stimmen lassen.

Deutsche Bahn bestätigt massive Ausfälle im Zugverkehr. Verantwortlich sei eine Häufung von Krankschreibungen und Vermisstenmeldungen. Die Auswirkungen auf die Schichten sei nur mit Verzögerung aufzufangen. Es wird daran gearbeitet, die überregionalen Verbindungen aufrecht zu erhalten. Die ICE-Strecken seien nicht betroffen.

Börsenaufsicht dementiert Kurseinbruch. Die großen DAX-notierten Konzerne können die Personalengpässe ausgleichen und unvermindert

weiterarbeiten. Es bestünden keinerlei Auswirkungen auf aktuelle Renditeentwicklungen. Die prognostizierten Gewinnmitnahmen seinen durch die Vermisstenmeldungen nicht gefährdet. Sie haben keine negativen Einflüsse auf die Aktienkurse. ###

Region um Koblenz mehrere Stunden ohne Stromversorgung. Aufgrund von unerwartet auftretenden Schwankungen und des damit einhergehenden Zusammenbruchs des Systems seien aufwändige Maßnahmen zur Wiederherstellung des Stromnetzes erforderlich. Das dazu nötige Fachpersonal sei nicht vor Ort gewesen und musste durch externe Mitarbeiter ersetzt und ergänzt werden.

Kurzfristige Schulschließungen in ganz Schleswig-Holstein angeordnet. Massive Lücke in der Lehrerschaft, insbesondere in den ländlichen Regionen, kann nur durch Aufrechterhaltung der Kernfächer und temporärem Wegfall der Nebenfächer abgefedert werden. Das Kultusministerium arbeite an neuen Konzepten, damit die Schüler ab Montag wieder unterrichtet werden können.

In Großstädten wie Köln, Düsseldorf, Dortmund und Essen werden Tendenzen zu Hamsterkäufen registriert. Die Supermarktketten und Discounter sind angewiesen, die Waren zu rationieren, um einen vorzeitigen Ausverkauf abzuwenden. Immer mehr Meldungen über stagnierende oder rückläufige Versorgung der Nahversorger wegen Transportengpässen. Die Bürgermeister und Oberbürgermeister seien höchst besorgt.

Das für heute Abend angesetzte Fußball-Bundesligaspiel zwischen Bayern München und Eintracht Frankfurt wurde gemäß der kürzlich verlautbarten Eilmeldung der DFL in Abstimmung mit den Verantwortlichen der Vereinsführungen beider Clubs sowie der FC Bayern München AG, der Eigentümerin des Stadions, abgesetzt. Neben personellen Engpässen im Bereich Security befürchte man den Kollaps der An- und Abfahrt der Fans rund um das Stadion. Ein Ersatztermin liegt noch nicht vor.

Während Martina Sussek die Autobahn verlassen hat und sich nun auf den dichten Verkehr der Landstraße konzentriert, schwärmt Aicha von der wunderschönen Landschaft des Voralpenlandes. Die Fahrerin neben ihr weilt mit ihren Gedanken indes ganz woanders.
Die Hüter des Prozesses!
Was zum Teufel habt ihr vor?

Martina Sussek überwältigt ein undefinierbares Gefühl der Erinnerung. Diese kleine, im Besitz der Familie Schreiber befindliche Holzhütte nahe dem Kurort Bad Tölz. Etwa fünfzehnhundert Meter vom Ortsrand entfernt. Geschützt in einem kleinen Wäldchen gelegen, umgeben von hohen Fichten. Die Anfahrt erfolgt über einen unbefestigten Waldweg. Vor vielen Jahren von den Eltern von Lukas als Anlaufstelle und Übernachtungsmöglichkeit genutzt, während sie im nahen See angelten. Später als heimlicher, verschwiegen gelegener Treffpunkt dienlich. Wie viele Tage haben sie hier gemeinsam verbracht? Sie und Lukas?
Jetzt fährt sie den Waldweg entlang und nähert sich der Hütte. Alles scheint ruhig zu sein. Kein Auto zu sehen. Kein Hinweis, dass sich in der Hütte jemand befindet. Sie beendet die Fahrt direkt neben einem großen Baumstumpf, der zwischen der Hütte und dem schmalen Trampelpfad liegt. Der Weg führt zum See hinunter. Mittlerweile ist der Wurzelstock mit Moos überwuchert und die Oberfläche lange nicht mehr so glatt wie früher.
„Soll ich mitkommen?“ fragt Aicha.
Martina Sussek nickt. Beide steigen aus und nähern sich vorsichtig der in die Jahre gekommenen Holzhütte. Einer der Fensterläden hängt nur noch an einer Angel, die Terrasse vor der Eingangstür weist unzählige Schadstellen auf und die Fassade, besonders auf der Westseite, könnte einen Anstrich vertragen.
Die Hütte scheint verlassen. Martina runzelt die Stirn. War der lange Weg umsonst?
Die beiden Frauen umrunden die Hütte. Dabei erweist sich die Schuhwahl als Fehler. Hinter der Hütte erstreckt sich eine breite Senke, die reichlich Feuchtigkeit aufgesogen hat. Mit jedem Schritt versinkt Martina bis zum Knöchel im nassen Morast. Die beigen Leinenslipper, die sie so gerne trägt, sind völlig durchnässt.
„Verdammter Mist!“

Sie hebt die Füße, aber es ist zu spät. Die Schuhe kann sie vergessen.
„Gehe außen rum, Aicha! Wir treffen uns vor der Tür."
Plötzlich hört Martina Geräusche. Das Knacken von Geäst, wenn jemand darauf tritt. Das Geräusch nähert sich. Martina sucht Schutz hinter der Hütte, Aicha versteckt sich hinter einem dicken Baumstamm.
Über den Trampelpfad, der vom See herführt, taucht eine Frau mit langen blonden Haaren auf. In beiden Händen trägt sie Einkaufstaschen. Eine rote und eine blaue. Sie steuert direkt auf die kleine Lichtung mit der Holzhütte zu. Erst, als sie hinter den Büschen hervorkommt, die den Pfad säumen, entdeckt sie den Renault neben dem Baumstumpf. Sie bleibt wie angewurzelt stehen, sieht sich hastig um und läuft dann zur Hütte. Martina verlässt ihren Sichtschutz und stellt sich ihr in den Weg.
Die blonde Frau erstarrt, als sie Martina sieht.
„Was wollen Sie hier?"
„Das frage ich Sie?!" erwidert Martina Sussek selbstbewusst.
„Das ...das ist meine Hütte."
„Das glaube ich kaum," antwortet Martina. Inzwischen stößt Aicha zu ihr und positioniert sich an ihrer Seite. „Ich kenne den Eigentümer. Sie sind mir fremd. Also, was machen Sie hier?"
Die Blondine wirkt zusehends nervös. Sie weiß nicht recht einzuordnen, mit wem sie es zu tun hat.
„Ich wohne hier. ...Ich möchte, dass Sie verschwinden!"
„Das könnte ihnen so passen," kontert Martina, als sich die Frau mit den langen blonden Haaren an ihr vorbeidrängen will. Sie hält sie am Arm fest.
„Was fällt ihnen ein?!"
„Sie sind mir noch eine Antwort schuldig."
Martina und Aicha bekommen nicht mit, wie sich die Tür im Rücken der beiden öffnet und ein Mann ins Freie tritt.
„Kann ich ihnen helfen?" ruft er.
Martina schrickt zusammen und dreht sich ruckartig um. Dabei lässt sie die blonde Frau los, die sofort zu ihrem Helfer rennt.
„Wer sind Sie?" fragt der dunkelhaarige Mann ernst. Aicha vermutet, dass er fast zwei Meter groß ist. Ein Bild von einem Mann. Sie ergreift das Wort.
„Wir suchen jemanden."
„Hier ist niemand außer uns! Sie gehen jetzt besser wieder. ...Bitte!"

„Ich suche Lukas Schreiber, den Eigentümer der Hütte," sagt Martina Sussek, ohne zu wissen, warum sie zwei Fremden gegenüber diesen Namen erwähnt. Der große bullige Mann hält seine blonde Partnerin schützend in den Armen.
„Ich habe keine Ahnung, von wem Sie reden! Ich kenne keinen Schreiber."
„Das ist unsere Hütte," ergänzt die Blondine zittrig.
Martina ist hin- und hergerissen. Ist tatsächlich schon so viel Zeit vergangen, dass die Familie Schreiber die Hütte mittlerweile veräußert hat? Kann gut sein. Fast zehn Jahre sind vergangen, seit sie das letzte Mal hier war. Fast ein Jahrzehnt, in dem viel passiert sein kann – und zweifellos viel passiert ist.
„Es tut mir sehr leid," sagt Martina Sussek reumütig. „Ich wollte sie weder erschrecken noch belästigen. Ich dachte, ich treffe hier einen alten Freund."
„Kein Problem," erwidert der Zwei-Meter-Mann sichtlich erleichtert.
Martina sieht sich noch einmal um und gibt ihr Vorhaben schließlich auf. Offensichtlich besteht die Suche ausschließlich aus Sackgassen. Wo soll sie nun ansetzen? Welche Möglichkeiten, Lukas Schreiber zu finden, stehen ihr noch zu Verfügung? So sehr sie sich auch anstrengt, ihr fallen partout keine mehr ein. Vielleicht bleiben doch nur seine Eltern als letzte Option. Ein wenig enttäuscht und resigniert winkt sie Aicha zu.
„Komm, wir fahren!"
Aicha und Martina gehen auf den kleinen Renault zu. Plötzlich hören sie von der Hütte eine Stimme. Eine, deren Klang Martina Sussek in ihrem ganzen Leben nie vergessen könnte.
„Sou-Sou?"
Die Journalistin dreht sich unvermittelt um. Im Türrahmen steht eine dritte Person. Ein Mann, etwa in ihrem Alter, dunkle schmierige Haare, unrasiert, tiefliegende Augen. Sein ungepflegtes Erscheinungsbild komplettieren die zerrissene Jeans und das weiße T-Shirt, dessen ursprüngliche Farbe aber erraten werden muss. Der Mann stützt sich mit der rechten Hand an die Zarge. Auf dem Handrücken entdeckt Martina den endgültigen Beleg für seine Identifikation. Eine tätowierte, sich windende Schlange.
„Lukas!"
„Sou-Sou! ...Ich fasse es nicht. Was machst du denn hier?"
Martina kommt näher und umarmt, einem inneren Instinkt folgend, ihre alte Jugendliebe. Dabei ignoriert sie die wenig erbaulichen Eindrücke ihrer Nase.
„Ich habe gehofft, dich hier zu finden."

Der große dunkelhaarige Mann neben der Tür bäumt sich noch imposanter auf, als er ohnehin schon ist. „Wer weiß davon, dass Sie hierhergekommen sind?“ argwöhnt er. „Ist euch wer gefolgt?“
„Niemand!“
„Und das sollen wir glauben?!“
„Sei nicht so misstrauisch, Harry,“ beruhigt Lukas die Situation. „Ich kenne sie. Wir kennen uns schon seit Kindertagen.“
„Kein Grund, nicht vorsichtig zu sein, Lukas,“ kritisiert die Blondine.
„Du hast ja recht, Ute.“ Lukas wirft einen Blick zum Renault. „Der Wagen muss verschwinden! Am besten, ihr fahrt ihn in den Gewerbepark. Etwa zwei Kilometer die Straße nach Tölz hoch. Ist unauffälliger. Da stellen viele Pendler ihre Autos ab. Von dort geht ihr nach rechts in den Wald. Ihr trefft auf den Pfad. Ute wird euch begleiten.“
„Ich erledige das mit dem Auto,“ bietet Aicha an. Martina reicht ihr den Schlüssel und nickt dankend. Aicha hält kurz inne, beugt sich ein wenig herüber und zwinkert ihrer Partnerin zu.
„…Sou-Sou?“
„…So hat er mich immer genannt,“ erklärt Martina, eine Spur beschämt.
„…Sou-Sou! …Wie süß““
„Lass den Quatsch, Aicha! Ist längst vergessen.“
„Scheinbar nicht für alle,“ merkt die Marokkanerin schmunzelnd an, als sie sich dem Wagen nähert. Während Aicha den Renault behutsam zurücksetzt, gehen Harry, Martina und Lukas ins Innere der Hütte.
„Seltsame Umstände, unter denen wir uns wiedersehen. Ich hätte nie gedacht, dass wir uns ausgerechnet hier treffen.“

22

Freitag,
elf Uhr vormittags

In den Büroräumen von Linda, Mario und Miriam läuten fast ununterbrochen die Telefone. Wie es möglich ist, dass fremde Anrufer bis zur Kripo vordringen, um Fragen zum Verbleib irgendwelcher Angehörigen und Freunde zu stellen, kann keiner der drei nachvollziehen. Bis die Auskunft von Riedinger kommt, dass aufgrund personeller Engpässe alle Ressourcen gebündelt werden und teilweise Aufgaben anderer Abteilungen übernommen werden müssen. Zumindest auf absehbare Zeit. Der Grund für die Unterbesetzung wird nicht weitergegeben.
Mario Matthes wirft einen Blick auf sein Mailkonto. Selbst hier kommen Nachrichten an, die mit seiner eigentlichen Tätigkeit nichts gemein haben. Hier eine Mail, der ein Foto eines Vermissten anhängt. Dann eine mit einer ausführlichen Beschreibung der Person, die seit über einem Tag nicht mehr aufzufinden ist. Zwischendurch ein weiterer Anruf eines Mannes, der einen der Vermissten in der Therme in Erding gesehen haben will. Während des kurzen Telefonats sind schon wieder zwei neue Mails eingegangen. Wütend löscht er eine Nachricht nach der anderen.
„Was für ein Wahnsinn," merkt Linda an, als sie das gefühlt zweihundertste Telefonat beendet hat. „Das kann doch nicht ewig so weitergehen."
„Bin mal gespannt, wie die das am Wochenende handhaben wollen," merkt Mario an. Ein Bild, das sich Linda gar nicht ausmalen möchte. Die eigentliche Arbeit kommt zu kurz. Die wenigen Minuten, in denen das Telefon eine Pause einlegt, nutzt sie zur Recherche über die junge Frau, die kürzlich nahe Ottenhofen aufgefunden wurde. Nach ihrem Wutausbruch im Haus der Lanzbauers war sie nicht mehr in der Lage, etwas auf den Zettel zu schreiben. Die Sanitäter haben sie auf Weisung der Notärztin sofort in die Klinik gefahren. Nun tippt Linda Fuchs in die Vermisstendatei den Vornamen ein: *Renata*.
Drei Suchergebnisse werden angezeigt. Zum Glück nur drei, denkt sich Linda. Die erste Person, eine gewisse Renata Asanovic, scheidet sofort aus, da das registrierte Geburtsdatum, der 01.Mai 1965, unmöglich zu der

gefundenen Frau passt. Sie wäre zu alt. Die zweite Person liest sich vielversprechender: ...Renata Barrios. Vermisst seit zwei Tagen, gemeldet von der Mutter, dunkelhaarig, schlank, einundzwanzig Jahre alt. Der dritte Treffer der Suchanfrage ist eine gewisse Renata Maria Jimenez. Sie ist Portugiesin, seit drei Jahren verheiratet, Mutter zweier kleiner Kinder, wohnhaft in Leverkusen, geboren Ende der Neunziger. Sie wird schon seit über zwei Monaten vermisst.

Das Läuten des Telefons stört Lindas Recherche. Da Mario bereits im Gespräch ist, bleibt der Anruf an ihr hängen. Durch die offene Trenntür ruft sie Miriam Schulze zu: „Miriam, ich schicke dir gleich eine Nachricht über zwei vermisste Frauen. Kannst du mir bitte alle Infos zu den beiden raussuchen?"

„Klar. Mache ich."

Linda hebt anschließend den Hörer ab, seufzt kurz und muss wie erwartet eine weitere Vermisstenmeldung zur Kenntnis nehmen. Nachdem Linda alle Personalien eingetippt hat, kommt Miriam mit deutlich sichtbaren Falten auf der Stirn ins Zimmer.

„Was ist los, Miriam?"

„Der eine Name, Linda. Er kommt mir bekannt vor. Ich habe gerade die ganze Zeit überlegt, woher ich den kenne. Jetzt ist es mir eingefallen. Neulich habe ich eine Frau nach oben in die Vermisstenabteilung geführt. Die hieß Barrios."

„Interessant," sagt Linda und betrachtet den Computerausdruck, den Miriam ihr reicht. „Isabella Barrios. ...Hat zwei Personen als vermisst gemeldet. ...Ihre beiden Töchter. ...Renata und Yasmin. Einundzwanzig und neunzehn Jahre alt."

Linda hebt den Kopf und sieht Miriam an. „Wenn wir nur eine gefunden haben, wo ist dann die andere?"

„Der Gedanke ist mir auch schon gekommen," murmelt Miriam Schulze. „Sofern sie überhaupt eine der Töchter ist!"

„Stimmt, Miriam! Wir müssen unbedingt mit der Frau reden!"

Linda greift zum Telefonhörer und tippt die Nummer, die auf dem Ausdruck vermerkt ist. Sekunden später meldet sich eine Frauenstimme.

„Guten Tag, Frau Barrios. Hier ist Linda Fuchs, Kriminalpolizei Erding. Ich möchte ihnen mitteilen, dass wir möglicherweise ihre Tochter Renata gefunden haben. ...Ja, ich weiß. Genau dazu benötigen wir ihre Hilfe. ...Ja, kommen Sie bitte so schnell wie möglich zu uns in die Inspektion. Wir werden dann gemeinsam die gefundene Frau aufsuchen. ...Nein, tut mir leid. Von

ihrer anderen Tochter wissen wir nichts. ...Wie schon gesagt, Frau Barrios. Nur eine, die sich Renata nennt. ...Gut, dann erwarte ich Sie. In einer Stunde? ... Perfekt. Dann bis später, Frau Barrios."
Linda schnauft tief durch. So positiv die ersten Ermittlungsansätze auch sein mögen, die Unkenntnis über den Aufenthaltsort der vermeintlichen Schwester Yasmin Barrios ist kein gutes Omen.
„Linda, soll ich mich um die Frau kümmern?"
„Nein," entgegnet Linda nachdenklich. „Renata wurde zur Beobachtung in die Erdinger Klinik gebracht. Ich werde mit der vermeintlichen Mutter nachher hinfahren. Versuche mal, mehr über die Schwester herauszufinden. Internet, soziale Netzwerke, und so weiter. Vielleicht finden sich dort nützliche Hinweise."
„Wird gemacht."
Wieder läutet das Telefon. Mürrisch nimmt Linda das Gespräch entgegen. Als sie hört, wer sich am anderen Ende der Leitung meldet, wechselt ihr Gemütszustand von „frustriert und ernüchtert" zu „interessiert und neugierig". Ihre Körperspannung nimmt abrupt zu. Es ist eine der Stationsleiterinnen des Erdinger Krankenhauses. Jene Verantwortliche, auf deren Station Renata untergebracht wurde.
„Vielen Dank. Das hört sich sehr gut an. Sieht so aus, als hätte ich mit der Angehörigensuche Erfolg gehabt. Ich hatte gerade Kontakt zur wahrscheinlichen Mutter. Wir kommen in etwa einer Stunde zu ihnen. Geht das in Ordnung? ...Wunderbar. Dann können wir alles Weitere vor Ort besprechen. ...Eine Frage noch. Können Sie die Testergebnisse bitte an die Gerichtsmedizin weiterleiten? Es wäre sehr wichtig. Für einen unserer Fälle könnten die Ergebnisse von hoher Relevanz sein. ...Das wäre nett. ...Natürlich. Ich sende ihnen die Kontaktdaten unseres Rechtsmediziners Julius Hoppe sofort zu. ...Vielen Dank. Dann bis nachher."

Keine zwei Minuten später führt Miriam Schulze wortlos einen jungen Mann in das Nachbarbüro. Linda erkennt Martin Preiner sofort und erinnert sich an den Stick, den er ihr vorbeibringen sollte.
„Ah, Martin. ...Schön, dass du da bist."
„Wie versprochen, Hier ist der Film drauf. Es sind knapp vierzig Minuten."
Er reicht den USB-Datenträger an die Kommissarin weiter.
„Vielen Dank, Martin. Wir werden ihn uns gleich ansehen."

„Können wir dann jetzt wieder fliegen?“ will Martin Preiner wissen.
„Von mir aus,“ antwortet Linda. „Aber achtet auf die Privatsphäre und die Datenschutzrichtlinien.“
„Kein Problem. Wir passen auf. …Ciao.“
Martin verlässt die Kommissare eilig. Linda überlegt, ob sie den Film sofort prüfen sollte. Ein Hauch Sarkasmus übermannt sie. Schließlich gäbe es eine ganze Menge belangloser und weitaus weniger wichtige Dinge zu erledigen. Die kann man ja kaum außer Acht lassen.
Nein. Der Film ist quasi so etwas wie die Rettung. Ein perfekter Anlass, Telefone läuten zu lassen und Mails zu ignorieren.
Sie verknüpft ihren Computer mit dem großen Wandmonitor. Jetzt kann auch Mario dem Videostudium beiwohnen.
Rechts unten wird Datum und Uhrzeit eingeblendet. Die Filmsequenz beginnt tatsächlich um kurz nach fünfzehn Uhr: Genau um 15.03 Uhr.
Linda und Mario sehen gebannt auf den Monitor, wie sich der Kies unter der Drohne entfernt. Sie steigt auf. Nach und nach erkennen die beiden mehr von der Umgebung. Erst die Straße, dann die Container und Baumaterialien, schließlich die Logistikhallen. Einige mit fertiggestellten Fassaden und Dachaufbauten, andere wieder nur als Rohbau.
Nach etwa zehn Minuten stoppt Linda den Film. …15.14 Uhr.
Das Standbild ziert den Bildschirm. Mittels Zoomfunktion vergrößert sie einen Ausschnitt des Bildes. Am linken unteren Bildrand zeichnet sich eine dunkelgraue Fläche ab. Ein Lichteffekt? Ein Schatten? Linda Fuchs versucht, den Fleck zu deuten.
„Was kann das sein?“ fragt sie Mario. „Was meinst du?“
Mario zuckt mit den Schultern. „Fahre mal fünf Sekunden zurück und lasse den Film weiterlaufen!“
Linda führt die Bitte aus. Der Schatten, der sich am unteren Rand abzeichnet, bewegt sich nicht.
„Also, ich würde sagen, das ist nichts von Bedeutung,“ legt sich Mario fest. „Weiter links steht irgendetwas, das den Schatten verursacht.“
„Ich glaube, du hast recht.“
Linda schreibt sich die Uhrzeit auf und ergänzt sie mit dem Vermerk *Schatten*. Danach legt sie den Stift zur Seite und startet die Aufzeichnung wieder. Die Drohne beschreibt eine schleifenförmige Flugkurve. Ins Visier ihrer Kamera geraten benachbarte Gebäude, wie der Baumarkt, die kleine Gärtnerei und

die Fastfood-Filiale, die sich neben dem Kreisverkehr befindet. Der Flug wird mit einem Schwenk über ein Feld fortgesetzt. Weizen, vermutet Mario. Danach steuert die Drohne wieder auf das Baustellengelände zurück.
Ein paar Minuten später spazieren zwei Personen quer durch das Bild. Die beiden, es handelt sich definitiv um Männer, erreichen nach etwa zwanzig Sekunden die Lagerhalle. Sie betreten sie durch das große offene Portal. Dass die beiden sich gelegentlich umsehen, bleiben Linda und Mario nicht verborgen.
„Fahre noch einmal zurück!" befiehlt Mario.
Die letzten dreißig Sekunden werden wiederholt.
„Wer sind die beiden Typen?"
„Keine Ahnung, Mario. Ich versuche mal, ob wir sie detaillierter herausfiltern können."
Mit viel Geschick kann Linda einen Ausschnitt isolieren und vergrößern. Sie speichert das Standbild als Bilddatei im entsprechenden Unterordner ab und schickt es sofort an den großen Wandmonitor.
Leider ist die gute Qualität verloren gegangen. Die Vergrößerung des Ausschnittes hat natürlich Auswirkung auf die Auflösung. Da können selbst die besten Programme nicht viel herausholen, vermutet Mario. Doch Linda belehrt ihn eines Besseren. Die neue Software verfügt über ein besonderes Modul, dass Pixel sprengt und anhand komplexer Algorithmen die farbliche Gestaltung neu entstandener Bildpunkte berechnet, wodurch eine erheblich größere Dichte an skalierten Punkten entsteht. Das Foto wird dadurch wieder deutlich schärfer.
Der eine Mann, der linke der beiden, sieht gerade etwas nach oben. Dadurch erfasst man neben seinen schwarzen kurzgeschnittenen Haaren einen Großteil seines Gesichts. Er trägt eine Brille. Linda tippt auf Drahtgestell. Sie erkennt die getönten Gläser. Die Augen sind nicht zu sehen. Die Nase wirkt unscheinbar. Der Rest ist nicht zu erkennen.
„Was ist das hinter seinem Kopf?" fragt Mario.
„Eine Kapuze?" deutet Linda den grauen Bereich, der sich deutlich vom schwarzen Schopf abgrenzt.
„Sieht komisch aus." Mario ist sich nicht sicher. „Ich hätte gesagt, er trägt etwas auf dem Rücken. So eine Art Rucksack zum Beispiel."
Linda nickt. Könnte auch stimmen. Der zweite Mann, rechts daneben, ist schwieriger zu analysieren. Sein Blick ist weitestgehend starr auf die

Lagerhalle gerichtet. Er dreht sich nur zweimal kurz um. Leider nicht nach oben blickend. Unübersehbar, und somit definitiv klar, ist sein kahlrasierter Schädel. Dank der Vergrößerung identifiziert Linda mittig auf dem Hinterkopf ein großes Mal. Vermutlich ein Leberfleck. Linda vergewissert sich bezüglich der Uhrzeit: ...15.22 Uhr.

Das Videoband läuft weiter. Linda und Mario erleben aus der Luft mit, wie die Drohne ihre Position verändert. Sie schwenkt auf die gegenüberliegende Seite der Halle. Den Grund können sie nur vermuten. Offensichtlich haben Martin und sein Freund die beiden Männer ebenfalls registriert und hoffen, dass sie die Halle rückseitig wieder verlassen. Sie dort wieder ins Visier zu bekommen, erschien ihnen offensichtlich erfolgversprechender. Leider werden die beiden Kommissare enttäuscht. Die Flächen rund um die Halle wurden nicht mit Leben erfüllt. Die Drohne kreist knapp sechs Minuten über diesem Areal, bevor sie in einer großzügigen und geschmeidigen Schleife wieder zurück zum kiesigen Parkplatz, ihrem Ausgangsort, zurückkehrt. Dort lässt Martin das Fluggerät mustergültig landen. Im Moment des Aufsetzens erlischt die Aufnahme, als wäre der eine mit dem anderen Vorgang automatisch verknüpft.

Linda notiert sich die Uhrzeit, zu der die Videoaufzeichnung endet: 15.36 Uhr.

„Dreiunddreißig Minuten Flugzeit," bemerkt Mario ernüchtert. „Ich frage mich, ob sich der Aufwand gelohnt hat."

„Besonders aufschlussreich ist der Film nicht," stimmt Linda Fuchs zu. „Bis auf die beiden Männer." Auch sie hat sich deutlich mehr erwartet. Sie speichert die Sequenz unter dem bereits angelegten Ordner ab, wo sich auch schon der Film vom frühen Abend dieses ominösen Mittwochs befindet.

Linda gehen einige Fragen durch den Kopf. Haben diese Männer etwas mit dem Fall zu tun? Wer sind die beiden? Wenn sie es nicht waren, wie sind dann die tatsächlichen Beteiligten des offensichtlichen Verbrechens in die Halle gekommen? Außerdem stellt sich die Zeitfrage. Wann sind sie in der Halle gewesen? Mittwochnachmittag? Natürlich. Julius Hoppe hat den Blutverlust eindeutig für den Nachmittag ermittelt. Das würde für besagte zwei Männer sprechen, natürlich ohne Gewissheit, ob sie wirklich beteiligt waren.

Drei Thesen gilt es nun zu verfolgen: These Eins: Die beiden Männer, die auf dem Nachmittagsvideo zu sehen sind, haben etwas mit der Tat zu tun. Da das Blut definitiv von weiblichen Personen stammt, stellt sich die Frage, wie

die Opfer in die Halle gelangt sind? Das Video gibt darüber keinen Aufschluss. In Begleitung der Männer waren sie auf jeden Fall nicht.
These Zwei: Der Mord geschah irgendwann zwischen 15.36 Uhr und dem Eintreffen von Hans Neumaier in der Lagerhalle. In jenem Zeitfenster, zu dem es keinerlei Bildmaterial gibt. Etwas mehr als drei Stunden, die zumindest die Erkenntnisse der Gerichtsmedizin bezüglich des Todeszeitpunktes stützen. Des *vermuteten* Todeszeitpunktes, korrigiert sich Linda gedanklich selbst. Hier tappen wir vollkommen im Dunkeln, da es keinerlei verwertbare Hinweise gibt. Bis dato zumindest.
These Drei: Die Tat ereignete sich kurz nach dem Eintreffen von Hans. Ob mit oder ohne dessen Mitwirken, weiß niemand. Fakt ist aber, dass Hans kein Alibi hat. Seine Anwesenheit in der Halle ist dokumentiert. Seine vor Ort gefundenen Spuren unantastbar. Sein anschließendes Verschwinden trägt nicht dazu bei, ihm Absolution zu erteilen. Im Gegenteil: Es erhärtet den Verdacht. Warum sollte er ohne Benachrichtigung seiner Familie und seiner Kollegen untertauchen? Warum ließen sich im Anschluss an seinen Rückzug aus der Öffentlichkeit weder sein Fahrzeug, noch sein Mobiltelefon orten? So etwas macht man, wenn man definitiv nicht gefunden werden will.
Was Linda aber am meisten stört, ist die Reaktion von Hans Neumaier, als er sich vor wenigen Stunden meldete. Jene Reaktion auf die Frage, in welchem Zusammenhang er mit den Hütern des Prozesses stünde. Er wich ihr aus. Er lehnte die Antwort ab. Ihr drängt sich bereits der Gedanke auf, dass das vermeintliche Verbrechen in Verbindung mit den Hütern steht. Welche Rolle Hans Neumaier dabei spielt, bleibt natürlich noch ungeklärt. Je mehr sie darüber nachdenkt, desto nachvollziehbarer hält sie den Ansatz, jemand aus den Reihen des Staatsdienstes könnte sich zum Sympathisanten oder gar als Mitwisser der Hüter etabliert haben. Die Liste der Vermisstenfälle wäre ein stichhaltiges Indiz. Leider lässt sich nicht leugnen, dass sich Hans mit seinem Verhalten als ein solcher Akteur verdächtig gemacht hat.

Vier Polizeibeamte betreten unangemeldet und ohne Anklopfen das Büro von Linda und Mario. Beide erkennen sofort, dass es sich nicht um übliche Beamte handelt, wie sie zu Dutzenden in der Inspektion herumlaufen. Diese sind von oben bis unten schwarz gekleidet. Die Uniform, die Kopfbedeckung, die Stiefel, die Handschuhe, selbst die Waffen scheinen sich der dunklen bedrohlichen Farbe anzuschließen.

Den vier Sondereinsatzkräften folgen zwei Anzugträger. Ein Unbekannter, der offensichtlich das Sagen hat, und Bernd Riedinger, dem die Anspannung ins Gesicht geschrieben steht.
„Sie sind die Kommissarin Linda Fuchs?“ fragt der Unbekannte forsch.
„Ja,“ antwortet Linda überrascht.
„Und wer sind Sie, wenn ich fragen darf?“
Die Frage geht an Mario.
„Mein Name ist Matthes. Kriminalkommissar Matthes. Und ihr werter Name ist…?“
Riedinger verdreht die Augen. Er steht schräg hinter dem Unbekannten. Mit einer flüchtigen Handbewegung versucht er zu unterstreichen, dass Mario unnötiges Fragen unterlassen solle.
„Das tut nichts zur Sache,“ entgegnet der Anzugträger. Ein kleiner Mann Mitte Vierzig, perfekt rasiert, akkurater Haarschnitt, braunes Haupthaar, glatt mit Seitenscheitel. Seine blauen Augen strahlen entgegen seiner Stimme einen Hauch Wärme aus.
„Ist das der Arbeitsplatz von Kriminalhauptkommissar Hans Neumaier?“ Der Chef der Einsatztruppe deutet auf Mario Matthes.
Mario nickt.
„Der Computer des Kollegen Neumaier ist hiermit konfisziert,“ ordnet der Rädelsführer an. Er hält ein Blatt Papier in die Höhe. Obwohl weder Linda noch Mario lesen können, was darauf steht, ahnen sie, dass es sich um den entsprechenden richterlichen Beschluss handelt. Zwei der schwarz gekleideten Beamten machen sich unverzüglich ans Werk und stöpseln das Gerät von den Kabelverbindungen ab. Mario protestiert.
„Ich benötige den PC, solange Neumaier auswärts unterwegs ist.“
Der Unbekannte stutzt. Dann tritt er langsam zu Mario, im steten Blickkontakt zu ihm. „Sie sagten, er wäre auswärts unterwegs? Dann wissen Sie vermutlich auch, wo er sich im Augenblick befindet?!“
Dir werde ich es sicher nicht sagen, denkt sich Mario. Selbst wenn ich es wüsste. Bevor ihm eine passende Antwort einfällt, spricht der Chef der Truppe weiter.
„Ich gehe davon aus, dass Sie keine Aufklärung bezüglich Zurückhaltung von Informationen benötigen?“
„Nein, das brauchen Sie nicht erwähnen. Allerdings kann ich ihnen nichts sagen, was ich nicht weiß.“

„Dann hoffe ich für Sie, dass Sie sich jederzeit darauf besinnen.“ Er dreht sich um und steuert Riedinger an. Auf halbem Weg wird er von Matthes‘ Ausspruch aufgehalten.
„Ich hoffe, das gilt auch für Sie.“
Riedinger fällt aus allen imaginären Wolken und schließt die Augen. Matthes, wie er leibt und lebt. Linda Fuchs steht mit halboffenem Mund da und kann nicht glauben, wie Mario Matthes es auf einen Konflikt ankommen lässt. Miriam, die mittlerweile ins Zimmer gekommen war, dreht sich sofort um, schließt die Trenntür und setzt sich bewegungslos auf ihren Stuhl. In Erwartung auf den großen Knall, der nun zu folgen droht.
Der schnieke Anzugträger dreht sich in Zeitlupentempo zu Matthes um. Wieder fixiert er ihn mit seinem eindringlichen Blick. „Wie meinen Sie?“
„Das war doch nicht schwer zu …“
„Ich bitte Sie, meine Herren,“ grätscht Riedinger dazwischen. „Lassen wir doch dieses alberne Säbelrasseln und konzentrieren uns auf unsere Aufgaben. Matthes, Sie zügeln bitte ihre Zunge! Und Sie, mein Lieber,“ er spricht den energischen Truppführer an, „nehmen Sie den verdammten Computer mit! Und verschonen Sie uns bitte mit ihren Belehrungen. Ich kann ihnen versichern, dass auch wir sehr genau wissen, wie wir unseren Beruf auszuüben haben. Wenn Sie mehr als nur Verdächtigungen haben, dürfen Sie sich wieder bei mir melden.“
Einer der schwarz gekleideten Beamten tritt zu seinem Chef und flüstert ihm etwas ins Ohr.
„Ist das gesichert?“ fragt der kleine Mann den Informationsgeber. Der nickt stumm. Die darauffolgende Order kommt nicht mehr im Flüsterton.
„Schicken Sie ein Team hin!“
Riedinger geht einen Schritt auf den etwas kleineren Mann zu und wirft ihm den bedrohlichsten Blick zu, den Matthes je von ihm gesehen hat. „Was geht hier vor?“
„Wir haben Neumaier!“
Der Anzugträger lächelt nicht. Er verzieht keine Miene. Während seine Mitarbeiter bereits den Raum mitsamt Neumaiers Computer verlassen haben, dreht er sich noch einmal zu Matthes um.
„Ich werde mir ihr Gesicht merken!“
„Ich mir ihres nicht!

23

Freitag,
zwölf Uhr mittags

Ulrike und Hans sehen sich besorgt an. Das Mobiltelefon auf dem Tisch vibriert. Wie mit Volker Degenbruch vereinbart, nimmt Hans das Gespräch an. Natürlich mit jenem Gerät, das Degenbruch ihm am Ende des Gespräches vor wenigen Stunden in dessen Büro übergeben hat.
„Sie haben Neuigkeiten für mich?" fragt Hans neugierig.
„Ja. Ich habe den Kontakt zu Fritz Muckseder hergestellt. Ich habe ihn darum gebeten, mir bei meinen Recherchen behilflich zu sein."
„Sie haben sich als Detektiv zu erkennen gegeben?"
„Die beste Deckung, die es gibt, Herr Neumaier. Niemand schöpft Verdacht, wenn ein Privatdetektiv Ermittlungen anstellt und sich den Rat der Polizei einholt."
„Was sagte er?"
„Wir treffen uns in einer knappen halben Stunde am Parkplatz des Sportgeländes in Walpertskirchen. Ich habe einen Fall von Ehebruch angedeutet, der möglicherweise mit einer Straftat in Verbindung steht."
„Und das hat er ihnen abgekauft?"
„Naja, ein bisschen Überredungsarbeit musste ich leisten, aber schließlich hat er zugestimmt. Jetzt passen Sie auf! Fahren Sie am Sportplatz vorbei Richtung Süden, ungefähr dreihundert Meter. Rechts befindet sich ein Hof, links, ein paar Meter weiter, liegt ein Wäldchen. Dort warten Sie auf uns! Ich werde mit Muckseder dort auftauchen. Ich bringe meinen Hund mit und wir gehen zusammen Gassi."
„Wie romantisch."
„Dafür unauffällig. Ich gehe dort oft mit dem Hund spazieren."
„Gut, ich werde sofort losfahren."

Die vergangenen zwei Stunden sind wie im Flug verstrichen. Hans weiß noch, wie er den Kontakt zu Volker Degenbruch aufgenommen hatte. Nach den Telefonaten mit Ulrike und den Kollegen in der Inspektion. Nachdem er erfuhr, dass in den Reihen der Behörden eine Maulwurfsjagd gestartet wurde

und dass er im Fokus der Ermittler stünde. Es muss ungefähr zwei Jahre her sein, als er den Privatdetektiv Volker Degenbruch im Zuge einer Ermittlung kennenlernte. Damals hatte er schon den Eindruck, mit einem hochintelligenten Menschen zu tun zu haben. Jetzt erinnerte er sich an ihn. Er könnte ihm besser als jeder andere genau die nützlichen Informationen besorgen, die er unbedingt benötigt. Anonymer als jeder andere.
Vor knapp zwei Stunden erreichte er den langgezogenen Gewerberiegel in Markt Schwaben. Ein nüchtern anmutender Bau mit vorgelagerten Parkplätzen und Stichwegen, gesäumt von Werbe- und Informationstafeln. Hans erinnert sich genau. Wie er vor dem Haus stand und die etwa DIN-A4-großen Hinweistafeln studierte. Das gesuchte Schild zierte die Tafel oben rechts. Schlicht und unauffällig. Eine weiße mit schwarzer Schrift:
Detektei Degenbruch, Wir ersetzen Unsicherheit durch Gewissheit,
Zweites Obergeschoss, rechts.
Volker Degenbruch, der mittelgroße Mann mit den schulterlangen dunkelbraunen Haaren und seinem breiten Grinsen, welches auf Hans so unecht wirkte, aber gepaart mit der großen spitzen Nase irgendwie gut zu seinem birnenförmigen Gesicht passte, begrüßte ihn herzlich. „Was verschafft mir die Ehre ihres Besuches? Doch hoffentlich kein Mordfall?"
„Nein, diesmal nicht. Es ist eher privater Natur. Leider befinde ich mich in einem Dilemma. Ich möchte in einer ganz bestimmten Sache ermitteln, kann dies aber aufgrund interner Umstände nicht in der Funktion als Kommissar der Behörden durchführen."
Hans erklärte ihm die Gründe für sein Verhalten, den Wunsch nach mehr Informationen über die Hüter des Prozesses und deren Schreiben, sowie über die merkwürdige Liste mit den Vermisstenfällen. Dabei erwähnte er den Namen Viktor Haubner, über den er ebenfalls mehr wissen möchte. Auch die Idee, Muckseder für seine Zwecke zu gewinnen, besprachen sie.
Degenbruch erläuterte ihm oberflächlich, worum es bei den Manifesten geht. Für eine tiefere Recherche überließ er ihm alle Dateien, auch die Liste, als PDF. Selbstverständlich ist Hans nicht verborgen geblieben, dass der Detektiv Vorbehalte hegte. Er wiederholte mehrfach, dass er keinen gesteigerten Wert auf Probleme mit der Staatsmacht lege.
Neumaier versprach Diskretion, merkte aber sofort, was der Detektiv dachte. Was hat dieser Kriminalkommissar vor? Private Ermittlungen seitens der

offiziellen Behörden sind eher unüblich. Es sei denn, der Betroffene steckt in Schwierigkeiten. Degenbruch ahnte nicht, wie richtig seine Vermutung war. Der Detektiv lehnte sich zurück und musterte Hans Neumaier, seinen neuen Auftraggeber. Bis vor wenigen Minuten waren die Hüter des Prozesses für ihn Schlagzeilen, denen man eine mehr oder weniger ausgeprägte Spur Aufmerksamkeit schenken konnte. Nun schoben sie sich in den Fokus seiner Tätigkeit.

An jedes Wort gegen Ende des kurzen Besuches kann sich Hans Neumaier genau erinnern: „Gut, Herr Neumaier, ich kümmere mich zunächst um den Kontakt zu ihrem Kollegen Muckseder. Danach widme ich mich den Recherchen zu Viktor Haubner. Sie werden von mir hören. ...Sehr bald schon. ...Zu diesem Zweck sollten wir auf Nummer Sicher gehen. Ich denke der Kontakt über ihr Handy ist nicht sehr klug. Ich werde ihnen eines meiner Mobiltelefone leihen. Es ist auf mich registriert und wird fast ausschließlich von mir und meinen Mitarbeitern benutzt. Eine Verbindung zu ihnen ist daher quasi unmöglich."

Hans nahm das Telefon an sich und nickte zustimmend. Eine durchaus gute Idee.

Nach seinem kurzen Gedankensprung in die jüngste Vergangenheit sieht Hans in die Augen von Ulrike. Der sorgenvolle Blick veranlasst ihn dazu, sie wieder in die Arme zu schließen.

„Musst du wirklich schon wieder los?"

„Leider ja. Es gibt wichtige Neuigkeiten, die mir weiterhelfen könnten. Da muss ich hin!"

„Wann kommst du wieder?"

„Weiß ich noch nicht," sagt Hans. „Hängt davon ab, was ich in den nächsten Stunden in Erfahrung bringe. Jetzt pass auf! Du erwähnst mit keinem Wort, dass ich heute bei dir war, verstehst du? Glaube mir, es ist besser so. Also, ich war nie hier, du hast nur kurz von mir telefonisch gehört, du weißt nicht, wo ich stecke, klar?!

„Klar!"

„Gut." Hans küsst Ulrike. Dann streichelt er ihr sanft über die Wange. Er holt anschließend seinen privaten Laptop und einige Dokumente, die auf seinem Schreibtisch liegen. An der Wohnungstür verabschieden sie sich.

„Ich gebe dir Bescheid, wie es weitergeht."

„Melde dich so schnell wie möglich."
Ein letzter, langanhaltender Abschiedskuss und Hans verschwindet im Dunkel des Treppenhauses. Ulrike verfolgt seinen Weg zum BMW, wie er ohne einen Blick nach oben gerichtet einsteigt und davonfährt.
Sieben Minuten später, Ulrike wollte gerade den Wasserkocher einschalten, läutet es an der Tür. Sie öffnet und erblickt einen kleingewachsenen, gepflegt aussehenden Mann in Begleitung dreier hünenhafter Kollegen in bedrohlich wirkender schwarzer Polizeimontur.
„Frau Neumaier?"
„Ja?"
Der kleine Mann zeigt Ulrike einen Dienstausweis der Polizei. „Wir suchen im Zuge einer Zeugenaussage ihren Mann. Ist er zugegen?"

Keine Spur von Furcht in den Augen von Hans Neumaier, als er am Waldrand hinter einigen Sträuchern steht und die Straße vom Sportplatz kommend beobachtet. Bestenfalls Aufmerksamkeit, Umsicht, Wachsamkeit. Dass Ulrike vor knapp zwanzig Minuten äußerst unangenehmen Besuch erhielt, entzieht sich seiner Kenntnis. Zum Glück, denn es hätte seine Vorgehensweise vermutlich grundlegend verändert.
Er muss nicht lange warten, als er zwei Gestalten auf seinen Standort zukommen sieht. Ein mittelgroßer Hund trabt neben den beiden brav einher, geflissentlich nach rechts an den Wegrand ausweichend, um an irgendetwas zu schnüffeln. Eine Minute später erkennt Hans Neumaier die Personen. Es sind Volker Degenbruch, der eine Nick-Knatterton-Mütze trägt, begleitet von Fritz Muckseder, den er trotz der fehlenden Uniform sofort wiedererkennt. Degenbruch muss auf dieses Detail, das Tragen ziviler Kluft, geachtet haben, als er Muckseder zu dem Treffen überredet hat. Etwa auf der Höhe der Strauchgruppe hält Volker Degenbruch an und nimmt seinen Hund, einen bayerischen Gebirgsschweißhund, an die Leine.
„Warten Sie, Herr Muckseder! ...Ich muss Sie noch über eine Kleinigkeit aufklären."
Dann wendet er sich Richtung Wald. „... Hallo? Sind Sie da?"
Sekunden später schlängelt sich Hans Neumaier durch die Buschgruppe und erreicht die beiden auf der asphaltierten Straße. Fritz Muckseder ist die Überraschung förmlich anzusehen.
„Herr Neumaier? Was machen Sie denn hier?"

„Grüße Sie, Herr Muckseder. Verzeihen Sie diese unkonventionelle und merkwürdige Kontaktaufnahme, aber ich hatte keine allzu großen Alternativen.“ Hans entfernt ein paar Zweige von seiner Jacke.
„Ich schließe mich der Entschuldigung an,“ ergänzt Degenbruch. „Ich habe Sie etwas hinters Licht geführt, Herr Muckseder. Das mit dem Ehebruch war fingiert. Es gibt keinen Ehebruch, um den ich mich kümmern muss.“
Der Polizeibeamte aus Dorfen starrt immer noch ungläubig auf die beiden anderen Männer. „Ich verstehe nicht…“
„Macht nichts, Herr Muckseder. Kommen Sie! Wir gehen ein paar Meter.“
Während die drei sich weiter vom Sportplatz entfernen, beginnt Hans Neumaier, Muckseder den Grund des Treffens und die Anwesenheit des Privatdetektivs Volker Degenbruch zu erläutern.
Volker Degenbruch lässt seinen Gebirgsschweißhund wieder von der Leine. Sie sind mittlerweile weit genug vom letzten Hof entfernt. Hans stellt mit Erstaunen fest, wie brav der Hund den Privatdetektiv begleitet. Dass es an der ausgeglichenen, zurückhaltenden und loyalen Natur dieser Rasse liegt, bleibt ein Geheimnis für ihn.
Fritz Muckseder kann seine Ungeduld kaum noch verbergen. „Was genau ist denn jetzt der Grund für dieses Treffen?“
Hans Neumaier weiht Muckseder ausführlich in alle Details ein, angefangen vom Treffen in der Lagerhalle, über die geheimnisvolle Reise zu dem unbekannten Ort, bis hin zum Kennenlernen von Viktor, Nele und Adrian Haubner, sowie den vielen Gesprächen mit ihnen. Er erwähnt, weder ferngesehen, noch Zeitung gelesen zu haben. Über eine Internetverbindung verfügte er auch nicht. Langer Rede, kurzer Sinn: Er habe keine Ahnung, was hier offensichtlich die letzten zwei Tage geschehen ist.
Fritz Muckseders Überraschung ist grenzenlos. „Dann wollen Sie, dass ich herausfinden soll, ob der Mann, also dieser Viktor, wirklich einer von diesen Hütern ist?!“
„Irrtum! Wie schon gesagt, davon gehe ich bereits fest aus! …Ich brauche Sie für die Kontaktaufnahme zu meinen Kollegen in Erding. Sie warnten mich davor, dass ich derzeit im Visier interner Untersuchungen sein könnte und daher besser nicht vor Ort sein sollte.“
„Verstehe! Ich soll also so eine Art Vermittler sein?!“
„Genau. Ein diskreter wohlgemerkt.“

Hans, Fritz, Volker und der Hund biegen in einen Feldweg ein, der eine gleichmäßige, langgezogene Rechtskurve beschreibt.
„Als Schnittstelle werde ich fungieren," empfiehlt Volker Degenbruch. „Meine Kontaktdaten haben Sie."
Muckseder nickt zustimmend.
„Was die Kontaktaufnahme zur Inspektion betrifft, Herr Muckseder, bekommen Sie noch Anweisungen von mir."
„Ist gut."
Hans ergreift wieder das Wort. „Herr Muckseder, ich bin ihnen zu tiefem Dank verpflichtet. Ich bin mir dessen bewusst, dass es gefährlich ist. Wenn Sie also irgendwann das Gefühl haben, Sie könnten meinetwegen in Schwierigkeiten kommen, dann melden Sie sich rechtzeitig."
„Wir können Sie aus dem Spiel nehmen, sobald wir eine entsprechende Nachricht von ihnen erhalten," ergänzt Degenbruch eindringlich. Fritz Muckseder nickt wieder. Mehr reflexartig, als aus Überzeugung. Ein merkwürdiges flaues Gefühl breitet sich in seiner Magengegend aus. Er verspürte ein solches Gefühl noch nie zuvor. Wohlwollende Aussagen hin oder her. Mulmig ist ihm trotz der Zusicherung doch.

24

Freitag,
kurz nach Mittag

Renata Barrios sitzt auf der Kante des Krankenbettes und blickt durch das nahe Fenster. Ihre Unterschenkel baumeln locker hin und her. In der linken Hand hält sie einen Becher mit Kaffee, den ihr eine der Schwestern vor ein paar Minuten gebracht hat. Die Ärztin war gerade da und hat Besuch angekündigt.
Renata nimmt einen Schluck. Es scheint, als werde alles wieder gut.
Ein leises Klopfen lenkt Renatas Aufmerksamkeit zur Tür. Sie wendet sich ihr zu. Eine großgewachsene Frau mit roten Locken und die Krankenschwester, die ihr den Kaffee serviert hat, betreten den Raum. Dicht gefolgt von einer dunkelhaarigen Frau, die vor lauter Wiedersehensfreude die mitgebrachte kleine Ledertasche fallen lässt und schnurstracks an den beiden anderen vorbeieilt, um ihre Tochter in die Arme zu schließen.
„Renata, Schatz."
„Mama!"
„Bin ich froh, dass dir nichts passiert ist."
Renata und Isabella Barrios erwecken angesichts der innigen Umarmung den Eindruck eines Menschen mit vier Armen, vier Beinen, zwei Köpfen, aber nur einem Körper.
„Yasmin?" fragt Isabella Barrios besorgt.
Renata schüttelt nur zögerlich mit dem Kopf. Dann wird sie wieder in den Arm genommen. „Wo ist sie? Seid ihr nicht zusammen gewesen?"
„Nein," wimmert Renata mit feuchten Augen. „Schön, dass du da bist, Mama."
Isabella lächelt, nimmt Renatas Kopf zwischen ihre beiden Hände und küsst sie auf die Stirn.
„Ich bin so erleichtert, Renata."
Dann fällt ihr Blick auf die Kleidung ihrer Tochter. „Was hast du da an?"
„Haben mir die Schwestern gegeben," antwortet Renata wahrheitsgemäß. Unbeholfen präsentiert sie sich in dem beigen Jogginganzug, bestehend aus Schlabberhose und nicht minder unelegantem Sweatshirt. Die Bandagen an

den Hand- und Fußgelenken vermag sie geschickt zu verbergen. „Die Sachen, die ich anhatte, waren völlig durchnässt und dreckig."
Isabella Barrios dreht sich um. „Ich habe dir etwas zum Anziehen eingepackt, Schatz. ...Hier, in der Tasche."
Sie hebt die Ledertasche vom Fußboden auf und stellt sie auf den nahen Tisch. Linda tritt einen Schritt näher, räuspert sich und wendet sich an die Familie Barrios.
„Entschuldigen Sie, wenn ich unterbreche, aber ich muss darauf bestehen, dass ich mit ihrer Tochter spreche. ...Jetzt!"
Erst jetzt richtet sich Renatas Fokus zu der großen Frau mit den rötlichen Haaren. Linda Fuchs tritt noch einen weiteren Schritt vor.
„Ich heiße Linda Fuchs. Erinnern Sie sich? Wir haben uns heute früh schon einmal kurz unterhalten. Fühlen Sie sich in der Lage, mir noch ein paar Fragen zu beantworten?"
Renata wechselt einen kurzen Blick mit ihrer Mutter und stimmt dann nickend zu. Linda nimmt sich einen der Stühle unweit der Tür und stellt ihn seitlich neben das Fußende des Bettes. Dann wendet sie sich an Isabella Barrios.
„Lassen Sie uns bitte für einige Minuten alleine! Seien Sie so nett!"
„Aber meine Tochter..." setzt sie an, doch Linda Fuchs fällt ihr spontan ins Wort, ohne schroff zu wirken.
„Ich habe ein paar Fragen, die ich ohne ihr Beisein stellen muss. Haben Sie bitte Verständnis. Ich versichere ihnen, dass danach noch genug Zeit für familiäre Dinge bleibt."
„Ist schon gut, Mama," sagt Renata beschwichtigend und nimmt ihre Mutter nochmals kurz in den Arm. „Es ist in Ordnung. Warte bitte draußen auf uns."
„Bist du sicher?"
Renata nickt entwaffnend. Die Krankenschwester begleitet Isabella aus dem Zimmer. Renata setzt sich wieder auf die Bettkante, nachdem die Tür ins Schloss gefallen ist.
„Was wollen Sie von mir wissen?"
Im Krankenzimmer herrscht nun für einige Sekunden absolute Stille. Linda holt ein Diktiergerät heraus und legt es auf die weiße Bettdecke.
„Haben Sie etwas dagegen, wenn wir das Gespräch aufzeichnen? Dann kann ich später ein Protokoll anfertigen lassen und sie müssen nicht nochmals deswegen in die Inspektion kommen und alles noch einmal erzählen."
Renata nickt.

„Gut, zunächst bestätigen Sie bitte ihre Identität," sagt Linda in sachlichem Tonfall. „Ihr Name ist Renata Barrios?"
„Ja."
„Geboren am 04.Februar 2003 in Alicante?!"
„Ja."
„Spanische Staatsangehörigkeit?"
„Und Deutsche. …Doppelte Staatsbürgerschaft."
Linda nickt.
„Gut. Fangen wir, bevor wir uns über Hergang und Ablauf ihrer Erlebnisse unterhalten, mit ihrer Schwester an. …Yasmin."
Renata sieht kurz zu Boden und richtet ihren Blick anschließend wieder der Kommissarin zu.
„Sie sagten gerade, Sie wissen nicht, wo ihre Schwester sich aufhält?!"
„Ja, das stimmt."
„Renata, bei unserem ersten Kontakt haben Sie sehr merkwürdig reagiert, als ich Sie auf mögliche Geschwister angesprochen habe. Sie begegneten uns gegenüber äußerst aggressiv und sprachen sehr konkrete Vorkommnisse aus. Ich darf Sie zitieren: *…Sie wollen mich ermorden!* …Renata, was ist vorgefallen? Wer will Sie ermorden?"
Linda verzichtet diesmal bewusst auf die Nennung der Schwester. Renata Barrios soll und muss es von sich aus berichten. Die junge Frau wirkt unsicher und nervös. Immer wieder weicht sie den Blicken der Kommissarin aus und sieht aus dem Fenster. Doch irgendetwas nagt an ihr, das spürt Linda förmlich. Sie will ihr etwas mitteilen, fürchtet sich aber davor.
„Vertrauen Sie mir, Renata."
Nach einer gefühlten Ewigkeit antwortet Renata. Ihre Stimme klingt schwach und besorgt.
„Sie dürfen das meiner Mutter nicht sagen. Versprechen Sie mir das!"
„Das kann ich nicht versprechen, Renata," sagt Linda. Sie schnauft leise durch. „Ich bin sicher, Sie können sich ihrer Mutter anvertrauen. Später. …Morgen. …Übermorgen."
„Ich weiß nicht. …Vielleicht haben Sie recht." Renata lächelt gequält.
„Dann wiederhole ich jetzt noch einmal meine Frage: Wer, glauben Sie, wollte Sie ermorden?"

Nach einer kurzen Pause hebt Renata den Kopf. In ihren Augen haben sich Tränen gebildet. Nur der Gesichtsausdruck passt nicht dazu. Entweder Wut oder Entsetzen, vermutet Linda. Aber auf keinen Fall Furcht.
„...Yasmin und ihr Freund!"
Linda stutzt einen Moment. Ein unfassbar schwerer Vorwurf.
„Renata, sind Sie sich der Schwere der Aussage bewusst?"
„Ja, verdammt. ...Yasmin und Emil wollten mich töten. Sie wollten mich umbringen!"
Der Wutausbruch von Renata Barrios überrascht Linda. Ebenso der direkte Tatvorwurf bezüglich der Schwester und deren Freund. Die junge Frau mit den langen schwarzen Haaren springt auf und beginnt, neben dem Bett auf und ab zu laufen. Isabella Barrios stürmt ins Zimmer und starrt die beiden Frauen mit aufgerissenen Augen an.
„Wir haben Schreie gehört. Was ist passiert?"
Die Krankenschwester hält Isabella Barrios zurück. Linda steht auf und geht ihr entgegen.
„Sie können ganz beruhigt sein, Frau Barrios. Es ist alles in Ordnung. Gehen Sie bitte wieder raus in den Flur und nehmen dort Platz!"
Nur zögernd lässt sich Renatas Mutter aus dem Raum komplimentieren. Sie traut den Beteuerungen nicht.
Renata, die junge Deutschspanierin, wirft Linda Fuchs einen reumütigen Blick zu, nachdem sie nun wieder unter sich sind.
„Es tut mir leid. Ich wollte Sie nicht erschrecken."
„Kein Problem," erwidert Linda. „Können wir weitermachen?"
„Ja, von mir aus," sagt Renata und setzt sich auf die Bettkante. Linda Fuchs prüft, ob das Diktierband noch läuft. Die Aufnahme wurde nicht unterbrochen. Die Kommissarin fährt fort.
„Was genau ist passiert, Renata? Was hatten Yasmin und ihr Freund Emil vor?"
„Ich weiß nicht," wispert die junge Frau.
„Kennen Sie den Nachnamen von Emil?"
„Pensenstadler. ...Er heißt Emil Pensenstadler."
„Gut, Renata. Das bringt uns schon weiter. ...Jetzt zum Motiv. Können Sie mir sagen, warum die beiden das machen wollten?"
„Keine Ahnung," murmelt Renata. „Ich weiß nur, dass ich ihnen offensichtlich bei irgendetwas im Weg war und sie mich beseitigen wollten."

„Und wie?"
„Ich glaube, sie wollten mich verbluten lassen."
„Wie bitte?" Linda glaubt nicht richtig gehört zu haben. Welch merkwürdige Tötungsmethode, die Renata anspricht.
„Sie haben mir Kanülen in die Arme gesteckt, um mir mein Blut zu entnehmen. Links und rechts. Warten Sie, ich kann ihnen die Einstichstellen zeigen."
Renata krempelt die Ärmel hoch, schiebt die Bandagen etwas zur Seite und streckt Linda ihre Unterarme entgegen.
„Sehen Sie!"
In beiden Armbeugen sind eindeutige Einstichstellen zu erkennen. Lindas medizinische Fachkenntnisse sind zwar nur rudimentär, aber die Male an den Armen sind so klar, dass sie den Aussagen der jungen Frau Glauben schenkt. Trotzdem nimmt sie sich vor, später Julius Hoppe für eine fachliche Bestätigung hinzuzuziehen.
„Das sieht ja furchtbar aus. Wie ist das abgelaufen? Haben Sie sich nicht gewehrt?"
Renata Barrios deutet auf die Mullbinden an ihren Handgelenken.
„Haben Sie schon vergessen?"
Linda schüttelt den Kopf. „Oh, entschuldigen Sie. ...Natürlich! Ich erinnere mich. ...Sie waren gefesselt."
„Kabelbinder!"
Linda versucht, den Faden wieder aufzunehmen.
„Können Sie sich entsinnen, wo die beiden diese Straftat verüben wollten? Der Tatort könnte uns wichtige Hinweise geben."
„Leider nicht," erwidert Renata. „Ich kann mich nur erinnern, dass es sich um eine Art Küche gehandelt hat. Alles war gefliest. Die Wände, der Fußboden, alles, außer die Zimmerdecke."
„Hatte der Raum, in dem Sie sich befanden, Fenster?"
„Ja, aber sie waren verschlossen. ...Mit Holzbrettern glaube ich."
Linda denkt nach. Vermutlich ebenerdig. Es ist wahrscheinlich, dass die vermeintliche Küche zu einem Gebäude gehört, das ruhig und abseits liegt. Eventuell ein Anwesen in einem Wald? ...Eine Jagdhütte oder ein Forsthaus? Alles sind mögliche Optionen.
„Sagen Sie, wie konnten Sie sich eigentlich befreien? Sie waren doch gefesselt?!"

„Ja, auf einer Pritsche. Aber irgendwann hat meine Schwester die Fesseln gelöst. Zu diesem Zeitpunkt habe ich wohl schon viel Blut verloren. Mir war ziemlich schwindelig. Und ich konnte nicht mehr richtig sehen. Nur noch schemenhaft. Es war schrecklich. Ich hatte furchtbare Angst."
„Sie hat die Fesseln einfach so gelöst?" fragt Linda nach.
„Ja. Sie hat mich in so eine Art Kammer oder Verließ gesperrt. Kaum größer als zwei Quadratmeter und stockdunkel. Direkt neben dem Raum mit der Pritsche."
„Wie konnten Sie aus diesem Verließ entkommen?" bohrt Linda Fuchs nach.
„Ich weiß es nicht genau," antwortet Renata und sieht ziellos aus dem Fenster. „Irgendwann war ich wohl ohnmächtig. Als ich aufwachte, war es bitterkalt in dem Versteck. Ich konnte ..."
Sie verharrt kurz, als würde ein Stück Erinnerung zurückkehren. „...Moment. Das untere Scharnier. ...Jetzt weiß ich es wieder! ...Ich konnte das untere Scharnier der Tür ertasten. Zwei der Schrauben waren etwas locker. Es hat ein wenig gedauert, bis ich sie vollständig gelöst hatte, aber so konnte ich die Tür aushebeln und die enge Kammer verlassen."
„Und dann? Wie ging es weiter?"
„Im Haus war niemand mehr. Ich wollte nur weg. So schnell wie möglich weg! Ich rannte zur Tür, lief ins Freie und rannte so schnell es ging in Richtung Wald."
„Das Gebäude lag also neben einem Wald?"
Renata nickt. Die Puzzlestücke fügen sich langsam zu einem Bild zusammen.
„Ja. Direkt daneben. Ich hatte immer noch furchtbare Angst. Ich wusste nicht, wo die beiden waren. Daher wollte ich so schnell wie möglich verschwinden. Ich dachte, im Wald hätte ich den besten Schutz."
„Das haben Sie gut gemacht, Renata," lobt die Polizeibeamtin. „Sagen Sie, können Sie sich noch an die Route erinnern, die Sie gelaufen sind, bevor man Sie auf dem Weg nahe Ottenhofen gefunden hat?"
Renata Barrios sieht die Rothaarige ernst an. Die Frage, so logisch und wichtig sie auch ist, kann sie nicht beantworten.
„Tut mir leid. Ich war wie von Sinnen vor Angst. Ich musste dauernd daran denken, was sie mir antun würden, wenn sie mich finden. Ich bin einfach nur um mein Leben gerannt."

25

Freitag,
kurz vor ein Uhr nachmittags

Martina, Lukas und Harry registrieren die Geräusche außerhalb der Hütte. Harry huscht zum Fenster und wagt einen prüfenden Blick. Dann nickt er.
„Ute!"
Er öffnet die Tür, damit Ute und Aicha eintreten können. Beide setzen sich auf die Kissen und vervollständigen die Fünfergruppe.
„Hat alles gut geklappt?" fragt Lukas.
„Ja," bestätigt Ute. „Das Auto steht hinten kurz vor dem Wendehammer. Fällt momentan gar nicht auf. Aber ich denke, innerhalb der nächsten Stunde lichten sich die Parkplätze. Freitagnachmittag. Feierabend. Die Arbeiter hauen dann alle ab ins Wochenende."
„Sou-Sou, in spätestens dreißig Minuten müsst ihr gehen, verstanden?!"
Die Ansage von Lukas Schreiber kommt unerwartet, aber nicht überraschend. Er und seine Mitbewohner wollen nicht das geringste Risiko eingehen. Ein einzelner Wagen in einem Gewerbegebiet könnte unnötige Aufmerksamkeit erregen, Daher müssen sie rechtzeitig aufbrechen. Ein Argument, das akzeptiert werden muss.
Wie lange ist das her, als Lukas ihr Wein aus Pappbechern anbot?! Jetzt sitzen sie, Martina, Aicha, Lukas, Ute und Harry, auf weichen Kissen rund um ein kleines leeres Holzfass, welches als Ablage für die Getränke dient. Inmitten steht eine schlanke Kerze, die schummriges Licht in der relativ dunklen Hütte spendet. Lukas füllt den billigen Rotwein in die Pappbecher nach. Danach bricht er das Schweigen.
„Was machst du hier? Haben dich meine Eltern geschickt?"
„Nein. Das ist nicht der Grund." Martina zögert einen Augenblick. Es wäre ihr am liebsten, wenn Ute und Harry den Raum verlassen und sie mit Lukas unter vier Augen reden könnte. Jedoch ist ihr bewusst, dass sich alle drei, Ute, Harry und Lukas, aus irgendeinem Grund in dieser Hütte verstecken. Keiner wird den Schutz der Hütte freiwillig aufgeben.

„Ich bin eher zufällig über deinen Namen gestolpert,“ erzählt Martina weiter. „Ich bin heute auf eine Liste gestoßen. Sie wurde im Internet veröffentlicht. Eine Liste mit Vermisstenmeldungen.“
Lukas schweigt und nickt. Er sieht Martina lächelnd an. Die Journalistin fährt fort. „Es wurde mehrfach darauf hingewiesen, dass die Liste nicht von den zuständigen Behörden, sondern von einer Gruppe, die sich Hüter des Prozesses nennen, veröffentlicht wurde. Ich frage mich nun, was das Ganze soll? Wozu eine Vermisstenliste bekannt machen? Was für einen Sinn soll das haben?“
„Ist das nicht logisch?“ fragt Lukas. Martina Sussek schüttelt den Kopf.
„Es geht um eine Form der Sensibilisierung. Die Hüter wollen, dass man sie ernst nimmt.“
„Ich denke, das haben sie erreicht. Die Behörden sind meines Wissens schon mächtig am Rotieren.“
„Es geht nicht um die Behörden, Sou-Sou. Es geht um alle! Die gesamte Bevölkerung! Alle müssen sich darüber klar werden, dass sie sich dem Aufklärungsprozess nicht entziehen können. Darum geht es!“
„Und warum stehst du auf der Vermisstenliste?“
„Weil eine Freundin mich gemeldet hat,“ antwortet Lukas.
„Eine Freundin? Du hast ...“
„Und wenn es so wäre?“
Lukas nimmt einen Schluck Wein. Er blickt Martina in die Augen. Ob sie eifersüchtig ist? Nach all der Zeit?
„Wir sind gute Kumpel.“
„Gute Kumpel also?!“
„Hast du was anderes vermutet?“ Lukas grinst. Martina lächelt zurück.
„Ach, Lukas. Es geht mich nichts an. Lassen wir es einfach!“
Harry, der Hüne, schließt sich dem verbalen Austausch an. „Und was treibt dich dazu, einem Vermissten nachzuschnüffeln?“
„Ich bin neugierig geworden,“ antwortet Martina. „Ich kann mir das nicht vorstellen, dass auf einmal so viele Menschen verschwinden. Völlig unnormal! Das fällt doch auf. Ich habe mir gedacht, es gibt nur zwei Möglichkeiten: Entweder stimmt das alles wirklich, oder eine Menge dieser Leute von der Liste haben sich aus freien Stücken versteckt.“ Martina wendet sich direkt an Harry. „Was ist mit dir? Warum bist du hier?“

„Das geht dich nichts an,“ reagiert Harry schroff. Lukas versucht zu beschwichtigen.
„Harry, lass es gut sein. Für Sou-Sou lege ich meine Hand ins Feuer. Die schwärzt uns nicht an.“
„Wollen wir es hoffen!“
„Wir müssen noch ein wenig durchhalten, verstehst du?“ erklärt Lukas. „Noch ein paar Tage von der Bildfläche verschwunden bleiben.“
„Jetzt, da ich dich gefunden habe, ist meine allererste Frage ja beantwortet,“ merkt Martina Sussek schmunzelnd an. „Du wurdest nicht entführt oder ermordet oder so etwas.“
„Unkraut vergeht nicht, das weißt du doch?!“
„Klar, Lukas. Aber eine zweite Frage kannst du mir noch beantworten.“
„Schieß los!“
„Glaubt ihr wirklich, dass sich die große Masse der Bevölkerung durch so eine Aktion mitnehmen lässt?“
„Wir sind davon überzeugt. Es kann sein, dass es ein wenig dauert, weil es immer noch genügend Langschläfer gibt, die nicht bemerkt haben, wie sie für dumm verkauft wurden. Aber es werden täglich mehr, die begreifen, was in den letzten Jahren schiefgelaufen ist.“
„Dazu bräuchtet ihr die Mainstreammedien,“ merkt Aicha an. „Ohne die erreicht ihr nicht mal ein Viertel der Leute.“
„Das mag sein,“ antwortet Harry, „aber die werden ab einem bestimmten Zeitpunkt gar nicht anders können, als auch über die Hüter, ihre Manifeste, die Maßnahmen, die ganzen Folgen, die sich schon ergeben haben und noch ergeben werden, zu berichten. Sie werden schlicht von den Ereignissen überrollt.“
„Man sieht es doch schon an der Vermisstenliste,“ stellt Ute fest. Die blonde Frau schiebt ihre langen Haare hinter ihr linkes Ohr. „Eine einfache Liste, die für so viel Unruhe sorgt. Die ersten der Alt-Medien berichten bereits darüber.“
„Ich könnte euch helfen,“ wirft Martina spontan ein.
Ute, Harry und Lukas sehen sie mit großen Augen an.
Martina fährt fort. „Ich bin Journalistin. Aicha auch. Wir arbeiten für *FBJ-Media.* Wir sind ein online-Portal. Bundesweite Resonanz, versteht ihr?“
„Und wie soll das funktionieren?“ fragt Ute skeptisch.
„Ich habe noch keinen konkreten Plan, aber es gibt durchaus interessante Ansätze. Ich dachte zum Beispiel an eine Reportage über die Hüter. Nicht

nur oberflächlich, quasi schreiben, was ohnehin schon alle wissen, sondern Neues, Überraschendes, etwas, was die Leute fesselt und neugierig macht."
„Das klappt nie," wirft Harry betreten ein, begleitet von einer vielsagenden Handbewegung. „Deine Freundin hat recht. Es müsste der Mainstream sein."
„Die kann ich leider nicht beeinflussen," erwidert Martina Sussek. „Aber vielleicht hilft einfach nur ein Knaller! Ein Interview zum Beispiel!"
„Mit wem?" fragt Harry und lacht laut auf. „Mit einem von uns? Wow, klasse! Das wir die Leute aus den Socken hauen!"
„Ich rede nicht von euch. ...Ich rede von einem der Hüter!"
Jetzt lachen Ute, Harry und Lukas im Chor. Martina fühlt sich fast ein wenig bloßgestellt. Lächerlich gemacht von ein paar Menschen, die sich vor der Welt verstecken.
„Ich meine es ernst!" ruft sie. Sofort kehrt Ruhe ein. Alle Augen sind auf Martina gerichtet.
„Lukas, kannst du Kontakt zu den Hütern herstellen?"
„Nein!"
„Bitte, Leute! ...Wir stehen auf eurer Seite! Wir arbeiten seit fast drei Jahren daran, diese Pandemieverbrecher irgendwie dranzukriegen."
„Es geht nicht, Sou-Sou! Ich kenne diese Hüter nicht."
Martina sieht ihren Freund aus Kindertagen an.
„Bitte!"
„Es geht nicht. ...Ich kann dir nicht helfen."
Er scheint es ernst zu meinen. Irgendwie auch nachvollziehbar. Die Hüter haben sicher für ihren eigenen Schutz gesorgt. Und dazu gehört Anonymität.
„Es war den Versuch wert," meint Aicha tröstend. Sie sieht Martina an, wie enttäuscht sie ist.
Lukas nimmt sie in den Arm. „Es tut mir leid. ...Wirklich."
„Trotzdem danke, Lukas. Ich freue mich zumindest, dass es dir gut geht."
Martina Sussek und Lukas Schreiber umarmen sich weiterhin. Eine Geste, die sie so lange vermisst hat. Aicha sieht auf die Uhr.
„Es wird Zeit, Martina. Wir sollten demnächst aufbrechen."
Martina nickt. Sie und ihre Partnerin verabschieden sich. Martina überlässt Lukas ihre Mobilfunknummer. ...Für später irgendwann, wenn der ganze Zirkus vorbei ist.

Die beiden Journalistinnen steuern auf den Trampelpfad zu, drehen sich noch einmal um, winken den drei Hüttenbewohnern zu und verschwinden hinter den Sträuchern im Dickicht.
Harry nimmt Lukas am Arm, als sie wieder in der Hütte sind.
„Sag mal, was sollte das gerade?“
„Was denn?!“
„Warum verzichtest du auf eine solche Chance?“
„Das ist keine Chance, Harry. Es ist aber vielleicht eine Falle, verstehst du?“
„Ich hatte den Eindruck, du vertraust ihr.“
„Das habe ich schon einmal getan.“
„Und du bist böse auf die Schnauze gefallen, nicht wahr?“ sagt Ute, als wüsste sie die Antwort schon.
Lukas Schreiber nickt. Die Erinnerungen an die Jahre mit Martina kehren zurück. ...Gute wie schlechte!

Der Spaziergang mit dem Hund strebt seinem Ende entgegen. Die Gruppe um Hans Neumaier, Fritz Muckseder und Volker Degenbruch samt Hund erreicht die asphaltierte Straße, die wieder zu der Stelle neben dem Wäldchen führt, an der sich die drei getroffen haben.
Der Privatdetektiv nimmt kurz die Mütze ab und wischt sich den dünnen Schweißfilm von der Stirn.
„Herr Neumaier, ein kleines Problem sollten wir noch besprechen.“
„Und das wäre?“
„Sie dürfen sich auf absehbare Zeit nicht mehr mit ihrer Frau treffen! Es ist zu gefährlich! Wenn das stimmt, was sie mir über die mögliche interne Ermittlung gegen Sie berichtet haben, wird auch ihr privates Umfeld überwacht.“
„Das sehe ich genauso,“ schließt sich Muckseder an.
„Ich weiß!“ Hans wirkt entschlossen. „Darüber habe ich mir auch schon den Kopf zerbrochen. Es liegt nahe, dass ich mich den internen Ermittlungen entziehen sollte. Aber wie wirkt das auf die Kollegen? Sie könnten es als Eingeständnis einer Schuld werten.“
„Welcher Schuld?“ fragt Fritz Muckseder.
„An der Weiterleitung der Vermisstenliste beteiligt zu sein,“ antwortet Hans Neumaier. „Vielleicht stellt man sogar einen Zusammenhang zu den Manifesten her und verwickelt mich auch in diese Geschichte.“

Degenbruch nickt. „Es stimmt, was Sie sagen, Herr Neumaier. Aber ein bis zwei Tage Recherche könnten uns dienlich sein, um ihre Unschuld nicht nur zu behaupten, sondern auch zu beweisen. Das sollten Sie bitte nie außer Acht lassen. Sie sind ein hervorragender Polizeibeamter," stellt Degenbruch mit wohlwollender Stimme fest. „...Herr Neumaier, wir werden uns einen Weg überlegen, wie wir die Sache lösen können. Und zwar ohne Risiko für alle Beteiligten."
Hans schüttelt mit dem Kopf. Ein alles andere als befriedigendes Ergebnis.
„Ich habe zunehmend das Gefühl, dass ich alles nur noch schlimmer mache. Das Ganze gerät aus den Fugen. Ich weiß nicht! Mag sein, dass ich mich täusche, aber vielleicht ist es besser, ich stelle mich und kläre die Sache auf. Schließlich habe ich nichts verbrochen. Auch diese Möglichkeit sollten wir in Betracht ziehen."
„Ein sehr großes Risiko, Herr Neumaier. Bedenken Sie, dass die Behörden unter enormem Druck stehen. Sie brauchen für ihren Lapsus mit der Liste einen Sündenbock. Und das werden vermutlich Sie sein!"
Fritz Muckseder hält kurz inne und mimt den Nachdenklichen.
„Wie wäre folgender Vorschlag: Wir nehmen Herrn Degenbruchs Ansatz auf, ein bis zwei Tage Ruhe zu bewahren. Sie kommen für die zwei Tage zu mir. In meine Privatwohnung. Ich wohne in Dorfen, in einer kleinen Zwei-Zimmer-Wohnung. Über die Tiefgarage hätten wir unbemerkt Zutritt. Dort wären Sie sicher untergebracht. Ihr Aufenthalt wäre total unauffällig. Und Herr Degenbruch nutzt die gewonnene Zeit, um an Informationen zu kommen."
„Ich halte diesen Vorschlag für sinnvoll," kommentiert Degenbruch Muckseders Rede. „Eine bessere Alternative sehe ich nicht. Sich zu stellen, dürfte die schlechteste Option sein. Im Falle einer Inhaftierung wären Sie aller Möglichkeiten beraubt, ihre Unschuld zu beweisen. Auch meine Spielräume würden sich enorm einschränken."
Hans denkt nach. Je länger er die Argumente abwägt, desto unsicherer wird er in seiner Entscheidung. Er wirft Fritz Muckseder einen fragenden Blick zu. Einem Mann, den er schon über zehn Jahre kennt. Ein Kollege, der bereit ist, ihm in einer schwierigen Situation behilflich zu sein. Hans muss sich eingestehen, dass es sich bei Muckseder nicht nur um einen Kollegen, sondern bereits um einen Freund handelt.
Dann wendet er seinen Blick zu Volker Degenbruch. Ein Detektiv durch und durch. Glasklare Analytik, klarer Verstand, innovatives Handeln. Das alles

zeichnet diesen Mann mit der Knatterton-Mütze auf dem Kopf aus. Er erinnert sich an den erst wenige Stunden zurückliegenden Besuch bei ihm. Er selbst, Hans Neumaier, hat den Detektiv aufgesucht, um sich seine Dienste zu sichern. Er hat ihn mit diversen Recherchen beauftragt. Ihn jetzt wieder davon zu entheben wäre ein Armutszeugnis.
Sein letzter Blick fällt auf den Gebirgsschweißhund, der neben Volker Degenbruch sitzt. Er legt den Kopf schräg und sieht Hans mit seinen treuen braunschimmernden Augen an. Als wolle der Hund ihm sagen: *Was willst du eigentlich? Du hast das beste Team um dich herum, welches du derzeit haben kannst. Nimm es an und lass sie ihre Arbeit machen.*
Hans beginnt zu lächeln und nickt.
„Ist gut. Ich stimme zu. ...Herr Muckseder, ich danke für ihr Angebot und nehme es gerne an."
„Prima."
„Sie, Herr Degenbruch, kümmern sich um die Causa Haubner."
„Wie versprochen, Herr Neumaier."
„Worauf warten wir noch?" fragt Fritz Muckseder.
„Mein Wagen," merkt Hans nachdenklich an. „Er steht etwa zweihundert Meter unterhalb des Waldes."
„Fahren Sie ihn zum Bahnhof nach Walpertskirchen," schlägt Muckseder vor. „Ein Auto auf einem Bahnhofparkplatz fällt nicht auf. Ich hole Sie dort ab."
„Nehmen Sie alles aus dem Wagen mit," erinnert Degenbruch den Kommissar. „Sie sollten keinerlei Hinweise hinterlassen."
„Gut, so machen wir es!"
Hans Neumaier begibt sich zum Waldweg, während Fritz Muckseder den Privatdetektiv zum Sportgelände des kleinen Ortes begleitet.

26

Freitag,
vier Uhr nachmittags

Viktor Haubner atmet die kühle Luft neben dem geöffneten Fenster ein. Das erfrischende und wohltuende Gefühl ist immer wieder ein Genuss. Der Platz neben dem Panoramafenster ist eine seiner Lieblingsstellen. Am Fensterrahmen angelehnt die Umgebung visuell aufnehmen und sie auf sich wirken lassen. Und doch gab es in den letzten Minuten etwas noch Schöneres.

Er war gerade bei Nele. Über zwei Stunden lang. Sie hat ihm zugelächelt, als er neben ihrem Bett auf dem Stuhl saß und ihre Hand hielt. Viktor genießt es jedes Mal, wenn er ihr Geschichten aus der Vergangenheit erzählt. Von ihrer Kindergarten- und Schulzeit, Berichte von Kindergeburtstagen, an die er sich noch gut erinnern kann. Anekdoten von ihren gemeinsamen Urlauben, als Mutter noch da war. Damals in Italien, als Nele und Adrian am Strand spielten und im Meer Schwimmen waren. Als die Welt noch in Ordnung war. Vor der Pandemie.

Nele hat heute sogar reagiert, als er ihr einen Lutscher in die Hand gedrückt hat. Als sie ihn zum Mund geführt und abgeleckt hat. Als sie ihn mit einem Strahlen im Gesicht genoss. Ihr Bruder kam ins Zimmer und gesellte sich zu ihnen. Sie hat ihn natürlich registriert, als er sich auf die Bettkante setzte. Alles gute Zeichen. Und doch bleibt die traurige Erkenntnis, dass eben nichts mehr so sein wird wie früher. Alles bloß wegen einer geringen Menge Flüssigkeit aus einer Spritze, die andere Folgen hatte als die, die man ihnen vorgaukelte.

Beiläufig streift sein Blick die große Wanduhr neben der Zimmertür:
15.58 Uhr.

Noch eine Stunde, bis das vierte Manifest veröffentlicht wird. Es wird Zeit, ein letztes Mal den Text zu prüfen, obwohl er bereits dutzendfach auf Rechtschreib- oder Tippfehler untersucht wurde. Der schlaksige Mann setzt sich an seinen Schreibtisch, startet den mobilen Computer und aktiviert die gewünschten Programme.

Noch bevor er mit der Arbeit beginnen kann, läutet eines der drei Mobiltelefone, die ordentlich nebeneinander an der linken Tischkante liegen. Viktor greift nach jenem in der schwarzen Schutzhülle und nimmt das Gespräch an.
„Ja?“
„Ich rufe wegen ihrer Kreation an.“
„Welche meinen Sie?“
„Hühnerfrikassee mit Champignons und weißen Bohnen. Ich möchte es gerne mit einer neuen Anregung kommentieren.“
Zwei Wörter aus dem letzten Satz potenzieren Viktors Aufmerksamkeit im Panoramazimmer: ...*Neue Anregung*. Ein eindeutiger Hinweis auf eine neue, unerwartete Entwicklung. Langsam lässt er die eingeatmete Luft entweichen und fährt mit milder Stimme fort.
„Tun Sie sich keinen Zwang an. Ich freue mich über jeden Beitrag, der mein Rezept veredelt. Sie kennen den Link?“
„Ja, er ist mir bekannt. Ich logge mich gleich ein. Danke sehr.“
„Bis dann.“
Das Gespräch endet genauso emotionslos, wie es begann. Viktor grübelt kurz, welcher Absicht er Vorrang einräumt. Der Textprüfung oder dem Beitrag zur Rezeptveredelung? Er entschließt sich zu letzterem.
Ein paar Sekunden später befindet er sich im Internet auf der Webseite mit den Rezeptideen. Er loggt sich als *Charlotte78* ein, klickt das Rezept mit dem Hühnerfrikassee an und erhält sofort alle Mitteilungen angezeigt.
Viktor muss knapp zwölf Minuten warten, bevor ein frischer Kommentar angezeigt wird, der ihn interessiert.

Paprika kann tief über etwa dreißig Stücke Melissa dabei sein. Legt bitte euer Motiv bei. Habe Kiew Eddi, vom Broccoli erzählt. Lisbeth wird bei Bäcker Oliver das Kilo Semmel wohl mit Begierde von Susanne Kreuz zu gutes Letzt dabei vom Sesam einige nehmen. Dietmar, exklusiv lese, wer Frost nur Klima zu Ziele gemessen. Susanne Kreuz, dazu Peter. Werk umso erlesen gut, da Werk mit Ines eruptiv umso besser. Nach Quinoa kann Jod Werte verbessern. Dietmar, schnapp eine der Salamis. Wo dann Lisbeth quasi uns mit Olivers Quinoa hinzu auf Susannes zu geben. Als elitäre Ratgeber helfe dir Eddi bestens leckere Gnocchi mit Käse.

Der ausführliche Beitrag mit den etwas undefinierbaren Rezeptvorschlägen kommt von einem gewissen *AntiBatman*. Viktor Haubner liest ihn sich zweimal durch und schickt einen kurzen Gegenkommentar zurück.
Drei lächelnde Smiley, dann ein Telefonsymbol, gefolgt von der Anmerkung +30m. Wenn *AntiBatman* der ist, für den er ihn hält, weiß er, was gemeint ist. Danach kopiert er den Beitrag und legt ihn in einem anderen Forum, ebenfalls eines für das Angebot und den Austausch von Ernährungsgestaltung und diversen Tipps, als Kommentar eines ganz bestimmten Rezeptes ab.
Viktor muss keine drei Minuten warten, bis die entsprechenden Reaktionen angezeigt werden. Innerhalb von sechzig Sekunden treffen unter dem Kommentar siebenundzwanzig Antworten ein. Vier Nachrichten enthalten nur eine Reihe von Nullen, die übrigen dreiundzwanzig quittieren den sonderbaren Kommentar mit drei Smilies. Dreimal derselbe. Jener mit den großen Augen und dem skeptischen Mund.
Viktor Haubner lehnt sich in seinem Ohrensessel zurück und schnauft erleichtert durch. Die benötigte Zustimmung wurde erteilt. In knapp einer halben Stunde wird er mit AntiBatman Kontakt aufnehmen und die Angelegenheit vertiefen. Bis dahin bleibt Zeit für sein eigentliches Vorhaben. Er öffnet die Datei mit dem vierten Manifest.

4.Manifest
An die Mitbürger der Bundesrepublik Deutschland;
Unser Beitrag zur Aufarbeitung der Pandemie.
Es gilt Fragen aufzuarbeiten!
Und es muss erwartet werden, dass die Betroffenen sich den Fragen stellen und sie vollumfänglich beantworten. Darauf haben alle Bürger dieser Bundesrepublik ein Recht. Ein wesentlicher Teil der Coronapolitik war die manipulative Wirkung der Medien, ohne deren Beteiligung die Maßnahmen niemals widerspruchslos funktioniert hätten. Die Einbindung der Medien war elementarer Teil der Kampagne. Sie wurde gezielt und von langer Hand vorbereitet.
Die Befürworter von Diskriminierung und Entmündigung waren auf breiter Front installiert worden, um mit entsprechenden Statements eine bevorzugte Stimmung zu erzeugen und die Meinungsbildung der Mitbürger zu manipulieren.
Hier ein paar Beispiele, verifizierbar über den unten angegebenen Link:

„Was wir jetzt brauchen, ist nicht mehr Offenheit, sondern ein scharfer Keil, der die Gesellschaft spaltet." Online-Redakteur.
„All diesen Coronakritikern und Spinnern sei gesagt: Es wird keine Normalität mehr geben wie bisher." Fernsehjournalist.
„Die Impfstoffverweigerer nehmen eine ganze Gesellschaft in Geiselhaft. ...Mir fehlt jedes Verständnis für Menschen, die sich nicht impfen lassen." Gameshowmoderator.
„Die avisierten Maßnahmen in Bayern und Sachsen sind ein Schlag ins Gesicht für alle, die in den vergangenen Wochen solidarisch waren, die sich haben impfen lassen." Journalistin.
„Eine Impfpflicht muss Rechtssicherheit gewährleisten, Ungeimpfte aus allen Teilen des öffentlichen Lebens auszuschließen zu können, so hart das klingt." Hauptstadtkorrespondent.
„Wäre eine Spaltung der Gesellschaft wirklich etwas so Beklagenswertes? Sie würde ja nicht mittig auseinanderbrechen, sondern ziemlich weit rechts unten. So ein Blinddarm ist ja nicht im strengeren Sinne bedeutend für das Überleben des Gesamtkomplexes." Eine deutsche Satirikerin und Komikerin.

Dieser kleine Rückblick aus einem Fundus tausender Aussagen lässt tief blicken und verdeutlicht, wie sich ein menschenverachtendes Klima breitmachen konnte.
Mit einigen Fragen fordern wir die Medienvertreter auf, Stellung zu beziehen.
Mit welchem Recht erlaubt sich die öffentlich-rechtliche Medienlandschaft, an der Beleidigung, Diskriminierung und Denunzierung eines erheblichen Teils der Mitbürger teilgenommen zu haben, indem sie sich einseitig zugunsten der vorherrschenden politischen Strategie positioniert hat?
Wieso war es nicht möglich, neutral über ein gesellschaftlich relevantes Thema zu diskutieren?
Wieso wurden Talkrunden gezielt als Meinungsmacher missbraucht, anstatt sie als Plattform zum Gedankenaustausch zu nutzen?
Ist es nicht aus Sicht der Bevölkerung, die mit ihren Zwangsbeiträgen dieses System finanziert, unvermeidlich, jene öffentlich-rechtliche Struktur aufzubrechen und durch eine ausgewogene Berichterstattung und Informationskultur zu ersetzen?
Müssen wir nicht alle, die oben dargelegte oder ähnliche Aussagen getätigt haben, zur Rechenschaft ziehen?

Müssen wir nicht all jenen, die solchen Leuten die Plattform gegeben haben, ihre Äußerungen zu veröffentlichen, zur Rechenschaft ziehen?
Ist es nicht notwendig, die massiven Verstöße gegen den Medienvertrag seitens der öffentlich-rechtlichen Medienträger aufzuarbeiten und bei entsprechender Bewertung gegebenenfalls zu ahnden?
Wir stehen vor einer noch nicht gelösten Auseinandersetzung, die nur mit gesellschaftlicher Geschlossenheit aufgearbeitet werden kann. Die breite Masse als Zielgruppe der Medienlandschaft muss ihrer Pflicht als Aufklärer gerecht werden, denn die etablierten Funktionäre werden ihre Pfründe mit allen erlaubten und unerlaubten Mitteln schützen.
Dieser Konflikt ist nur dann zu beenden, wenn sich die Schuldigen einem Prozess der Aufklärung stellen.
Wir sind ...Die Hüter des Prozesses

Viktor findet keine Fehler mehr, die es zu berichtigen gilt. Er belässt das vierte Manifest in seiner ursprünglichen und abgespeicherten Form und schließt die Datei. Sie wird in wenigen Minuten an die Empfänger verschickt, gemailt, in Netzwerken platziert, beziehungsweise per Bote ausgehändigt.
16.42 Uhr.
Die Wanduhr verrät Viktor Haubner, dass er noch zwei Minuten Zeit hat, um sich mit AntiBatman in Verbindung zu setzen. Zuvor nimmt er aus dem Eichenschrank links neben der Zimmertür einen dünnen Aktenordner. Darin befinden sich ausschließlich handgeschriebene Zettel, die ordentlich abgeheftet sind. Er blättert auf Seite Drei und findet die gesuchte Information. Viktor nickt schmunzelnd und schließt den Ordner wieder. Nachdem er ihn wieder im Schrank deponiert hat, setzt er sich auf den Ohrensessel, nimmt das Mobiltelefon in der schwarzen Hülle zur Hand und wählt eine Rufnummer. Es ist die Verbindung zu AntiBatman.
„Ja, hallo?“ meldet sich die männliche Stimme.
„Ich rufe zurück wegen des Hühnerfrikassees.“
„Ach ja. Ich habe ihren Anruf schon erwartet.“
„Ihr Beitrag war sehr interessant. Vielen Dank. Ich habe dazu einige Fragen.“
„Schießen Sie los!“
„Können Sie mir sagen, wie sie auf die Idee mit den Zutaten gekommen sind?“

„Das war eher zufällig," meint die männliche Stimme. „Eine Freundin hat mir davon berichtet. Sie meinte es wäre eine Bereicherung."
„Und Sie sind derselben Meinung?"
„Absolut."
„Kann man ihren Änderungswunsch zuverlässig bewerkstelligen?"
„Ja, sehr zuverlässig. Ich garantiere dafür."
„Wie sieht es mit den Garzeiten aus?" fragt Viktor. „Können Sie mir die genaue Dauer nennen, die ich berücksichtigen muss?"
„Schwierig," entgegnet AntiBatman. „Dazu muss ich erstmal meine Kollegin fragen, die das Rezept kreiert hat. Wenn ihnen die Info bis heute Abend genügt?"
„Sehr gut," antwortet Viktor. „Können Sie mir ein Geschäft empfehlen, wo ich die speziellen Zutaten erwerben kann?"
„Lassen Sie mich überlegen."
Eine kurze Pause tritt ein, bevor AntiBatman weiterspricht. „... Am ehesten würde ich es online bei HDL bestellen. Ich empfehle immer zwei mehr zu nehmen, als geplant."
Viktor Haubner notiert sich die Angaben.
„Besten Dank. Dann versuche ich es dort. ...Bitte vergessen Sie nicht, mir die Garzeiten zu nennen. Und grüßen Sie ihre Freundin von mir. Vielleicht lernen wir uns mal kennen."
AntiBatman antwortet prompt. „Gute Idee. Ich melde mich, sobald ich die Information habe."
„Danke. Bis dann."
Viktor beendet das Gespräch. Er legt das Mobiltelefon wieder an seine angestammte Position neben der linken Tischkante, ordentlich flankiert von den Handys mit der roten und der blauen Schutzhülle. Dann wirft er einen Blick auf seine Notizen: AntiBatman hat alle Infos genannt, die im Zusammenhang mit seinem Beitrag zum Rezept für das Hühnerfrikassee in Verbindung stehen: Eine Freundin habe ihn angesprochen und um ein Interview mit einem der Hüter gebeten. Er folgert, sie sei Journalistin. Sie hätte ihn überzeugt, es sei eine sehr gute Idee mit beiderseitigem Nutzen. Er, AntiBatman, schließe sich der Beurteilung an. Er bestätigt auch die Zuverlässigkeit und Glaubwürdigkeit der Person. Der Zeitpunkt des Interviews ist noch unklar und daher zurückgestellt, wird aber in Kürze abgestimmt. Am besten auf kurzem Wege. Die Firma, für die die Person

arbeitet, lautet wohl FBJ, also HDL minus zwei Buchstaben im Alphabet. AntiBatman verwendete das Wort *online*, womit FBJ im entsprechenden Segment der Medienwelt zu suchen ist. Mit *Grüßen Sie ihre Freundin* fordert Viktor seinen Gesprächspartner auf, ihm den Namen der Person zu nennen. Natürlich als Rezeptkommentar. Damit endet auch AntiBatmans Part am Dialog. Viktor möchte persönlich mit der Person, die das Interview anstrebt, kommunizieren.
Viktor gibt *FBJ online* in die Suchmaschine ein und erhält die Information angezeigt, dass es sich bei *FBJ-Media GbR* um ein Anfang 2016 gegründetes Unternehmen handelt, das ausschließlich online agiert, also keine Printmedien vertreibt. Oberflächlich wird über die Tätigkeitsfelder berichtet, in denen sich FBJ-Media bewegt. Gesellschaft, Feuilleton, Gesundheit, Sport, Kultur, Soziales. Das Impressum ist vorhanden, der Geschäftsführer wird genannt, aber keine Namen irgendwelcher Mitarbeiter. Auch die Personalstärke des Unternehmens lässt sich nicht ermitteln. Insgesamt ein eher unscheinbarer Betrieb, stellt Viktor fest.
Auf der Homepage von FBJ-Media findet er dann aber doch eine beachtliche Zahl von Beiträgen und Recherchen, die auf rege Emsigkeit der Mitarbeiter schließen lässt. Mit besonderem Wohlgefallen bemerkt er die vielen Kommentarspalten, die sich reger Beteiligung erfreuen. Mit einer so großen Leserschaft, eine derart interessierte Klientel, hätte er nicht gerechnet.
Vielleicht hat AntiBatman recht. Vielleicht ist das Interview eine gute Idee, um die vielen tausend Menschen anzusprechen und am Prozess teilhaben zu lassen. So eine Art Wahrnehmungs-Booster.
Viktor Haubner verwirft den Gedanken. Booster ist einer der Begriffe, die ein tiefes Gefühl von Abscheu bei ihm hervorrufen.
Ein prüfender Blick auf die Kommentare des Hühnerfrikassees hebt seine Stimmung. AntiBatman schriebt:

Zum Gouda nur gut zwei Tassen Mokka, Lisbeth. Alles dazu als besonders nachvollziehbare Logik.

27

Freitag,
fünf Uhr nachmittags

„Ihr müsst nochmal los," ruft Miriam durch die geöffnete Tür ins Büro der Kommissare. Linda Fuchs und Mario Matthes sehen sich kurz an, erheben sich schließlich und betreten Miriams Reich.
„Wieso? Was gibt es?"
„Tätliche Gewalt in der Innenstadt. Gegenüber der Stadtbücherei, wo es zum öffentlichen Großparkplatz rüber geht. Parkanlage Nord. Ein Mann wurde verprügelt. Scheint ziemlich heftig zu sein."
„Wer hat die Meldung gemacht?"
„Ein Passant. Der Notarzt ist ebenfalls bereits informiert."
„Der Täter ist vermutlich über alle Berge, oder?"
„Der Passant hat nur den blutüberströmten Mann gefunden. Er hat sonst niemanden gesehen."
„Weitere Zeugen?"
„Keine Ahnung. Der Anruf war relativ kurz. Ich habe gesagt, es kommt gleich jemand, der alles aufnimmt."
„Gut, wir schauen uns das mal an," sagt Mario und verlässt in Begleitung seiner rothaarigen Kollegin die Inspektion.
Fünf Minuten später hält Mario neben einer Menschentraube. Grimmig steigt er aus und vertreibt die Leute, die um das Opfer, die Sanitäter und den Rettungswagen stehen. Er hasst diese furchtbaren Schaulustigen.
„Machen Sie bitte Platz! Bitte gehen Sie weiter! Hier gibt es nichts zu sehen!"
Mittlerweile erreichen zwei Ordnungskräfte, die vorrangig mit dem Kontrollieren der Parkscheine betraut sind, den Ort des Geschehens und kümmern sich um die Menschenmenge. Binnen weniger Sekunden löst sich die Gruppe auf. Nur das Opfer, zwei Sanitäter, der Notarzt, der Passant, der angerufen hat, sowie Linda und Mario stehen beisammen.
„Ist der Mann ansprechbar?" fragt Mario den Notarzt.
„Nur bedingt. Wir müssen ihn mitnehmen."
„Moment mal," sagt Mario plötzlich, als er sich herunterbeugt und sich den armen verprügelten Mann genauer ansieht. Er nimmt die verschmierten

Blutreste im Gesicht wahr. Deswegen konnte er ihn nicht auf Anhieb erkennen. „Das ist doch der Jakob?!“
„Sie kennen den Mann?“ fragt der Notarzt. „Er hatte nämlich keine Papiere dabei.“
„Klar kenne ich den. Das ist Jakob! ...Der graue Jakob!“
„Der graue Jakob?“ fragt Linda nach.
„Ja,“ antwortet Mario und klärt die anderen auf. „Der graue Jakob heißt eigentlich Jakob Meier. Er ist hier in Erding so etwas wie der König der Straße. Er hat keinen festen Wohnsitz, findet aber immer jemanden, wo er für ein paar Tage bleiben kann.“
„Ein Penner?“
„Kein Penner, Linda. Er hat nur keinen festen Wohnsitz. Ist blöd gelaufen für ihn. Jobverlust, Trennung von der Frau, anschließende Scheidung, der klassische soziale Abstieg. Aber er ist hiergeblieben, weil er trotz allem eine ganze Reihe von Freunden hat.“
Jetzt beugt er sich wieder zu Jakob hinunter. Dessen Gesicht sieht wirklich fürchterlich aus. So hat er ihn noch nie gesehen. Wem ist er nur so auf die Füße getreten, dass dieser Jemand ihn derart zurichtet?
Die Sanitäter bereiten den Abtransport vor. Die Hecktüren des Rettungswagens werden geöffnet, die transportable Liege wird herausgeholt. Mario sieht, wie Linda bereits den Passanten, der den armen Jakob gefunden hat, befragt. Er beschließt, sich mehr um das Opfer zu kümmern.
„Sagen Sie,“ wendet er sich an den Notarzt. „Kann ich kurz ein Wörtchen mit ihm sprechen?“
„Sie sehen doch selbst, in welchem Zustand er ist!“
„Nur kurz. Er ist doch bei Bewusstsein? Es wäre sehr wichtig.“
„Tun Sie in Gottes Namen ihre Pflicht, aber nur eine Frage!“
Mario nickt und beugt sich zu Jakob. Der blutverschmierte Mann stöhnt leise auf, öffnet kurz die Augen und schließt sie sofort wieder. Seine Lider flackern, seine Lippen beben. Mit sanfter Stimme spricht Mario ihn an.
„Jakob, alter Fuchs. ...Wirst sehen, alles wird wieder gut.“
Ein merkwürdiges Röcheln unterbricht Mario. Dann fährt er rasch fort. Er weiß nicht, wieviel Zeit er noch hat, um seine Fragen zu stellen.
„Hast du gesehen, wer dir das angetan hat? Kanntest du den Angreifer?“
Wieder nur ein Röcheln. Mario läuft die Zeit davon.
„Jakob, wer hat dich so zugerichtet?“

„Es tut mir leid, aber der Mann muss schnellstens ins Krankenhaus.“ Der Notarzt drängt Mario zur Seite. Die Sanitäter heben die Bahre an und steuern auf den Rettungswagen zu. Plötzlich hebt Jakob schwerfällig den Arm. Mario schiebt sich schnell neben ihn und hält sein Ohr direkt neben Jakobs Mund.
„…Schwartz.“
Dann sackt der Arm herunter. Innerhalb weniger Sekunden wird der graue Jakob im Wagen verstaut und unter Sirenengeheul abtransportiert. Zurück bleiben Linda, Mario und der hilfreiche Passant.
„Den hat es aber heftig erwischt,“ murmelt Linda vor sich hin, nachdem der Krankenwagen hinter der nächsten Ecke verschwunden ist.
„Allerdings.“ Mario wendet sich Linda und dem jungen Mann zu, der immer noch neben ihnen steht. Linda teilt Mario in groben Zügen mit, was sie von ihm erfahren hat. Danach entlasten sie ihn und danken für die rasche Hilfestellung und Benachrichtigung der Rettungskräfte.
„Und jetzt?“ fragt Linda aufgewühlt. „Wieder zurück in die Inspektion?“
„Nein,“ erwidert Mario. „Die Sache mit dem grauen Jakob gefällt mir nicht. Der Mann tut keiner Fliege was zuleide. Ich frage mich, warum ihm so übel mitgespielt wurde.“
„Wieso eigentlich grauer Jakob?“
Mario grinst. „Das kann ich dir fast nicht sagen.“
„Wieso?“
„Es ist einfach zu lächerlich.“
„Lächerlich?“
„Lass es gut sein, Linda.“
„Nein. Jetzt raus mit der Sprache! Warum grauer Jakob?“
Mario grinst immer noch. „Nachdem ihn seine Frau aus dem Haus gejagt hat, und es ihr letztlich gerichtlich zugesprochen wurde, hat er große Teile der Fassade mit grauer Farbe besprüht. Er hatte nämlich erst drei Monate zuvor das ganze Haus wunderschön weiß streichen lassen. Und das fand er total unfair. Als Krönung hat er an die Frontfassade zur Straße noch den Spruch „In der Nacht sind nicht nur Katzen grau, sondern auch meine linke Ex-Frau“. War ja dann klar, dass er es war. Zack, nächste Anzeige mit Urteil und Strafe.“
„Naja, so blöd kann man dann aber doch nicht sein.“
„Du kennst ihn nicht, Linda. Er ist an sich ein prima Kerl. Er hat halt nur leider das Talent von einer Scheiße in die nächste zu treten.“

Linda überlegt. „Glaubst du, dass die aktuelle Sache irgendetwas mit seiner alten Geschichte zu tun hat?"
„Nein," antwortet Mario. Das wäre nicht der Stil seiner Ex. Für das hier muss es einen anderen Anlass geben."
Mario dreht sich um und steuert den Wagen an. „Komm mit. Der graue Jakob hat mir noch einen Tipp gegeben."
„So? Welchen denn?"
„Er hat mir einen Namen genannt, bevor er ins Krankenhaus gefahren wurde. ...Schwartz."
Linda wird sofort hellhörig. „Der Name des Täters?"
„Das glaube ich eher nicht. Ich denke, er meint Erich Schwartz. Ich kenne ihn. Er ist einer seiner Freunde, bei denen er gelegentlich unterkommt. Ich kann mir beim besten Willen nicht vorstellen, dass er Jakob etwas antun könnte."
„Und warum hat er dessen Namen genannt?" will Linda wissen.
„Keine Ahnung. Das sollten wir herausfinden. Ich denke, er hatte einen guten Grund, ihn mir mitzuteilen."
Linda schwingt sich auf den Beifahrersitz. Mario startet den Wagen um ihn so schnell wie möglich in Richtung Altenerding zu steuern. Dort befindet sich die Wohnung von Erich Schwartz.
Das Haus ist alles andere als ansehnlich. Die letzte Sanierung muss irgendwann zwischen dem Vietnamkrieg und der Wiedervereinigung stattgefunden haben. Der Putz löst sich an etlichen Stellen, die Fensterrahmen sehen aus, als würden sie in Kürze auseinanderfallen, das Dach weist nicht unerhebliche Lücken in der Deckung auf, sogar ein Teil der Dachrinne fehlt. Linda graust es bei dem Anblick, als sie sich dem Gebäude nähern. Wer will denn so wohnen? Mario findet neben der Tür die Klingeln mit den vier Namen der aktuellen Bewohner. Er läutet bei Schwartz.
Kurze Zeit später sitzen sie bei Erich Schwartz in der großzügigen Wohnküche. Anders als der äußere Eindruck vermittelt hat, kann Schwartz über eine moderne und funktionale Küche verfügen. Alles vom Feinsten, stellt Linda fest. Ihr Gastgeber erweist sich als Gentleman.
„Darf ich ihnen etwas Kaffee anbieten? Vielleicht ein Gebäck dazu?"
„Danke, nein. Sehr großzügig."
„Wir sind dienstlich hier, Erich." Mario kommt sofort zur Sache. „Der graue Jakob wurde heute schwer verletzt aufgefunden."
„Meine Güte. Was ist passiert?"

„Er wurde – salopp ausgedrückt – windelweich geprügelt. Und wir wollen herausfinden, wer dafür verantwortlich ist. Kannst du uns irgendetwas dazu sagen? Vielleicht ist dir aufgefallen, mit wem er in letzter Zeit zusammen war. Wen er getroffen hat."
„Nein, ich weiß nicht. Woher soll ich das wissen?"
„War er in den letzten Tagen mal hier?"
„Jakob? …Nein."
„Erich, erzähl uns keine Märchen!"
„Aber Herr Kommissar. Natürlich würde ich es nie wagen, etwas Falsches zu sagen."
„Dann erkläre mir bitte, warum er ausgerechnet deinen Namen nannte, bevor er mit schwersten Verletzungen ins Krankenhaus gebracht wurde."
Erich Schwartz wird bleich. Weder Linda noch Mario bleibt es verborgen.
„Ich weiß nicht, warum er das gemacht hat. …Herr Kommissar, das musst du mir glauben."
„Wann war das letzte Mal, als du ihn gesehen hast?"
„Ich weiß nicht," sagt Erich und sieht verstohlen zur Decke. „Vielleicht vor einem Monat?"
„Das klingt eher nach einer Frage als nach einer Antwort, Erich," erhöht Mario den Druck. „Sollen wir die jetzt beantworten? …Hör zu, Erich. Ich weiß nicht, wie es mit Jakob weitergeht, aber ich garantiere dir, wenn er nicht mehr auf die Beine kommt, dann werde ich die Zügel deutlich anziehen, verstehst du mich?"
„Herr Kommissar, bitte. Ich habe nichts damit zu tun! Ich war heute den ganzen Tag hier. Wegen dem Elektriker."
„Elektriker?!"
„Ja. Wegen dem Stromausfall vor ein paar Tagen. Seitdem funktioniert gar nichts mehr richtig."
Linda mischt sich ein. „Wie heißt die Elektrofirma, und wie lautet deren Firmenadresse?"
„Kann ich ihnen sagen." Erich freut sich regelrecht, dass er behilflich sein kann. Die Nervosität kann er trotzdem nicht überspielen. „Elektro Schallinger. Hier aus Erding."
„Die genaue Adresse?"

„Die weiß ich nicht.“ Nach kurzem Zögern strahlt Erich Schwartz von einem Ohr zum anderen. „Aber vielleicht fragen wir ihn am besten selbst. Er ist unten im Keller.“
„Ach! Der Elektriker ist noch im Haus?“
„Ja. Im Keller. ...Bitte folgt mir.“
Erich Schwartz schreitet voran, gefolgt von Linda und Mario. Die Stiegen in den Kellerbereich gleichen einem Zugang zu einer mittelalterlichen Gruft. Großformatige, raue Steine, unregelmäßige schiefe Granitstufen und ein modriger und schimmliger Geruch. Die lichte Höhe ist so gering, dass sich beide Beamten ducken müssen. Erich ist so klein, dass er selbst aufrecht gehend nicht bis zur Kellerdecke reicht.
Gleich um die Ecke, rechts neben dem Treppenaufgang, finden sie den Mitarbeiter der Elektrofirma. Er kümmert sich um eine Menge Kabel und um die Neuinstallation eines zeitgemäßen Verteilerkastens.
„Grüß Gott,“ ruft Mario. „Kripo Erding. Können wir kurz mit ihnen sprechen?“
„Kripo? Habe ich was angestellt?“ fragt der Mann in der weißen Latzhose.
„Hoffentlich nicht,“ erwidert Mario. „Wir haben nur ein paar Fragen. Dann lassen wir Sie in Ruhe weiterarbeiten.“
„Sie sind gut. Bei so einem Verhau empfehle ich eher den Abriss des Hauses, als eine Sanierung. Also ehrlich, so etwas habe ich noch nicht gesehen. Sieht mir stark nach Vorkriegs-Installation aus. Und jetzt soll ich Wunder vollbringen, weil der Stromausfall vor ein paar Tagen dem System den Rest gegeben hat. Sehen Sie sich das an! Teilweise durchgeschmort, teilweise gibt es nicht einmal Sicherungen, ...“
„Einen Moment bitte,“ unterbricht Mario Matthes den Elektriker. „Wir sind nicht wegen den technischen Problemen hier. Sie könnten uns aber sagen, seit wann Sie hier arbeiten.“
„Seit heute früh. Wieso?“
„Den ganzen Tag?“
„Klar. Was glauben Sie denn?“
„Waren Sie den ganzen Tag hier im Keller?“
„Nein, zuerst in der Wohnung Unterhofer. Erdgeschoss links, gleich neben Erich. Dort war am meisten im Eimer. Dafür habe ich den ganzen Vormittag gebraucht.“
Linda fragt weiter. „Und am Nachmittag?“

„Bei Erich. Ihn hat es leider auch erwischt, weil die Leitungen einfach kreuz und quer verlegt sind und nirgendwo gesichert waren. Das ist ehrlich eine Sauerei. Lebensgefährlich, wenn Sie mich fragen."
„Dann können Sie bestätigen, dass Erich Schwartz am Nachmittag hier war?" will Mario wissen.
„Ja, das war er. Von Mittag bis ungefähr halb fünf. Er war immer bei mir. Danach bin ich in den Keller, um dort das Gröbste zu richten. Den Rest im Obergeschoss muss ich erst morgen erledigen."
„Wir danken ihnen. Das war es schon." Matthes hebt grüßend die Hand und wendet sich zum Gehen. Linda bleibt noch.
„Sagen Sie, noch eine letzte Frage: Kennen Sie den Jakob?"
„Jakob? ...Sie meinen den grauen Jakob?"
Linda nickt und lächelt.
Der Elektriker reibt sich über den Bauch. „Klar kenne ich den. Ein netter Kerl. Höflich und hilfsbereit. Wenn Sie mich fragen, eine arme Sau. Seine Alte hat ihn ziemlich fertig gemacht. Hat er nicht verdient, der Graue. Aber was soll's. Er wird schon irgendwie über die Runden kommen."
„Haben Sie ihn heute hier gesehen?"
„Heute? ... Nein. Er war nicht hier. Am Dienstag war es. Ich habe mir den Schaden angesehen, musste die Sanierung aber auf heute verschieben, weil ich so viel Zeugs besorgen musste. ...Ja, Dienstag habe ich ihn gesehen."
„Hier?"
„Klar. Er war bei Erich. ...Wieso? Ist irgendwas mit Jakob?"
„Nichts von Bedeutung," lügt Linda. „Besten Dank für die Informationen."
Wieder in der Wohnung von Erich Schwartz legt Mario eine Hand auf dessen Schulter. „Du willst sicher über deine Aussage nachdenken, nicht wahr?"
Erich Schwartz senkt den Kopf und spielt den Reumütigen.
„Aber natürlich, wie konnte ich das vergessen. ...Er war kurz da. Er wollte sich bedanken dafür, dass er die letzten sechs Wochen bei mir wohnen durfte."
Linda und Mario sehen sich kurz an. Dann antwortet Mario mit einem Lächeln im Gesicht. „...Erich, Erich. Was sollen wir nur mit dir machen? ...Ich glaube, wir werden uns in Kürze noch einmal unterhalten müssen!"
„Ich habe nichts Schlimmes getan, Herr Kommissar."

28

Freitag,
sechs Uhr abends

Die kleine Crew, zu der auch Aicha und Martina gehören, sitzen um zwei zusammengeschobene Tische, die notdürftig als Konferenztische fungieren. Fünf Personen, die alle Kaffee schlürfen und sich der Butterbrezen bedienen, die Martina Sussek vom nahen Backwarenladen mitgebracht hat, warten auf den Chef der Truppe, damit das allwöchentliche Abstimmungsgespräch wie jeden Freitag um achtzehn Uhr stattfinden kann.
Mit fünfminütiger Verspätung erscheint er und eröffnet die Sitzung wie jede Woche mit der Bemerkung: „Und wieder ist es mir ein Vergnügen, euch mitzuteilen, dass es uns noch gibt." Seit der Firmengründung versuchen die etablierten, alteingesessenen Firmen, den Neuling FBJ-Media vom umkämpften Markt der online-Berichterstattung zu verdrängen.
„Was haben wir?"
„Ich habe mich mal intensiver mit der Geschichte am Hauptbahnhof beschäftigt," sagt ein dürrer, kerniger Bursche, der eine Baseballkappe falschherum auf dem Kopf trägt.
„Du meinst die Streitereien wegen der Freischankflächen?"
„Genau. Ich konnte herausfinden, dass die Probleme schon bei den Vorgängern vorlagen. Die neuen Eigentümer haben davon nichts gewusst und sind jetzt natürlich entsprechend sauer, dass man sie über den Tisch gezogen hat. Ich will in meinem Artikel auf die Vorgeschichte eingehen. Irgendwelche Einwände?"
„Nein. Passt. Aber achte darauf, dass es nicht langweilig wird."
„Kein Problem."
„Sonst noch was? Wie sieht es bei dir aus, Aicha?"
„Ich arbeite mit Martina noch an der Hütersache," antwortet die Marokkanerin. „Wir sind gerade dabei, das Gerüst unserer Reportage zusammenzustellen."
„Bitte nicht in etwas verzetteln, was schon der Mainstream verbreitet. Wenn ihr nichts Weltbewegendes herausfindet, lasst es besser bleiben. Wir haben noch einige interessante Themen in der Hinterhand."

„Wir verfolgen einige heiße Spuren,“ ergänzt Martina. „Vielleicht ergibt sich daraus noch etwas.“
Martina verschweigt sowohl das Treffen mit Lukas Schreiber, sowie logischerweise den alles andere als erbaulichen Ausgang des Wiedersehens. Plötzlich tritt eine junge Frau mit engen Jeans und noch engerem T-Shirt in den Raum.
„Ein Anruf für dich, Martina.“
„Von wem?“
„Hat er nicht gesagt.“
Martina verzieht ihr Gesicht, das keinen Zweifel daran lässt, dass sie genervt ist. Widerwillig folgt sie der Mitarbeiterin zum Telefon im Anmeldebereich. Sie nimmt den Hörer vom Tisch.
„Ja? Sussek!“
„Mir ist zu Ohren gekommen, dass Sie sich für die Hüter interessiert haben,“ erklärt eine raue Männerstimme. „Ich biete ihnen die Gelegenheit, ihre Neugierde zu befriedigen.“
„Wer ist da?“ fragt Martina.
„Spielt keine Rolle. Die Bushaltestelle zweihundert Meter von ihrem Büro entfernt! In zehn Minuten! Kommen Sie alleine!“

Noch nie in ihrem Leben spürte Martina Sussek ein so intensives Pochen in ihrem Körper wie in diesem Moment, als sie vor dem Wartehaus der Bushaltestelle steht. Neben ihr zwei Jugendliche, welche mit glücklichen Gesichtern, die sich erstaunlicherweise miteinander unterhalten und nicht die Augen auf irgendwelche Smartphones gerichtet haben. Ein schönes Bild. Sie wirft einen Blick auf ihre Armbanduhr. Der ominöse Anruf ist genau neun Minuten her.
Kurze Zeit später hält ein Lieferwagen neben der Bushaltestelle. Ein dunkelbrauner Ford Transit. Die Seitenscheibe wird heruntergelassen und ein junger Mann spricht Martina an.
„Frau Sussek?“
Martina kommt einen Schritt näher, obwohl ihr Instinkt davon abrät. Die Neugierde ist stärker.
„Ja?“
„Steigen Sie bitte hinten ein!“
„Wer sind Sie?“

„Bitte. Ich fahre in fünf Sekunden los. Dann endet die Chance, die Hüter kennenzulernen.“
Martina ist hin- und hergerissen. Schließlich nimmt sie allen Mut zusammen und klettert in den Wagen. Als sie merkt, dass der Wagen im hinteren Bereich fensterlos ist, erschrickt sie. Doch nun ist es zum Aussteigen zu spät. Das Fahrzeug ist bereits unterwegs.
Etwa zehn Minuten und etliche Kurven später stoppt der Wagen. Die Schiebetür öffnet sich und ein großer Mann gesellt sich zu Martina. Die Fahrt wird sofort danach fortgesetzt.
Martina sieht sich ihren Mitfahrer an. Es ist nicht der Fahrer, der hatte ein jüngeres Gesicht. Dieser hier ist deutlich älter.
„Ich bitte die etwas ungewöhnliche Art des Treffens zu entschuldigen, aber ich habe keine andere Wahl.“
„Wer sind Sie?“ fragt Martina Sussek argwöhnisch. „Wo bringen Sie mich hin?“
„Machen Sie sich keine Sorgen, Frau Sussek. Ihnen wird nichts geschehen. Mein Name ist zwar irrelevant, aber wenn Sie so großen Wert darauflegen, nennen Sie mich Viktor.“
Martina vermutet, dass der Name falsch ist. Niemals hätte er ihn angesichts dieser anonymen Abholaktion so schnell preisgegeben. „Wieso haben Sie mit mir Kontakt aufgenommen? Woher haben Sie meinen Namen?“
„Ist das denn so wichtig?“
„Naja, ich sitze im Büro, mich ruft ein wildfremder Mann an und fordert mich auf, mich zu einem bestimmten Treffpunkt zu begeben. Ich möchte natürlich wissen, was hier gespielt wird. Zumal ich jetzt mit diesem Fremden in einem Transporter sitze und durch die Stadt fahre.“
Die Blicke des hageren Mannes haften auf Martina. Er studiert sie. Irgendwie findet er sie amüsant. „Sagen wir es mal so: Sie sind uns empfohlen worden.“
„Von wem?“
„Was genau wollen Sie denn nun von mir wissen, Frau Sussek?“
Martina ärgert es, dass ihr Begleiter den Fragen ausweicht. Mit Ignoranz kann sie nicht viel anfangen. Dennoch merkt sie, dass sie an einem Punkt im Gespräch angekommen sind, an dem nur noch die richtigen Fragen zum Ziel führen werden. Sie weiß fast gar nichts, und dieser Mann könnte der Schlüssel zu all dem sein, worauf sie sehnsüchtig hingearbeitet hat. Aber welche Fragen sind die richtigen?

„Sind Sie einer der Hüter?“
„Vielleicht.“ Viktor lächelt die Journalistin an.
Der Wagen beschreibt eine langgezogene Kurve und beschleunigt danach. Viktor erkennt die Falten auf Martinas Stirn. Sie macht sich nach wie vor große Sorgen.
„Hier in diesem Wagen sind wir ungestört. Wir können uns ganz zwanglos unterhalten.“
„Worüber?“ Martina ärgert sich sofort über ihre dusselige Frage. Der schlaksige Mann schmunzelt.
„Worüber Sie wollen.“
„Wie wäre es mit den Absichten der Hüter des Prozesses?!“ schlägt Martina vor.
Viktor lacht. „Eine hervorragende Idee. Ich teile ihnen gerne mit, was Sie wissen wollen. Ich erwarte im Gegenzug eine Gefälligkeit von ihnen. ...Ein Deal sozusagen. ...Eine Win-win-Situation. ...Ich gebe ihnen etwas, und Sie mir.“
„Und was soll das sein?“ fragt Martina.
„Ich erkläre es ihnen gleich.“

Der Transporter, in dem Martina Sussek und Viktor chauffiert werden, dreht unablässig seine Runden. Der Journalistin ist aufgefallen, dass sie jetzt schon eine ganze Weile ohne anzuhalten unterwegs sind. Außerdem ist die Fahrt sehr gleichmäßig. Sie ist sicher, dass sie sich auf einer Autobahn befinden. Viktor hingegen interessiert sich nicht im Geringsten für die Route.
„Ich kann ihren Wunsch verstehen, mehr über die momentan stattfindenden Aktionen zu erfahren. Ich bin sicher, es geht den meisten Menschen so, die davon wissen.“
„Das dürften mittlerweile eine ganze Menge sein, da jetzt auch die Mainstreammedien anfangen, darüber zu berichten.“
„Ich weiß, aber sie berichten falsch,“ stellt Viktor klar. „Ihre Reportagen, ihre Talkshows und ihre Nachrichten sind alle einseitig und natürlich immer noch zugunsten derer, die die Maßnahmen zur Pandemiebekämpfung gutheißen.“
„Das war doch zu erwarten, oder?“ sagt Martina. „Die haben seit drei Jahren denselben Tenor und haben leider ihr Ziel erreicht. Die Aufrechterhaltung und Verteidigung ihrer Ansicht der Dinge. Warum sollten sie es nun ändern?“

„Das stimmt natürlich, Frau Sussek, und genau deshalb arbeiten wir daran, etwas Grundlegendes zu bewegen."
„Vielleicht fangen wir erstmal damit an, das „Wir" zu definieren," schlägt die Journalistin vor. „...Wer sind „Wir"?
Viktor lehnt sich leicht zurück und denkt nach. „Ja, wer sind wir eigentlich? Das ist in der Tat eine der Schlüsselfragen. Es geht um einen Prozess in unserem Bewusstsein. Das Wiedererkennen der Fähigkeit, Dinge durch selbständiges Denken zu beurteilen und zu bewerten. Ohne Vorgaben, ohne Zwänge, ohne Druck, ohne Angst. ...Wir sind alle. Sie, ich, der Fahrer da vorne, die Leute um uns herum in den Städten, in den Dörfern, am Arbeitsplatz, im Supermarkt. ...Alle!"
„Sie meinen die Gesellschaft?"
„So definieren Sie Gesellschaft?"
„Naja," erklärt Martina, „was Sie gerade aufgezählt haben. Eine Gruppe von Menschen. Gesellschaft ist die Summe aller hier lebenden Menschen."
Viktor schüttelt mit dem Kopf. „Darin unterscheiden wir uns. Gesellschaft ist die Kraft, die uns Menschen zusammenhält und interagieren lässt. Vielleicht kann man es als eine Art soziales Rezept beschreiben, welches auf uns Menschen, egal ob Individuum oder Gruppe, eine gewisse Kontrolle ausübt. Gesellschaft ist nicht die Summe von Menschen. Sie ist das, was uns dazu macht. Und das müssen wir nach außen tragen."
„Das dürfte schwer werden. Es hört sich für mich wie ein unmögliches Unterfangen an."
„Sie sind zu skeptisch," sagt Viktor und beginnt zu lächeln. „Wir kommen zu dem Punkt, an dem wir uns gegenseitig helfen können. Ich habe mich über FBJ-Media informiert. ...Eingehend. ...Ich hatte den Eindruck, dass ihre Zielgruppen breit gefächert sind. Von der Jugend und den jungen Erwachsenen bis hin zu den Senioren."
Martina Sussek nickt zustimmend. Viktor fährt fort.
„Wenn ich das richtig gesehen habe, präsentieren Sie Reportagen und Berichte. Bieten Sie auch Videos an?"
„Ja, manchmal."
„Auch live?"
„Bis jetzt noch nicht."
„Können Sie das technisch einrichten?"
Martina sieht Viktor mit großen Augen an. „Sie wollen eine Livesendung?"

„Exklusiv, Frau Sussek. Sie leiten die Show. Sie stellen Fragen, ich liefere Antworten. In Echtzeit, nur auf ihrer online-Plattform. Ich habe drei Forderung: Erstens, ich bleibe anonym. Ich werde mich nicht zu erkennen geben. Zweitens, fünf Minuten bevor wir beginnen werden alle anderen Sender informiert. Sie können zusehen, aber nicht mitmachen. Und drittens, die Liveshow wird anschließend als Reportage auf ihrer Plattform veröffentlicht. Dazu erhalten Sie zusätzliches Material, das im Liveinterview nicht erwähnt wird."

„Was für Material?"

„Welches, über das in den Leitmedien ganz sicher kein Wort verloren wird," erwidert Viktor. „Es handelt sich um Informationen, die von den Betroffenen streng geheim gehalten werden. Sozusagen die Dinge, die vorzugsweise unter dem Teppich bleiben sollten, unter den sie sie gekehrt haben. Dinge, von denen niemand jemals etwas erfahren sollte. Niemals. …Sie fürchten die Veröffentlichung. …Wie der Teufel das Weihwasser."

„Eine Kostprobe könnte mich überzeugen," sagt Martina, wohlwissend, dass sie diese nicht bekommen wird.

„Netter Versuch." Viktor lächelt dezent.

Martina sagt kein Wort. Viktor wartet ein paar Sekunden und zuckt dann mit den Schultern.

„Ist ihnen das zu riskant? Sollen wir es bleiben lassen? Ich bin überzeugt, es wird andere Medien geben, die auf mein Angebot eingehen werden."

„Nein, nein," erwidert Martina hastig. „Natürlich bin ich einverstanden. Geben Sie mir eine Stunde, damit ich das mit der technischen Machbarkeit prüfen kann."

„Sie bekommen sogar zwei Stunden von mir, Frau Sussek. Um 21.00 Uhr möchte ich mit der Sendung starten."

„Heute schon?"

„Warum nicht?"

„In Ordnung," Martina ringt um Luft. Ein solcher Vorschlag ist ihr bis dato noch nicht unterbreitet worden. Sie muss sich schnell entscheiden.

„Bringen Sie mich zurück zu meiner Firma! Ich werde alles vorbereiten."

29

Freitag,
sieben Uhr abends

Die Wohnung von Fritz Muckseder ist klein, aber sie würde genügen, um zwei bis drei Tage über die Runden zu kommen. Hans Neumaier steht hinter der Gardine und wirft einen Blick auf die schmale Straße hinab. Dort befinden sich ein paar geparkte Autos auf der gegenüberliegenden Fahrbahnseite. Sonst nichts. Die Gehwege sind verwaist. Aktuell ist um diese Uhrzeit niemand unterwegs. Hans hebt die Augenbrauen. Die Wohnung hat was Gutes. Der einzige Zugang, sowie die Tiefgaragenzufahrt zu diesem Gebäude sind von der Straße aus erreichbar. Von seiner Position übersieht man niemanden, der ins Haus möchte. Beruhigend, aber vermutlich nicht relevant. Wozu die übertriebene Vorsicht, wenn ihn doch niemand bei Fritz Muckseder vermutet?!
Der Polizeibeamte aus Dorfen kommt aus der kleinen Küche, die direkt neben dem Wohnraum liegt. Er trägt ein großes Tablett mit zwei Tellern, auf dem er Wurst und Käse drapiert hat. Danach holt er noch einen Korb mit Semmeln und bittet seinen Gast zu Tisch. Muckseder verfügt über keine klassische Wohnzimmereinrichtung. Im zentralen Zimmer der Wohnung steht vor dem Fenster eine L-förmige Polstergarnitur, daneben ein offenes Regal, in dem überwiegend DVDs und CDs lagern und im Anschluss ein raumhoher brauner Schrank, dessen Inhalt nicht ersichtlich ist. Im Fenster abgewandten Teil des Raumes befindet sich ein rechteckiger Esstisch mit vier Stühlen. Alle Möbel erwecken den Anschein, als wären sie Produkte eines der zahlreichen Einrichtungsdiscounter rund um München. Weitestgehend zweckmäßig, aber keine Hingucker. Preisgünstig, aber noch nicht billig.
„Kommen Sie, Herr Neumaier. Ich habe eine Brotzeit vorbereitet."
Hans setzt sich auf einen der angebotenen Stühle und lächelt Muckseder zu. Nachdem sie sich mit Speis und Trank versorgt haben und Muckseder den Tisch gesäubert hat, gehen sie zum praktischen Teil des Abends über.
Fritz Muckseder erzählt ausführlich über die Abläufe der vergangenen zwei Tage. Dabei versucht er, die chronologische Abfolge einzuhalten. Die beiden ersten Schreiben der Hüter des Prozesses gingen Mittwochabend,

beziehungsweise einige Stunden später ein: Am Donnerstagvormittag. Muckseder erklärt, dass er erst Stunden später Zeit fand, sie zu lesen. Über die Inhalte kann sich Neumaier selbst informieren. Fritz Muckseder reicht ihm die ausgedruckten Schreiben. Auffällig daran sind die konkreten Forderungen in Bezug auf Stellungnahmen verschiedener namentlich genannter Personen. Er glaube aber nicht, dass auch nur einer der Betroffenen bereit sein wird, die Forderungen zu erfüllen. Danach verweist er auf das Manifest, das sich hauptsächlich um die Vermisstenmeldungen dreht. Beiliegend erhält Hans die Liste mit über zweitausend Namen. Er beschließt sie später genauer zu studieren. Muckseder erläutert weiter, dass sich seit dem heutigen Morgen eine Vielzahl von Kollegen aus dem Polizeidienst krankgemeldet haben. Eine Dimension, die vermuten lässt, dass es nicht mit rechten Dingen zugehen kann.
Hans Neumaier zeigt Fritz Muckseder eine Liste, die er während seines Aufenthalts bei Viktor erhalten hat. Jene mit den Namen von etlichen Polizeibeamten.
Plötzlich hört Hans den Klingelton eines Handys. Er braucht ein paar Sekunden um zu begreifen, dass es zu jenem Telefon gehört, das er vom Privatdetektiv geliehen hat. Er nimmt das Gespräch an.
„Ja?“
„Hier Degenbruch. ...Ich möchte nicht stören, aber wir haben erste Neuigkeiten. Leider keine guten Nachrichten.“
„Was haben Sie?“
„Ich habe nichts zu Viktor Haubner gefunden. Absolut gar nichts! Den Mann scheint es überhaupt nicht zu geben. Ebenso die Kinder, Nele und Adrian. Sie existieren nicht.“
„Falsche Identitäten also.“
„Mit Sicherheit.“
„Das hatte ich schon vermutet,“ sagt Hans und hält kurz inne. „Wir haben also die befürchtete Sackgasse.“
„Stimmt. Hier kommen wir definitiv nicht weiter,“ erklärt Degenbruch. „Ich arbeite weiter bezüglich der Inhalte in den Manifesten. Mal sehen, ob ich damit etwas erreichen kann.“
„Gut. ...Danke für den Zwischenbericht.“
Hans legt das Mobiltelefon zur Seite und wendet sich Muckseder zu.
„Es wird Zeit, dass Sie ihre Rolle spielen.“

„Was soll ich tun?“ fragt Fritz Muckseder neugierig.
„Sie nehmen Kontakt auf. Am besten mit Linda Fuchs. Ich will Riedinger vorerst noch nicht involvieren. Er wäre der erste, der sich an höherer Stelle offenbaren müsste. Daher ist es besser, er weiß von nichts.“
„Gut. Ich rufe sie an.“
Am anderen Ende der Leitung meldet sich eine genervte Frauenstimme. Eine, die er schon unzählige Male gehört hat.
„Schulze, Kripo Erding.“
„Hier Muckseder. ...PI Dorfen. ...Ich hoffe, ich störe nicht?!“
„Wie man es nimmt, Herr Muckseder. Hier herrscht der totale Wahnsinn.“
„Na, dann sind wir ja schon zu zweit,“ antwortet der Dorfener Polizeibeamte.
„Sie wollen bestimmt Kommissar Neumaier sprechen, nicht wahr? Der ist leider gerade außer Haus.“
„Nein, ich hätte gerne die Kollegin bitte.“
„Frau Fuchs?“
„Genau die!“
„Das ist ja mal eine Überraschung. Na gut, ich verbinde.“
„Danke. Bis dann, Frau Schulze.“
Wenige Sekunden später steht die Verbindung zu Linda Fuchs.
„Herr Muckseder. Was kann ich für Sie tun?“
„Vielleicht können wir uns gegenseitig helfen, Frau Fuchs. Ich sitze hier an dieser endlosen Vermisstenliste. Mir ist da eine Häufung von Meldungen aufgefallen, die sich auf den Ort Hörgersdorf beziehen. Überdurchschnittlich viele.“
„Wirklich? Das muss ich dann wohl übersehen haben.“
„Können wir uns in einer Stunde dort treffen? Geht das?“
„Wozu? Können wir das Problem nicht telefonisch klären? Ein paar Anrufe sind sicher schneller erledigt als die Suche vor Ort.“
„Darum geht es nicht. Ich muss ihnen etwas Wichtiges zeigen. Das geht nur vor Ort.“
Linda überlegt kurz. Ein wenig Abwechslung könnte nicht schaden. Und so weit ist der Weg nach Hörgersdorf auch nicht.
„Gut. In einer Stunde. Wo?“
„Treffen wir uns neben dem Sportplatz. Am besten hinter dem Schuppen, der rechts neben dem Parkplatz liegt.“
„Gut, dann bis später. Ich bin gespannt, was Sie für mich haben.“

„Ja, bis dann."
Nachdem Linda aufgelegt hat, erntet sie neugierige Blicke von Mario Matthes, der soeben ins Zimmer kommt. Seit der PC von Hans beschlagnahmt wurde, arbeitet er am Arbeitsplatz der im Urlaub befindlichen Lotte Hausweiler.
„Das war Muckseder, oder? ...Gibt es was Interessantes?"
„Weiß ich noch nicht. Ich treffe mich nachher mit ihm."
„Und mich lässt du hier mit diesem Vermisstenchaos?! ...Niemals."
Linda lächelt. Warum sollte es Mario anders gehen als ihr? Der Ausflug ist ein willkommener Grund, sich dem Wahnsinn zu entziehen. „...Von mir aus kannst du mitkommen."

Fritz Muckseder sitzt alleine in seinem Wagen, den er hinter dem Schuppen neben dem Sportgelände geparkt hat. Lange muss er nicht warten, bis ein weiteres Fahrzeug den Parkplatz erreicht. Es kommt langsam näher und hält etwa zehn Meter entfernt zwischen zwei Eichen nördlich des Schuppens.
Vorsichtig steigt Fritz Muckseder aus und kundschaftet die Umgebung aus. Kein Mensch zu sehen. Nur ein vorbeifahrendes Fahrzeug Richtung Taufkirchen, das keine Notiz von den beiden parkenden Autos nimmt. Dann marschiert er hinter den Bäumen, die den Platz säumen, zum Wagen von Linda Fuchs. Zu seiner Verwunderung steigen zwei Personen aus, kurz bevor er sein Ziel erreicht hat.
„Herr Matthes?! ...Das ist aber eine Überraschung!"
„Herr Muckseder. Es freut mich, Sie zu sehen."
„Was gibt es denn nun so Wichtiges?" fragt Linda Fuchs. Der Unterton der Ungeduld ist deutlich zu vernehmen. Fritz Muckseder kommt näher.
„Ich muss ihnen gestehen, dass ich Sie nicht der Vermissten wegen hergebeten habe."
„Wie bitte?" empört sich Linda. Mario ist deutlich pragmatischer.
„Weswegen dann?"
„Wegen Hauptkommissar Neumaier."
Linda und Mario sehen sich verdutzt an.
„Wo ist er?"
„Spielt erstmal keine Rolle."
„Oh doch. Das spielt eine ganz erhebliche Rolle," erwidert Linda streng.
Muckseder bleibt konsequent, so wie es mit Hans Neumaier abgesprochen war.

„Ich weiß nicht viel. Nur, dass er untergetaucht ist. Wegen irgendeiner internen Geschichte. Können Sie mir dazu etwas sagen?"
„Moment. Jetzt mal langsam. Woher wissen Sie, dass er untergetaucht ist?"
„Wir hatten kürzlich Kontakt."
„Was? Das heißt, Sie wissen, wo er sich aufhält?!"
„Kein Kommentar. Er meinte, Sie würden es verstehen und begreifen, dass er Sie nur schützen will. Sein Plan wäre, dass ich als Kontaktmann fungiere."
„Kontaktmann?"
„Ja," bestätigt der Dorfener Polizist. „Austauschen von Informationen und Ideen. Irgendwie sowas."
„Was soll der ganze Unfug?" fragt Mario energisch. „Er steht im Verdacht, mit einer verfassungsgefährdenden Vereinigung zu sympathisieren. Es könnte sein, dass er Dritten interne Dokumente zugespielt hat. Kurz gesagt, er steht auf der Abschussliste der Dienstaufsicht. Wir müssen ihn unbedingt sprechen, Muckseder! Es ist sehr wichtig. Wir müssen wissen, was er damit zu tun hat."
„Gar nichts!"
„Gar nichts?" wiederholt Mario fragend und beginnt zu lachen. „Das ist ja phantastisch. Das Wort eines Polizeibeamten aus Dorfen wird die Dienstaufsicht sicher dazu veranlassen, Neumaier in Ruhe zu lassen." Marios Miene wird ernster. „...Muckseder! Ihr Wort in allen Ehren, aber es wird nicht genügen. ...Haben Sie oder Hans Beweise?"
„Natürlich nicht," antwortet Fritz Muckseder angespannt. Fast schon ein bisschen erzürnt. „Aber ich glaube ihm, wenn er mir sagt, er wäre in die Sache mit der Liste nicht verwickelt. Ich vertraue ihm! Offensichtlich können Sie das nicht?!"
Linda Fuchs tritt etwas näher zu Muckseder und verschränkt ihre Arme. Ein Lächeln begleitet die Bewegung.
„Natürlich vertrauen wir Hans. Das ist doch klar. Aber wir wollen helfen, ihn zu entlasten. Dazu müssen wir wissen, ob und wenn ja, wie er in die Sache hineingeraten ist."
„Ich soll ihnen das hier von Neumaier geben." Fritz Muckseder holt einen weißen DIN-A4-Umschlag aus der Innentasche seiner Jacke. Er reicht ihn der Kommissarin.
„Was ist das?"

„Eine weitere Liste mit Namen. Allerdings keine Vermissten, sondern ehemalige und aktive Polizeibeamte. Insgesamt zweihundertachtundzwanzig Personen. Herr Neumaier hat diese Liste von einem Mann erhalten, den er für einen der Hüter hält. Außerdem hat er mich darüber unterrichtet, dass die namentlich genannten in irgendeiner Weise mit den Hütern des Prozesses zusammenarbeiten."

„Inwiefern?" will Mario wissen.

„Keine Ahnung. Darüber weiß ich nichts. Neumaier hat gesagt, die Liste könnte ihnen unter Umständen nützlich sein."

Linda steckt den Umschlag ein. Sofort drängt sich ihr der Gedanke auf, dass auf der Liste der oder die Personen vermerkt sind, die direkt mit der Dokumentation und Verwaltung der Vermissten betraut waren und sind. Eventuell beabsichtigt Hans Neumaier, auf verdecktem Wege Hinweise zu liefern, wer hinter der Sache steckt.

„In Ordnung, Herr Muckseder. Wir halten Kontakt. Und wir versprechen, dass wir äußerst diskret vorgehen, einverstanden?"

„Perfekt," erwidert Muckseder. „Ich werde mich wieder melden, wenn ich Neuigkeiten habe."

30

Freitag,
acht Uhr abends

Dass sich dieser Abend dunkler anfühlt als andere, liegt an der merkwürdigen Wolkenfront, die sich wie ein quer in der Luft liegender überdimensional großer Stock auf Erding zubewegt. Davor ist es wolkenlos, und dahinter auch. Ein ebenso beeindruckendes, wie beklemmendes Naturschauspiel.
Linda Fuchs und Mario Matthes kehren von ihrer Exkursion nach Hörgersdorf zurück ins Büro. Ein Blick in die Nachbarräumlichkeiten bestätigt, dass Miriam Schulze bereits nach Hause gegangen ist. Ihr Schreibtisch ist sauber aufgeräumt, die Kaffeemaschine ausgeschaltet, die Tassen abgespült und ordentlich verstaut, die Tür geschlossen.
„Sieht so aus, als wären wir die letzten," quittiert Linda die leeren Räume.
„Ich denke, wir haben uns den Feierabend auch verdient, oder?"
„Irgendwie schon," murmelt Linda nachdenklich. Sie macht sich Sorgen um ihren abwesenden Kollegen. „Wenn nur diese Geschichte mit Hans nicht wäre."
„Was meinst du?"
„Naja, die Suche nach ihm. ...Die Dienstaufsicht. ...Ich kann mir das immer noch nicht vorstellen. Und dann dieser Auftritt von Muckseder gerade. Ist doch alles sehr dubios."
„Fand ich auch. Ehrlich gesagt, ich verstehe nicht, was Hans sich von so einer Aktion erhofft. Er muss doch wissen, dass er sich damit nur noch mehr in den Fokus der Ermittler begibt."
„Mir ist es auch ein Rätsel."
Linda nimmt an ihrem Schreibtisch Platz. Sie erinnert sich an die Liste, die sie von Fritz Muckseder erhalten hat. Sie nimmt den Umschlag, faltet das Blatt auseinander und liest die Namen, die darauf vermerkt sind. Mario Matthes steht neben dem Fenster, die Jacke hat er noch gar nicht abgelegt. Ihn beschäftigt etwas anderes. Der Mann, der heute auf der Straße niedergeprügelt wurde. Der graue Jakob.
Er nimmt den Telefonhörer und ruft die Klinik an. Eine Vermittlung und ein Gespräch mit einer der Stationsschwestern später besteht Gewissheit. Der

graue Jakob kommt mit einem Armbruch, ein paar hässlichen Blessuren und natürlich dem Schrecken davon. Keine bleibenden Schäden.
„Linda, ich gehe schnell rüber ins Krankenhaus. Jakob ist ansprechbar und vernehmungsfähig. Ich will mal sehen, ob er mir etwas über seinen Angreifer erzählen kann."
„Ist gut. Ich bleibe hier und kümmere mich um diese Liste mit den Kollegen. Mal sehen, was dabei rauskommt."
„Dann bis später."
Linda schmunzelt. „Bis dann. Grüß mir den Grauen."
„Obwohl er dich nicht kennt, wird er sich bestimmt freuen."
Linda grinst. Welch wahres Wort.
Mario Matthes verlässt die Inspektion und begibt sich zum wenige Minuten Fußmarsch entfernten, nahegelegenen Krankenhaus.
Linda blättert eine Seite um, als ihr Julius Hoppe einfällt. Sie erwägt kurz, ihn anzurufen, wie weit die Analysen fortgeschritten sind. Doch das Studium der Namensliste bindet sie weiter. Sie entschließt sich, den Anruf zu verschieben.

Das karge Labyrinth der Gänge des Erdinger Krankenhauses wirkt auf Mario Matthes mittlerweile langweilig, so oft ist er hier schon durchmarschiert. Schließlich erreicht er die Station, in der Jakob versorgt und untergebracht ist. Er klopft leise an die Tür und öffnet sie. Das Zweibettzimmer wird aktuell nur von Jakob genutzt. Das zweite Bett ist unberührt. Mario setzt sich auf einen Stuhl und wirft einen Blick auf das Gesicht des Mannes, der im Bett neben dem Fenster ruht. Langsam öffnet Jakob die Augen. Ein kurzes Nicken, dann ein leichtes Schmunzeln.
„Wusste gar nicht, dass ich so mitfühlende Freunde bei den Cops habe."
Mario lächelt und legt seine Hand auf die knorrige Rechte des Patienten.
„Ganz ehrlich, Jakob, ich glaube, heute bin ich nicht als Cop hier. ...Sag mal, wie geht es dir? Hast du noch Schmerzen?"
Jakob der Graue schüttelt unmerklich den Kopf. „...Sie haben mir was gegeben. Irgendwas gegen die Schmerzen. Es geht."
„Was macht der Arm?" fragt Mario, als er den Gipsverband auf der linken Seite entdeckt.
„Glatter Bruch," antwortet der Graue. „... Wird schon wieder."
Mario tätschelt weiterhin die Hand. Jakob scheint entspannt genug zu sein, um ihn mit den Ereignissen nahe der Stadtbücherei zu konfrontieren.

„Jakob, ich muss dich was fragen. Kannst du mir irgendetwas erzählen, was heute vorgefallen ist?“
„... Ich dachte, du bist heute nicht als Bulle hier?“
„Nun, da hast du recht. Das habe ich gesagt. ...Aber was wäre, wenn ich es privat wissen möchte?“
„...Schlechter Lügner.“
Mario nickt. Warum sollte er dem armen Kerl auch was vormachen. „Also, dann offiziell. Es führt eh kein Weg daran vorbei. Hast du gesehen, wer dir das zugefügt hat?“
Der graue Jakob nickt. Nach ein paar Sekunden fragt Mario weiter.
„Er ist dir aber nicht bekannt, oder?!“
Wieder ein Nicken. Dann meldet sich Jakob leise zu Wort.
„... Es waren zwei.“
„Zwei? ...Waren es Männer?“
„Ja.“
„Gut, hast du sie schon einmal irgendwo gesehen? Vor dem Angriff? Beide? Oder zumindest einen der beiden?“
Diesmal wendet Jakob seinen Kopf stumm nach links und rechts. Mario bohrt weiter, die Stimme so sanft wie möglich. „Gab es irgendetwas, was dir an diesen Männern aufgefallen ist? Woran man sie erkennen könnte?!“
„... Nein. Mir ist nichts aufgefallen.“
Mario denkt nach. Die Angaben sind sehr dürftig. Damit kann man keine Fahndung ansetzen. Er würde dem grauen Jakob gerne helfen, aber es scheint so, als wären die Angreifer zu schnell und zu geschickt vorgegangen. Wie soll man sie mit derart wenigen Angaben ausfindig machen?
„Was meinst du?“ fragt Mario weiter. „Konntest du ihre Gesichtszüge erkennen? Kann man etwas über deren Herkunft sagen?“
Jakob dreht den Kopf leicht zu Mario. Er beginnt leise zu sprechen. „... Es waren keine Ausländer. Sie haben Deutsch gesprochen. ...Klare Aussprache. ...Ohne Akzent.“
Danach dreht Jakob den Kopf zur anderen Seite, weg von Mario. Leises Gemurmel folgt. „... Lass es gut sein. Ich bin froh, dass ich es überstanden habe.“
Mario Matthes lässt die rechte Hand des Grauen los. Er steht auf und geht langsam zur Tür. Ein letzter Blick auf den armen Kerl mit dem gebrochenen

Arm und den blauen Flecken. Irgendwie verspürt er ein großes Maß an Mitleid.
Er öffnet die Tür und hält kurz inne. Eine Kleinigkeit ist ihm noch eingefallen. Zurück am Bett wendet Jakob ihm den Kopf wieder zu.
„... Was willst du noch?"
„Eine letzte Info, Jakob. ...Warum warst du am Dienstag bei Erich Schwartz? Du wohnst doch gar nicht dort, oder?"
„... Nein. ...Nein. ...Ich wollte mit ihm reden."
„Du wolltest dich bedanken, nicht wahr?"
„Bedanken? ...Nein, deswegen war ich nicht da."
Mario stutzt. Das wäre eine andere Aussage als die von Erich Schwartz. Matthes hört zu, was Jakob noch berichtet.
„... Ich wollte ihm sagen, in was für einem Puff er wohnt."
„Wie bitte?"
„... Ja. ...Ein Puff. ...Nichts anderes ist das mittlerweile."
„Wie meinst du das?"
Jakob der Graue schnauft einmal tief durch und dreht sich etwas zur Seite, um den linken Arm zu entlasten.
„... Ständig andere Weiber. Was die da treiben, weiß doch schon jeder. Eine Schande, diese jungen Dinger!"
Mario hat das Gefühl, dass er nach diesem Gespräch verwirrter ist als vorher. Was um alles in der Welt redet Jakob da? Er wurde überfallen und jetzt fällt ihm nichts besseres ein als von irgendwelchen möglichen Prostitutionsstätten zu plappern? Und warum sollte er das Erich erzählen? Da er dort wohnt, müsste er es ohnehin schon wissen, wenn dem überhaupt so wäre. Mario ist sich nicht sicher, ob er dem Grauen alles glauben kann. Er versucht, die Aussagen zu ordnen und morgen der Sache nachzugehen.
Jakob wirkt müde. Er schließt die Augen und dreht den Kopf etwas zur Seite, damit er bequemer auf dem Kissen ruhen kann. Die Genesungswünsche von Mario Matthes bekommt er schon gar nicht mehr mit.
Er ist bereits eingeschlafen.

31

Freitag,
neun Uhr abends

In dem kleinen abgeschiedenen Teil des Bürokomplexes herrscht rege Betriebsamkeit. Die letzten Vorbereitungen laufen auf Hochtouren, um das angekündigte Interview aufzuzeichnen. Ein Dutzend junger Mitarbeiter arbeiten fieberhaft daran, dass die Live-Übertragung auf der Homepage des Mediaunternehmens FBJ-Media reibungslos funktioniert. Techniker mit Strahlern und Mikrophonen rennen scheinbar kreuz und quer durcheinander. Der Aufnahmeleiter prüft die Verbindungen, testet die Tonqualität, erinnert die kurzfristig engagierte Maskenbildnerin daran, schnell fertig zu werden, korrigiert ein wenig die Ausleuchtung und kauert sich dann angespannt in den Sessel. Noch acht Minuten.
Martina Sussek sitzt in der engen, schallisolierten Kammer. Von der Aufregung außerhalb des etwa drei auf zwei Meter kleinen Raumes bekommt sie kaum etwas mit. Auf dem Tisch vor ihr befinden sich ein Mikrophon, eine Schreibunterlage, ein kleines Schaltpult zur Bedienung des Mikros und der Kommunikation mit dem Aufnahmeleiter. Ein paar Stifte und ein winziger Stapel Notizen vervollständigen ihr mageres Equipment. Sie schwitzt. Obwohl es nicht besonders warm ist, rinnen ihr einzelne Schweißperlen von der Stirn.
Um die letzten Minuten zu überbrücken und die Nervosität zu bemänteln blättert sie in den Notizen mit den aktuellen Statements der Konkurrenz und überfliegt die Meldungen.
In vielen Supermärkten der Republik sind die Regale zunehmend leerer. Die Anlieferung sei in Ermangelung einsatzfähiger Fahrer stark beeinträchtigt, liest sie. Gerichtsverfahren müssen verschoben werden, weil etliche Richter, offiziell aus Krankheitsgründen, ihren Pflichten nicht nachkommen können. Selbige personelle Engpässe zwingen die Polizeidienststellen, immer mehr mit Beamten zu jonglieren, um die Dienstbereitschaft flächendeckend aufrecht zu erhalten. Zu viele sind plötzlich erkrankt. Die Universitäten haben weniger Probleme. Die Dozenten haben keinen vergleichbaren Aderlass zu vermelden. Anders als die Real- und Mittelschulen, und vor allem die

Gymnasien, die eine erschreckend hohe Zahl an Ausfällen in der Lehrerschaft zu vermelden haben. Auch hier sind die meisten entweder erkrankt oder werden vermisst. An etlichen Schulen wird nur ein eingeschränkter Schulunterricht praktiziert, was wiederum dazu führt, dass große Teile der Schüler beginnen, sich dem Chaos zu entziehen und zu Hause bleiben. Eine Krankmeldung ist das kleinste Problem.
Anders als die alternativen Medien, die in der Verschlimmerung der Lage eine logische Konsequenz der Ignoranz und der kategorischen Weigerung jener in den Manifesten erwähnten Beschuldigten sehen, stürzen sich die Systemmedien auf die vermeintlichen Verursacher dieser sich entwickelnden Katastrophe, nämlich die Hüter des Prozesses. Schnell sind sie als eindeutig Schuldige benannt und als solche gebrandmarkt. Der alternativlose Sündenbock ist schonmal kreiert. Natürlich darf die mantraartig vorgetragene Bemerkung nicht fehlen, dass die von vielen als rechtsextrem eingestufte Opposition vermutlich an der Entstehung der Probleme mitschuldig sei, da sie permanent gegen die Politik der etablierten Parteien vorgehe. Destruktives Verhalten würde in der jetzigen Situation niemandem helfen.

Durch das große Fenster direkt vor ihr erkennt sie nicht nur den Aufnahmeleiter, der ihr mit zwei hochgereckten Fingern andeutet, wie lange es noch dauert, sondern auch schemenhaft ihr eigenes Spiegelbild. Eine Frau, die darauf wartet, das wohl aufsehenerregendste Interview des Jahres führen zu dürfen.
Einer der Techniker informiert den Aufnahmeleiter, dass die Videoverbindung zum Gesprächspartner steht. Ein anderer gibt grünes Licht für die Schaltung auf die Homepage. Ein Blick des Aufnahmeleiters fällt auf die digitale Uhr, die den Countdown unerbittlich herunterzählt. Noch eine Minute.
Martina wischt sich mit einem Tuch den Schweiß von Stirn und Gesicht. Dann setzt sie den Kopfhörer auf und testet zum wiederholten Male die Funktionstüchtigkeit. Sie spürt, wie nervös sie ist. Kein Wunder, katapultiert sie sich mit diesem Interview, sofern alles gut geht, in die höheren Sphären des Journalistenhimmels. Wenn nicht, bleibt sie eine kleine Nummer in einem unbedeutenden Unternehmen. Auf zwei Kontrollbildschirmen sieht sie sich selbst und einen Schatten, der sich hinter einer transparenten Wand verbirgt. Viktor ist bereit. Sie nicht, denkt sie sich panisch. Reiß dich zusammen, ermahnt sie sich selbst. Das ist deine Chance! Sie schnauft noch einmal tief

durch und starrt erwartungsvoll durch das große Fenster vor ihr. Der Aufnahmeleiter zählt mit seinen Fingern die Sekunden herunter. …Fünf, vier, drei, zwo, eins …und Action.
„Ich begrüße euch alle da draußen, liebe Community, mein Name ist Martina Sussek. Hier ist der Livekanal von FBJ-Media mit der Premiere unseres Hauses, mit dem ersten Live-Auftritt, mit dem wir euch einen weiteren Baustein unseres ohnehin schon breiten Spektrums von Informationen und Meinungen zu verschiedensten Themen anbieten wollen, mit interessanten und anschaulichen Reportagen zu allem, was die Welt bewegt und fundierten Hintergrundberichten, die weit über das hinausgehen, was bei den meisten Altmedien zu lesen, zu hören und zu sehen ist. Ich freue mich natürlich besonders, dass ich diese erste Sendung präsentieren darf. Wir haben zu diesem besonderen Anlass einen außergewöhnlichen Menschen gewinnen können, um mit ihm über das große Thema dieser Tage zu sprechen. …Über die Hüter des Prozesses und deren Absichten.“
Bisher war auf dem Link zur FBJ-Media-Homepage nur Martina Sussek zu sehen. Jetzt wechselt die Regie zu einem geteilten Bildschirm. Links Martina, rechts der Schattenmann.
„…Ich begrüße in unserer Live-Schaltung einen Menschen, dem großer Dank gebührt, und vor allem großer Respekt, dass er sich trotz der Angriffe der Politik und der Staatsmedien an die Öffentlichkeit wagt. Hallo, Herr…, ja, da haben wir schon die erste Frage, die zu klären wäre. Wie darf ich Sie denn ansprechen?“
„Guten Tag. Vielen Dank für die Einladung. Ich schlage vor, Sie nennen mich Viktor.“
„Hallo Viktor. Vielleicht erklären wir zunächst einmal, warum wir und die Zuschauer Sie nur schemenhaft sehen können?!“
„Ich möchte unerkannt bleiben. Ich denke, dass jedem klar ist, was mit mir geschehen würde, wenn man meine Identität aufdecken würde.“
„Verständlich. Sie handeln also aus Angst?“
„Angst ist vielleicht nicht ganz der richtige Ausdruck. Nennen wir es Vorsicht in Bezug auf meine Sicherheit. Achtsamkeit in Bezug auf die Idee, die hinter all dem steckt. Argwohn in Bezug auf die Interessen derer, die sich von falschen Narrativen leiten lassen. Aber der Hauptgrund ist ein anderer. Meine Person ist, was die Sache betrifft, völlig belanglos und unwichtig. An meiner Stelle könnte jeder sitzen, der sich auf Grundrechte verlässt, der eine

Aufarbeitung von immensem Unrecht anstrebt, der Widergutmachung für angerichteten Schaden wünscht. Ich sitze hier für alle Menschen, die sich nach der alten, der einzigen Normalität sehnen. Eine neue gibt es nicht. Sie ist ihrerseits ein Narrativ. Mein Schatten steht für jeden einzelnen. Das sind viele Millionen Menschen da draußen, die sich mit der Idee verbunden fühlen, verstehen Sie? ...Daher ist mein Name irrelevant."

„In den Manifesten ist von den Hütern des Prozesses die Rede, die als offizielle Verfasser der Schreiben gelten. Können Sie unserer Community erklären, worauf sich dieser sogenannte Prozess bezieht? Worin liegt das Ziel des Prozesses?"

„Der Begriff *Prozess* ist hier bitte nicht als juristisches Instrument zu verstehen. Wir ziehen nicht vor Gericht, und wir wollen auch über niemanden urteilen. Dafür sind andere zuständig, und dafür engagieren sich auch schon sehr viele. Der Prozess, der uns antreibt, ist die aktuelle Entwicklungsphase bei den Menschen um uns herum. Sie wissen selbst, dass unsere Bevölkerung vielschichtig und vielfältig ist. Das zeigt sich in nahezu jeder Hinsicht. Unsere Gemeinschaft besteht auf ganz vielen Ebenen aus Befürwortern und Menschen, die gegen etwas sind. Natürlich gibt es auch die Menge dazwischen, die sich auf keine der beiden Seiten stellen will oder kann. Nennen wir sie die Neutralen, die Unentschlossenen oder Gleichgültigen. Das ist normal und auch in Ordnung, solange die Gemeinschaft nach Kenntnis der jeweiligen Sachlage zu einem Kompromiss kommen kann. Wir haben seit Anfang 2020 erlebt, wie dieses Prinzip aus den Fugen geraten ist. Am besten lässt sich das am Beispiel diverser Maßnahmen zur Covidbekämpfung erklären. Plötzlich waren Befürworter die Guten, und Gegner der Maßnahmen die Bösen. Die Menschen, die mitgemacht haben, wurden gelobt, diejenigen, die kritisch waren, wurden plötzlich ausgegrenzt. Sei es durch Diffamierung, durch Denunzierung, durch Schuldzuweisung, durch Bloßstellung. Die Liste könnte ich noch weiterführen, aber kommen wir zum Wesentlichen. Seit vier Jahren leben die Menschen in Angst. Einige haben sich schneller als andere daraus befreit, andere noch gar nicht. Hierfür ist eine gründliche Aufarbeitung notwendig. Über eines muss sich jeder klar sein: Egal, ob pro oder kontra. Die Rechte, die uns genommen wurden, sind nicht verloren. Sie zurückzuholen und aufzuzeigen, dass sie einen unschätzbaren Wert haben, ist unser Antrieb und das Ziel des Prozesses, den wir angestoßen haben. Es sind schon so viele, die das erkannt haben, aber ich muss zugeben, eine nicht unerhebliche Anzahl von Mitbürgern verbringt ihr Leben immer noch in der Bewusstseinsblase, die ihnen die tagtäglich propagierenden Parteien, unterstützt von den Medienkonzernen, als alternativlose Wahrheit verkauft hat. Rechte sind keine Güter, die man sich erkaufen muss. Sie stehen einem, wie der Name schon sagt, von Rechts wegen einfach zu! Die Aufarbeitung der Geschehnisse ist daher ein eminent wichtiger Bestandteil des Prozesses. Damit wurde vor knapp drei Jahren schon früh während der Pandemie begonnen. Wir sind stolz, Teil dieses Prozesses in dieser entscheidenden Phase zu sein."

„Was meinen Sie mit entscheidender Phase?" unterbricht Martina Sussek den Redner. „Worauf genau beziehen Sie sich?"

„Ein Phänomen, das sich stets wiederholt, muss auf alle Fälle verhindert werden," antwortet der schemenhafte Viktor. „Geschichtsbücher werden immer von denen geschrieben, die einen Konflikt gewonnen haben. Die Sichtweise der Verlierer wird ausgelöscht. Es ist daher von wesentlicher Bedeutung, dass der Erzählung der Existenz einer Pandemie nicht auch noch eine weitere über das der gelungenen Bewältigung folgt. Die Menschen haben ein Recht darauf, alles zu erfahren. Nicht nur das, was eine Seite erzählt."

„Kommen wir zurück zur Struktur des Prozesses," hakt Martina nach. „Sie erwähnten, dass es sich weniger um ein juristisches Verfahren handelt, sondern eher um etwas Gesellschaftliches. Wozu dann die direkte Konfrontation mit einzelnen Personen? Im dritten Manifest werden vier Namen genannt. Warum diese?"

„Weil sie Schlüsselfiguren dieses Verbrechens sind."

„Verbrechen? Dann verstehe ich den Kontext zu ihrer Aussage nicht, dass es sich nicht um eine juristische Aufarbeitung handeln soll. Wollen Sie unserer Community dazu etwas sagen?"

„Gerne. Sie haben natürlich recht, Frau Sussek. Es sieht tatsächlich vordergründig so aus, als wolle man gegen diese vier Personen rechtlich vorgehen. Ich muss allerdings darauf hinweisen, dass in den Manifesten nur vereinzelt direkte Vorwürfe niedergeschrieben wurden. Ich darf in Erinnerung bringen, dass es sich hauptsächlich um Fragen handelt. Selbst die größten Optimisten müssen zugeben, dass von einer juristischen Aufarbeitung der Vorwürfe gegen die vier genannten Personen zum jetzigen Zeitpunkt sicher kein befriedigendes Urteil zu erwarten ist. Die jüngst stattgefundene Aushöhlung und Verbiegung der Rechtsprechung war elementar und unverzichtbar, um die Maßnahmen zu rechtfertigen. ...Darum ging es doch?! ...Um Rechtfertigung. Das ist etwas ganz anderes als Rechtsprechung. Und genau deshalb, weil das Handeln besagter Personen von Richtern, die diese Rechtfertigung als Rechtsprechung umsetzen werden, wohlwollend gewertet wird, kann das Urteil unmöglich das Papier wert sein, auf dem es niedergeschrieben wird. Es wäre nur die Fortsetzung der Posse. Der Grund, warum diese vier Personen genannt wurden, liegt also nicht in der Judikative, sondern in der Art, wie sie selbst auf die als Fragen formulierten Vorwürfe reagieren. Es geht dabei weder um politische, noch um rechtliche Vorwürfe. Die Verantwortlichen haben anderen Menschen viel Leid zugefügt. Und diese haben unseres Erachtens ein Recht darauf, deren Beweggründe für ihr Handeln zu erfahren."

„Glauben Sie, dass die vier Genannten sich noch dazu äußern werden?"

„Nein. Das ist aber nur meine persönliche Sicht der Dinge."

„Warum dann der Aufwand?"

„Eine Weigerung besagter Herrschaften gleicht einem Eingeständnis, nichts zur Aufarbeitung beitragen zu wollen. Nichts sagen ist auch eine Antwort. Alle werden sehen, dass diese Leute kein Verantwortungsgefühl haben. Sie sind kalt. Sie sind hartherzig. Sie sind arrogant. Beleuchten wir die Abläufe der Pandemie, bleibt als Erkenntnis, wie zerbrechlich unser Rechtsstaat und unsere Demokratie ist. Ein Virus genügt, um totalitäres Gedankengut salonfähig zu machen. Fragwürdige Gesetze und der in unserer Bevölkerung leider weit verbreitete Drang, diesen Willkürgesetzen blinden Gehorsam zukommen zu lassen, hat der Machtelite eine nahezu grenzenlose Fülle an Einfluss erlaubt, um ihre Ziele umzusetzen. Recht wird zu Unrecht, Unrecht zu Recht. Das führt unweigerlich zur Demontage einer ganzen Kultur."

Martina Sussek wirft eine weitere Frage ein. „Sie erwähnten zuvor, dass der Prozess so eine Art Entwicklungsphase sei. Also ein Teilstück, vergleichbar mit einer Etappe bei einem Radrennen. Wann und wie werden Sie ihr Etappenziel erreichen? Wie sollte sich dieses Ziel ihrer Meinung nach ausdrücken?"

„Darauf kann ich keine Antwort geben," antwortet Viktor hinter der transparenten Wand. Seine schattenhafte Silhouette lässt ein deutliches pantomimisches Achselzucken erahnen. „Diese Frage sollte man den Frauen

und Männern da draußen stellen. Jedem einzelnen in dieser Bundesrepublik. Denn sie werden es sein, die das Ziel definieren. Sie sind es, die die Macht besitzen, die Zukunft ihren Wünschen und Vorstellungen entsprechend zu gestalten. Ich sage ganz ehrlich, was ich denke. Mir wird Glück zuteil, wenn ich mit eigenverantwortlich denkenden und agierenden Menschen kommuniziere, denn mit ihnen kann ich mich auf Augenhöhe definieren. Dabei spielt es keine Rolle, ob mein Gegenüber meiner Ansicht ist oder nicht. Ich schätze Wiederworte, da sie mich in meiner Meinungsbildung prüfen. Was hilft mir eine alternativlose vorgeschriebene Meinung ohne Gegenpol? Ein Sprichwort sagt: „Wenn du nicht bereit bist, dein Leben in die Hand zu nehmen, werden es andere tun.“ Und hier schließt sich der Kreis. Niemand sollte gegen seinen Willen zu etwas gezwungen werden, was er, aus welchen Gründen auch immer, ablehnt.“
„Ich habe eine weitere Frage, die vermutlich auch viele Zuseher und Zuhörer interessiert. Sie nennen sich selbst Hüter. Wie können sich die Damen und Herren da draußen ihre Funktion als Hüter vorstellen? Was genau bewachen Sie?“
Schattenmann lacht. „Nein, wir bewachen nichts. Dann wären wir Wachleute, oder Aufsichtspersonal, aber keine Hüter. Im Prinzip ist es ganz einfach: Wir lenken den Entwicklungsprozess, der als Folge der Ablehnung einer Aufklärung und Aufarbeitung der Pandemie und deren Maßnahmen durch die Verantwortlichen herbeigeführt wurde. Er ist unausweichlich geworden. Die Phase des Redens wird durch die des Handelns ergänzt. Taten folgen Worten.“
„Das heißt, es gibt gewisse Vorgänge, die von ihnen gesteuert werden?“
„Natürlich.“
„Darf ich mir die Frage erlauben, ob die Vermisstenkrise, so kann man sie ja fast schon nennen, in ihrer Verantwortung liegt?“
„Vermisstenkrise?“
„Ja, wieso?“
„Eine furchtbare Wortkreation, ähnlich wie Verschwörungstheoretiker, Coronaleugner, Maskenverweigerer, oder Impfgegner. Soll das immer so weitergehen?“
Martina Sussek fragt weiter: „Wie meinen Sie das?“

„Nun, diese Wertungen, die diese neuen Wörter beinhalten. Wir müssen so schnell wie möglich mit diesem Vokabular aufhören. Es verurteilt, es spaltet, es erschwert die Rückkehr zum Diskurs."
„Verzeihen Sie. Dann sagen wir Häufung der Vermisstenmeldungen? Liegt hier eine Steuerung der Lage ihrerseits vor?"
„Die Antwort lautet nein. Sie liegt nicht in unserer Verantwortung."
„Von wem sonst?"
„Ist das nicht naheliegend?" fragt Viktor. „Es handelt sich um Menschen, die eine Entwicklungsphase beschleunigen. Menschen, die von Verantwortlichen endlich wahrgenommen werden wollen. Die Antworten erwarten. Die den Wunsch hegen, dass sich die Gemeinschaft der Bürger wiederfindet und sich gegenseitig akzeptiert. Ohne jegliche Vorurteile, ohne Ablehnung, ohne Hass."
Martina nickt zustimmend und verständnisvoll. „Um auf das Thema Vermisstenmeldungen zurückzukommen. Sie haben im zweiten Teil des dritten Manifests eine Liste mit Namen bekannt gegeben. Eine authentische Liste mit Vermissten, wie sich schnell herausgestellt hat. Alle rätseln, wie sie in den Besitz der Liste gekommen sind. Können Sie uns dazu etwas mitteilen?"
Viktor, der Schattenmann, lässt ein paar Sekunden verstreichen.
„Nein, das werde ich nicht kommentieren."
„Glauben Sie, dass die Zahl der Vermissten noch steigen wird?"
„Durchaus möglich."
„Eine gewagte Aussage für jemanden, der diesbezüglich nach eigenen Angaben nicht in der Verantwortung steht. Haben Sie nicht die Befürchtung, dass Systeme zusammenbrechen könnten, die eine Gefahr für Leib und Leben vieler Menschen mit sich brächten?"
Zum ersten Mal hat Viktor das Gefühl, Martina ist nicht mehr Herr ihrer Fragerunde. Diese kommt ihm so aggressiv vor. Und heimtückisch, bemäntelt sie doch die Absicht, die Hüter in die Verantwortung für die hohe Anzahl der vermissten Menschen zu ziehen. Erneut zögert er einen Augenblick und überlegt, ob eine Antwort oder eine Gegenfrage sinnvoller wäre.
„Werden denn wirklich Systeme zusammenbrechen? Glauben Sie wirklich, dass unsere Mitbürger sich auf selbig niedriges Niveau wie ein Großteil unserer Regierungsmitglieder, unsere ach so rechtstreuen Juristen, unsere hörigen Mediziner begeben würden? Ich glaube es nicht. Im Gegenteil. Ich

bin überzeugt, dass die Menschen, sofern sie ohne Zwang handeln können, jede wie auch immer geartete Krisensituation meistern können. Die Freiheit, Richtiges und Wichtiges zu tun, versetzt Berge und kann durch kein Diktat der Welt verhindert werden."

„Eine letzte Frage zu den Vermissten: Wie hoch schätzen Sie die Chancen ein, dass die vermisst gemeldeten Personen auftauchen oder gefunden werden?"

„Sehr hoch!"

„Sie haben großes Vertrauen in die Behörden?!"

„Ich habe großes Vertrauen in diejenigen, die bereits die Entwicklungsphase durchlaufen haben."

„Wie dürfen wir das verstehen?"

„Weder ich noch irgendein anderer aus dem Kreis der Hüter haben Einfluss auf die Geschehnisse. Wir wirken bestenfalls lenkend. Der Antrieb kommt aus der Gemeinschaft der Mitmenschen. Sie sind quasi der Motor."

„Wie kann sich unsere Community das vorstellen? Wie soll dieser Motor ins Laufen kommen?"

„Es geschieht schon, Frau Sussek. Verfolgen Sie die Dinge, die rund um uns herum passieren. Unglaublich viele Menschen stehen auf und wollen das gekaperte System wieder verlassen. Sie wehren sich gegen die Entmündigung, die ihnen seit Jahren scheibchenweise aufgezwungen wird. Immer mehr wollen selbst entscheiden. Ärzte, die nicht mehr praktizieren dürfen, werden bald wieder ihre Arbeit aufnehmen. Trotz gesetzlich angeordnetem Verbot. Immer mehr Menschen lehnen die Zwangsabgaben an die Medien ab, die sich objektiver Berichterstattung verweigern. Pädagogen schließen sich zusammen, um den Kindern und deren Eltern eine Alternative zum maroden Schulsystem zu bieten. Dieses Angebot werden viele annehmen, da bin ich mir sicher. Kurzum, die Entwicklungsphase, in der wir uns momentan befinden, wird sicher kein revolutionäres Umdenken, aber eine sinnvolle Sensibilisierung mit sich bringen. ...Aus sich heraus. ...Aus der Bevölkerung."

„Welche Rolle spielen dann noch die vier namentlich genannten Personen?"

„Wenn Sie sich endlich ihrer Verantwortung stellen würden, werden sie Teil des Prozesses. Der Moment, in dem sie merken, dass sie nicht gegen die Masse gewinnen können, wird der entscheidende sein, in dem der Prozess einen unglaublichen Schub und eine ungeheure Dynamik entwickeln wird."

„Eine letzte Frage, Viktor. Eine persönliche, wenn Sie erlauben?!“
Vom Schattenmann kommt kein Veto. Martina Sussek fährt fort.
„... Wenn Sie drei Wünsche frei hätten, ganz persönliche für sich selbst, was würden Sie sich wünschen?“
Viktor fällt sofort Nele ein, aber diese Information will und darf er nicht öffentlich äußern. Er konzentriert sich auf den eigentlichen Grund des Interviews.
„... Drei Wünsche? Oje, das wird nicht einfach. Der erste Wunsch wäre, dass es den Menschen gelingt, sich ihren Ängsten zu stellen und merken, dass sie all die Jahre manipuliert und belogen wurden. Aus dem Umgang mit den Ängsten ergibt sich zwangsläufig ein gesundes Denken. Falls dies nicht gelingt, gibt es kein Entkommen aus der Fiktion, die durch ständiges Wiederholen von Scheinrealitäten und des gezielten Einsatzes umdefinierter Begriffe kreiert wird. Man darf sich der sogenannten neuen Realität nicht unhinterfragt hingeben. Der Wunsch nach Freiheit hat eben nichts mit Egoismus zu tun. Wenn hinterfragt wird, hat das nichts mit Hetze zu tun. Individualismus wurde als asoziales Verhalten gebrandmarkt. Wir müssen aufstehen und einen solch verbalen Humbug entschieden verurteilen. Als zweiten Wunsch möchte ich auf die Eigenverantwortung kommen. Es ist mir ein sehr wichtiges Anliegen, da sie besonders scharf durch die sogenannten Leitmedien als *Gefahr für die Demokratie* angegriffen wurde. Allen muss klar sein, dass Eigenverantwortung nur für diejenigen eine Gefahr darstellt, die Angst haben, ihre Macht und ihren Einfluss zu verlieren. Für alle anderen bedeutet sie Selbstverwirklichung. Genau das wollen einige Menschen aus sehr niederen Motiven unbedingt verhindern.“
„Das sind zwei wirklich sehr ehrenwerte Wünsche,“ sagt Martina Sussek. „Wir sind alle auf ihren dritten gespannt.“
„Nun, mein dritter Wunsch ist vermutlich am einfachsten und leichtesten umsetzbar,“ antwortet der Schattenmann. „Ich wünsche mir einen breiten, offenen und fairen Dialog. Themenübergreifend. Und da bitte ich um ihre Unterstützung. Ihre und die ihres Teams der gesamten Plattform FBJ-Media. Ich schlage eine offene Livedebatte über ihr Unternehmen vor. Eine bundesweite Kommunikationsinitiative für alle interessierten Menschen. Mehr als nur ein Chat oder ein Kanal in den sozialen Netzwerken. Ich verspreche mir davon einen starken Impuls für die Zukunft, eine Sammlung von Ideen über machbare Vorhaben.“

„Klingt interessant. Wie stellen Sie sich so etwas vor?“
„Der Anfang ist mit dieser Livesendung bereits gemacht. Ich schlage eine weitere, größere Schaltung vor, bei dem alle, die es wollen, teilnehmen können. Ein Forum mit vielen Räumen, die sich lediglich durch verschiedene Themenstellungen unterscheiden. Sagen wir ab morgen. Wäre neun Uhr zu früh?“
Martina Sussek wirft ihrem Aufnahmeleiter einen fragenden Blick durch die große Scheibe zu. Der zuckt kurz mit den Schultern, zeigt dann aber doch ein zumindest halbwegs entschlossenes Zeichen an Martina. ...Daumen hoch.
„...Neun Uhr ist perfekt.“
„Gut. Wenn das klappt, geht mein dritter Wunsch in Erfüllung. Die technische Umsetzung überlasse ich ihnen und ihrem Team. Ich bin überzeugt, dass FBJ-Media morgen einen medialen Meilenstein setzen kann. Dieses professionelle Interview stimmt mich zuversichtlich. Und lassen Sie mich sagen, dass ich ihnen ein weiteres Angebot machen möchte: Wenn es gewünscht wird, werde ich mich an den morgigen Gesprächsrunden als Antwortgeber und Berater beteiligen.“
„Das wäre phantastisch!“
„Ich denke, die Resonanz wird ein Gradmesser sein, ob die Bürger dieses Landes bereit sind, sich den Aufgaben, die der Prozess der Entwicklung mit sich bringt, zu stellen. Sie können mir glauben, es gibt unendlich viele Fragen, die noch zu beantworten sind. Es steht unheimlich viel auf dem Spiel.“
„Wäre es nicht wunderbar, wenn sich noch weitere Hüter zu diesem Schritt der Teilnahme an unserem öffentlichen Diskurs ermutigen ließen?“
„Eine berechtigte Frage, die ich aber nicht beantworten kann,“ antwortet Viktor. „Sie wissen, wir sind keine homogene Organisation, die sich abspricht und über einzelne Aspekte abstimmt. Wir handeln eigenverantwortlich.“
Martina Sussek schiebt ihren Kopfhörer ein Stück zurück und streicht eine Strähne, die sich vor ihr linkes Auge verirrt hat, zur Seite. Bisher ist das Interview gut gelaufen. Das Gespräch mit Viktor, dem geheimnisvollen Schattenmann, brachte einige neue Informationen ans Tageslicht. Nicht alle, vielleicht noch nicht einmal so viele wie erhofft, aber es ist etwas Wunderbares geschehen, worüber sie erst im Nachgang des Gespräches Kenntnis erhält. Langsam hebt sie ihren Kopf. Durch das große Fenster erkennt sie die Zeichen des Aufnahmeleiters. ...Drei Finger. Die Sendung soll noch drei Minuten laufen. Zeit für eine letzte Frage.

...Aber welche? Was könnte das Publikum am meisten interessieren? Womit könnte man die Zuhörer- und Zuseherschaft an den neuen Kanal auf FBJ-Media binden? Deren Neugierde entfesseln?
„... Lieber Viktor," fährt Martina mit pathetischer Stimmlage fort, „wir kommen langsam zum Ende unserer Sendezeit. Ich möchte mich im Namen der gesamten Crew von FBJ-Media bei ihnen bedanken. Das Gespräch mit ihnen war ein Genuss und ich denke, den Zusehern und Zuhörern ist es ähnlich ergangen."
„Vielen Dank, Frau Sussek. Das Kompliment darf ich gerne zurückgeben."
„Viktor, was möchten Sie den Menschen da draußen heute Nacht mitgeben? Vielleicht gibt es etwas, womit Sie sich zum Abschluss der Sendung an sie wenden möchten. Was möchten Sie ihnen zurufen?"
„Schwierig!" murmelt der Schatten auf der rechten Seite des Monitors. „... Es gäbe so viel zu sagen. ...Belassen wir es mit einem kleinen Hinweis meinerseits. Achten Sie ab morgen auf Menschen, die ein weißes T-Shirt mit einer Aufschrift tragen."
„Was für eine Aufschrift?" fragt Martina nach.
„Einigkeit und Recht und Freiheit! Die elementaren Grundpfeiler unserer Demokratie. Die Menschen, die ab morgen mit solchen Shirts herumlaufen, sind im Entwicklungsprozess schon sehr weit. Sie lieben die Demokratie, und sie sind gewillt, dies mit diesem einfachen Symbol zu zeigen. Mit dem weißen Shirt und den aufgedruckten Begriffen. Liebe Freunde, scheuen Sie sich nicht, jene Mitbürger anzusprechen! Scheuen Sie nicht den Dialog! Sie können euch so vieles aus erster Hand erzählen. Lassen Sie den Austausch zu und teilen Sie deren Erfahrungen der letzten vier Jahre. Tragen Sie dazu bei, dass unsere Gesellschaft wieder zusammenwächst. Vollziehen Sie das, wozu unsere regierende Politik nicht imstande war. Ein Appell an unsere Polizisten: Gehen Sie in sich und werden sich ihrer Verantwortung bewusst, wenn Sie morgen auf der Straße ihren Dienst verrichten. Werden Sie nicht Handlanger einer verfehlten Politik. Ein Appell an unsere Richter und Staatsanwälte: Erinnern Sie sich an Justitia, die römische Göttin der Gerechtigkeit. Erinnern Sie sich daran, welche Bedeutung Unparteilichkeit und Neutralität für unser Miteinander haben. Ein Appell an alle Mediziner, vom Chefarzt bis zur Pflegekraft: Vergegenwärtigen Sie den Eid, den Sie geschworen haben. Erinnern Sie sich an Paracelsus, den ich zitieren darf: „Der Patient sei sein eigener Arzt und der Arzt dessen Helfer." Er selbst, der

Patient, entscheidet, was mit seinem Körper geschieht. Niemand sonst. Ein Appell an die Pädagogen: Lehren Sie die Dinge, die unseren Kindern den Weg in eine sichere Zukunft ebnen. Unterweisen Sie in Toleranz, Achtsamkeit, Respekt und Güte. Unterrichten Sie politische und soziale Verantwortung, entwickeln Sie deren Fähigkeit zum selbständigen Denken und unterstützen Sie die jungen Menschen in ihrer Entwicklung zur Eigenverantwortlichkeit. Vermitteln Sie den ihnen Anvertrauten den Unterschied zwischen Solidarität und Konformismus, den Unterschied zwischen regieren und herrschen, die differenzierte Bedeutung von Klima und Umwelt, damit sie erkennen mögen, dass es sich dabei nicht um ein und dasselbe handelt. Ein Appell an die Kinder: Glaubt an eure Zukunft! Glaubt daran, dass ihr die Fähigkeiten besitzt, die für deren Gestaltung notwendig sind. Lasst euch nicht von Schwarzsehern und Rattenfängern blenden, die euch die Gedanken vernebeln. Klebt euch nicht der banalen Aufmerksamkeit wegen auf Straßen fest, denn die, deren Aufmerksamkeit ihr erheischen wollt, interessieren sich nicht dafür. Ruiniert nicht die Meisterwerke längst verstobener Künstler mit Kartoffelbrei und Farben, da dem lediglich das Odium schwachsinniger Zerstörungswut anhaftet. Die Zukunft gehört allen! Ein letzter Appell an alle: Nutzt die Fähigkeit zur Kommunikation. Dieses Interview auf FBJ-Media soll als Anreiz dienen.
Unsere Fähigkeit zum gedanklichen Austausch ist ein wertvolles Privileg, denn es dient dem Abbau von Missverständnissen und der Wiederherstellung von Akzeptanz und Toleranz, der Chance auf Versöhnung. ...Einigkeit!
...Erkennen wir die Grundrechte als Richtlinie für jedes einzelne Individuum an, denn nur aus der Masse der Individuen bildet sich die Gemeinschaft. Eine Gemeinschaft ist keine homogene Einheit, die eine einzige unverrückbare Meinung hat. Sie ist vielfältig. Sie ist heterogen. Das erzwingt quasi die Unantastbarkeit der im Grundgesetz verankerten Werte. ...Recht!
...Das wertvollste Gut, das wir Menschen auf dieser Welt errungen haben, ist nur ohne Druck und Zwang erreichbar. Ohne bis ins intimste Detail regulierende Vorschriften, ohne Diktat selbsternannter, elitärer Gutsmenschen, ohne unterdrückende Maßnahmen, die eben jenes gleichermaßen wertvolle wie zerbrechliche Gut attackieren. Was ich damit sagen will: Es bedarf unseres täglichen Schutzes, denn wenn wir dieses Gut verloren haben, wird es für sehr lange Zeit verschwunden bleiben. ...Freiheit!“

„Einigkeit und Recht und Freiheit," wiederholt Martina Sussek die ersten Worte des Textes der deutschen Nationalhymne. „Viktor, ich finde, das ist ein wunderbares Schlusswort. Ich bedanke mich nochmals für das Interview. Es hat mir sehr viel Spaß gemacht."
„Mir auch," fügt Viktor an. „Ich wünsche allen eine gute Nacht."
„Liebe Community," wendet sich die nun großformatige Journalistin an die Zuhörer und Zuseher, während die Regie den geteilten Bildschirm trennt und Viktor, den Schattenmann, von der Bildfläche verschwinden lässt. „Wir von der Internetplattform FBJ-Media sind sehr dankbar für dieses exklusive und aufschlussreiche Interview mit Viktor, einem der Hüter des Prozesses. Das wir die ersten sind, die mit den Hütern sprechen durften, ehrt uns sehr und zeigt deutlich, dass breitgefächerte, ehrliche und sachliche Analyse, Recherche und Berichterstattung höher wertgeschätzt wird als einseitige Nachrichten im Stil der Leitmedien. Ich denke, wir erleben gerade den Beginn einer Entwicklung, die sich als heilsam herausstellen wird. Die Pandemiemaßnahmen haben zweifellos tiefe Wunden hinterlassen, und deren Aufarbeitung ist unerlässlich. Das wird den meisten Menschen tagtäglich bewusster. Bevor ich euch in den Abend und die Nacht entlasse, liebe Community, möchte ich auf den morgigen öffentlichen Talk hinweisen. Ein Novum in unserem Unternehmen, und ich denke, auch ein Novum unserer Zeit, in der wir leben. Hier bei uns! Hier auf FBJ-Media. Klicken Sie sich wieder rein! Nehmen Sie sich die Zeit, nehmen Sie teil. Es kommt sicher ein hochinteressantes und sehr intensives Wochenende auf uns zu. Vielleicht treffen wir uns morgen wieder. Mein Name ist Martina Sussek. Ich bin Journalistin bei FBJ-Media, der alternativen modernen Nachrichtenplattform im Internet. In diesem Sinne sage ich herzlichen Dank für euer Interesse und wünsche euch allen da draußen einen schönen Abend. …Gute Nacht."
Der Aufnahmeleiter beendet die Internetübertragung und erhebt sich in seinem kleinen Reich von seinem Sessel. Neben ihm stehen zwei Mitarbeiter, die Martina mit erhobenen Daumen anzeigen, wie toll sie war. Alle drei klatschen ihr anerkennend Beifall. Martina lächelt verlegen und ist doch so unendlich stolz.

32

Freitag,
zehn Uhr abends

Julius Hoppe hält das Mobiltelefon in der Hand, während er mit einem Auge noch den Abschluss der Liveschaltung von FBJ-Media auf seinem Laptop verfolgt. Das kann doch nicht wahr sein, sagt er stumm zu sich selbst. „Weißt du eigentlich, wie lange man dafür braucht?"
„Bitte Julius. Es wäre sehr, sehr wichtig. Damit können wir nicht warten," weist Linda Fuchs ihn eindringlich an.
Julius verdreht die Augen. Ausgerechnet heute ist er hundemüde. Er gähnt und richtet sich auf. Ein erneuter prüfender Blick auf den Bildschirm:
21.52 Uhr steht unten rechts. Und das an einem Freitagabend.
„Zwanzig Minuten!" sagt Hoppe mürrisch. „Vielleicht dreißig. Aber dafür bist du mir was schuldig!"
„Danke. Du bist ein Schatz!" antwortet Linda freundlich und beendet das Gespräch.
Linda Fuchs sitzt alleine im Büro. Alle anderen sind schon längst im wohlverdienten Feierabend. Sie nutzt die Zeit bis zu Hoppes Ankunft mit Computerarbeit, indem sie das Protokoll der Befragung von Renata Barrios vervollständigt. Danach speichert sie die Datei und ergänzt die Fotos von Renata und Yasmin, die Isabella Barrios ihr zur Verfügung gestellt hat. Anschließend kümmert sie sich um die Recherche zu Yasmins Freund. Sie tippt den Namen Emil Pensenstadler in die Suchmaschine und erhält gleich einige interessante Daten aus dem neuen digitalen Einwohnermelderegister. Auf dem Bildschirm wird in tabellarischer Form alles angezeigt, was die gesuchte Person betrifft. Ein biometrisches Foto ist hinterlegt. Jenes, das auch zur Erstellung des Personalausweises verwendet wurde.
Emil Sascha Pensenstadler, geboren am 24.November 2002 in Passau, einhunderteinundneunzig Zentimeter groß, braune Haare, braune Augen. Zusätzlich findet Linda weitere Angaben. Er studiert an der Ludwig-Maximilian-Universität in München, genauer gesagt an der Fakultät für Biologie in Planegg. Gemeldet ist er in Passau, dem Hauptwohnsitz seiner Eltern. Aktuell wohnt er in München in einer Studentenbude in Schwabing.

Die Adresse ist vermerkt. Linda Fuchs druckt die umfangreichen Informationen zu Emil Pensenstadler aus. Sie nimmt sich vor, morgen gleich als erstes den jungen Mann aufzusuchen und die Räumlichkeiten zu inspizieren, in der er lebt. Das lässt sich gut mit einem Besuch bei der Familie Barrios verknüpfen, die in Eichenried lebt, um auch dort die Zimmer von Yasmin und Renata zu überprüfen. Linda nimmt einen Schluck aus der Wasserflasche, als Julius Hoppe mit einem kurzen Klopfen den Büroraum der Kommissare betritt.

„Hallo Linda."

„Hallo." Linda wirft einen Blick auf die große Wanduhr. „Wow, zweiundzwanzig Minuten seit unserem Telefonat. Respekt."

„Erspare mir deinen Zynismus," entgegnet Hoppe griesgrämig. Er ist augenscheinlich schlecht gelaunt. Linda spürt, dass sie einen Schritt zu weit gegangen ist.

„Sorry. ...Was hast du herausgefunden?" möchte sie wissen.

„Der Vergleich der DNA der Haaranalyse von Renata Barrios und dem aufgefundenen Blutfleck in der Lagerhalle hat ergeben, dass es sich zweifelsfrei – also mit einer Sicherheit von neunundneunzig Prozent – um ein- und dieselbe Quelle handelt."

„Das heißt..."

„Das Blut in der Halle stammt von Renata Barrios," bestätigt Julius Hoppe.

Linda zieht die Augenbrauen hoch und spielt mit einer ihrer roten Locken. „Ich hatte es eigentlich schon erwartet, und doch bin ich überrascht."

„Wieso?"

„Weil ich mir nicht erklären kann, wie es in die Lagerhalle gekommen ist."

„Stimmt. Die Lagerhalle war definitiv nicht der Tatort."

„Es passt nicht zusammen," murmelt Linda vor sich hin und denkt weiter scharf nach. „Renata Barrios hat ausgesagt, dass ihre Schwester und ihr Komplize sie verbluten lassen wollten. Sie sagte aber auch, dass ihre Schwester den Vorgang abgebrochen hat, um sie dann in einer dunklen Kammer zurückzulassen. Ich frage mich, worin der Sinn dieser Aktion besteht?!"

„Sofern die Aussage der Zeugin stimmt," wirft Hoppe mahnend ein.

„Du glaubst ihr nicht?"

„Spielt keine Rolle, was ich glaube. Ich bin kriminaltechnischer Mitarbeiter, kein Prophet."

Linda schmunzelt kurz. Hoppe und sein charmanter Humor. Die schlechte Laune scheint schon wieder verflogen zu sein. Schließlich besinnt sie sich wieder auf das eigentliche Thema.
„Gehen wir erstmal davon aus, Julius. Wieso sollte sie uns eine Geschichte auftischen, die nicht stimmt? Also, noch einmal von vorne. Das Blut in der Lagerhalle ist von Renata. Du hast bereits bestätigt, dass es sich bei dem aufgefundenen Blut um das von zwei Personen handelt. Zwei Personen, die miteinander verwandt sein müssen."
„Du denkst an die Schwester?"
„Ja," sagt Linda und sieht Julius direkt in die Augen. „...Was wäre, wenn beide Schwestern geopfert werden sollten?"
„Ist das dein Ernst?" meint der Rechtsmediziner lachend.
„Wieso nicht?" Linda vertieft sich erneut in ihr Gedankenspiel. „Was wäre, wenn dieser Freund nicht nur eine, sondern beide Barrios-Schwestern beseitigen wollte? Wäre doch eine Möglichkeit. Ich könnte mir vorstellen, dass er eine Schlüsselfigur ist."
„Und das Motiv?"
„Keine Ahnung," gibt Linda Fuchs zu. „Aber denkbar wäre es. Wie würde Hans sagen: ...Es ist nicht auszuschließen. ...Wir müssen mehr über diesen Emil Pensenstadler herausfinden. Darum kümmere ich mich morgen."
„Jetzt mal langsam, Linda. Können wir nochmals zurück zum ersten Denkansatz kommen? Wieso finden wir in einer Lagerhalle im Norden Erdings Blut von einer Frau, die irgendwo in der Nähe von Ottenhofen eben jenes Blut verloren hat? Wie kommt es dort hin?"
„Gute Frage, Julius. Ich weiß es nicht."
„Und warum? Wozu der Aufwand?"
„Wiederum eine gute Frage. Der einzige Sinn, der mir spontan einfällt, ist den Schein einer Straftat zu erwecken und vom eigentlichen Tatort abzulenken."
„Und wo war der?" möchte Julius Hoppe wissen. „Habt ihr ihn schon ausfindig gemacht?"
„Nein. Renata Barrios kann sich leider nicht erinnern."
Linda spielt jetzt mit einer anderen Locke auf ihrem Kopf. Ihr kommt ein Gedanke. „...Wir wissen, wo sie aufgefunden wurde. Ich denke, wir haben eine Chance, wenn wir morgen mit Renata Barrios zusammen zum Fundort fahren und sie mit den Örtlichkeiten konfrontieren. Sie muss sich an den Weg erinnern, den sie gelaufen ist. Wenn sie ihn zumindest partiell nachvollziehen

kann, können wir den Kreis einengen und so möglicherweise das Gebäude finden, wo sie ihr Blut verloren hat."
„Gute Idee," sagt Hoppe. „Dort müssten dann auch noch Reste ihres Blutes vorhanden sein. Es ist fast unmöglich, alles spurlos zu beseitigen. Das wäre dann der ultimative Beweis."
„Aber noch kein Hinweis darauf, warum wir das Blut in der Logistikhalle im Gewerbegebiet sichergestellt haben."
„Stimmt. Das ist eine andere Geschichte."
„Verdammt, genau das ist der Punkt, an dem ich nicht weiterkomme. Es muss eine Erklärung geben, und die müssen wir finden."
„Vielleicht sollte es bloß ein irreführender Beweis sein. Um uns Ermittlern weiszumachen, die Straftat hätte in Erding stattgefunden."
„Dabei war es ganz woanders," sagt Linda skeptisch. „Trotzdem. Das scheint mir doch sehr weit hergeholt."
„Mag sein. Ich muss allerdings gestehen, ein anderer Aspekt macht mir weitaus mehr Kopfzerbrechen. Wieso auch das Blut der Schwester?"
„Sofern es überhaupt ihres ist."
„Stimmt, das muss noch verifiziert werden."
„Trotzdem irgendwie verworren," sagt Linda nachdenklich.
„Was sollte das für einen Grund haben, Hinweise zu beiden Frauen zu hinterlassen? Vielleicht haben die beiden Schwestern es so geplant? Vielleicht, vielleicht, vielleicht. ...Das hilft uns alles nicht weiter!"
Linda steht auf und geht um den Tisch. Irgendwie gibt es keine Ansatzpunkte, auf die man eine vernünftige faktenbezogene Ermittlung aufbauen könnte. Man darf natürlich auch nicht die Rolle des Freundes von Yasmin vergessen: Emil Pensenstadler. Die Kommissarin fühlt sich in ihrem Entschluss bestätigt, Pensenstadler morgen aufzusuchen. Die Aussicht auf eventuelle Hinweise stimmt sie optimistisch.
„Gut, dann legen wir morgen eine Sonderschicht ein," stellt sie mit einem Ansatz von Elan fest. „Mario wollte ohnehin kommen. Ich schicke Miriam eine Nachricht, dass sie auch kommen muss."
„Gut, ich kontaktiere Ferdl. Wäre gut, wenn er dabei wäre."
„Sehe ich auch so, Julius. Eine gute Idee. Ich kümmere mich dann um Emil Pensenstadler und seine Wohnung. Ich denke, da kann mir Miriam helfen."
„Dann kümmere ich mich mit Ferdl um verwertbare Vergleichsgegenstände in Sachen DNA der Schwester. Mario kann die Suche an der Fundstelle des

Mädchens übernehmen. Diese Renata sollte Mario begleiten. Kannst du dafür sorgen, dass die junge Frau so schnell wie möglich vor Ort sein kann? Dann lässt sich der Weg möglicherweise rekonstruieren."
„Ich werde Renata Barrios gleich morgenfrüh anrufen und einen Termin absprechen. Ich bin überzeugt, dass sie zustimmen wird. Geht ja schließlich um die verschwundene Schwester."
Julius Hoppe nickt, gefolgt von einem ausgedehnten Gähnen. Der berufliche Tatendrang an diesem Abend ist umfangreicher geworden als geplant.
„Was gibt es sonst noch?"
Linda runzelt die Stirn. Sie will ihren Kollegen nicht länger in Anspruch nehmen.
„Alles Weitere besprechen wir morgen," sagt sie mit beruhigender Stimme. Sie lächelt den Rechtsmediziner an. „...Ich danke dir vielmals, Julius. Du warst mir eine große Hilfe."
„Denke daran," mahnt der grauhaarige Mann mit erhobenem Zeigefinger, „...du stehst in meiner Schuld!"
„Ich vergesse es nicht." Linda und Julius verabschieden sich mit einem entspannten Lächeln.
„Bis morgen."
Linda Fuchs setzt sich auf ihren Stuhl. Der Bildschirm ist immer noch eingeschaltet. Ihre Aufmerksamkeit richtet sich auf den Ordner mit den Filmaufnahmen. Sie klickt einen der Unterordner an und betrachtet anschließend das Video der Drohne, das Martin Preiner ihr als letztes übergeben hat. Jenes mit den beiden Männern, die so schlecht zu erkennen waren.
Allerdings nur knapp fünf Minuten, denn dann übermannt auch sie die Müdigkeit, gepaart mit den Spätfolgen eines furchtbar langen Tages.

33

Samstag,
sieben Uhr morgens

„Die haben was gemacht?“ fragt Martina aufgewühlt. Sie liegt noch im Bett, nur mit einem überlangen Herren-T-Shirt bekleidet. Ihr zerzaustes Haar gleicht dem des Struwwelpeters. Sie hält ihr Smartphone ans Ohr. Soeben wurde sie von Aicha angerufen, die ihr die neuesten Enthüllungen aus den sozialen Netzwerken übermittelt, die aktuell kursieren.
„Die Hüter haben sich über Rezepte ausgetauscht.“
„Über Rezepte?“
„Ja, lass‘ es mich erklären.“ Die zierliche Marokkanerin spricht mit einem Unterton, als hätte sie fast Respekt vor dem, was sie anzukündigen gedenkt. „Es ist so einfach, dass niemand an so eine Möglichkeit gedacht hat. Selbst professionelle Sicherheitsleute, selbst die besten Netzwächter und sogar die KI ist nicht dahintergekommen.“
„Jetzt rede schon! Spanne mich nicht so lange auf die Folter. Wie und was haben sie herausgefunden?“
„Im Netz sind Interna der Bullen aufgetaucht. Weiß der Teufel, wer die da reingestellt hat. Es geht darum: Einer der Minister hat sich verplappert und ein paar Details ausgespuckt. Sie sind auf die Methode gekommen, weil eine ihrer Mitarbeiterinnen gerne kocht. Immer wieder mal was Neues, sagt sie.“
„Aicha!! ...Komme zum Punkt!“
„Natürlich. Also, diese Mitarbeiterin bezieht ihre Ideen hauptsächlich aus dem Internet. Von Plattformen, auf denen neue Rezepte ausgetauscht werden. Und gestern stieß sie bei einem dieser Rezepte auf einen Beitrag, besser gesagt einen Kommentar, der ihr in zweierlei Hinsicht merkwürdig vorkam. Zum einen inhaltlich, da er sich kaum auf den Kochvorschlag bezog, zum anderen fielen ihr die Rechtschreibfehler auf.“
„Und was soll daran so merkwürdig sein? Richtig schreiben kann heutzutage doch eh schon keiner mehr.“
„Entschuldigung. Ich meine Grammatikfehler. Sie sind halt einfach auffällig. Sie glauben, dass sie absichtlich eingefügt wurden. Es waren keine Zufälle. Außerdem enthalten diese Kommentare einige Vornamen.“

„Na und?“
„Nichts, na und. Auch das waren keine Zufälle!“
„Sondern?“
„Leerzeichen!“ sagt Aicha voller Stolz.
„Leerzeichen??“
„Ich werde es dir an einem Beispiel erklären.“ Sie schickt Martina eine Telegram-Nachricht, die einen dieser Rezeptkommentare enthält.
„Ist es schon da?“
„Ja. Warte, ich mache es schnell auf. ...So, jetzt habe ich es.“
Aicha erzählt weiter. „Solche Kommentare wurden zu Hauf auf diversen Portalen entdeckt. Kurioserweise immer geballt. Lese dir mal die Passage durch, die ich dir gerade geschickt habe!“
Martina Sussek öffnet den Anhang und wirft einen Blick auf die Datei:
Süffiges Cognac koch vor Salami. Macht Appetit, Jule. Ganz Calw brachte Kanzlei Otto noch Ernte getreu meist empfohlene Ulla. Die befahl: Hilf Markus zu reichlich Ärger.
Stirnrunzelnd hebt sie den Arm. Das Handy befindet sich wieder neben ihrem Ohr.
„Und was hat das zu bedeuten? Was hat es mit den Leerzeichen auf sich?“
„Ist doch ganz einfach,“ erwidert die Marokkanerin und erklärt die Botschaft des Dreizeilers.
„Der Text an sich ist schwachsinnig. Wozu sollte man Cognac vor Salami kochen? Oder was ist eine meist empfohlene Ulla? Macht Appetit kann man auch ohne Phantasie noch akzeptieren und ist irgendwie nachvollziehbar. ...Insgesamt trotzdem Unsinn! Aber! ...Schreiben wir die Wörter untereinander und lassen bei jedem Vornamen, der in diesem Text steckt, eine Zeile frei, ergeben die letzten Buchstaben jeden Wortes auf einmal eine sinnvolle Nachricht. Ich schicke dir jetzt zum Vergleich genau diese Aufschlüsselung zu! Müsste jeden Moment bei dir sein.“
„Schon da,“ bestätigt Martina. Diesmal konzentriert sie sich auf die akkurat sauber untereinander notierten Begriffe des Dreizeilers. Der sich ergebene Text wurde direkt darunter dokumentiert:
S C H R I T T Z W E I H E U T E E L F U H R.
Martina entlässt ein leises Pfeifen durch ihre Lippen. Es kommt selten vor, aber dieses Mal ist sie wirklich verblüfft. „...Das ist ja unfassbar. Mit einer

derart einfachen Methode haben die kommuniziert? Und keiner von den superschlauen Ermittlern ist darauf gekommen?"
„Sieht so aus."
„Aber das muss doch furchtbar langwierig sein, eine Nachricht auf diese Weise zu verschlüsseln?! Dafür benötigt man ja Stunden."
„Gar nicht, Martina. Ich habe es gerade ausprobiert. Es gibt wirklich gute Software, mit der man das im Handumdrehen hinbekommt. Gar kein Problem mehr. Die Nachricht von eben zum Beispiel ist in weniger als zwei Minuten erstellt."
„Kaum zu glauben! ...Du sagtest, es gibt mehrere solcher Nachrichten?!"
„Korrekt. Ich habe mich mit ein paar Leuten unterhalten, die sich besser auskennen. ...Computerfuzzis. ...Die sagen, die Cyberleute befinden sich offensichtlich mit Hochdruck an der Sache."
„Wann kann man mit weiteren Ergebnissen rechnen?"
„Man schätzt, dass man in ein paar Stunden alles ausgewertet hat."
„Konnten der oder die Verfasser ermittelt werden?"
„Die Chatnamen sind wohl schon bekannt. Mit den Klarnamen gibt es offensichtlich Probleme. Das hat mein Kontakt leider nicht herausbekommen. Die Verantwortlichen halten sich diesbezüglich mit Infos zurück. Aber eines scheint klar zu sein: Die Verfasser sind nicht dumm. Sie lassen das Ganze sehr geschickt über ausländische Server laufen."
Martina Sussek rubbelt sich durch ihr Haar. Ein Gefühl, das sie über alles liebt. Sie denkt nach. Es gibt sicher Möglichkeiten, das Problem zu lösen.
„Internationale Verschleierung. Dann muss man schon viel Ahnung von dem Zeug haben. ...Aicha, die reden vermutlich bald mit den entsprechenden Regierungsvertretern, oder? Wegen Bereitstellung der Daten."
Die Marokkanerin widerspricht. „Vermutlich nicht, Martina. Das ist ja deren eigentliches Problem. Die Server stehen in Russland und in China. Leider haben die derzeit eher schlechte Karten, von einem dieser Länder etwas zu fordern. Die sehen uns momentan nicht als Partner an, denen man einen Gefallen tun müsste."
Linda muss lachen. „Jetzt fällt ihnen dieser ganze Sanktionsquatsch und ihre Kriegshysterie in jeder Hinsicht vor die Füße."
Aichas Mobiltelefon erinnert sie mittels eines akustischen Signals an einen Termin. Sie liest den Hinweis: *...MP live.*

„Ich muss wieder," mahnt Aicha leise an. „Der Ministerpräsident hält gleich eine Rede im kleinen Konferenzsaal. ...Die Pressemitteilung für das Fernsehen, verstehst du?! Die will ich mir mal antun."
Plötzlich erinnert sich Martina dunkel an jenen Termin. Was auch immer der Ministerpräsident von sich geben möchte. ...Sie runzelt nachdenklich die Stirn. Was wird jetzt aus den Hütern? Mit den Erkenntnissen über die Kommunikation dürfte es trotz der Hindernisse Russland und China nur noch eine Frage der Zeit sein, bis die eigentliche Identität der Hüter des Prozesses aufgedeckt wird. Darüber ist sich Martina Sussek im Klaren.
„Danke Aicha. Sehr gute Arbeit."
„Ich melde mich wieder, wenn das hier vorbei ist."
Martina rennt schnell zum Fernsehgerät und schaltet es ein. Sekunden später sitzt sie auf ihrem Sofa und verfolgt gebannt die angekündigte Mitteilung des Ministerpräsidenten. ...Alles live! ...Sondersendungen auf nahezu allen Mainstreamsendern. ...Ein *Brennpunkt* auf dem Ersten, ein *Spezial* auf dem zweiten, ein *Aktuell* auf den meistgesehenen Privatsendern, jede Menge *Live vor Ort-Sendungen* auf einem Dutzend weiterer Kanäle. Die Journalistin kann es sich aussuchen, der Inhalt ist immer derselbe: ...Ein Podest, darauf ein Pult mit einer Heerschar von Mikrophonen, eingepackt und umrahmt vom obligatorischen blau schummernden Hintergrund. Der Ministerpräsident erscheint und stellt sich, begleitet vom Blitzlichtgewitter, in dem er sich sichtlich wohlfühlt, hinter das Pult und richtet seinen kleinen Stapel Notizen, den er mitgebracht hat. Ein einstudiertes Lächeln, ein beschwichtigendes Händeheben und schon geht es los.

Fast zeitgleich verharrt Hans Neumaier ebenfalls vor dem Fernseher. Nicht in München, sondern in der Wohnung von Fritz Muckseder in Dorfen. Die angekündigte Pressemitteilung war so, wie er sie erwartet hat. Kein Vergleich zu dem Interview mit Viktor am gestrigen Abend. Er verfolgt die letzten Züge der Sendung, wie der Ministerpräsident das Podest räumt und eine entsprechende Person der jeweiligen Sendeanstalten die weitere Moderation übernimmt. Hans beugt sich vor, nimmt die Fernbedienung in die Hand und zappt die Sender durch. Überall derselbe Inhalt. ...Der Sonderweg Bayerns! Schließlich schaltet er das TV-Gerät aus. Die Rede war ohnehin schon kaum auszuhalten. So viel Heuchelei, so viel Eigenlob, ein Egomane, der den Volkshelden mimt. Hans dreht sich zur Seite, als sich melodisch sein

Mobiltelefon meldet. Auf dem Display erkennt er eine Nummer, die er zwar keiner Person direkt zuordnen kann, die aber mit den Ziffern der Inspektion beginnen. Wer aus dem Büro möchte ihn denn sprechen, fragt er sich?
„Hallo?" meldet sich Hans, als er das Gespräch annimmt. Niemand antwortet.
„Hallo? Wer ist da?"
Wieder keine Reaktion. Im Gegenteil. Das Gespräch wird seitens des ominösen Anrufers beendet. Plötzlich fährt es Hans kalt den Rücken herunter. Er hat einen Fehler gemacht. Einen folgenschweren, wenn er nicht sofort die Wohnung verlässt.
Schnell packt er das Nötigste zusammen. Er überlegt kurz, Fritz Muckseder in der Dorfener Inspektion zu unterrichten, entscheidet sich dann aber anders. Er wird ihn von unterwegs anrufen. Ebenso Ulrike. Auch Degenbruch muss informiert werden, doch momentan dominiert der schlichte Gedanke der Flucht. Schnell noch die Schuhe überstreifen und die Jacke vom Haken nehmen. Der Plan ist, so rasch wie möglich nach Walpertskirchen zu kommen. Dort steht sein Wagen. Noch ein kurzer Blick zurück in den Wohnraum, ob er nicht irgendetwas vergessen hat. Nein. Alles sieht gut aus. Er öffnet die Wohnungstür und muss abrupt stehenbleiben, als er frontal auf einen muskulösen Athleten aufläuft. Neben ihm warten zwei weitere Personen, die ihn mit den Augen fixieren. Der mittlere ergreift das Wort.
„Ich grüße Sie, Herr Neumaier. Schön, dass wir Sie antreffen."
Neumaier sackt in sich zusammen. Sie sind besser als er dachte. Vor ihm stehen, leicht versetzt, drei Männer. Zwei Hünen, fast zwei Meter groß, mit den schwarzen Klamotten der Einsatzkräfte bekleidet, bewaffnet und mit strengem Blick. Dazwischen ein kleinerer Mann mit akkuratem Haarschnitt und schickem Anzug. Die Arme hält er hinter dem Rücken verschränkt, während er Hans Neumaier anlächelt. Ein warmes Lächeln, das überhaupt nicht zu seinen Absichten passt.
„Darf ich Sie bitten, uns zu begleiten. Wir haben einiges zu besprechen."
Hans hebt leicht trotzig den Kopf und reckt die Arme nach vorne. Der kleinere der Männer schüttelt nur enttäuscht den Kopf, ohne auf sein Lächeln zu verzichten.
„Ich bitte Sie, Herr Neumaier. ...Gehen wir!"

34

Samstag,
acht Uhr morgens

Der Samstag in der Polizeiinspektion in Erding beginnt anders als die Samstage sonst. Heute ist anderes Personal zugegen. Es ist hektischer, da immer noch viele mit Diensten betraut sind, die eigentlich gar nicht in ihr Ressort fallen.
Linda Fuchs muss in der Bajuwarenstraße parken, da der Parkplatz vor der Inspektion völlig überfüllt ist. Nach einem zehnminütigen Fußmarsch erreicht sie das Gebäude, begrüßt die Kollegen an der Pforte, die Handvoll Mitarbeiter, die ihr im Treppenhaus begegnen und betritt die Räume der Kriminalabteilung. Mario Matthes sitzt bereits am Schreibtisch und erwidert Lindas Morgengruß. Nachdem sie ihre Jacke und ihre Tasche abgelegt hat, wirft sie einen Blick in das Nachbarzimmer. Überrascht nimmt sie zur Kenntnis, dass nicht nur Miriam zugegen ist.
„Guten Morgen. ...Lotte?! Was machst du denn heute schon hier?"
„Meine Schuld," wirft Miriam Schulze ein. „Ich habe sie gestern spät abends noch angerufen und ihr erzählt, was hier die letzten Tage los war."
„Hallo Linda," sagt Lotte Hausweiler und winkt der Kommissarin freundlich zu. „Ich habe mich kurzerhand entschlossen, heute schon reinzukommen, als mir Miriam erzählt hat, wieviel Arbeit zurzeit zu erledigen ist."
„Das ist nett, Lotte."
„Aber das mit Hans ist ja ein Ding," merkt Lotte besorgt an. „Was um Himmels Willen wirft man ihm denn vor?"
„So genau weiß das keiner, Lotte. Es sind interne Dokumente nach draußen gelangt, und die Dienstaufsicht vermutet, dass es einen Maulwurf gibt. Hans ist leider ins Fadenkreuz der Ermittler geraten, nachdem er ein paar Tage unauffindbar war."
„Aber jetzt ist er wieder da, oder?"
„Ja, aber die Vorwürfe stehen natürlich noch im Raum."
Linda will vorerst nicht ins Detail gehen. Sie erinnert sich an die Aufgaben, die sie heute erledigen will. Dass Lotte Hausweiler zur Verfügung steht, ist

natürlich ein unerwarteter und positiver Aspekt. Eine Person mehr, die für die Ermittlungen einsatzbereit ist.
„Miriam, rufe bitte bei Ferdl und Julius an. Sie mögen bitte beide sofort hochkommen. ...Einsatzbesprechung!"
Miriam Schulze nickt und kontaktiert die gewünschten Personen. Vier Minuten später sitzen, beziehungsweise stehen sechs Frauen und Männer im Büro der Kommissare. Miriam und Lotte, die beiden fleißigen Helferinnen der Kommissare, Linda und Mario, die beiden Ermittler im Fall Renata Barrios, Ferdinand Auer, der Leiter der KTU und Julius Hoppe, der erfahrene Rechtsmediziner.
„So, lasst uns festlegen, wer heute wo aktiv wird," beginnt Linda. „Julius und ich haben uns gestern ein paar Gedanken gemacht. Da Lotte überraschend dabei ist, können wir drei Zweiertrupps bilden. Ich schlage Folgendes vor: Mario, du übernimmst die Spurensuche in der Nähe von Ottenhofen. Lotte begleitet dich. Renata Barrios ist informiert, dass ihr sie abholt. Beginnt beim Gebüsch, wo Renata Barrios von den beiden Joggern gefunden wurde und sucht nach Spuren, die ihren Weg dorthin aufzeigen. Ziel sollte es sein, das Gebäude zu finden, wo man sie töten wollte."
„Sollten Julius und sein Team nicht mitkommen?"
„Habe ich zuerst auch als sinnvoll erachtet, aber Julius hat ein gutes Argument dagegen. Zumindest zu Beginn des Tages."
„Stimmt," meint Julius Hoppe und erklärt sein Anliegen. „Wir benötigen dringend noch weitere Spuren von der Schwester. Dieser Yasmin. Wir werden euch also zunächst zur Wohnung der Familie Barrios begleiten und Gegenstände sichern, von denen wir DNA-Material von Yasmin abgreifen können. Wenn dies geschehen ist, wird Ferdl zu euch nach Ottenhofen stoßen und unterstützen. Ich selbst kümmere mich mit meinen Leuten um die Auswertung der DNA."
Mario Matthes nickt. Das Argument ist logisch. „Lotte, bist du kleidungstechnisch auf Außendienst vorbereitet?"
„Kein Problem," erwidert Lotte Hausweiler. „Gummistiefel habe ich im Schrank, und das hier kann ruhig schmutzig werden." Sie deutet auf ihre Kleidung.
„Dann wäre das geklärt," stellt Linda Fuchs erfreut fest. „Dann kann es losgehen."
„Und was ist mit mir?" fragt Miriam neugierig.

„Du begleitest mich, Miriam,“ ordnet Linda an. „Wir machen eine kleine Reise nach München, ...nach Schwabing. Dort kümmern wir uns um den Freund von Yasmin Barrios und sehen uns mal in seiner Wohnung um.“
„Das klingt gut,“ sagt Miriam lächelnd. „Keine Gummistiefel, wie es scheint.“
„Dann mal los,“ spornt Linda Fuchs alle an. Gerade in dem Moment, als sie die Zimmertür öffnen will, kommt Bernd Riedinger herein.
„Hoppla, Chef, warum so eilig?“ fragt Linda verwundert.
Die Miene von Riedinger verheißt nichts Gutes, denn sie ist ernst und angespannt.
„Ich wollte Sie nur kurz informieren, dass Neumaier gefasst wurde.“
„Was??“
„Er ist in München,“ fährt Bernd Riedinger fort. „Man hat mir zugesichert, die Befragung erst zu beginnen, wenn ich vor Ort bin. Ich werde mich unverzüglich auf den Weg machen.“
„Kann ich mitkommen?“ fragt Matthes.
„Nein. Das ist mein Part.“ Riedinger quält sich ein Lächeln ab. „...Wird schon gutgehen. ...Halten Sie hier bitte die Stellung und kümmern sich um die aktuellen Fälle. Ich denke, an Arbeit mangelt es im Augenblick nicht, oder?“
„Keineswegs,“ sagt Linda. „Wir wollten gerade aufbrechen.“
„Gut, dann viel Erfolg und gutes Gelingen.“
„Danke, Herr Riedinger. Grüßen Sie Hans von uns.“

Die langgezogene Straße im Herzen Schwabings wirkt kalt und steril. Ein Asphaltband, von dem beide Seiten mit dutzenden von Autos zugeparkt sind und in der Mitte lediglich ein schmaler Streifen zum Fahren übrigbleibt. Er wird gesäumt von zwei mit Betonpflaster belegten Gehwegen, beidseitig eingezwängt durch vier- und fünfstöckige Reihenbauten in verschiedenen Grautönen. Auf der einen Seite ragen partiell Balkone heraus, von denen die meisten mit scheußlichen Sattelitenschüsseln verunstaltet werden.
Miriam Schulze und Linda Fuchs erreichen, nachdem sie nach langem Suchen zwei Querstraßen weiter einen Parkplatz gefunden haben, die Haustür mit einer spärlichen Überdachung aus Plexiglas. Neben der Tür erkennt Linda die große Zahl Sechs, die in einem nicht minder unansehnlichen Grauton lieblos auf die Fassade gepinselt wurde.
Die Hausnummer ist richtig. Auf einem der achtundvierzig Namenschilder finden sie jenen, den sie gesucht haben: ...Pensenstadler.

Linda klingelt, aber niemand öffnet ihnen. Nach zwei weiteren Wiederholungen läutet Linda bei einem halben Dutzend anderer Bewohner. Wenige öffnen, und einer kann Linda Auskunft geben, wo der Hausmeister zu finden ist. Zwei Hauseingänge weiter finden sie ihn. Ein mittelgroßer, dunkelhaariger Mann mit lederner Haut begrüßt die beiden Polizeibeamten, nachdem sie sich vorgestellt haben.
„Jovic mein Name. ...Zlatan Jovic. ...Was kann ich für Sie tun?"
„Wir müssten im Zuge polizeilicher Ermittlungen eine der Wohnungen durchsuchen," erklärt Linda Fuchs. „Leider ist der Mieter nicht zu Hause. Da der Verdacht auf ein Kapitalverbrechen vorliegt, können wir nicht darauf warten, bis er zurückkehrt. Frage: Haben Sie einen Generalschlüssel?"
„Selbstverständlich habe ich einen. ...Aber darf ich Sie überhaupt in eine fremde Wohnung reinlassen? ...Wegen Privatsphäre, verstehen Sie? Haben Sie überhaupt einen Durchsuchungsbefehl?"
„Natürlich nicht, Herr Jovic. Wenn, dann hätten wir einen Beschluss, keinen Befehl."
Linda wirft Miriam einen kurzen Blick zu und überlegt. Dann wendet sie sich wieder an den kroatischen Hausmeister. „Sagt ihnen der Begriff „Gefahr im Verzug" etwas?"
Der Kroate grinst. „Klar. Kommt doch auch immer in der SOKO im Fernsehen. Wenn es brenzlig wird, ist Gefahr in Verzug."
Linda grinst zurück. „Sehen Sie? Und so ist es auch hier. Wir können nicht warten."
„Sonst wird es brenzlig," ergänzt Miriam schelmisch.
„Aha. Verstehe," antwortet der Hausmeister mit gerunzelter Stirn. Er kramt in seiner Hosentasche herum und holt ein Bund mit einem Dutzend Schlüsseln daran heraus.
„Na, dann wollen wir mal. Welche Wohnung?"
„Hausnummer Sechs, erstes Obergeschoss, Emil Pensenstadler!"

Lotte Hausweiler und Mario Matthes erreichen, nachdem sie Renata Barrios abgeholt haben, den Fundort neben dem Wirtschaftsweg nahe der Ortschaft Ottenhofen. Renata wirkt seltsam nervös, bemerkt Mario. Er schreibt diese Anspannung der Tatsache zu, dass dieser Ort eng mit einem schrecklichen Ereignis verknüpft ist, das Renata erleben musste. Die kühlere Luft der Nacht ist über den Feldern und Wiesen noch gegenwärtig, aber die Sonnenstrahlen

sorgen bereits dafür, dass es merklich wärmer wird. Kaum sichtbare Nebelschwaden wandern über das feuchte Grün.
„So, Frau Barrios," beginnt Mario, „dies war der Ort, an dem Sie aufgefunden wurden?!"
„Ja. Ich erinnere mich. Das war genau hier." Sie deutet auf eine Stelle, an der die Bepflanzung deutlich erkennbar heruntergedrückt ist. Lotte begutachtet die Zone rund um den Fundort. Es gibt nur zwei Möglichkeiten, stellt sie fest, die Renata zu dieser Stelle geführt haben kann. Mario Matthes setzt die Ermittlung der Fluchtroute fort.
„An was können Sie sich noch erinnern? Wissen Sie noch, von wo sie gekommen sind?"
Renata Barrios schreitet über den Weg ans südliche Ende der Buschgruppe. Sie wirft einen schweifenden Blick über die angrenzenden Felder und verharrt dann einige Sekunden an einer Stelle. Mario steht neben ihr. Die Frau zittert. Er registriert die Angst, die sie durchströmt. Renata hebt den Arm.
„Ich glaube, ich bin von dort gekommen."
„Von dem Waldstück?"
„Ja. ...Das kommt mir bekannt vor."
Sie sieht Mario an und schenkt ihm ein zaghaftes Lächeln. „...Ich bin mir sicher. Das ist der richtige Weg."
„Sehr gut. Dann wollen wir mal."
Mario geht voran, gefolgt von Renata Barrios und Lotte Hausweiler. Tatsächlich finden sich auf dem Feld, das sie überqueren, Fußspuren. Renata stellt zur Kontrolle, nachdem sie sich des Schuhs entledigt hat, ihren Fuß neben einen der Abdrücke. Die Größe passt perfekt. Nach weiteren knapp fünf Minuten erreichen die drei Fährtensucher den Waldrand. Ein Nadelgehölz mit etwa drei bis vier Meter hohen, dichtstehenden Sträuchern als Waldrandbewuchs. Hier wird die Spurensuche schwieriger, da der Untergrund abseits der landwirtschaftlich genutzten Felder großflächig bemoost ist und sich quasi keine Spuren mehr abzeichnen.
„Wo jetzt hin?" will Mario wissen.
Renata sieht sich um, geht ein paar Meter nach links, dann nach rechts entlang der Sträucher. Ihr Blick wirkt skeptisch und unsicher.
„Ich weiß es nicht mehr genau."
„Keine Erinnerungen mehr?"
„Nein. Es sieht alles so gleich aus."

Renata Barrios begibt sich ein bisschen weiter weg und entdeckt dann eine Lücke im Gestrüpp. Sie verharrt wieder und begutachtet die Lücke ausgiebig. Irgendetwas lässt sie zweifeln.
„Es könnte sein, dass ich hier durchgekommen bin. Aber ich bin mir nicht ganz sicher."
Lotte und Mario prüfen den Untergrund. Mit Bedauern müssen Sie feststellen, dass der Boden so gut wie keine brauchbaren Spuren liefert. Plötzlich regt sich Hoffnung.
„Hierher," ruft Renata. „Kommen Sie! Ich kann mich wieder erinnern."
Lotte und Mario erreichen eine andere Lücke, eine etwas größere, die einen Blick in den Wald erlaubt. Die Nadelbäume stehen relativ weit auseinander, der Untergrund ist teilweise mit Moos bedeckt, teilweise mit abgefallenen Nadeln und Geäst.
Mario runzelt die Stirn. „Wir werden hier keine Spuren finden."
„Brauchen wir auch nicht," entgegnet Renata sachlich. „Ich bin hier aus dem Wald getreten und dann über das Feld gelaufen. Das kann ich garantieren."

Der Fundus an Gegenständen in der Wohnung von Isabella Barrios und ihren beiden Töchtern ist aus kriminaltechnischer Sicht mehr als befriedigend. Ferdinand Auer bedient sich aus dem Badezimmer. Er findet die Bürste und einen Kamm von Yasmin, die Zahnbürste und diverse Kosmetikartikel. Julius Hoppe untersucht das Zimmer der jüngeren Schwester und findet neben Kleidungsstücken einige gebrauchte Papiertaschentücher im Abfallbehälter. Isabella Barrios verfolgt das Geschehen mit aufmerksamen Augen. Obwohl ihre jüngste Tochter Yasmin immer noch vermisst wird, schlägt sie sich erstaunlich wacker. Sie scheint eine stolze Frau zu sein. Das hohe Maß an Hoffnung, das sie ausstrahlt, schöpft sie aus Renatas Auftauchen. Es ist bestimmt nur eine Frage der Zeit, bis die Ermittler auch eine Spur zur jüngeren Tochter finden.
„Frau Barrios," sagt Hoppe, als er sich zu Isabella in die Küche bemüht, „im Zimmer ihrer Tochter habe ich viele medizinische Bücher gefunden."
„Ja. Das stimmt. Sie studiert Medizin. …Renata übrigens auch."
„Alle beide?"
„Ja."
„In München?"
„Ja. Yasmin ist im zweiten Semester, Renata im sechsten."

Ferdinand Auer gesellt sich dazu. Isabella bietet den beiden Beamten einen Kaffee an, den sie gerne annehmen.
„Sagen Sie," fragt Auer, „ich will nicht indiskret sein, aber haben ihre Töchter feste Freunde? Ich habe nur bei Yasmin das Foto eines jungen Mannes gesehen. Bei Renata keines."
„Kann ich ihnen gar nicht sagen. Renata hatte zu Beginn des Studiums einen festen Freund, aber ich glaube, das ist schon lange wieder vorbei. Der hieß Lothar, oder Luttger, oder irgendwie so. ...Yasmin trifft sich häufiger mit einem Jungen aus der Uni. Muss was ganz Frisches sein." Isabella Barrios grinst verlegen. Sieht so aus, als würden die beiden Mädchen aus ihren Männerbekanntschaften ein Geheimnis machen. Selbst vor der Mutter.
„Sie wissen auch nicht, wie er heißt?"
„Nein."
„Vielleicht Emil?"
„Ich weiß es wirklich nicht. ...Tut mir leid."
„Ok, kein Problem."
Hoppe bringt sich ein. Er hat soeben die Phalanx an gerahmten Bildern auf der Kommode studiert. Alles Fotos von Yasmin, Renata und Isabella. Kein einziges mit einem Mann, beziehungsweise Vater darauf. „Was würden Sie sagen? Haben Yasmin und Renata ein gutes Verhältnis zueinander?"
„Ja, sie verstehen sich wirklich prima. Ich bin sehr froh, dass es so ist."
„Und der Vater? Wie ist das Verhältnis zum Vater?"
Isabella Barrios zögert kurz.
„Ihr Vater hat uns, kurz bevor Yasmin eingeschult wurde, sitzen gelassen. Ich weiß nicht, wo er steckt. ...Vermutlich wieder in Spanien."
„Sie haben keinen Kontakt mehr?"
„Nein."
„Kann es sein, dass eine oder beide Töchter Kontakt zu ihrem Vater aufgenommen haben?"
Isabella sieht die beiden Polizeibeamten derart böse an, dass das Kriterium des tödlichen Blickes vollständig erfüllt wäre.

Nachdem Hausmeister Zlatan Jovic die Wohnungstür geöffnet hat, bittet Linda ihn, im Treppenhaus zurückzubleiben und betritt gefolgt von Miriam die enge Einzimmerwohnung. Wie erwartet ist niemand da. Die Wohnung ist erfüllt von einer Vielzahl verschiedener Gerüche. Kaffee im Bereich der

Kochnische, ungewaschene Socken rund um den Bereich der Matratze, die auf dem Fußboden liegt, kalter Rauch in der Ecke, wo der Computer und der Bildschirm stehen und Reinigungsmittel im winzigen Bad. Duschwanne, Klosett und Waschbecken befinden sich so eng beieinander, dass man sich kaum umdrehen kann.
Miriam sieht sich im Bad um. Neben den üblichen Artikeln männlicher Körperpflege findet sie auf einem kleinen Keramikbrettchen über dem Becken Parfüm und Schminkutensilien. Die Prüfung mit der Nase bestätigt Miriams Vermutung. Das gehört definitiv einer Frau!
Linda Fuchs untersucht zunächst den Arbeitsbereich in der Ecke der kleinen Wohnung. Eine als Schreibtisch umfunktionierte Küchenarbeitsplatte auf sechs Bierträgern nebst Billig-Drehstuhl vom Möbel-Discounter bilden den häuslichen Arbeitsplatz von Emil Pensenstadler. Für einen kurzen Moment ist Linda dankbar dafür, dass sie im Laufe ihres Studiums nicht in so einem Loch leben und lernen musste.
Sie hebt einen Stapel Bücher und Notizzettel hoch. Alles deutet auf das bereits im Zuge der Recherche eruierte Studium für Biologie hin. Sie findet ausschließlich Fachliteratur über verschiedene tropische und subtropische Pflanzen. Einige Bücher handeln von Tieren, die in Afrika und Südostasien heimisch sind. Dazu hat Emil offensichtlich jede Menge Notizen angefertigt, die rund um den Computer und teilweise sogar verstreut unter dem improvisierten Schreibtisch liegen.
Anschließend widmet sich Linda der Schlafstätte. Mehr zwangsweise als erfreut. Neben den Gerüchen finden sich auf dem zerknüllten und faltigen Bettlaken eindeutige Spuren zwischenmenschlicher Aktivitäten. Und zwar reichlich. Das Kopfkissen sieht nicht viel besser aus. Die Bettdecke fristet ein langweiliges Dasein am Fußende der Matratze. Im Abfalleimer zwischen Schreibtisch und Matratze entdeckt Linda zahlreiche benutzte Kondome. Auf jeden Fall hatte der Kerl jede Menge Geschlechtsverkehr, mutmaßt Linda angesichts der Anzahl.
Sie hebt die Bettdecke ein wenig empor, um sie auf die Schlafstätte zu legen. Dabei legt sie einige Schriftstücke und Unterlagen frei. Studiendokumente, vermutet sie. Beim genaueren Hinsehen entdeckt sie etwas Ungewöhnliches. Doch bevor sie sich das Dokument eingehender ansehen kann, hört sie Miriam rufen.
„Kannst du mal herkommen?“

„Was gibt es denn?“ fragt Linda wissbegierig, als sie vor dem Badezimmer stehen bleibt. Beide zusammen hätten gar nicht hineingepasst.
„Sieh dir das mal an!“ Miriam deutet auf den Spiegel an der Wand. Einer von der Sorte, die in den Siebzigern und Achtzigern so in Mode waren. Jene, die man aufklappen kann, um mehr Spiegelfläche zu erhalten.
„...Ihr könnt mich mal alle,“ liest Linda Fuchs mit leiser Stimme. Die mit Lippenstift an den aufgeklappten Teil des Spiegels geschriebenen Worte sind fein säuberlich aufgetragen. Eine Frau, mutmaßt Linda. Nur wenige Männer haben eine solch schöne Handschrift.
„Was damit wohl gemeint ist?“ fragt sich Miriam laut.
„Na, was wohl,“ erwidert Linda. Sie holt ihr Handy hervor und fotografiert den Schriftzug auf dem Spiegel. Danach folgen ein halbes Dutzend Aufnahmen im Badezimmer, sowie zwanzig weitere aus dem Hauptraum.
„Ich habe hier auch was gefunden,“ erklärt die rothaarige Kommissarin. Vorsichtig schiebt sie die Unterlagen am Fußende des Bettes auseinander und verteilt sie auf dem Laminat. Zwei DIN-A4-große Blätter erregen die Aufmerksamkeit der beiden Polizistinnen.
„Ist es das, wonach es aussieht?“ fragt Miriam.
„Aber hallo,“ antwortet Linda und sichert das Dokument fotografisch. Vor ihnen liegt die Bestätigung eines Doppelzimmers in einem Mittelklassehotel in Mar del Plata, Argentinien. Ab gestern für die Dauer von vier Wochen.
Linda ruft Julius an.
„Julius, du musst nach München kommen. ...Nein, keine Widerrede. ...Bring das Team mit. In der Wohnung des Freundes gibt es einiges zu tun. ...Nein, kann ich nicht. Nur soviel vorweg. Es sieht so aus, als hätte sich der Typ mit seiner Flamme aus dem Staub gemacht.“

Der Marsch durch den stetig dichter werdenden Wald erweist sich als zunehmend anstrengend. Zu allem Überfluss steigt das bewaldete Gelände etwas an. Renata geht voran, gefolgt von Mario und Lotte. Auf der Anhöhe, die immer noch dicht bewaldet ist, bleibt Renata stehen, um sich zu orientieren. Mario lässt ihr Zeit. Nach zehn Sekunden dreht sie sich um und deutet mit dem Arm in Richtung einer Schneise.
„Ich glaube, ich bin von dort gekommen.“
„Sie glauben es?“

„Ja. …Nein. …Ich bin mir fast sicher,“ korrigiert sich Renata. „Wir müssen diesen Hang hinunter. Wenn der Weg stimmt, kommen wir zu einem kleinen Bach.“
Mit größter Vorsicht arbeiten sich die Drei weiter bergab. Die engstehenden Bäume geben ihnen guten Halt, um sich abzustützen und nicht auszurutschen. Für die sechs Rehe, die von den Menschen aufgescheucht das Weite suchen, haben sie keinen Blick übrig. Zu sehr sind sie darauf fokussiert, unbeschadet den feuchten Hang zu meistern.
Schließlich wird es flacher und die Schneise, durch die sie gerade gewandert sind, öffnet sich zu einer langgezogenen keilförmigen Lichtung. Renata Barrios marschiert ungebremst weiter. Das gleichmäßige leise Geräusch plätschernden Wassers ist mittlerweile gut zu hören. Eine Minute später erreichen die junge Frau und die beiden Polizisten den Bachlauf, der die Geräusche verursacht.
„Wir sind richtig,“ stellt Renata fest. „Ich bin hier entlang gegangen.“ Sie deutet auf den Rand des Baches, der fast komplett mit undurchdringlichem Gestrüpp übersäht ist. Nur an zwei Stellen unterbrechen kleine felsige Formationen das dicht bewachsene Ufer.
„Na, prima,“ entfleucht es Mario Matthes und fährt dann gedanklich und still fort. „Hier werden wir garantiert keine Fußspuren finden.“
„Haben Sie den Bach überquert?“
„Ja,“ antwortet Renata. „Gleich hier, wo er etwas schmäler ist.“
Sie nähert sich ein paar Meter weiter einer Lücke im Gestrüpp. Direkt daneben lagert ein steiniger Vorsprung, von dem man mit einem etwa zwei Meter weiten Sprung den Bach queren könnte, ohne nasse Füße zu bekommen. Renata stellt sich neben den Felsen.
„Hier bin ich rüber!“
„Gut, dann mal weiter,“ spornt Mario die beiden Damen an, die durch das kühle Wasser waten. Er selbst zieht den Sprung vor.
„Wir sind immer noch im Wald. Wissen Sie noch, von wo Sie gekommen sind?“
Renata Barrios schüttet ihre Schuhe aus und blickt sich beiläufig um.
„Sehen Sie den Lichtschein da drüben? Ich bin dort gewesen.“
„Sie können sich erstaunlich gut orientieren,“ lobt Lotte Hausweiler die junge Frau. „Respekt. Wenn man bedenkt, in welch einer Stresssituation Sie waren.“

„Naja, es war schon hell, als ich hier war. Da konnte ich mir ein paar Dinge merken. Wie zum Beispiel diesen Bach."
„Das machen Sie wirklich gut, Renata," weitet Lotte ihr Lob aus.
Mario drängt zum Weitergehen. „Meine Damen, ich darf an unsere Aufgabe erinnern. Kommen Sie, wir gehen weiter."
Mario Matthes, Lotte Hausweiler und Renata Barrios bahnen sich den mühseligen Weg durch den Rest des Waldstückes und kommen erschöpft am Rand an. Alle schnaufen tief durch, bevor Mario das Wort ergreift.
„Und jetzt?"
Renata Barrios tritt einen Schritt weiter aus dem Wald und sieht sich um. Auf ihrer Stirn bilden sich Falten. Sie begutachtet die Peripherie des Waldes, der sich geradlinig über mehrere hundert Meter hinzieht. Sie wendet sich nach links, dann nach rechts und wieder zurück. Als sie die Arme in die Hüften stemmt, sieht sie die beiden Begleiter an.
„Es tut mir leid, aber ich fürchte, ich habe mich geirrt."
„Geirrt? ...Wobei?"
„Dass das hier der Eingang zum Wald war."
„Wie bitte?" sagt Mario eine Spur erbost.
„Naja, es sieht alles so gleich aus. Ich bin mir einfach nicht mehr sicher."
„Na super. ...Bleiben Sie hier!" weist Mario die junge Frau an und stiefelt auf den angrenzenden Kartoffelacker. Meter für Meter begutachtet er den Boden, in der Hoffnung, irgendwo einen Abdruck eines nackten weiblichen Fußes zu entdecken. Nach gut fünfzig Metern gibt er auf. Die Spurensuche erweist sich als Fehlschlag. Zumindest an dieser Stelle. Er kehrt zu den beiden Frauen zurück.
„Ab wo können Sie den zurückgelegten Weg definitiv sicher bestätigen?" erkundigt er sich bei Renata.
„Absolut sicher bin ich mir beim Bach. Von dort bis hierher sind wir vermutlich von meinem Marschweg abgedriftet."
Mario sieht sich um. Alleine dauert es Tage, knapp drei- bis vierhundert Meter Waldrand zu untersuchen. Unsinnig, auf bloßen Verdacht weiterzugehen. Und noch etwas fällt ihm auf. Die dunkle Wolkenfront aus Südwest bewegt sich schnell auf sie zu. Das riecht verdächtig nach Regen. Spätestens dann dürfte eine erfolgreiche Spurensuche endgültig keinen Sinn mehr machen. Mario Matthes beschließt, die Suche abzubrechen.
„Kommen Sie. Gehen wir zurück zum Wagen!"

Julius Hoppe und drei seiner Kollegen betreten die Wohnung von Emil Pensenstadler. Mittlerweile hat sich im Haus herumgesprochen, dass sich die Polizei für einen der Mitbewohner interessiert. Linda Fuchs zeigt den Anwesenden, alles Menschen im Alter zwischen zwanzig und dreißig, Fotos von Renata und Yasmin Barrios. Zwei junge Damen können sich erinnern, dass sie eine der dunkelhaarigen Frauen in Begleitung von Emil Pensenstadler gesehen haben. Sie deuten auf Yasmin Barrios. Ein blonder Mann, der Nachbar von Pensenstadler, bestätigt, mehrfach laute Geräusche aus der Wohnung neben ihm gehört zu haben. Eindeutige Geräusche. Lustvolles Stöhnen. Leidenschaftliches, ekstatisches Röhren.

Währenddessen kümmert sich Miriam Schulze darum, dass niemand von Neugierde übermannt wird und die Wohnung betreten möchte. Linda kommt aus dem Treppenhaus zurück und passiert ihre Kollegin. Im Wohnzimmer trifft sie auf Julius Hoppe, der sich gerade dem Computer widmet.

„Kannst du mir schon irgendwas sagen, Julius?"

„Oberflächlich betrachtet eine klassische Studentenbude. Ziemlich einfach eingerichtet. Unaufgeräumt. Millionen von Spuren, was die ganze Sache äußerst schwierig macht. Aber ich will nicht jammern, Linda. Die Hinweise im Bad sind einfach zu erklären."

„Der Spruch am Spiegel?"

„Unter anderem," sagt Hoppe und richtet sich auf. „Es wurde tatsächlich ein Lippenstift verwendet. Allerdings keiner von denen, die im Kosmetik-Koffer aufbewahrt werden."

„Habt ihr ihn woanders gefunden?"

„Nein. Der Lippenstift befindet sich nicht in der Wohnung. Einer meiner Jungs ist gerade unten bei den Müllcontainern. Vielleicht haben wir Glück."

„Die Schreiberin hat ihn also mitgenommen," folgert Linda. „Möglicherweise entsorgt."

„Kannst du dir vorstellen, worin der tiefere Sinn dieser Nachricht besteht?" fragt Hoppe die junge Rothaarige.

Linda legt den Kopf zur Seite. „Nicht wirklich," sagt sie und geht zurück ins Wohnzimmer. „Es sei denn, es hat etwas mit diesem Zettel zu tun."

„Du meinst die Auftragsbestätigung für die Hotelreservierung?!"

„Ja. Nehmen wir an, Yasmin Barrios und Emil Pensenstadler wollen sich nach Mar del Plata absetzen. Dann könnte der Grund vielleicht so eine Art Unzufriedenheit sein. Dazu passt dann der Spruch. ...Ihr könnt mich mal alle."
„Unzufriedenheit?"
„Was weiß ich," erklärt Linda zweifelnd. „Probleme mit der Ausbildung, Probleme mit den Eltern, einfach nur der Drang nach was anderem, aus dem Alltag ausbrechen. ...Keine Ahnung. Irgendwie so etwas."
Hoppe presst die Lippen zusammen und denkt nach. „Könnte sein, Linda. Aber wie passt das mit dem versuchten Mord an Renata Barrios zusammen? Ich meine, wozu muss man jemanden töten, nur um zu verschwinden? Das ist doch überflüssig."
„Sehe ich auch so. Die Frage habe ich mir auch schon gestellt. Es ergäbe nur einen Sinn, wenn Renata irgendetwas weiß, was die Pläne von Yasmin und Emil verhindert hätte. Etwas, was die beiden dazu gezwungen hätte, aktiv Gegenmaßnahmen einzuleiten. Etwas, was selbst bei einer erfolgreichen Flucht nach Südamerika noch als Gefahr bestünde."
Linda fällt der Computer auf. Er ist aktiviert und der Bildschirm ist eingeschaltet. „Habt ihr auf dem Teil schon irgendwas gefunden?"
„Nein. Ich konnte gerade erst das Passwort knacken. Ich wollte mir die Inhalte im Labor genauer ansehen."
„Ist gut. Wäre nur zu schön gewesen, wenn wir jetzt schon Hinweise hätten, wie sich die beiden abgesetzt haben könnten. Außer der Hotelbestätigung habe ich nichts entdeckt. Hast du was gefunden? Flugtickets? Reiseunterlagen? Bargeld?"
„Nein, Linda. Nur die Bestätigung des Hotels. Ich hoffe, der Computer spuckt noch was aus. Ich werde mich heute noch darum kümmern."
Linda schmunzelt und schenkt Julius Hoppe eine Kusshand. „Du bist einfach unersetzlich."
„Klar bin ich das!" Ein breites lausbübisches Lächeln dominiert das Gesicht des Rechtsmediziners.

35

Samstag,
neun Uhr morgens

Viktor sitzt auf der Bettkante. Nele wirkt heute so entspannt. Ihre Augen sind geschlossen. Sie schläft. Ein gutes Zeichen. Er schiebt die Bettdecke ein wenig höher, damit ihre Schultern bedeckt sind. Vorsichtig öffnet Nele die Lider, findet mit den Augen die Person zu ihrer Linken und schenkt ihrem Vater ein zufriedenes Lächeln.
Viktor lächelt zurück. „Hallo Schatz. Wie geht es dir heute?"
Nele sieht ihren Vater an und beginnt dann langsam zu nicken.
„Schmerzen?" fragt Viktor.
Nele schüttelt mit dem Kopf. Sie richtet sich ein wenig auf und sieht sich im Zimmer um. Die zugezogenen Vorhänge tauchen den Raum in ein mattes Orange. Sie wirkt heute frischer als sonst, stellt Viktor überrascht fest. Nele wendet sich ihrem Vater zu.
„Hunger."
„Das ist gut. Was kann ich dir bringen?"
Nele überlegt kurz. „Tee. ...Und Toast."
„Bekommst du. Ich kümmere mich gleich darum."
„... Mit Marmelade."
Adrian betritt das Zimmer. Seine Miene drückt alles andere als Freude aus. Mit ernstem Gesicht deutet er seinem Vater an, ihm zu folgen und zu begleiten. Es gibt Neuigkeiten. Den Gesichtszügen seines Sohnes zu urteilen, nichts Gutes, fürchtet Viktor. Er beugt sich zu Nele herunter und gibt ihr einen Kuss auf die Stirn.
„Ich komme gleich wieder, Schatz."
Vor der Zimmertür erklärt Adrian Haubner seinem Vater, was geschehen ist. „Unsere Kommunikation über die Rezepte ist aufgeflogen."
Viktor stutzt, zeigt aber ansonsten keine Reaktion. Keine Überraschung. Keine Besorgnis. Keine Panik. „Damit haben wir doch gerechnet. War nur eine Frage der Zeit, wann sie darauf kommen."
„Und wie geht es nun weiter? Sie können alle Absichten entschlüsseln."
Viktor lächelt.

„Wir schließen Phase Zwei ohnehin heute ab. Phase drei startet in Kürze."
„Die Livesendung bei FBJ-Media?"
„Genau. Ich stimme mich noch mit den Hütern ab und werde dann vermutlich die Bestätigung bekommen, die nächste Phase einzuleiten. Dürfte nur Formsache sein. Danach benötigen wir den Austausch über die Rezepte nicht mehr."
„Wollen wir hoffen, dass es klappt."
„Wird es, mein Sohn. ...Wird es!"
Er legt Adrian die Hand auf die Schulter.
„Kannst du mir einen Gefallen tun? Machst du für Nele einen Früchtetee und zwei Toasts mit Marmelade?"
„Sie will heute ...? ...Soll das heißen, sie hat es sich gewünscht?"
Viktor grinst und nickt. Das Lächeln von Viktor steckt Adrian an. Freudestrahlend macht er sich auf den Weg zur Küche. Viktor sieht ihm noch ein paar Sekunden nach und begibt sich anschließend in sein Zimmer mit dem Panoramafenster. Er aktiviert die Internetseite mit den Rezepten und loggt sich mit seinem Passwort ein. Dann beginnt er zu schreiben:

Füg hier hinzu leckere Zwetschgen. Die, liebes Sabinchen, voll Brei. Tonic einfach mit Erich alles gepaart etwa vor acht. Elvira, klapp doch Rucola anders Ansage Harald und führ Gespräche dabei.

Nach Absendung der Nachricht dauert es keine fünf Minuten, bis achtundzwanzig andere Nutzer mit Kommentaren reagiert haben. Bis auf einen waren es die drei Smilies.
Viktor blickt zur Wanduhr und überzeugt sich davon, dass es Zeit wird, sich der Live-Sendung von FBJ-Media zu widmen. Er öffnet das Internetportal von FBJ und klickt auf den Button für den Livestream. Sofort wird der Bildschirm mit einer Aufnahme eines Studios ausgefüllt. Martina sitzt, ein Headset auf ihrem Kopf, großformatig auf einem Stuhl. Im Hintergrund prangen die drei Buchstaben F, B und J, sowie links von Martina ein Monitor, auf dem die Regie je nach Fragestellung ein ausgesuchtes Bild anzeigen kann. Momentan zeigt der Bildschirm eine Person mit einem weißen T-Shirt, auf dem die Worte „Einigkeit und Recht und Freiheit" aufgedruckt sind.
Viktor folgt der Moderation von Martina Sussek, die sich gerade live mit einem zugeschalteten Hörer unterhält.

„Wie meinen Sie das?"
„Wie soll ich das meinen? Ich finde, viele Menschen haben die Jahre der Spaltung einfach satt. Es muss mal Schluss sein damit. Ich finde die Idee mit den T-Shirts gut. Es zeigt sich, wer wirklich das Ende der Spaltung wünscht."
„Vielen Dank für den Beitrag. Ich bin sicher, viele denken so. Ein weiterer Anrufer ist in der Leitung. Mit wem spreche ich?"
„Hier ist Hajo aus Nürnberg."
„Hallo Hajo. Was möchten Sie sagen?"
„Also, ich kann mich meinem Vorredner nur anschließen. Die Shirts sind eine geniale Idee. Ich habe mir selbst eins gemacht. Ein weißes Shirt, ein Edding und schon war die Sache erledigt."
„Coole Idee, Hajo."
„Jow, finde ich auch. Ich ziehe es nachher an, wenn ich ins Stadion gehe. Ich würde sagen, ich mache mal ordentlich Werbung für die Aktion. Ich meine öffentlich."
„Eine gute Idee, Hajo. Das wäre ja auch das Ziel der Hüter des Prozesses. Wir sind gespannt, wie es klappt. Vielen Dank. ...Wen darf ich jetzt begrüßen?"
„Hier ist Jule."
„Hallo Jule. Willkommen."
„Zuerst mal mein Kompliment an euch. Euer Sender ist klasse."
„Vielen Dank, Jule."
„Ja. Was ich zur Idee sagen wollte. Die weißen T-Shirts mit der Aufschrift Einigkeit und Recht und Freiheit finde ich deshalb so toll, weil sie ein gewaltfreies Zeichen an die Politik sind. Ich verabscheue Gewalt. Daher sind solche Ideen immer ein gutes Mittel, um sich zu positionieren. Dagegen kann die Politik auch nicht viel machen. Sie müssen sich schließlich damit befassen."
„Sie spielen darauf an, dass sie sich der Aufklärung stellen müssen."
„Ja. Sie können sich nach der Aktion eigentlich nicht mehr dem Diskurs entziehen. Und dann muss einfach alles auf den Tisch, was in den letzten vier Jahren falschgelaufen ist."
„Danke, Jule und weiterhin viel Spaß beim Zuhören."
Danach meldet sich ein Mann mit tiefer Stimme.
„Mein Name ist Horst. Ich bin nicht ganz so optimistisch wie die Zuhörer zuvor. Ich meine mit der Wirkung der Hemden."

„Erklären Sie uns ihre Meinung!"
„Im Prinzip ist es doch wieder nur ein Protest gegen irgendetwas. Proteste haben wir in den letzten Jahren so viele, dass es fast schon etwas Normales ist. Was für eine Wirkung soll das denn haben? Glauben die Leute wirklich, dass sich dadurch etwas ändert? Dass sich die Politiker davon beeinflussen lassen? Wir haben sie gewählt, und wir müssen dazu stehen, dass wir sie gewählt haben. Sie sind unsere Repräsentanten, sie sind unsere Stimme im Parlament und wir als Bevölkerung müssen uns fügen."
„Gut, dass wir auch eine andere Meinung hören," sagt Martina Sussek betont ruhig und fügt anschließend hinzu: „Meinungsvielfalt ist genau das, was in den letzten vier Jahren mehr oder weniger unter die Räder gekommen ist. Daher meinen Dank an Sie, lieber Hörer. Aber eine Frage sei mir gestattet: Finden Sie nicht, dass genau jene gewählten Menschen für dieses Dilemma verantwortlich sind?"
„Natürlich nicht. Wieso sollten sie für die Ausübung ihrer Arbeit verantwortlich sein? Am Ende noch entschuldigen?! Wo kommen wir da hin? Da will ja keiner mehr Politiker werden, wenn man für alles verantwortlich gemacht wird, was man sagt oder macht."
„Ich lasse das mal kommentarlos so stehen. …Liebe Community, wir haben soeben einen Videobeitrag zugesendet bekommen. Ein Hörer hat uns einen Mitschnitt aus Würzburg gesendet. Genauer gesagt aus dem Hofgarten der Würzburger Residenz. Sehen wir uns das Video mal an."
Die Regie vergrößert den Monitor und verkleinert Martina Sussek in ein kleines Fenster in der unteren rechten Ecke. Die Videosequenz startet mit einem Schwenk über den Vorplatz der Residenz. Hunderte Menschen in weißen T-Shirts tummeln sich dort. Offensichtlich ein kurzfristig arrangiertes Treffen. Der Filmer schwenkt weiter und präsentiert nun den Hofgarten mit den weitläufigen Grünflächen. Schnell muss jeder Betrachter einsehen, dass es sich nicht um hundert, sondern um über tausend Menschen handeln muss, die sich hier versammelt haben. Der Filmer zoomt auf eine junge Frau, die neben ihm steht. „Weshalb bist du hier?" fragt jemand aus dem Off. Die junge Frau strahlt. „Weil ich für Meinungsfreiheit und offenen Dialog bin. So wie vor 2019. Das muss wieder in unser aller Leben einkehren und darf nie wieder verschwinden. Sie deutet mit ihrer rechten Hand auf ihren Bauch. „Einigkeit und Recht und Freiheit. Darum geht es." Das Video zeigt noch etwa zwanzig Sekunden in einem umfassenden Schwenk die Masse an Teilnehmern. Dann

bricht der Mitschnitt ab. Martina wird wieder in den Fokus der Zuseher gerückt.
„Ein beeindruckendes Video. Vielen Dank an den Ersteller und Zusender. Wir sehen, es geht hier nicht um eine kleine Minderheit, die sich in den letzten Jahren unterdrückt gefühlt hat. Es geht um mehr. Um viel mehr. Die Menschen wachen auf. Es werden zusehends mehr. Und da kann niemand mehr wegsehen und sagen: War doch alles nicht so schlimm, oder, wir sind doch eigentlich gut durchgekommen. ...Nein, das sind wir sicher nicht, liebe Community."
Während Martina Sussek weitere Hörer interviewt, nimmt Viktor das rote Mobiltelefon vom Schreibtisch zur Hand und tippt eine Nummer ein. Sie beginnt mit der Ländervorwahl von Indonesien: +62, danach die gewünschte Rufnummer eines Vermittlungscenters.
Eine Frauenstimme meldet sich. Viktor erklärt in englischer Sprache, dass er mit dem deutschen online-Portal FBJ-Media verbunden werden möchte.
Martina Sussek hält kurz inne, nachdem ihr und den Zuhörern eine Frau älteren Semesters etwas über ihren Mann erzählt hat.
„Vielen Dank, Maria. Das war sehr schön. ...Einen Moment. Ich höre gerade aus der Redaktion, dass wir einen besonderen Gast haben. ...Ja, das wäre phantastisch. Stellen Sie ihn durch. ...Liebe Community, ich bin sehr erfreut, dass er sein Versprechen gehalten hat. Wir haben nun Viktor in der Leitung. Einen der Hüter des Prozesses, der uns gestern in einem ausführlichen Interview Rede und Antwort stand. Ich grüße Sie, Viktor."
„Guten Tag, ich freue mich, heute teilnehmen zu können."
„Ganz unsererseits. Ja, Viktor, was soll ich groß um den heißen Brei reden? Sie haben das Wort!"
„Danke sehr. ...Liebe Mitmenschen da draußen im Land. Heute früh begann die Aktion der weißen T-Shirts mit der Aufschrift „Einigkeit und Recht und Freiheit". Es ist unübersehbar, wie viele Menschen sich am Prozess der Aufklärung und dem Wunsch, endlich wieder ohne Vorbehalte ihre Meinung sagen zu dürfen, beteiligen. Es ist eine freiwillige Aktion. Niemand wird dazu gezwungen, niemand wird unter Druck gesetzt. Die Mitmenschen, die das T-Shirt nicht tragen wollen, sind genauso zu respektieren, wie diejenigen, die sich dazu entschlossen haben. Dieser Hinweis ist deshalb so wichtig, da einige bereits wieder Falschmeldungen in die Welt setzen, wir würden eine neuerliche Spaltung, quasi eine umgekehrte Ausgrenzung der damaligen

Maßnahmenbefürworter anstreben. Dazu folgendes: Wir haben allen Medien unsere Manifeste zugesandt. ...Allen! Die Leitmedien haben tagelang dazu geschwiegen und die Existenz geleugnet. Das ist zwar ihr gutes Recht, hat aber mit seriöser Berichterstattung rein gar nichts zu tun. Informiert wurde die Öffentlichkeit über die alternativen freien Medien. Genauso verhält es sich mit der gesetzgebenden Gewalt. Allen politischen Parteien gingen die Manifeste zu. ...Wieder sei ausdrücklich erwähnt: Allen! ...Mit Ausnahme einer Oppositionspartei haben es alle sogenannten demokratischen Parteien vorgezogen, die Zusendung zu leugnen und zu ignorieren. Sie haben sogar Menschen die Erstellung der Manifeste unterstellt, sie verhaftet und in Gewahrsam genommen, die keinerlei Kenntnis davon hatten. Die gar nicht die Verfasser waren. Es ging im Grunde um Täuschung. Das Suggerieren von Handlungsstärke und Unantastbarkeit. Das war der Zweck der Festnahmen. Sonst nichts. Aber halten wir uns nicht damit auf, was andere – ungeachtet dessen, ob fahrlässig oder vorsätzlich - schlecht oder falsch gemacht haben. Reden wir über die Dinge, die wir alle zusammen auf die Beine gestellt haben. Sehen Sie sich bitte draußen um! Es werden stündlich mehr, die ein Zeichen setzen. Ein banales, und doch so scharfes Zeichen, bestehend aus drei Wörtern: ...Einigkeit! ...Recht! ...Freiheit! Ich sehe auf die Straßen und erkenne mit großer Zufriedenheit, dass wir auf einem guten Weg sind. Dass viele Menschen bereit sind, sich dem Prozess zu stellen."

„Ich habe hier eine Hörerin zugeschaltet, die ihnen etwas mitteilen möchte, Viktor," unterbricht ihn Martina Sussek. „Sind Sie einverstanden?"

„Natürlich."

„Gut. ...Frau Reichenbacher, Sie können jetzt direkt mit Viktor sprechen."

„Oh, ...hallo."

„Hallo," sagt Viktor. „Sie sind Frau Reichenbacher aus ...?"

„Osnabrück."

„Was möchten Sie mir mitteilen?"

„Erstmal, dass ich das, was Sie begonnen haben, für unheimlich wertvoll halte. Vielen Dank. Sie haben das angeschoben, was schon längst hätte passieren müssen. Das, was die Politik, die Medien, die Gesellschaft insgesamt versäumt hat. Aber noch etwas ist mir wichtig. Fast noch mehr als die Tatsache, dass Sie aktiv geworden sind. Ich habe in vielen Gesprächen herausgefunden, dass das Hauptproblem bei uns zu suchen ist. Natürlich sind die Politik, die Medien, die Gerichte, die Pharmakonzerne, und so weiter,

verantwortlich für die vielen einschränkenden Maßnahmen. Es gibt Akteure, und es gibt Re-Akteure. ...Wir sind es! Wir sind das Problem! Wir erlauben, wie weit die Politik gehen kann. Wir lassen zu, dass uns Medien mit einseitiger Berichterstattung manipulieren. Wir sind einverstanden, dass Gerichte nicht mehr unabhängig sind, sondern von der Gesetzgebung gesteuert werden. Wir schenken den Aussagen der Pharmakonzerne Glauben, wenn Sie uns die absolute Sicherheit von Medikamenten und den Ausschluss von schweren Nebenwirkungen garantieren. ...Wir! Nicht die da oben! Wir müssen handeln. Wir müssen uns tagtäglich darüber klarwerden, dass wir ständig den Gefahren ausgesetzt sind, sie, unsere Freiheit zu verlieren. Deshalb müssen wir sie pflegen. Nicht durch den Ersatz von Sicherheit, sondern durch die permanente Stärkung des freien Gedankens und der freien Äußerung in Wort und Schrift, indem man sie fortwährend auffrischt, sie als unabdingbares Gut wertschätzt, sie tagtäglich praktiziert und sie sich durch niemanden wegnehmen lässt. Das dürfen wir niemals irgendwelchen Institutionen überlassen. ...Ich hoffe, ich konnte einigermaßen nachvollziehbar meine Meinung mitteilen."
„Ich bedanke mich sehr, Frau Reichenbacher. Ich hätte es kaum besser formulieren können. Sie sprechen von Eigenverantwortung! Erlauben Sie mir eine Ergänzung. Sie haben primär von Freiheit gesprochen. Das ist der Schlüssel für alles, denn nur so überlassen wir jedem einzelnen die Verantwortung, die er zu tragen hat. Individuelle Freiheit ist die Basis für eine homogene Gesellschaft. Wenn Freiheit verschwindet, verschwindet auch die Verantwortung. Und wenn Verantwortung nicht mehr existiert, beziehungsweise durch diverse Maßnahmen auf wenige konzentriert wird, ist der Weg zur Rechtlosigkeit nur noch kurz. Und was nach der Rechtlosigkeit geschieht, brauche ich wohl nicht mehr groß hervorheben, nicht wahr?!"
„Viktor, darf ich ihnen noch eine Frage stellen?" bittet Frau Reichenbacher aus Osnabrück.
„Nur zu!"
„Man hört allenthalben, dass der Vergleich mit der Nazizeit nicht akzeptabel wäre. Ich bin da etwas anderer Meinung. Wie denken Sie darüber?"
„Ich kann nur für mich sprechen, bin aber sicher, dass sehr viele ähnlich denken. Der Vergleich mit den Geschehnissen und Entwicklungen vor und während des Nationalsozialismus mit dem der Pandemiephase darf nicht unterdrückt werden. Im Gegenteil. Ich bin sogar dafür, dass man ihn

unbedingt führen muss. Er ist fester Bestandteil einer aufgeklärten Nation. Wir dürfen nur eines dabei nicht verwechseln: Die Bedeutung des Wortes *Vergleich* ist nicht dieselbe wie die des Wortes *Gleichsetzung*. Hier liegt das Argument derer, die den Vergleich nicht wollen. Sie interpretieren unseren Versuch der Aufklärung bewusst mit der Gleichsetzung und somit der Verharmlosung der Verbrechen jener Zeit vor neunzig Jahren. Das ist natürlich einfach, weil es so logisch erscheint. Deshalb fallen ja auch so viele Mitmenschen auf die Argumentation rein. Aber sie täuschen sich alle. Das Vergleichen verschiedener Abläufe, verschiedener Entscheidungen, verschiedener Maßnahmen erlaubt uns, Argumente für pro oder kontra zu erarbeiten. Wenn das nicht mehr funktioniert, setzen sich leicht Narrative durch. Einseitig propagierte Meinungen. Beispiele dafür gab es in den letzten Jahren mehr als genug. Aber zurück zu ihrer Frage: Der Vergleich der Pandemiemaßnahmen mit der Nazizeit ist unheimlich wertvoll und wichtig, da er uns die Möglichkeit einräumt, Parallelen zu erkennen, auf Dinge einzuwirken, die in dieselbe Richtung laufen, Missstände aufzudecken, die bereits in einer vergleichbaren Situation falsch beurteilt wurden. Kurzum: Der Vergleich ist so etwas wie ein Instrument, ein Mittel zum Zweck. Er dient dazu, das eine dem anderen, um was auch immer es sich handelt, gegenüberzustellen und zu prüfen, ob Gemeinsamkeiten, Ähnlichkeiten oder Analogien vorliegen. Und erst, wenn letzteres belegt wird, kann man von Gleichsetzung sprechen. Vorher nicht! ...Konnte ich ihre Frage damit beantworten?"

„Voll und ganz," sagt Frau Reichenbacher. „Sie haben mir aus der Seele gesprochen. Vielen Dank und bitte machen Sie weiter!"

Martina Sussek übernimmt wieder das Wort. Sofort wird sie wieder vollumfänglich auf dem Bildschirm gezoomt.

„Beste Grüße nach Osnabrück. Vielen Dank an Frau Reichenbacher. Wir haben jetzt einen weiteren Hörer aus Frankfurt, wenn ich das richtig verstanden habe?!"

„Das stimmt. Ich heiße Roland."

„Hallo Roland."

„Ich möchte die Gelegenheit nutzen und auf etwas sehr wichtiges aufmerksam machen. Vielleicht ist es den meisten gar nicht aufgefallen, aber wir haben ja seit einigen Tagen diese große Schwemme an Vermissten. Und ich denke, es ist keinem entgangen, dass es auf unsere sozialen Systeme mittlerweile negative Auswirkungen hat. Ich finde das zwar nicht gut, aber ein kleines Detail bitte ich zu beachten. Ein Sektor wurde bewusst nicht in die Aktion einbezogen, und das ist der, in dem ich arbeite."

„Darf ich nach ihrem Beruf fragen?" will Martina wissen.

„Ich bin Facharzt in einer lokalen Praxis. Ich bin Mediziner. Und als solcher möchte ich alle, die zuhören, darauf hinweisen, dass bei uns alles geordnet und in voller Besetzung weiterläuft. Wenn wirklich mal einer oder eine fehlt, dann nur, weil die Person im Urlaub oder tatsächlich erkrankt ist."

„Sie meinen, ihre Branche wurde ausgespart?" fragt Martina nach. „Keine Vermissten?"

„Was den Beruf betrifft, vermutlich. Was die Ideologie betrifft, nein. Sehen Sie, ich bin für die Menschen da, die mich brauchen. Ich habe kein Recht, ihnen meine Hilfe vorzuenthalten. Und doch trage ich unter meinem Kittel das weiße T-Shirt mit den drei Wörtern. Es ist mir wichtig."

„Das heißt, Sie unterstützen den Prozess?!"

„Voll und ganz. Es lässt sich problemlos mit meiner Arbeit vereinbaren. Und eines möchte ich noch loswerden. Ich kenne viele Ärzte, die sich aus Angst dem Regime untergeordnet haben. Sehr viele. Auch ich gehörte dazu. Auch ich war einer, der all die bekloppten Maßnahmen mitgetragen hat, obwohl klar war, dass es dafür keinerlei haltbare Belege gab. Jetzt positioniere ich mich dort, wo mich mein Wissen und mein Gewissen hinleiten. Ich möchte etwas Wichtiges sagen. ...Öffentlich. ...Ich habe Fehler gemacht. Dafür gibt es Gründe, aber, wie ich jetzt weiß, keine Rechtfertigung. Ich habe mitgemacht! Dafür möchte ich mich in aller Deutlichkeit entschuldigen. Mir ist bewusst, dass die Entschuldigung vermutlich nicht mehr reicht. Dafür ist es zu spät. Aber ich bitte aus ganzem Herzen um Verzeihung für das Unrecht, zu dem ich beigetragen habe. Ich kenne Kollegen, die sich meiner Absicht nicht anschließen werden. Für jene schäme ich mich zutiefst. Für jene, die fälschlicherweise glauben, das Richtige getan zu haben. Sie sind eine Schande für unseren Berufsstand. Ein Rausreden ist meines Erachtens nicht mehr möglich."

„Ich danke ihnen für diesen emotionalen Beitrag," sagt Martina. Viktor meldet sich zu Wort.

„Es sind Menschen wie Roland, die zur Entwicklung des Prozesses beitragen. Daher mein herzlicher Dank an dich, Roland. Und meinen allerhöchsten Respekt."

36

Samstag,
zehn Uhr vormittags

Linda Fuchs und Mario Matthes sitzen sich an ihren Schreibtischen gegenüber und stimmen die bisher eruierten Hinweise miteinander ab. Auf dem Stuhl neben den Tischen sitzt Ferdinand Auer.
„Meine Leute arbeiten gerade an den DNA-Analysen," berichtet Auer. „Die Daten dürften in Kürze vorliegen. Dann wissen wir, ob das aufgefundene Blut mit dem der Schwester identisch ist."
„Sehr gut," sagt Mario. „Wir haben leider nicht das erhoffte Ziel erreicht. Renata Barrios konnte sich nur teilweise an ihren Fußmarsch erinnern. Außerdem kam dann das Wetter dazwischen. Ich fürchte, das können wir vergessen, dort noch was zu finden."
Ein Blick aus dem Fenster verrät, dass Mario wohl recht hat. Es gießt mittlerweile wie aus Kübeln. Linda unterrichtet die anderen über ihre Ergebnisse.
„In der Studentenbude von Emil Pensenstadler gab es ein paar interessante Hinweise. Wir haben einen Buchungsbeleg gefunden. Ein Doppelzimmer in einem Hotel in Argentinien für mehrere Wochen."
„Argentinien? Wow. Das riecht nach: Ich bin dann mal weg!"
„So sehe ich das auch, Ferdl. Es sieht verdächtig danach aus, dass Emil Pensenstadler, vermutlich in Begleitung von Yasmin Barrios, das Land verlassen hat."
„Habt ihr auch Unterlagen bezüglich der Reise gefunden?" fragt Mario. „Flugtickets oder dergleichen?"
„Nein. Ich habe Miriam drangesetzt, dass sie es prüfen soll."
Mario nickt. Linda fährt fort.
„Außerdem haben wir eine Nachricht auf dem Spiegel im Bad gefunden. Ich zeige euch mal das Foto auf dem großen Monitor."
Ein paar Klicks später sehen alle den Satz, der mit Lippenstift auf die Glasfläche geschrieben wurde.
Ihr könnt mich mal alle.

„Über die Bedeutung kann man im Moment natürlich nur spekulieren, aber wenn man die Fluchtabsicht der beiden berücksichtigt, erscheint es wie eine Art letzter Gruß."
„Ein letzter Gruß, Linda? ...Ist das nicht ein bisschen weit hergeholt?"
„Ich denke nicht, Mario. Ich finde, es passt irgendwie sogar zusammen. Die beiden wollten weg. Aus Deutschland abhauen. Die Gründe dafür spielen vorerst keine Rolle. Wir kennen sie nicht."
„Moment," wendet Mario ein, „wer sagt denn, dass die Buchung für Yasmin und Emil gedacht sind? Wieso nicht Emil und eine Person XY?"
„Da könnte was dran sein," bestätigt Ferdinand. „Vielleicht wollte Emil Pensenstadler beide Barrios-Schwestern loswerden, um sich mit einer möglichen neuen Flamme abzusetzen."
Mario lehnt sich zurück und macht ein skeptisches Gesicht. „Ich bin nicht überzeugt, dass Yasmin gemeinsam mit Emil die Sache eingefädelt hat. Das sind bestenfalls Indizien, mehr nicht. Und wenn ich das so salopp bemerken darf, ziemlich dünne."
„Das würde ich auch so sehen," beteiligt sich Ferdinand Auer. „Es gibt eine Reihe von anderen Gründen für besagte Spuren. Wenn wir eine Bestätigung der Reise der beiden Gesuchten hätten, wäre das was anderes."
Linda wendet sich zur offenstehenden Tür und ruft ins Nebenzimmer.
„Miriam, hast du schon was für uns?"
„Nein. Leider nicht. Nur negative Meldungen aus München, Frankfurt, Berlin, Hamburg und Köln."
„Versuche es mal im Ausland," empfiehlt Ferdl. „Ich glaube mich zu erinnern, dass viele Linien von Paris, London oder Amsterdam aus nach Südamerika fliegen."
„Alles klar. Mache ich sofort." Miriam Schulze macht sich unverzüglich an die Arbeit. Unterdessen setzen die zwei Kommissare und der Leiter der KTU ihre Besprechung fort.
Linda schließt die Datei mit der Lippenstiftnachricht. Danach öffnet sie eines der Fotos, auf dem das Bett von Emil Pensenstadler zu sehen ist.
„Das Liebesnest von Pensenstadler."
„Was für ein Niveau," merkt Mario angewidert an.
Linda und Ferdl ignorieren die Bemerkung.
„In der Wohnung fanden wir zahlreiche Kondome. Benutzte wohlgemerkt. Der Typ war wohl sehr begehrt."

„Das würde meine These einer oder mehrerer anderer Frauen bestätigen."
„Wissen wir noch nicht," antwortet Linda. „Julius ist noch nicht aus der Wohnung zurück. Er untersucht alles und bringt natürlich die ermittelten Spuren ins Labor. Ich denke, wir müssen ein wenig warten, um Ergebnisse von ihm zu bekommen."
Ferdinand Auer und Mario Matthes nicken synchron.
„Was haben wir sonst noch?" erkundigt sich Linda.
„Eine Kleinigkeit, die mir in der Wohnung Barrios aufgefallen ist," erzählt Ferdl. „Als ich die Sprache auf den Vater der beiden Mädchen brachte, wurde die Mutter unerklärlicherweise sehr distanziert. Irgendwie abweisend und barsch. Der scheint ein rotes Tuch für die Familie zu sein. Es gab auch kein einziges Foto, auf dem der Vater zu sehen gewesen wäre. Nur die Mutter, und die beiden Töchter."
Linda öffnet ein anderes Bild, das nun auf dem Bildschirm zu sehen ist. Eines mit Renata und Yasmin. Eine der Aufnahmen, die Ferdinand Auer in Eichenried aufgenommen und nun in der Datenbank zur Verfügung gestellt hat. Die Mädchen sehen sehr glücklich darauf aus.
„Isabella Barrios hat mir neulich von ihrem Mann erzählt," sagt Ferdinand Auer nachdenklich. „Er muss die Familie wohl schon vor vielen Jahren verlassen haben. Sie nimmt an, dass er sich in Spanien aufhält."
„Das heißt, er weiß noch gar nichts von den Ereignissen hier in Deutschland?"
„Das ist möglich, Linda," antwortet Mario. „Das sollten wir klären. Ich gehe nicht davon aus, dass die Mutter Kontakt hergestellt hat, oder?"
„Sah nicht so aus," bestätigt Ferdl.
Mario steht auf und wechselt den Raum. Die beiden Schreibkräfte heben die Köpfe. Mario wendet sich an Lotte.
„Lotte, kannst du bitte Infos über den Vater von Renata und Yasmin einholen? Den Vornamen weiß ich nicht, aber ich denke, du wirst ihn eventuell in der Datenbank finden. Ansonsten kontaktiere seine Ex-Frau oder Renata."
Lotte nickt, während Mario sich wieder zu den anderen gesellt. Just in diesem Moment öffnet sich die Tür und ein ziemlich heruntergekommener und durchnässter Mann tritt ein. Mario Matthes geht auf ihn zu und stützt ihn.
„Jakob! Was machst du denn hier?"
„Habe es im Krankenhaus nicht mehr ausgehalten," röchelt Jakob. Die Stimme wirkt immer noch angeschlagen, allerdings scheint er sich seit gestern Abend deutlich erholt zu haben. Sein bandagierter linker Arm wird

von einer Schlinge gehalten. Ferdl rückt einen zweiten Stuhl zurecht, damit sich der graue Jakob setzen kann.
„Und? Jetzt erzähle: Was verschlägt dich zu uns?"
„Ich weiß nicht. Ich habe kein Zuhause."
„Du bist lustig, Jakob," merkt Mario etwas erzürnt an. „Warum bleibst du dann nicht ein paar Tage im Krankenhaus? Da wirst du bestens gepflegt. Da bekommst du regelmäßig deine Mahlzeiten. Da hast du ein Dach über dem Kopf."
„Aber mir geht es schon wieder besser," windet sich Jakob.
„Das sieht man," entfährt es Ferdl. Zum Glück so leise, dass es nur Linda und Mario wahrnehmen. Mario reicht Jakob ein Glas Wasser.
„Ein Kaffee wäre jetzt schön," sagt Jakob. Sein Blick verrät unendliche Sehnsucht nach dem aromatischen Getränk. Eine Minute später reicht Lotte Hausweiler ihm eine Tasse, von der ein wunderbarer Duft ausgeht. Er hält sie mit beiden Händen, als wäre es ein unermesslich wertvoller Schatz.
Mario versucht, das Gespräch wieder auf Jakobs Zustand zu lenken.
„Jetzt sag mal, Jakob, wie geht es dir wirklich? Hast du noch Schmerzen? Ich glaube dir nicht so recht, dass wieder alles in Ordnung ist."
Jakob nippt an der Tasse. Welch eine Wohltat. „... Du irrst dich. Mir fehlt nichts."
Danach sieht er Mario an und beginnt zu lächeln. „Es gibt noch einen Grund, warum ich hier bin."
„Und der wäre?"
„Du hast mir gestern Fragen gestellt. ...Über die Männer, die mich angegriffen haben."
„Und?"
„Mir ist noch was eingefallen. Ich weiß nicht, ob es wichtig ist."
„Raus mit der Sprache," drängt Mario. „Lass mal hören, dann entscheiden wir, ob wir damit was anfangen können."
Der graue Jakob nippt erneut vom Kaffee. Zweimal. Dann senkt er die Tasse und grinst.
„Bei einem ist mir was aufgefallen. Der, der auf mich eingeprügelt hat. Er sah wie so ein Skinhead aus. ...Wie ein Nazi. Du weißt schon."
„Nicht ganz. Kannst du es präzisieren? Was genau meinst du denn mit Nazi?"

„Naja, er hatte so ein grimmiges Gesicht," murmelt Jakob. Dann überlegt er ein paar Sekunden und fährt langsam sprechend fort. „Und so komische hohe Schuhe hatte er an. So ungefähr bis über die Knöchel."
„Springerstiefel," mutmaßt Linda. Jakob nickt.
„Ja, solche. …Und er hatte keine Haare."
Mario beugt sich vor. „Keine Haare? Ein Glatzkopf?"
„Genau. Ein Glatzkopf."
Jakob lächelt nicht mehr. „Er war ziemlich brutal."
„Und was ist mit dem zweiten Mann?" fragt Linda neugierig. „Was kannst du uns zu dem sagen?"
„Den anderen kann ich nicht beschreiben. Er war immer hinter mir. Er hat mich festgehalten."
„Warum haben die dich in die Mangel genommen, Jakob?" will Mario wissen. „Hast du vorher mit ihnen gesprochen? Oder irgendwas getan? Hast du sie vielleicht provoziert?"
„…Provoziert?" murmelt Jakob fragend, fast schon ein bisschen beleidigt. „Wieso sollte ich das tun? Warum sollte ich solche Typen provozieren?"
Linda versucht, wieder auf Indizien hinzuarbeiten. „Erinnere dich! Ist dir noch irgendeine Kleinigkeit an den beiden aufgefallen? Vielleicht Schmuck, den sie trugen? Besondere Kleidung? Oder irgendein Tattoo oder ähnliches?"
„Nein," erwidert Jakob, nimmt die Tasse wieder zum Mund und trinkt genüsslich den Kaffee. Dann hält er inne.
„Doch, jetzt fällt mir was ein. …Eine Kleinigkeit. Der mit der Glatze hatte oben auf dem Kopf so einen Knubbel. …Sah wie eine Warze aus."
Linda und Mario sehen sich verblüfft an. Ein Mann mit Glatze und einem Merkmal am Kopf? Das kommt beiden bekannt vor. Sofort öffnet Linda das Drohnenvideo von Martin Preiner. Jenes, auf dem die beiden Männer über den Kiesplatz zur Logistikhalle gehen. Sie spult den Film vor und lässt dann die Passage mit besagten Personen laufen.
„Sieh mal her, Jakob," fordert sie den Grauen auf. „Schau dir bitte mal die beiden Männer an. Könnte es sein, dass es die beiden sind, die dich angegriffen haben?"
Der alte dreht sich zur Seite und verfolgt das Geschehen auf dem großen Monitor. Als die beiden Männer in der Halle verschwunden sind, endet die Aufzeichnung.
„Und? Was meinst du?" wiederholt Linda ihre Frage.

Der graue Jakob schüttelt unmerklich den Kopf. Er wartet einige Sekunden, ob ihm sein Verstand irgendeine Information liefert, die er den Kommissaren geben kann. Aber das ist nicht der Fall.
„... Weiß nicht. ...Man kann die Gesichter nicht erkennen."
Linda zaubert den vergrößerten Bildausschnitt mit dem Kahlköpfigen auf den Bildschirm. Darauf ist das Muttermal am Hinterkopf gut zu erkennen.
„Sieh bitte nochmal genau hin!"
Jakob tut ihr den Gefallen, bleibt aber bei seiner Meinung. Die Unsicherheit, etwas Falsches zu behaupten, obsiegt.
„... Nein. ...Ich kann nicht sagen, ob es derselbe ist. ...Tut mir leid."
„Macht nichts, Jakob," beruhigt ihn Mario. „Es war den Versuch wert."
Jakob, der Graue, trinkt den Rest des Kaffees aus und stellt die Tasse auf den Schreibtisch.
„Der war richtig gut. ...Ich weiß gar nicht, wann ich das letzte Mal einen so guten Kaffee getrunken habe."
Linda beendet das Video und schließt das überdimensionale Foto mit dem Muttermal wieder. Auf dem Bildschirm erscheint wieder die Zweisamkeit der beiden Barrios-Schwestern.
„Jetzt sollten wir uns aber mal überlegen," wechselt Mario das Thema, „wo wir dich in den nächsten Tagen unterbringen können. Was meinst du, Jakob? Wäre es nicht doch das Beste, wenigstens für drei oder vier Tage noch im Krankenhaus zu bleiben?"
Linda unterstützt das Angebot. „Sehe ich auch so, Jakob. Dort kannst du dich erholen, bis du wieder vollständig auf dem Damm bist."
Jakob sieht die Kommissare skeptisch an.
„... Aber ich will da nicht hin. ...Es gefällt mir nicht. ...Könnt ihr mich nicht zu Erich bringen? Der hat bestimmt ein Eckchen für mich."
„Erich ist sauer auf dich," sagt Linda gespielt streng. „Du weißt schon, wegen eurer Meinungsverschiedenheit."
Doch Mario hebt langsam den Arm. Gedankenschnell prüft er den Vorschlag und ist sich dann gar nicht mehr so sicher, ob es eine schlechte Idee ist. Eher im Gegenteil. Mit ausgestrecktem Arm deutet er auf den Grauen.
„Ich glaube, Jakob, das probieren wir. Ich fahre dich zu Erich."
Dann wird seine Stimme eine Spur strenger. „Aber, Jakob, du musst mir was versprechen."
„Was denn?"

„Wenn Erich dich nicht aufnehmen kann oder will, dann gehst du zurück ins Krankenhaus, einverstanden?"
„Er wird. ...Bestimmt!"
„Jakob!!"
Der Graue windet sich, als würde ein innerer Widerstand ihn dazu auffordern, doch dann lässt er sich breitschlagen. Was kann im schlimmsten Fall schon passieren?
„...In Ordnung. ...Einverstanden!"
„Prima, dann wollen wir uns mal auf den Weg machen."
Linda zupft Mario am Ärmel, als er an ihr vorbeigeht. „Was hast du vor?"
„Nur die Überprüfung einer Zeugenaussage," antwortet Mario knapp und zwinkert ihr zu.
Als der graue Jakob sich mühselig aus dem Stuhl emporhebt, fällt sein Blick noch einmal auf den großen Bildschirm. Einen Wimpernschlag, kaum länger, nimmt er etwas wahr, was ihn zum Innehalten veranlasst. Langsam richtet er sich anschließend auf und wendet sich dem Monitor zu. Er betrachtet die beiden dunkelhaarigen Mädchen.
Mario steht schon an der Tür. „Wo bleibst du, Jakob? ...Fahren wir!"
Linda bemerkt als erste, worum sich die Gedanken des Grauen drehen. Sie stellt sich neben ihn und betrachtet nun ihrerseits Renata und Yasmin.
„Wunderhübsch, nicht wahr?"
Jakob bestätigt Lindas Einschätzung mit einem Nicken. Dann deutet er auf den Monitor.
„Die kenne ich!"
„Wen?"
„Die da." Er deutet auf Yasmin.
Mario kehrt zu den beiden zurück. „Du bist dir absolut sicher?"
„Ja. Sie ist mir neulich schon aufgefallen. Sie ist wirklich schön."
„Neulich? ...Wann?"
„Am Montag. ...Ja, das war am Montag diese Woche."
„Wo hast du sie gesehen?" fragt Mario weiter.
„Na drüben bei Erich."
„Bei Erich Schwartz?
„Nein, nicht bei ihm. ...In der Nachbarwohnung war sie."

37

Samstag,
kurz vor elf Uhr vormittags

Martina Sussek schaltet das Licht aus, als sie die kleine Kammer verlässt, die über zwei Stunden ihr Aufenthaltsort war. Während der gesamten Liveschaltung hat sie Aussagen teilnehmender Bürger begleitet, hat verschiedenste Beiträge kommentiert, hat positive und negative Aussagen zugelassen, ohne sie zu bewerten, und letztlich hat sie es wieder genossen, Viktor als Gesprächspartner in der Runde zu erleben. Ein Mann, den sie zunehmend faszinierend findet.
„Martina," ruft Aicha, als sie auf sie zu rennt. „Das war phantastisch. Wirklich klasse. Ich habe gerade mit dem Chef gesprochen. Die Quoten sind regelrecht explodiert. Durch die Sache mit den Hütern sind wir jetzt wer."
Martina Sussek lächelt. Sie freut sich auch über den Erfolg, doch mit jedem Wort, das ihr von Viktor noch in Erinnerung geblieben ist, misst sie dem Inhalt seiner Bestrebungen, dieser Entwicklung des Prozesses, deutlich mehr Bedeutung bei, als die angestrebten Ziele von FBJ-Media GbR. Sie wird die Sache weiterhin verfolgen. Ihr Kontakt zu Viktor wird auf die eine oder andere Weise bestehen bleiben.
„Hast du schon die Kommentare im Netz gelesen?" fragt Aicha aufgeregt.
Martina schmunzelt nur. „Wann denn?"
„Es rührt sich was, Martina. Die Leute sind neugierig geworden. Neugierig auf die Entwicklung, die die Hüter des Prozesses angestoßen haben. Sie lieben es regelrecht, weil es eine so friedliche Aktion ist."
„Findest du?"
„Dass sie friedlich ist? Natürlich!"
„Nein, ich meine, dass alle nun mitmachen und all die Verbrecher, die uns in der Pandemiezeit belogen und betrogen haben, endlich zur Rechenschaft gezogen werden?!"
Aicha stutzt. Dann lacht sie wieder. „Du willst mich auf den Arm nehmen, Martina, oder?"
Lachend entfernt sich die junge Marokkanerin, nachdem ihr ein Kollege zuruft, dass es im großen Zimmer Champagner gibt.

Martina sieht ihr noch hinterher. Sie schätzt sie als Freundin und als Kollegin. Aber jetzt fürchtet sie die Wiederholung dessen, was vor zwei Jahren passiert ist. Dass sie sich genauso verhält, wie all die Menschen, als vor etlichen Monaten das offizielle Ende der Pandemie verkündet wurde.
...Ende, aus, als wenn es nie stattgefunden hätte.
Sie begreift langsam, warum Viktor und seine Mitstreiter so akribisch den Prozess gelenkt und begleitet haben. Er ist wie die Freiheit selbst. Ein zartes zerbrechliches Pflänzchen, das es stets zu hüten gilt. ...Immer!
Sie erinnert sich an eines der Werke von Reinhard Mey, dem wunderbaren deutschen Liedermacher. Es heißt „Sei wachsam". Der Refrain, den sie nie vergessen wird, drängt sich in ihr Bewusstsein. Worum ging es sinngemäß?
Wachsam sein.
Worte einprägen, und auf falsche nicht hereinfallen.
Besonders prägnant bleibt ihr der Kernsatz in Erinnerung: Pass auf, dass du deine Freiheit nutzt. Die Freiheit nutzt sich ab, wenn du sie nicht nutzt.
Den Mut bewahren, immer auf der Hut sein.
Sie streift durch das Büro. Die Hände in den Hosentaschen. Überall ausgelassene Stimmung. ...Ja, FBJ-Media hat jetzt einen Namen. Und er ist eng mit ihrem Engagement verknüpft. Und doch kann sie sich nicht so überschwänglich freuen wie all die anderen Kollegen.
Ihr Chef kommt auf sie zu. Er nimmt sie kurz in den Arm und nickt dann wortlos. Beide wissen, was sie erreicht haben.
„Ich bin mal gespannt, wie du uns kommenden Freitag zum Abstimmungsgespräch begrüßen wirst."
Martina schmunzelt, als sie das überraschte Gesicht ihres Chefs wahrnimmt.
„Wieso? Was meinst du?"
„Naja, dein üblicher Spruch hat sich wohl seit heute erübrigt, oder?"
„Du meinst: *Und wieder ist es mir ein Vergnügen, euch mitzuteilen, dass es uns noch gibt.* ...Glaube mir, Martina, du würdest ihn vermissen, wenn ich ihn nicht mehr von mir geben würde."
Beide müssen herzhaft lachen.
„Wahrscheinlich wird es so sein."
Laute Stimmen unterbrechen die beiden in ihrem Gespräch.
„Seht euch das an! Es läuft auf allen Sendern."
„Was denn?"
„Kommt her. Der erste streicht die Segel."

„Wer zum Teufel?!“
„Komm einfach und sieh es dir selbst an.“
Aicha kommt auf Martina zu und zerrt sie am Arm. Beide stehen jetzt vor dem Fernsehgerät, wie ein Dutzend andere Kollegen auch. Der Nachrichtenblock auf dem ZDF zeigt ein Spezial. Der Kanzler berichtet, er habe sich mit den Koalitionspartnern abgestimmt und dazu entschlossen, eine notwendig gewordene Kabinettsumbildung vorzunehmen. Mit sofortiger Wirkung legt Karl-Heinz Ruhsal aus gesundheitlichen Gründen sein Amt nieder. Der Nachfolger wird noch am heutigen Tage bekanntgegeben.
Martinas Freude vermengt sich mit dem Jubel der Anwesenden. Sie und Aicha fallen sich in die Arme.
Keine fünf Minuten später vermelden alle Nachrichtenagenturen die Erklärungen von Anita Nüsch, Wieland Rogge und Prof. Dr. Steffen Harald Arth. In einer gemeinsamen Pressekonferenz erläutern sie in aller Ausführlichkeit die Bereitschaft, zum Wohle der Menschen in unserem Land auf die Fragen und Vorwürfe der Hüter des Prozesses einzugehen. Alle drei bitten die Bevölkerung, insbesondere diejenigen, die unter den Pandemiemaßnahmen gelitten haben, um Verzeihung. Alle drei unterstützen den Wunsch der Aufarbeitung und erklären sich bereit, vollumfänglich daran mitzuarbeiten.
Martina und Aicha sehen sich an. Beide wissen, dass der Prozess eine weitere Etappe genommen hat. Er ist tatsächlich nicht mehr aufzuhalten.

Unterdessen spielen sich im ganzen Land erstaunliche Begebenheiten ab.
Eine junge zwanzigjährige Frau aus München meldet sich bei einer der Polizeiinspektionen. Sie sei fälschlicherweise als vermisst gemeldet worden. Die vergangenen drei Tage war sie in Frankreich bei einem Freund. Es sei alles ein Missverständnis gewesen.

Ein Mann aus der Pfalz, der vor drei Tagen sein Fahrzeug mit geöffneter Fahrertür in einem Waldstück außerhalb von Kaiserslautern abgestellt hatte, meldet sich bei der örtlichen Polizeidienststelle. Er habe sich bei einer Party nicht nur ein paar, sondern definitiv etliche Gläschen zu viel gegönnt und wäre dort bei dieser Party versumpft. Dann habe man sich einen Scherz erlaubt und seinen Wagen mitten in einen nahen Wald gebracht. Dass die Polizei, die den Wagen gefunden hat, von einem Verbrechen ausging, konnte weder er noch die Unbekannten, die den Wagen aus Spaß dort abstellten, ahnen. Es täte ihm sehr leid. Wo er denn nun seinen Opel abholen könnte?

Der zehnjährige Bub, der mit seinen Eltern in dem kleinen Vorort von Duisburg wohnt, springt auf, als seine Mutter wieder nach Hause kommt. Nach fast drei Tagen, obwohl sie doch nur Milch holen wollte. Sie nimmt ihn in den Arm und heult wie ein Schlosshund.
„Es tut mir so unendlich leid, mein Kleiner."
„Wo warst du so lange?" fragt der Junge.
„Papa und ich werden dir nachher alles erzählen."
„Versprochen?"
„Versprochen!"
Dann nimmt sie ihren Mann in die Arme. Minutenlang, ohne ein Wort zu sagen. Schließlich fragt sie mit heiserer Stimme: „... Hat alles geklappt?"
„Ja, wie wir es besprochen haben," antwortet ihr Mann. „Ich habe dich vorgestern vermisst gemeldet."
Sie löst sich aus seiner Umarmung und sieht ihn dankbar an. Sie ist so froh, dass er die Toleranz aufgebracht hat, bei dem Szenario mitzuhelfen.
„Du hast alles richtig gemacht, Schatz," sagt er mitfühlend zu seiner Frau. „Du warst und bist Teil von etwas ganz Großem. ...Dein Vater wäre unheimlich stolz auf dich."

Der Ingenieur, der sein Büro am Stadtrand von Dresden vor über zwei Tagen unter Angabe falscher Tatsachen verließ, kommt am Samstagnachmittag nach Hause. Zunächst wirkt seine Frau auf ihn distanziert, fast ein bisschen gekränkt, doch dann kommt sie ihm doch näher, nimmt ihn in den Arm und küsst ihn.
„War das unbedingt nötig?"
„Ja, das war es," erwidert er sanft. „Ich bin Teil dieses Prozesses."
„Warum hast du mir vorher nicht gesagt, was du vorhast? Ich hätte dir helfen können."
„Hast du doch, oder? ...Du hast mich vermisst gemeldet."
„Natürlich," antwortet sie. „Was hätte ich denn anderes machen sollen, nachdem man deinen Wagen im Büro gefunden hat. Und in Aue wusste niemand etwas von deinem Besuch. Ich musste doch annehmen, dass etwas passiert war. Dass dir möglicherweise was zugestoßen ist."

„Seit wann hast du dann geahnt, dass es mit dem Prozess zu tun hat?"
Sie schweigt einen Moment und dreht sich um. Ihr Blick fällt auf den wunderschön angelegten Garten, den sie durch die großen Terrassentüren visuell genießen kann.
„Nach dem Anruf deiner Sekretärin gestern Abend."
Sie dreht sich zu ihm um. Tränen stehen ihr in den Augen „Sie sagte mir, ich solle mir keine Sorgen machen. Ich solle dir vertrauen. Mehr als je zuvor. ...Und dann nannte sie mir noch diese Internetadresse. Von dieser Medienplattform, auf der dann irgendwas von Pandemieaufarbeitung stand. Da dämmerte es mir langsam, dass du damit zu tun hast."
„Verzeihst du mir?"
Kurzes Schweigen. Dann nickt sie. „... Aber beim nächsten Mal will ich dabei sein!"

Der Rückweg aus der Alpenregion geht zügig voran. Kein Stau. Die Rechtsanwältin mit den rötlich gefärbten Haaren sitzt auf dem Beifahrersitz und überlegt, wie sie nach ihrer Rückkehr agieren muss. Die Klienten, die sie in den letzten zwei Tagen vernachlässigt hat, müssen mit Samthandschuhen angefasst werden. Alles, was ab Montag auf dem Programm steht, wird routinemäßig abgearbeitet. Sie blickt zur Seite. Sie bewundert die junge Mitarbeiterin, ihr ebenmäßiges blasses Gesicht und ihre kurzen blonden Haare.
Was waren das für zwei herrliche Tage. Unterhalb des Zugspitzmassivs in einem sehr abseits gelegenen Häuschen eines Anwaltskollegen. Nur sie und die Kollegin. Zum Wohle des Prozesses, als Beitrag, die Dinge wieder in Ordnung zu bringen. Die aktuellen Nachrichten des Tages stimmen sie optimistisch. Scheinbar entfaltet sich wirklich so etwas wie eine aufklärende Entwicklung. Ein Minister ist zurückgetreten, drei weitere Protagonisten geben ihre Blockadehaltung auf, es werden noch viele andere folgen, die sich ebenfalls schuldig gemacht haben.
Nach der Rückkehr der Juristin und ihrer Mitarbeiterin in Germering gilt ihre Aufmerksamkeit dem Telefonat, das sie nun tätigen muss. Sie ruft die örtliche Polizeidienststelle an. In dem kurzen Gespräch geht es um eine Vermisstenmeldung, die sie beträfe. Man hätte sie gerade anonym darüber informiert, dass es eine solche gäbe. Wer denn die Meldung abgegeben hätte? Nein, den Herrn kenne sie nicht. Wer sollte das sein? Nein, sie wäre

niemals weg gewesen. Warum sollte sie auch? Nein, sie bräuchten nicht mehr nach ihr suchen. Sie sollten sich lieber auf den Typ konzentrieren, der die Meldung abgegeben hat. Wie sie dazu käme? Das wäre doch nun wirklich der Job der Polizei, und nicht der einer Juristin.
Sie legt auf und blickt ihre junge Sekretärin strahlend an, die langsam näherkommt und ihr ein Glas mit Sekt reicht. Dann setzt sie sich eng neben sie. „Und? Alles in Ordnung?"
Die Juristin nickt und nimmt einen Schluck. „…Die glauben auch wirklich jeden Scheiß."

In den kommenden zwei Stunden sollte sich die Liste der Vermissten von über viertausend auf unter sechshundert reduzieren. Wie durch ein Wunder melden sich Menschen bei ihren Dienststellen, bei der Polizei, bei ihrer Familie, bei Freunden. Als wäre alles wieder in Ordnung.

Martina Sussek verlagert ihren Standort in ein kleines Nebenbüro. Die Meldung auf ihrem Smartphone möchte sie doch lieber alleine und ungestört lesen. Sie öffnet den Chat und registriert gespannt, von wem die Nachricht kommt.
Viktor.
Liebe Martina, ich möchte ihnen nochmals für die gute Zusammenarbeit danken. Es war mir in jeder Sekunde ein außerordentliches Vergnügen. Ich weiß, dass sie mir noch ganz viele Fragen stellen wollten. Wer ich wirklich bin, was ich wirklich mache, wie das alles jetzt weitergeht. Vielleicht kreuzen sich unsere Wege wieder. Der Prozess hat genau die Dynamik aufgenommen, die er braucht. Mein Wirken diesbezüglich endet heute. Als Hüter habe ich meine Schuldigkeit getan, aber das heißt nicht, dass wir uns nicht wiedersehen können.
Ich bin ihnen noch etwas schuldig. Diese Schuld werde ich auch begleichen, aber dafür muss ich noch um etwas Geduld bitten. Es wird der Zeitpunkt kommen, an dem ich Sie aufsuche. Und dann werden Sie ihn erfahren: Meinen vollständigen Namen. …Und wer ich bin!

38

Samstag,
kurz nach elf Uhr vormittags

Bernd Riedinger kommt sofort zur Sache.
„Wo sind die Kommissare?"
Mariam deutet Linda an, dass sie in ihr Büro kommen soll. „Was gibt es?"
„Wo ist Matthes?" fragt Riedinger.
„Auswärts. Er befragt einen Zeugen," gaukelt Linda vor.
Riedinger nickt. „Gut. Dann sei es so. Ich möchte sie alle nur kurz über den Stand der Dinge in München unterrichten. Neumaier wurde einer über zweistündigen Befragung unterzogen. Ich selbst dufte nicht teilnehmen. Mir wurde lediglich der Status eines Beobachters gestattet. Aber ich kann ihnen sagen, Neumaier hat sich wacker geschlagen. Er war kooperativ, zumindest bei den Fragen, deren Antworten keinen Schaden anrichten konnten. Bei kniffligeren Fragen verweigerte er die Aussage. Er hielt sich ganz gut, obwohl der zuständige Beamte, der die Befragung leitete, ein ausgemachter Profi war. Ein Schlitzohr, der jeden Trick kennt, mit dem man während einer Befragung einen Verdächtigen mürbe machen kann."
„Und Neumaier blieb ruhig?"
„Ja. Ich war selbst erstaunt, wie sachlich und korrekt er antwortete. ...Wenn er denn antwortete."
„Wird man ihn weiter verhören?"
Jetzt muss Bernd Riedinger lachen. „Ja, das ist ja das Verrückte. Im Laufe des Verhörs kamen immer wieder Meldungen rein über irgendeine Entwicklung bezüglich der Vermisstenfälle. Angeblich gehen sie sukzessive zurück."
„Wie bitte?" fragen Miriam und Lotte im Chor.
Riedinger fährt fort. „Es war grotesk. Scheinbar melden sich die Vermissten zurück. Wir müssen noch abwarten, wie sich das entwickelt, aber die Frage, ob Neumaier eine Liste widerrechtlich an Dritte weitergegeben haben soll, erscheint angesichts der Entspannung eher nebensächlich. Wenn nicht sogar sinnfrei, sofern sich herausstellt, dass all diese Leute sich freiwillig

zurückgezogen haben und den Vermisstenstatus nur der Dramatik wegen angenommen haben."
„Ist das nicht schon eine Straftat?" will Miriam wissen.
„Ich denke schon, Frau Schulze, aber seien wir mal ehrlich. Wer soll denn diesen ganzen Quatsch aufklären und bearbeiten? Fast fünftausend Fälle. Zu jedem einzelnen müssten Ermittlungen angestellt werden. Hunderte, ja tausende von Befragungen. Wer soll sich darum kümmern? In den meisten Fällen steht Aussage gegen Aussage. Und dann werden auch die Gerichte irgendwann sagen, dass aufgrund mangelnden öffentlichen Interesses die ganzen Geschichten langsam aber sicher an Bedeutung verlieren. Sie hätten schlicht und ergreifend keine Leute und keine Zeit dafür."
„Das heißt," merkt Linda nachdenklich an, „dass Hans auf freien Fuß gesetzt wurde, oder?"
„Als ich aus München wegfuhr," antwortet Riedinger, „wurde er noch befragt. Ich gehe aber davon aus, dass es sich nur noch um eine Frage der Zeit handelt, bis er entlastet wird." Riedinger wirft einen Blick auf seine Armbanduhr. „Ich denke, ich rufe gleich mal den Polizeipräsidenten an."
Julius Hoppe stürmt durch die Tür.
„Hoppla, ...Entschuldigung. Ich wollte nicht..." Hoppe bricht den Satz ab, dreht sich um und klopft an die Türzarge. Linda schmunzelt. „... Herein!"
„Lassen Sie den Humbug," kommentiert Riedinger ungeduldig die kleine theatralische Showeinlage. „Haben Sie etwas herausgefunden, Kollege Hoppe?"
„Eine ganze Menge," erwidert der Rechtsmediziner und nimmt auf Neumaiers Stuhl Platz. Er entnimmt seiner kleinen Mappe ein paar Unterlagen und wendet sich dann an Linda Fuchs.
„Ich habe mir erlaubt, alle frischen Daten in der Datenbank abzulegen. Du findest alles unter dem temporären Ordner *Hoppe neu*. Ich sortiere die Daten später. Zunächst wollte ich euch informieren."
„Womit soll ich beginnen?" erkundigt sich Linda, nachdem sie sich an ihren Schreibtisch gesetzt hat und die Programme öffnet.
„Fangen wir mit der Bestimmung der Blutanalyse an. Du findest das Protokoll unter *Barrios Blut 3*. Das noch nicht zugeordnete Blut in der Logistikhalle ließ sich zweifelsfrei als das von Yasmin Barrios bestimmen. Die DNA-Vergleiche mit Proben aus dem Kamm und der Zahnbürste waren eindeutig."

„Somit ist jetzt definitiv klar, dass das in der Lagerhalle aufgefundene Blut von den beiden Schwestern stammt," folgert Linda.
„Korrekt. Kommen wir zu den Erkenntnissen, die wir in der Studentenbude von Emil Pensenstadler gewonnen haben."
Julius Hoppe sortiert seine Notizen und fährt dann unvermittelt fort. „Unter *Emil Kondome 1* findet ihr das Ergebnis der Analyse bezüglich der Kondominhalte. In den im Mülleimer aufgefundenen benutzten Kondomen – es waren acht an der Zahl – befand sich Sperma von einer Person. Immer die gleiche DNA-Codierung."
„Gut, das war zu erwarten. Ist ja auch die Bude von Pensenstadler."
„Ja. Aber nun passt auf. Ich habe nicht nur den Inhalt, sondern auch die Außenseiten der Kondome untersucht. Unter *Emil Kondome 2* habe ich die Ergebnisse zusammengefasst. Es handelt sich um Vaginalsekret von zwei verschiedenen Personen. Ich konnte tatsächlich beide Personen ermitteln."
Hoppe lehnt sich strahlend zurück, als hätte er eine nobelpreisträchtige Leistung vollbracht.
Linda sieht Hoppe fassungslos an. „Dann hatte Mario doch recht. Der Typ hat mehrere Gespielinnen."
„Und ob der hat, dieser Schlingel," merkt Hoppe schelmisch an.
„Könnten Sie jetzt bitte mal Klartext reden?" fordert Riedinger, der noch nicht begriffen hat, um welch wichtiges Detail es eigentlich geht.
Der Rechtsmediziner beugt sich vor, ohne auf das schelmische Grinsen zu verzichten. „An den acht Kondomen fanden wir Spuren weiblichen Sekrets von Yasmin und Renata Barrios!"
„Wie bitte? Der hat mit beiden…?"
„Sagte ich doch," prescht Julius dazwischen. „Er hat mit beiden verkehrt, und zwar innerhalb der letzten Tage."
„Damit müssen wir komplett umdenken," beurteilt Linda die Aussage. „Das ändert so gut wie alles. Renata Barrios hat Emil Pensenstadler offensichtlich besser gekannt, als bisher angenommen."
„Wer hätte das gedacht?" fragt Miriam sichtlich erschüttert. Hoppe fährt mit seinem Bericht fort.
„Lassen wir das mit den Kondomen erstmal sacken, Ich habe noch ein paar Infos zum Lippenstift. Der Text auf der Glasscheibe des Spiegels wurde mit einem der Marke Maybelline New York geschrieben. Den Lippenstift konnten

wir weder in der Wohnung, noch im Umfeld oder den Abfallcontainern finden. Wir vermuten, er wurde mitgenommen."
„Habt ihr in der Wohnung in Eichenried einen solchen Lippenstift entdeckt?" fragt Linda Julius. Der zuckt mit den Schultern.
„Ganz ehrlich, darauf haben wir wirklich nicht geachtet. Es ging um die Spurensuche bezüglich des DNA-Abgleiches."
„Ist schon gut," antwortet Linda beschwichtigend. „Es macht euch keiner einen Vorwurf."
Julius Hoppe zieht ein weiteres Blatt Papier heraus.
„Linda, öffne mal die Datei *Emil PC 1*. Dort habe ich eine relativ ausführliche Zusammenfassung erstellt, was sich auf dem Computer an Dateien befindet. Ihr könnt sie später in Ruhe studieren. Ich will euch trotzdem eine Kurzversion geben: Das meiste hat mit seinem Studium der Biologie zu tun. Es gibt außerdem einen privaten Ordner, der sich hauptsächlich um seine Familie in Passau dreht. Ein weiterer Bereich umfasst Daten zu einer Freizeitfußballmannschaft, die aber keinerlei Relevanz haben dürfte. Erstaunt war ich etwas, dass ich keine – und damit meine ich auch keine – Daten über eine Reise nach Argentinien fand. Wer auch immer die Hotels gebucht hat, hat es auf keinen Fall über diesen Computer getan."
„Interessant. Ich habe da so einen Verdacht. ...Wir müssen schleunigst ..."
Weiter kommt Linda nicht, da sich Bernd Riedingers Mobiltelefon in seinem Jackett bemerkbar macht. Er entschuldigt sich und nimmt das Gespräch an. Es dauert nur zwanzig Sekunden und sorgt dafür, dass sich sein Freude-Barometer von mittel auf hocherfreut ändert.
„Liebe Kollegen, ich habe gute Nachrichten. Unser werter Herr Neumaier ist soeben aus München entlassen worden. Er ist auf dem Weg hierher."
„Wie schön," ruft Miriam.
Lotte, Linda und Julius schließen sich der Freude natürlich an.

„Da vorne müssen wir links abbiegen."
„Ich weiß, Jakob. Ich war schonmal hier."
Mario Matthes steuert seinen Wagen um die Kurve. In wenigen Sekunden erreichen sie das baufällige Haus, jenes mit der Wohnung von Erich Schwartz.

„Ich hoffe, er nimmt mir meinen Wutausbruch von neulich nicht mehr übel," sagt Jakob sorgenvoll. „Ich habe wohl wirklich ein bisschen übertrieben mit dem Puff, ...obwohl das mit den Mädchen sicher stimmt."
„Wir werden sehen, Jakob. Wir werden sehen."
Als Mario auf die Zufahrt zum Grundstück fährt, bietet sich ihm ein Anblick, der ihn erstmal zum Luftschnappen veranlasst. Doch genauso schnell, fast schon reflexartig, kehren die Handlungsweisen ins Gedächtnis zurück, die in solchen Situationen anzuwenden sind.
„Du bleibst hier im Auto, verstanden?"
„Aber ..."
„Keine Widerrede! Du bleibst!"
Mario springt aus dem Wagen und zieht seine Dienstwaffe. „... Halt! ...Polizei! ...Bleiben Sie stehen!"
Der Mann ohne Haarpracht, der soeben aus der Haustür getreten ist, reagiert gedankenschnell. Er sprintet sofort Richtung Hausecke. Noch zwei Sekunden, dann ist er aus meinem Blickfeld verschwunden, denkt sich Mario. Einen Moment zu lange überlegt er, ob er von der Schusswaffe Gebrauch machen soll. Doch genau diese Zeit reicht dem Glatzkopf zur Flucht. Er biegt um die Hausecke und rennt Richtung Nachbargrundstück. Mario überlegt nicht lange. Blitzschnell setzt er zur Verfolgung an. Die Jagd geht über lückenhafte Zäune, halbhohe Stützmauern und einen Parkplatz des unmittelbar benachbarten Supermarktes. Noch bevor Matthes ihn erreicht, verliert er den Flüchtenden aus den Augen.
„Verdammt!"
Langsam geht der Polizeibeamte weiter. Plötzlich hört er ein langgezogenes Hupsignal, begleitet von quietschenden Reifen und einem schrillen Aufschrei einer oder zweier Frauen. In wenigen Sekunden hat Mario Matthes den Ort des Geschehens erreicht und erkennt sofort, was passiert war. Er zückt sein Mobiltelefon und kontaktiert zuerst den Notruf.
Keine dreißig Sekunden danach hat er Linda in der Leitung.
„Ich brauche euch hier. Dich und Julius! Schnell! Erich Schwartzs Wohnung."

39

Samstag,
zwölf Uhr mittags

„Er ist nicht vernehmungsfähig," teilt Lotte Hausweiler ihren Kollegen mit. Linda Fuchs, die Lottes Nachricht gar nicht wahrnimmt, steht neben Mario Matthes vor dem Fenster und spendet ihm Trost. Trotz seiner langjährigen Erfahrung als Polizeibeamter macht er sich Vorwürfe, zumindest eine Teilschuld am Unfall des Geflüchteten zu haben.
Die kleine Verfolgungsjagd vor einer Stunde hat Spuren hinterlassen. Als Mario die Straße neben dem Supermarkt erreichte, sah er den Linienbus, der diagonal die ganze Fahrbahnbreite blockierte. Wie sich später herausstellte, hat der Fahrer noch versucht, dem Mann, der unmittelbar vor ihm die Straße queren wollte, auszuweichen. Vergebens, da der Abstand viel zu gering war. Er erwischte den Kahlköpfigen frontal, ohne Chance, den Unfall zu verhindern. Es war wohl der Geistesgegenwärtigkeit dreier Passanten, des Busfahrers und zweier Fahrgäste des Linienbusses zu verdanken, die sofort erste Hilfe leisteten, dass der Mann, der vor den Bus gerannt war, noch am Leben war. Als Mario einige Sekunden später hinzukam, waren die Hilfsversuche bereits in vollem Gange. Er sah ihn dort auf dem Asphalt liegen, ohne Bewusstsein, sein eigenes Blut über Kopf und Hemd verteilt, seine Arme und Beine in merkwürdig anmutenden Winkeln von sich gestreckt.
„Du trägst keine Schuld, Mario. Das war ein bedauerlicher Unfall."
„Du hast gut reden, Linda," erwidert Mario und lässt besorgt die Luft aus seinen Lungen entweichen. „Hätte ich ihn nicht in diese Flucht gedrängt, wäre ihm vermutlich nichts passiert."
„Unsinn, Mario. Er wäre so oder so geflüchtet. Er wusste, was ihm blüht, wenn er sich von dir festnehmen lässt."
Lotte kommt ins Büro der Kommissare. Linda dreht sich zu ihr um und schenkt ihr ein skeptisches Lächeln.
„Du sagtest, er ist noch nicht vernehmungsfähig?" erinnert sie sich an Lottes Aussage.
„So ist es. Anton Murmann, so heißt das Opfer, liegt noch auf der Intensivstation."

„Kommt er durch?"
„Laut dem Sprecher des Krankenhauses, ja. Wird aber wohl noch dauern, bis er uns zur Verfügung steht."
Von den zahlreichen Knochenbrüchen, der schweren Gehirnerschütterung und den inneren Verletzungen, die er durch den Unfall davongetragen hat, berichtet Lotte nicht. Das kann warten.
„Julius will trotzdem kurz ins Krankenhaus rüberfahren. In Schwartzs Haus ist er fertig. Er will sich ein paar Vergleichsdaten von Murmann holen. Nur um zu prüfen, ob und in welcher Form der Mann an der Sache Barrios beteiligt ist. Wird ja wohl einen Grund gehabt haben, warum der Kerl abgehauen ist."
„Danke, Lotte." Linda nickt und schmunzelt. „Gute Arbeit."
Sie wendet sich Mario zu, der sich auf den Stuhl neben den Schreibtischen niederlässt.
„Möchtest du nicht lieber nach Hause gehen, Mario?"
„Was soll ich da?" sagt Mario wirsch. „Glaubst du, da denke ich weniger an das, was heute passiert ist?"
„Nein, natürlich nicht. Aber vielleicht tut ein bisschen Abstand gut."
„Das ist Quatsch, Linda! Und das weißt du auch!"
Er steht abrupt auf und geht um die Tische herum. Im Büro der Schreibkräfte wendet er sich an Miriam.
„Ich will Renata Barrios hier im Büro. …Sofort!"
„Mario, wir können nicht …"
„Sofort!" betont Mario mit Nachdruck und ernster Miene. „Die junge Dame hat uns einiges zu erklären."
„Willst du nicht erstmal zur Ruhe kommen?" fragt Linda. „Das kann doch noch warten."
„Nein, kann es nicht," entgegnet Mario. „Und verschone mich bitte mit weiteren Vorschlägen, wie ich mich zu verhalten habe. Ich habe mich unter Kontrolle. Verstanden?"
„Ist ja schon gut," entschuldigt sich Linda. Miriams Miene wirkt alles andere als zuversichtlich.
„Sieh zu, dass du ihn im Auge behältst."
„Habe ich vor, Miriam."
Linda folgt Mario in ihr Büro und schließt die Trenntür.

Eine knappe halbe Stunde später sitzt Renata Barrios auf dem Stuhl neben Lindas Schreibtisch. Eine Krankenschwester hat sie begleitet und wartet nun im Gang vor den Büros. Renata muss diesmal auf die Präsenz ihrer Mutter verzichten.
„Frau Barrios," wendet sich Mario mit tiefer Stimme an Renata. „Wir haben neue Erkenntnisse gewonnen, durch die wir ihr Verhältnis zu ihrer Schwester und zu Emil Pensenstadler anders bewerten als zuvor. Vielleicht können Sie uns helfen, Licht in die Sache zu bringen."
„Gerne, wenn ich kann."
„Gut. Fangen wir mit einer einfachen Frage an. Seit wann kannten Sie Emil Pensenstadler, den Freund ihrer Schwester?"
„Keine Ahnung. So ungefähr ein halbes Jahr. Wieso?"
„Die Fragen stellen wir. ...Weiter: Haben Sie sich regelmäßig zu dritt getroffen?"
„Nein, wieso sollten wir?" Renata wirkt unruhig. „Sie war mit ihm zusammen und ich hatte meinen Freund. Wir haben jeder für sich unsere Freizeit gestaltet."
„Wo ist ihr Freund jetzt?" fragt Mario nach. „Also, wenn meine Freundin in so einer Situation wie der ihren wäre, würde ich Tag und Nacht bei ihr sein. Ihr zur Seite stehen. Sie unterstützen. ...Wo ist er?"
Renata sieht erst kurz zu Boden und dann wieder in die Augen des Kommissars.
„Wir haben uns vor ein paar Tagen getrennt."
Linda und Mario sehen sich verblüfft an. „...Getrennt?!"
„Ja. ...Es hat nicht mehr funktioniert. ... Aber das war doch schon vorher beendet. Was hat das mit meiner Schwester zu tun?"
„Dazu kommen wir gleich," antwortet Linda und fährt fort. „In der Wohnung von Emil Pensenstadler haben wir DNA ihrer Schwester sichergestellt. Wir wissen, dass sie dort ein- und ausging."
„Das kann schon sein," antwortet Renata sichtlich entspannter. „Ich weiß immer noch nicht, was das mit mir zu tun hat."
„Kennen Sie die Studentenbude von Emil Pensenstadler?"
„Nein, wieso?"
„Wir stellen die Fragen. ...Immer noch," erklärt Linda, bevor Mario fortfährt.
„Also, Sie waren demnach nie dort?"
„Wie sollte ich, wenn ich die Wohnung nicht kenne?"

„Darauf kommen wir gleich. …Wussten Sie, dass Yasmin intimen Kontakt zu ihrem Freund hatte?"
„Natürlich weiß ich das. Sie hat es mir vor einigen Wochen erzählt."
„Sie wussten also, dass die beiden miteinander Sex hatten?!"
„Ja."
„Sie hat ihnen allerhand erzählt, nicht wahr?"
„Wie es halt unter Schwestern so üblich ist."
„Aber nichts von der Wohnung in München?"
„Nein, von der nicht."
Mario lehnt sich zurück und lässt einige Sekunden Stille einkehren. Er mustert die junge Frau mit eindringlichen Blicken. Dann, nachdem ihm der Augenblick dramatisch genug erscheint, setzt er die Befragung fort.
„Jetzt frage ich mich natürlich, wie ihre DNA, Frau Barrios, in die Wohnung von Emil Pensenstadler kommt?!"
„Wie bitte?" Renata Barrios fällt aus allen Wolken. „Das kann nicht sein! Ich war nie im Leben in dieser Wohnung. Das schwöre ich!"
„Dann nochmals die Frage an Sie: Wie kommen ihre Spuren in die Wohnung von Pensenstadler?"
„Ich weiß es nicht," antwortet Renata, die wieder zusehends nervöser wird. „Ich weiß es wirklich nicht!"
„Wissen Sie, wo wir ihre Spuren gefunden haben?"
Renata sieht die beiden Kommissare einfach nur ängstlich an. Mario beugt sich vor und schenkt Renata Barrios einen bösen Blick. „…Auf der Außenseite eines Kondoms!"
„Was?"
„Sie haben richtig gehört!"
Linda setzt nach. „Sie hatten Geschlechtsverkehr mit Emil Pensenstadler!"
„Nein!"
„Doch!"
„Nein! Niemals!"
„Es besteht nicht der geringste Zweifel."
„Nein! Ich hatte niemals etwas mit Yasmins Freund. Schon gar keinen Sex!"
Renata beginnt zu weinen. Erst leise, dann immer intensiver. Schließlich vergräbt sie ihr Gesicht in den Händen.

„Warum quälen Sie mich so?" fragt Renata Barrios bitter. „Reicht es nicht, was mir bisher schon widerfahren ist? Finden Sie lieber meine Schwester, anstatt mich mit irgendwelchen Thesen zu belasten."
„Das sind keine Thesen, Frau Barrios. Es sind Fakten!"
„Fakten!" merkt die junge Deutschspanierin spöttisch an. „Was für Fakten?! Fakt ist auch, dass Sie noch immer keine Spur von Yasmin haben. Das sind die Fakten, die mich interessieren. Wo ist meine Schwester? Wo ist Yasmin? Was wissen Sie darüber? Was wissen Sie denn überhaupt? ... Nichts? Dann bemühen Sie sich! Machen Sie ihre Arbeit!"
Ein Klopfen an der Tür kündigt Besuch an. Julius Hoppe tritt ein und sieht sofort, dass die Kommissare in einer Befragung stecken.
„Sorry. Ich kann später nochmal vorbeikommen."
„Nein, komm rein, Julius," fordert Mario ihn auf. „Es ist vielleicht eine gute Idee, dass du dem Gespräch beiwohnst."
Mario Matthes stellt Julius Hoppe als den zuständigen Rechtsmediziner vor. Renata nickt stumm.
„Die junge Dame behauptet, nie in der Wohnung von Emil Pensenstadler gewesen zu sein," erläutert Mario. Dann sieht er Julius Hoppe fragend an. „Was kannst du uns darüber noch sagen?"
„Frau Barrios, die Spuren deuten darauf hin, dass Sie dort gewesen sind. Definitiv! Wie kommen Sie darauf, dass wir uns irren?"
„Keine Ahnung," antwortet Renata mit weinerlicher Stimme. „Ich kann mir das ja auch nicht erklären. Ich kann mich nur wiederholen. Ich war noch nie in meinem Leben in der Wohnung von Emil Pensenstadler."
„Und das Kondom?" fragt Linda. „Ihre Spuren sind eindeutig!"
„Ich weiß es wirklich nicht," wimmert Renata. „Ich hatte nie etwas mit dem. Glauben Sie mir. So etwas mache ich nicht. Das würde ich Yasmin nie antun. ...Offensichtlich erlaubt sich da jemand einen sehr perfiden Scherz."
„Und das sollen wir nun glauben?"
„Was soll ich denn sonst noch sagen?" fragt Renata flehend. „Was? ...Ich kann leider nicht beweisen, dass ich nicht dort war. Ich kann es nur aussagen. Wenn Sie wollen, werde ich es unter Eid beschwören."
Julius Hoppe hält die rechte Hand unter sein Kinn. Er denkt über eine Kleinigkeit nach.
„Begleitet mich mal kurz rüber zu Miriam und Lotte!"

Linda Fuchs und Mario Matthes kommen der Aufforderung nach und empfehlen sich für eine Sekunde bei Renata. Nachdem die Trenntür geschlossen ist, klärt Hoppe die anderen über sein sonderbares Vorgehen auf.
„Unter uns, Leute. Möglicherweise hat die junge Dame recht. Ich habe das bis jetzt noch nicht so dezidiert betrachtet, aber wir haben in der gesamten Wohnung von Pensenstadler tatsächlich keine Fingerabdrücke von Renata Barrios gefunden. Auch wenn es euch nicht gefällt, aber die Theorie, dass man ihr etwas anhängen will, halte ich nicht für unmöglich."
„Du meinst also, sie könnte die Wahrheit gesagt haben?"
„Wie schon gesagt. Durchaus möglich. Entweder, sie war dort und hat pedantisch darauf geachtet, keine persönlichen Spuren zu hinterlassen, oder sie war wirklich nie in dieser Wohnung, worauf einiges hindeutet."
„Und das Kondom?" will Linda wissen. „Das passt nicht dazu."
Linda Fuchs, Mario Matthes und Julius Hoppe sehen sich ratlos an.
„Die Frage ist, wer sich diesen Blödsinn ausgedacht und umgesetzt hat," sinniert Mario. „Worin liegt der Grund, Renata mit der Sache so zu belasten?"
„Tja, dieses Geheimnis kann ich mit all meiner Erfahrung und meinem technischen Know-how nicht herausfinden," sagt Hoppe. „Darum müsst ihr euch kümmern."
Linda zweifelt, welcher Weg der richtige ist. „Und jetzt?"
„Wir lassen sie gehen," schlägt Mario vor. „Wir konzentrieren uns auf die Nebensächlichkeiten, und das ist nicht förderlich und lenkt nur ab. Dabei haben wir mittlerweile gute Ansatzpunkte: Die Buchung in Argentinien. Die Sache mit dem Kerl, der vor den Bus gerannt ist. Die Drohnenvideos. Vielleicht finden wir auch noch den Ort, wo Renata ihr Blut verloren hat."
„Zu Anton Murmann kann ich euch noch ein paar interessante Dinge sagen."
„Sehr gut," sagt Mario," aber lass uns erstmal die Befragung beenden und danach können wir ausführlich über deine Ergebnisse sprechen."
Julius stimmt nickend zu. Eine gute Idee. Linda und Mario kehren in ihr Büro zurück, während er einen Augenblick bei den beiden Schreibkräften verweilt. Renata sitzt nach wie vor wartend auf dem Stuhl.
Mario ergreift das Wort. „Frau Barrios, ich denke, die meisten Fragen haben sich gerade erübrigt. Wir werden die Sache mit dem Kondom noch einmal eingehend prüfen. Solange bleiben Sie für uns erreichbar, falls sich noch weitere Fragen ergeben."

Linda öffnet die Zimmertür und ruft die Krankenschwester herbei.
„Sie können Frau Barrios jetzt wieder ins Krankenhaus bringen. Die Befragung ist beendet."
Renatas Stimme klingt ängstlich.
„Ich möchte gerne nach Hause."
Die junge Krankenschwester lächelt. „Es dauert bestimmt nicht mehr lange, Frau Barrios. Ich bin sicher, die Ärzte werden bald grünes Licht für eine Heimkehr geben."
Renata Barrios lächelt gequält. So ganz überzeugt ist sie noch nicht davon. Sie verabschiedet sich von den Kommissaren und geht gemeinsam mit ihrer Begleiterin zum Treppenhaus.

Drei Tassen frischer Kaffee stehen auf dem Schreibtisch von Linda. Eine für Mario, eine für Julius und eine für sich selbst. Mittlerweile ist es Gewohnheit geworden, dass Hoppe seine Informationen in der Datenbank ablegt. Linda öffnet die von ihm gewünschte Datei. Julius erläutert den Inhalt.
„Die Wohnung neben Schwartz glich einem Füllhorn an Hinweisen. Wir haben allerhand gefunden, was uns möglicherweise weiterbringt."
„Dann kläre uns mal auf!"
„Mache ich. Also, zuerst haben wir die DNA von Murmann mit den Spuren in der Wohnung verglichen. Jede Menge Volltreffer. Er war definitiv mehrfach dort. Er hat sich keine Mühe gemacht, seine Spuren zu beseitigen."
„Was wollte er dort?" erkundigt sich Linda.
„Das müsst ihr rausfinden, sobald er vernehmungsfähig ist."
„Wie sieht es mit Spuren von Yasmin und Renata aus?" fragt Mario. „Der graue Jakob hat berichtet, dass er Yasmin dort gesehen haben will."
„Das ist einer der wirklich interessanten Punkte," bemerkt Julius mit erhobenem Zeigefinger. „Wir haben tatsächlich Hinweise auf einen Aufenthalt von Yasmin Barrios gefunden. Von Renata gibt es keine."
„Dann hatte Jakob wirklich recht."
„Scheint so. Ich bin aber noch nicht fertig. Es gab auch Übereinstimmungen der Spuren mit den Daten von Emil Pensenstadler. Er war auch dort zugegen. Diese heruntergekommene Wohnung scheint ohnehin ein allseits beliebter Treffpunkt zwischenmenschlichen Interagierens gewesen zu sein. Jede Menge Spuren sexueller Aktivitäten."

„Das hat Jakob wohl mit *Puff* gemeint," murmelt Mario nachdenklich. „Vielleicht ist ihm das umtriebige Ein- und Aus aufgefallen und er hat sich Erich gegenüber diesbezüglich geäußert. Womöglich in etwas derber Form."
„Wir sollten uns bei Gelegenheit mal genauer mit dem Wohnungsinhaber unterhalten," meint Linda.
„Wie hieß der doch gleich?"
„Unterhofer."
„Genau. Da bin ich mal gespannt, was der dazu meint, wie es in seiner Wohnung zugeht."
Hoppe ergreift wieder das Wort. „Ich hatte vorhin Gelegenheit, ein paar Worte mit dem Mitarbeiter vom Elektro-Schallinger zu wechseln. Die Ursache für den Systemkollaps war ein Kurzschluss in der Wohnung Unterhofer. Ich will euch jetzt nicht mit Details langweilen, aber der Zeitpunkt ist eventuell von Interesse. Der Kurzschluss samt Stromausfall war am Montagabend."
„Sehr gute Arbeit, Julius."
Hoppe hebt erneut den Zeigefinger.
„Das war immer noch nicht alles. Das Beste habe ich mir für den Schluss aufgehoben."
„Jetzt bin ich aber mal gespannt," sagt Linda erwartungsvoll.
„Ihr erinnert euch, wir haben in der Logistikhalle jede Menge Spuren gefunden, die nicht eindeutig zuzuordnen waren. Es waren einfach zu viele Menschen dort unterwegs. Vorhin habe ich mir noch die DNA von Anton Murmann besorgt. Und was soll ich sagen? Wir haben einen Treffer!"
„Echt?"
„Ja. In der Logistikhalle haben wir unter anderem ausgespuckte Kaugummis sichergestellt. Drei, um es genau zu sagen. Zwei davon konnten Bauarbeitern zugeordnet werden, der dritte blieb ohne Abgleich.
„Bis heute!" vermutet Mario.
„Korrekt. Der dritte Kaugummi stammt aus dem Munde von Anton Murmann. Es ist zweifelsfrei erwiesen, dass er in der Lagerhalle im Gewerbegebiet war."
„Dann war er derjenige auf dem Drohnenvideo," ergänzt Linda euphorisch.
„Es wäre ein zu großer Zufall, wenn er es nicht wäre."
Dazu befragen wir ihn, wenn er dazu in der Lage ist, nimmt sie sich vor. Auf jeden Fall ein sehr wertvoller Hinweis. Sie spürt förmlich, dass sie den Verbleib von Yasmin und Emil bald aufklären werden.

40

Samstag,
vier Uhr nachmittags

Hans überkommt ein merkwürdiges Gefühl. Immer wieder kommen ihm die letzten Stunden in den Sinn. Die Befragung zu irgendwelchen Listen von Vermissten, die er an irgendwelche revolutionären Gruppen aus dem rechten Spektrum weitergegeben haben soll. Immer wieder dieselben Fragen zu seiner Verbindung zu einem Mann namens Viktor, der wohl eine nicht unbedeutende Rolle in dieser Gruppierung spielen soll, die sich Hüter des Prozesses nennen. Irgendwann war es Hans zu blöd, auf die ständigen Wiederholungen der Fragen zu reagieren. Hier sollte ein Sündenbock generiert werden. Das wusste er sofort. Und dieser Sündenbock sollte er sein. Er erinnert sich an den Moment, als er jede Frage mit einer Gegenfrage konterte. Und schließlich an die Strategie des Beamten der Dienstaufsicht, ab dem späten Vormittag mit ewig langen Pausen den Kriminalkommissar zu zermürben. Um kurz vor Drei wurde die Befragung beendet. Abrupt, ohne den Hauch einer Erklärung. Hans Neumaier wurde von München nach Erding gefahren, begleitet von zwei uniformierten Kollegen. Auf der Fahrt wurde kein Wort gewechselt. Man mied jeden verbalen Kontakt mit ihm, als wäre er ein abstoßender Fremdkörper, von dem man sich fernhalten müsse.
Und jetzt befindet er sich hier in seinem alten Büro. Kaum achtzig Minuten nach der Entlassung aus München. Er sitzt auf seinem Drehsessel vor dem Schreibtisch und betrachtet seine beiden Kollegen Linda Fuchs und Mario Matthes, die sich gerade intensiv in die von den argentinischen Kollegen aus Mar del Plata zugesandten Daten vertiefen. Die in Englisch verfassten Berichte über die Ermittlungen zu Emil Pensenstadler und Yasmin Barrios erzwingen absolute Konzentration bei den beiden.
Wie kann er sie jetzt stören?
Wie soll er ihnen jetzt erklären, was er denkt, was er fühlt, was ihn beschäftigt?
Es ist einfach der falsche Zeitpunkt. …Obwohl! …Vermutlich gibt es nie einen richtigen Zeitpunkt für das, was er ihnen mitteilen möchte. …Was er ihnen mitteilen muss!

Hans wird durch das Öffnen der Trenntür abgelenkt. Miriam Schulze, Lotte Hausweiler und Bernd Riedinger treten ein und grinsen von einem Ohr zum anderen. Nun unterbrechen auch Linda und Mario das Studium der argentinischen Akten.
Hans hebt die Augenbrauen und sieht die fünf Kollegen einen nach dem anderen an. Alle Blicke sind auf ihn gerichtet.
„Was guckt ihr denn so? Habe ich irgendetwas angestellt?"
„Mitnichten, mein lieber Neumaier, mitnichten." Riedinger tritt näher an Hans heran und reicht ihm die Hand. „Wir, also ihre Kollegen und ich, wir wollten ihnen ganz herzlich zum zwanzigsten Dienstjubiläum bei uns gratulieren. Und wir wollten uns nicht nur für die gute Zusammenarbeit und ihre überdurchschnittlichen fachlichen Erfolge bedanken, ihre besondere Art, kriminalistisch zu denken und zu handeln, sondern…"
„Und natürlich das sensationelle Bauchgefühl, mit dem du uns verblüffst" ruft Mario dazwischen, womit er reihum zustimmendes Nicken auslöst. Bernd Riedinger nimmt den Faden wieder auf. „…So ist es, Herr Matthes. …Also, Herr Neumaier, neben all der fachlichen Kompetenz, die Sie in all den Jahren ein ums andere Mal unter Beweis gestellt haben, steht über allem ihre Persönlichkeit. Ihr Charakter. Ihre Aura. Wir wollen vor allem unsere Wertschätzung dem Menschen Hans Neumaier bekunden. …Nicht dem Polizisten. …Dem Menschen! …Und daher wollen wir ihnen etwas ganz Persönliches anlässlich des Jubiläums schenken. Wir wissen, dass der Job nicht immer leicht war. Es gab Tage mit viel Arbeit. Es gab Fälle, die an die Nieren gingen. Es gab Todesfälle, die wir aufklären mussten, ohne wirklich zu verstehen, was dahintersteckt. Aber Tatsache ist auch, dass wir ein Team waren und sind. Sie sind Teil dieses Teams, und wenn ich hinzufügen darf, sie sind ein elementarer Teil. Und das wollen wir mit unserer kleinen Aufmerksamkeit zum Ausdruck bringen."
Riedinger dreht sich zu Miriam Schulze um. „Bitte, Frau Schulze""
Miriam tritt vor, umarmt Hans Neumaier lange und reicht ihm anschließend einen weißen Umschlag. „Wir haben uns ein paar Gedanken gemacht, womit wir dir eine Freude machen können und haben uns dazu entschlossen, dir so etwas wie Wohlbefinden und Entspannung zu schenken. Sozusagen als Gegenpol zu dem, was du hier erlebst."
Hans nimmt den Umschlag entgegen, obwohl er spürt, dass sich tief in seinem Inneren etwas dagegen sträubt. Bevor er die Gelegenheit hat, weiter

darüber nachzudenken, ob er ihn öffnen soll, umarmen ihn nacheinander nun auch Lotte und Linda, verbunden mit den herzlichsten Glückwünschen. Mario verzichtet auf die Umarmung und belässt es bei einem respektvollen Händedruck. Ebenso Bernd Riedinger.
Hans Neumaier blickt den fünf Menschen um ihn herum in die Augen, wohlwissend, was er ihnen in den nächsten Minuten antun wird. Wohlwissend, dass sie es vermutlich nicht verstehen werden. Aber er kann jetzt die Gründe nicht mehr über Bord werfen, die ihn dazu bewogen haben. Es ist zu spät. Er wendet sich ab, steht vor dem großen Fenster mit Blick auf den Parkplatz vor der Inspektion. Er sieht hinunter und nimmt doch nichts wahr. Als wären Ewigkeiten vergangen, dreht er sich nach einigen Sekunden um und wird durch die erwartungsvollen Mienen der Kollegen in die Realität zurückgeholt. Den Umschlag hält er immer noch in der Hand. ...Ungeöffnet.
„...Ich danke euch sehr. ...Aber es ist nicht möglich, dass ich das annehme!"
„Was redest du da für einen Quatsch, Hans?" fragt Mario entgeistert.
„Es geht nicht," bekräftigt Neumaier seinen Entschluss.
„Hans, was ist nur los mit dir?" will Lotte fassungslos wissen.
Hans Neumaier wendet sich seinem Vorgesetzten Bernd Riedinger zu. Er steht zwischen Miriam und Lotte, die gebannt zu Hans schauen. Linda und Mario verfolgen von der gegenüberliegenden Seite des Zimmers, wie Hans seinen Kopf hebt und mit ruhiger und sanfter Stimme beginnt zu sprechen:
„Ich glaube, wir stellen alle fest, dass sich unsere Gesellschaft seit geraumer Zeit in einem Wandel befindet. Ein Wandel, der so nicht abzusehen war. ...Oder doch? Haben wir es nur nicht bemerkt? Sind wir so blind gewesen, dass wir nicht gesehen haben, was vor unseren Augen gespielt wird? ...Mir wurde die Gelegenheit geboten, hinter die Kulissen zu sehen. Hinter das, was man uns als Realität zu verkaufen versucht. Was hinter all dem Durcheinander steckt. ...Die Sache mit der Pandemie. Die Maßnahmen, die wir, ohne Fragen zu stellen, mitgetragen haben. Wir haben Grenzen verschoben. Gesetzlich verankerte Grenzen. ...Einfach versetzt, um Legitimation zu erlangen. ...Und wir haben mitgemacht. ...Keiner kann sagen, wir hätten es nicht gewusst. ...Rote Linien? ...Die gab es nicht mehr. Von Kanzlers Gnaden ausradiert. Abschaffung von Grundrechten. Einfach beschlossen, und wieder nur zugesehen? ...Wir Polizeibeamte als Organ, das ausschließlich nur dem deutschen Volk verpflichtet war und ist, wir haben auch mitgemacht. Ich schließe mich da nicht aus. Ich habe Entscheidungen

getroffen, die fragwürdig waren. Und ich habe es gemacht, um meinen Job zu behalten. Ja, ich habe mitgemacht. Leute haben dagegen protestiert, wollten ihre Rechte behalten. Sie wurden dafür denunziert, verfolgt, diskriminiert, aus der Gesellschaft ausgeschlossen. Und wir, wir haben uns an der Spaltung beteiligt. ...Ich habe mitgemacht, weil ich es zugelassen habe. ...Ich habe nichts unternommen, um es zu verhindern. ...Was mich betrifft, gibt es die roten Linien noch. Ich schätze die Demokratie und ihre Errungenschaften. *Die* Demokratie, nicht *deren* Demokratie. Die Grundrechte aller, nicht nur *deren* Rechte. ...Ihr wisst alle, was in den letzten Tagen geschehen ist. Menschen stehen auf und wollen sich dieses Regime, das versucht hat, unser Leben unter Kontrolle zu bringen, vom Hals schaffen. Sie wollen es einfach nicht mehr, weil sie begriffen haben, worum es geht. Demokratie hat Schwächen und Fehler. Wie jedes System. Aber es durch scheinbare Sicherheit zu schützen, reicht nicht. Freiheit nutzt sich ab, wenn wir sie nicht täglich pflegen. Und mit jedem Stück Sicherheit geht ein Stück Freiheit verloren. Durch die letzten Tage ist mir bewusst geworden, dass es sich um einen Trugschluss handelt, unser ganzes Leben auf Sicherheit aufzubauen. Ja, eine unserer Hauptaufgaben besteht darin, Sicherheit zu gewährleisten. Wir haben aber ganz übersehen, dass wir in den letzten vier Jahren nicht das Volk vor irgendeiner Gefahr geschützt, sondern Teile der Bevölkerung als eben jene Gefahr bewertet haben. Das hatte nichts mit Schutz oder Sicherheit zu tun. Das habe ich jahrelang verdrängt und beiseitegeschoben. Und dafür schäme ich mich zutiefst. ...Mir ist klar geworden, dass ich das nicht länger kann. Es nagt an mir. Es widerspricht dem, was ich fühle und denke. Wenn ich gezwungen werde, als Beamter gegen Teile der Bevölkerung zu agieren, kann ich das jetzt nicht mehr tolerieren. Ich habe viel zu lange weggeschaut."
Hans streut eine kurze Pause ein, in der seine Blicke die ausdruckslosen Gesichter der Anwesenden streift. Keiner sagt ein Wort. Hans fährt fort, um endlich zum Kern seiner Ankündigung zu kommen.
„... Herr Riedinger, ich teile ihnen mit, dass ich den Polizeidienst quittieren werde. Mit allen Konsequenzen."
Linda kommt auf Hans zu. „Was??" Mario folgt ihr. „Das kann nicht dein Ernst sein, Hans!"

Neumaier dreht sich um. Sein Blick ist hart, aber nicht kalt. „Doch, ist es. Die Kündigung liegt bereit. Ich werde sie heute noch zur Personalstelle weiterleiten."
„Herr Neumaier, jetzt mal ganz langsam," versucht Bernd Riedinger zu vermitteln. „Haben Sie sich das auch genau überlegt? Wissen Sie, was das für Folgen haben wird? Beruflich?! Finanziell?! Was sagt eigentlich Ulrike dazu?"
„Wir haben das bereits besprochen. Sie unterstützt mich."
„Das glaube ich einfach nicht," wirft Mario entrüstet ein. „Niemals würde Ulrike ein solches Vorgehen gutheißen. Dazu kenne ich sie viel zu gut."
„Rufe sie an, Mario. Du kannst sie gerne fragen."
Hans dreht sich wieder zu Riedinger um.
„Ich bin mir selbstverständlich im Klaren darüber, dass meine Entscheidung Auswirkungen auf meine finanzielle Situation haben wird, insbesondere auch im Hinblick auf meine Pension. Aber ich bleibe dabei. Die Sache steht fest."
„Das kannst du doch nicht machen, Hans," fleht Miriam. „Was um Himmels Willen ist in den letzten Tagen passiert, dass du zu einem solchen Entschluss kommst?"
„Vielleicht habe ich einfach nur die Brille der Scheinrealität abgesetzt und habe gemerkt, dass nicht alles Rosarot ist." Hans lächelt erstmals während der Aussprache. „Miriam, ich bin mir im Klaren darüber, dass meine Entscheidung auf Unverständnis stößt, aber wir kommen in unserem Leben irgendwann an einen Punkt, an dem sich die Sichtweisen verändern. Und damit auch die Folgen daraus. Ich bin an einem solchen Punkt angelangt und gehe einen neuen Weg. Ich kann auf dem alten nichts mehr bewirken."
Plötzlich klopft jemand an der Tür. Julius Hoppe und Ferdinand Auer kommen herein.
„Servus zusammen. Sagt bloß, ihr habt schon ohne uns angefangen."
Beide bleiben abrupt vor dem Türstock stehen, als sie die betretenen Mienen der Kollegen wahrnehmen.
„…Was ist denn hier los?"
Lotte schiebt die beiden ins Zimmer und schließt die Tür.
„Ihr glaubt es nicht, aber Hans will kündigen."
„Was??" rufen Hoppe und Auer im Duett.
„Es stimmt," bestätigt Hans. „Ich werde meine Tätigkeit im Polizeidienst aufgeben."

„Aber wieso?“ fragt der Rechtsmediziner. Ihm gelingt es am schnellsten, seine Sprachlosigkeit abzulegen und kommt nun auf Hans Neumaier zu. „Es ist so unlogisch, Hans. Womit begründest du das?“
„Spielt doch letztlich keine Rolle, Julius,“ mischt sich Mario Matthes ein und wird forsch. „Seine Begründung bleibt seine Begründung. Die gilt es zu respektieren. Ich denke, es ist unsere Aufgabe, ihn davon zu überzeugen, dass es bessere Gründe gibt, bei uns zu bleiben.“
„Sehe ich auch so,“ stimmt Riedinger zu. „Wir haben sehr gute Argumente. Wir müssen sie nur mit bestechender Klarheit vermitteln.“
Miriam Schulze verlässt eilig das Büro der Kommissare, während Riedinger fortfährt.
„Herr Neumaier, Sie haben in ganz vielen Dingen recht. Und ich kann ihnen sagen, dass ich ihre Ansichten weitestgehend teile. Nicht alle, aber die meisten. Aber das nur am Rande. Wir haben uns der Gesellschaft verpflichtet. Das stimmt. Wir haben Vorschriften, an die wir uns halten müssen. Auch das stimmt. Man hat in den letzten Jahren tatsächlich Vorschriften erlassen, an die man sich bei klarem Verstand nicht hätte halten sollen. Auch das stimmt wohl, Herr Neumaier. Aber wir haben dabei nur wenig Spielräume. Wir müssen funktionieren.“
„Genau das ist das Problem, Herr Riedinger. Wir haben funktioniert. Wir haben alle sehr gut funktioniert. …Fragt sich bloß für wen?“
„Beamter im Polizeidienst ist ein wunderbarer Beruf,“ philosophiert Riedinger weiter. „Wir sind für unsere Gesellschaft und für unsere Mitmenschen sehr wertvoll. In vielerlei Hinsicht. Was den Nutznießer betrifft, würde ich mich momentan zu keiner konkreten Aussage hinreißen lassen. Ich weiß weder, wie gut die Entscheidungen waren, noch, ob andere besser oder schlechter gewesen wären.“
Linda Fuchs spürt, dass sich ihr Vorgesetzter in Aussagen verzettelt, die Hans Neumaiers Entschluss keinesfalls revidieren können. Sie fürchtet, er erreicht leider das Gegenteil. Die Trenntür zwischen den Büros der Kommissare und der Schreibkräfte öffnet sich. Alle wenden ihre Blicke zu Miriam Schulze, die wortlos, aber mit eiserner Miene davorsteht. Alle Augen richten sich auf sie. Nicht auf ihr Gesicht, sondern auf ihre weiße Bluse. Einige Sekunden verstreichen, bevor Lotte auf sie zugeht. Jetzt ist jedem klar, warum sie eben den Raum verlassen hat. Miriam hat mit einem schwarzen Filzstift drei Wörter auf ihre Bluse geschrieben:

Einigkeit.
Recht.
Freiheit.
Lotte schmunzelt im Vorbeigehen und haucht ihr ein „gut gemacht“ zu. Eine Minute später gesellt sich Lotte Hausweiler zu ihrer Kollegin und präsentiert auch ihre Bluse. Auf der fliederfarbenen Baumwollbluse prangen dieselben Wörter. Ferdinand Auer, der einen weißen Kittel trägt, nähert sich entschlossen den beiden Damen.
„Wo ist der Stift?“
„Ich will auch!“
Linda drängt sich an Miriam und Lotte vorbei ins Nachbarbüro und folgt Ferdl. Binnen einer Minute stehen vier Personen nebeneinander, die mit dem seit einigen Stunden meistverwendeten Slogan werben. Hans Neumaier verschränkt seine Arme und sieht Miriam, Lotte, Linda und Ferdl mit einem angedeuteten Schmunzeln an.
„Wirklich clever, Leute.“
„Du siehst, wir sind, was den Beweggrund betrifft, auf der gleichen Wellenlänge. Wir haben alle gemerkt, dass die Weisungen, die unsere Arbeit betrafen, ausschließlich auf Spaltung aus waren.“
„Aber ihr bleibt,“ erwidert Hans.
Lotte grinst schelmisch und richtet ihre Worte an Bernd Riedinger. „Was halten Sie davon, wenn ich kündige. Ich denke, Hans hat recht.“
„Frau Hausweiler!“ Riedinger wird zusehends nervös. „Das können Sie doch nicht machen.“
„Stimmt, Lotte. Das ist Unfug,“ merkt Hans an.
Lotte kontert. „Wieso? Wenn du das kannst, kann ich das auch.“
„Sei nicht albern. Glaubst du wirklich, dass ich deinetwegen meinen Entschluss ändere?“
„Nein. Aber ich gehe dann halt auch einen neuen Weg.“
Hans dreht sich zur Seite und mustert seinen langjährigen Kollegen Mario Matthes.
„Wie sieht es mit dir aus, Mario? Du bist so still. Keine Einigkeit? Kein Recht? Keine Freiheit?“
„Im Grunde schon, Hans.“ Mario lehnt mit dem Rücken an der Wand neben dem Fenster. Er schenkt seinem Kollegen einen ernsten Blick.

„Ich verzichte auf ein bemaltes T-Shirt. Ich werde auch nicht kündigen, falls du darauf hinauswillst. Du kannst gerne gehen. Ich bin sicher, du wirst etwas Adäquates finden. Ich bleibe Polizeibeamter, weil es etwas gibt, was man nur hier erreichen kann."
„Und das wäre?"
Mario stößt sich von der Wand ab und nähert sich Hans Neumaier.
„Veränderung!"
Alle sehen sich stumm an. Weder die Damen, noch Riedinger, Hoppe oder Auer wagen es, das Wort zu ergreifen, bevor sich Hans geäußert hat. Aber der sagt nichts. Er sieht seinen alten Weggefährten an und beginnt schließlich zu schmunzeln.
„Du willst wirklich gegen den Elfenbeinturm ankämpfen? Gegen die offensichtliche Korruption in den eigenen Reihen?"
Matthes nickt. „Es sind nur wenige, die unseren Job in Verruf bringen. Die meisten sind gute Polizisten, die einfach nur durch die Angst unter Druck gesetzt wurden. ...Die sich fürchten."
„Aber die paar Wenigen sind sehr mächtig und haben Schutz, den du nicht genießen wirst."
„Vielleicht ist das so. Vielleicht wird mir das Ganze das Genick brechen. Aber ich gehöre zu denen, die von innen heraus etwas unternehmen werden. Ich werde nicht kapitulieren."
„Du findest, ich kapituliere?"
„Ehrlich gesagt: ...Ja!"
Hans nickt und sieht seinen Freund Mario Matthes lange an. So viel Entschlossenheit hat er lange nicht gesehen. Wenn man sich so viele Jahre kennt, so viele Fälle zusammen gelöst hat, dann weiß man das Verhalten des anderen einzuordnen. Er will es wirklich wagen, begreift Hans nüchtern. Er hat vor, sich gegen die Obrigkeit aufzulehnen, die hörig jeden Befehl der Politik aufgenommen und widerstandslos abgesegnet hat, um die Maßnahmen der letzten Jahre zu rechtfertigen und umzusetzen. Mario, frisch verheiratet, gerade erst Vater geworden, ist bereit, seine Zukunft aufs Spiel zu setzen. Und wofür? Für Gerechtigkeit? Für Wahrheit? Für was eigentlich? Mario Matthes selbst ist derjenige, der die passende Antwort gibt.
„Wir müssen von innen heraus etwas verändern. Das kranke System funktioniert nur deshalb, weil nicht genug Menschen „Nein" sagen, wenn etwas schiefläuft. Das bezieht sich natürlich auch auf den Polizeiapparat. Wir

müssen das selbst richten. Wir Polizeibeamte. Wir haben mitgemacht, als die menschenverachtenden Befehle kamen. Wir haben zugesehen, als Kollegen auf friedliche Passanten eingeschlagen haben. Wir haben nichts unternommen, als sie unseres Schutzes bedurften. Wir haben einfach nur als Institution versagt. Das muss sich ändern! Und wir fangen ganz unten an. ...Ich fange an. Ich kündige nicht. ...Ich werde mich mit allen mir bekannten Kollegen kurzschließen, was wir für Möglichkeiten haben, unseren Ruf wiederherzustellen. Und wir werden jene Mitarbeiter aus unseren Kreisen zum Teufel jagen, die in welcher Form auch immer an der Spaltung unserer Gesellschaft beteiligt waren. ...Wir arbeiten das auf!"
„Ich bin dabei, Mario," ruft Julius Hoppe. Ferdinand Auer schließt sich an. „Packen wir es an!"
Nur Bernd Riedinger macht immer noch den Eindruck, als wäre er überfordert. Mit einem leichten Kopfschütteln versucht er die aufkeimende Revolte zu bändigen.
„Meine Herren, ich bitte Sie! Wir sind Beamte im Staatsdienst. Wir haben Pflichten. Wir können hier nicht auf eigene Rechnung Rechtsprechung betreiben."
„Es geht nicht um Rechtsprechung, Herr Riedinger." Matthes wendet sich seinem Chef zu. „Es geht darum, etwas Falsches zu erkennen, es anzusprechen, dann aufzuarbeiten und schließlich die Konsequenz daraus zu ziehen. Verantwortlichkeiten aufzudecken und zu ahnden, sofern diese nicht erfüllt wurden. Das ist unser gutes Recht."
„Ich würde sogar sagen, es ist unsere Pflicht," ergänzt Miriam Schulze. „Wir sind es den Leuten, die unter den Maßnahmen der letzten drei Jahre gelitten haben, einfach schuldig. ...Ich bin auch dabei, Mario. Ich helfe mit."
Linda Fuchs und Lotte Hausweiler sehen sich an und nicken zustimmend. Hans, der nach wie vor seine Arme vor der Brust verschränkt hält, hat aufmerksam zugehört. Niemals hätte er davon geträumt, je in den Genuss einer solch tiefgründigen Argumentation seines Kollegen Mario Matthes zu kommen. Der Mann mit dem roten Bayerntrikot kommt wieder einen Schritt näher. Er lächelt.
„Du sagtest vorhin, dass du deine Kündigung in Kürze in der Personalstelle abgeben möchtest?!"
„Ja."
„Das heißt, es ist noch nicht offiziell?!"

„So gut wie."
„Hans, ich könnte dich und deine Ratschläge gut gebrauchen!"
„Ich glaube nicht, dass ich dir bei dieser Sache helfen kann. Die letzten sechseinhalb Stunden in München waren das i-Tüpfelchen auf dem ganzen Theater. Wir haben eine Struktur im Polizeiapparat, die du nicht knacken wirst. Auch nicht mit meiner Hilfe."
Mario holt sein Smartphone aus der Hosentasche. Er öffnet eine Datei. Er dreht das Mobiltelefon zur Seite, damit Hans das Display sehen kann. Er nimmt ein Video wahr, eine Ansprache eines Mannes, den er schon einmal gesehen hat, an dessen Namen er sich aber spontan nicht erinnert. Ein älterer Mann, Mitte bis Ende Fünfzig. Mario klärt ihn auf.
„Das ist der stellvertretende Vorsitzende der Polizeigewerkschaft."
Hans nickt. Im Video berichtet der Gewerkschaftler von den Absichten, die Aufarbeitung innerhalb der Behörde schnell voranzubringen. Es gebe ein dichtes Netz aus Mitstreitern, die gerade dabei sind, bundesweit Informationen zu sammeln und zu koordinieren. Die Zeit der Aufarbeitung der Pandemiemaßnahmen ist bereits in vollem Gange.
„Du gehörst dazu?" richtet Hans seine Frage an Mario.
Mario nickt und legt sein Mobiltelefon wieder auf den Schreibtisch. „Ich habe da so eine Ahnung. So eine innere Stimme, die mir sagt, wir werden Erfolg mit dem haben, was wir anstreben."
„Eine innere Stimme also?"
„Nennen wir es so eine Art ...Bauchgefühl!"
Mario schmunzelt. Wenige Sekunden später schließt sich Hans Neumaier dem Schmunzeln an. Mario fährt fort.
„Wie wäre es mit einem Kompromiss, Hans? ...Bleibe noch ein Jahr. ...Oder ein halbes. ...Nur ein halbes Jahr, Hans. ...Bleib bei uns als Polizeibeamter. ...Glaube mir, es lohnt sich, darum zu kämpfen."
Hans zögert einen Augenblick, sortiert seine Gedanken und nickt dann. Langsam greift er in die Seitentasche seines Jacketts, holt ein Kuvert heraus und gibt es Mario.
„Dann sei so nett und bewahre das für das nächste halbe Jahr auf."

41

Samstag,
fünf Uhr nachmittags

Das Training hat sich wirklich gelohnt. Schritt für Schritt scheint sich die mühselige Arbeit mit der Therapeutin auszuzahlen. Nele sitzt auf der Bettkante und strahlt ihren Vater an. Ihr Bruder Adrian nimmt sie in die Arme und drückt sie fest an sich. Auch er kann noch gar nicht fassen, dass sich Neles erste Gehversuche seit vielen Monaten zu einem großartigen Ereignis entwickeln. Auch wenn es nur knapp drei Meter vom Bett bis zur Tür und wieder zurück waren, die Freude über den Erfolg Neles sind überwältigend.
Viktor hilft seiner Tochter wieder unter die Bettdecke. Sanft streicht er ihr über die Wangen und genießt die strahlenden Augen der jungen Frau. So glücklich war sie schon lange nicht mehr.

Mit einem leisen Klopfen tritt Edmund Lindner in das dezent verdunkelte Zimmer ein. Seine und die Blicke Viktors treffen sich. Mit einer eindeutigen Handbewegung deutet Edmund ihm an, er möge sich zu ihm gesellen. Viktor versteht. Es muss etwas vorgefallen sein. Er nickt kurz und wendet sich wieder seiner Tochter zu. Ein paar Minuten seiner Gesellschaft gönnt er ihr noch, delegiert dann die Aufgabe Adrian zu, sich weiterhin um seine Schwester zu kümmern und verlässt schließlich, nicht ohne den obligatorischen Kuss auf ihre Stirn, Neles Schlafzimmer.
Im Panoramazimmer trifft er auf Edmund, der mit einem Cognac-Schwenker in der Hand gelassen neben dem großen Fenster steht und über das nahe Feld blickt.
„Du wolltest mich sprechen?“
„Ja,“ antwortet Edmund Lindner. „Soeben fand eine kurzfristig angesetzte Ministerpräsidentenkonferenz unter Leitung des Kanzlers statt. Sie haben allesamt mit dem ihnen eigenen hinlänglich bekannten Pathos bekanntgegeben, dass sich die Gruppe der Hüter des Prozesses weigert, mit ihnen offen zu diskutieren. Sie verkaufen es als Beleg, dass es den Hütern keineswegs um Aufarbeitung geht. Die Wortwahl ist wieder dieselbe wie die Jahre zuvor. Sie stellen uns als Querulanten und Andersdenkende hin, die

nichts anderes im Sinn hätten, als die bestehende Ordnung zu destabilisieren."
„War nicht anders zu erwarten, Edmund."
„Ich weiß. Du hast es bereits vorhergesagt. Aber wie geht es jetzt weiter?"
Viktor schenkt sich ebenfalls einen Cognac ein. Er stellt sich neben Edmund ans Fenster.
„Ich glaube, dass wir den Stein ins Rollen gebracht haben. Mehr mussten wir nicht tun, und mehr müssen wir zukünftig nicht tun."
„Du meinst, wir brechen ab?"
„Nein, Edmund. Du missverstehst mich. Alles, was nun passiert, muss von unseren Mitmenschen da draußen angeschoben werden. Sie sind das Ziel der Kampagne. Sie sind diejenigen, die es fortführen müssen. Verstehst du? Es spielt keine Rolle mehr, wie aktiv die Hüter ab heute sind. All unser Handeln wird nutzlos und sinnfrei, wenn die Bevölkerung nicht von sich aus den Hebel umlegen möchte."
„Und wenn sie es nicht schaffen?"
„Dann bleibt das System so wie es ist."
Edmund schüttelt unmerklich mit dem Kopf.
„Kein schöner Gedanke. ...Das dürfen wir nicht zulassen, Viktor."
„Es wird alles gut, Edmund. Sieh dir die freien Medien an. Sie gewinnen zunehmend an Bedeutung. Die alten linientreuen Medien sind auf dem absteigenden Ast. Es werden immer weniger, die den Unsinn glauben, den sie verbreiten. Daran kann auch deren Zensurmaschinerie nichts ändern. Diejenigen, die hinterfragen, werden immer mehr. Mit der Erkenntnis, wie die Welt wirklich funktioniert und welche Dinge auf uns zukommen, wächst auch die Erkenntnis, dass man Altes, das nicht mehr funktioniert, ändern muss."
Viktor streut eine kurze Pause ein. Er sieht Edmund eindringlich an.
„Die Dynamik der Aufarbeitung wird zunehmen. Von ganz alleine. ...Ohne uns! ...Du wirst sehen, vielleicht werden noch ganz andere Dinge in Bewegung geraten. Nur aufgrund unseres Engagements. Vielleicht werden wir in Kürze wieder eine echte politische Opposition haben, weil die Menschen begreifen, dass eine Parteienoligarchie, wie wir sie derzeit haben, nichts anderes ist als eine Nationale Einheitspartei mit unterschiedlich gefärbten Abteilungen. Etwas, was eigentlich niemand will. Spätestens seit Corona ist der Einheitsbrei und der korrumpierende Einfluss der großen Komplexe: Bankensektor, Pharmaindustrie, Meinungs- und

Informationsmaschinerie, seit kurzem auch der der Rüstungslobby, unübersehbar und nicht mehr zu leugnen. Sie alle haben das Visier fallen gelassen und ihren Großangriff auf die freie Welt offen bekundet. Die Reichen und Mächtigen machen keinen Hehl mehr daraus, wie entschlossen sie sind, ihre Ziele zu erreichen. Womit sie nicht gerechnet haben, ist der Widerstand, der ihnen entgegenschlägt. Die Menschen wollen keine im Mantel der Scheindemokratie verborgene DDR 2.0! Sie sehnen sich nach Selbstbestimmung. Sie wollen wieder aussprechen dürfen, was sie sagen wollen, was sie bewegt, beseelt und ergreift! ...Ungestraft!"
„Du bist wesentlich optimistischer als ich," antwortet Edmund, nicht ohne ein leises Lächeln im Gesicht.
„Nur mit Optimismus kommen wir weiter."
„Dein Wort in Gottes Ohr, Viktor."
Viktor legt Edmund tröstend und aufmunternd die Hand auf die Schulter.
„Ich weiß, dass es immer noch viele sind, denen die nötigen Informationen fehlen. Es wird dauern, bis die Debattenräume, die in den letzten vier Jahren auf Fingerhutgröße reduziert oder gar gänzlich beseitigt wurden, wieder einigermaßen funktionieren. ...Aber es geschieht, Edmund. Natürlich gibt es Unverbesserliche, die man nie erreichen wird. Damit müssen wir leben. Die sterben leider nicht aus. Anstatt Alternative sind es eben alte Naive."
Edmund Lindner muss lachen.
„Ja, das stimmt. Davon gibt es leider noch genug. ...Sage mir, Viktor, wie geht es weiter?"
„Keine Ahnung. Ich bin kein Hellseher. Aber ich bin guten Mutes."
„Der Prozess der kleinen Schritte?!"
„Ja, so ist es. Kleine Schritte. Es gibt viele Maßnahmen, die möglich wären. Man muss es in der Breite nur wollen."
„Da liegt der Hund begraben," merkt Edmund an. Sein Blick wird wieder ernster. „Wie soll das funktionieren? Es wird doch an allen Ecken und Enden jeder in eine Schublade gesteckt, der nicht meinungskonform denkt, spricht oder handelt."
„Auch hier bin ich wesentlich optimistischer als du. Ich bin sicher, dass die vergangene Woche so etwas wie ein Anfang war. Der Startschuss für weitere Entwicklungen im Prozess des Wandels. Nicht der, den die wollen. Nein! Es geht um den, den die Menschen wollen. Gegen die Masse wird die

herrschende Schicht nicht gewinnen können. Es wird ihnen nicht mehr so leicht gelingen, die Gesellschaft zu spalten."
Viktor setzt sich auf den Bürostuhl. Schmunzelnd betrachtet er seinen Gast.
„Wir haben den Anfang gemacht. Es wird weitergehen, Edmund, denn nach uns wird es weitere Prozesse geben, die von vielen Menschen getragen werden. Und du wirst sehen, auch dann werden sich wieder Hüter finden, die die Prozesse begleiten und sie lenken werden. Sie werden den Versuchen der Spaltung entgegenwirken und - so wie wir - erfolgreich aufzeigen, dass ein harmonisches Miteinander besser ist als zu trennen, zu spalten, zu kategorisieren. Man muss sich nicht mehr für eine Seite entscheiden, oder gar müssen. Die Lawine der Vernunft wir die Intoleranz der Herrschenden früher oder später überrollen."
„Darauf trinke ich."
Edmund und Viktor heben ihre Gläser. Sie genießen den vorzüglichen Cognac. Der Worte sind genug gewechselt. Lange sehen sie aus dem Fenster und beobachten die Vögel, wie sie einzeln oder in Gruppen über die Felder schweben. Frei wie der Wind!
Viktor beobachtet seinen loyalen Weggefährten, als er das leere Glas abstellt, kurz lächelt und sich danach wortlos auf den Weg zur Zimmertür macht. Er dreht sich nicht um, verlässt das Panoramazimmer und lässt Viktor mit sich alleine. Für einen Moment fühlt er eine gewisse Traurigkeit, denn er weiß, dass sich seine und die Wege Edmunds in Kürze trennen werden. Mit dem Einrasten des Riegels im Türschloss endet eine ereignisreiche Zeit. Er erinnert sich an den Tag, als er nach Neles Erkrankung Edmund um Rat fragte. Ebenso an die selbstlose Unterstützung, die dieser leidgeplagte Mann ihm schenkte. Ohne irgendeine Gegenleistung.
Viktor lässt gemächlich die Luft aus seinen Lungen entweichen. Irgendwie fallen ihm solche Momente immer schwer. Daran wird sich nie etwas ändern. Doch schon Augenblicke später hellt sich sein Gemüt auf, denn ihm wird die Größe des Erreichten der letzten Tage und Wochen bewusst.
Er nickt dankbar zur Tür.

42

Samstag,
sechs Uhr abends

Der letzte Hauch Helligkeit dieses verregneten und windigen Herbsttages gelingt der Eintritt durch die Lamellen der heruntergelassenen Jalousien. Im Büroraum der Kommissare Linda Fuchs, Hans Neumaier und Mario Matthes liegt der angenehme Duft frischen Kaffees. Es ist nun ziemlich eng geworden, nachdem Bernd Riedinger in einer kurzfristig angesetzten Aktion – die an diesem Samstag schon fast das Prädikat einer logistischen Meisterleistung verdient hätte - einen dritten Schreibtisch für Matthes besorgt hat. Sicher kein Dauerzustand, aber für die kommenden Tage und Wochen müssen sich die drei Kommissare arrangieren.
Nebenan wartet Renata Barrios auf die Ankunft ihrer Mutter, natürlich in gewohnt harmonischer Gesellschaft von Miriam Schulze und Lotte Hausweiler. Gemäß ihrem Wunsch und dem Einverständnis der Ärzte durfte sie das Krankenhaus verlassen. Nachdem Linda noch um ein paar Antworten bat, entsprach sie dem Wunsch, in die Inspektion zu kommen. Dort soll sie später ihre Mutter treffen. Pünktlichkeit ist eine Tugend von Isabella Barrios. Fast auf die Sekunde genau betritt sie um achtzehn Uhr die Räumlichkeit von Miriam und Lotte.
„Hallo, die Damen. ...Hallo Schatz."
Renata umarmt ihre Mutter. „...Hallo Mama."
Linda Fuchs kommt aus dem Nebenzimmer hinzu.
„Frau Barrios. Schön, dass Sie da sind."
„Ich weiß, dass ich Sie oft genervt habe, aber ich will noch ein weiteres Mal nachfragen: Gibt es schon eine Spur von Yasmin?"
„Leider nicht, Frau Barrios."
Mario Matthes stößt zur Gruppe hinzu, gefolgt von Hans Neumaier, der sich neben Linda stellt. Sie lächelt ihn an und wendet sich wieder an Isabella.
„Ich glaube, Sie kennen unseren Kollegen noch gar nicht?! Das ist Kriminalhauptkommissar Hans Neumaier. Er wird uns nach einer kleinen Pause bei den weiteren Ermittlungen helfen und unterstützen."
„Guten Tag, Herr Hauptkommissar."

Hans nickt höflich. Isabellas Augen strahlen etwas Tiefgründiges aus, findet Hans. Eine Mischung aus Dankbarkeit und Hoffnung. Dankbarkeit, dass ihrer Tochter Renata kein Unheil widerfahren ist, Hoffnung, dass die andere Tochter, Yasmin, irgendwann doch wiedergefunden wird. Am besten heil und gesund. Das wird unsere Aufgabe sein, weiß Hans. Yasmin und ihren Freund Emil Pensenstadler zu finden und den Fall aufzuklären. Mit allen Folgen und allen Konsequenzen!
Matthes geht um den Tisch herum und bleibt hinter dem Stuhl stehen, auf dem Miriam Schulze sitzt. „Frau Barrios, wir versprechen, dass wir unser Möglichstes tun werden, um ihre Tochter nach Hause zu bringen. Wir setzen den Fall ganz oben auf unsere Agenda. Ich kann ihnen keine Details nennen, aber so viel sei gesagt: Wir haben einige lohnenswerte Ansatzpunkte, die wir verfolgen. Sie bedürfen noch der Überprüfung, aber wir glauben, dass wir schon bald die Spur der beiden wieder aufnehmen können. Haben Sie Geduld, und haben Sie Vertrauen zu uns. Wir werden Yasmin wiederfinden!"
„Das wäre mein sehnlichster Wunsch," bedankt sich Isabella Barrios, während sie neben ihrer Tochter Renata steht. „Ich würde so gerne meine beiden Töchter wieder im Arm halten können. …So wie früher!"
„Glauben Sie mir," sagt Linda entschlossen, „wir werden das schaffen. Die Zusammenarbeit mit den Behörden in Argentinien und in Spanien funktioniert hervorragend. Wir tauschen uns täglich aus und bekommen quasi in Echtzeit jede frische und neue Information, die für die Aufklärung des Falles relevant sein könnte."
Renata fragt: „Werden Sie uns auf dem Laufenden halten?"
„Ja," erwidert Linda. „Soweit es sich um keine ermittlungsrelevanten Erkenntnisse handelt, die wir aus strategischen Gründen für uns behalten müssen, bekommen Sie täglich Auskunft von uns, wie der Stand der Dinge ist."
„Vielen Dank, Frau Kommissarin."
Linda Fuchs wirft erst Mario, dann Hans einen Blick zu, bevor sie sich wieder an Mutter und Tochter Barrios wendet.
„Wenn Sie dann keine weiteren Fragen haben, spricht nichts dagegen, dass Sie nach Hause gehen dürfen."
Renata löst sich von ihrer Mutter und geht reihum die Beamten ab. Sie verabschiedet sich mit einem höflichen Händedruck. Außer bei Linda. Die nimmt sie in den Arm und hält sie lange fest.

„Ich danke ihnen so sehr."
„Kein Ursache," murmelt Linda Fuchs und lächelt die junge Deutschspanierin an. „Gerne geschehen."
„Machen Sie sich keine Sorgen," sagt Mario an Isabella Barrios gerichtet, die mittlerweile feuchte Augen hat. „Gönnen Sie sich heute Abend ein paar ruhige Stunden zu zweit. Machen Sie sich was Schönes zu Essen. Reden Sie miteinander. Ich bin sicher, Renata wird ihnen in den nächsten Tagen eine wertvolle Stütze sein."
Sie blickt voller Dankbarkeit ihre Tochter an und bestätigt Marios Worte mit einem entschlossenen und zustimmenden Nicken.
„Ich weiß gar nicht, was ich kochen soll?" merkt Isabella an. „Vor lauter Sorge habe ich das Einkaufen vergessen."
„Nicht so schlimm, Mama," sagt Renata und gesellt sich zu ihrer Mutter. „Wir essen heute halt mal auswärts, oder bestellen was und nehmen es mit heim. ...Was sagst du dazu? Dann brauchen wir uns heute keinen Stress mehr machen."
Isabella nickt.
„Ich kann ihnen einen guten Italiener empfehlen," rät Mario. „Nur die Straße runter und dann bei der Ampel rechts."
„Vielen Dank. So werden wir es machen." Renata nimmt ihre kleine Tasche mit den wenigen Habseligkeiten an sich und greift ihrer Mutter unter den Arm. „Wollen wir?"
„Wir wollen," antwortet Isabella Barrios zufrieden.
An der Tür winken sich alle nochmals zu, bevor Renata und Isabella den Raum verlassen. Nach ein paar Sekunden der Ruhe erklärt Hans Neumaier, was als Nächstes zu tun ist.
„Miriam, ich könnte noch einen doppelten Schwarzen vertragen."
„Steht in drei Minuten auf deinem Tisch," verspricht sie grinsend. Mario und Linda heben wortlos ihre Tassen hoch und deuten zwar höflich, aber unmissverständlich an, dass Miriam sich auch darum kümmern darf. Mario setzt sich auf seinen neuen Bürostuhl, den er erstmal höhenmäßig korrekt einstellen möchte. Während er an den Schrauben der Lehne herumhantiert, wird er von Linda angesprochen.
„Mario, sobald dein Computer vollständig eingerichtet ist, müssen wir Hans noch umfänglich in den Fall einweisen."

„Habe ich nicht vergessen, Linda. Aber erstmal muss ich so sitzen können, dass ich mir nicht gleich einen Rückenschaden einhandle."
Just in diesem Moment löst Mario die Schraube der Rückenlehne um eine Nuance zu weit. Es wäre vermutlich gar nicht viel passiert, wenn er nicht zufällig auf dem Stuhl säße und sein Körpergewicht verlagert, um sich der Prüfung wegen nach hinten gedrückt hätte. Dann wäre vermutlich die Lehne auch nicht spontan nach hinten weggeklappt, und dann wäre er wohl auch nicht rücklings vom Stuhl gefallen. Sowohl Linda als auch Hans können sich des Anblicks von Mario, auf dem Rücken liegend mit einer Stuhlschraube in der rechten Hand, ein schadenfrohes Glucksen nicht verkneifen. Natürlich helfen sie ihm sofort auf. Zum Glück ist außer dem Bürostuhl niemandem etwas passiert.
Miriam und Lotte kommen mit den Kaffeetassen herein.
„Was ist denn hier bei euch los?" erkundigt sich Lotte.
„Mario hat Probleme mit seinem Stuhl," antwortet Linda.
Mario ergänzt. „Alles im Eimer."
„Ob dann ein Kaffee wirklich das Richtige ist, weiß ich nicht," sagt Hans mit einem Schmunzeln auf den Lippen.
„Was?"
„Miriam, das war nur ein Scherz."

Auf dem gepflasterten Weg, der von der Polizeiinspektion Erding in Richtung Hauptstraße wegführt, gehen Isabella Barrios und Renata zu dem von Mario erwähnten italienischen Ristorante.
„Ist alles gut bei dir, Mama?" fragt Renata.
Isabella mustert ihre Tochter und streicht ihr sanft über die Wange.
„Alles ist gut, mein Schatz. ...Alles ist gut!"
Als sie um die Ecke gehen, streift sie der kühle Herbstwind. Beide stülpen die Kragen hoch. Das Gebäude der Polizeiinspektion ist noch immer zu sehen, als sich Isabella Barrios umdreht und einen letzten Blick darauf richtet.
Mit ernster Miene erkennt sie die Fenster des ersten Obergeschosses, hinter denen sich die Räume der Kommissare befinden. Langsam, als würde sich eine schleichende Erkenntnis ihrer bemächtigen, beginnt sie zu lächeln.

* * * *

Hier finden Sie ein paar Kurzbeschreibungen meiner bisherigen Werke:

Buvas Medaillon

... Der junge blendend aussehende Roland Binz findet alle Voraussetzungen für ein wunderbares problemloses Leben. Erfolgreich im Studium, beliebt bei den Freunden, begehrt unter den Frauen, geachtet und anerkannt unter seinen Sportkameraden. Doch Roland erlebt, wie sich in einer einzigen Sekunde alles verändern kann. Nichts ist mehr so, wie es vorher war! Und als sein Leben gänzlich aus den Fugen zu geraten droht, ist er den neuen Aufgaben nicht mehr gewachsen. ...So scheint es!
....Schließlich betreten Menschen sein Umfeld, die großen Einfluss auf ihn nehmen. Ein Umstand, der ihm bis dahin fremd ist und mit dem er nur schwer umzugehen weiß. Hin- und Hergerissen von neuen Gefühlen, überraschenden Ereignissen und unerwarteten Erkenntnissen macht er sich auf die Reise in sein zweites Leben.
Doch die Probe, auf die es gestellt wird, läßt nicht lange auf sich warten....

Es ist die Geschichte zweier junger Menschen, die unterschiedlicher nicht sein können. Roland Binz und Buvanesh, genannt Buva, werden durch schicksalhafte Umstände dazu bestimmt, einen Teil ihres Lebens miteinander zu verbringen. Beide merken bald, wie sehr sie aufeinander angewiesen sind und wie sehr sie sich brauchen. Die Entstehung einer Freundschaft, die weiter geht, als beide zunächst erahnen konnten.

* * *

Tatort: Schwindkirchen

... Im beschaulichen oberbayrischen Schwindkirchen wird die dörfliche Idylle durch einen Mord getrübt: Ein Mord, begangen an einem Hund! Im juristischen Sinne eine Sachbeschädigung, daher eigentlich keine Aufgabe für den Kriminalhauptkommissar Hans Neumaier aus Erding. Doch einen Tag später wird ein junger Mann Opfer eines weiteren Kapitalverbrechens in Schwindkirchen, was Kommissar Neumaier schließlich dazu zwingt, die Ermittlungen aufzunehmen. Haben die beiden Morde etwas miteinander zu tun? Oder war es nur ein Zufall? Ein identifiziertes Opfer, eine Reihe von Indizien und ein halbes Dutzend Verdächtige – aber kein Motiv. Systematisch

arbeiten sich Hans Neumaier und seine Kollegen durch den Fall und ziehen die Schlinge der Ermittlungen enger und enger. Wird der oder die mutmaßlichen Täter/in nervös?
Kommissar Neumaier glaubt, der Lösung des Falles dicht auf der Spur zu sein. Doch plötzlich überschlagen sich die Ereignisse, die seine bis dahin zusammengetragenen Erkenntnisse wertlos erscheinen lassen. Die Entwicklung, die der Fall aus Schwindkirchen nimmt, zwingt Neumaier zu raschem Handeln.
Ein Wettlauf mit der Zeit beginnt...

* * *

Die Isental-Verschwörung

... Der mysteriöse Fund einer männlichen Leiche bei Außerbittlbach nahe Lengdorf im Isental gibt den Erdinger Ermittlern Rätsel auf.
Für Kriminalhauptkommissar Hans Neumaier und seine Mitarbeiter entpuppt sich der Fall nach anfänglicher Routinearbeit zunehmend als diffiziles und undurchsichtiges Kapitalverbrechen.
Erst spät erkennt Hans Neumaier die Dimension des Falles. Er ahnt nicht, auf was er sich einlässt. Trotz widriger Umstände versucht er, den raffinierten Gegnern auf die Schliche zu kommen.
Gelingt es dem erfahrenen Ermittler, seine zunächst belächelte Verschwörungstheorie zu untermauern? Oder bleiben seine Vermutungen unbegründet? Seine Widersacher verfügen über immense Macht und großen Einfluss. Sie sind skrupellos genug, sich den Gesetzen der Gesellschaft erfolgreich zu widersetzen. Ein Katz- und Mausspiel beginnt, bei dem weit mehr auf dem Spiel steht, als die Aufklärung eines Tötungsdeliktes.

Die Isental-Verschwörung ist ein zum Nachdenken anregendes Werk. Im Rahmen eines prestigeträchtigen Großprojektes werden in einem vorstellbaren Szenario die Einflüsse von Politik, Lobbyismus und Verbrechen ineinander verwoben.

* * *

... Wo ist Dorothee?

Was anfänglich nach reiner Routinearbeit aussieht, entpuppt sich zusehends als undurchsichtiges Verwirrspiel, das weit über eine herkömmliche Vermisstensuche hinausgeht. Bald müssen Kommissar Neumaier und seine Mitarbeiter feststellen, dass sie der Fall Dorothee Lindner mehr als erwartet in Anspruch nimmt. Die junge Frau ist unauffindbar. Es gibt nicht den Hauch einer Spur. Alle Personen, die kurz vor ihrem Verschwinden mit ihr zusammen waren oder gesehen wurden, wissen nichts über deren Verbleib. Die Aussagen der Zeugen sind widersprüchlich und tragen fortlaufend dazu bei, dass gewonnene Erkenntnisse der Kripo in Erding unverzüglich wieder entkräftet werden.

Es sieht so aus, als können Kriminalhauptkommissar Hans Neumaier und seine Kollegen einen Verdächtigen überführen. Doch plötzlich tauchen Briefe und E-Mails auf, welche den verzwickten Fall in einem ganz anderen Licht erscheinen lassen. Ist der Verdächtige womöglich unschuldig?

Neue Ansatzpunkte stiften weitere Verwirrung, da der Hauptverdächtige auf sonderbare Weise entlastet wird. Die belastende Zeugenaussage, die ihn mit einem Fuß ins Gefängnis brachte, gerät ins Wanken und wird widerlegt. Hans Neumaier entschließt sich zu einer ungewöhnlichen Maßnahme. Er stellt eine Falle auf. Eine Falle, in die der vermeintliche Täter tappen soll.

Ein Katz- und Mausspiel, bei dem bis zuletzt unklar ist, wo sich die vermisste Dorothee Lindner befindet. Ist es ein Vermisstenfall? Ist sie einem Verbrechen zum Opfer gefallen? Oder hat sich Dorothee einfach nur aus dem schnöden Alltagsdasein ausgeklinkt und taucht irgendwann wieder auf? Sie kann alle Fragen beantworten. Auch die wichtigste:
... Wo ist Dorothee?

* * *

Der Fall Grüntegernbach

2020: Im beschaulichen Grüntegernbach am östlichen Rand des Landkreises finden zwei Menschen den Tod. ...Am selben Tag, unweit voneinander entfernt. Ansonsten verbindet sie scheinbar nichts. Zwei Menschen, die offensichtlich mehr rätselhafte Geheimnisse verschwiegen, als sie vorgaben,

die auf ihre jeweilige Art zu Lebzeiten keinen Hehl aus ihrer Meinung über verschiedenste Dinge machten.
Hauptkommissar Hans Neumaier und sein Kollege Mario Matthes von der Kriminalpolizei Erding nehmen die Ermittlungen auf und müssen schnell feststellen, dass ein verworrener Irrgarten aus Indizien auf sie wartet. Ein zähes Ringen um jeden noch so kleinen Anhaltspunkt beginnt. Die Erdinger Beamten tauchen immer weiter in den Fall ein, der mit jeder neuen Erkenntnis undurchsichtiger wird.
... Denn - ob Vergangenheit oder Gegenwart - in dem kleinen Ort Grüntegernbach spielen sich sonderbare Dinge ab ...

* * *

Einsatz in St.Wolfgang

Warum musste Ralf Eichendorf sterben?
Hauptkommissar Hans Neumaier und sein Team von der Kriminalpolizei Erding werden nach St.Wolfgang gerufen, um die Ermittlungen rund um dieses scheinbar unspektakuläre Tötungsdelikt aufzunehmen. Das Opfer Ralf Eichendorf, Anfang Vierzig, solide in der Gesellschaft verwurzelt, Familie, Job, Freundeskreis, alles deutet auf einen bodenständigen Mann hin. Doch schon bald wird den Ermittlern klar, dass der Schein trügt. Mit jeder neuen Erkenntnis drängt sich jenes unangenehme Gefühl auf, dass trotz zahlreicher Indizien ein Fortschritt bei der Lösung des Falles nicht erreicht wird. Im Gegenteil: Die Vielzahl der Verdächtigen, die sich im Laufe der Ermittlungsarbeit finden, bereiten Hans Neumaier und seinen Kollegen großes Kopfzerbrechen.
War das Opfer wirklich nur ein Opfer? Je tiefer die Kommissare bohren, desto mehr erfahren sie über die wahren Wesenszüge von Ralf Eichendorf.
Mit der ihm eigenen Art der Ermittlung versucht Hans Neumaier in dem Konstrukt aus Falschaussagen, Lügen, Vorwürfen, Andeutungen und Wahrheiten die Person zu finden, die den Mord begangen hat. Alles beginnt mit dem ...
...Einsatz in St.Wolfgang.

Nachwort

Mein Roman ***Kommissar Neumaier und die Hüter des Prozesses*** ist natürlich wieder eine frei erfundene Geschichte.

Ich bemühe an dieser Stelle die allseits bekannte und hinlänglich erprobte Ausschlussklausel, die so viele Bücher am Ende ziert. Wie in jeder erfundenen Geschichte besteht die latente Möglichkeit etwaiger Ähnlichkeiten zu lebenden oder toten Personen, Parallelen zu Orten, Unternehmen oder Institutionen, sowie umfängliche oder partielle Übereinstimmungen zu bestimmten Abläufen oder Handlungen.

In ***Kommissar Neumaier und die Hüter des Prozesses*** ließen sich, verständlicherweise, sobald man die Geschichte gelesen hat, aus nachvollziehbaren Gründen derartige Verknüpfungen nicht immer vermeiden. Sie waren teilweise der Dramaturgie, teilweise den notwendigen Handlungssträngen geschuldet.
Ich betone, dass die Figuren in meinem Roman nicht die Breite der Gesellschaft widerspiegeln.

Was mein Werk betrifft, würde ich mich über eure Weiterempfehlung, sofern es euch gefallen hat, sehr freuen.

Natürlich bin ich mir darüber im Klaren, dass dem einen oder anderen der Schluss der Geschichte etwas knapp und dünn erscheint. Ich gebe zu, es sieht so aus, als fehle eine wie auch immer geartete Form der Aufklärung des Kriminalfalles. Nun, ich bitte dies zu entschuldigen, aber ich kann alle beruhigen: ...Wer gerne erfahren möchte, wie und wann Yasmin Barrios und Emil Pensenstadler auftauchen, welche Rolle das Opfer des Busunfalls spielt und wie sich Hans Neumaiers Zukunft gestaltet, den bitte ich einfach um ein wenig Geduld. Ich verspreche, dass ich mich im nächsten Krimi ausführlich damit beschäftigen werde. ;-)

Dass ich meine Prioritäten anders gesetzt habe, liegt einfach daran, dass mir das Thema zu wichtig war und dass ich die Zeit für gekommen hielt, es in Romanform aufzuarbeiten. ...Seien wir mal ehrlich, und die Frage muss erlaubt sein: Handelt es sich bei den Ereignissen der letzten vier Jahre nicht tatsächlich um eine Form von krimineller Energie, welche durchaus eine Berechtigung genießt, in der Handlung eines Kriminalromans beschrieben zu werden? Ungeachtet dessen geht und ging es mir nicht um die Aufarbeitung der Pandemiemaßnahmen, sondern um das Aufzeigen eines Weges, wenn auch nur in einer erzählten Geschichte, die Dinge positiv zu gestalten. Gewaltfrei und ohne die von einigen Wenigen bewusst inszenierte Spalterei. Deren Strippen gilt es zu kappen! Nicht mehr und nicht weniger!

Ich möchte nicht versäumen, an all die Personen zu erinnern und ihnen zu danken, die mit der Erstellung des Buches in irgendeiner Weise zu tun hatten: Allen voran einem Freund, der mit vielen kleinen und wichtigen Details maßgeblich zum Gelingen beigetragen hat. ...Herzlichen Dank, Olli.

Erwähnt seien auch all die Mitarbeiter beim Verlag, die bei der Produktion des Werkes mitgearbeitet haben. Die Korrekturleserinnen, die vor der Veröffentlichung meines Romans einen prüfenden Blick auf das Manuskript ob etwaiger Tipp- und Rechtschreibfehler geworfen haben. An dieser Stelle ein Satz, den ich einfach liebe: *„...Wer doch noch einen (Fehler) findet, darf ihn – entsprechend der allseits bekannten abgedroschenen Floskel – gerne behalten.“*

Mein Dank gilt auch all den lieben Buchhändlerinnen und Buchhändlern, die den Mut haben und hatten, mein Werk in ihren Regalen zum Kauf anzubieten, sowie den vielen anderen und an dieser Stelle nicht namentlich genannten Menschen, die mich mit Informationen versorgt haben, wertvolle Tipps gegeben haben und mich in vielen Fällen inhaltlich inspiriert haben.

Besten Dank an alle!